EL HEREDERO

Alicia Andres López

agosto 2020.

Rafael Tarradas Bultó

El heredero

ESPASA

ESPASA NARRATIVA

Espasa Libros, sello editorial
de Editorial Planeta, S.A.

Ilustración de interiores de Héctor Trunnec

Preimpresión: MT Color & Diseño, S. L.

Primera edición: enero de 2020
Segunda edición: enero de 2020
Tercera edición: marzo de 2020
Cuarta edición: marzo de 2020

Depósito legal: B. 27.148-2019
ISBN: 978-84-670-5814-7

www.espasa.com
www.planetadelibros.com

Impreso en España/Printed in Spain
Impresión: Unigraf, S.L.

Editorial Planeta, S. A.
Avda. Diagonal, 662-664
08034 Barcelona

A mi familia

Personajes

Familia Bultó-Marqués

Madre: Blanca Marqués

Hijos:
- Pablo Bultó
- José Manuel Bultó
- Montserrat Bultó
- Adela Bultó

Tío: Isidro Marqués

Hijo ilegítimo: Antonio Campo

Servicio de la masía:
- Rosa, ama de llaves
- Braulio / Mauro Tejerina, administrador
- Josefa, costurera

Sacerdote: Mosén José Campo de Mayo

Familia Sagnier

Padres: Fernando y Eugenia

Hijos:
Inés
Lucía
Cayetana
Ana
Carlos
Javier
Fernando
Jacobo
Juan
Joaquín

Abuela: Ana Argüelles, duquesa de Riosgrandes

OTROS

Javier Ferro, conde de Navalviento, aristócrata aragonés
Joan Pou, miliciano
Ezequiel, miliciano
Arancha Poveda, monja del convento de Santa Águeda
Mercedes García, amiga de Montserrat Bultó
Alejandra Lacalle, amiga de Eugenia Sagnier y Blanca Marqués
Ricardo Maese, falsa identidad de José Manuel Bultó
María Ceballos, dueña de casa de tolerancia en Madrid
Anselma, prostituta en la casa de María Ceballos
Saúl Reibovitz, relojero madrileño, inquilino de María Ceballos
Duquesa Skosrev, aristócrata rusa residente en San Remo
Rómulo García, joyero madrileño

Primera Parte

1909

1

Empezó tímidamente, pero hacia las nueve ya se había convertido en una tormenta memorable.

Empujada por el viento, la lluvia golpeaba con fuerza las ventanas de la pequeña cuadra, acompasando su tintineo con el crujido de los truenos y los rayos, que, con su intermitente resplandor, iluminaban las caras de las dos mujeres mientras aquella furia del cielo parecía caer sobre sus cabezas.

Hacia media tarde una brisa húmeda había movido los bosques de pinos y creado olas casi marinas en los infinitos campos de cebada que rodeaban la aldea, anunciando la inminente llegada de las primeras lluvias de la primavera, que, para preocupación de una población dedicada casi exclusivamente a la agricultura, se habían hecho esperar.

Pero esa era la menor de las preocupaciones de Josefa a esas horas.

Se había pasado toda la mañana trabajando con ahínco el huerto a pesar de su avanzadísimo estado de gestación, o, en realidad, precisamente por eso. Repentinamente despojada de un techo hacía tan solo unos meses, necesitaba más que nunca ganarse un alojamiento donde traer al mundo a *su* hijo, solo suyo, por siempre.

La oportunidad se la había dado Marcial, propietario del hostal La Diligencia, que se situaba frente a la pequeña iglesia de San Cristóbal, en la insignificante aldea de Cunit, cercana a Cubellas. Había labrado el terreno, plantado legumbres y arrancado bledos y cerrajas sin importarle que sus manos sangraran, consciente de que el tiempo apremiaba y decidida a recibir a su vástago en mejores condiciones de las que habían rodeado su nacimiento en medio de un prado hacía casi diecinueve años.

Alrededor de las nueve, el bebé había dado muestras inequívocas de que su llegada al mundo era inminente y tras avisar entre gritos de dolor a Romualda, la vaquera, experta matrona de vacas y esposa de Marcial, se había tumbado sudorosa en el humilde jergón de paja de la única estancia del hostal que podía permitirse.

Desde aquella hora, una interminable sucesión de contracciones, lamentos y empujones habían agotado a la mujer, que, animada insistentemente por Romualda, consumía sus últimas fuerzas. Josefa lloraba y gritaba tras casi diez horas de parto que esperaba tocasen a su fin lo antes posible. Nada en su vida había sido fácil y parecía claro que aquel trance tampoco lo iba a ser.

En realidad, sí hubo un breve periodo en el que, ilusa (lloraba con pena al pensar cuán ilusa había sido), creyó en el amor, en la vida y en un mundo mejor.

Había empezado a trabajar en la finca Marqués a los siete años, primero limpiando las chimeneas, luego como lavandera y finalmente como costurera. Había ascendido y hubo un tiempo en el que estuvo orgullosa de ello.

Su madre, tan inculta y pobre como inteligente y sabedora de lo que le convenía a Josefa, había observado cómo la gran finca pasaba del más absoluto letargo a una creciente actividad tras el descubrimiento de un manantial de agua fresca y aparentemente inagotable en la esquina de una pradera cercana a la masía principal. Hasta entonces, el frondoso valle había sido un apunte sin interés en el largo listado de propiedades de la familia Marqués, que llevaba siglos casándose con las mejores dotes al sur de Barcelona. Pero el agua, en una finca como aquella, lo cambiaba todo.

Un día, mientras su madre recogía leña alrededor de la barraca de piedra que habitaban, vio un reluciente landó avanzar en dirección a la masía de los Marqués y supo que la oportunidad para su hija había llegado. Sin dilación, cogió bruscamente de la mano a Josefa, que, con siete años, era una niña sucia, desgarbada y malnutrida, y la llevó a la puerta de la propiedad a la que acababa de llegar el señor Braulio, el administrador de la finca. Allí, tras inspeccionarle los dientes como a un caballo, tocarle el pelo cogiendo un mechón con los dedos con cara de repugnancia y preguntarle su nombre, Josefa balbuceó con timidez. El señor Braulio suspiró con desinterés, miró a la mujer que tenía al lado y asintió levemente con la cabeza.

Desde entonces, Josefa no había vuelto a ver a su madre. Tampoco le había importado demasiado. En el fondo, no era muy diferente a los animales y pájaros que había visto emanciparse al poco tiempo de nacer, sin pena ni miedo, sino más bien al contrario, con ganas de luchar y hacerse con el mejor sitio posible en un mundo duro que no esperaba ni daba oportunidades a los débiles.

Y en eso estuvo. Desde el primer día.

Josefa creció con la masía. Literalmente. Con siete años limpiaba y cargaba dos chimeneas, con ocho ya eran cuatro. A los diez años la casa ya no era la sencilla casa de labranza que había conocido, sino una gran masía que seguía ampliándose y enriqueciéndose con elementos modernistas y que asombraba a todos los que la veían cobrar importancia. Tenía quince chimeneas, una en cada habitación de la familia.

Los recios muebles camperos de madera oscura habían sido sustituidos por finas cómodas Carlos IV, elegantes arañas de cristal de La Granja, trabajados tapices de la Real Fábrica y cuadros de maestros barrocos sevillanos. Las habitaciones habían sido tapizadas con telas adamascadas, *toiles* francesas y cortinas de seda. También habían irrumpido sillas y estanterías de estilo neogótico, cada vez más de moda.

Frente a la casa, se había plantado un extenso jardín jalonado por tilos y cipreses, que presidía una recargada copa de piedra rodeada por flores plantadas puntualmente para cada visita de la familia.

Las visitas de los Marqués normalmente se ceñían a la temporada de primavera-verano y el veranillo de San Martín en noviembre, aunque cada vez más, avisaban por telegrama de un inesperado viaje a la finca, algo que trastornaba mucho a todos los que se ocupaban de que la propiedad estuviera preparada para los señores.

A los doce años, mientras la masía seguía ampliándose lentamente, añadiendo alas y terrazas, Josefa fue destinada a la lavandería, ubicada debajo de uno de los depósitos de agua colocados en los pisos altos de la edificación. Con agua fría y jabón hecho a partir de la grasa de los animales de la propiedad, Josefa y Jesusa, la hija de los primeros masoveros, pasaban horas limpiando pesados cortinajes, mantas y sábanas, que planchaban diligentemente con una extensa batería de pesadas planchas de hierro que calentaban sobre la estufa del planchador contiguo a la lavandería.

Casi espontáneamente, Josefa empezó a remendar las telas que llegaban maltrechas.

Primero eran pequeños pespuntes en los bajos de las cortinas y las colchas, que cosía pacientemente en pequeñas puntadas que quedaban disimuladas en los tapizados, pero enseguida empezaron a traerle delantales y batas de los uniformes del servicio. Sin una persona fija en la casa que se ocupara, sus trabajos de costurera se hicieron cada vez más imprescindibles y valorados. A los diecisiete años ya pasaba la mayor parte de su jornada en una pequeña habitación debajo de la escalera, donde había creado su pequeño cuarto de costura. Allí, entre agujas, hilos y rollos de lana ordenados diligentemente en cajas de lata, Josefa se colocaba frente a una reluciente máquina de coser Singer y movía sin descanso el pedal que la activaba hasta que le dolían las pantorrillas.

La vida en la masía, las tres comidas diarias, la sencilla pero nueva y confortable habitación y la rígida educación que Rosa, el ama de llaves, transmitía a todo el personal, habían hecho que no quedara ni una mota de la niña pobre, sucia y desgarbada que llegó con siete años. Diez años después, Josefa era una mujer de figura bien torneada, aspecto impoluto y cuerpo firme y vivaz. Su pelo era espeso y moreno, siempre reluciente y perfectamente arreglado en un moño que cubría, como todas las mujeres del servicio, con una redecilla goyesca. Su cara era ovalada como una perfecta almendra, con una piel tersa y sonrosada sobre la que unos grandes ojos color miel se movían rápidamente, absorbiendo cuanta información podían, aprendiendo día a día de todo lo que sucedía alrededor. El ama de llaves jamás tuvo que reprenderle nada respecto a su imagen; su uniforme gris con puntillas en brazos y cuello siempre estaba limpio y bien planchado, sus zapatos impecables, sus manos olían a jabón, su delantal nunca tuvo una mancha. Bajo la apariencia de la perfecta criada, Josefa no conseguía, sin embargo, ocultar del todo a la bella mujer en la que se había convertido.

2

En mayo, en medio de un calor sofocante, llegó la familia Marqués. El telegrama anunciando la llegada de los señores se había recibido tres días antes en la oficina de Cubellas, el pueblo más importante de la zona, y había sido entregado a Rosa. Desde ese momento, todos se habían afanado como un pequeño enjambre de abejas para que la finca Marqués ofreciera su mejor cara. Se había pulido la plata, recortado los bordes de los caminos, plantado petunias alrededor de la copa del jardín y barnizado las puertas y las maderas nobles de la masía. Todos habían dado lo mejor de sí mismos para que no hubiera un fallo. Josefa, por su parte, había inspeccionado una a una todas las habitaciones de la edificación, controlando que todas las telas y costuras luciesen perfectas, bordando las iniciales de la familia en las sábanas que no las tenían y rehaciendo los puntos de festón que remataban las colchas.

A las doce en punto, con una puntualidad a la que nadie parecía acabarse de acostumbrar, la familia descendía de tres magníficos landós color oscuro. El servicio de la casa, seis personas en total, esperaba, como era costumbre, a la derecha de la puerta de entrada, mientras que los capataces lo habían hecho en el borde del principal camino de acceso.

En el primer coche iban doña Carmen y don Manuel, los señores; en el segundo su único hijo, Isidro, y su hermana Blanca. El tercer coche llevaba al personal directamente a cargo de los señores, una doncella para doña Carmen y dos ayudas de cámara para el señor y su hijo, además de varios baúles forrados en cuero verde sujetos por gruesas cinchas.

Mientras saludaba con la cabeza baja a la familia que le daba cobijo y comida, Josefa pensó en lo aburrida que sería la temporada de verano para el señorito Isidro, solo en aquel caserón con sus encorsetados padres y su aburrida hermana.

Pasó una semana sin apenas cruzarse con los señores. Era normal, la familia se movía por la planta principal de la masía y rara vez visitaba las zonas reservadas al servicio, pero una mañana, mientras, concentrada, daba puntadas al bajo de la falda de una de las cocineras, apareció el señorito Isidro ante la puerta de la minúscula estancia que ocupaba el cuarto de costura de la casa.

—¡Buenos días! —dijo al tiempo que asomaba la cabeza por la puerta.

Josefa dio un respingo. Inmersa en su mundo de deshilachados y pespuntes no le había oído llegar. Se giró y, al ver la rubicunda faz de su señorito, se levantó apresuradamente, aplanando con ambas manos su falda antes de colocarlas respetuosamente tras la espalda.

Isidro tenía por entonces alrededor de veintiséis años, pero su cara rubia y sus facciones aniñadas le hacían parecer algo menor. Era un hombre alto y bien formado, con nariz levemente aguileña y una frente grande y despejada que moría en unos ojos azul intenso, herencia de su madre. La mandíbula, cuadrada y firme, enmarcaba una fina barba rubia que, bajando por su cuello, disimulaba solo levemente la marca de nacimiento amarronada que tenía entre la oreja derecha y el cogote.

Se dirigió a él sin saber bien qué era lo que hacía su señor en aquel lugar.

—Buenas tardes, don Isidro, ¿en qué puedo atenderle?

Isidro inspeccionó la estancia como si Josefa fuera transparente. Mirando hacia el techo y tocando la pared, enmarcada en el arco de la escalera bajo la que se encontraba.

—Esta casa crece más rápido que una hiedra. No conocía esta parte. A saber cuándo acabarán de construirla —musitó para sí. De pronto, miró a Josefa a los ojos y sonriendo le preguntó—: ¿Y usted? ¿Qué hace exactamente en esta cuevecita?

Josefa bajó la mirada y respondió con respeto:

—Soy la costurera de la finca, señor, arreglo las prendas de la casa que requieren de ello... Me ocupo también de los bordados. Si el señor tiene alguna prenda que necesite un remiendo, yo se lo puedo hacer.

Isidro le miró divertido y rio.

—Remiendos... ¡remiendos, gracias a Dios, no tengo! Pero quizás sí pudiera estrecharme un chaleco o alargarme un pantalón. ¿Sabría usted hacer eso? En Bel no hay manera de que me cojan bien la medida, y juraría que yo no he crecido más.

—Claro, señor, si le parece puedo ir a buscar lo que sea a su habitación —respondió nerviosa Josefa. Aquel hombre le intimidaba.

—¡Tonterías! ¡Se lo traeré yo mismo ahora! —espetó Isidro.

En un momento, estaba bajando las escaleras en dirección a su habitación.

Josefa se había quedado inmóvil en medio de la estancia, con cara de tonta. Cinco minutos después, oyó el paso firme del señorito Isidro por el pasillo del lavadero en dirección al cuarto de costura. De nuevo, el señorito estaba frente a ella. Debía de haber subido las escaleras a saltos para tardar tan poco.

—¡Estos son! —le dijo mientras le entregaba unos pantalones de algodón blanco nuevos y relucientes—. ¡Cortísimos! ¡Parezco un pescador!

Josefa cogió los pantalones delicadamente entre sus finas manos como si se tratase del lienzo de Turín. Con detenimiento les dio la vuelta y comprobó el bajo.

—Le puedo bajar un poco la pernera, señor, el dobladillo lo permite. ¿Le van muy cortos?

—Pues solo me los he probado una vez, ya sabe, me van cortos, así que no los he utilizado. ¿Le parece que me los ponga y lo compruebe usted misma? Dios sabe que no soy el tipo con mejor vestir de Barcelona. Si lo deja en mis manos será un desastre.

Josefa estaba demasiado concentrada en hacer bien su trabajo para responder al humor de su señorito.

—Sí, señor, eso sería lo mejor, quizá si...

Sin darle tiempo a acabar la frase, sonriente, don Isidro la interrumpió:

—¡Fantástico, en cinco minutos estaré de vuelta con mis pantalones de pescador!

Y tras quitarle la prenda de las manos se fue con paso ligero.

Cinco minutos después volvía a estar allí. Josefa seguía sin comprender cómo se las ingeniaba el señorito Isidro para ir y venir a tal ritmo.

Con sus cortos pantalones de algodón puestos, puso los brazos en jarras y de pie, quieto, sonrió a la joven costurera:

—¿Qué le parece? ¿Nos vamos a pescar sardinas?

Josefa emitió una pequeña carcajada, casi de cortesía. Efectivamente, los pantalones le quedaban por lo menos cuatro dedos cortos, algo que en cualquier campesino hubiera pasado inadvertido, pero que era imperdonable en una destacada figura de la escena social barcelonesa. Los ojos de todos, incluso los de los más rudos trabajadores de la finca, esperaban ver a sus señores siempre impecables, con las prendas mejor cortadas y las camisas bien almidonadas. Era parte del abismo que les separaba y que tenían asumido desde hacía siglos.

—¿Me permite?

Se arrodilló y acercó las manos al bajo del pantalón. Llevaba una cinta métrica y cuidadosamente midió el espacio entre el pantalón y los lustrosos zapatos.

Tras unos segundos de silencio en los que la costurera parecía estar calculando, Josefa se incorporó, quedando a pocos centímetros del cuerpo de su señorito.

Levantó la cabeza y, asustada, retrocedió unos pasos para dirigirse a don Isidro.

—Señor, mañana mismo tendrá sus pantalones en su habitación, si le parece bien los recogeré esta tarde.

Isidro sonrió.

—¡Magnífico! Si toda la casa es igual de efectiva que usted, creo que no querré volver nunca a Barcelona.

Josefa sonrió también. Nunca recibía cumplidos y, viniendo del señorito, le llenó de orgullo. Nunca se había sentido orgullosa de sí misma hasta entonces.

Quieto frente a ella, don Isidro la miró de arriba abajo, como reparando repentinamente en la mujer que acababa de conocer.

—¿Cómo se llama? —preguntó bruscamente.

—Josefa, soy Josefa —balbuceó la costurera.

—Gracias, Josefa, no olvidaré su nombre.

Y tras mirarla de nuevo de arriba abajo haciendo que ella se ruborizara levemente, se dio la vuelta y se fue a grandes zancadas, tan rápidamente como había llegado.

A media tarde Josefa bajó a la primera planta, que permanecía en un silencio sepulcral solo interrumpido por el tictac del reloj de pared instalado en el vestíbulo. Las persianas venecianas habían sido bajadas en todas las ventanas para mitigar el sol, que tostaba la fachada de la masía desde las diez de la mañana hasta casi las seis, y se respiraba un ambiente fresco y oscuro que las anchas paredes y los suelos hidráulicos con elaborados dibujos en gris se encargaban de mantener. La habitación del señorito Isidro estaba en el extremo del pasillo principal de la planta, largo y estrecho, empapelado en rayas beige y blancas, con su recorrido marcado por una sucesión de pequeñas lámparas de araña con brillantes cuentas de cristal de roca.

Josefa sabía que don Isidro había salido a pasear media hora antes, por lo que tras golpear protocolariamente la puerta, entró en la habitación sin esperar respuesta.

La estancia estaba decorada ricamente con muebles de caoba con refinadas marqueterías y presidida por una gran cama estilo imperio que recordaba a una barcaza, con el cabezal y los pies rematados por cabezas de cisne doradas. Encima del cabezal, sobre la tela adamascada verde con la que estaba tapizada toda la habitación, colgaba un cuadro ovalado de la Virgen, rodeada de nubes y angelotes. A los pies de la cama, Josefa encontró los pantalones que venía a buscar, perfectamente colgados sobre el galán de noche.

Al poco rato ya estaba arreglándolos en su cubículo bajo la escalera. En una hora estaban listos. Miró su trabajo con satisfacción. Estaban perfectos.

Volvió a la habitación de la primera planta, que seguía en absoluto silencio, y colgó los pantalones de una percha en el interior del armario de limoncillo, junto con otros que le parecieron prácticamente iguales.

En tres días no volvió a ver a don Isidro.

Esta vez eran unas colchas las que estaba remendando cuando, una vez más, el señorito apareció, inesperadamente y de repente, en la puerta del costurero.

—¡Buenas tardes, Josefa! —dijo alegremente.

Josefa dio un brinco y se incorporó. La había asustado.

—Buenas tardes, señorito.

Isidro se dio cuenta de su brusquedad.

—Disculpe, Josefa, si le he asustado, solo quería agradecerle el excelente trabajo que ha hecho con mis pantalones. ¡Míreme! ¡Me quedan perfectos!

Josefa miró tímidamente a su señorito. Efectivamente, le sentaban de maravilla.

—Sí, sí, señor, le quedan impecables —respondió con modestia.

Apoyado en la puerta con una pierna cruzada elegantemente sobre la otra, Isidro parecía encantado de estar allí.

—¿Sabe, Josefa? Es realmente afortunada de hacer algo tan bien. Llevo tres días pensando en qué tarea soy yo tan eficaz como usted en la suya... y sigo sin encontrar una respuesta. Monto a caballo pero mi padre lo hace infinitamente mejor, me gusta la música pero no sé tocar ningún instrumento, manejo algunas contabilidades pero siempre asesorado por los administradores, canto mal. ¡Ya ve! ¡Una joya! ¡No sé hacer nada! ¿Qué le parece eso, Josefa?

Josefa no estaba acostumbrada a que nadie de la familia Marqués se dirigiera a ella en ese tono. Pero la idea de un señorito comparándose con ella le había hecho gracia y le había relajado un poco.

—El señor sabe hacer muchas cosas, yo solo sé hacer una —dijo, y al tiempo que lo decía, descubría algo de sí misma en lo que no había caído: efectivamente, solo sabía coser.

Isidro se la quedó mirando un segundo con cara de pena, consciente de estar frente a una persona que se había agarrado con fuerza a la única oportunidad de aprender que había tenido, mientras él desaprovechaba prácticamente todas las que le llegaban regaladas.

—Josefa, usted sabe hacer bien todo lo que le han enseñado, pero le han enseñado pocas cosas.

Eso ya lo sabía, pero oírlo de la boca de alguien se le hacía duro. Se movía en un entorno en el que cada uno había aprendido su tarea sin más y no había comparaciones posibles. Ahora, frente a alguien mucho más cultivado que ella, la comparación era dolorosa.

La gente del campo sí sabía hacer muchas cosas, y los señores también hacían muchas otras, pero la gente de la casa vivía dedicada a hacer únicamente la pequeña parcela del trabajo que le era encomendada, sin extralimitaciones. Eran como una máquina de la que ella era solo una pequeña parte, inservible por sí sola.

—Muy pocas, señor, solo me han enseñado a coser —susurró mientras miraba al suelo.

A Isidro le horrorizaban los problemas y las tristezas. Había tenido pocos y no sabía cómo afrontarlos. Rápidamente cambió de tono para inquirir alegremente:

—¿Y qué le gustaría aprender, Josefa?

Había una cosa que Josefa hacía años que deseaba saber hacer pero nunca había reunido el valor para pedir que le enseñaran. Sin embargo, en aquella habitación pequeña y ordenada con olor a lana y jabón, frente a un hombre de otro mundo al que no conocía, respondió:

—Me gustaría saber escribir mi nombre.

3

Cada tarde, cuando la familia se retiraba a descansar después de comer, Isidro se acercaba a la pequeña habitación de costura. Al segundo día, Josefa ya escribía lenta y muy aplicadamente su nombre con una fina letra titubeante y lo subrayaba a modo de firma. A Isidro le habían contado que la firma decía mucho de la persona a la que representaba. Si eso era así, Josefa sería sin duda una persona ordenada y reflexiva, seria y transparente, sin dobleces.

Además, y eso no se lo tenía que decir ninguna firma, era agradecida. La costurera no disimulaba la alegría que le producía poder sustituir la X por su nombre cada vez que le solicitaran su firma. Era algo que pocas personas del servicio de la masía sabía hacer y que le llenaba de orgullo.

Pero no se detuvieron allí. Isidro se propuso que la costurera aprendiese a escribir no solo su firma sino cualquier cosa y empezó a enseñarle el abecedario como habían hecho con él hacía muchos años. Sin material didáctico *ad hoc*, cogían libros de la biblioteca y subrayaban las letras en su orden. Primero buscaban todas las «aes» luego todas las «bes», etcétera. Isidro había entregado a Josefa una libreta de hojas rayadas con tapas marrones y una pluma Parker que había cogido del despacho del administrador de la finca, y en ella, poco a poco, se empezaron a ver los avances de la diligente alumna. La letra insegura y con tachones se convirtió al poco tiempo en otra limpia y más estilizada.

Los dos esperaban la hora de la siesta con ilusión y no podían ocultar el placer que les producía pasar juntos aquel tiempo. Una hora diaria en la que maestro y alumna se hicieron amigos y sin darse cuenta fueron derribando los muros que separaban sus dos clases sociales. Para Isidro era una manera de sentirse útil, de ocupar las largas horas de un veraneo aburrido con sus padres en una finca en la que todo estaba hecho y no se le necesitaba para nada. Para Josefa, aprender a escribir era algo en lo que ni siquiera había soñado, un paso importante que le alejaba de sus orígenes humildes y que confirmaba su ascensión, no solo en la casa, sino en la sociedad en general.

Poco a poco, y cada vez con mayor frecuencia, las lecciones se intercalaban con anécdotas que se contaban el uno al otro; Isidro narraba sus experiencias en los internados a los que había acudido y las dificultades que, como ella, había tenido en el aprendizaje de una u otra cosa, y Josefa explicaba las vicisitudes de la vida en el campo y en la planta del servicio. Sus vidas eran tan diferentes que nunca se cansaban de preguntar el uno al otro y todo lo que se contaban les parecía interesante.

El interior de la masía había oscurecido y los cristales de las ventanas tintineaban en los marcos, el calor de agosto había amainado y el aire ya estaba impregnado de olor a humedad. No habían acabado de comer cuando se empezaron a oír las pesadas gotas de lluvia en el exterior. A Isidro le encantaban las tormentas de verano, que sumían la finca en un ambiente limpio, recogido y casi mágico, sin duda un ingrediente más para que su tarde con Josefa resultara perfecta.

Puntual a su cita, subió las escaleras de la casa mientras arreciaban los truenos y el viento empezaba un sonoro ulular. Pensaba en su alumna a todas horas, rebuscaba libros con la letra clara y grande, ideaba nuevas técnicas para enseñarle y soñaba con el día en el que Josefa pudiera escribir fluidamente sin su supervisión. Sin darse cuenta, había empezado a soñar con Josefa.

Entró en el pequeño habitáculo que ocupaba el cuarto de costura de la joven con una enorme sonrisa en su cara, como siempre que estaba con ella. En esa planta de la masía el sonido de la lluvia se hacía aún más evidente y aquel lugar íntimo y secreto bajo la escalera le recordó a una pequeña y acogedora cueva en la que refugiarse.

Josefa se levantó de su silla y saludó con un apretón de manos a Isidro antes de volver a sentarse frente a la pequeña mesa de madera clara sobre la que ya había empezado a escribir pequeñas frases sin ayuda de su maestro.

Se sentó junto a ella dando gracias al cielo por poder volver a compartir una tarde más con Josefa. Se miraron un instante y, como huyendo de lo evidente que sus ojos revelaban, empezaron a repasar los últimos avances de la costurera.

Josefa tenía dificultad al empezar la frase, por lo que siempre le salían torcidas y con mala letra las primeras palabras que escribía. Con sorna, Isidro se lo comentó:

—Josefa, primero escribe usted como si se hubiera enfadado con el papel y luego escribe como si se le pasase el enfado.

Josefa rio.

—¡Me pongo nerviosa! Nunca sé si voy a recordar cómo empezar, pero luego, poco a poco, es como si mi mano tuviera vida propia... y me sale la frase.

—Pues si lo que le cuesta es empezar la frase, tendremos que trabajar eso, ¡me niego a que mi primera y única alumna se destaque por tener la letra más macarrónica del país! —Josefa soltó una sonora carcajada—. ¡No se ría, Josefa, le aseguro que voy a solucionar su problema de una vez por todas!

Le cogió la mano y, con ella, alcanzó la pluma para escribir. Estaba fría pero su tacto era suave y firme. Con su mano sobre la de ella empezó a escribir lentamente copiando la frase que Josefa había escrito. Escribieron descoordinados, con cada mano medio forzando a la otra, juntos. El resultado que obtuvieron fue una letra aún peor. Se quedaron en silencio mirando su obra y sin poder —ni querer— evitarlo, estallaron en un ataque de risa ruidoso y liberador al comprobar el desastroso resultado de su experimento. Después, las carcajadas fueron bajando de intensidad y ambos se quedaron mirando el uno al otro en silencio.

Ninguno de los dos pudo evitarlo, el sonido de la tormenta desde el exterior, la tenue luz de la pequeña habitación, su proximidad física, sus manos entrelazadas, todo parecía perfectamente diseñado por una fuerza superior para que los dos jóvenes no dejaran escapar el momento. Se besaron. Primero con cuidado y enseguida con pasión, dando rienda suelta a un deseo del que habían permanecido inconscientes demasiado tiempo.

Josefa había oído que hay instantes que cambian toda una vida, pero nunca imaginó el significado que tendría para ella aquella frase.

No volvió a aprender a escribir ni una palabra más. Cada tarde, antes de la llegada de Isidro, se prometía a sí misma que acabaría con aquella locura y que se centraría de nuevo en aprender a escribir, pero la pasión que tenían el uno por el otro, mezcla de atracción a lo prohibido y a sus jóvenes cuerpos, les hacía olvidarlo todo. Aquella era una atracción irracional e inconsciente, nada reflexiva, en la que se habían prometido, sin decirlo, que obviarían pensar en los infinitos obstáculos que tenían a la vista.

No habían hablado jamás a nadie de su relación, ni tan siquiera cuando no compartían más que una inocente clase de escritura, así que a ninguno se le pasaba por la cabeza ni insinuar lo que sucedía cada tarde, en el costurero, convertido en refugio secreto de su amor prohibido. No obstante, los más avispados de la casa habían notado que pasaba algo: Josefa parecía extrañamente contenta, resplandeciente incluso, canturreaba por los pasillos y sonreía con facilidad, hablaba con todos con los que había sido siempre comedida. Y lo mismo pasaba con el señorito Isidro, que, sin razón aparente, parecía estar pasando el mejor verano de su vida. Cabos sueltos fáciles de conectar para cualquiera con suficiente perspectiva sobre el microcosmos de la masía.

Los días de verano pasaban rápidamente y ninguno había abordado aún qué pasaría cuando Isidro se marchara. Aquel era sin duda el abismo que les separaba.

Isidro estaba enamorado, pero aun convencido de que su cariño hacia la costurera era real —el más real que había conocido nunca—, jamás se hubiera planteado iniciar una relación pública y formal con Josefa. Como su padre y como su abuelo antes que él, muchos de los hombres de su condición habían encontrado en alguna ocasión el amor al calor de alguna de las mujeres del personal de servicio, que mayoritariamente era más joven, accesible y predispuesto que sus propias mujeres. Así que, para él, la solución era fácil. Cuando acabara el verano, volvería a Barcelona, se casaría con alguna chica joven de buena familia y volvería esporádicamente a la finca cuando el encorsetamiento y rigidez de la vida conyugal burguesa le cansara, para pasar unos días de tranquilidad con su amante.

Para Josefa las cosas eran distintas. Se había entregado por primera vez a un hombre y estaba enamorada, pero sabía que su situación cambiaría totalmente si no hacía algo para remediarlo. Aunque Isidro la quisiera siempre, aun cuando los años transformaran su cuerpo y su carácter, su relación condicionaría toda su vida. No se casaría, viviría todo el año esperando al verano, a cuando su señor quisiera tomarla a escondidas en algún rincón, como un compromiso más en su agenda, y cuando ella le mostrara su descontento y aparecieran los primeros reproches, sería apartada como un juguete roto.

Estaba segura de ello. Pero le quería. El amor que se profesaban era su condena, y por más que se mentalizaba para acabar con él, cada tarde sucumbía al encuentro con su amante.

4

Casi imperceptiblemente los días se empezaron a acortar y el sol se ponía antes en el horizonte, tiñendo de rosa un mar de campos cosechados y cepas que se empezaban a vendimiar pacientemente.

A finales de mes, todo el personal de la masía recibió la orden de empezar a preparar el equipaje de la familia Marqués y enviar un telegrama a Barcelona anunciando su vuelta.

Josefa recibió la noticia como una bofetada. Una bofetada por su estupidez.

Sabía lo que iba a pasar desde el primer beso en el cuarto de costura. Sabía que aquella relación solo podía acabar de una manera, y no lo había querido ver. Sin embargo, había esperado por lo menos una explicación de Isidro y ni siquiera eso había obtenido. Se pasó toda la mañana repasando las prendas de sus señores que acababan de lavar y almidonar, apretando botones y repasando bajos, sin poder parar de llorar silenciosamente, con más pena que rabia. Cuando Isidro llegó a su encuentro, la encontró con los ojos enrojecidos y el cansancio en la cara. Se sentó junto a ella y sin decir nada, le cogió de la mano mientras la costurera sollozaba con renovada energía. Isidro la miraba con ternura y aflicción, pensando en su responsabilidad sobre aquella situación. No se sentía culpable, volver a Barcelona a él también le apenaba, y sabía que sus sentimientos hacia ella eran reales. Habían llegado juntos a aquel punto, a sabiendas de que supondría un problema y sin hacer nada para evitarlo. Le habló con la esperanza de atenuar en alguna medida la tristeza de Josefa.

—Josefa, no llores. Querida, no llores. Sabíamos que este día llegaría. Pero aquí no acaba nada si tú no quieres, seremos amigos siempre.

Josefa pensó en que la de Isidro era una acepción de la palabra «amigos» muy particular, pero no consiguió balbucear nada más que un ahogado sollozo.

—Josefa, tú vas a estar bien aquí y yo volveré pronto, y nos veremos. Este ha sido el mejor verano de mi vida y no lo olvidaré nunca, no te olvidaré nunca. Me he sentido mejor en esta habitacionzucha debajo de la escalera que en cualquier salón de paseo de Gracia.

La costurera no tenía ni idea de lo que era paseo de Gracia y le odió cuando habló en ese tono del marco de su relación. En un arranque de dignidad respiró profundamente y, sin poder mirarle a la cara, con el cuerpo erguido sobre su silla de enea, reunió el valor para hablar lo más gélidamente que pudo.

—Señorito, tenga usted un buen viaje y vuelva pronto. Esta habitacionzucha y su humilde costurera le estaremos esperando para seguir sirviéndole en lo que usted desee. Gracias por enseñarme a escribir.

La habitación se quedó en silencio, con Isidro mirando a Josefa con tristeza mientras ella hacía lo propio en dirección a la pared, altivamente y sin pestañear. Repentinamente ajenos el uno del otro, a millas de distancia en aquel diminuto espacio, supieron que lo que buscaba la una era imposible de dar para el otro.

Isidro se levantó lentamente, soltando la mano de Josefa, la miró por última vez y tras abrir la liviana puerta, se alejó por el pasillo creyendo morir de remordimiento con cada paso que daba.

Cuando hubo desaparecido, la costurera se derrumbó amargamente sobre la mesa, empapada en lágrimas, maldiciéndose a sí misma por haber llegado tan lejos.

A las once y media, tras un desayuno copioso servido en la terraza del comedor principal, la familia Marqués se despedía del servicio, alineado a la derecha de la puerta principal, y se subía en sus lustrosos coches de caballos para emprender el viaje a Barcelona. Entre el ajetreo de los caballos y los equipajes nadie pareció darse cuenta de la ausencia de la costurera de la casa en aquella despedida.

5

El servicio de la masía vivía en la buhardilla del edificio, en una planta que, pese a no disponer de las comodidades de la planta principal, era mucho más moderna y confortable que las viviendas de sus familiares. El techo abuhardillado y los pasillos estrechos disimulaban en esa parte el tamaño de la masía, abriendo habitaciones y armarios en cada recoveco que aparecía bajo techo, pintado invariablemente en blanco. Un pasillo iluminado por pequeños globos de opalina recorría toda la planta desde un extremo en el que se situaban el cuarto de costura, la lavandería, el planchador y el tendedero, al otro, en el que dormían todos, en cinco habitaciones en total, una para el administrador, una para el ama de llaves y tres dobles para el resto del personal.

Todas las habitaciones contaban con sencillas camas de madera con colchas blancas, una pequeña cómoda sobre la que colocaban una jarra y una palangana y una sencilla silla de enea. Sobre cada cabezal colgaba una pequeña cruz de madera.

Junto a las habitaciones, bajo un pequeño retrato del rey con uniforme de húsar, se abría la puerta del cuarto de baño de servicio, una luminosa estancia que todos compartían.

El retrete era un elemento redondeado de porcelana, con tapa de madera y pequeñas florecillas pintadas en azul de la marca George Jennings en Stangate, London. Nadie en la casa había prestado nunca atención al elaborado logotipo de la marca inglesa, pero Josefa llevaba días con la cabeza metida en aquel moderno artilugio y entre arcada y arcada había tenido tiempo de identificar cada una de las letras.

Llevaba un mes tomando infusiones, arroz blanco y comidas suaves, pero las náuseas eran cada vez mayores y a ellas se había sumado un constante malestar general diferente a todos los que había experimentado en sus casi dieciocho años de vida. Iba y venía corriendo por el pasillo, del costurero al cuarto de baño, varias veces al día, y si no hubiera sido porque estando echada se encontraba aún peor, hubiera pedido a Rosa, el ama de llaves, que le dejase descansar hasta que su mal amainase.

Para noviembre las náuseas habían desaparecido, pero su preocupación no había hecho más que aumentar. Incluso obviando los retrasos, el aumento de sus senos, su constante necesidad de orinar y el leve abombamiento de su abdomen empezaron a ser señales demasiado evidentes de la vida que se gestaba en su interior. Estaba embarazada.

No sabía qué hacer, pero en este caso no le hizo falta elaborar un plan.

A las diez de la mañana, Rosa entraba en el planchador con gesto serio. El ama de llaves trataba a todo el personal a su cargo con diligencia y severidad pero también con cierto paternalismo que todos entendían en una mujer mayor que ellos, que había llevado el peso de educación de todos desde su entrada en el servicio de la finca. Para Josefa, aquella señora exigente pero buena era lo más parecido a una madre que había tenido desde que fue entregada por una campesina, en la puerta de la masía, hacía ya casi once años, y no le cupo duda de que conocía su secreto.

Su cuerpo menudo y firme, vestido con un impoluto uniforme negro con una medallita de plata sobre el pecho que atestiguaba su predominancia sobre el resto del personal, le pareció más rígido que nunca. Sus arrugas y su moño prieto y reluciente parecían haberse hecho de piedra.

Con voz glacial, el ama de llaves la llamó al despacho del administrador, una estancia a la que solo acudían para recibir malas noticias. Josefa no pudo evitar que sus ojos se humedecieran con culpabilidad.

Siguió a Rosa silenciosamente y con la cabeza baja como una niña castigada hasta la oscura estancia de la planta baja. El administrador no estaba allí, por lo que Rosa ocupó su lugar detrás de un sencillo escritorio toledano sobre el que se colocaban ordenadamente diferentes libros de cuentas. Josefa se sentó frente a ella.

El ama de llaves suspiró profundamente y, sin esperar a una explicación, le contó lo que iba a suceder a partir de ese momento.

—Josefa, es usted una deshonra para esta casa, para esta familia y para todos nosotros. Ha desperdiciado mis enseñanzas y desoído mis consejos, y ha faltado gravemente a la moral cristiana, conociéndola bien. Una casa como esta se distingue en cada uno de sus miembros, que representan a la familia, por lo que no puedo consentir que siga usted en la finca ni un día más. Le pagaré una compensación aunque no la merece, porque mi corazón es blando y no le deseo ningún mal, pero no le quepa duda de que su vida será peor en cuanto atraviese la cancela de la finca Marqués. Obvio decir que el padre de la criatura, que usted no dará a conocer pero todos conocemos, nunca sabrá de su existencia. La creía más inteligente, pero está claro que me he equivocado.

»No le voy a pedir que nos abandone esta noche, pero, aunque se quede, estoy segura de que no dormirá ni un segundo, si es que le queda un ápice de vergüenza. Mañana antes de comer quiero que esté fuera. Eso es todo. Le deseo suerte y mayor criterio en lo que le queda de vida.

Josefa creyó ver un leve brillo de emoción en la dura roca que le había hablado al pronunciar su fría despedida. Ella lloraba desde el minuto en el que se había sentado. No dijo nada. Rosa abrió entonces la escribanía que tenía en frente y extrajo un sobre cerrado con el membrete de la casa, que alargó sin poder mirarle a la cara. Le había defraudado pero aún la quería. La joven alcanzó el sobre y lo sostuvo con sus dos manos sobre su regazo. Se había quedado sin palabras en uno de los momentos más cruciales de su existencia.

Se levantó y, de nuevo con la cabeza agachada, se dirigió a la puerta, pero el ama de llaves aún tenía algo más que decirle:

—Josefa, le pido por favor que abandone la casa mañana en silencio y sin despedirse. Yo me ocuparé de excusarla con alguna mentira que seguro que nadie creerá, pero dejemos los dramas para otro momento.

La costurera se giró y, tras reunir fuerzas para mirar a su jefa a la cara y comprobar que no solo ella lloraba, asintió con la cabeza y abandonó el despacho en dirección a su habitación.

Tal como había predicho Rosa, Josefa pasó toda la noche en vela. Había tardado apenas quince minutos en hacer un equipaje de dieciocho años, una acción en la que había tomado plena conciencia de su insignificancia en el mundo. No era nadie, no tenía nada. Dos mudas de ropa heredadas que utilizaba para ir a misa, un rosario, una Biblia y las pequeñas alhajas que se le habían dado como parte de su uniforme y que, a diferencia de él, le habían dejado quedarse; esas eran todas sus pertenencias. También el sobre con una pequeña cantidad de pesetas con la que no llegaría a final de año, que le había entregado el ama de llaves a modo de finiquito. Josefa pensó en que se podía decir mucho de la importancia y estatus de una persona en función de lo que tardara en empaquetar su vida. Al acabar se había recostado sobre la cama sin deshacerla, como si ya no le perteneciera, y había visto cómo las horas transcurrían lentamente mientras sus días en la finca Marqués tocaban a su fin. Intercalaba la rabia con la tristeza y la tristeza con la preocupación. No tenía la más remota idea de qué hacer. Entre un pensamiento y otro, se centró, con tímida esperanza, en el hijo que llevaba en su interior: estaba claro que no nacería con un pan bajo el brazo y que hasta el momento solo le había traído problemas, pero de pronto se dio cuenta de que lo quería. Él era su única pertenencia, lo único de valor que nunca había tenido y su única esperanza de dejar algo atrás en su paso por la vida. La idea de que ella, la humilde y silenciosa costurera, dejara un legado, una persona con cara y ojos que recordara su existencia una vez hubiera partido, la animó un poco y le hizo distraerse durante un rato de los problemas que se le venían encima. No pensaba decirle nada a Isidro de lo que había sucedido, ya que, sin maldad, él ya le había mostrado hasta dónde podía llegar su compromiso con ella, que era exactamente a ninguna parte. Quizás en el futuro, cuando su hijo naciera y ella se hubiera establecido de alguna forma, se lo presentaría, quizás querría conocerlo, ayudarles de algún modo, pero eso vendría después. Primero tenía que encontrar trabajo, vivienda, planificar todo lo relacionado con el parto, y no sabía por dónde empezar.

En cuanto el sol asomó sus primeros rayos, se levantó de la cama y mecánicamente se acercó al cuarto de baño a asearse, se peinó y volvió a la habitación a vestirse, armada de valor y decidida a no derrumbarse. Ataviada con un sencillo vestido negro y un gorro de fieltro con una flor cosida en el lado, bajó silenciosamente por la escalera con la pequeña bolsa de cuero en la que llevaba toda su vida colgada del hombro, mientras la casa aún permanecía entre penumbras de absoluto silencio. Abrió la pesada puerta de la masía, frente a la que dormitaban tres mastines leoneses. Intentó ignorar la importancia de ese momento, de lo que dejaba a su espalda y de la nueva etapa de dificultades que se abría frente a sus ojos. Podría haber llorado y suplicado, pero, armada de una dignidad y orgullo del que pocas veces había hecho gala, enfiló el camino de la finca en dirección a la aldea de Cunit. De todas formas, ya había gastado todas sus lágrimas y no había otra solución que la que emprendía en esos momentos.

Avanzaba despacio hacia la aldea, que aparecía adormilada en el horizonte, sobre un fondo de mar que empezaba a platear y rodeada de campos de trigo, cebada y vid, ordenados con muretes de piedra caliza gris perfectamente alineados. A sus espaldas, tras cruzar la verja de entrada a la finca de los Marqués, la masía se hacía cada vez más pequeña, mientras el entorno empezaba a cobrar vida. Deseó hacerlo, pero no miró hacia atrás, aunque su corazón le pedía volver corriendo, entrar en la masía y quedarse en el único hogar que había conocido. Abrazarse a ese hogar como a un amigo, arrepentirse y suplicar clemencia y perdón. Sabía que no era posible. Entró en Cunit por la riera, que era a la vez la calle principal, por la que discurría un tímido reguero de agua que solo tornaba en río cuando llovía copiosamente. La aldea había crecido desordenadamente a partir de pequeñas barracas de payeses que se habían ampliado y dignificado levemente, sin abandonar del todo el aroma a miseria de la población original. Todas las construcciones se arremolinaban con cierta gracia alrededor de la ermita de San Cristóbal, un pequeño templo de piedra de una sola nave bajo cuya espadaña se veneraba una imagen del santo guía. La finca de los Marqués era prácticamente autosuficiente, por lo que solo se acudía al exterior una o dos veces al mes, para enviar telegramas o hacer compras muy específicas, que solo se podían encontrar en Villanueva o Cubellas. Cunit solo tenía un pequeño colmado, al que rarísimas veces acudían, por lo que Josefa llevaba varios años sin acercarse a la aldea. Le alegró ver que había mejorado notablemente, con algunas calles empedradas y dos o tres edificios nuevos de mejor calidad, con fachadas pulcramente encaladas y ventanas emplomadas.

Uno de esos edificios era el hostal La Diligencia, que llamaban así por ser la parada de las diligencias y el lugar donde sus pasajeros se reponían antes de continuar el viaje.

Situado frente a la ermita, sus propietarios la habían reformado completamente y ya no era la ruda casa de piedra y fango que Josefa recordaba. En su lugar, un nuevo edificio de fachada encalada, muchas pequeñas ventanas con rejas y un bonito arco de entrada en piedra que jalonaban dos árboles pimenteros, daba la bienvenida a sus huéspedes.

Pegado a uno de los lados del edificio había un abrevadero largo y estrecho que rebosaba por el frente, encharcando la calle, sobre la que dos caballos sin ensillar bebían tranquilamente, a la espera del inicio de una jornada laboral que no se había de hacer demorar mucho. Entre sus patas un par de gallinas picoteaban el suelo, al tiempo que los sonidos que anunciaban el despertar de la población se sucedían unos a otros.

Josefa había acudido allí con la certeza de que, en el hostal, como principal centro de reunión de Cunit y de contacto con el exterior, era donde toda la información de la población se centralizaba. Si alguien necesitaba una pinche, una ayudante de cualquier tipo, si había cualquier oportunidad para una costurera deshonrada, embarazada y súbitamente despedida de su único trabajo, allí se lo dirían. En los alrededores de la aldea no había más que tres casas señoriales y difícilmente le darían trabajo una vez había sido despedida de la más importante de todas ellas, máxime cuando su vientre empezaba a hacer evidente su estado, así que se había ahorrado la vergüenza de llamar a sus puertas. Decidió que lo mejor sería ser totalmente sincera desde el principio, y que si no podía explicar algunas cosas, las obviaría, pero no las taparía con mentiras.

Entró en el hostal y esperó junto al pequeño mostrador que hacía las veces de barra de bar y recepción. A su izquierda, la estancia, pulcra y oscura, estaba presidida por una gran bota de vino rodeada de cuatro mesitas pequeñas con taburetes sobre las que se habían colocado graciosos floreros de loza con margaritas. Olía a tabaco, a heno y a vino a partes iguales.

A los pocos minutos apareció, a través de la cortina de cuentas que tapaba el acceso a la barra desde una estancia anterior, el que sin duda era el dueño del negocio, un hombre de unos cuarenta años de tez morena y baja estatura, vestido con una camisola amplia que no conseguía disimular su prominente tripa, bajo la cual se había abrochado unos pantalones de lino marrones.

Era la viva imagen del provincialismo mal disimulado, pero sonrió a Josefa amablemente en cuanto la vio.

—Buenos días, señorita, ¿qué se le ofrece?

Josefa respiró hondo y respondió sin preámbulos.

—Buenos días, me llamo Josefa y he trabajado los últimos once años en la finca de los Marqués. Ayer dejé de trabajar allí por razones que no vienen al caso. —El mesonero miró de soslayo a su tripa y pensó que no había que ser demasiado inteligente para saber el porqué—. Busco trabajo y techo, sé coser, cocinar y planchar, pero puedo hacer cualquier labor para la que sirvan unas buenas manos y unas piernas fuertes, ¿sabe de alguien que me pueda ayudar?

El hombre se la quedó mirando con cara de preocupación.

—Pero, señorita, ¿está usted embarazada?

Josefa pensaba que su tripa solo era evidente para ella, pero descubrió que se equivocaba. Además, el rudo personaje mostraba saber perfectamente cuál era su situación al llamarla señorita. Sabía que su hijo era ilegítimo.

—Lo estoy, pero de pocos meses y aún puedo trabajar, me encuentro perfectamente, puedo hacer de todo como hice hasta ayer. No hay nada que se me resista, solo me tienen que probar.

El mesonero giraba la cabeza, negando mientras le respondía:

—No, señorita, no, yo no conozco a nadie, pero le puedo ofrecer una habitación a buen precio en mi establecimiento, que, como verá, cuenta con todas las comodidades.

Josefa pensó que aquel hombre nunca había vivido en una casa como la masía de la que provenía ella, pero aparcó sus pensamientos pensando en qué hacer.

—Señor, necesito trabajo, de cualquier tipo, debo alimentarme a mí y al niño que llevo dentro; por favor, ¿puede dar voces en el pueblo? Yo voy a ir hoy mismo a Cubellas, a ver si tengo más suerte. ¿Sabe a dónde puedo dirigirme?

En ese momento, la cortina de cuentas que el mesonero tenía a la espalda se separó y apareció una oronda mujer de expresión más tosca aún que la de él mismo.

—Tú no te vas a ninguna parte —espetó secamente—. Y tú —continuó, dirigiéndose al mesonero—, ¿cómo dices que no conoces ninguna vacante si me tienes esclavizada entre las vacas y el maldito hostal este de mierda? —Miró a Josefa—. Me llamo Romualda, y, si quieres, me vas a ayudar en el huerto, en el hostal y con las vacas. No te pagaré, pero podrás dormir aquí y no te faltará comida. Si me engañas, patada y a la calle. Si vagueas, patada y a la calle. Si me robas, te cortaré las manos. Si me fallas en cualquier cosa, patada y a la calle. Cuando tu hijo quiera salir, yo te ayudaré, que igual que nosotras lo hacen las vacas y estoy harta de traer terneros al mundo. Luego, descansarás una semana y volverás al trabajo. Te lo advierto, no me gustan las historias ni las complicaciones, no te aguantaré ni una. Si no cumples, patada y a la calle. ¿De acuerdo?

Josefa aún estaba asimilando la parrafada de Romualda, pero aquella era la misma actitud de Rosa, el ama de llaves que la había dirigido hasta hacía pocas horas, y la mujer, con su cara contraída y sonrosada, su mirada viva y sus manos curtidas, le dio confianza.

—Acepto —respondió escuetamente, al tiempo que pensaba que quizás el primer escollo de su nueva vida había sido superado.

Desde aquel día, Josefa fue la sombra de Romualda. Descubrió que la vaquera disponía de una energía inagotable que hacía que nada de lo que se le pusiese por delante fuera un problema, controlando la vaquería, el hostal, el huerto y tres hectáreas de cultivo prácticamente sola y a la vez.

Josefa se aplicó con ahínco para que su inexperiencia en todos esos campos pasase lo más inadvertida posible, algo que no siempre conseguía. Al mes, sus manos ya habían cambiado las llagas por los callos y sus brazos y piernas las agujetas por el músculo, al tiempo que su vientre crecía incesante. Se sentía bien. Se sentía útil e independiente.

Cada día, al poco de salir el sol, Romualda aparecía en su habitación para despertarla, momento en el que aprovechaba para detallarle los trabajos del día, que siempre parecían irrealizables en una sola jornada y siempre se acababan haciendo. Su primera tarea invariablemente era ordeñar las vacas y preparar el desayuno del hostal, que dejaban listo en una pesada mesa de madera toledana, para que los propios huéspedes se sirvieran. Cuando acababa el desayuno limpiaban y barrían el edificio. Una vez rematada esa tarea, cada día podía variar, dar de comer al ganado, sembrar los campos, regar el huerto, arrancar malas hierbas, el trabajo de las dos nunca parecía acabar. Se llevaban bien, y Josefa disfrutaba del trato de tú a tú que Romualda le dispensaba. Conforme pasaron los días, la vaquera le fue abriendo su corazón, explicándole las dificultades que había atravesado y cómo su marido, Marcial, le había ayudado, dentro sus exiguas posibilidades, a afrontarlas. Le había hablado de la muerte de uno de sus hijos atropellado por el tren a los seis años y cómo su otro hijo se había marchado a trabajar en la incipiente industria textil de Villanueva; también le había hablado sobre los hombres, sus negocios y sobre el parto, algo que atemorizaba a Josefa. Romualda la había intentado tranquilizar con refranes y comparaciones con vacas y terneros, pero no lo había conseguido del todo.

Los meses pasaban y Josefa ya estaba plenamente habituada a su nueva vida, tan diferente a la que había conocido hasta los dieciocho años. Pensaba de vez en cuando en Isidro, del que seguía enamorada, pero de una manera más fría y reflexiva. No le había dado la oportunidad de cuidarla, no le había hablado de su embarazo y tampoco le había pedido nada, por lo que no podía recriminarle nada más que dejarla como un juguete usado una vez el tiempo de jugar había acabado, en aquel diminuto cuarto de costura bajo la escalera de la imponente propiedad de sus padres. Estaba segura de que la solución de Isidro hubiera pasado por proporcionarle un alojamiento alejado de las miradas de sus conocidos y una pequeña pensión hasta que el niño naciera, quizás luego obligarla a darlo en adopción, pero ella creía merecer más que eso. Le quedaba el orgullo de haber sabido salir de la situación ella sola, sin ser tratada como una cualquiera. La próxima vez que viera a Isidro sería de igual a igual, no de señor a sirviente, y todo sería diferente. Le añoraba a ratos, pero le costaba reconocer que entre el embarazo y su trabajo incesante, mantenía su cabeza alejada de él la mayor parte del día. Por la noche, cuando las luces se apagaban y la chimenea quedaba en brasas, era cuando Isidro volvía a su cabeza y deseaba volver a sentirse amada y ver al que hasta entonces había sido su único amor. A veces lloraba al recordarle, pero la mayoría de las veces sonreía al revivir los momentos que habían pasado juntos. La distancia y el tiempo no habían idealizado su relación, pero habían borrado poco a poco los malos momentos y resaltado los buenos, que además eran mucho más agradables de recordar. Practicaba la escritura y la lectura cada noche sin falta, con alguno de los libros que se dejaban los huéspedes, y Marcial, que había aprendido a leer y escribir en el colegio de Villanueva, le ayudaba cada vez que se encallaba, que era frecuentemente. Con letra renqueante escribía los nombres de las cosas que tenía alrededor.

En marzo, cuando el frío helaba los charcos, el viento cortaba como una cuchilla y el nacimiento se acercaba, empezó escribir la primera carta de su vida. Tardó casi una semana, pero quedó satisfecha con el resultado.

> Qerido Isidro,
>
> Deseo que estebien y que dios nuestro senyor le guarde y proteja. lescribo porque no se sistará informao de lo acontesio en la finca. Lla no trabaho ayi pues la Rosa ha descubierto questoy encinta y no puedo seguir en la casa. Mencuentro sana y bien y trabando en el hostal de la diligencia de cunit, mui contenta gracias a Dios. El niño nasera en abril si Dios quiere. No quiero nada que no me quiera dar. En berano cuando buelba podra conoser a su ijo si quiere. Le voi a yamar Antonio si es varon y Antonia si es hembra que Antonio fue un santo bueno y pobre como yo.
>
> Te estraño y te mando mi bendicion y mi cariño y deseo que nuestro buen Dios le guarde
>
> Josefa

Metió la carta en un sobre del hostal y la dirigió a la casa de la familia en Barcelona, cuya dirección conocía porque habitualmente se mandaban legumbres y vino de la finca para su consumo en el domicilio de los señores. Calle Mallorca, 286, Principal, Barcelona. Aunque las doncellas que viajaban con la familia siempre les explicaban con aire de superioridad los avances de la Ciudad Condal pavoneándose de cómo se había inaugurado un nuevo palacete en el ensanche o una nueva casa de modas en paseo de Gracia, Josefa no tenía ni idea de qué aspecto tenía la urbe en la que se recibiría su misiva, ni cómo sería la casa de la familia en esa ciudad. Era como mandar una carta a la Luna, lo que hacía más rara toda la operación. El mismo día la echó en el único buzón del pueblo, con la sensación de haber cumplido con su deber para con su hijo.

6

De pronto, sin saber bien de dónde venían, a los sollozos de Josefa se sumaron otros lloros, más agudos, rápidos y sonoros. Levantó levemente la cabeza y observó cómo Romualda, con la cara iluminada por una sonrisa mezcla de orgullo, alegría y cansancio, sostenía con sus brazos a un niño pelón, gordito y grande. Enseguida, sin haber aún asimilado lo que acababa de suceder, vio cómo la oronda vaquera le colocaba el niño sobre el pecho, entre vítores y felicitaciones que Josefa imaginó que no diferían mucho a los que su matrona lanzaba a las vacas al nacer sus terneros. El niño reptó por su pecho lentamente y se acomodó sobre él, mientras ella lloraba de alegría, en el que sería el momento más feliz de su vida. Lo único que importaba era su bebé, Antonio, que con solo dos minutos de existencia ya había rebasado el amor que sentía por cualquier otro ser. Al rato, derrotados por el cansancio, se quedaron dormidos profundamente, mientras Romualda limpiaba a ambos los restos de aquella intensa singladura.

Josefa, sudada, desencajada y enrojecida, sonreía plácidamente.

Acabó de limpiar la habitación y se retiró para comer algo y recuperarse, también ella, del esfuerzo de aquella noche. Preparó un caldo con los huesos de la carne de la cena y apoyada en el arco de la entrada al hostal, mientras lo tomaba en pequeños sorbos, observó cómo su aldea, oscura y silenciosa, dormitaba bajo la intensa lluvia. Pensó en aquel niño, llegado al mundo por accidente, con el único apoyo de una madre pobre y desahuciada. Pensó también en el padre de la criatura, cuyo nombre no le había hecho falta preguntar para saber. El hombre, joven y despreocupado, había tomado de Josefa lo que había querido y luego le había dejado sola y abandonada cuando las cosas se habían complicado, algo muy propio de los jóvenes de su clase, acostumbrados a mezclarse con ellos solo para divertirse. No podía decir lo mismo de la familia Marqués en general, gente buena que había traído riqueza a la zona, daba empleo justo y bien pagado a sus jornaleros y servicio, y había acogido a tanta gente humilde en la masía y las masoverías que la rodeaban. Se giró, y mirando el vestíbulo de su hostal, tenuemente iluminado por una vela a punto de consumirse, sonrió para sí misma al reconocerse libre e independiente, dueña de su destino, con un negocio que le daba de comer y un sitio que podía llamar hogar, plenamente suyo. Visto lo visto, era tremendamente afortunada.

Volvió a la habitación de Josefa, en la que pretendía pasar lo que quedaba de noche vigilando al recién nacido y a su madre. Se sentó en una silla a los pies de la cama con el bebé, que había retirado del pecho de su madre, tapando con una piel de cordero limpia aquel cuerpo nuevo y regordete. Las brasas de la chimenea calentaban la estancia con un resplandor color rubí que iluminaba las paredes y marcaba las sombras de forma casi mágica. Recostada en aquella silla, miró con ternura a Josefa, que seguía profundamente dormida. Satisfecha, miró al niño, que hacía lo mismo.

Estaba cerrando los ojos cuando un brillo en el suelo llamó su atención. Acomodó al niño sobre la silla con la piel de cordero y se agachó, tocando con los dedos una gran mancha húmeda que bañaba la superficie delante y debajo de la cama. No era aprensiva, pero la visión de aquello le causó un atisbo de mareo.

Era sangre, y se derramaba lenta y sinuosamente desde las sábanas empapadas de entre las piernas de Josefa.

Alarmada, Romualda maldijo, blasfemó y gritó todo tipo de improperios mientras avivaba el fuego y encendía varios candiles para iluminar la estancia.

Tomó el pulso a Josefa y lo halló más cercano a la muerte que a la vida. Enseguida, tras recostarla bocarriba, le separó las piernas y empezó una intuitiva serie de acciones guiada únicamente por su sentido común para intentar contener la hemorragia, pero comprobó que la fuente de su preocupación no eran las lógicas heridas y desgarros provocados en el parto, reconocibles a primera vista y normales a todas luces, sino otra herida mayor, interna e invisible para ella, de donde manaba un incesante reguero de sangre. En Cunit no había médico por lo que, zarandeándolo entre gritos, despertó a Marcial y lo acució para que acudiera tan rápido como su mula pudiera a Cubellas y traer consigo al doctor Solana, el único que creía que podía salvar a la joven. Mientras el sonido de los cascos del equino se alejaba por las calles de Cunit, Romualda introdujo unas gasas por la vagina de Josefa, con la vana esperanza de que dejara de sangrar, pero al minuto, la sangre había empapado la tela y la vaquera comprobaba cómo su último intento resultaba inútil. Su paciente, su amiga, se desangraba frente a ella y su hijo recién nacido sin que nada pudieran hacer.

El doctor Solana llegó sudado y aturdido casi una hora más tarde, cuando no había nada que hacer y Romualda ya llevaba veinte minutos llorando con la cabeza hundida en el hombro de Josefa. Completaba el patetismo de la escena el llanto del bebé, que, como enterado de que su madre le había abandonado en aquella vida, lloraba entrecortadamente.

7

Rosa, el ama de llaves de los Marqués, había puesto los medios para que el funeral tuviese todos los elementos que estaban reservados a las clases acomodadas, así que a primera hora de la tarde, un carro lleno de flores, candelabros de latón y mantelería de la finca había llegado para decorar la ermita junto con dos camareras de la masía. Asimismo, a las nueve de la noche, un ataúd de Casa Conde, de Barcelona, en madera de nogal oscura con un rico crucifijo dorado había sido entregado en el hostal de La Diligencia, causando gran impresión en todos los que a esas horas velaban el cuerpo, que nunca habían visto uno de semejante nobleza. La gente del pueblo disfrutaba mucho en ocasiones como aquella, y todos acudían a acompañar a Romualda con trozos de bizcocho, chocolate y fruta para amenizar la noche desgranando todos los jugosos detalles de la vida de la joven, que la inescrutable vaquera les daba con cuentagotas. A las diez, de riguroso luto y con su dura cara marcada por el dolor, un coche de caballos dejó a Rosa en el hostal, donde, tras departir un buen rato con Romualda, permaneció toda la noche rezando silenciosamente el rosario. La vaquera comprendió que para el ama de llaves de la masía, aquella chica, que había acogido con tan solo siete años era lo más parecido que tenía a una hija, y afligida como ella, dejó que se quedara a solas con Josefa en varios momentos de la noche.

Por la mañana, el cuerpo sin vida de Josefa cruzaba la calle para presidir el funeral, al que había asistido la mayor parte de la aldea aunque muchos de los asistentes no hubieran cruzado ni una mirada con la joven. De la finca Marqués se sumó prácticamente todo el servicio de la masía y algunos jornaleros y masoveros, ocupando una posición preferente en los primeros bancos de la ermita, que nunca había estado más lustrosa y ricamente decorada.

Tras el funeral, los jornaleros cargaron a hombros el ataúd en lenta y parsimoniosa procesión al cementerio, que con sus encaladas paredes resplandecía a lo lejos rodeado por campos verdeantes. Tras el cuerpo sin vida de Josefa y el sacerdote de la ermita de San Cristóbal, Rosa y Romualda presidían el cortejo fúnebre, vestidas de luto riguroso y cubiertas por sus mantillas negras. Les seguía gran parte del personal de la finca y de la población de Cunit con crespones negros, avanzando lentamente mientras intercalaban salmos y oraciones. Depositaron el ataúd en un nicho, que Romualda supuso que era propiedad de Rosa, y tapiaron el hueco con una sencilla lápida de piedra que rezaba:

†
D.E.P.
Josefa Campo
Madre, amiga y compañera
1892 - 1910

8

Blanca dobló su mantilla y la dejó con delicadeza sobre la cama. Se quitó parsimoniosamente los guantes y los depositó a un lado, al tiempo que se sentaba. Lanzó un suspiro girando la cabeza. Observaba la habitación con tristeza, rodeada de los enseres más íntimos de su hermano, que ya habían empezado a empaquetar al calor de una chimenea encendida. Deseó que aquel fuera el episodio final tras tres días de exposición del dolor de su familia a toda la sociedad barcelonesa. Quizás después de aquello podría llorar en soledad a su único hermano, que la maldita mano de la enfermedad se había llevado demasiado pronto, dejándola sola con sus hijos cuando aún no había pasado un año desde la muerte de su padre y la de su marido, y tan solo otros dos desde la de su madre. Un trienio negro que esperaba que hubiese saciado a la muerte por mucho tiempo. La tuberculosis había demostrado una vez más no respetar a nadie y a ella le había cargado, de repente y sin aviso, con responsabilidades para las que no había sido preparada. Fincas que rentabilizar, fábricas cuyo funcionamiento desconocía, bienes y gente bajo su responsabilidad que nunca había visto... ni le habían interesado lo más mínimo. Los administradores de cada uno de los apuntes de la cargada herencia habían hecho llegar telegramas de pésame a su atención, en los que además indicaban su total predisposición a instruirla e informarla, pero lejos de tranquilizarla, le habían hecho tomar conciencia de la titánica labor a la que se enfrentaba.

Siempre había sido la hija responsable de la casa, la que había seguido sin desviarse ni un milímetro la senda marcada por sus padres. Nunca había fallado a sus progenitores. Su vida había transcurrido tras los pasos que le venían impuestos por la rígida educación de una familia que aspiraba a ganar respetabilidad, una vez consolidada su riqueza. Su hermano había hecho todo lo contrario: había alternado con todo tipo de mujeres, había asistido a fiestas, se había emborrachado y había sido protagonista de sonados escándalos. Había disfrutado de la vida, de eso no le cabía duda. Quizás había sido un día como el que ella estaba viviendo en esos momentos, hacía tres años, cuando, con la muerte de su padre, la responsabilidad del cuidado de la familia había caído sobre sus hombros, lo que había hecho enfermar a Isidro, hasta entonces tan feliz, tan gritón, tan simpático y tan inconsciente.

Se levantó de la cama y cogió una caja para vaciar y empaquetar el contenido del escritorio, que había pedido al servicio que no tocara, en parte para despedir a su hermano, en parte porque no quería que nadie fisgoneara en aquellos enseres privados. Se sentó en la silla de caoba frente a la mesa y tras lanzar un hondo suspiro empezó a vaciar el primer cajón. Tiró toda la papelería marcada con su membrete, varias fotos de mujeres en posiciones de moral relajada (muchas de las cuales estaban dedicadas) y apartó varios resguardos de la joyería para mandar a alguien. Programas antiguos del Liceo, unos guantes usados, varias plumas viejas y una libreta con notas y frases sin sentido escritas con una letra horrible. Lo tiró todo.

Abrió el siguiente cajón, tan desordenado que lo volcó directamente sobre la papelera a sabiendas de que posiblemente estaría tirando algo indebido.

Pero fue el tercer cajón, organizado con un moderno sistema, un archivo de carpetas colgantes de cartulina que nunca había visto, el que llamó su atención. Cada carpeta marrón estaba etiquetada por el lomo con una letra inclinada y limpia escrita en plumilla, en un orden perfecto y totalmente inesperado en alguien como Isidro. «Facturas Virgen del Pilar», «Gastos de manutención», «Vacunas» eran algunos de los títulos. Blanca abrió cuidadosamente la primera carpeta «Facturas Virgen del Pilar» y halló diferentes fajos de facturas atados con cintas de raso. Poco familiarizada con la contabilidad, alcanzó a entender que aquellas eran las facturas que generaba el orfanato de Villanueva, que habían inaugurado hacía pocos años y que su familia financiaba. La cerró, apuntando mentalmente la necesidad de ceder esa gestión a algún administrador.

La siguiente carpeta fue más difícil de desentrañar. «Gastos de manutención» se refería específicamente al mantenimiento de uno o varios niños; uniformes, regalos y libros eran algunos de los apuntes. Pensó que su hermano era una caja de sorpresas y que posiblemente había infravalorado su espíritu caritativo y su profundidad. Estaba financiando la infancia de uno o varios niños específicos dentro del orfanato y le alegró descubrir esa faceta de Isidro, aunque lamentó no haberla podido compartir con él. Cerró la carpeta. Harta de hacer de Sherlock Holmes de segunda, estaba cerrando el cajón cuando una etiqueta llamó su atención.

«Antonio». La abrió con cuidado para que ninguno de los muchos papeles que guardaba cayera al suelo. Era un archivo referido a uno de los huérfanos en concreto, se llamaba Antonio Campo, y había ingresado con pocos días en el hospicio. En esos momentos tenía tres años, uno menos que su hijo Pablo. Lo había entregado una mesonera que había certificado que su madre había fallecido en el parto. Tenía todos sus datos físicos, peso y talla, en diferentes mediciones mensuales. Le sorprendió que se realizara un seguimiento tan exhaustivo en un lugar que acogía a tantos niños. Encontró un sobre en el que se guardaban varias fotos del niño, que le dio la sensación de que se parecía a sus hijos. Detrás de cada una estaba escrita la edad del niño: «Antonio, seis meses», «Antonio, un año», y así hasta los tres años. Era un niño guapo y bien formado, y Blanca pensó que el hospicio estaba haciendo un gran trabajo, pero no alcanzó a entender lo que tenía frente a ella. Intrigada, siguió escrutando los papeles uno tras otro hasta encontrar, casi al final, un sobre amarillento con matasellos de Segur de Calafell, el pueblo por el que pasaban todas las cartas que se mandaban o salían de la finca de San Antonio, ya que Cunit no tenía oficina de correos. Lo abrió con la sensación de estar sobrepasándose en la invasión de la intimidad de su hermano, pero nunca se arrepintió de haberlo hecho.

Con letra titubeante e innumerables faltas de ortografía, Josefa, la costurera de San Antonio que se había marchado de la casa sin avisar años antes, a la que recordaba bien, relataba un embarazo del que nadie de la familia había tenido conocimiento. Nadie excepto el padre, en cuya habitación se encontraba en aquellos instantes. De pronto todo el archivo tenía sentido. Todas las carpetas tenían un porqué y Blanca tuvo que tumbar la cabeza hacia atrás para no marearse. Frente a ella tenía las fotos del hijo ilegítimo de su hermano Isidro, al que había abandonado en el orfanato de la Virgen del Pilar. Abandonado pero no del todo, pues había permanecido permanentemente informado de sus avatares y se había ocupado de que no le faltara nada. No era nada cercano a lo que se esperaba de un padre, pero era más de lo que la mayoría de los jóvenes de su entorno hubiera hecho con su bastardo.

No podía olvidar que lo era, un bastardo, un hijo ilegítimo, tenido como consecuencia de una relación pecaminosa y fuera del seno de la Iglesia. No lo iba a adoptar ni lo iba a reconocer, pues estimó que aquella era una decisión que había correspondido a su padre —y que sin duda Isidro ya había tomado—, pero se prometió que al niño nunca le faltarían atenciones y que, aunque no era la costumbre ni lo correcto, fragmentaría una parte de su herencia y la destinaría a él una vez muriera.

Cogió las fotos y al mirar una de ellas con mayor detenimiento reconoció una parte de la mancha de nacimiento de la familia entre su oreja y cuello. No cabía duda de que aquel niño era sangre de su sangre. Como siempre que los acontecimientos le sobrepasaban, cerró los ojos y tocándose el escapulario que pendía de su cuello rezó padrenuestros, avemarías, glorias y todo lo que le vino a la cabeza, esperando que Dios la inspirase y la guiase en aquel trance. Pasados unos minutos de rezos, más tranquila, cerró la carpeta y, lentamente y sin mirar, la tiró a la chimenea, repitiendo la operación con todas las que encontró en aquella mina de secretos de Isidro.

Comprendió también el homenaje que su hermano había hecho a su hijo al cambiar el nombre de la finca familiar. La finca de San Antonio recordaría con su nombre, por siempre, al que en un mundo más justo hubiera sido su dueño.

Allí acababa aquel asunto. El secreto moriría con ella, como habría sido el deseo de su hermano.

Segunda Parte

1936

1

I

Antonio estaba indignado. Por todo. Saltaba con cualquier comentario y todo lo que veía alrededor, a diario y constantemente, le sacaba de sus casillas.

Hubo una época en que los elaborados trajes, las pamelas con plumas, los brillantes cromados de los coches y las elegantes mansiones que proliferaban en Villanueva le habían causado admiración. Pero ahora ya no. Ahora le daban asco. Y le sublevaban. Antonio estaba sublevado contra el orden establecido.

Nunca conoció a sus padres; su madre había muerto tras un parto complicado en una aldea cercana y se había llevado consigo el secreto de la paternidad de Antonio. Su familia había quedado reducida a las monjas del orfanato de la Virgen del Pilar, en los arrabales de Villanueva donde una mesonera le había entregado con dos días de vida.

Pese a lo desgraciado de sus circunstancias, no le dolían prendas en admitir que había sido feliz. El orfanato se había inaugurado pocos años antes de su nacimiento, en unos terrenos que había donado la familia Marqués, que también había sufragado su construcción, y contaba con estancias amplias y limpias, calefacción, buenas camas con colchones de lana y una comida aceptable y en cualquier caso, nunca escasa. Vivían ciento treinta y dos huérfanos. Se decía que era una de las principales labores de doña Blanca, la rica viuda que controlaba la fábrica textil, que había heredado de sus padres y en la que trabajaban la mayoría de villanoveses.

Sorprendentemente, se había sentido querido. Las monjas podían ser severas, pero, por alguna razón, Antonio siempre tenía pequeños privilegios que lo diferenciaban del resto de los huérfanos. En Navidad, en sus cumpleaños y su onomástica, los regalos que recibía eran infinitamente mejores que los del resto de los niños, su habitación, que compartía cada año con otros cinco niños diferentes, era siempre la que estaba más cerca del jardín, la más calentita y soleada. Si se cambiaban las literas, o los colchones, o las colchas, siempre se empezaba por las de Antonio. Mientras todos usaban ropas heredadas y remendabas, él llevaba ropas sencillas pero nuevas y de su talla. Todos los niños del orfanato, sin importar la edad, luchaban por estar cerca de él, seguros de que la buena estrella que acompañaba a Antonio también les iluminaría a ellos.

Alguna vez, cuando sus beneficios se habían hecho demasiado evidentes, había preguntado el porqué de esta situación y las monjas se habían limitado a decir que cada cual tenía su ángel de la guarda, y que el suyo era muy dadivoso.

Así que bajo el cuidado de las hermanas y la protectora sombra de su misterioso ángel de la guarda, Antonio había crecido feliz.

En el orfanato aprendió a leer y a escribir, a rezar, a sumar y restar y también historia de España y geografía. En consecuencia, a pesar de ser huérfano, estaba mucho más formado que la mayoría de los hijos de los obreros y que cualquier hijo de campesino. Con todo, la ventaja de la educación demostró ser también la chispa que encendió sus frustraciones y que le hizo tomar conciencia de las injusticias de su época, la mayoría arrastradas desde hacía siglos atrás.

Su primer contacto con la injusta realidad de los de su clase tuvo lugar pocos días después de su salida del orfanato, con dieciséis años.

Se había beneficiado de un programa por el que al salir del orfanato los chicos tenían diferentes oportunidades para trabajar como aprendiz en las fábricas y talleres de Villanueva. La mayoría de la industria de la ciudad estaba de algún modo relacionada con la actividad textil, y prácticamente todas las oportunidades de trabajo acababan no excesivamente alejadas de los telares. Los mecánicos reparaban los camiones de las fábricas, los médicos atendían dolencias de sus trabajadores, los constructores creaban las ampliaciones y nuevas naves y los huertos siempre tenían en los comedores de la industria textil su principal cliente. De esta manera, no fue raro que Antonio empezase a trabajar en una de las industrias subsidiarias del principal sector de actividad de la ciudad.

Con la proliferación de la industria siderúrgica en el norte del país, había crecido exponencialmente la demanda de prendas ignífugas, para proteger a los trabajadores del fuego y las altas temperaturas. Una de las emprendedoras familias de Villanueva se había lanzado a su producción.

La fábrica estaba situada en las afueras de la ciudad, a pocos minutos andando y estaba formada por tres grandes naves de ladrillo y hierro, colocadas en torno a un patio de tierra al que salían a descansar cada seis horas. A unos cien metros frente al complejo se situaba la oficina y el despacho de los Gorchs, la familia propietaria, en un edificio ligeramente más ornamentado, con un pequeño jardín delantero. La empresa no paraba máquinas en ningún momento por lo que había turno de mañana y turno de noche, cada uno de doce horas que parecían meses. A pesar de que todos preferían el turno de día, lo cierto era que el espeso aire que se respiraba y la oscuridad de la fábrica hacían los turnos prácticamente igual de desagradables.

La materia prima sobre la que se trabajaba se recibía en contenedores que llegaban periódicamente al puerto desde las minas de la Unión Sudafricana y Rhodesia. Se trataba de una fibra que se extraía de la roca de aquellos países de los que sabían poco más que el nombre. Almacenada en cilindros en los que hubiera cabido un adulto de talla media sin problemas, en la fábrica mezclaban pacientemente la fibra recibida con un producto que llamaban «fibrana» hasta que se convertía en un tipo de hilo plano que llamaban «mecha». Más tarde las mechas se introducían en unas máquinas que las pasaban por una serie de anillos al final de los cuales había unas púas que les daban torsión, creando un hilo resistente y sobre todo, ignífugo, que usaban para la creación de monos, guantes y demás indumentaria de trabajo.

El problema era que hasta que se convertía en hilo, la fibra era un producto volátil que en cada paso del proceso de fabricación impregnaba el aire con una mezcla de polvo blanco y fibras que todos respiraban. Aunque al principio todos los trabajadores se habían pertrechado con rudimentarias mascarillas de tela que ellos mismos habían fabricado, al cabo del tiempo, acostumbrados a aquel aire denso e insalubre, las acababan abandonando.

Así que todos los trabajadores de la Manufactura Española de Asbestos Gorchs pasaban gran parte de sus horas laborales tosiendo polvo y fibra blanca, sin darle la menor importancia, con los ojos entrecerrados y las fosas nasales permanentemente blanquecinas.

Los propietarios de la empresa habían invertido parte de sus beneficios en intentar mejorar la circulación del aire de la fábrica y en costosos carenados para que las máquinas expulsaran el mínimo posible de polvo y fibras, pero los resultados que habían obtenido habían sido desesperanzadores y todos habían acabado dándose por vencidos.

El sol acababa de asomar sus primeros rayos y poco a poco las formas que les rodeaban empezaron a dibujarse, dejando que el contorno del patio empezara a verse con claridad, mientras abandonaba la luz mortecina de las dos farolas que lo iluminaban. Llevaban dos horas descargando los pesados cilindros de cartón en los que se transportaba la materia prima descargada poco tiempo antes en el puerto de Villanueva y calculaban que no acabarían la tarea hasta al menos dos horas más tarde. Antonio notaba cómo sus brazos se agarrotaban y su espalda se curvaba insanamente, pero trabajaba en silencio y sin quejarse.

Esa noche había llovido y el patio estaba embarrado y lleno de roderas que los camiones habían creado al entrar con su pesada carga. Los charcos de agua amarronada les habían calado los zapatos, tenían frío y resbalaban torpemente con cada movimiento, lo que dificultaba y hacía peligrosa la tarea que estaban desempeñando.

Habían organizado una cadena humana desde el camión hasta el recinto de almacenaje, una nave con vigas de hierro que estaba abierta por el lado que daba al patio, para facilitar el acceso a los materiales. Antonio cargaba con los cilindros que le pasaba Javier y se los entregaba con gran esfuerzo a Roger, cuyo relevo los colocaba ordenadamente uno sobre otro. El trabajo que requería mayor fuerza era el de la persona que recibía los cilindros desde el compartimento de carga del camión. Tenía que alzar los brazos y sujetar la carga desde lo alto y pasarla a la persona que tenía después. Cada diez minutos se turnaban y ocupaba el lugar otra persona de la cadena. Todos maldecían el momento en el que les tocaba el turno de descargar en lo que llamaban «el punto negro».

En esos momentos ocupaba el punto negro de la cadena Daniel González, un hombre de alrededor de treinta años, que llevaba media vida en la fábrica. Ninguno de sus compañeros pudo evitar la tragedia. Cuando tenía los brazos en alto y cogía el cilindro, sus rudos zapatos de cuero resbalaron en el barro de forma que cayó al suelo, desplomándose a peso el cilindro que le estaban pasando, que cayó sobre su cara desde una altura de casi dos metros. El ruido seco del enorme peso contra la cabeza del hombre les estremeció a todos, que corrieron entre gritos a socorrer a su compañero.

Rápidamente apartaron a Daniel, que yacía en el suelo, inconsciente, con la cara totalmente deformada y ensangrentada.

Al principio creyeron que el hombre estaba muerto, pero entre la confusión y las lamentaciones del grupo, Antonio alcanzó a tomarle el pulso para comprobar que, aunque débilmente, aún se aferraba a la vida.

Los camiones estaban repartiendo y recogiendo desde hacía una hora, por lo que el único vehículo que tenían a mano era el que estaban descargando y que había sido protagonista del suceso.

Se dirigió corriendo al cuarto de chóferes, un pequeño habitáculo en el que los conductores de los camiones fichaban al llegar y al partir, pasaban el kilometraje de sus trayectos y recibían las órdenes de Marcelino, el encargado, un hombre tosco que nunca sonreía. Irrumpió en la estancia rápidamente, interrumpiendo al conductor del camión, que, recostado sobre una sencilla silla de enea, comentaba la ruta siguiente a Marcelino. Ambos se giraron en dirección a la puerta con cara de sorpresa.

Antonio respiró profundamente antes de hablar. No tenían tiempo que perder y quería ser claro, pero estaba nervioso:

—¡Ha habido un accidente! Uno de los cilindros ha caído sobre la cabeza de Daniel, el pobre está en el suelo, inconsciente pero aún vivo. Sangra mucho, ¡hay que llevarlo al hospital corriendo o morirá!

Marcelino se levantó de su silla, sin demasiado ímpetu.

—Tienes razón, Antonio, llevadlo corriendo.

Antonio pensó que por una vez había sido fácil convencer al obtuso encargado.

—¡Fantástico! —Y dirigiéndose al conductor espetó—: Dese prisa, ¡le tiene que llevar inmediatamente!

—Antonio, aquí nadie va a utilizar un trasporte de la manufactura para transportar nada que no sea hilo. —Marcelino habló con voz irritantemente pausada—. NA-DI-E.

Antonio no entendía.

—¡No hay otro vehículo! ¿Cómo vamos a llevar a Daniel al hospital si no cogemos el camión?

—Ya te lo he dicho. CO-RRI-EN-DO.

—Pero ¡ese hombre va a morir! —protestó Antonio, incrédulo.

—Y tú estás aquí, sin hacer nada —replicó el encargado con un tono en el que Antonio creyó percibir un deje de cruel sarcasmo.

De repente lo entendía. Marcelino no iba a mover un dedo por salvar la vida de un hombre al que no conocía más que de vista y que, como poco, estaría lisiado de por vida. Un hombre que no podría volver a ser parte del engranaje de la empresa para la que trabajaba, y por la que en estos momentos estaba a punto de despedirse de su vida. Antonio sintió el impulso de abalanzarse sobre Marcelino y arrancarle la cabeza, pero los sollozos de angustia de los trabajadores que rodeaban a Daniel le recordaron la urgencia en la que se encontraba el hombre. Con los ojos inyectados de odio, miró al encargado, que se había vuelto a sentar frente al impresionado conductor, y salió tan rápidamente como había entrado a la estancia.

Corriendo, se dirigió al camión y de un brinco entró en la cabina del conductor, con la esperanza de que las llaves estuvieran puestas. No lo estaban.

—¡Mierda! —gritó, fuera de sí.

Bajó de la cabina y volvió junto al cuerpo de Daniel, del que seguía brotando la sangre en pequeños borbotones que ya habían teñido el barro sobre el que se recostaba de un viscoso color granate. Cogió al hombre por debajo de los hombros y miró con apremio a sus compañeros, que inmediatamente hicieron lo propio agarrando a Daniel por los pies y la cintura. Muy posiblemente no serviría de nada, pero los tres trabajadores por lo menos iban a intentarlo.

Incómodamente, notando el peso del lisiado en cada paso, empezaron a trotar pesadamente en dirección al hospital, céntricamente situado en una plaza junto a la iglesia. Al final del camino de tierra se vislumbraban las primeras casas de Villanueva, pero tardaron trece minutos en entrar en la población. Con los ojos llorosos por la rabia y una mezcla de agotamiento físico y mental, llegaron al hospital, aun sabiendo que era inútil, veinte minutos después de salir de la manufactura y pocos minutos después de que Daniel hubiera muerto. El médico no pudo más que certificar lo que ya sabían, al tiempo que cerraba los ojos aún abiertos del trabajador.

Esa misma tarde, se afilió a la Unión General de Trabajadores y juró que lucharía por que situaciones como la que había vivido no se repitieran más. La mayoría de los trabajadores hacía tiempo que lo habían hecho en alguno de los muchos sindicatos que proliferaban en aquellas fechas.

Hacía ya seis años de su afiliación y cada día sentía crecer con mayor fuerza sus deseos de cambiar el mundo.

Descubrió que casos como el de la Manufactura Gorchs se repetían en prácticamente todas las fábricas de la ciudad. De hecho, la salubridad de la empresa donde trabajaba era mejor que la de otras empresas donde sus camaradas arriesgaban su vida prácticamente a diario, en sótanos abarrotados y húmedos sin ningún tipo de ventilación, por unos sueldos que nunca les sacarían de la pobreza más extrema. Las mujeres trabajaban con los niños a la espalda y en cuanto podían valerse por sí mismos los ofrecían a los patronos para tareas que les condicionarían el resto de sus vidas. Todo ello a pesar de que la reciente Constitución de la República había establecido la protección de la infancia, la limitación de horas de la jornada laboral y el salario mínimo.

De repente, un mundo nuevo y desconocido se había abierto ante sus ojos y todo lo que le había parecido bello ahora le parecía falso y motivaba su indignación. Su carácter, que había sido afable y conciliador, había sido sustituido por un incipiente espíritu revolucionario que clamaba justicia y alimentaba su odio y rencor. Mientras la burguesía y la aristocracia seguían enriqueciendo sus palacios, asistiendo a bailes, vistiendo las prendas más sofisticadas y conduciendo los más costosos vehículos, más de la mitad de la población del país era analfabeta, había campesinos que no habían comido carne nunca y él mismo podía sentirse afortunado por tener un par de zapatos. Nadie, ni siquiera una República cargada de buenas intenciones, solucionaba sus problemas, por lo que a todos, y así se convencían en los mítines semanales, se les había acabado la paciencia. La solución no estaba en más manos que en las del obrero, en las de hombres como él, que no veían otra salida que la de la revolución.

Desde entonces, ya había participado en varias acciones, incluyendo la huelga revolucionaria de 1934 y se enorgullecía de ello, a pesar de las nefastas consecuencias de la misma. Sí, había muerto mucha gente, y sí, habían fracasado en lo esencial ya que sus vidas seguían siendo miserables, pero habían demostrado su descontento y estaba seguro de que muchos patronos se iban a la cama con mayores desvelos desde entonces.

Las reuniones se celebraban en el teatro Cardenal, un inmueble de ornamentada fachada que llevaba cerrado varios años por la desidia de los propietarios. El sindicato lo había incautado, y para sorpresa de Antonio, nadie había hecho nada para evitarlo ni habían recibido queja alguna de su legítimo dueño. Eran cosas como aquella, imposibles antes de la República, las que le animaban. Ver que las tornas poco a poco cambiaban en beneficio de los de su clase, tratada injustamente desde hacía demasiado tiempo, era esperanzador. Cada miércoles, cuando acababa el turno de día de la mayoría de las fábricas, una oscura hilera de trabajadores sucios y harapientos, con la cara a medio camino entre el cansancio y el disgusto, acudía en procesión al teatro, donde se les agasajaba con un caldo caliente de pollo que para muchos ya se había convertido en parte esencial de su exigua dieta. Con el caldo calentándoles las manos, se sentaban para escuchar a los oradores, que una especie de moderador que parecía más cultivado que ellos y al que todos llamaban Pou, iba reclamando en el estrado.

Los ponentes siempre eran miembros de la clase trabajadora de Villanueva o de Barcelona, que contaban sus experiencias en las fábricas. Normalmente se alternaban duras explicaciones sobre diferentes agravios que sufrían con ejemplos de acciones llevadas a cabo por el sindicato en otros lugares de España. Cuando acababan, Pou se dirigía a todos y les animaba a diferentes formas de rebelión, matizaba puntos de cada una de las ponencias y escuchaba las preguntas y opiniones que se lanzaban a gritos desde los asientos, dando a todos los que se manifestaban la sensación de que, por una vez, su opinión tenía algún valor. Para Antonio, aquel hombre era el mago que les infundía energía y motivaba, que les hacía creer que la emancipación de los patronos era posible y estaba cerca. Antes de acabar, los asistentes se ponían en pie y, tras gritar en alto «¡Viva la revolución social!», «¡Campos y fábricas para los sindicatos!», cantaban el himno de la Internacional Socialista emocionados.

Aquel miércoles, la reunión prometía ser más intensa que de costumbre por el asesinato en Madrid del guardia de asalto José Castillo, un buen hombre de ideas progresistas que se había negado a disparar contra el pueblo y se había pronunciado en varias ocasiones contra las injusticias que les rodeaban. Todos estaban seguros de que el crimen había sido perpetrado por falangistas.

Se sentó en la tercera fila del teatro con el caldo calentándole las manos. No había visto el local tan a rebosar nunca, ni siquiera cuando había venido el vicepresidente de la organización, Andrés Saborit, un personaje que les había impresionado mucho a todos. Alrededor todos los compañeros murmuraban sobre los acontecimientos acaecidos, «guerra», «revolución» y «levantamiento» eran palabras que resonaban en las conversaciones, aunque comprobó que, lejos de pronunciarlas con temor, los asistentes a aquel mitin las decían con alegría y entusiasmo, sin poder contener la emoción. Antonio había estudiado las guerras en el orfanato y no estaba seguro de poder compartir el entusiasmo de sus camaradas si era eso lo que iba a llamar a su puerta, pero se alegró de que el espíritu fuera tan motivador.

Pou subió como cada miércoles al estrado entre vítores de todos los asistentes, flanqueado por la bandera de la Unión Soviética y la de la UGT. Parecía exultante. Con las manos pidió silencio y esperó unos segundos una vez la sala estuvo en absoluto silencio para enfatizar la importancia de su discurso. Cerró los ojos, miró al suelo y respiró profundamente antes de empezar a hablar:

—¡Camaradas! ¡La hora de la revolución se acerca! El domingo pasado, a traición y con nocturnidad, un camarada del pueblo, un revolucionario como todos nosotros fue asesinado en Madrid. Un camarada que al negarse a disparar al pueblo, que al proclamar abiertamente que el pueblo no puede vivir así, se había convertido en el enemigo de los opresores. Ellos tienen muy claro lo que hay que hacer con sus enemigos y nosotros debemos tenerlo claro también. Yo digo revolución, camaradas, y lo digo alto y claro porque esta es la única vía que nos queda. La República burguesa no nos ayudó en el pasado y no nos ayudará tampoco en el futuro. Mientras los curas envenenan a los niños con caramelos como ocurrió en Madrid, la aristocracia latifundista opresora mata de hambre a los jornaleros y la burguesía avara exprime nuestros huesos. ¿Qué solución nos queda con ellos si no han aprendido nada ni han escuchado nuestras reclamaciones? ¡Camaradas! Hay que acabar con ellos, hay que limpiar este país de opresores y no hay más solución que la de la exterminación uno a uno. Camaradas, la gloriosa revolución soviética nos ha inspirado y nos ha mostrado el camino para conseguirlo. Igual que la mala hierba vuelve a crecer si no se la arranca de raíz, el opresor vuelve a oprimir si no ha muerto. Estos buitres llevan demasiado tiempo comiendo las carnes de nuestras mujeres y las caras de nuestros hijos, pero la hora se acerca, la revolución está próxima y haremos bien en acabar con el enemigo antes de que pueda organizarse y volver a esclavizar a sus iguales. Sí, he dicho iguales, camaradas, habéis oído bien. El usurero que se aprovecha de la benevolencia obrera acabará sus días arrastrado bocabajo por las calles y las plazas, y nadie se apiadará de él, porque tampoco él tuvo piedad ni escrúpulos.

Antonio y todo el público asistente se habían convertido en uno solo, que escuchaba cada vez más excitado, con los ojos abiertos e interviniendo con sonoras aseveraciones cada vez que Pou acababa una frase.

—¡Pero estad atentos, camaradas! Porque el mal se está organizando y no tardará en mostrar su cara más dura. En los cuarteles ya suenan los sables y nuestra gloriosa organización no debe dejar que nadie la pisotee nunca más, y todos debemos ir a una para que el enemigo muera como debería haber hecho hace siglos. Coged vuestras hoces, vuestros martillos y vuestros cuchillos y estad alerta, que la amenaza es real y se acerca como una nube negra. El opresor no cederá su poder con tanta facilidad, pero lo hará porque la justicia prevalecerá y el pueblo no será pisoteado nunca más. Ayer en Madrid ya se dieron sobradas muestras de lo que solo el pueblo es capaz de hacer y yo os digo que el enemigo está preocupado y temeroso, porque las puertas de sus palacios, las verjas de sus fincas y las torres de sus castillos no les salvarán.

»Mantened la huelga y armaros. Pertrecharos con cualquier elemento que colabore a la derrota del capital y esperad atentos en vuestras casas, que la llamada de la UGT para acabar de una vez con este orden no tardará en llegar. ¡Abajo el capital! ¡Campos y fábricas para los sindicatos! ¡Viva la revolución!

Todos se pusieron en pie mientras vociferaban las proclamas, y acto seguido alzaron el puño para cantar el himno de *La Internacional*. Aquel discurso les había hipnotizado más que ningún otro. Finalmente, estaba claro que el día se acercaba. Antonio no pudo evitar que se le humedecieran los ojos con emoción.

II

Inés llevaba ya varias horas oyendo los sonidos de su casa cuando decidió que, no por gusto sino por obligación, había llegado la hora de levantarse. Aquella era sin duda una casa ruidosa... o al menos, todo lo silenciosa que cabía esperar de un lugar entre cuyas paredes dormían casi veinte personas cada día, buena parte de las cuales se encontraba de veraneo.

Se miró al espejo mientras se aseaba. Tenía diecisiete años. No era tan guapa como su madre y albergaba pocas esperanzas de serlo, pero su cara era limpia y proporcionada, sus ojos claros y despiertos y su pelo castaño denso y bien arreglado. Su cuerpo estaba bien torneado, un cuello largo, una cintura estrecha, unas piernas bonitas que enseñaba poco y una piel blanca y fina. No era alta, apenas llegaba al metro sesenta según la última medición que le hizo Pepito Mata, y aunque en teoría aún podía pegar un estirón, a ella no le cabía duda de que ese era otro de los comentarios amables que se obtenían cuando el médico era amigo de la familia. No crecería más y tampoco le importaba mientras lo que tenía ahora no se estropeara. En casa decían que era «de buena calidad», como un jersey de cachemir que no hace bolas o un loden que dura muchos años. No era exactamente un piropo, pero esperaba que fuera cierto.

La brillante luz de montaña entraba a través del diamante, la pica, el trébol y el corazón que se troquelaban en las contraventanas, filtrada a través de los ligeros visillos de aquella habitación bien amueblada, que tan poco se parecía a la de Barcelona, poblada de las pesadas tapicerías, lámparas, mesitas camillas y cuadros religiosos. Muy al contrario, todas las estancias de la casa de la Cerdaña eran cómodas y funcionales, aunque la familia que la habitaba no siempre lo fuera tanto.

Abrió la ventana y respiró. Pese a que el verano del 1936 estaba siendo especialmente caluroso, el clima en el Pirineo catalán era una auténtica bendición y el aire era fresco y limpio. Desde lo alto del barrio del Lago, se tenía una vista fantástica de todo el valle; al fondo, las montañas de la Molina y la Masella, en cuyas estribaciones finales se veían perfectamente los pueblos de Alp, Das y Tartera; más cerca, la planicie central atravesada por el río Segre, que flanqueaban altos olmos y campos verdes sobre los que pastaban las vacas que tanta gracia hacían a los veraneantes. A la izquierda, Bourg-Madame, primer pueblo después de la frontera con Francia, y junto a ella, en el lado español, la casa de los Basso y la casa de los Mesa, enfrentadas a los lados de la entrada a una España mucho más revuelta de lo que se percibía por aquellos lares. Sobre todo ello, la colina de Puigcerdá, con el campanario de su hermosa iglesia en la parte más alta, y todo el pueblo alrededor, sin demasiada gracia, según la opinión generalizada. Todo el mundo decía que la Cerdaña era el valle más ancho de Europa, pero su madre le había dicho que el comentario era una tontería que solo podía decir gente poco viajada o con poco sentido de la proporción. Inés no tenía ningún sentido de la proporción y había viajado poco, pero aun así creía a su madre, como en casi todo.

Su casa, como las de la mayoría de los veraneantes barceloneses que se desplazaban a la Cerdaña, estaba en el barrio del Lago, en el pueblo de Puigcerdá. El nombre se lo daba un lago que llevaba allí desde tiempo inmemorial, alrededor del cual habían pastado las vacas hasta hacía no mucho, y en cuyo lugar aparecían ahora magníficas residencias de veraneo, de techo de pizarra, paredes pintadas de vivos colores y ventanas emplomadas enmarcadas por dinteles de granito de la zona. Las que rodeaban el lago eran rojas, con pequeños torreones y varios pisos coronados por buhardillas en las que alojar al servicio, que viajaba con toda la familia, como parte que era de ella. Alrededor de todas crecían bonitos jardines salpicados de secuoyas, bojs, castaños y abetos bajo cuya sombra se disfrutaban los picnics, siestas y partidas de cartas.

La Torre San Fernando, su casa, se erigía en una curva de la avenida Schierbeck, que subía al lago desde la frontera, y, aunque no estaba tan cerca del mismo como a sus propietarios les hubiera gustado, se beneficiaba de una vista magnífica de todo el valle. La gente decía que era una casa muy grande, pero nunca recordaban la cantidad de gente que vivía en ella. A sus habitantes les parecía todo menos eso. Era una casa del lago, y esa era su mejor descripción; una suerte de diferentes volúmenes en tres pisos orientados hacia el valle, coronados por un techo de pizarra puntiagudo y con varios ángulos sobre los que se abrían pequeñas ventanas. Las paredes blancas estaban cubiertas de viña virgen, una trepadora que en otoño teñía sus hojas de rojo y que en invierno se quedaba sin ellas, la única trepadora tolerada en una casa en la que se creía firmemente que las ratas vivían y circulaban con facilidad por las trepadoras de hoja perenne. En la parte que daba al valle y al jardín, la fachada se decoraba con una hermosa galería que emergía del salón principal, con grandes ventanas de guillotina, que, como en el resto de la edificación, se cerraban con unas contraventanas en verde inglés, en cuyo centro aparecían troquelados el diamante, la pica, el corazón y el trébol. Nadie sabía muy bien de dónde había venido la idea de poner las cuatro figuras de la baraja allí, pero resultaba cómodo para que los invitados identificaran la casa, que, por lo demás, no difería mucho de las de su alrededor.

Se aseó, vistió y armó de valor para afrontar la primera media hora de su día en aquella casa. A medida que bajaba la escalera de roble sentía, como cada día, deseos de darse la vuelta, correr hacia su habitación, ponerse de nuevo el camisón y volver a la cama. Habría sido inútil, la casa estaba despierta y no habría nada que la hiciera callar, así que, resignada, se dirigió a la terraza del jardín, donde, en días como aquel, se servía el desayuno.

La terraza era lo que su madre definía como «una delicia»; rodeada de hortensias y separada del jardín por siete escalones de piedra, era la tribuna desde la que sus padres controlaban los juegos de los más pequeños, se reclinaban sobre las blancas hamacas y, en ese momento, desayunaban en una mesa de hierro y cristal pintada de blanco alrededor de la cual se disponían quince sillas con cojines amarillos. La mesa aparecía perfectamente servida con un mantel de hilo blanco sobre la que se disponía una vajilla de la Cartuja de dibujos rojizos, la cubertería de diario, diferentes tacitas, mermeladas caseras, bollería del pueblo, brioches de Bourg-Madame, embutidos de la zona, quesos españoles y franceses y canastillas con tostadas que el servicio iba reponiendo silenciosamente.

Adoraba a su familia, pero mientras se sentaba, aún adormilada y con los ojos entrecerrados, hubiera deseado que se callaran todos. Era imposible.

Los Sagnier eran un pequeño clan formado en aquellos días por doce personas. Seis hijos, cuatro hijas y sus padres, a los que se sumaban viviendo entre aquellas paredes las ocho personas que les atendían, una cocinera, un pinche, tres camareras y tres amas andaluzas para los más pequeños. Además, ese verano, se preveía la incorporación de dos *frauleins* que habían sido seleccionadas a través de unos amigos del internado de Salem —una institución venerable cerca del lago Constanza, en Alemania— y que estaban arreglándolo todo para llegar en tren en cuanto todo el terrible papeleo de aquellos días se solucionase. La idea era que acompañaran a Inés y a sus hermanas Cayetana y Lucía allá donde fueran, les enseñasen diferentes labores, juegos de cartas y ocupaciones que se pretendían imprescindibles para cualquier señorita de clase alta, además de algo de alemán, aunque esto último se había demostrado totalmente infructuoso en todas las casas de Barcelona en las que se había intentado; el inglés era más fácil, pero lo enseñaban las inglesas y las inglesas no gustaban en casa Sagnier. La incorporación de las alemanas era una bobada, a juicio de las tres hermanas, que ya planificaban las diferentes maneras de lanzarlas al lago y se reían de travesuras que luego nunca se atrevían a hacer.

Alargó la mano para alcanzar la mermelada de naranja amarga, que empezó a untar en una tostada mientras le servían una taza de té, de una mezcla especial que hacían en aquella casa ruidosa, y que solo era del gusto de los de Sagnier, habitantes de esa casa ruidosa. El desayuno, aunque copiosísimo, era la comida más informal del día, y, sobre todo en aquellos meses desencorsetados, se permitía que todo el mundo se despertase y se sentara a la mesa cuando le apeteciera, siempre que lo que le apeteciera estuviera dentro de los límites horarios que se esperaban de cualquier casa respetable de Barcelona.

Su madre, sentada frente a ella, parecía haber acabado el desayuno hacía rato y desde su tumbona la miró, sonrió y siguió leyendo. A sus treinta y nueve años, su belleza no había dejado de aumentar, alcanzando una mezcla a medio camino entre actriz de cine y reina centroeuropea que todos admiraban.

Eugenia era alta y delgada, con el pelo castaño siempre recogido en un moño alto, que alargaba una cara de piel rosada siempre perfecta, con pómulos altos, ojos azules y boca fina. No soportaba el desorden ni la dejadez, y mantenía en sí misma y en todos los que le rodeaban una rígida moral que defendía sin gritar ni alterarse jamás, pero sin variar tampoco un milímetro sus convicciones y seguridades. Su arrollador porte desprendía una imagen fría y distante que hacía que todo el mundo mantuviese las distancias con ella y nadie aguantase la mirada de sus ojos glaciales, enmarcados en la cara perfecta de un cuerpo siempre vestido con las mejores pieles, abrigos y joyas. Podía ser simpática y siempre era educada, pero era percibida entre los que no la conocían bien como altiva y distante. Inés no recordaba haberle visto perder las formas nunca.

Su padre, sin ser cariñoso, sí era habitualmente más cercano y accesible, pero había dejado que la que gobernase el clan familiar fuera su mujer, a pesar de ser él el militar de la casa. Coronel en la reserva, llevaba varios años sin pasar por un cuartel y ocupaba su tiempo en la gestión de algunas propiedades heredadas de su abuela indiana y en la de diferentes activos en la bolsa, de la que era agente. Esperaba de sus hijos la mayor educación, las mejores calificaciones y la excelencia en todas sus actividades, pero confiaba en su mujer para que cada uno de ellos las obtuviera. De un tiempo a aquella parte, la lectura diaria del *Abc* había cambiado su carácter, y el otrora divertido y hablador Fernando llevaba meses malhumorado e irascible. Consciente de que probablemente era mejor así, el señor de la casa tampoco había hecho ningún esfuerzo en aclarar que lo que estaba era terriblemente preocupado.

Aquel mes había empezado con una pequeña revolución en la comunidad de veraneantes de Puigcerdá. Los Santceloni habían anunciado que adelantarían la puesta de largo de su hija Marta —cuya celebración estaba prevista para finales de septiembre en Barcelona— a julio, por lo que se celebraría en la imponente casa que tenían frente al lago. Todas las jóvenes llevaban varias semanas retocando sus vestidos, buscando sofisticados complementos en las tiendas de Bourg-Madame y pensando en qué aderezos y peinados llevar en el gran día. Aquella noche había llegado. Inés y sus dos hermanas menores estaban invitadas a la que, sin duda, sería la fiesta del verano.

Tras la siesta, a media tarde, les colocaron a cada una en su habitación su traje para aquella noche, perfectamente planchado en una percha que colgaron del pomo del armario. Inés había rehecho uno de los trajes de Balenciaga que su madre compraba en la calle Santa Teresa de Barcelona; habían tenido que acortarlo y estrecharlo un poco pero tal y como recordaba de la última prueba, le quedaba perfecto. Frente al espejo de cuerpo entero de su vestidor, con una camarera y su madre asomándose por su espalda con cara de satisfacción, no pudo evitar soltar una risita nerviosa al verse reflejada como una elegante adulta por primera vez. Llevaba un traje blanco de raso, con falda abullonada hasta los pies y discreto escote en V sobre el que se había colocado una chaquetilla corta de pedrería dorada, que remataba con un collar de cuatro vueltas de perlas. Enmarcando el moño alto que se había hecho, le habían colocado una pequeña diadema de oro y perlas de su madre. Esperaba causar sensación.

Aguardó a sus hermanas en el vestíbulo de entrada hasta que, con menor acierto que ella, estuvieron listas para acudir a la fiesta.

La casa de los Santceloni estaba a pocos metros de la Torre de San Fernando y en cuanto salieron oyeron los compases de la orquesta que amenizaba la reunión. Animadas, enfilaron la calle a paso ligero en aquella refrescante noche pirenaica. Dejaron atrás los tupidos árboles de la avenida Schierbeck y tomaron el paseo que bordeaba el lago, hasta la imponente casa donde se celebraba la fiesta.

Los Santceloni eran miembros de una antigua saga textil y sus fiestas siempre destacaban por su opulencia, perceptible en cuanto cruzaron la verja de acceso a la casa. Sobre los balcones y ventanas se habían colocado grandes velones que tamizaban con una luz dorada toda la fachada del edificio. Por el jardín circulaban discretamente camareros con librea portando relucientes bandejas de plata con canapés y copas de borde dorado que ofrecían a los invitados, impecablemente vestidos con elaborados trajes de los mejores modistos de Barcelona. En una esquina, sobre una tarima bajo unos grandes abetos repletos de pequeños farolillos de papel, se situaba la orquesta, interpretando un charlestón que los más atrevidos ya bailaban en parejas.

Inés se despidió de sus hermanas tras saludar a los anfitriones en la entrada del jardín y tranquilamente se dirigió a la barra para coger una copa antes de ir junto a sus amigas, que ya estaban sentadas en un grupo cerca de la pista, esperando a ser invitadas a bailar.

Se acercó a la barra y discretamente hizo una señal con la cabeza para que le atendiera el camarero, que enseguida estaba frente a ella. Sola, mientras diligentemente le servían una copa de Codorniu, no pudo evitar escuchar al grupo de cuatro jóvenes que discutía acaloradamente a su espalda.

—Que sí, Andrés, que sí, que habrá guerra, que esto no puede seguir así. El país está paralizado y alguien va a dar un golpe en la mesa. Quieren acabar con nosotros, y apropiarse de todo lo que nuestros padres han conseguido. Vamos a ser como los rusos, nos matarán a todos y se quedarán con lo que es nuestro.

—Javi, eres un exagerado, ¿realmente te parece a ti que lo que tienes a tu alrededor es un clima de guerra? ¡Por favor, no digas tonterías! Las huelgas, los disturbios, ¡todo pasará! El Gobierno está aún muy verde, pero podrá con todo.

—No, Andrés, no —interrumpió un tercero—, la situación es grave. Se han quemado más de cien conventos e iglesias, se ha asesinado a gente, el país está paralizado. Va a pasar algo y pronto. Se nota que acabas de llegar, si paseas por el pueblo lo notarás. En cada cara antes amable ahora hay odio y resquemor. Lo vemos todos y por eso nuestros padres tienen a las mujeres recluidas en el barrio del Lago, piensan que así no se darán cuenta de que vamos hacia el abismo. El Gobierno del Frente no pone orden porque no puede, porque esto está desmadrado y sin sentido.

—Ayer unos falangistas mataron a un teniente de la Guardia de Asalto en Madrid. Por lo visto, se había manifestado a favor de los trabajadores. Otro asesinato más —intervino el joven que parecía más preocupado.

—Estamos aquí, tomándonos alegremente copas de vino y bailando cuando haríamos bien en mandar a nuestras madres y hermanas fuera de España y prepararnos para lo peor. Viene una revolución, y acabará con todos nosotros si no hacemos nada para impedirlo. Este mes, en agosto quizás, en septiembre, pero viene y viene ya. ¿Por qué crees que se ha adelantado esta fiesta? Nadie sabe qué pasará mañana, y en Barcelona no se puede estar. El que no lo vea es que es ciego o tonto.

De pronto, uno de los jóvenes se percató de la elegante figura femenina que, inmóvil como una estatua, les daba la espalda con un elegante traje blanco y dorado. Esperando no haberle preocupado, aunque tenía sobrados motivos para ello, le tocó suavemente en el hombro para que se diera la vuelta.

Inés se giró lentamente con la frente alta y gesto serio. Sus enrojecidos ojos parecían estar a punto de llorar. Pero ella no lloraba nunca. Sostenía una copa llena de cava que se movía con el casi imperceptible temblor de su cuerpo. Miró al grupo, que súbitamente se había quedado en silencio, reconociendo a todos, salvo al que parecía más despreocupado.

—Buenas noches, Inés —la saludó Javier Galcerán al tiempo que le besaba la mano—. Perdona si al hablar alto te hemos preocupado, este es mi primo Andrés Olivier, hijo de mi tía Carmen, que vive en París. —Andrés le cogió la mano y se la besó—. Y a Salvador y Perico Cavestany ya los conoces.

—Buenas noches —respondió en tono glacial—, ¿es verdad eso que decís? Mi padre no me ha contado nada, y en este valle no hay quien se entere de lo que pasa. ¿Va a haber guerra?

—Inés, no te preocupes, ya sabes cómo han sido estos últimos años, susto tras susto, pero luego al final no pasa nada. Seguro que esta vez sucederá lo mismo.

Inés estaba harta de la condescendencia con la que los hombres trataban a las jóvenes como ella.

—Javier, te he oído, así que, si no me vas a contar lo que realmente piensas, te pediría por favor que al menos no me tomes por tonta.

—Inés, tienes razón —intervino Salvador Cavestany—. Estamos preocupados y los tres creemos que va a pasar algo gordo. De Madrid y de todas partes de España llegan noticias alarmantes sobre disturbios, asesinatos, marchas provocadoras de signos opuestos. Pero si ojeas *La Vanguardia* de vez en cuando, te habrás enterado.

A Inés le avergonzó pensar que solo leía *Blanco y Negro* para enterarse de la crónica social y nunca ojeaba *La Vanguardia*.

—Lo de las iglesias ha sido increíble —continuó Salvador—, y nadie ha hecho nada, en fin, están pasando cosas. Y no son buenas. Pero, por favor, disfruta de esta fiesta, estás preciosa y estamos todos deseando que nos concedas un par de bailes. ¿Te apetece bailar? No me olvido del plantón que me diste en el Liceo, ¡me lo debes!

Inés miró a los cuatro elegantes jóvenes sin sonreír, a pesar de los amables comentarios de Salvador. No era tonta y sabía que las cosas en España no iban bien. Percibía la preocupación en los ojos de sus padres y tenía muy presente el ambiente de Barcelona antes de que adelantaran su veraneo, pero ni se le había pasado por la cabeza que hubiera una guerra. Desde su ingenuidad, no creía tener enemigos, y no veía cuáles eran los puntos de tensión que podrían llevar a una ruptura social tan drástica.

Aturdida y asustada miró a Salvador.

—Pero ¿una guerra? ¿Cómo vamos a ir a la guerra? Pero no hace ni veinte años desde la Gran Guerra. Si Europa ardió entera. ¿Quién sería tan loco para repetir una tragedia así?

Javier intervino, consciente de que ningún comentario amable acabaría con la curiosidad y preocupación de las que la joven era cautiva:

—Sí, Inés. En este mundo, por desgracia, en ambientes como los que estamos viviendo, solo hace falta una chispa para que todo estalle. La guerra de Europa que mencionas acabó con la vida de millones de personas, enfrentando a todo el continente, porque un loco mató a un príncipe en Sarajevo. Una chispa, tan solo una chispa y todo puede estallar. El mundo es así de terrible y los hombres así de inconscientes. Ojalá nos equivoquemos todos y no llegue la sangre al río.

Sin saber qué decir y con la irritante seguridad de haber estado viviendo demasiado tiempo ajena a unos acontecimientos que amenazaban directamente la forma vida de la gente como ella, dio por acabada la fiesta del verano. Se dio la vuelta y dando la espalda al grupo avanzó lentamente hacia la calle, abandonando el lugar sin despedirse, treinta minutos después de haber entrado. Le siguieron en su partida los ojos culpables de cuatro jóvenes, que, copa en mano, formaban un triste grupo, rodeados de una concurrencia deseosa de olvidarse por una noche de los problemas que presagiaban el fin de su mundo.

Esa noche, a casi setecientos kilómetros de la Torre de San Fernando, un grupo formado por miembros pertenecientes a la Guardia de Asalto y las milicias socialistas simulaba una detención y se llevaba a José Calvo Sotelo de su domicilio en Madrid. El diputado monárquico moriría de un tiro en la nuca poco después. La chispa había prendido.

III

Pablo se sentó a comer en el tenebroso comedor de su casa de Barcelona, ubicada en la calle Mallorca entre las calles Lauria y Bruc, a pocos metros del paseo de Gracia. Era una de las elegantes casas del ensanche derecho que no se habían dejado influir por los gustos modernistas, así que en vez de dragones, azulejos de colores y rejas imposibles, la casa guardaba un sobrio estilo neoclásico, con una planta baja con columnas y entrada para carruajes muy alta, un principal con una hermosa tribuna que asomaba a la calle y tres pisos más, con ventanas de guillotina jalonadas por columnas adosadas y frontis triangulares a la griega. Sobre el tejado asomaban las ventanas de las buhardillas y un escudo en piedra, que presidía toda la construcción, sobre el que se dibujaba una B gótica.

El comedor, como el resto de la vivienda de los Bultó, era lúgubre y triste. Realizado en madera oscura y de estilo neogótico, era una estancia alargada que presidían una consola con cubierta de mármol rosado, sobre la que normalmente se colocaba un frutero de plata, y una vitrina alta realizada en la misma madera que el resto de los muebles, con columnas salomónicas y pequeños animalillos tallados que parecían gárgolas.

La mesa, muy larga, se complementaba con unas sillas del mismo estilo, talladas en madera oscura y tapizadas en terciopelo rojo. Lo iluminaba todo una enorme araña de cristal de La Granja, la única pieza moderna de toda la estancia, un regalo de boda que alguien con más gusto había realizado a sus padres.

La comida era siempre una lenta sucesión de platos que se servían en un silencio solo roto por el monótono sonido del péndulo del reloj que se encontraba en el vestíbulo contiguo y pocas conversaciones. Se levantaba poco la voz, se comentaban no más de cuatro temas en el par de horas que duraba, y se pensaba en silencio el resto del tiempo. Había de qué.

Pablo siempre se dirigía a sus mayores de usted y esperaba a que ellos empezasen la conversación o la diesen por finalizada. Se querían mucho y no tenían problemas importantes más allá de los que parecían acercarse inexorablemente, pero en algún momento alguien había decidido que el silencio y la discreción en la mesa eran sinónimo de respeto y todos habían guardado las anécdotas y conversaciones más banales para otras compañías y momentos del día.

—Mañana nos iremos hacia las doce. Me gustaría poder comer, aunque fuese tarde, en San Antonio —susurró su madre, Blanca.

—Yo, si le parece bien, comeré aquí y llegaré por la tarde —comentó Pablo—. Mis baúles ya están hechos y me adelantará en el viaje Conrado, que lo llevará todo.

—Perfecto, te esperamos entonces para el té.

—Allí estaré, madre. —Y se terminó la conversación, al tiempo que sorbía silenciosamente una cucharada de vichyssoise.

San Antonio era una de las fincas familiares. Se encontraba en el término de Cubellas, cerca de la aldea de Cunit, a las afueras de Villanueva y La Geltrú, verdadero lugar de origen de la familia y sede de sus fábricas textiles, las mayores de la ciudad. En origen había sido una finca dedicada al cultivo de la vid, con una pequeña masía de labranza, pero en la época de su abuelo se había descubierto un manantial de mucho caudal, que permitió regar, nutrir y enriquecer la tierra, haciéndola apta para una amplia variedad de cultivos y transformando la hasta entonces pedregosa y humilde propiedad en una finca rentable. Esto, unido a su cercanía al mar, propició que la familia fuera ampliando y ennobleciendo la masía, dotándola de una pequeña iglesia y un jardín francés de cipreses y tilos que la hacían muy agradable. Era una casa rara, hecha a trozos, pero de aspecto gracioso y grandote. La construcción central era de tres pisos, con fachada blanca rematada en las esquinas y en los marcos de las ventanas con un rudo ladrillo rojizo. Lo más notable de la propiedad era la desproporcionada torre que se erigía detrás de su fachada oeste, una mole de cinco pisos pensada para que la masía fuera vista desde el tren, que circulaba pegado a la costa y transportaba a menudo a su abuelo en sus viajes a Levante.

En realidad, la finca, como el resto de propiedades de la familia, debería estar en manos del *hereu* desde la muerte del abuelo Marqués, el padre de su madre, acaecida pocos años antes. Siguiendo la tradicional práctica catalana, Isidro, como primogénito de la familia se tendría que haber ocupado de la gestión de San

Antonio y de todo lo demás, al tiempo que se encargaba de que no le faltara nada al resto de sus hermanos y familia, pero la tuberculosis se lo había llevado al cielo sin que nadie hubiera podido hacer nada para evitarlo. Al malogrado tío de Pablo solo le había dado tiempo para cambiar el nombre de la finca, que hasta entonces todo el mundo conocía como la finca Marqués por el de San Antonio, sin que nadie supiera bien el motivo de dicho cambio ni tuviera conocimiento de la devoción de Isidro por el santo portugués. Sin hijos ni mujer, fincas y negocios habían caído en manos de su hermana Blanca, madre de Pablo, que, para complicar más la situación, había enviudado poco antes de la muerte de su hermano. Esa era una de las razones por las que Blanca Marqués, rica, devota y piadosa pero con demasiadas preocupaciones, deseaba fervorosamente que sus hijos se estabilizasen y la ayudasen en la larga lista de tareas para las que no había sido preparada.

Pablo tenía entonces veintiocho años, y su madre le reprochaba cada vez menos veladamente que no se hubiera casado aún. Aunque no era noble, su familia era una de las más importantes de la burguesía barcelonesa y sus gustos, tras tres generaciones de riqueza llevada con extrema austeridad, refinados.

Empezaba a perder pelo, pero era alto y fuerte, con unos profundos ojos azules. Su nariz era algo aguileña, su frente despejada —cada vez más— y sus piernas largas y musculosas; su mandíbula marcada y sonrisa fácil dejaban ver una dentadura blanca impoluta. Como gran parte de su familia, tenía una mancha de nacimiento en un lado del cuello, una especie de sello que no le gustaba. No, no era guapo, pero tenía —lo decía todo el mundo— buena planta. El colofón a una percha impecable lo ponían las camisas de Bel y los trajes de Santa Eulalia, establecimiento ubicado a pocas manzanas de su casa.

Así que para su madre, Blanca Marqués, no había excusa, se tenía que casar pronto y bien.

Hacía no mucho que era ingeniero industrial, y aunque parecía destinado a trabajar en alguna de las empresas familiares, la idea no le seducía lo más mínimo. Apasionado por las motos y los coches, su objetivo era ligar su vida a aquel mundo de alguna manera, aunque no sabía bien cómo y todo estaba tan revuelto que empezaba, como todo su entorno, a plantearse el futuro más a corto plazo.

La alarma había cundido en un país que parecía irremediablemente abocado al caos. Las recientes elecciones habían dado a los grupos más radicales del Congreso un poder mayor y los conservadores veían cómo sus intentos de contenerlos resultaban infructuosos uno tras otro. Todo parecía poner en peligro el mundo como ellos lo conocían.

El advenimiento de la República en 1931 y los acontecimientos que lo siguieron había sumido a la clase industrial en una especie de shock del que pocos parecían haberse recuperado. Profundamente monárquicos y católicos, para la familia de Pablo ver abandonar el país a sus reyes había sido duro, pero más aún lo había sido la ola de incendios y saqueos que habían sufrido las iglesias de muchas ciudades de España pocos días después y el descontrol general que se había impuesto desde entonces. Habían pasado cinco años y desde su punto de vista, todo había ido a peor. En los centros industriales del país, como Barcelona, la crispación iba en aumento, y todos los de su clase aún tenían grabada a fuego la salvaje huelga general revolucionaria del octubre de hacía tan solo dos años. Aquel año, la huelga general convocada en todo el país, había desembocado en unas jornadas revolucionarias especialmente virulentas en ciudades como Barcelona, aunque fue en Asturias donde se desató una auténtica revolución, que tardó trece días en ser sofocada y había causado dos mil víctimas mortales. Nuevamente con total impunidad, la quema de conventos e inmuebles de la Iglesia habían completado el siniestro suceso. Aunque todos se resistían a reconocerlo, la consecuencia mayor de aquellos días era que se les había metido el miedo en el cuerpo, y la hasta entonces todopoderosa burguesía se había sentido vulnerable por primera vez.

Alfonso XIII se había marchado del país para no provocar un enfrentamiento fraternal entre españoles de distinto signo, pero parecía claro que incluso con el rey en el exilio, tal confrontación era inevitable, salvo que ocurriera un milagro.

Tras la comida, decidió ir a dar un paseo para airearse. Enfiló la calle Mallorca hasta paseo de Gracia, que parecía tranquilo y silencioso por una vez. Bajó entre los imponentes edificios de la elegante avenida, una de las más distinguidas de Europa, según el criterio de muchos. El pavimento hexagonal de las anchas aceras, las farolas de elaborada fundición, los bancos de *trencadís* y la verde sombra de los plataneros que tamizaban el ardiente sol de julio, hacían de aquella calle una de las joyas de la ciudad. Quizás fuera aquel halo de inaccesible elegancia el que había hecho que aún se respetara y se mantuviera razonablemente limpia cuando poco a poco Barcelona se sumía en la inmundicia.

Compró el *Abc* en el quiosco de la esquina del paseo con la calle Aragón y siguió bajando la calle mientras ojeaba las páginas visadas por la censura. En portada aparecía una foto de José Calvo Sotelo, asesinado la madrugada anterior tras haber sido detenido por un grupo que el diario no definía. Incluía declaraciones del portero de la finca, de la mujer del diputado monárquico y las reacciones que se habían producido al encontrar su cadáver en el cementerio del Este. Sin duda, parecía una revancha por el asesinato, solo un día antes, de José Castillo, un guardia de asalto de ideas republicanas, suceso al que su diario había prestado mucha menos atención, pero que para Pablo era una gota más que haría colmar el vaso. Leyendo el *Abc*, se preguntó cuánto más tardaría aquel vaso en llenarse.

Se reafirmó, una vez más, en la idoneidad de irse a la finca de San Antonio lo más pronto posible, antes de que se tensara aún más el ya de por sí irrespirable ambiente de Barcelona. Cada vez reconocía menos la ciudad alegre y próspera de su infancia. Apartó la vista con disgusto de los enormes retratos de Lenin y Stalin que colgaban del requisado hotel Colón, en plena plaza Cataluña, y disgustado, volvió a casa.

Pensó que como le pasaba a él con aquellos retratos, el problema era que su país se estaba dividiendo rápidamente en dos caras que no podían ni verse.

Al día siguiente, tal y como había planeado, partió solo a San Antonio después de comer. Salió del portal de su casa en la calle Mallorca, sentado en el asiento trasero del elegante Bentley 3 1/2 de su familia y vio cómo desde el otro lado de la calle un grupo de personas de aspecto revolucionario llamaban la atención sobre el vehículo a gritos, al tiempo que lanzaban proclamas anarquistas. Conrado, que también había observado el talante de aquella gente, ya había acelerado rápidamente por la calle cuando el grupo empezó a lanzar piedras y otros proyectiles que caían con gran estruendo sobre el techo del automóvil. Ninguno de los dos comentó nada, pero Pablo vio cómo una gota de sudor caía por debajo de la gorra del conductor.

Aliviados, dejaron atrás la ciudad y empezaron la marcha por la carretera de la costa de Garraf, que serpenteante avanzaba entre el macizo montañés del mismo nombre y el azul intenso del Mediterráneo. Pablo ojeaba la prensa, que desgranaba toda la información de los dos agitados entierros del día anterior. El *Abc* detallaba el de José Calvo Sotelo, los telegramas de pésame y protesta, la distinguida importancia de los asistentes y la entereza de su viuda e hijos. *La Voz*, que nunca antes había comprado, informaba de todo lo relativo al entierro del señor Castillo. Habían custodiado el cadáver del primero los guardias civiles, mientras que al segundo lo habían hecho sus compañeros guardias de asalto. A Calvo Sotelo lo acompañaron hasta su sepultura miembros de la aristocracia y señoritos, mientras que a Castillo lo había hecho una inmensa masa proletaria que había cubierto su ataúd con una bandera roja afín. Los dos finados habían conseguido agitar a las masas de signos opuestos incluso después de su muerte y como había dicho uno de los periodistas asistentes, «los odios de una y otra muchedumbre saltaban por encima de las tapias que acotan los dos recintos mortuorios». Cerró el periódico con el estómago revuelto, con la impresión que cada paso, cada acontecimiento grande o pequeño, les acercaba más a una guerra.

Deseaba más que nunca alejarse de todo en la finca, donde, incluso durante el breve periodo en el que no fue propiedad de su madre sino de su tío Isidro, había pasado excelentes momentos. Su principal compañero de excursiones y juegos era el cura de la casa, mosén Campo, que tenía la misma edad que Pablo y había crecido junto a él, ya que siempre había vivido en la casa desde que fue encontrado abandonado en un campo cercano. Por supuesto, también lo pasaba bien con sus hermanos, pero el mayor, José Manuel, siempre estaba trabajando o estudiando, Adela era retraída y poco dada a salir de la masía y su hermana Monserrat, la más dura de la casa según su madre, enseguida había hecho votos y entrado como novicia en el convento de clausura de Santa Águeda. El recuerdo de su hermana le llevó a otro de los problemas que ocupaban su cabeza.

Montserrat corría peligro y no podían hacer nada para evitarlo. Con dieciséis años había reunido a la familia para informar de que había recibido la llamada del Señor y que iba a ingresar en el convento de Santa Águeda, un convento de clausura ubicado en los confines del Pirineo aragonés. Aquello había alegrado a todos menos a Pablo, que sabía que significaba no volver a ver a su hermana y no comprendía el porqué de su elección de vida en aquel convento, de donde, según las normas de la congregación, no debía salir nunca. Mosén Campo le había explicado que, pese a estar confinadas en un espacio como aquel, las monjas de clausura estaban muy ligadas al mundo exterior, por el que rogaban día y noche. También le había recordado que precisamente por el especial vínculo de las monjas de clausura con el mundo exterior, Santa Teresita del Niño Jesús, que había sido monja de clausura, era la patrona de las misiones. No le había convencido, pero además la situación ahora era totalmente distinta y Pablo había hecho llegar varias cartas a su hermana explicándole cómo estaban las cosas fuera de los muros que la custodiaban, cómo crecía el anticlericalismo y sus temores por ella si se desataba una guerra. Todo había sido inútil y Montserrat había manifestado en cada respuesta su total conocimiento de los acontecimientos que se sucedían en España y su firme deseo de unir su destino al de la congregación. Cuando Pablo buscaba la complicidad en sus familiares sobre el asunto, se daba cuenta de que todos se enorgullecían de la decisión de su hermana, aunque corriera el riesgo de convertirse en la mártir de la familia.

Pasaron junto a Sitges, San Pedro de Ribas y evitaron el paso por el centro de Villanueva en previsión de disturbios, ya que las fábricas de la población, incluidas las suyas, llevaban varios días de huelga. Cruzaron Cubellas y tras dejar atrás el pueblo, que, salvo por una bandera de la CNT colgada descaradamente frente al palacio Alfarrás, parecía tranquilo, enseguida enfilaron por la carretera que llevaba a las puertas de San Antonio. El día era espléndido y la luz dorada iluminaba los campos, que crecían ordenadamente, cultivados con diligencia por unos campesinos a los que nada hasta el momento había hecho abandonar sus tareas. Silenciosamente Pablo agradecía que por lo menos aquella parte de España hubiera permanecido invariable y fiel al orden establecido.

Salió del coche frente a la puerta principal de la masía, miró hacia arriba y, tras ver la sólida construcción de su madre recortada contra el cielo azul, respiró profundamente y entró. Estaba en casa.

IV

Para el capitán Cecil Bebb aquella estaba siendo una aventura que nunca olvidaría. Con treinta y un años, sus ansias de sensaciones fuertes aún no habían desaparecido del todo, y a pesar de la emoción que siempre sentía al volar, aquel vuelo era del todo distinto. A los ojos de cualquiera que no fuera ciego, Europa había vuelto a poner en marcha las tornas que la llevarían una vez más a la guerra y la cabeza de lanza en esta ocasión era España, cuyo conflicto era inminente. Él, de alguna manera, estaba envuelto en una pequeña parte de aquello. El secretismo, la información sesgada, el plan de vuelo que eliminaba cualquier repostaje en la España peninsular pese a ser lo más conveniente, todo era demasiado raro. Estaba seguro de estar inscribiendo su nombre en la historia, aunque no sabía muy bien en qué magnitud ni manera.

Desde el momento en el que había sido reclutado a través de su amigo Hugh Pollard por el encantador pero misterioso míster Bolín, corresponsal en Londres de un diario monárquico español que no conocía, y le habían explicado su misión, todo le había parecido formidable. Tenía que trasladar desde Canarias a un alto mando del Rif para encabezar una sublevación en Marruecos. Más allá de esa parca información, cualquier detalle parecía estar envuelto en un secretismo total y no consiguió que nadie le diera más datos. Pero era suficiente, no se habría perdido aquella aventura por nada del mundo.

Había despegado con Bolín y Pollard desde Croydon, el aeródromo principal de la capital británica, a las siete de la mañana del 11 de julio. Comandaba un biplano Havilland bimotor, de casi once metros de longitud y probada fiabilidad, lo que había hecho que muchas aerolíneas los adquiriesen para sus vuelos comerciales. Pintado en blanco con una línea azul, Cecil Bebb no podía evitar sentirse orgulloso del *Dragon Rapide*, como llamaban al aparato, alquilado a la Olley Air Services. Les acompañaban Diana, hija de Hugh y Dorothy, una amiga de esta, que desde su despegue no había dejado de provocar a todos los pasajeros con sus atrevidos modales, guardándose el tabaco en la goma de sus bragas con descaro. Si a él, acostumbrado como estaba a relacionarse con gente de toda clase y condición, aquella chica le parecía descarada, no quería imaginar la opinión que merecería para los conservadores pasajeros que transportaba. Pensó que aquellas dos mujeres solo podían estar allí para despistar a las autoridades sobre la verdadera intención del vuelo. Respecto a la tripulación, le asistía el peor radiotelegrafista que cualquier piloto hubiera deseado, introvertido y reservado; sin embargo, había logrado emborracharse en cada una de las escalas que habían realizado. Cuando atravesaron el cielo español aquel hombre había intentado en varias ocasiones establecer comunicaciones de las que desconocían el motivo. Cecil le había preguntado qué era lo que estaba haciendo, pero no había obtenido más que evasivas, por lo que sospechó que les ocultaba algo y que aquel individuo era más de lo que decía ser.

Todos en aquel pequeño aparato de siete plazas.

Pese a la autonomía del *Dragon Rapide*, habían realizado un atropellado viaje de cinco días con escalas constantes y cambios en el pasaje. Croydon, Burdeos, Biarritz, Oporto, Lisboa, Casablanca, Cabo Yubi y finalmente Gando, en Gran Canaria, donde la parte inicial del viaje para el que se le había contratado tenía destino.

Esperó tres días en la isla, observando cómo el pacífico enclave español rápidamente empezaba a mostrar un ambiente más enrarecido y crispado. Parecía que los aires de guerra que se respiraban ya por toda España habían llegado finalmente a su archipiélago más lejano.

El día siguiente a su llegada, estando en su habitación de hotel, unos hombres lo detuvieron a él y a su telegrafista para interrogarles sobre el motivo de su viaje. Aleccionado por míster Bolín, que ya había previsto aquella posibilidad, Bebb se limitó a decir que tenía que trasladar a unos turistas ingleses a su país y fue liberado para pasar la noche de nuevo en el hotel. Qué raro era todo.

Al día siguiente otro grupo de hombres volvió a su habitación, esta vez con intenciones más claras; tras informarle de que el interrogatorio del día anterior tenía como único objetivo probar su lealtad, le confirmaron que el pasajero al que esperaban ya se encontraba en Las Palmas. Bebb respiró. Despegarían en día siguiente.

Tres días después de su llegada a Gando, la persona a la que todos esperaban subió al *Dragon Rapide* acompañada de dos hombres más. Los ciudadanos ingleses que había traído a Canarias no volarían con él.

Vestía traje y le saludó con seriedad pero con educación. A pesar de su corta estatura y su graciosa voz aguda, a Bebb no le cupo duda de que aquel hombre era un alto mando. Se movía con decisión y cada vez que hablaba, los demás españoles, tan dados a las interrupciones y las conversaciones a cuatro bandas, callaban y le escuchaban con reverencia. La insignificancia de su cuerpo, sus redondeadas formas y su fino bigote podían dar lugar a equívoco, pero Bebb conocía bien la naturaleza humana, y tenía presente que muchas de las más altas personalidades y peores monstruos de la historia se habían escondido detrás de modestas carrocerías. Aquel hombre era «alguien», no uno más.

Aterrizaron la noche del 18 de julio en Casablanca y entre la ruidosa muchedumbre que se les abalanzaba sobre los coches llegaron al hotel Carlton. El ánimo del grupo oscilaba entre el nerviosismo y la euforia, pero el hombre al que había recogido mantenía una templanza y frialdad asombrosa, que transmitía en cada gesto. Bebb sentía un escalofrío cada vez que le miraba.

Tras varios días fuera de casa se había ilusionado con la perspectiva de un poco de descanso en aquel confortable establecimiento, uno de los más prestigiosos del norte de África, pero míster Bolín desbarató rápidamente sus expectativas comunicándole que partirían de madrugada, pocas horas después de su llegada.

Aquello era un poco más que una siesta, mucho menos que un descanso en condiciones y, por alguna razón, al mando de los españoles, había esperado una agenda más relajada.

Al poco de llegar, cuando aún lamentaba no poder disfrutar del Carlton, descubrió la magnitud de la acción de la que era pieza clave: el ejército del Marruecos español se había sublevado y el capitán general de Canarias iba a sumarse a la rebelión o a dirigirla de alguna manera. Y él iba a hacerlo posible, al menos en parte. Se dijo a sí mismo que si Francisco Franco (fuera cual fuera su importancia) llegaba a Tetuán, sería gracias a Cecil Bebb. Sonrió orgulloso al saber que desde aquella noche su nombre nunca quedaría en el olvido.

Sus conocimientos sobre España y sobre la complejidad del momento histórico al que se había visto arrastrado eran limitados, pero Bebb estaba emocionado de participar en aquella aventura.

A las cinco de la madrugada emprendieron el vuelo final hacia Sania Ramel, Tetuán, al que el general embarcó vestido con un impresionante uniforme con fajín rojo y borlas doradas, preparado para lo que fuera que estuviera planeando en el destino al que se dirigían.

Siempre le sorprendía la oscilación térmica africana; en aquellos momentos Casablanca y el paisaje que empezaban a sobrevolar eran tan fríos como una noche al raso en las Highlands y, sin embargo, sabía que a las pocas horas estaría sudando profusamente, delatando al mundo su origen anglosajón.

El *Dragon Rapide* sobrevolaba una geografía desértica que se iba desvistiendo de negro, sobre la que de vez en cuando aparecían manchas más oscuras en las que creyó reconocer pequeños oasis, mientras las estrellas desaparecían poco a poco. Se encontraba sumido en conjeturas, intentando responderse a sí mismo las dudas sobre toda aquella operación y sin prestar demasiada atención a las conversaciones del pasaje, que no entendía, aunque creyó reconocer alguna oración que se replicaban unos a otros. Cumplían poco más de una hora de vuelo, cuando sobrevolaron las montañas del Rif, al fondo de las cuales descubrió el Mediterráneo resplandeciente, acogedor y, pegado a él, blanca y abigarrada, la ciudad de Tetuán.

Estaba ya concentrado en la aproximación cuando el general canario se le acercó para indicarle, entre gestos y palabras confusas, que antes de aterrizar sobrevolara la pista en vuelo rasante. Bebb supuso que si Franco veía alguna amenaza desde el avión, su aventura no terminaría allí, quizás les dispararan y tendrían que huir rápidamente, o serían apresados y fusilados al tomar tierra. Todo cabía en aquel periplo emocionante para vivir una sola vez. Sobrevolaron la pista desgastada y rodeada de hierba parda con el pequeño aparato, vislumbrando a media altura de la misma a un grupo militar en espera, para su tranquilidad con aspecto no beligerante. Cuando sobrepasaron al grupo, Franco pareció reconocer al hombre rubio que lo presidía y, tras sonreír, le indicó a Bebb que podía dar la vuelta y aterrizar.

Franco estaba en Tetuán. La guerra había empezado.

2

I

Eran las seis de la tarde y un coro de cigarras llenaba el aire veraniego en San Antonio. Todo parecía en perfecta quietud salvo ese sonido que invitaba a la siesta a la sombra de las palmeras centenarias, mientras una suave brisa empezaba a subir desde la costa.

En San Antonio toda la rigidez horaria de Barcelona quedaba aparcada, y aunque —sobre todo cuando la señora estaba— se intentaba mantener un mínimo horario, lo cierto era que la finca impregnaba a todos los que la ocupaban de una especie de aletargamiento del que nadie parecía poder —o querer— desprenderse.

Sin embargo, era domingo, y ni siquiera el verano, el calor, las cigarras o el aplatanamiento general eran capaces de retrasar ni un minuto el evento que en menos de una hora tendría lugar, como cada domingo, en la capilla de la casa. Pablo se desperezó y dejó la ligera manta de algodón sobre la tumbona. Siempre pensaba que si no fuera por las pautas que marcaba su madre con las diferentes comidas y rezos del día, podría vivir en esa tumbona, abriendo los ojos de vez en cuando para observar el lento movimiento de las palmas sobre su cabeza y respirando profundo para disfrutar del olor a romero y tomillo de los bosques que rodeaban el magnífico jardín sobre el que se asentaba San Antonio. Había conseguido dormir un poco pese a las preocupaciones que le atormentaban. Era una de sus virtudes: ser capaz de abstraerse momentáneamente y disfrutar de las pequeñas cosas, aun cuando los problemas amenazaban con monopolizar su día.

Se puso en pie y caminó a paso ligero en dirección a su habitación, donde se vestiría adecuadamente para la misa que tendría lugar pocos minutos más tarde.

Eligió una chaqueta de verano beige y una camisa blanca de Bel, unos pantalones de pinzas y los lustrosos zapatos que se abrochó rápidamente antes de volver a bajar la escalera a saltos y dirigirse a la capilla, ubicada extrañamente junto a la sala de billar, en la planta baja de la casa.

El ritual, inventado por alguien hacía mucho tiempo, establecía que toda la familia, por orden de edad y siempre con los casados antes que los solteros, esperara frente a la enorme puerta de doble hoja de la capilla. Entonces, mosén Campo de Mayo abría desde el interior y daba la bienvenida al pequeño templo que regentaba, con una solemnidad más propia de la abadesa del monasterio de Pedralbes que de un sencillo cura rural.

Mosén Campo de Mayo era uno de los hijos de la masía. Había sido encontrado abandonado con pocos días por un masovero entre el trigo de uno de los campos, en mayo, y fue rápidamente adoptado en la casa, bajo la especial protección de doña Blanca Marqués, que le impuso el nombre, el apellido y la vocación. Nunca había abandonado la comarca y no parecía ansiar hacerlo. Conocía la finca mejor que nadie. Como confesor de toda la familia gozaba de la confianza de todos y la amistad de muchos, especialmente de Pablo, con el que mantenía largas conversaciones hasta altas horas de la madrugada y al que tenía al corriente de todas sus preocupaciones, que dada su posición, no eran pocas en esos días. Se requería mucha valentía para ser cura en la España de 1936.

Las puertas de la capilla se abrieron lentamente dejando que el olor a incienso y jazmín de la misma llegase a todos los feligreses. Se trataba de una pequeña estancia abovedada con dos hileras de bancos y cuatro reclinatorios frente al altar, presidido por un Cristo de marfil enmarcado por estrellas de nácar. Las paredes estaban pintadas con un dibujo en gris y blanco que pretendía imitar una puntilla, con dos pequeños altares a los lados, uno dedicado a la Virgen y el Niño y otro a San Antonio de Padua iluminados con ricos candelabros de plata y pequeños floreros de cristal tallado a los lados.

Mosén Campo se acercó con su impecable casulla verde y ofreció su mano a doña Blanca, que la besó reverencialmente, le sonrió y tomó asiento en la primera fila.

Pablo se sentó en segunda fila, una vez toda su familia lo hubo hecho.

Todos cogieron su misal y entonaron el primer himno, «Cantemos al amor de los amores».

Moviendo los labios mientras susurraba el himno con su familia, Pablo miró alrededor mientras pensaba cuánto más podrían todos vivir la tranquilidad de aquellos días en el campo. Desde que había llegado, incluso en aquel lugar remoto y aparentemente ajeno a tensiones, había observado con preocupación cómo sutiles movimientos iban preparando la finca para la llegada de tiempos difíciles.

Al llegar, había sabido por Rosa, el ama de llaves, que mosén Campo partía en dirección a la cueva cada mañana con una mochila llena de víveres y volvía a la casa solo para dormir, bien entrada la noche. Se escondía en El Avenc, una cueva sepulcral localizada casi en la cima de la colina del mismo nombre, a tres kilómetros de distancia de la masía. La cueva estaba oculta entre espesa vegetación, pero su madre había hecho abrir un camino relativamente cómodo en el que había colocado algunos bancos donde descansar cada cierto tiempo. Cuando la descubrieron, antes de que Pablo naciese, el espacio solo tenía un acceso por el techo, una abertura en la roca por la que descendían colgándose con una cuerda de pita, pero poco después habían realizado una abertura por un lateral y habían colocado una puerta, de la que se guardaba la llave en la casa. Era una cueva grande, con una galería principal de casi cinco metros de altura y otras adyacentes menores. La leyenda decía que había galerías que llegaban prácticamente hasta el mar, pero parecía imposible desde los casi siete kilómetros que la separaban del Mediterráneo. En cualquier caso, era uno de los destinos preferidos de las excursiones familiares.

Pablo había acompañado a mosén Campo la mañana anterior.

El cura de la casa estaba preparando su huida y su escondite. Encontró el camino hasta la cueva prácticamente cerrado, tanto que incluso a él, que conocía aquellas colinas como la palma de su mano, le hubiera costado dar con la cueva sin la ayuda de su acompañante. En el interior de la misma, descubrió un auténtico almacén con tarros de conservas para varios meses, mantas y algunos objetos de San Antonio, que había echado en falta al llegar a la masía. Algunos cuadros e imágenes religiosas se habían envuelto en mantas y se habían llevado allí en una operación discreta que supuso que debía llevar en marcha varios meses.

Mosén Campo, su amigo José, le explicó todo en cuanto llegaron.

—Llevamos cuatro meses con esto. Yo ya andaba rumiando que todo lo que está pasando en España va a acabar mal, pero entonces llegó tu hermano y lo organizó todo. A veces vengo yo solo. Otras me acompaña Rosa, y trae lo que nos indicó José Manuel que teníamos que guardar aquí. Además de la familia, solo ella y yo sabemos de esto. Tu hermano opina que cuanto menos sepan los demás, mejor, así no tendrán que mentir si les preguntan, y estoy de acuerdo. Te habrás dado cuenta de que en la casa faltan cosas, qué te voy a contar. Hemos cambiado los cuadros que vamos trayendo aquí por láminas de calendarios antiguos enmarcadas, hemos retirado las imágenes religiosas de todos lados salvo de la capilla. La mayoría de la plata está aquí también, aunque hemos priorizado los bienes esenciales sobre los valiosos, así que sobre todo traemos comida y agua, mantas, velas, cosas que podamos usar si nos toca quedarnos un tiempo aquí. Pensábamos que íbamos a buen ritmo, pero me da que esto está a punto de estallar y aún queda trabajo por hacer.

—José, ¿de verdad crees que llegaremos a este punto?

—Pues no sé, Pablo, pero yo soy cura y a los curas nos matan. No voy a convertirme en mártir si puedo evitarlo. Y aquí hay comida para que un cura y una familia se escondan y se alimenten durante un buen tiempo.

Mosén Campo se desenvolvía en la naturaleza como un animal más. Olía el aire, encontraba sendas, dormía tranquilamente entre matorrales. Pero su madre, su hermana, no podía imaginar que pudiesen vivir allí.

—Faltan aún muchas cosas que traer. Las cuberterías buenas, los cuadros más relevantes, pero José Manuel no quiere que cunda el pánico y teme que el servicio de la casa saque las cosas de quicio si se hace demasiado evidente que nos estamos preparando para lo peor. Esto no es como en Casa Travé y Casa Alfarrás, esto es una finca de trabajo y aquí vive gente siempre. Tu hermano quiere que parezca que todo sigue igual, aunque todo esté cambiando.

—Es muy suyo eso.

—Sí. No dramatizar aunque te sobrevenga el drama. A veces tu hermano me recuerda más a un inglés flemático que a un español apasionado.

—Sin duda. Pero tal vez sea lo mejor.

II

En Cubellas la gente no daba crédito a lo que veían sus ojos.

La población estaba a una quincena de kilómetros de La Geltrú y pocos más de Villanueva, ambas poblaciones de mayor importancia que Cubellas, cuyos habitantes se dedicaban mayoritariamente al campo o a la pesca, que vendían en la lonja de Villanueva. El pueblo había crecido a la sombra de las fincas que la rodeaban y que empleaban a la mayoría de los habitantes. San Antonio, Cal Pla y Mas Peirot empleaban a muchos de los hombres en los campos que rodeaban el pueblo mientras que el palacete de los Travé y el de los marqueses de Alfarrás ocupaban a muchas de las mujeres. Adelantándose a los acontecimientos, hacía varios meses que a los dos palacetes del pueblo habían llegado desde Barcelona unos enormes camiones mandados por sus propietarios y habían vaciado las casas de todos los cuadros, muebles y otros objetos de valor para, posteriormente, tapiar todas las ventanas y puertas con la esperanza de que estos movimientos salvaran, en la medida de lo posible, a los lugares de la quema, literalmente.

Pero no eran los palacetes los que ardían en esos momentos.

La iglesia de Santa María no era un templo de gran valor artístico, pero era el orgullo de un pueblo de campesinos que había invertido más esfuerzos y recursos de los que cabía esperar para crear un edificio desproporcionado para la población. Su campanario octogonal con su ornamentado remate era visible desde la mayoría de los pueblos de alrededor, y su nave seguía impresionando a todos los cubellenses, que se habían acostumbrado a que el templo formara parte de su día a día, con sus llamadas a la oración y sus puntuales repiques de campana. Pero las campanas no volverían a sonar en mucho tiempo y el techo de la nave hacía escasos minutos que se había desplomado sobre las llamas.

A primera hora de la tarde, mosén Jaume había intentado en vano bloquear la entrada a la iglesia de Santa María a un grupo de treinta milicianos, borrachos de una ira que no creía merecer. Una vez dentro, en cuestión de minutos no quedaba ni una imagen entera y los bancos eran amontonados y rociados con gasolina para crear la enorme hoguera que seguía consumiendo el templo, exactamente doscientos años después de la finalización de su construcción.

Pero el daño podría haber sido mucho mayor si algunos cubellenses no hubieran intervenido. Ellos, y no el grupo del que formaba parte Antonio, habían salvado de la muerte a mosén Jaume.

A primera hora de la tarde, habían atado al cura a una silla frente a la iglesia, le habían insultado, le habían humillado y le habían apretado la frente con el cañón de sus revólveres, mientras se ocupaban con esmero de que los ojos del sacerdote vieran cómo sacaban las imágenes golpeadas y maltratadas del templo, amontonándolas toscamente en el suelo, preparándolas para su destrucción. La población, incluso algunos de los afiliados a los sindicatos, no aprobaba aquella acción, pero pocos se arriesgaron a contradecir a los milicianos, hombres de gatillo fácil y odio efervescente. Pese a todo, en medio de aquella marabunta, consiguieron impedir el asesinato de su párroco.

Antonio tenía el estómago revuelto y la cabeza aturdida por los acontecimientos. Por un lado, tenía la sensación de haber tomado finalmente las riendas de su vida, enfrentándose al orden establecido de señores y servidores al que todos sus antepasados se habían resignado. Por el otro, sabía que nunca podría olvidar lo que le había hecho al templo en el que había sido bautizado y menos aún al cura que le había ungido. Justificándose, se decía que por lo menos el sacerdote se había salvado. Muchos no lo habían hecho. Notaba con miedo que la línea que separaba el bien del mal en su cabeza era cada vez más difusa, y deseó que aquel criterio que distinguía a los hombres de las bestias fuera más fácil de mantener.

Mosén Jaume Rosell era un cura sencillo y desaliñado, con mucho carácter y que nunca declinaba las invitaciones a las copiosas comidas de los señores del pueblo, pero tampoco desechaba la compañía de los más humildes y los había defendido cuando había sido menester. Antonio lo sabía. El sacerdote era parte del paisaje habitual de las calles de aquel pueblo, como el carnicero o el alcalde, un elemento más de aquella pequeña comunidad en la que, hasta la fecha, nadie le había tenido como enemigo. Pero Antonio no había hecho nada para evitar aquella humillación. Los asustados ojos de mosén Jaume mientras era maltratado sobre la empedrada entrada de la iglesia de Santa María no se borrarían de su cabeza nunca.

Tampoco olvidaría la indiferencia con la que Pou, al que debía obediencia, había mirado al hombre, perdonándole la vida con aire de suficiencia mientras el cura se encomendaba a Dios apretando los ojos. No. Mosén Jaume no merecía ese trato, por más que perteneciera a un estamento corrupto, con demasiado afecto por las riquezas y el poder.

Ahora, mientras dejaba el pueblo a su espalda, con sus compañeros milicianos cantando himnos socialistas y el camión dando tumbos por la carretera, intentaba sonreír, cantar, compartir la euforia del grupo, pero cualquiera que le hubiese mirado con detenimiento se hubiera dado cuenta de que para Antonio, aunque los acontecimientos vividos aquella mañana estuvieran basados en la búsqueda de la justicia, parecían estar lejos de serlo.

Avanzaban subidos a la parte trasera de un camión que habían requisado en Villanueva y al que habían pintado las siglas de la FAI, por un serpenteante camino de asfalto en dirección a la siguiente misión del día. A los lados, los campos de trigo y maíz que se encontraban en los campos llanos más cercanos a la costa habían dado paso, a medida que ascendían, a otros de algarrobos y olivos, perfectamente labrados en terrazas con muros de piedra. Cuando parecía que iban a coronar la colina donde se ubicaba la casa, apareció la encalada puerta de entrada a la finca de Mas Peirot. A decir verdad, la propiedad empezaba mucho antes, casi al salir de Cubellas, pero era habitual que los señores cercasen y restringiesen la entrada a la zona más cercana a la casa. Eso se había acabado. Ya no más restricciones. Nunca.

Como de costumbre, en aquel lugar que hasta hacía muy poco había sido tranquilo y seguro, la trabajada verja de forja con las iniciales de la familia estaba abierta y el camión no se detuvo. Pocos metros después, apareció la casa, una magnífica masía de dos pisos y palomar, con tejado a dos aguas de teja árabe y paredes encaladas cubiertas de buganvillas y glicinias que le daban un cierto aire a cortijo andaluz. Frente a ella, un pequeño estanque con nenúfares cuya quietud rompía un débil surtidor de agua era rodeado por enormes cedros que dejaban caer sus anchas ramas por toda la explanada, creando rincones de sombra donde Antonio supuso que los dueños de aquel lugar habían pasado buenos momentos mientras sus jornaleros convivían con el hambre y la enfermedad.

El camión se detuvo delante de la puerta principal de un frenazo y todos saltaron ruidosamente de la parte trasera.

Aquel era uno de los momentos favoritos del grupo, la incautación. Aquellas iglesias, casas señoriales y conjuntos palaciegos donde en el pasado habían entrado con reverencia y respeto, descubriéndose al cruzar la puerta y admirándose por las comodidades y lujos de un mundo que les había sido vetado, había demostrado ser mucho más frágil de lo que nunca hubieran imaginado. Habían accedido a todos sin resistencia alguna, y aquella no iba a ser una excepción. Sin esperar un segundo, entre codazos y empujones entraron en la casa, que estaba abierta y parecía habitada en esos momentos. Mientras los hombres a su cargo se dispersaban por la laberíntica construcción teniendo cuidado de romper las porcelanas, imágenes y objetos que se encontraban a su paso, Pou reclamó, a gritos y de pie en el centro del vestíbulo de entrada, la presencia de Miguel Sanz, el propietario de la finca. Unos registraron la planta baja, otros la principal, donde se encontraban las habitaciones de la familia y otros volvieron a salir al exterior en dirección a las dependencias secundarias como la casa de los guardas y las caballerizas.

Pero por más que buscaban y pese a que aquella masía les mostraba sin resistencia todos sus rincones, ni Miguel Sanz ni nadie aparecía.

Antonio se había dirigido a las caballerizas de la casa, ubicadas en un pabellón bajo de grandes arcos y teja árabe construido a pocos metros del patio trasero. Los pajares, las cuadras, las majadas, siempre eran sitios recurrentes para que gente como la que buscaban se escondiera, por lo que se registraban pacientemente. Pero enseguida, tras ver las cuadras abiertas y las cabezadas desordenadamente tiradas en el suelo, comprendió que la familia había huido. Volvió corriendo a la casa principal para informar de aquella contrariedad.

—¡Han huido! —bramó mientras volvía a entrar en el *hall* de la masía, una estancia abovedada y oscura repleta de retratos familiares.

—¿Cómo? —ladró Pou.

—A caballo, las cuadras están abiertas y las cabezadas de cuadra están en el suelo, han salido corriendo, puede que hace tan solo unos minutos.

Pou comprendió que desde aquella privilegiada atalaya, era probable que les hubieran visto dirigirse hacia la masía en la que se encontraban en cuanto habían salido de Cubellas. Reflexionó en alto mientras se arremolinaba alrededor el resto de la milicia.

—Habrán salido en dirección al Pingarrón, quizás pretendan llegar a Puig de Tiula. No les podemos seguir con el camión por esos caminos de cabras.

Julio Torres, uno de los que les acompañaban, que conocía bien la zona, intervino:

—Me extrañaría que fueran hacia allí. Puig de Tiula está deshabitado y todas las fincas de alrededor también lo están. No encontrarán ayuda en Clariana tampoco, tenemos a muchos de los nuestros allí. En realidad —suspiró—, ¡no pueden ir a ningún lado!

Pou se giró dándole la espalda y se llevó las manos a la cara mientras reflexionaba en silencio. A los pocos segundos se giró de nuevo con expresión triunfal.

—Te equivocas —dijo con rabia—. Sí pueden ir a un sitio— respiró profundo y sonrió, satisfecho por la decisión que acababa de tomar—. Avisa a todos, se ha adelantado la expedición de mañana, hoy dormiremos en San Antonio.

III

La ceremonia de mosén Campo le daba mucho sueño a Pablo. Era tan irreverente como inevitable, prácticamente automático, tan solo pisar el suelo de aquel lugar, sus pensamientos sobre cualquier asunto remitían poco a poco y los bostezos peor que mejor disimulados, se sucedían uno tras otro, por lo que intentaba siempre sentarse en el último banco, lejos de las miradas de desaprobación de su familia. La mayoría de los días acababa la misa sin poder recordar ni un solo pasaje del sermón.

Muchas veces se había preguntado cómo una persona tan divertida, interesante y campechana como mosén Campo, al que consideraba, más que nadie, su amigo, podía a la vez dirigir una celebración tan densa, aburrida y encorsetada. Después de la misa, cuando volvían a ser simplemente Pablo y José, el cura volvía emocionado una y otra vez sobre los detalles del sermón, los cantos y lecturas, pidiéndole la opinión sobre cada uno de los soporíferos momentos que se habían sucedido bajo su dirección, Pablo no tenía fuerzas para decirle que la mayor parte de su alocución la había pasado luchando contra la pesada gravedad de sus párpados.

Habían entrado ya en la que parecía la fase final del sermón, que solo su madre y su hermana parecían escuchar con atención, cuando, amortiguados por los anchos muros de la masía y la sala de billar, creyó oír cascos de caballo. Despertó un poco del aletargamiento en el que le había sumido mosén Campo al oír, ya con claridad, por lo menos tres monturas. No esperaban visitas, menos aún a esas horas en las que nunca recibían a nadie, pues, como decía su madre, «Dios les recibía a ellos».

Intrigado, salió discretamente de la capilla de puntillas, bajo la mirada censuradora de su hermano José Manuel, firmante del pacto tácito que les obligaba a permanecer en el templo durante toda la misa por muy aburrida que resultara aquella hora. Cruzó el billar rápidamente y salió al exterior, repentinamente cegado por la abrasadora luz que tostaba la explanada de entrada a la casa.

Encontró a tres de los mozos de la masía sosteniendo con dificultad tres imponentes caballos tordos que se movían nerviosos mientras sus jinetes desmontaban. La escena desprendía urgencia en cada detalle y al instante supo que algo no marchaba bien.

Frente a él, tan sudados y jadeantes como sus monturas, encontró a su vecino Miguel Sanz y sus hijos Javier y Manuel. Los Sanz eran una de esas familias que parecía elegir con una meticulosa pericia cada uno de los elementos de su vestimenta, su casa, sus vehículos, su vida en general parecía estar dedicada a rodearse de belleza, sofisticación y exclusividad. Las mejores telas, los mejores caballos, las mejores botas. Incluso en los días de más calor, o en las situaciones más informales, la familia parecía lista para ser retratada por Sotomayor. Pero en aquel momento sus normalmente gallardos y relamidos vecinos aparecían en San Antonio desaliñados, nerviosos y pálidos. Les hubiera saludado con mayor cortesía si Miguel no se hubiera adelantado rápidamente hacia él.

—¡Vamos dentro! ¡Vamos, Pablo, no hay tiempo!

Adelantándose al anfitrión, Miguel entró deprisa en la masía, que conocía bien. Abrió la puerta de la pequeña salita en la que despachaba el administrador, situada en una habitación contigua al vestíbulo de entrada, y, sin esperar a que Pablo le preguntara, hizo acopio de todo el temple que pudo para explicar lo que acontecía, usando frases cortas entre las que respiraba entrecortadamente con cansancio.

—Pablo, os tenéis que ir. Nosotros acabamos de huir de Mas Peirot. Hay una milicia en la zona. En Cubellas, la iglesia de Santa María está en llamas y me da miedo pensar lo que habrá sido de mosén Jaume. Esta mañana, al ver el humo nos pusimos en alerta. Gracias a Dios, las mujeres están en Comillas y aunque no esperaba que fuera tan pronto, hace algunos días que lo tengo todo preparado. Hace una hora, hora y media, vi salir a la milicia de Cubellas. En cuanto pasaron Mas Trader, supe que vendrían hacia mi casa. Pablo, no hace falta ser especialmente avispado, rifle en mano, borrachos de ira y eufóricos porque nadie les para los pies, han tomado, quemado y asesinado todo cuanto han querido, ahora van a por nosotros. Ayer incautaron el Mas Solers y quemaron el Clos la Plana. Hoy me ha tocado a mí. Pero vendrán aquí, Pablo. Os tenéis que ir. Sacad al sacerdote de la casa, esconded lo que podáis, pero iros en el acto.

Maldijo el efecto que aquel lugar tenía en él. Había vivido el ambiente de preguerra en Barcelona, le habían apedreado el coche, había visto que todo alrededor se desmoronaba y, aun así, era llegar a San Antonio y, salvo por algunos detalles, todo parecía casi perfectamente en orden. Quiso creer que aquello no estaba pasando, pero supo que no podía negar más la realidad.

—Estamos en plena misa, pero diré al servicio que empaqueten todo. Tenemos que esconder a mosén Campo.

—Olvidad la misa. Pablo, tenéis que poneros en marcha YA. No sabemos de cuánto tiempo podemos disponer. Nosotros nos vamos hacia Calafell, Magí, el pescador, nos quiere mucho y estoy seguro de nos podrá ayudar. Espero poder salir en su barco en pocas horas. Dejaré los caballos en las cuadras de Cal Pla antes de irme. Si están en casa también les advertiré.

—Miguel, ya ves lo tranquilo que está todo aquí, a mi madre la veneran como a una santa y el administrador no me ha informado de ni un solo problema con nadie desde hace meses. Me cuesta pensar que alguien nos quiera hacer tanto mal en esta zona.

—Mira, Pablo, nosotros no nos hemos querido quedar a comprobarlo y os recomiendo que no lo hagáis vosotros tampoco. Menos con un cura en la casa. A las imágenes de los santos las tiran por las ventanas y les cortan las cabezas en las iglesias, y a gente tan venerable como tu madre exactamente igual. Pablo, es odio lo que nos tienen. Visceral, sin motivo y sin fin aparente. Nunca he tenido la sensación de ser mala persona, pero está claro que hay gente que me valora de manera diferente. Nos odian sin odiarles nosotros a ellos, y no sabes con qué fuerza. No me cogerán. Ni a mí ni a mis hijos. El levantamiento del ejército, aunque a muchos nos parezca conveniente y justificado, nos ha llevado a una guerra que pensábamos que tardaría algo más en llegar. Pero está aquí, Pablo, y nos va a arrastrar a todos. En las calles de Barcelona hay barricadas y clima bélico, pero lo peor es que este desgobierno que tenemos ha dado armas a los sindicatos y a los partidos y ha llegado la hora de su revancha. Vienen a por nosotros.

Miró a Pablo apretando los labios y frunciendo el ceño, en un gesto mezcla de fuerza, miedo y contrariedad y, dándose la vuelta, tomó camino hacia el exterior, con la sensación del deber de informar cumplido. Pablo le siguió.

Observó en silencio a su vecino mientras tomaba otro vaso de agua al tiempo que sus hijos, dos chicos rubios de quince y diecisiete años, ayudaban a los mozos a dar de beber a los caballos y señalaban el horizonte de campos comentando el mejor camino a seguir hasta la línea de mar azul, que se vislumbraba a pocos kilómetros. Si el destino era ese, no tendrían dificultades en llegar.

Dio un abrazo a Pablo y, sin tiempo para más explicaciones, volvió sobre su montura, mientras sus hijos esperaban sobre las suyas. Se tocó el ala del sombrero con la misma cara y ánimo con los que había llegado y se despidió con tono pesimista.

—Que Dios nos proteja a todos y que esto sea solo una pesadilla que pase pronto. Hasta siempre, querido amigo.

Pablo se quedó quieto, rodeado de los mozos de cuadra y una camarera viendo cómo los tres caballos se alejaban al galope por el camino de entrada y el sonido de los cascos se perdía en el horizonte entre las sombras de los cipreses que, flanqueando su ruta, parecían protegerles y desearles suerte.

Como siempre que no sabía cómo actuar, fue a informar a José Manuel, que tenía la virtud de mantener la cabeza fría en los momentos complicados. Su hermano seguía en la capilla escuchando a mosén Campo, que parecía haber encontrado una fuente inagotable de inspiración aquel día y seguía alargando la ceremonia.

Con todo el sigilo que pudo, se sentó al lado de su hermano, cuando toda la familia había empezado a entonar *Pescador de hombres,* una canción que recitaban indistintamente en catalán o castellano, dependiendo de cómo decidiera mosén Campo. Empezó a susurrarle al oído a toda velocidad, intentando ser todo lo claro y conciso que su mente le permitía.

Al principio, José Manuel se apartó, molesto por la interrupción, pero enseguida empezó a cantar más lento al tiempo que sus ojos se abrían con incredulidad mientras miraba al frente. Cuando su hermano hubo acabado, se levantó y abandonó la capilla, con Pablo a la zaga y todos los que veían cómo se marchaban con gesto de desaprobación. Mosén Campo había captado la mirada de Pablo y supuso que la hora que habían esperado con inquietud había llegado.

José Manuel se detuvo en el vestíbulo de entrada de San Antonio y mandó llamar a Rosa, el ama de llaves de la casa.

Enseguida apareció la dispuesta gallega, con su uniforme negro con puntillas blancas en el cuello y las muñecas y el pelo recogido en un moño con redecilla.

Rosa cumplía sesenta y tres años ese mes, y se había pasado los últimos cuarenta y cinco años trabajando en San Antonio.

—¿Mandó llamar, don José Manuel?

—Sí, Rosa, gracias. Por favor, disponga inmediatamente que coloquen los dos coches en el patio trasero y que los chóferes esperen en ellos, pero con el motor parado. Indique que toda la familia se irá esta misma tarde de San Antonio. También quiero que ahora mismo acuda al armario de la sacristía y recoja todas las joyas de la iglesia. Vaya a la habitación de mi madre y al despacho de la planta y descuelgue los dos cuadros. Saque también inmediatamente la cubertería de los armarios del comedor, las fuentes y la plata. Llévelo todo al despacho de la torre. ¿Lo ha entendido?

A Rosa nunca le había hecho falta apuntar las cosas para recordarlas ni que se las repitieran para entenderlas.

—Sí, don José Manuel.

—Gracias, deje lo que esté haciendo y haga esto con la mayor celeridad. Llame a Mauro y a María del Carmen.

—Ahora mismo.

Pablo y José Manuel vieron desaparecer a la efectiva ama de llaves con paso ligero escalera arriba, seguros de que haría lo que le habían encomendado sin margen de error.

Se quedaron en silencio pensando hasta que aparecieron Mauro y María del Carmen.

José Manuel se dirigió primero al administrador de la finca.

—Mauro, suba inmediatamente al despacho de la torre cinco garrafas de agua vacías. Sin cesto. Súbalas usted mismo y déjelas en la puerta. Suba también un zurrón grande y un rollo de cuerda. ¿Entendido?

—Sí, don José Manuel, ahora mismo.

—Muy bien, ya puede irse, gracias Mauro. —Cuando se hubo ido se dirigió a María del Carmen, la doncella de su madre, que había viajado con ella desde Barcelona—: María del Carmen, la señora y el resto de la familia se irán esta misma tarde de San Antonio. Por favor, prepare dos mudas para cada uno de nosotros. Recoja las joyas de las señoras y deje los joyeros en el salón Capapey. Baje el resto del equipaje al patio y entrégueselo a los chóferes.

María del Carmen captó en el acto la situación y, sin hacer preguntas, asintió con la cabeza al tiempo que palidecía. Se dio la vuelta y subió rápidamente las escaleras en dirección a las habitaciones. Dio por hecho que ella también partiría esa misma tarde.

José Manuel miró a Pablo con preocupación.

—Diantre, pensé que aún tardarían unos días más.

A la media hora, Rosa ya había recopilado todo lo que don José Manuel le había indicado y esperaba pacientemente en el despacho de la torre. La torre de la casa era un elemento desproporcionado de su arquitectura. Se había hecho para que fuese visible desde el tren cuando la familia pasaba en él por la costa. Era una de las pocas frivolidades que había tenido para sí aquella familia que, por lo demás, era austera y contenida, muy poco amiga de las excentricidades de la pujante burguesía a la que pertenecía. Cuando la familia pasaba en tren, se avisaba por teléfono a la casa, y el servicio de la misma tenía encendidas las luces de la terraza que la coronaba para que destacara en medio de la total oscuridad de los alrededores.

Adosada al lado de poniente y comunicada en las primeras plantas con el resto de la masía, la torre tenía cinco pisos. En la base estaba una de las habitaciones de la casa de los masoveros, en la primera planta una habitación de invitados decorada con tapicerías adamascadas, en la segunda planta estaba el lavadero, en la tercera el depósito de agua que nutría toda la casa, en la cuarta planta el despacho en el que ahora mismo se encontraba Rosa y en la quinta una terraza cubierta desde la que se disfrutaba de una amplia vista que solo tapaban parcialmente las colinas de Gandaya, el Turó de la Garza y El Avenc.

Rosa se había limitado a obedecer sin preguntar, pero comprendía perfectamente lo que sucedía. Frente a ella tenía el grueso de las cosas de valor que aún guardaba San Antonio y no había dado tiempo a esconder en la cueva de El Avenc. Hubiera sido inútil intentar trasladar las pesadas arañas de cristal o los gigantescos retratos familiares. Tenía frente a ella una suntuosa cubertería de oro, que se guardaba impoluta y solo se utilizaba el día de Navidad, dos cuadros de pequeño tamaño con unos ángeles regordetes con recargados marcos que los señores habían comprado en Sevilla, fuentes, paneras y jarras de plata y todas las joyas de la capilla que no se estaban utilizando en ese momento y que silenciosamente había retirado del armario de la sacristía, una pequeña salita anterior a la capilla donde se cambiaba mosén Campo.

¿Era eso lo que se salvaría? Como la excelente ama de llaves de esa casa que era, estaba dispuesta a defenderlo con uñas y dientes, aunque deseaba no tener que hacerlo.

Al poco rato, se asomó recelosa, entreabriendo la puerta del despacho al oír varios pasos subiendo la escalera aceleradamente. La cara enrojecida por el esfuerzo de Mauro apareció seguida de don José Manuel y don Pablo. Cada uno llevaba en brazos dos garrafas de cristal de unos veinte litros al menos, pero vacías. Eran las que se utilizaban cuando se trabajaba en el campo o cuando se vendimiaba para llevar el agua. Normalmente iban colocadas dentro de unos cestos de mimbre con asas que facilitaban su transporte, pero las que traían los tres hombres venían sin ellos.

Mauro descargó las garrafas frente a la puerta y dejó también en el suelo un zurrón de cuero y una cuerda. José Manuel le dio las gracias y le pidió que siguiera con su trabajo antes de entrar junto a Pablo y el resto de garrafas en el despacho bajo la atenta mirada de Rosa.

El despacho de la torre era casi cuadrado, con ventanas en tres de las paredes y una sencilla chimenea en una esquina. De pie en el cuadrado y luminoso espacio, Pablo y Rosa miraron a José Manuel esperando que les indicase qué hacer.

José Manuel les aclaró sus dudas enseguida:

—Esta tarde llegarán a esta casa gentes con intenciones que no conocemos. En esta casa somos muchos y me es difícil imaginar que si vienen en el número que los Sanz de Mas Peirot han adelantado, nuestras vidas, salvo la de mosén Campo, corran grave peligro, pero no dudo que va a haber momentos de mucha tensión y que la familia hoy se verá forzada a abandonar San Antonio, Dios sabe hasta cuándo. Con la misma libertad con la que se apropiarán de la finca querrán hacerlo de lo que queda de valor en ella, así que vamos a ponérselo un poco más difícil. Rosa, coja los cubiertos y métalos uno a uno en las garrafas. Pablo, acompáñame al depósito de agua.

Pablo empezaba a entender lo que su hermano José Manuel se proponía. Bajaron al piso inmediatamente inferior y entraron en la estancia que ocupaba el inmenso depósito de agua de la casa, mientras Rosa deshacía el nudo del paño en el que había envuelto la cubertería.

El depósito de agua, situado en la torre de la casa, justo debajo del despacho, se llenaba con el agua que se bombeaba desde el pozo, situado a casi un kilómetro de distancia en una de las zonas más deprimidas de la finca. Una vez en el depósito, el agua caía por gravedad a todos los grifos y cuartos de baño de la masía. Era un sistema muy habitual en las casas de la zona, pero gracias a la altura a la que estaba colocado el depósito, en San Antonio era de especial eficacia.

La habitación del depósito estaba ocupada en casi su totalidad por el mismo. Era un enorme cuadrado de cemento con tapa de madera, con pequeñas trampillas para acceder al agua en caso de que fuera necesario. Los dos hermanos se encaramaron al depósito y tras abrir las trampillas asomaron la cabeza al interior. Dentro se oía un pequeño rumor de agua en circulación y se percibía la humedad del aire, pero, por lo demás, la acuosa superficie era oscura como petróleo. Sacaron sus cabezas de allí y asintieron.

—Perfecto.

A grandes zancadas subieron de nuevo al despacho, donde Rosa ya había llenado tres garrafas con los cubiertos. El oro de las piezas brillaba dentro de las garrafas de cristal verdoso de forma que parecían enormes bombillas. Las cogieron y taparon con un tapón de corcho, que ajustaron con firmeza. Pablo agarró una garrafa con cada brazo y José Manuel hizo lo propio con la que quedaba. Rápidamente bajaron las escaleras y, tras encaramarse de nuevo al depósito, las dejaron caer en su interior, donde el agua las cubrió en su negrura; el escondite perfecto que esperaban salvase las piezas.

Repitieron la operación con los demás utensilios, tirando atadas en un grupo las bandejas, jarras y las joyas de la capilla que no cabían por la boca de las grandes garrafas. Todo quedó oculto y los dos hermanos quedaron satisfechos.

En el despacho ya solo quedaban los dos pequeños lienzos.

José Manuel cogió las dos obras de arte y tras atar la una contra la otra, las metió en el zurrón de cuero que le había proporcionado Mauro, y subió a la terraza del piso superior, inmediatamente encima del despacho. Allí, aupado por Pablo, se agarró de una de las vigas perimetrales de la cubierta y subió al tejado de la torre, por el que avanzó cautelosamente, pisando las viejas tejas cubiertas de liquen, hacia la salida de la chimenea del despacho, que jamás se utilizaba. Subirse al tejado de la torre era algo que no hacía desde que era niño y por primera vez se dio cuenta de que aquella era una total inconsciencia. Desde aquella altura la vista de los campos y bosques que rodeaban la masía era impresionante, y el mar, que se veía por el tramo del valle que se abría hacia la aldea de Cunit, lo realzaba aún más, pero José Manuel estaba demasiado concentrado en la operación y tenía demasiada prisa como para sentarse y disfrutar de aquel momento como había hecho de niño. Se acercó a la salida de la chimenea, se apoyó fuertemente en ella buscando seguridad e introdujo el zurrón, que cogido de una cuerda hizo descender por el tiro hasta que quedó encajado en el tubo de ladrillo sin necesidad de que lo atase o lo fijase más.

Bajó a la terraza en el momento que a Pablo y a Rosa se les desencajaba la cara. Por el horizonte se veía una nube de polvo que avanzaba en dirección a San Antonio.

Pablo cogió del brazo a su hermano.

—Rápido, ¡nos quedan veinte minutos! Rosa dígale a Mauro que vaya corriendo a cerrar las verjas de entrada del camino, maldita sea, cómo no se nos habrá ocurrido antes, ¡les retrasará algo! Avise también a todo el personal del servicio y de las masoverías de la finca para que dejen lo que estén haciendo y acudan a la puerta de la casa.

Bajaron las escaleras saltando los escalones de tres en tres corriendo tanto como podían hasta la planta baja. Para el servicio, que en rarísimas ocasiones veía a sus señores corriendo de arriba abajo, aquella era una señal inequívoca de que algo estaba sucediendo, y con todo el país sumido el caos, estaban seguros de que no era nada bueno.

Rosa llamó a todo el servicio y avisó a los mozos de cuadra para que fueran rápidamente a avisar a los jornaleros, masoveros y el resto de las personas que vivían en la finca para que acudiesen inmediatamente a la puerta de la masía. En cuestión de segundos salían varias monturas hacia diferentes puntos de la finca. Luego fue a la terraza de la cocina, donde empezó a tocar insistentemente la campana de emergencia, que se hacía repicar cuando alguna urgencia en la casa reclamaba la presencia de todo el personal. Enseguida, desde el alto en el que se situaba, empezaron a distinguir las figuras de labradores, pastores, masoveros y hortelanos entre los cultivos moviéndose en dirección a la masía. El servicio hizo lo propio y también se concentró en la puerta de la casa.

Habían pasado quince minutos y aunque aún faltaban muchos por llegar, José Manuel se presentó en la puerta de la casa. Eran un grupo de casi treinta personas a las que poco a poco se incorporaban más, esperando a lo que el señor tenía que decir. Hombres de piel seca y curtida por el sol, de ojos honestos, con mandíbulas cuadradas y surcos pronunciados, mujeres de campo de generosas curvas y manos duras y el servicio de la masía, impecablemente vestido y notablemente más pulido, le miraban con expectación.

No hizo falta que pidiera silencio, todos le prestaban ya total atención.

—Queridos amigos, la mayoría llevan en estos campos y trabajando para esta finca desde hace generaciones. Los menos se han incorporado hace tan solo algunos años, pero creo que no me equivoco si les digo que la convivencia de todos en esta finca es ejemplar y modelo para otras propiedades que bien harían en seguir nuestros procederes. Tanto mi madre, como mi tío y mi abuelo antes que ellos, se preocuparon de que todos ustedes y sus familias tuvieran un techo en el que cobijarse y nunca les faltara un plato de comida sobre la mesa. A cambio, ustedes han trabajado con diligencia y esfuerzo.

»Hoy somos nosotros los que les pedimos su ayuda. Nos han informado de que una milicia de veinticinco personas se acerca a la finca, y por los antecedentes de lo que han hecho esos mismos hombres en Cubellas, donde ya no tenemos iglesia —todos murmullaron asombrados— y en Mas Peirot, suponemos que no vienen con buenas intenciones. Les pido, por favor, que no se muevan de donde están, ya que nos extrañaría mucho que se enfrentasen a ustedes, a los que valoran como semejantes, aunque Dios sabe que esa es una comparación inaceptable. No se muevan de la entrada de la casa y permitan, con ese gesto de fuerza, que la familia abandone la propiedad sin mayores daños. No se atreverán a hacernos nada frente a ustedes. No les pido que se enfrenten a ellos más que con esta pasiva resistencia. Nosotros nos iremos todo lo rápido que podamos y sin tensar más el ambiente en la medida que nos sea posible. Muchas gracias. Si no nos da tiempo de despedirnos, les deseo la mejor de las suertes en los oscuros días que se avecinan.

José Manuel acabó sus palabras con la sensación de que aquellas más de treinta almas de gente llana y noble no se moverían ni un centímetro de donde estaban. Les miró a los ojos y con satisfacción volvió a entrar en la casa.

IV

La milicia de veinticinco personas de la que formaba parte Antonio giró bruscamente por el camino jalonado por muros de piedra caliza y enfiló una recta rodeada de campos de cebada y trigo, al fondo de los cuales se divisaba, levemente escondida entre el verde refrescante de plataneros y cipreses, la torre de la masía de San Antonio.

Los ornamentados marcos de las ventanas, las terrazas con elaboradas balaustradas, las esquinas rematadas en ladrillo, los detalles de la mastodóntica construcción se fueron revelando ante sus ojos a medida que se acercaban. A pesar de que su imagen era omnipresente en toda la zona de Cunit, la masía de San Antonio les seguía impresionando con sus exageradas proporciones y su alta torre.

A un kilómetro de la masía, el camión frenó frente a la verja de entrada a la finca, una cancela de doble hoja en forja, con decoración de motivos vegetales apoyada en dos torretas, una a cada lado, rematadas por piñas de azulejo. Estaba cerrada y asegurada con una gruesa cadena que unía las dos hojas. Para todos, el que aquella verja, normalmente abierta hospitalariamente de par en par, estuviera cerrada, fue la confirmación de que les estaban esperando. Pou sonrió. Aquella gente altiva y distante le tenía miedo. Las cosas estaban cambiando y se convenció de que el mundo que se abría ante sus ojos iba a ser el del gobierno del proletariado.

Alimentados por la emoción y la sed de justicia, varios milicianos saltaron del camión y se acercaron a la verja. Agarrando fuertemente los barrotes, intentaron abrirla empujando hacia adentro y hacia fuera, como hubieran hecho de haber estado encerrados en una celda, pero la puerta no se movió ni un centímetro. Volvieron a intentarlo durante unos minutos, entre maldiciones y sonidos de esfuerzo, pero fue en vano. Intentaron forzar la cerradura, pero anclada en una sólida base de granito, no hubo forma de que cediera. Todos sabían que aquella no era muralla suficiente para contenerles, pero ansiosos como estaban por acceder a aquel recinto, la maldita verja era un estorbo odioso.

Cansado, Pou ordenó a todos que volvieran a subir al camión, iniciando una técnica más expeditiva. Con expresión cada vez más enardecida puso marcha atrás para coger impulso y a todo gas, golpeó la puerta, una, dos, tres, seis veces hasta que las dos hojas empezaron a moverse. Los hombres jaleaban con entusiasmo cada embestida con gritos desordenados y alegres, convencidos, ahora sí, de que pocos minutos aguardaban para derribar una barrera más. Con el décimo golpe, la puerta cayó entera y de una pieza hacia adentro, arrancando las tupidas ramas de los dos primeros cipreses de la larga hilera que jalonaba el camino de acceso a la finca de San Antonio. Vía libre. Los veinticinco gritaron con euforia, puño en alto.

Pou sonrió a Antonio, que había ocupado el asiento del copiloto, y pisó el acelerador, pasando por encima de la puerta que acababan de derribar. A los dos se les antojó que aquello era muy simbólico. Derrumbarían todas las puertas que les aprisionaban. Antonio le devolvió la sonrisa con nerviosismo a medida que se acercaban a la masía, esperando que aquella operación fuera tan solo una incautación más, sin sangre ni dolor.

Pocos metros antes de llegar a la puerta de la casa, reconocieron a un grupo de personas aguardando frente a la puerta. Esperaba que no se les hubiese adelantado otra milicia, aunque no era improbable, ya que en varias ocasiones habían encontrado a camaradas de la CNT adelantándoles en operaciones parecidas. Sin embargo, aquella gente estaba quieta, algo impropio del fervor de las actuaciones de los anarquistas.

Ya en la puerta de la masía, comprobaron que se trataba de unas treinta y cinco personas. Todo el personal de servicio, la mayoría de los jornaleros y muchos de los habitantes de las masoverías de la finca estaban allí. Los campesinos llevaban sus hoces, picos, horcas y azadones. Dos llevaban hachas. Todos les miraban con cara de pocos amigos.

V

Hacía casi diez minutos que había concluido el oficio.

Inmediatamente acabada la misa, José Manuel se había subido al altar y había informado a todos de la situación. Salvo Adela, que había empezado a temblar y llorar silenciosamente, todos habían asumido sus palabras con serenidad. Hacía veinte minutos que el servicio tenía el escueto equipaje de la familia preparado y cargado en los coches, por lo que ya estaban prácticamente listos para su partida, aunque antes debían asegurase de que aquella gente les dejaría emprenderla.

Mosén Campo había cerrado las puertas de la capilla apresuradamente y había desaparecido insistiendo a todos en que no se preocuparan por él. Todos lo hacían, pero también sabían que ninguna persona, animal o pájaro conocía mejor aquel terreno, y que sería muy difícil que le atrapase nadie si el mosén se adentraba en él. Supusieron que aquella sería la primera de muchas noches que pasaría en El Avenc.

La familia se había reunido en el salón Capapey, una pequeña antesala que utilizaban individualmente para hacer punto, leer o jugar a cartas, alrededor de una mesa camilla sobre la que Rosa había colocado una bandeja con una jarra de agua y vasos de cristal tallado. José Manuel, Pablo, Adela y su madre, Blanca, esperaban pacientemente sentados, con los pequeños maletines de joyas de las mujeres de la casa sobre sus rodillas. José Manuel les había adelantado lo que iba a pasar y lo que debían hacer y todos habían decidido cumplir sus planes sin mover ni una coma.

Nadie hablaba, rezando en silencio para superar aquel trance de la mejor manera posible.

Pablo estaba nervioso. No sabía a qué sindicato o partido pertenecía la milicia, ni quién la dirigía, tampoco conocía el histórico de acciones que habían realizado ni el criterio por el que se guiaban, por lo que todo lo que les aguardaba era una incógnita total. Para él, nada de lo que tenía alrededor, ni la plata ni el oro ni los Zurbaranes colgados en el tiro de la chimenea valía la pena frente a los que se sentaban en torno a esa mesa o aguardaban con emocionante fidelidad en la puerta de su casa; pensó que se daría por satisfecho con verlos salir a todos indemnes, aunque la masía ardiera a sus espaldas. Su madre, sus hermanos, el mosén, la gente que le había hecho la vida más fácil desde niño, esa era su familia y no concebía la vida sin ella. Decidió rezar un poco también.

Oyeron perfectamente el ruido metálico, sordo y ahogado al detenerse el camión, que había llegado a la puerta de la masía y se había parado bajo su ventana. Aquel era el momento. Se miraron uno a uno y todos a José Manuel, y tras asentir con la cabeza, se levantaron en silencio, y, como él les había indicado, empezaron a bajar las escaleras tras su madre, que, con semblante serio y distinguido, descendía lentamente, como en una procesión, con el pequeño maletín de joyas en una mano.

VI

Pou bajó de un salto del camión, seguido a dos pasos por Antonio, al que se unieron el resto de los milicianos. Ante la puerta, les esperaban, inmóviles, gentes que nadie podría catalogar como pertenecientes a la casta rica y poderosa a la que se enfrentaban. No esperaban esa situación. Eran menor en número que las personas que tenían delante, y aunque en su caso tenían armas, la perspectiva de utilizarlas contra gente de su condición no les atraía lo más mínimo. Aquello era un problema.

Pou se acercó al hombre que parecía presidir la concentración, un individuo vestido con chaqueta y pajarita color gris que debía rondar los cincuenta y cinco años.

—¿Quién eres? —le inquirió secamente.

El hombre respondió con cierta solemnidad, sin poder ocultar del todo el nerviosismo que aquella situación le provocaba:

—Mi nombre es Mauro Tejerina, y soy el administrador de la finca de San Antonio.

«Otro siervo domesticado», pensó Pou.

—Llama a Blanca.

Mauro Tejerina, que había pasado horas departiendo los asuntos de la finca con su propietaria, jamás se había referido a doña Blanca Marqués en esos términos. Intencionadamente, pretendió no entender a aquel hombre.

—¿Se refiere usted a doña Blanca?

—Que baje, díselo.

Mauro pensó que no lo pondría tan fácil.

—Doña Blanca está tomando el té, le pediré que le atienda cuando acabe. ¿A quién tengo el placer de anunciar?

Pou se impacientó. Los veinticinco milicianos que seguían detenidamente la conversación juzgarían a su líder en función del aplomo y poder que mostrase en ese momento. No podía creer que un administrador, un siervo, un hombre de edad, subyugado a ese sistema injusto y caduco, no pestañeara ante él y su grupo de convencidos socialistas. Le apuntó con su rifle.

—¡Dile que baje!

Mauro iba a responder con aquella tranquilidad impostada a pesar de estar temblando levemente, cuando oyó a su espalda una voz serena y templada que conocía bien.

—No hace falta gritar, le pido por favor que no grite.

El grupo de personas que se amontonaba ante la puerta principal de la masía se empezó a separar en dos partes, abriendo paso a una señora menuda, ataviada con un vestido negro de cuello alto, con pelo claro algo cano y un collar de perlas de dos vueltas y pendientes a juego como único adorno. Sus pequeños ojos grises resplandecían tras unas gafas redondas y pequeñas. La señora de la casa estaba frente a él, seguida de sus tres hijos y le miraba sin altivez ni prepotencia, de igual a igual, pero con semblante serio y molesto. Le hubiera sido mucho más fácil responder con violencia a una enjoyada y petulante condesa que a aquella señora de aspecto gris y sobrio, a la que rodeaba una multitud campesina que la protegía y a cuya espalda se colocaban dos hombres de aspecto igualmente sobrio y una mujer, la única persona a la que parecía haber provocado miedo, que escondía su cara mirando al suelo mientras parecía llorar tímidamente.

Con voz baja y grave, tranquila pero disgustada, la mujer le inquirió:

—¿Qué desea y por qué grita?

Antonio, nervioso detrás de Pou, contemplaba la escena sin saber cuál sería su participación en la misma. Estaba seguro de que tomarían posesión de aquella masía, como ya habían hecho con otras muchas desde el 19 de julio, pero no sabía realmente qué conllevaría aquel acto. ¿Maltratarían a los Bultó-Marqués como habían hecho con el cura de Cubellas? ¿Los matarían? Parecía improbable con toda aquella gente alrededor. Quizás se llevarían prisioneros a los hombres y dejarían a las mujeres, quizás aquellas personas a las que no tenía suficiente rencor para dañar tuvieran más suerte que muchos de los de su clase. En cualquier caso, tenía tantas ganas de que Pou respondiera a la pregunta de la señora de la casa como todos los que se encontraban frente a la puerta de la masía que llevaba su nombre.

—Blanca Marqués, la milicia de la UGT le comunica que la finca de San Antonio, con todo su contenido ha pasado a ser propiedad del pueblo, que ha trabajado tan injustamente bajo su yugo para proporcionarle más riquezas de las que ya acumula con avaricia. —Pensó que había quedado muy solemne, por lo que Pou calló unos segundos a la espera de la ovación de la gente que le rodeaba. En teoría, aquellos campesinos serían los principales beneficiarios de aquella incautación, pero contra todo pronóstico le miraban con semblante sombrío—. Le comunico que sus hijos deben acudir a alistarse ahora mismo en el ejército legítimo y antifascista y luchar por la República, como ya hace toda la gente de bien de España. Les comunico a ellos que, de no hacerlo, se les acusará de traición y se tomarán las justas medidas que correspondan. Sabemos que en la casa hay un cura, que nos llevamos con nosotros ahora mismo. También le exijo que los miembros de la familia Sanz, a los que acusamos de traición y sabemos se esconden como ratas en esta casa, salgan ahora mismo aquí para proceder igualmente a su arresto.

Al acabar su alocución inicial, varios milicianos asintieron ruidosamente. Internamente, algunos se alegraron de no tener que matar a aquellas ratas burguesas delante de tantos camaradas campesinos.

Blanca Marqués no había perdido el aplomo por el que se le conocía y tras respirar profundamente respondió sin levantar la voz:

—Buenas tardes. Mi familia ha gestionado y poseído estas tierras desde que solo eran un valle pedregoso y yermo, pero acepto que nos sean arrebatadas si usted cree que eso será mejor para la gente que me rodea, a la que pido disculpas si en algún momento he hecho sentir desgraciada sin pretenderlo. —Varios campesinos de la finca protestaron. Nunca se habían sentido maltratados—. Respecto al sacerdote de la casa, efectivamente tenemos uno, pero hace varios días que desapareció, supongo que en previsión de su visita. Los Sanz no están en la casa y estoy segura de que de todas formas la registrarán, así que no hace falta que le dé más detalles. Mis hijos, como bien dice, se van a alistar al ejército, pero en Barcelona, donde están empadronados. Precisamente si se acerca al patio, comprobará que tenemos listo el equipaje en los coches para proceder a ello. Le agradeceré que si no tiene nada más que ordenarnos, nos deje seguir con nuestra partida.

No había acabado de hablar cuando reconoció detrás del miliciano que presidía aquella odiosa concentración una cara familiar, que con dificultades escondía tras una postura firme y agresiva el miedo y la culpabilidad en sus ojos. Se alegró de que aquel chico tuviera aún escrúpulos a pesar de formar parte de aquella milicia. Rubio, de ojos claros y con una mancha que asomaba por un lado del cuello, una vez más se sorprendió de los caminos que tomaba la vida.

—Iremos a Barcelona ahora mismo y haremos lo que nos ha indicado —concluyó.

Odiaba mentir, pero esperaba que por lo menos nadie notara su inexperiencia.

Pou se había quedado sin argumentos. Le pasaba habitualmente, ya que aunque sabía que su causa era justa, a veces las acusaciones que profería eran difíciles de demostrar. Seguro que había alguien bueno y justo entre la burguesía. Seguro que pagaría algún justo cuando cayeran los innumerables pecadores, y quizás Blanca Marqués fuera una de esas personas destinada a recibir el castigo que otros merecían. Sin embargo, estaba seguro de que la mayor parte de la clase que les dominaba lo hacía sin escrúpulos, prestando únicamente atención a su enriquecimiento mientras ellos vivían en insalubres barriadas y morían por enfermedades que sus patronos desconocían. Todas las revoluciones habían sacrificado algún ápice de justicia en aras de un bien mayor, y la suya no iba a ser menos. Se irguió orgullosamente y siguió hablando.

—Blanca Marqués, su casa va a ser registrada y ruegue que no haya nada ni nadie que no deba estar en su interior porque ni su Dios podrá ya salvarles del castigo de la ley. El tiempo de las mentiras ya acabó y bien hará de no oponerse a nosotros.

Con un gesto de cabeza, indicó a los milicianos que entraran en la masía, cosa que hicieron con menos entusiasmo del que habían demostrado en su reciente visita a la casa de los Sanz, abriéndose paso entre todos los que trabajaban en ella y la sentían como propia. Aun así, a los pocos minutos, mientras la familia y sus trabajadores esperaban en silencio en la entrada de la casa, vigilados por Pou, Antonio y un pequeño retén de cinco milicianos más, empezaron a oír cómo cristales y muebles se rompían contra el suelo.

Pablo creyó estallar de ira, pero, advertido con la mano por su hermano José Manuel, se contuvo mientras apretaba los nudillos con rabia. Para todos los allí presentes, aquello era como asistir a la violación de un ser querido.

Al cuarto de hora, los milicianos acabaron el registro y se plantaron frente a su cabecilla.

—En la masía no hay nadie. Está completamente vacía. Hay una capilla en la planta baja, hemos forzado la puerta pero no hay nadie tampoco. Hay dos coches en marcha en el patio. Maletas con algo de ropa, no se llevan joyas. Dos conductores uniformados.

Pou escuchó atentamente y mirando de nuevo a Blanca Marqués siguió perdonándole la vida.

—Blanca, acompáñenos al patio.

Pablo y José Manuel, situados tras la señora de la casa, abrieron paso a su madre, a Pou y a cinco milicianos, a los que siguieron. Antonio y cinco camaradas armados cerraron el camino a todos los que pretendían seguir a la comitiva.

Entraron en el patio trasero de la masía, que se utilizaba como zona de descarga de víveres y que el servicio utilizaba también para charlar entre turnos y fumar. Tal como había ordenado José Manuel, allí estaban los dos Bentleys, cargados y con el motor en marcha, listos para partir. Dos chóferes uniformados con botas de mecánico, gorra y guantes esperaban frente a la puerta delantera.

Pou se acercó lentamente y acarició los coches mientras los observaba con malicia. Se dijo que la familia Bultó-Marqués realmente estaba acostumbrada a lo mejor, y sintió más deseos de igualdad y justicia. No lo podía evitar, odiaba a aquel tipo de gente. Se apoyó con la espalda en uno de los coches y mirándoles en silencio, desafiante, se sacó del bolsillo del pantalón un paquete de tabaco negro y encendió un cigarrillo.

—Blanca, Blanca, Blanca, señores de la familia, ¿no les parece que un coche es más que suficiente para cuatro personas? ¿Saben ustedes cuántos de los hombres que me acompañan nunca se han subido a uno? Solo las ganas de no verles más son superiores al asco que me provoca su avaricia, su sed de acumular en vez de repartir, su voluntaria ceguera frente a los problemas del prójimo. No se irán con todas estas preciosidades.

Mientras Pou les hablaba acariciando los coches, los cuatro miembros de la familia temieron que la situación tomara un giro violento, ahora que no les rodeaba su gente. Se acercó a las mujeres lentamente, al tiempo que Pablo y José Manuel hacían lo propio, defendiéndolas en silencio. Los milicianos que le acompañaban le respaldaron con gesto provocador y orgulloso. La situación era tan tensa que varios milicianos empezaron a rozar con sus manos las culatas de sus fusiles. Cuando estuvo a pocos centímetros miró hacia los pequeños maletines que llevaban en sus manos las mujeres.

—Los maletines. Estoy seguro de que tampoco los van a necesitar. Denme los maletines.

Sin esquivar la mirada, Blanca Marqués entregó el pequeño maletín de piel crema con asa de bambú al miliciano. Acurrucada en su hermano Pablo, temblando de miedo, Adela hizo lo mismo con el suyo. Pou los cogió y con una sonrisa se giró dándoles la espalda, apoyando los elaborados cofrecillos sobre el capó del primer Bentley. Los abrió cuidadosamente mientras inspeccionaba su interior. Todos permanecieron en silencio expectantes. A los pocos segundos, sosteniendo unas pocas alhajas de oro y perlas en sus manos se dio la vuelta y volvió a mirar a la señora de la casa, con gesto amenazante.

—¿Esto es todo? ¿Me quiere decir que estas son todas sus joyas?

Blanca ya estaba preparada para esta situación.

—Le sorprenderá, pero no soy persona de grandes ostentaciones. En el campo nadie se pone brillantes y esmeraldas, pero, en mi caso, además, no los poseo. Tengo el anillo que me dio mi difunto esposo en nuestra vivienda de Barcelona, y puedo decirle que esa es la joya de mayor valor que encontraría en ese maletín si estuviera aquí. Lamento decepcionarle, pero sí, eso es todo. De todas formas, si son joyas lo que quiere, tenga estas.

Rápidamente se llevó las manos a la nuca y se desabrochó el sencillo collar de dos vueltas de perlas que llevaba sobre su vestido negro de cuello alto. Adela hizo lo propio con su collar, algo menor. Ambas extendieron el brazo sosteniendo las joyas con los dedos. Pou los cogió y los metió dentro de uno de los maletines.

—Váyanse. Salgan de aquí. Fuera de mi vista, sucias alimañas. Este —dijo, tocando con la mano el capó del segundo Bentley— nos lo quedamos nosotros. Estas joyas, que son basura, también. Los conductores se quedan también, que en este país ya no hay siervos y señores, sino camaradas iguales entre ellos y estoy seguro de que los elegantes caballeros —miró a Pablo y José Manuel— que les acompañan sabrán conducir. Ustedes me dan asco.

Pablo estaba a punto de estallar, jamás había consentido que nadie le faltara el respeto a él, y mucho menos aún a su madre, pero José Manuel le agarró la mano fuertemente, pidiéndole calma. Su madre, la única que parecía haber captado la situación y estar dispuesta a aprovechar aquella oportunidad del destino, avanzó sin pensarlo y tras abrir la puerta sin mirar atrás, se sentó sobre el asiento trasero del primero de los dos coches. Adela, que seguía temblando y empapada en lágrimas corrió detrás de ella. José Manuel miró a Pablo y asintiendo con la cabeza, como pidiéndole que dejasen a aquellos hombres odiosos allí, le apremió a subir al coche. Él se puso al volante, y tras despedirse amablemente con la mano de la milicia, puso el coche en marcha y salió lentamente por la puerta de doble hoja del patio, enfilando enseguida el camino de salida de la finca. Suspiraron aliviados. Primera prueba superada.

José Manuel condujo rápidamente y sin mirar atrás, con su madre y su hermana abrazadas en el asiento trasero del Bentley que no les había sido incautado. A su lado Pablo, con los ojos inyectados por la ira y en silencio, miraba cómo dejaban atrás las tierras que habían pertenecido a su familia desde tiempo inmemorial y las gentes buenas y amables que le habían acompañado toda su vida. La masía de San Antonio se hacía pequeña a sus espaldas mientras avanzaban en dirección a Cunit, desde donde irían hacia Barcelona, para seguir con la siguiente parte del improvisado pero factible plan de José Manuel, que mantenía la calma tras la tensión que habían vivido aquella tarde. Podrían haber muerto, lo sabían todos. Solo la presencia de sus labriegos, masoveros y jornaleros les había salvado y, sin embargo, orgullosos y acostumbrados a regir sus destinos, aquella había sido una experiencia humillante. Huían como conejos, así que, por lo menos en eso, los milicianos les habían ganado la mano.

Avanzaron por la carretera evitando el paso por todos los pueblos y aldeas que se encontraban en el camino. No entraron en Cunit, que parecía tranquilo, sortearon Cubellas pasando por los caminos del llano de Can la Guineu, desde donde las mujeres lloraron silenciosamente al ver la columna de humo que se elevaba a lo lejos sobre la iglesia del pueblo. Dejaron San Pedro de Ribas y Sitges y enfilaron la carretera de la costa de Garraf, donde la vista del mar atornasolado por la tarde pareció relajar a las mujeres, que dormitaron apoyadas la una en la otra. Pablo seguía en silencio, con la misma cara contraída con la que había abandonado la finca de San Antonio una hora antes. José Manuel temió que, si surgía otro altercado, su hermano se mostrara menos sumiso, algo que no les hubiera beneficiado en nada.

Acabaron de serpentear por la carretera de la costa del macizo del Garraf y con cierta inquietud avanzaron junto a la playa de Castelldefels, una manga de arena fina rodeada de pinos que acababa en el delta del Llobregat, a donde se dirigían. A lo lejos, varias columnas de humo ascendían siniestramente al cielo de Barcelona. Los dos hombres agradecieron que las mujeres siguieran dormidas y se ahorraran aquella visión dramática.

Atravesaban lo que se daba a llamar «la huerta de Barcelona», un llano fértil regado por los canales que nutría el río Llobregat, en cuyas orillas lentas y espesas crecían juncos y zanqueaban diferentes aves. José Manuel conducía en dirección al mismo delta del río, el Prat, donde se situaba el aeródromo, muy poco utilizado y convenientemente situado alejado de la ciudad. Esperaba que, a diferencia de Barcelona, el aeródromo permaneciera tranquilo. Conocía la zona bien y aquella era una ventaja. Una buena porción de aquellos terrenos pertenecía a la finca de la Ricarda, una propiedad impresionante, fértil y plagada de estanques, con un precioso frente marítimo y un clima suave que se mantenía con pocas variaciones todo el año. La finca era propiedad de la familia Bertrand, prominentes miembros de la burguesía a la que les unían intereses afectivos y económicos y de la que eran invitados muy frecuentes. Para José Manuel, los infinitos caminos y cañadas que cruzaban aquel delta eran relativamente familiares.

Cuando vieron las mangas de viento y banderas del pequeño aeródromo, aparcaron el coche en un sendero sin salida rodeado de juncos.

El aeródromo del Prat se había inaugurado en 1918, dos años después del que conocían como el de la Volatería, situado algo más alejado del nuevo, cerca de la población de Viladecans. Había sido la sede del Aeroclub de Cataluña y aún en aquellas fechas era más frecuente el despegue de pequeñas avionetas que de grandes líneas comerciales, aunque hacía ya nueve años que un vuelo de la compañía Iberia lo enlazaba con el aeródromo de Cuatro Vientos, en Madrid.

Muy pocos afortunados habían tenido la oportunidad de volar, a Madrid o a cualquier otra parte, pero José Manuel esperaba que su familia fuera una de esas afortunadas ese mismo día.

La instalación se articulaba en unos pocos hangares de diferentes tamaños alineados frente a un prado enorme.

Se giró hacia el asiento trasero y miró a las señoras, que habían despertado de su aletargamiento, y, todavía levemente trastornadas por los acontecimientos de aquella mañana, miraban por las ventanillas laterales el paisaje que les rodeaba.

—Las joyas, por favor.

Ambas se desabrocharon los botones superiores de los vestidos negros de cuello cerrado que llevaban, mientras José Manuel y Pablo desviaban la mirada, girando la cabeza al frente con discreción. El inconfundible brillo de las piedras preciosas asomó a medida que la parte superior de sus prendas se abría. Chatones, esmeraldas del tamaño de una falange, perlas y broches de rubíes pendían de los cuellos de su madre y su hermana. Horas antes, habían vaciado sus joyeros, dejando en su interior las alhajas de menor valor y se habían puesto todas las joyas de importancia, con la esperanza de alejarlas de las manos de la desagradable visita que les esperaba. José Manuel había supuesto que los milicianos que les visitarían en San Antonio se guardarían mucho de retratarse como vulgares ladrones cacheando a las damas delante de todo el personal de la finca, pero que sí requisarían los joyeros que ambas llevaban de la mano en la masía. Oculto bajo aquellas prendas recatadas y sobrias, habían escondido un pequeño tesoro que todos esperaban les facilitase la huida de España.

Ambas acercaron las joyas a José Manuel, sosteniéndolas con la mano.

Amontonadas bastamente, las alhajas perdían su historia y su belleza, convertidas de repente en un mero bien, de cuyo valor dependían. Tras el trance vivido en lo que llevaban de día, se resignaron con tristeza a que la pérdida de cada uno de aquellos collares, broches y anillos, podía suponer su alejamiento del peligro.

José Manuel clasificó las joyas en cuatro grupos y metió cada uno de ellos en uno de los bolsillos de su chaqueta.

—Espérenme aquí. Si en cinco horas no he vuelto, váyanse, Pablo sabe lo que hacer.

Miró a Pablo fijamente, como despidiéndose y dándole fuerza. Ambos asintieron con firmeza. Bajó del coche y se alejó entre los juncos, en dirección al aeropuerto. Pablo, su madre y su hermana se quedaron en el interior, rezando para que aquella no fuera la última vez que vieran a José Manuel.

VII

José Campo de Mayo, mosén Campo, había llegado a la cueva de El Avenc sin ningún percance, silenciosamente y sin ser visto, como un zorro que conoce bien el bosque. Había dejado las oraciones para más tarde mientras se preparaba para pasar una larga temporada escondido. A diferencia de muchos de sus hermanos, su vida se había circunscrito casi exclusivamente a la finca de San Antonio, donde atendía las necesidades espirituales de apenas cien personas entre el personal de la finca, las masoverías y los campesinos de otras propiedades cercanas que no contaban con sacerdote. No era una figura relevante más allá de la sierra de San Antonio, por lo que lo normal sería que ninguno de los que le tenían por enemigo (simplemente por su condición de cura) desperdiciara su tiempo buscándole. Había cerrado el sendero por el que se llegaba a la cueva a medida que avanzaba por él, atravesando troncos y piedras para que no fuera reconocible. Satisfecho con el resultado, se disponía a iniciar otra tarea, cumpliendo con el plan que llevaba meses preparando.

Entró en la cueva que sería su casa por la puerta que la madre de Pablo había abierto hacía tan solo unos años, una pieza de hierro con remaches empotrada en el seno de una pared de roca caliza natural, de aspecto similar a la entrada a una mina. Comprobó sin prestar demasiada atención que el interior de la cueva estaba en orden y volvió a salir, dedicando el resto de la tarde a colocar grandes piedras tapiando y disimulando aquella entrada desde el exterior. Cuando hubo acabado, el acceso era totalmente imperceptible para cualquiera que no supiera que existía. Aunque fuera mucho más incómodo, también sería más seguro que a partir de entonces entrara y saliera de la cueva por la abertura que esta tenía en el techo, en la parte más alta de la colina en cuyo interior se encontraba, totalmente disimulada entre arbustos de lentisco.

Se encaminaba con un rollo de cuerda de pita al hombro para organizar aquella entrada cuando unas voces llamaron su atención. Se giró como hubiera hecho un animal, orientando sus oídos al sonido, y volvió hacia la entrada de la cueva, que acababa de esconder. Frente al montón de piedras que escondía la puerta descubrió a un hombre y dos jóvenes. Los conocía.

Se trataba de tres de los miembros de la familia Marçal, de Cunit, habitantes de una masía cercana al mar que llamaban Mas d'en Puig. Pedro Marçal padre, Pedro Marçal hijo y Josep Marçal. Aquella familia era conocida sobre todo a raíz de un acontecimiento acaecido pocos años antes, cuando un grupo de jornaleros «rabasaires» estaba dedicado a la poda de los almendros y algarrobos de su finca. En un momento dado, sin que nadie supiera bien el motivo, una acalorada discusión había surgido entre uno de ellos y Jaime Marçal, hijo del propietario, que entonces tenía solo veintiún años. La disputa fue subiendo rápidamente de tono hasta que el jornalero en cuestión se dio la vuelta y abandonó indignado el lugar. Cuando todos pensaban que aquel hombre había abandonado la finca, volvió a la escena de la discusión con un revólver, con el que disparó varias veces al joven Marçal, que murió poco después. Pese a que en un primer momento el asesino había escapado, al final fue apresado y encarcelado.

El caso tuvo mucha repercusión en la zona e incluso el diario *La Vanguardia*, en Barcelona, se hizo eco del suceso, que corrió de boca en boca, con dos interpretaciones bien distintas. Para los caciques y los grandes propietarios de la zona, era un asesinato injustificable, digno de todo el castigo que fuera necesario para el perpetrador. Para gran parte de la masa campesina de Cubellas había sido un hecho lamentable, sí, pero justificado por el abuso con el que los Marçal trataban a sus jornaleros, a los que se decía que explotaban hasta la extenuación. Aquella familia, mucho menos acaudalada, con menos tierras y menores lujos que los Bultó-Marqués, llevaba en el punto de mira de las clases más descontentas desde entonces, y mosén Campo temió que lo que estaba viendo fuera consecuencia de esa situación. Además, los Marçal eran miembros del Partido Tradicionalista, antagónico de los sindicatos de izquierda como la CNT, la FAI o la UGT de los que parecía que aquel día todos huían.

Pero antes de que poder siquiera pensar qué era exactamente lo que estaba sucediendo, Pedro padre se abalanzó hacia él, abrazándolo.

—Mi querido mosén, no sabe cuánto me alegro de verlo. —Mosén Campo escuchó lo que le dijo a continuación—: Hace días nos refugiamos en el Mas, pues en nuestra casa de Villanueva los registros del comité son constantes y pensamos que ya no estábamos seguros. Esta mañana, al ver el humo de la iglesia de Cubellas, decidimos que tampoco el Mas d'en Puig lo era. No tenemos a dónde ir, así que hemos venido a El Avenc, que solo unos pocos conocemos. Usted, los Bultó, pocos más. Creo que estaremos seguros aquí, por lo menos durante un tiempo. Entiendo que usted también pretende esconderse aquí. Traemos algunas latas de comida que podemos compartir; si las racionamos bien, podremos aguantar unos días hasta ver qué paso dar.

El cura sonrió suavemente.

—Vengan conmigo. Acabo de esconder la puerta. Llevo algún tiempo preparando la cueva para pasar una larga temporada. Aquí estarán bien. Lo único que les pido es que, como miembro de la finca a la que pertenece, por la supervivencia y seguridad de todos, hagan caso de mis indicaciones y consejos. Si lo hacen, les aseguro que la guerra no acabará con ninguno de nosotros.

Pedro Marçal asintió.

—Desde luego, padre. Nadie conoce esta zona como usted. Haremos lo que diga. —Se giró hacia sus hijos—. ¿No es así, hijos míos? —Los dos asintieron—. Entonces, ¿qué quiere que hagamos?

Mosén Campo bajó un poco la voz.

—Síganme. A partir de ahora, ni un tono más alto que un susurro y ninguna palabra innecesaria fuera de la cueva. Tendremos tiempo de charlar dentro, pero fuera, igual que les he oído yo, les podría haber oído cualquiera.

Se dio la vuelta y avanzó en dirección a la entrada sepulcral de la cueva. A su espalda oyó a los tres Marçal siguiéndole en silencio. Sonrió para sí, los caminos del Señor eran inescrutables.

VIII

Nadie que conociera Puigcerdá hubiera pensado nunca que aquel pueblo de casi tres mil almas, que ocupaba una pequeña colina en el extremo más cercano a Francia del valle de la Cerdaña, en pleno Pirineo catalán, fuera a ser un ejemplo tan significativo de la amalgama de sentimientos e ideas que se iban a enfrentar en la cruel Guerra Civil. Vista desde lejos, sobre una colina presidida por el imponente campanario de la iglesia de Santa María, ofrecía una imagen idílica, rodeada de fértiles prados enmarcados por fresnos y olmos centenarios sobre los que serpenteaba alegremente el río Segre. En el extremo del pueblo que más se acercaba a Francia, antes de la pedanía de Rigolisa, asomaban las torretas y fachadas coloridas de las casas de la poderosa burguesía catalana, que acudía en masa a veranear en aquel lugar tan de moda. La presencia de aquellos distinguidos veraneantes había hecho que el pueblo floreciera en muchos aspectos. Nuevas tiendas y comercios habían abierto para dar servicio a los desprendidos burgueses, que gastaban sin freno, siempre ansiosos por encontrar en aquel lugar las mismas banalidades que en Barcelona. Para muchos ceretanos, como se conocía a la gente de Puigcerdá, la llegada de aquella gente había sido una auténtica bendición.

Pero no todos lo veían de la misma forma.

Puigcerdá no era un centro industrial, pero su masa obrera había crecido considerablemente al abrigo de algunas fábricas de tejidos y de las lecherías, multiplicando la inmigración de otras zonas de la Cataluña norte.

La visión diaria y próxima de unas riquezas que les eran totalmente desconocidas, unas mansiones de lujo que ridiculizaban sus sencillas casas de adobe, joyas y pieles que creían solo reservadas a la realeza y unos coches relucientes que adelantaban con impertinencia a sus mulas y carros, había plantado por primera vez en siglos la semilla del rencor y el odio en aquella humilde población. No ayudaba el hecho de que desde su privilegiada posición, la mayoría de los veraneantes les mirase por encima del hombro con orgullo, ni que prácticamente nunca se mezclaran con la gente local, recluyéndose en su hermoso barrio del Lago, que habían creado desde cero alrededor de lo que hasta hacía bien poco había sido una zona de prados cercana a Puigcerdá. Como consecuencia, la Confederación Nacional del Trabajo, que todo el mundo conocía por sus siglas CNT, había encontrado un terreno abonado para que las afiliaciones al más importante de los sindicatos anarquistas se multiplicara día a día. El crecimiento de la organización, que ya tocaba el poder con las yemas de los dedos, había ido parejo al recogimiento de la burguesía, que cada vez paseaba menos por las calles del pueblo y veía con terror desde sus fortines en el barrio del lago como su otrora respetada posición era cuestionada y criticada.

Cuando la noticia de la sublevación contra el legítimo Gobierno de la República por parte del ejército de África se propagó y los trabajadores y campesinos creyeron que los pocos derechos que tenían les iban a ser arrebatados por una nueva corriente conservadora, los ceretanos se echaron a la calle a luchar.

Eran las diez de la noche y una multitud se reunía junto al casino ceretano, una institución que ocupaba uno de los flancos de la plaza mayor del pueblo. Subidos en el último peldaño de la escalera que daba acceso a aquel gran casal rosado, tres hombres se intercambiaban la palabra, proclamando el fin de las injusticias y las desigualdades y el inicio de una nueva era en la que el poder estaría en sus manos. Frente a ellos, una multitud de casi cuatrocientos campesinos y obreros respondía con júbilo a cada uno de los oradores, repitiendo con entusiasmo cada proclama, muchas de las cuales no acababan de entender del todo. Las personas que tenían enfrente, la CNT, los trabajadores, iban a alcanzar por fin todas las aspiraciones que siempre les habían sido negadas. Si lo que había pretendido el ejército de África y los sublevados en muchas ciudades era restituir el poder del clero, de la burguesía y de la aristocracia y frenar las reformas que poco a poco iban a mejorar la vida de los más desfavorecidos, conseguirían exactamente lo contrario. Ahora ya no valían las medias tintas, lo que no habían logrado con la palabra, lo lograrían con el puño.

Josep Piguillem asistía a todo aquello con asombro. Su panadería estaba a pocos metros de la plaza mayor, y desde bien entrada la tarde había visto cómo sus paisanos pasaban por delante de ella con las banderas rojas y negras de la CNT y pancartas con lemas obreros. A las nueve, la plaza y las calles adyacentes estaban atestadas de gente y el ánimo general que se respiraba era de extrema crispación.

Su panadería, que había heredado de su padre cuando solo era un pequeño horno de pan de pueblo, con poca oferta y ruda mercancía, era su principal fuente de orgullo. Josep Piguillem lo había hecho bien. El elegante escaparate con el que su mercancía se asomaba a la calle no tenía nada que ver con el que le había sido legado y era consciente de que debía gran parte de su éxito a la llegada de los distinguidos veraneantes burgueses contra los que se estaba levantando el pueblo. Panecillos de Viena, brioches, excelentes cruasanes de mantequilla, deliciosos bollos y cuatro tipos de pan triunfaban en el barrio del Lago, al que atendía con un reparto diario. Si la temporada era buena, a su facturación diaria añadía siempre algún encargo especial para una fiesta, una boda o cualquier celebración. Consciente además de la importancia del trato personal con todos sus clientes, Josep entregaba personalmente los pedidos en cada una de las casas de los barceloneses, que saludaban sus visitas con cordialidad. Si aquella gente abandonaba Puigcerdá, todo cambiaría. En realidad, ya lo estaba haciendo. Los veraneantes estaban empaquetando y desapareciendo con sigilo y sin avisar a nadie, imaginaba que en dirección a las ciudades donde el alzamiento había triunfado y su seguridad gozaba de mayores garantías, probablemente también a Francia. Estaba seguro de que la mañana siguiente, cuando recorriera con sus cestos de mimbre las calles del elegante barrio, encontraría más contraventanas cerradas y menos vida alrededor. Le hervía la sangre al pensar que la guerra iba a acabar con tantos años de esfuerzo.

Estaba calentándose la cabeza y haciendo números catastrofistas de los meses que se le venían encima cuando un nombre, gritando desde la improvisada tribuna de las escaleras del casino ceretano llamó su atención.

—Y al Sagnier, que ha dado muestras sobradas de su afiliación, lo mataremos hoy mismo, ¡esta misma noche! ¡Para que pague por su traición! Y su mujer, a la Eugenia, ¡se le van a quitar las ganas de mirarnos por encima del hombro porque la vamos a arrastrar por los pelos por todas las calles del pueblo! ¡Y todos podremos patearla y demostrarle que el desprecio que nos muestra no se perdona y que tantos años de pavonearse por estas calles se le han acabado! Y verán que...

A Josep Piguillem no le hizo falta escuchar más. Eran personas como aquella las que quitaban la razón a la mayoría de su gente, que lo único que quería era vivir mejor pero era tan inculta y manipulable que cualquier revolucionario los moldeaba como a un trozo de barro. Cerró la persiana de su tienda y a paso ligero se dirigió al barrio del Lago.

IX

—Niños, coged el rosario y el cepillo de dientes, ¡nos vamos de excursión!

A pesar de lo trágico del momento, Inés no pudo evitar esbozar una sonrisa ante la inocencia de sus hermanos menores. Su padre les había despertado para ofrecerles un plan que ningún niño rechazaría, una excursión nocturna con toda la familia. Si alguno hubiera adivinado la verdad, sin duda estaría tan aterrorizado como ella. Temblaba levemente y el corazón parecía querer salir de su pecho. No había tiempo para empaquetar, no había tiempo ni siquiera para que los niños se cambiaran. Se iban, y lo tenían que hacer inmediatamente. No habían pasado diez minutos desde que el señor Piguillem, de la panadería, había aporreado su puerta con urgencia y ya estaban todos reunidos en la entrada de la casa. Su madre contó a todo el mundo mientras su padre cogía en brazos a Joaquín, de tan solo dos años, que, dormido, parecía no haber notado la diferencia entre la cama y los brazos de su progenitor. Aunque el servicio estaba despierto, nadie les había explicado lo que ocurría, conscientes de que el tiempo apremiaba y que sus intenciones eran evidentes para cualquiera.

De pie frente a sus hijos, Fernando y Eugenia se miraron y, tras asentir, se dirigieron seguidos por su extensa prole a la puerta de la cocina, que salía al jardín trasero. El padre de familia se dirigió a todos antes de iniciar el periplo.

—¡Atención todos! Esta es una excursión secreta, así que nadie puede hablar. Los mayores, por favor, que cada uno coja de la mano a uno de los menores. Yo llevo a Joaquín y mamá se encarga de Carlitos, el resto emparejaros. Delante iré yo y detrás irá Inés. El que llore o grite vuelve a casa castigado. Solo vamos a llevar dos linternas, una delante y otra al final. ¡Que se vea que sois niños valientes y que no os da miedo nada!

Inés cogió de la mano a su hermano Juan, que, como el resto de los pequeños, estaba emocionado con aquella aventura y le apretaba la mano con fuerza. El niño llevaba la bata sobre el pijama y se había puesto unas botas de agua, un calzado imprescindible con los campos mojados por la humedad y la escarcha.

La expedición comenzó atravesando el seto de avellano que delimitaba la parte trasera del jardín de la casa de la sucesión de campos y bosquecillos que separaba Puigcerdá de la frontera, señalizada con precisión por las luces de Bourg-Madame, que brillaban en la ribera contraria del río Rahur, un pequeño afluente del Segre que se unía a su hermano mayor en la villa francesa. La distancia no era larga, apenas un kilómetro, pero el ritmo con un equipo como el que formaban era lento, con los niños distrayéndose a cada paso y girándose para mirar hacia atrás al tiempo que tropezaban en cualquier obstáculo. Atravesaron un pequeño bosque de abetos jóvenes y salieron a un prado que descendía suavemente hacia el lado. En el momento en el que los árboles dejaron de resguardarles, Inés vio cómo sus padres apagaban las linternas y se agazapaban un poco mientras se daban la vuelta para pedir silencio tapándose la boca con el índice. Todos los niños sonrieron encantados y repitieron el gesto de sus padres hacia la pareja que llevaban a la zaga. Sin duda aquella era una auténtica aventura.

A doscientos metros más arriba creyeron reconocer a un grupo de personas que seguía la misma dirección, probablemente otra de las familias del barrio del Lago que huía de la turba que les amenazaba. Inés se estremeció al pensar que posiblemente la situación que estaba viviendo en aquellos momentos no difiriera mucho de lo que algunos rusos habrían sentido durante la revolución de 1917 y que tan acertadamente había predicho que les tocaría vivir su amigo Javier Galcerán, en la fiesta, tan solo unos días antes.

Volvieron a penetrar en un pequeño bosquecillo de chopos entre prados y encendieron las linternas para comprobar que todos seguían bien. Fernando Sagnier padre contó al grupo posando la mano sobre cada una de las cabezas, comprobando que seguían todos y se asomó con Joaquín, al que ahora llevaba despierto y a caballito, al siguiente prado que tenían que atravesar. Despejado. Volvió sobre el grupo.

—Hijos, ya queda poco para acabar la aventura, pero ¡esta es la parte más importante! Los malos no nos pueden oír, así que el que diga una sola palabra se vuelve a casa castigado y no tendrá premio cuando lleguemos. Quiero que todos caminéis agachados y sin hacer ruido. ¿Alguien está cansado?

Todos negaron con la cabeza. La principal actividad en aquel valle, en la Cerdaña, eran las excursiones y aquella era fácil a pesar de ser de noche. Acostumbrados a andar varias horas cuesta arriba para bañarse en los lagos de Meranges o a acompañar a los mayores en los interminables recechos por la sierra del Cadí, aquello era un juego de niños. Inés vio cómo su padre sonreía con satisfacción ante su pequeña guarnición.

—Perfecto, pues todos callados entonces. Vamos a seguir.

Se colocaron de nuevo en fila india y por parejas y empezaron a atravesar el siguiente prado, a mitad del cual aceleraron la marcha al asomar la luna entre las nubes. Cuando llegaron al final, metidos de nuevo en un pequeño linde marcado por árboles, empezaron a oír de lejos el rumor del río Rahur, que en el tramo al que se dirigían, servía de frontera entre Francia y España. Inés había paseado por el borde del Rahur varias veces en lo que llevaban de vacaciones y sabía que el río, que en los meses de invierno y primavera bajaba con fuerza, ahora era franqueable por multitud de pasos, donde se podía cruzar de piedra en piedra sin apenas mojarse las rodillas. Dentro de lo que cabía, tenían suerte de que la guerra hubiese decidido poner su vida bocabajo estando en Puigcerdá. Les había facilitado la huida. No hubieran sabido qué hacer de haber vivido la misma situación en Barcelona.

Su padre volvió a contar a todos y tras hacerlo pidió que le esperaran quietos donde estaban, mientras dejaba al pequeño Joaquín en el suelo y salía del abrigo de los árboles para cruzar el siguiente prado. Se quedaron en silencio varios minutos, mirando a su madre de vez en cuando para comprobar que aquella espera era exactamente lo que tocaba hacer en aquel momento. Cuando la luna aparecía entre las nubes, la cara de Eugenia, madre de todos, se mostraba en toda su belleza, serena y seria, con una mirada pétrea que no podía ocultar su total consternación por la situación en la que se encontraba; precisamente ella, a la que nadie había osado levantar la voz ni discutir nunca. Inés estaba segura de que su madre se sentía, antes que preocupada o asustada, ultrajada. El sentimiento que peor consentía. Ni lo olvidaría ni lo perdonaría nunca.

Al cuarto de hora de su partida, Fernando Sagnier volvía a estar con su familia. Saludó a todos brevemente y se apartó hacia un lado con su mujer, mirando al prado que tenían en frente mientras señalaban su extremo más lejano, sobre el que se dibujaba un oscuro macizo de árboles. Su familia aguardaba instrucciones a su espalda. Todos sabían que el país vecino se encontraba a pocos metros e Inés supuso que en esos momentos su padre indicaba a su madre por dónde iban a cruzar el río que les separaba de su destino final. Estaba resultando fácil. Doscientos, quizás tan solo ciento cincuenta metros más y estarían a salvo.

Con un gesto de su padre se pusieron todos de nuevo de pie, en parejas y preparados para reiniciar el camino.

—Hijos, ya queda muy poco. Delante de vosotros se abre un prado no muy largo, de unos ciento veinte metros. En este tramo es en el que vais a demostrar lo valientes que sois. Mamá irá la primera con Carlitos. Vais a ver cómo corre ella y hasta dónde tenéis que llegar, aunque no os preocupéis porque cuando llegue mamá os hará señales con la linterna para que no os desviéis. Quiero que de dos en dos, como estáis ahora y cuando yo os indique, salgáis.

Tenéis que llegar hasta mamá lo más rápido que podáis, pero sin hacer ruido y un poco agachados. ¡El que lo haga mejor ganará! Fijaros en mamá.

En ese momento Eugenia, con Carlitos a caballo sobre su espalda salió de donde estaban y se adentró corriendo en el prado, atravesándolo en dirección al extremo que habían señalado hacía unos minutos. Corría agazapada, solo iluminada por la luz de la noche que se atenuaba cada vez que las nubes tapaban la luna. Al minuto llegó al extremo y la perdieron de vista. Pocos segundos después, una luz parpadeó entre los árboles, en el punto al que tenían que dirigirse. Fernando asomó la cabeza al prado y miró a ambos lados.

—Cayetana y Javier, ahora vosotros. —Los dos hermanos se acercaron a donde estaba su padre, que les pasó el brazo por la espalda, dándoles un pequeño empujón al decir—: Preparados, listos, ¡ya!

Hermano mayor y menor corrieron cogidos de la mano, tan rápido como había hecho su madre hacía un momento, en dirección a los destellos que les hacía con la linterna en el otro lado.

—Lucía y Jacobo, vosotros. —Repitieron la operación pareja tras pareja hasta que solo quedaron Inés, Juan, su padre y el pequeño Joaquín—. Inés y Juan, os toca. A ver si lo hacéis tan bien como vuestros hermanos.

Juan miró a su hermana mayor apretando los labios. Quería hacerlo muy bien. Quería ganar a sus hermanos en aquella competición sin bases ni premio. Inés le miró enternecida, realmente los pequeños estaban disfrutando de aquello. Lo guardarían entre los difusos recuerdos de su sosegada infancia, mientras ella posiblemente tuviera pesadillas durante varios meses, quizás años. Cogió fuertemente de su mano y en cuanto su padre les dio el empujón, salieron al campo corriendo con todas sus fuerzas. Corrieron tanto que Inés pensó que su hermano pequeño iba a volar sobre la hierba, en dirección a los haces de luz que su madre les hacía.

Llegaron en pocos segundos al bosque, donde, aunque callados, los pequeños de la familia se señalaban a sí mismos orgullosos, seguros de haber ganado la carrera. Con la respiración entrecortada, Juan se sumó al diálogo sordo de gestos y aspavientos que sus hermanos pequeños mantenían. Inés miró a los mayores, que dirigían la vista hacia el punto desde donde su padre, con Joaquín a la espalda, corría hacia ellos. A una decena de metros, el río Rahur llenaba el ambiente de humedad y ruido de agua. Habían llegado a la frontera.

Salieron en fila india y por parejas del interior del bosque y con cuidado ascendieron por la ribera del Rahur hacia un pequeño vado por el que se colaba el río, perfectamente franqueable para todos en ese punto. Sin esperar, cruzaron sin mayor ruido que el alegre chapoteo de las botas de los niños, que se mantenían el silencio pero no podían disimular la emoción por aquella experiencia. Fernando Sagnier, con toda su familia siguiéndole como un pequeño ejército, pensó que si aquellas personas que con tanta vehemencia parecían querer acabar con los de su clase no trasladaban su energía hacia una mayor organización, no conseguirían nada. Querían acabar con familias y gentes como las suyas, pero no habían puesto ni un poco de su ímpetu en impedir que escaparan fácilmente a Francia, cuyo suelo ya pisaban.

Estaban a salvo.

Bajaron, aún en fila pero más desordenadamente, por una suave ladera de hierba sobre la que cada vez que asomaba la luna relucía la piel blanca y negra de las vacas. Al fondo, a poco más de trescientos metros, se distinguía con claridad la villa de Bourg-Madame, el primer pueblo francés, al que, en una situación normal, hubieran accedido cruzando el puente internacional que comunicaba ambas orillas del Rahur. Pero todos sabían que aquella no era una situación normal, e incluso los más pequeños, que habían comenzado a percibir la preocupación en las caras de sus familiares de más edad, reían cada vez menos. Se alejaron prudentemente de la orilla del río para entrar a la villa por detrás, sin despertar las sospechas de la guardia fronteriza que patrullaba la frontera cara a cara con la guardia republicana española.

Entraron en el pueblo por la rue du Train Jaune, que estaba trazada en paralelo a la vía de la llamada línea ferroviaria de la Cerdaña, un tren amarillo y descapotable que recorría una corta distancia de sesenta kilómetros entre Villafranche de Conflent y La Tour de Carol. Las casas tenían las contraventanas cerradas y en la calle se respiraba un silencio y oscuridad sepulcral, pero a Inés le pareció que sus padres sabían muy bien a dónde dirigían sus pasos. Enfilaron la rue de Belloch y poco después de visualizar el campanario de la sencilla iglesia del pueblo, se detuvieron frente a la puerta azul ceniza de una casa de dos pisos. Era la carnicería. Su madre llamó a la puerta con los nudillos varias veces hasta que de la ventana superior se asomó un hombre con gorro de dormir y cara de pocos amigos.

—*Mais, qu'est-ce qu'il se passe!*

Todos miraron hacia arriba, al tiempo que el individuo, frotándose los ojos entrecerrados todavía por el sueño, trataba de averiguar quiénes eran.

Tras mirar por encima al grupo con atención, una cara pareció resultarle familiar.

—*Madame! Mais Madame!*

Desapareció dentro de la vivienda y enseguida oyeron pasos bajando apresuradamente la escalera.

Les abrió la puerta un hombre cercano a la cincuentena, en bata, bajo y enjuto, con las manos regordetas y una enorme cara rosada y mofletuda sobre la que no quedaba ni un solo pelo. Inés nunca había estado en aquel lugar, pero conocía perfectamente a Jean-Paul Ducroche, el carnicero que llevaba años atendiendo a la familia y que les suministraba la mejor *viande des Grisons* que había probado nunca. Atorado y sorprendido, el hombre no podía entender el porqué de aquella visita, aunque diez niños en pijama y aquel distinguido matrimonio vestido descuidadamente no hacían presagiar nada bueno. Sin pedir explicaciones, les pidió que pasaran a su casa.

—*Passez, passez, s'il vous plaît passez!*

Entraron en una estancia que aunaba el salón, el comedor y la cocina, con una puerta con cortina en un lado, detrás de la que se adivinaba la tienda de aquel hombre. Sus padres se sentaron junto a la mesa mientras el francés colocaba un montón de vasos y una jarra de agua. Los niños se sentaron en el suelo, mientras Jean-Paul ocupó un sitio junto a los mayores.

Eugenia no esperó a que el carnicero preguntara para explicarle el porqué de tan inesperada visita con sus hijos. En un francés perfecto, relató con gravedad la situación en la que ella y su familia se encontraban, mientras el señor Ducroche solo acertaba a decir *C'est terrible, c'est terrible* cada cierto tiempo. Inés no hablaba francés, pero lo entendía razonablemente bien. Entre los susurros de sus hermanos pequeños y los comentarios y llamadas al orden en español de su padre, acertó a entender cómo su madre solicitaba refugio para todos en casa de aquel buen hombre, que miraba al grupo con pena y preocupación.

Tras quince minutos de conversación le pareció que era su madre la que estaba consolando a Jean-Paul Ducroche y no al contrario, como hubiese sido de esperar. El buen hombre les miraba a ella y a sus hermanos de vez en cuando y susurraba expresiones piadosas en francés, mientras su madre, con la mano apoyada sobre uno de sus hombros le respondía también en bajo. Al poco tiempo, Eugenia se levantó:

—Niños, dad todos las gracias al señor Ducroche que tan amablemente nos va a acoger en su casa esta noche. Quiero que todos os portéis bien y que no hagáis ruido. El cuarto de baño está detrás de aquella puerta —dijo, señalando un lado de la habitación—, y ahora nos van a dar algunas mantas para que nos acomodemos.

Nadie les había explicado nada y aunque para los mayores todo estaba bastante claro, para los pequeños aquella era una aventura que empezaba a durar demasiado. Juan, de tan solo ocho años, intervino:

—Pero, mamá, ¿vamos a dormir en el suelo? ¿Cuándo vamos a volver a casa?

De pie, con expresión preocupada, Eugenia comprendió que sus hijos necesitaban una explicación, aunque fuera sesgada, de lo que sucedía.

—Sí, Juan, vais a dormir en el suelo. Hoy, y los días que haga falta. —Levantó la mirada y se dirigió a todos—: Niños, vamos a estar una temporada fuera de casa, y aunque vuestro padre y yo intentaremos que todos estemos muy bien, vais a tener que ser fuertes y valientes. No quiero oír a nadie quejarse y quiero que todos ayudéis. Hoy dormiremos aquí y mañana a lo mejor también, pero luego buscaremos otros sitios donde instalarnos hasta que podamos volver a casa.

En ese punto intervino Fernando Sagnier para tranquilizar a sus hijos:

—Hijos, somos todos fuertes y estamos sanos, tenemos buenos brazos y piernas y sabremos cuidar de nosotros. Vamos a estar un tiempo fuera de casa y va a ser una aventura; como todas las aventuras, a veces estaréis cansados y querréis que se acabe. Pero se acabará cuando vuestra madre y yo decidamos y hasta entonces no os preocupéis porque estaremos bien. En Puigcerdá ahora hay gente mala, que no nos quiere bien, pero cuando se vayan, nosotros volveremos, os lo prometo. No tenéis que temer nada, pero quiero que todos entendáis que en nuestro país están pasando muchas cosas y que no estaríamos tan seguros allí como estamos aquí.

Los niños se quedaron callados mirando a sus padres. Confiaban en ellos. Empezaron a hablar bajo, y a Inés le dio la sensación de que había más curiosidad que miedo en el ambiente. Su madre les pidió a ella y a sus hermanas Lucía y Cayetana que se acercaran.

—Hijas, acompañad al señor Ducroche a buscar mantas. Esta noche está siendo demasiado larga.

Inés comprendió que aquella iba a ser su vida durante un tiempo, socorridos por la buena gente que les había servido con reverencia, ayudados por los más humildes mientras la vida de lujos y comodidades que habían conocido se desvanecía rápidamente. Se hinchó de una súbita confianza y orgullo. Aquello no podría con ella.

3

I

El Prat de Llobregat tiene un clima muy especial, diferente al de toda la provincia de Barcelona. Pegado al mar por un lado y regado por el río Llobregat, que rebosa en multitud de estanques, lagunas y humedales, está resguardado al norte por la sierra de Collserola y al sur por la del Garraf, y por alguna razón que un meteorólogo sabría diseccionar, la combinación de todo hace que en sus campos la temperatura casi siempre sea suave y agradable, incluso en invierno.

En un camino sin salida rodeado de juncos, un Bentley negro cobijaba a tres personas ansiosas de noticias mientras el sol se empezaba a poner en el horizonte, despertando a una orquesta de aves que parecía querer despedir el día con el mayor ruido que fueran capaces de emitir. La estampa, entre cielos rosados y rodeados de una naturaleza vibrante, era espectacular, pero ninguno de los ocupantes del coche era capaz de ver nada bello en la situación a la que se habían visto abocados.

Hacía rato que tanto Pablo como su hermana y su madre habían cambiado su paciencia por preocupación. Habían pasado dos horas desde que José Manuel se había alejado en dirección al aeródromo y no habían vuelto a verle, pese a que estaba a pocos metros del mismo y podría haberse acercado fácilmente a informarles de sus gestiones. Si en dos horas no sabían nada de él, pasarían al plan B, que esta vez dirigiría Pablo. Tendría que guiar a su familia por una suerte de caminos que atravesaban la tupida sierra de Collserola por el flanco izquierdo, adentrarse en la comarca del

Vallés y serpentear por el Montseny, las Guillerías y los hayedos de la comarca de Osona, acercarse al Pirineo por caminos secundarios, evitando poblaciones en las que no sabía los movimientos que se estaban produciendo y que podían suponer una amenaza. Todo para llegar a la frontera, donde improvisarían cómo cruzar a Francia. Un plan débil a todas luces y con pocas garantías de éxito, pero el único que tenían si las gestiones de su hermano no daban sus frutos. Defendería a su madre y a su hermana hasta la muerte si era necesario, pero ni siquiera eso era una garantía.

Estaba armándose de valor para la expedición que temía le tocaría encabezar cuando unos golpes en la ventanilla lo clarificaron todo. Su hermano José Manuel estaba de vuelta.

José Manuel era una de esas personas a las que parecía que nada afectaba, ni para bien ni para mal. No lloraba nunca, pero tampoco reía a carcajadas. Era inteligente y organizado, extremadamente meticuloso, fundamentalmente bueno, pero poco sociable. Cada uno de los rasgos de aquella personalidad hacía que su cara y gestos fueran inescrutables, así que, a diferencia de lo que hubiera pasado en el caso de que él hubiera realizado aquellas gestiones, Pablo tuvo que esperar a que les informara para saber si su visita al aeródromo había ido bien o mal.

José Manuel se asomó a la puerta del copiloto y dirigiéndose a los tres les apremió.

—Dense prisa, nos vamos de aquí. —Se miraron aliviados y salieron apresuradamente del vehículo—. Hay un piloto que puede llevarnos hasta San Remo, Italia. Y no hemos gastado todas las joyas, es más, tan solo un broche y el solitario, así que con el resto ustedes—señaló a las mujeres— podrán sobrevivir sin problemas hasta que vuelvan. Pablo, en San Remo averiguaremos por dónde volver a España para incorporarnos a las fuerzas sublevadas, ya que desde aquí es imposible saber cómo llegar a ellas. En Barcelona, el golpe ha sido sofocado.

Todos asintieron. Era exactamente lo que cada uno esperaba de los otros. Las mujeres, a salvo, los hombres, al frente. Todos lucharían como pudieran para que el orden, SU orden, se restableciese. Ninguno se había planteado renunciar definitivamente a la vida que dejaban a sus espaldas.

Bajaron rápidamente del coche con sus pequeñas maletas, migajas de una vida que dejaban atrás, acarreadas por los dos hombres, abriéndose paso entre los juncos que invadían el pequeño sendero por el que avanzaban. A pocos metros aparecieron los hangares del aeródromo, algunos estaban pegados a una masía encalada sobre la que ondeaban algunas banderas y mangas de viento, otros, de diferentes tamaños, se alineaban con la construcción original en una suerte de volúmenes dispares. Frente a ellos había no más de media docena de aviones y avionetas, un Douglas bastante grande de color plateado y algún pequeño biplano, todos presidiendo un gran prado verde al final del cual se adivinaba un bosque de pinos piñoneros. Pablo calculó que debían suponer la última franja verde antes de la playa. La vegetación de los manglares y campos rodeaba las instalaciones, que parecían en perfecta armonía, con algunos hombres vestidos con mono trabajando sobre las máquinas.

Se acercaron por entre los aviones, entre miradas curiosas de los trabajadores, siguiendo a José Manuel hasta uno de los hangares situados más lejos de la masía. Andaban a paso ligero pero intentando no dar la impresión de prisa, aunque les tranquilizó ver que no había ningún contingente militar o miliciano a la vista. Dejaron atrás el hangar mayor de todos, dentro del cual se oía un fuerte martilleo y conversaciones en un idioma que no supieron identificar y se acercaron hacia el último avión de la explanada, un Junkers, según leyeron en uno sus lados. Era un aparato brillante y moderno con el morro negro, chato y recto y el resto del fuselaje plateado, sobre el que se dibujaban seis pequeñas ventanillas. A Pablo le pareció que en total no debía medir más de dieciséis metros de largo. Tenía dos hélices sobre las alas y una mayor en el morro, donde se situaba la cabina que se adivinaba tras unas alargadas ventanillas. En uno de los lados había apoyada una escalera para los pasajeros, por la que accedieron sin preguntar, tras los pasos de José Manuel.

El interior estaba dispuesto en dos tramos de sillones de piel enfrentados en grupos de cuatro, uno a cada lado del pasillo central. El suelo estaba cubierto con una moqueta parda, parecida al color de las paredes, sobre cuyas ventanillas habían colocado cortinas. El aparato tenía capacidad para catorce personas, pero en aquellos momentos solo estaban ellos cuatro. Tras dejar sus pequeñas maletas sobre un estante de cuerda, se sentaron ocupando cuatro asientos.

Al poco tiempo entraron en la cabina dos hombres vestidos con uniforme que identificaron como piloto y copiloto. José Manuel se levantó para hablar con ellos en su idioma. Los hombres rieron con algunos comentarios y luego explicaron la ruta que realizarían, gesticulando con las manos, e interrumpiéndose el uno al otro alegremente. «Típicos italianos», pensaron los tres mientras les miraban desde sus asientos. Al cabo de unos minutos, José Manuel se despidió con un largo apretón de manos y se acercó a su familia:

—De acuerdo, estos señores parecen muy profesionales, así que creo que iremos perfectamente hasta San Remo. Aunque ese aparato puede volar casi setecientos kilómetros sin repostar, tendremos algo de viento en contra, por lo que haremos una escala en Marsella, pero no hará falta que nos bajemos del avión. Pueden estar tranquilos, en cuanto hayamos despegado, no habrá más problemas. Ahora, si les parece, me gustaría mucho realizar el despegue desde la cabina, nunca lo he visto y tengo cierta curiosidad. Abróchense los cinturones, en cinco minutos estaremos volando.

Todos sonrieron aliviados, no tenían que esperar más. Abandonaban España sanos y salvos.

Sin embargo, sabían que no era solo su país lo que abandonaban.

A ninguno se le escapaba, en medio de aquel optimismo, que Montserrat, su hermana monja, se quedaba allí, con su congregación, tal como ella había querido y como había manifestado muchas veces, a pesar del peligro que corría. A su suerte. Pablo captaba la tristeza en la mirada de su madre. Mientras ellos se alejaban de la muerte, su hermana se quedaba sola, sin que nadie hubiera ni siquiera intentado ir en su busca.

Aunque al resto de la familia le había ilusionado mucho que Montse entregase su vida a Dios, a Pablo no le había hecho demasiada gracia y lo cierto era que, desde que el feroz anticlericalismo había aparecido en escena, no había dejado de suplicar a su hermana, en insistentes misivas, que tomara precauciones, que volviera con la familia o que se trasladara a otra congregación en el extranjero. Pero sabía que Montse nunca aceptaría abandonar al resto de las hermanas del monasterio, al que había ligado su existencia. Ella estaba dispuesta a todo, fuera cual fuera el precio, con tal de seguir con la vida que había elegido, pero Pablo lamentaba no haber ido a buscarla, haber hecho oídos sordos a sus deseos y traerla consigo. Montserrat debería haber estado con ellos en aquel avión.

Pero no estaba.

Las hélices del Junkers G24 empezaron a girar estruendosamente, sumiendo toda la cabina en una renqueante vibración. Pablo había volado una vez, pero su madre y hermana no lo habían hecho nunca, razón por la que dieron un pequeño respingo y se cogieron de la mano. Instintivamente miraron por la ventanilla, a un entorno con el sol en franca retirada y las sombras adueñándose de la hierba y los hangares débilmente iluminados por unos pequeños faroles adosados a las paredes. No habían empezado a moverse por la pista cuando Pablo observó una figura familiar en un lado de la misma, mirándoles con el sombrero en las manos. Se acercó más a la ventanilla para comprobar que lo que veían sus ojos era cierto. Era su hermano José Manuel.

De pie, con gesto sereno, solo en aquel punto del aeródromo del Prat, José Manuel les despedía con la mano quieta, abierta.

Tanto su madre como su hermana captaron la situación al instante. Recostada sobre su madre, con la cabeza pegada a la ventanilla, Adela empezó a gritar, golpeando el cristal con sus puños mientras lloraba impotente.

—¡José Manuel! ¡José Manuel! ¡Nos lo dejamos! ¡José Manuel no está en el avión!

Su madre, con la cara entre las manos negaba con la cabeza, horrorizada con la idea de dejar a otro de sus hijos en medio de aquella vorágine destructora.

Pablo se levantó enérgico y con grandes zancadas en dirección a la cabina.

—¡Paren el avión! ¡Paren el avión! ¡Mi hermano está en la pista! ¡Paren el avión!

Golpeó la puerta de la cabina con fuerza pero no obtuvo respuesta. El sonido era ensordecedor y sus gritos ahogados quedaban en nada. Ya se estaban moviendo por la pista a cada vez mayor velocidad y la vibración crecía, por lo que se sentó en el asiento más cercano a donde se encontraba, pálido y consternado por lo que estaba viviendo. Miró por la ventanilla. José Manuel seguía en la misma posición, inmóvil, mirándoles mientras se alejaban hasta que su figura se perdió entre la negrura del entorno. Despegaron, sobrevolando el mar a los pocos segundos. El ruido y la vibración amainaron un poco, dejando que los sollozos de las dos mujeres del avión se oyeran levemente.

Su hermano les había puesto a salvo y les había dejado. Lo había hecho con un propósito, con una misión, y a Pablo no le costó adivinar que, a pesar de sus silencios y de su templanza, José Manuel era el único que no se había resignado a dejar a su hermana Montse, a la entregada y tozuda monja, al alcance de las mismas personas de las que había alejado al resto de su familia.

II

Estaban todas sentadas en el rudo banco de madera de nogal que, adosado a la pared, ocupaba la mayor parte del perímetro de la sala capitular del convento de Santa Águeda. La estancia era tan fría como la mayor parte de las que habitaban, pero aún más sobria, y su desnudez decorativa hacía que se pegaran las unas a las otras para pasar menos frío. Las bóvedas de crucería y las paredes de piedra se iluminaban con una docena de candelabros de forja, que con su tenue luz creaban sombras, claroscuros y un ambiente general fantasmagórico. La única fuente de luz natural de la estancia era la entrada a la misma desde el claustro, pero eran las diez y media de la noche, así que no contaban con ella. El suelo, con grandes losas de piedra redondeadas y algunas lápidas gastadas, había visto a varias generaciones de monjas reunirse en aquel lugar para programar sus actividades del día, exponer los problemas que surgían y hacer confesión pública de sus faltas, que habitualmente eran muy pocas.

La madre superiora les había repartido algunas de las ropas que tenían guardadas en el desván y les había pedido que las cambiaran por sus hábitos. Se miraban divertidas, aunque la situación fuera en realidad desesperada. Se habían acostumbrado a verse uniformadas, sobrias y sin diferencias, y, de pronto, volvían a ser mujeres, con el pelo descubierto y las redondeces que llevaban años disimulando bajo sus hábitos negros de nuevo a la vista.

Pese al aislamiento del convento, ubicado en medio de un angosto valle del Pirineo aragonés, sor Carmen, la madre superiora, estaba al corriente de hasta el más mínimo detalle de lo que sucedía fuera de los altos muros de piedra y las montañas que lo rodeaban. Había decidido que su congregación sería infinitamente más útil si permanecía con vida y que, aunque no habían recibido amenazas, no iban a esperar a hacerlo.

Sor Carmen se levantó de su lugar en el banco, marcado con un respaldo de mayor altura y se adelantó un poco para hablar:

—Hermanas, las he reunido esta noche para comunicarles que he decidido desalojar el convento. —Un rumor apagado recorrió la sala—. Hermanas, por favor, silencio. ¡Hermanas! ¡Silencio, se lo ruego! —Todas volvieron su mirada a la madre superiora y dejaron de hablar con las hermanas que tenían a los lados—. Hermanas, las monjas de clausura estamos entregadas a Dios y a la humanidad a través de la oración. Desgraciadamente, a veces, esta entrega nos aísla y nos hace ignorantes a algunos de los males que sufren nuestros paisanos. Pero el mal acecha y es tan grande que no podemos permanecer impasibles. Dios, que nos pide sacrificio y dedicación, también nos pide que cuidemos de nuestras vidas y que nos resistamos a dejar este mundo sin hacer todo lo que esté en nuestra mano para ayudar al prójimo. España se está dividiendo por la mitad y todo el mundo, de ambas mitades, parece estar volviéndose loco. Han llegado al convento noticias de masacres en seminarios y monasterios en toda España y en lugares tan cercanos como Barbastro. He decidido por ello que abandonemos el convento, pero no se equivoquen, nuestra misión una vez salgamos de estos muros no será otra que la de entrar, en grupos y por separado, en los conventos de los lugares que son seguros y en los que trabajaremos para ayudar a las víctimas que, sin duda, la guerra provocará. Es tiempo de oscuridad, pero debemos intentar arrojar toda la luz que podamos, y no creo que esperar a que el mal llegue y acabe con nosotras sea una buena opción.

Todas escuchaban atentas y sin miedo. Aquella mujer era mucho más que su jefa, que su madre superiora. Sor Carmen había guiado sus pasos más íntimos y les había acercado a Dios. La vida que se abría frente a ellas sería dura y a veces triste, pero también era lo que según sor Carmen esperaba el Señor de ellas, así que no había discusión ni duda posible.

—Las he dividido en grupos más pequeños —continuó la superiora—, que llamarán menos la atención. También he preparado unos planos del norte de España con los que creo que podrán llegar a las zonas sublevadas, que son las únicas seguras para nosotras; les he marcado el camino que les sugiero, aunque probablemente deban cambiarlo en función de las vicisitudes que encuentren en el mismo. Les he señalado también las ciudades que, a día de hoy, están en poder de los sublevados, pero deberán informarse durante su camino, ya que nadie sabe cómo va a evolucionar la contienda. Habrá una líder de cada grupo, a la que deberán obedecer, ya que esa es la única manera de que tomen las decisiones con la rapidez que su misión requiere. A continuación les leeré los grupos y, por favor, les ruego que se agrupen. Sor María Asunción liderará el grupo de sor Petra García, sor Lourdes, sor Inés de Montepurcciano, sor Filomena Rodríguez, sor...

Las monjas se fueron agrupando mientras la madre superiora recitaba los diferentes equipos. Montserrat aún no había sido llamada y esperaba sentada en el banco mientras sus compañeras se levantaban y se posicionaban. Se formaron varios grupos hasta que sor Carmen pronunció su nombre:

—Sor Montserrat Bultó liderará el grupo en el que estarán sor Mercedes y sor Arancha Poveda, sor Aina Homs, sor Cristina Gibernau, sor Inés Arpa, sor Ana de Jesús y sor Soledad Alegre.

Siete monjas en total bajo su mando, con una inteligente combinación. Las fuertes, como ella misma, ayudarían a las débiles como sor Soledad o sor Cristina. Las inteligentes, como las dos hermanas Poveda, ayudarían a las más torpes como sor Aina. Aquel grupo llegaría a donde hiciera falta para ponerse a salvo. Y para ayudar, ya que esa era su misión principal. Reunidas ya unas junto a las otras, sonrieron con satisfacción, todas pensaban lo mismo.

Salieron de la sala capitular cada una en su grupo, atravesando el claustro gótico del convento, que estaba en su mejor época de año, con exuberantes glicinias emparradas, flores en cada rincón y el olor intenso de la dama de noche que lo llenaba todo. Siguiendo las instrucciones de la madre superiora, se acercaron a la cocina, donde las hermanas cocineras habían preparado unos hatillos con comida; tras recogerlos, salieron al exterior por el gran arco de medio punto que ocupaba la mayor parte de la fachada oeste del edificio. El convento parecía solo y abandonado en aquel remoto lugar. En silencio frente a la puerta del que era su hogar solo se oía el rumor del pequeño arroyo que regaba el huerto y el viento fresco que soplaba en pequeñas ráfagas entre el cielo estrellado y negro de la alta montaña.

Sor Carmen, como madre superiora de aquel lugar, fue la última en salir. Se giró mirando hacia la puerta del convento sin dejar que el resto de las monjas vieran las lágrimas que derramaba, y tras cerrar las dos hojas de pesada madera de la puerta sacó silenciosamente una llave de casi un palmo del zurrón que llevaba colgado al hombro. La metió en la cerradura, creyendo derrumbarse con cada giro que daba a la pesada utilidad, hasta que la llave no pudo girar más. Una vez cerrada, se dio la vuelta cabizbaja y se acercó, uno a uno, a cada grupo, haciendo la señal de la cruz con el índice sobre la frente de cada una de las hermanas. Cuando hubo acabado, sor Carmen se reunió con su grupo. Montserrat observó que todas las hermanas de avanzada edad estaban en él. Aquel era sin duda otro de los actos de valentía de la madre superiora. Ella cuidaría de las mayores y se sacrificaría por las demás, ella arriesgaría su vida en aquella misión casi imposible para un grupo en el que había monjas de hasta ochenta años. Se emocionó al pensar en su bondad. Todas las demás tendrían más posibilidades gracias a la magnanimidad de su madre superiora. Ya en su grupo, sor Carmen se dirigió a todas:

—Hermanas, que Dios las acompañe y que les mande toda la suerte que Él estime necesaria para llegar sanas y salvas a zonas más seguras. Les exijo, como he hecho siempre, que mantengan la fe inquebrantable en Él en todo momento, y que ayuden y den todo de ustedes para con el prójimo. En esta guerra no hay bandos, hay personas, y a ellas, que van a sufrir, les deben todo su esfuerzo. Sálvense, pero salven antes a los demás. Por favor, acompáñenme en una última oración. Dios te salve María, llena eres de gracia...

III

La familia Sagnier seguía en ruta hacia San Remo, con más dificultades de las que habrían tenido para viajar cuatro veces más lejos tan solo unos meses antes. Se les había acabado el poco dinero que el padre de familia tenía en casa y sobrevivían lo más frugalmente posible reservando las pocas joyas que trajeron de Puigcerdá en el momento de su huida para los meses venideros. Por el momento, las que su madre llevaba puestas la noche de la huida ya se habían consumido. Eso era lo que habían hecho, consumirse, igual que un puñado de pesetas o francos. Un par de anillos y unos pendientes con dos perlas dormilonas ya habían sido vendidos para mantener dignamente a una familia de doce personas que buscaba refugio. El resto de las piezas que llevaban consigo no serían suficientes para sostenerlos si seguían necesitando financiación a aquel ritmo, por lo que en pocos meses tendrían que buscar otra manera de sobrevivir. Guardaban el dinero en el banco, no en su casa, y las joyas de mayor valor estaban en la caja fuerte de su casa de Barcelona. Tanto Fernando como Eugenia maldecían su falta de previsión. Todo lo que tenían estaba en zona republicana.

Habían dormido en casa del carnicero y, tras un trayecto en la parte trasera de un camión, en una pequeña posada en Perpiñán. Sin necesidad de ordenarlo, Fernando y Eugenia Sagnier habían visto con orgullo cómo los miembros mayores de su prole se mostraban fuertes y maduros frente la adversidad, guardándose solo el mínimo sustento para ellos, mientras reservaban la mayor parte para los más pequeños de la casa, que habían dejado de ver aquella situación como una divertida aventura y se mostraban cada vez menos alegres y traviesos. Empeñaron las primeras alhajas en el pequeño joyero de Bourg-Madame que antes de aquel cataclismo les había arreglado frecuentemente las joyas. Pese a la fidelidad que esperaban de él, el hombre se había aprovechado de su situación, ofreciéndoles un valor muy inferior al real por las mismas. Con todo, tenían lo justo para alimentarse y dormir y desde Perpiñán aún pudieron pagar un billete de autobús hasta Marsella.

Al llegar a Marsella, Eugenia Sagnier y todos sus hijos se separaron del padre de familia, que se adentró en la ciudad tras dejarles frente al mar, viendo cómo los barcos de pesca empezaban a llegar a puerto.

Fernando esperaba poder vender su reloj de pulsera Patek Philippe, para poder acabar con aquel penoso trayecto sin echar mano de las joyas de su mujer. Esperanzado, enseguida se dio cuenta de que las posibilidades de conseguir un precio justo por aquella pieza se multiplicaban en una ciudad con tal actividad comercial. Marsella era una bulliciosa localidad con todo tipo de tiendas, mercados y vendedores ambulantes, mal organizada en una multitud de callejuelas por las que los franceses circulaban a empujones, vociferaban y reían a carcajadas. Le recordó a alguno de los barrios portuarios de Barcelona, donde, no hacía mucho, también se había disfrutado de la vida y de las sensaciones que esta ofrecía. Al cabo de una hora de recorrer el centro, en el 51 de la rue d'Aix encontró lo que buscaba. Enmarcado en un elegante escaparate de madera tallada, en letras doradas, pudo leer «FROJO. Horlogerie - Bijouterie». En el escaparate, bajo una exposición de varios estantes de relojes colocados sobre un expositor forrado en terciopelo, se anunciaba: «Rachetes».

Exactamente lo que necesitaba.

Se miró en el escaparate esperando no exteriorizar la situación que estaba viviendo, comprobando con cierta satisfacción que pese a llevar dos días con la misma ropa, su aspecto no era mucho peor que el de la gente que circulaba alrededor. Un poco más confiado, abrió la puerta, entrando en el local envuelto en un sepulcral silencio que contrastaba con el exterior. Enseguida, un hombre joven con bigote y aspecto amable se acercó al mostrador saludando cortésmente con la cabeza, al tiempo que con voz pausada y grave pronunciaba un apagado *Bonjour, monsieur*.

Fernando Sagnier se defendía con dificultad en la lengua gala, pero la benevolencia de Roger Frojo, que al poco tiempo de dialogar con él había captado perfectamente la situación en la que se encontraba, hizo que a los quince minutos saliera satisfecho por la puerta de la joyería, con una cantidad de francos en el bolsillo que les permitiría afrontar a él y a los suyos la parte final del viaje y sus primeras semanas en San Remo. El francés le había ofrecido una cantidad justa por el reloj, una mercancía menos refinada que la mayoría de las que él vendía, pero de buena marca y en definitiva, vendible.

Se reunió con su familia en el mismo lugar en el que les había dejado y aún entretenida con la llegada incesante de los pesqueros a puerto. El sol se empezaba a poner, tiñendo de dorado las murallas y las casas de pescadores del frente marítimo. No hizo falta que le explicara nada a su mujer, que con un simple asentimiento había suspirado con tranquilidad al dar por hecho que la operación había resultado satisfactoria.

Se encaminaron a la estación como una pequeña tribu en fila india, por un gran bulevar que enlazando con otro, les llevó a la enorme escalinata sobre la que aparecía, imponente y realzada, la estación de Saint Charles.

Entraron y se acomodaron en una zona de bancos. Los más pequeños se apoyaron en sus hermanos para dormitar, mientras su padre compraba los billetes. Tercera clase, saldrían por la mañana y dormirían allí, pero se alegraron al pensar que la odisea llegaría a su fin.

A las ocho de la mañana el tren partía de Marsella con la familia Sagnier a bordo.

Aquella última singladura, en forma de vagón de la Société Nationale de Chemins de Fer, les permitiría llegar a Italia y poco después a su final de trayecto, San Remo. El destino no era casual. Para Fernando Sagnier, su familia no estaría segura hasta llegar a un país sin simpatías por la España republicana. No era difícil para nadie averiguar que él no las tenía, por lo que, si la guerra o la colaboración de los países afines al Gobierno republicano se ampliaba, las posibilidades de que un militar rebelde fuese extraditado a España junto con su familia eran menos remotas de lo que cabía suponer. Italia, en cambio, era un país afín a su bando y San Remo una localidad amable, cercana y con posibilidades para ellos. Varias familias españolas a las que su mujer solía criticar habían aprovechado su reciente enriquecimiento para alternar en alguno de los destinos de la alta sociedad internacional, y San Remo era uno de aquellos destinos, así que además era posible que encontraran a algún conocido en aquel punto. Lo único que temía era que fuera demasiado caro para ellos.

El tren avanzaba por la escarpada costa provenzal, que todos los Sagnier admiraban por las ventanillas. Pueblos de pescadores, elegantes villas costeras, bosques que parecían querer mojar sus pies en el Mediterráneo, todo parecía diseñado por un pintor para impresionarles. El ferrocarril en sí mismo era otra proeza, una obra de ingeniería de difícil ejecución por los obstáculos que la geografía presentaba y que la máquina de vapor que les arrastraba sorteaba con multitud de puentes y túneles acercándoles traqueteando sin descanso hacia la frontera italiana.

Llegaron a Ventimiglia cinco horas después, cuando el sol ya calentaba con fuerza y el vagón llevaba camino de convertirse en un horno de hierro. A pesar de que los controles en las fronteras europeas tras la Gran Guerra se habían intensificado, en la práctica, la circulación entre la mayoría de los países seguía siendo sencilla, y tras entregar unos papeles que Inés no había visto nunca, un distraído *carabiniere* italiano les dio la bienvenida a Italia antes de seguir con su viaje hasta San Remo.

Inés estaba cansada y tenía hambre, pero a pesar de haber crecido entre las comodidades y privilegios que se reservaban para la élite, la habían educado para ser fuerte, así que sonreía y dejaba que la procesión fuera por dentro. La preocupación por su futuro inmediato la atormentaba y no adivinaba cuándo aquella nueva situación de carestía tocaría a su fin. Ayudaba en lo que podía y acarreaba con sus hermanos pequeños, que, cada vez con mayor frecuencia le recordaban a inertes sacos de patatas a los que arrastrar, cansados y hartos del viaje como estaban.

Estaba distraída en sus pensamientos cuando su madre anunció el fin del viaje:

—¡Todos preparados para bajar! ¡Ya hemos llegado!

El ánimo del grupo pasó rápidamente del cansancio a la excitación y, tras coger de la mano a su hermano Joaquín, bajó rápidamente al andén de la estación. Siguieron a su padre sin preguntar hasta un plano de la ciudad que colgaba de un tablón en una de las paredes. Tras unos minutos observando en silencio cómo Fernando Sagnier escrutaba el mapa con el dedo índice asintiendo a cada momento, el padre de familia se giró comentando:

—Hijos, vuestra hermana Inés y yo vamos a ir a conocer la ciudad y a buscar algún sitio donde quedarnos, vosotros aprovechad para ver el puerto y la playa que en este lugar son muy bonitos y vais a disfrutar mucho. A las cinco os vendré a buscar aquí de nuevo, portaos bien y haced lo que vuestra madre mande.

Todos esbozaron una sonrisa ante la perspectiva de una mañana en la playa. Aunque no tenían traje de baño, quizás los más pequeños de la casa podrían bañarse en ropa interior en algún rincón poco concurrido.

Los dos grupos salieron a la plaza Cesare Battisti y se despidieron tomando direcciones opuestas. Eugenia Sagnier y sus hijos se dirigieron al paseo marítimo que dominaba la playa, mientras que Inés y su padre enfilaban en dirección al edificio del casino, que, con su alta fachada en resplandeciente blanco, parecía contener a la antigua villa de pescadores que permanecía a su espalda.

Acostumbrada a la multitud de familiares que la acompañaban constantemente, tener un rato a solas con su padre siempre la hacía sentirse privilegiada y favorecida. Siguiéndole por aquellas calles, le pareció que, pese a lo que su madre había insinuado en alguna ocasión en su trayecto hasta allí, San Remo era elegante y refinado. Aristocrático.

San Remo era exactamente eso, aristocrático. Desde que la zarina Alejandra de Rusia había posado sus ojos sobre la capital de la llamada Riviera de las Flores para huir de los fríos inviernos bálticos hacía casi sesenta años, San Remo había emergido como uno de los destinos más distinguidos del Mediterráneo. Toda la corte había seguido a su zarina, poblando las verdes colinas que rodeaban al pequeño pueblo de imponentes villas y hoteles. Pasear por San Remo era un espectáculo para los ojos, con una armoniosa combinación de jardines y mansiones frente a un mar bondadoso, desde el que también se distinguía perfectamente el abigarrado entramado del antiguo pueblo de pescadores.

Tomaron una suave pendiente dejando atrás el paseo de la Emperatriz, que jalonaban las espectaculares palmeras que la gran dama rusa había regalado, pasando junto al casino de la ciudad, verdadero centro de la alta sociedad que acudía a la villa. Su padre le explicó que lo primero que necesitaban era informarse de cómo estaban las cosas en España, por lo que era preciso encontrar un quiosco de prensa. Además, mandarían telegramas a algunos parientes en diferentes puntos del país para comprobar que estaban bien e informarles a la vez de su situación, que ninguno conocía, dada la urgencia e improvisación con la que su huida se había realizado.

Entraron en el núcleo urbano de San Remo a través de una serie de calles estrechas empedradas con cantos rodados a las que se abrían comercios tradicionales en cuyas puertas charlaban animadamente auténticos sanremeses: morenos, rudos, de expresión tosca y divertida a la vez, a los que el glamur que les rodeaba no parecía haber afectado en lo más mínimo. En una callejuela cerca de lo que parecía la plaza mayor encontraron un estanco donde compraron *La Stampa,* cuya portada su padre ojeó rápidamente antes de doblarlo y ponerlo bajo el hombro con cara de disgusto. Inés no quiso ni imaginar lo que relataba *La Stampa,* pero en las portadas de muchos de los periódicos que se exponían en el comercio aparecían fotos dantescas que supuso que provenían de su país. Egoístamente, agradeció estar lejos de él.

Siguieron andando y cruzaron una animada plaza rodeada por edificios de color siena sobre los que destacaban una pequeña ermita y, frente a ella, la que descubrieron era la catedral de San Siro, no especialmente bonita, pero a la que Inés deseó con mucha fuerza entrar. Pasaron frente a ella y deambularon un poco más hasta encontrar un letrero que rezaba: «Poste e Telegrafi». Dejaron pasar a una señora con un perrito que les ladró agudamente mientras salía de la oficina y entraron en el establecimiento.

La pequeña oficina de correos contaba con un mostrador de madera al que su padre se acercó mientras ella esperaba en un sólido banco también de madera. Fernando Sagnier pasó varios minutos mandando telegramas a familiares y amigos de diferentes puntos de España, informando de su situación y la de su familia y pidiendo datos determinados sobre los acontecimientos de su país en guerra. Supuso que la mayoría de aquellos telegramas nunca llegarían a su destino, aunque con aquella batería de envíos, la probabilidad de algún éxito aumentaba. A la media hora de su entrada en la oficina de correos, Inés volvía a acompañar a su padre por las calles de San Remo. Los planes de futuro de su padre para ella y el resto de sus hermanos le intrigaban, así que decidió no esperar más tiempo a una respuesta.

—Papá, ¿qué vamos a hacer? Quiero decir que me encanta este sitio y estoy contenta de no estar en España pero ¿dónde vamos a ir? ¿Dónde vamos a dormir hoy? ¿Dónde vamos a vivir?

Su padre aminoró el paso y se le quedó mirando unos instantes antes de contestar. Lamentó no haber sido más considerado hacia las preocupaciones del resto de su familia. Él no estaba exactamente tranquilo, pero, en general, confiaba en sacar a los suyos de una u otra forma de aquella situación y hacerles pasar el tiempo en el exilio lo mejor posible.

—Hija, los días que vendrán serán duros, para ti, para tus hermanos, para todos. Los tendréis que afrontar con vuestra madre de la mejor manera posible. En esta situación todos debemos cumplir con nuestras obligaciones. Tú, tus hermanas mayores y vuestra madre cuidareis de los pequeños. Yo, por supuesto, voy a cumplir con mi obligación y presentarme en el cuartel en cuanto sepa exactamente a dónde ir, y espero no tardar mucho en hacerlo. Inés, sois listos y mucho más fuertes de lo que nunca imaginé. Saldremos todos de esta si arrimamos el hombro y comprendemos que, de momento, no podemos aspirar a una vida como la que hemos tenido hasta ahora.

No le había contestado a nada. Inés no se resignó.

—Pero, ¿dónde viviremos?

—El señor de la oficina de correos me ha informado sobre una posada barata en la calle de la Palma, pero te confieso que no me ha quedado claro dónde está, así que tendremos que buscarla mejor y preguntar por ahí.

Sin darse cuenta habían entrado en un mercado callejero en el que se vendían frutas, flores, conservas, cestos de mimbre, pescado en salazón... todo dispuesto en puestos con toldos de loneta pintados a rayas de vivos colores atendidos por tenderos que reían sonoramente y ofrecían sus mercancías a gritos. Aquella sucesión de olores, sonidos, voces y gentes de toda índole les animó y se distrajeron un poco de sus preocupaciones mientras observaban las mercancías con fruición.

Su padre la observó mientras ella miraba casi relamiéndose un puesto de helados y decidió que aquella pobre chica merecía por lo menos aquel capricho, aunque el dinero escasease casi dramáticamente.

—¿Cuál quieres, hija?

Inés se giró con la cara iluminada.

—Pero ¿podemos?

—Hija, te he preguntado cuál quieres. Si te parece, del dinero de la casa se seguirá ocupando tu padre, como siempre. Pide el helado que te apetezca.

La joven empezó a escrutar el puesto, mirando detenidamente cada uno de los recipientes cuadrados de porcelana que contenían los helados, en densas masas que parecían nata montada de diferentes colores. Señalando el primero, se encogió de hombros mirando al dependiente.

—*Fragola* —respondió el heladero, indicando el sabor en italiano del producto. Inés pensó que debía ser de fresa. Señaló otro recipiente con el dedo—. *Cioccolato.* —Indicó de nuevo el heladero, divertido, no muy convencido de que aquel tramite finalizase en venta, pero feliz de compartir unos minutos con aquella extranjera tan guapa. Inés indicó otro de los recipientes—. *Lampone.*

No tenía ni idea que podía ser *lampone.* Se giró mirando a su padre, que se encogió de hombros con una sonrisa. Tampoco él sabía qué sabor era aquel. El heladero comprendió que sus potenciales clientes no le entendían. Con una pequeña carcajada empezó a explicarse:

—È un frutti di bosco, rosso, sai? *Sai?*

Movía las manos dibujando la forma del fruto que daba sabor a su helado, riendo y provocando la risa de Inés, que no entendía ni una palabra de lo que les decía aquel hombre, y de su padre, que asistía divertido a los intentos de comunicación de su hija. Estaban tan distraídos que no notaron cómo una señora con pequeñas gafitas, vestida de negro se les acercaba. Sonriendo se les colocó detrás contemplando la escena. En el momento en el que el pobre heladero ya no sabía cómo hacerse entender e Inés y su padre reían abiertamente a carcajadas, sin poder contenerse y con una pequeña risita, la mujer gritó:

—¡Frambuesa! ¡Es de frambuesa!

Padre e hija se giraron sorprendidos al oír hablar en su idioma en aquel país, y casi inmediatamente Fernando Sagnier y la mujer que les había interrumpido abrieron los ojos con sorpresa. Inés vio la alegría en la cara de su padre al tiempo que, gritando, abrazaba a aquella mujer menuda.

—¡Blanca!

La mujer tampoco pudo contener su alegría.

—¡Fernando!

Inés no estaba acostumbrada a aquellas muestras de afecto, pero comprendió que todo estaba cambiando. La señora le era vagamente familiar, pero no conseguía recordar quién era. Su padre le resolvió las dudas en cuanto aquel abrazo concluyó.

—Inés, ¿recuerdas a doña Blanca Marqués?

Inés la recordó. Una señora devota, que siempre vestía de negro y acudía a misa en la misma parroquia de Barcelona que ellos, acompañada siempre de dos hombres muy altos. La relacionaba con los Santceloni, pero no sabía bien por qué. Se acercó y la saludó cortésmente. La señora sabía perfectamente quién era ella.

—Inés, ¿cómo estás? Qué alegría ver a nuestra gente por aquí. ¡Por favor, compra el helado de una vez antes de que entre todos volvamos loco a este pobre italiano!

Inés se giró y tras indicar el helado que quería, lo recibió de manos del simpático heladero. Comprobó que, enseguida, su padre había empezado a explicar su periplo a Blanca Marqués, que le escuchaba con cara de horror. Casi automáticamente, tras pagar el helado y sin que la señora pronunciara palabra, habían comenzado a andar mientras Fernando Sagnier seguía con su relato, que la señora interrumpía con voz apagada diciendo:

—Qué horror. Qué espanto. Por el amor de Dios, pobrecillos.

Se sentaron en un banco de piedra en la plaza de San Siro mientras la explicación concluía. Escuchar en voz de su padre los avatares que ella y su familia habían protagonizado hasta llegar a San Remo hizo que adquiriera plena consciencia de la situación en la que se encontraban. Eran exiliados que habían huido, de noche, con la muerte en los talones, de su país, de su casa, de casi todo lo que ella conocía y amaba. Para cuando su padre acabó de hablar, la cara de Blanca Marqués era una estatua de hielo, con el ceño fruncido y el rictus serio y de total disgusto. A Inés le pareció que la señora había encogido. La mujer se quedó mirando al suelo con los ojos cerrados, al tiempo que alargaba una mano enguantada y la apoyaba sobre la de su padre. Respiró profundamente y tras levantar la cara y mirarles a ella y a su padre ordenó:

—Fernando, lo que usted y su familia han pasado es algo terrible, espantoso, y no debe continuar. Sé qué usted es militar, pero lo que le voy a decir ahora no va a poder discutírmelo. Creo que suficiente sufrimiento nos queda por delante a todos cuando los hombres partan al frente, como para que los que nos quedemos aquí sumemos a las penurias sentimentales las materiales. Tampoco ayudará a nuestros familiares en el frente el estar preocupados por sus familias en el exilio. No irán a ninguna pensión. No lo aceptaré. Sencillamente no lo haré, y puede usted decir y hacer lo que quiera, pero su familia va a venir a vivir a mi casa. Gracias a Dios, nos llevamos suficientes elementos para nuestro sustento en nuestra huida de España; más que suficientes para que las familias Bultó-Marqués y Sagnier puedan vivir juntas con holgura. Y eso es exactamente lo que vamos a hacer. Vivir juntos. Ahora mismo van a instalarse con nosotros. Y no, ni lo intente, porque esto no es discutible y preferiría hacerlo hoy con su consentimiento que inmediatamente después de que usted coja el primer pasaje con destino a España sin tenerlo.

Inés se quedó parada mirando a su padre. No estaban en situación de ser orgullosos y él lo sabía. La oferta de Blanca Marqués era irrechazable, y ella se había encargado de asegurarse de que lo fuera, siendo lo más categórica posible y obligando a su padre a aceptarla. El hombre se la quedó mirando un instante antes de responder.

—Blanca, aceptamos, y no sabe cómo le agradezco en nombre de toda mi familia su hospitalidad. Pero mi familia no será una carga. Mis hijas le ayudarán en todo lo que se necesite en la casa. Yo mismo les enviaré dinero en cuanto me sea posible y puede estar segura de que los Sagnier le estaremos agradecidos de por vida y en deuda con usted.

Inés creyó vislumbrar un brillo triunfal en los ojos de aquella señora, pequeña solo en talla. Les miró a ella y a su padre con sus ojillos azules escondidos detrás de unas gafas pasadas de moda. Satisfecha volvió a ordenar:

—Perfecto, entonces, todo está arreglado. Acompáñenme a casa. Luego podrá ir a buscar al resto de su familia al paseo. Ha hecho lo que debía y, si me lo permite, lo único que le hubiera permitido hacer.

A Fernando Sagnier le molestó el comentario final. No estaba acostumbrado a que nadie le mandara tan abiertamente, pero Blanca Marqués le acababa de quitar un enorme peso de encima.

Siguieron a la mujer cuesta abajo, en dirección al paseo de la Emperatriz, de donde habían partido. En el trayecto atravesaron vía Palma, una calle pintoresca pero oscura, estrecha y de aspecto insalubre donde estaba la posada que había estado a punto de ser su nuevo hogar. Inés agradeció no tener que vivir allí.

Poco antes de llegar al casino, doña Blanca giró a la derecha en dirección a unas cúpulas bizantinas que les explicó que era la iglesia ortodoxa, que daba servicio a la comunidad rusa que aún quedaba en la ciudad. La sobrepasaron abrumados por la riqueza y originalidad de su decoración, mientras se adentraban en un elegante barrio poblado de impresionantes mansiones rodeadas por jardines de los que asomaban multitud de enormes palmeras.

Señores con trajes de lino color crema, mujeres con espectaculares pamelas paseando con sombrilla, todos con aspecto de riqueza y espíritu indolente. A Inés, San Remo le encantaba y le devolvía a la Barcelona más amable y burguesa en la que había vivido.

Entraron en un callejón al final del cual había una verja alta de barrotes de hierro levemente oxidados, coronada por la imagen de un águila bicéfala que sostenía un escudo descolorido. Detrás, medio escondida entre palmeras, se entreveía una gran casa verde alga con una puerta de roble enmarcada por cristales de colores. Alrededor de la mansión, el jardín parecía haber tomado el control de la situación, con grupos de glicinias y hiedras asaltando los balcones y ahogando parterres y setos con vigor, dando una imagen de abandono de lo que debía haber sido un magnífico jardín mediterráneo. A pesar del descuido que lo rodeaba, Fernando Sagnier respiró aliviado al ver el enorme inmueble que acogería a su familia, un hogar infinitamente mejor al que podían aspirar.

Decidió que iría a buscar a su mujer y a sus hijos de inmediato.

—Inés, acompaña a doña Blanca y organiza el alojamiento de tu madre y hermanos en las dependencias que ella tenga a bien dejarnos. —Se giró hacia su anfitriona—: Blanca, nunca podré agradecerle suficiente lo que está haciendo por nosotros. Le ruego que nos ceda el espacio que le resulte menos inconveniente, donde nuestra presencia en esta casa le cause el menor perjuicio. —Sonrió—. Si no me necesitan, iré a buscar al resto de la familia.

Blanca Marqués asintió con una sonrisa. Era mujer de pocas palabras y temía que cualquier cosa que dijera pudiera herir el orgullo de aquel laureado militar, súbitamente subyugado a su voluntad, en su casa.

Los tres sonrieron y, con un gesto que a las mujeres les recordó al de un chiquillo, Fernando Sagnier les dio la espalda y fue corriendo alegremente en busca del resto de su familia.

Doña Blanca miró a Inés con sus pequeños ojos azules y le indicó con un gesto que la siguiera. Avanzaron hasta la verja de entrada a la propiedad, dejándola a la derecha para entrar por otra puerta menor, peatonal, que se disimulaba detrás de una glicinia que crecía retorciéndose entre los barrotes que coronaban el muro de cerramiento. Una vez dentro, anduvieron por una pequeña avenida que conducía a la puerta del edificio. Alrededor, Inés observaba con asombro el abandono en el que estaba sumido aquel lugar, donde nada parecía haber recibido un mínimo cuidado desde hacía años. Su anfitriona captó la expresión en su mirada y enseguida explicó:

—A mí también me sorprendió que este lugar siguiera habitado. Dentro todo está algo mejor y haré todo lo posible para que este sitio vuelva a estar presentable. Pero llegamos hace solo dos días y aún no ha dado tiempo a nada. La casa no es mía, Inés, sino de una dama rusa que ahora conocerás. La pobre ha sufrido muchísimo y desde hace más de una década ha vivido sola con un criado septuagenario que no puede hacerle más que compañía, y no sabes el estado en el que la encontramos cuando llegamos aquí. —Ya delante de la puerta de la casa, doña Blanca paró antes de abrir y se acercó a ella—. Estoy contentísima de que estéis aquí. Poco a poco, este lugar recuperará la vida. Las casas grandes no están hechas para vivir solos, los jardines no se plantan para que campen por ellos las ratas, y nadie debería vivir para sufrir y morir sin luchar. Estáis donde debéis estar.

Inés sonrió tímidamente.

—Señora, gracias de corazón.

IV

La música, los tambores y las risas se hacían más claras a sus oídos a medida que se acercaban a la gran casona que, colocada en lo alto de la pequeña colina que ocupaba la población, presidía el pueblo. Ya era de noche, y ni Montse ni las demás podían creer semejante estallido de júbilo en medio de la triste realidad que les rodeaba, pero cuando las casas se abrieron a una amplia explanada calentada por una hoguera alrededor de la cual la gente bailaba y reía, ellas mismas no pudieron evitar sonreírse las unas a las otras. Frente a la pequeña cuesta que llevaba a una gran mansión fortificada, los habitantes de aquel pequeño pueblo oscense habían colocado una pequeña tarima de madera sobre la que tocaba descompasadamente una orquestilla de flautas, tambores y guitarras. Delante, una gran hoguera era alimentada sin descanso por ramas, troncos y algunos periódicos, libros y lo que parecían pequeños enseres de alguna parte de la casa que presidía la escena, nada que la posteridad fuera a echar de menos.

Montserrat vio que sobre los muros de la edificación ondeaban banderas marxistas y con una mirada advirtió a sus compañeras sobre la cautela con la que proceder. Pero ninguna tenía miedo, más bien al contrario. Varias, absorbidas por el ambiente, parecían querer empezar a bailar en aquel mismo instante.

Enseguida, la concurrencia se percató de su presencia y, mientras la mayoría seguía disfrutando de la fiesta, otros se acercaron alegremente al grupo. El primero que se dirigió a ellas fue un hombre de nariz chata y cuerpo enjuto, con la cara tostada por el sol y la boca mellada en los principales. Sonriente, el volumen de su voz y el bermellón de su nariz y mofletes, delataba su ebriedad.

—Pero bueno, señoritas, ¿a qué debemos esta visita? ¿Se van a unir a nuestra fiesta? Las mozas nunca están de más y si me acompañan les enseñaré una barrica que el conde tenía guardada para ustedes y para mí también, qué cojones.

—Somos fieles madres del ejército republicano —mintió Montserrat—. Escapamos de nuestro pueblo, que ha sido ocupado por los rebeldes. Vamos en dirección a Barcelona.

El hombre seguía a lo suyo.

—¿Y qué pueblo es ese el de ustedes? —Contuvo un sordo eructo—. Bueno, da igual. ¿Quieren vino?

Montserrat se dio cuenta de que aquel hombre no sería ninguna amenaza pero de entre el grupo que las empezaba a rodear se le dirigió una mujer.

—¿Y en qué cabeza cabe que ustedes se vayan solas tal y como están las cosas? ¿De dónde dice que vienen? Aquí no queremos extranjeros, ni chivatos, ni fascistas, que lo suyo nos ha costado echarlos de aquí para que ahora me vengan disfrazadas de angelitos.

Montserrat se irguió.

—Camarada, espero que, como todos, hayas comprendido que la mujer republicana es tan válida, tan independiente y tan capaz de luchar como cualquier hombre. Y si no lo crees, bien harías en acercarte al frente, donde sin duda muchas como tú, pero más valientes, ya están combatiendo al fascismo, mientras vosotras bailáis y cantáis. Nosotras aceptamos la hospitalidad que nos quieran dar y no pedimos nada, así que si esa es tu actitud con los camaradas, nos iremos ahora mismo, pero ten a buen seguro que quien con palo da con palo recibe, y queda mucha guerra por delante para que te acostumbres a ser mejor compañera.

A Arancha siempre le sorprendía la facilidad y vehemencia con la que Montse mentía. Había sido salir del convento y hacerse una profesional del engaño. No muy ortodoxo para una monja, pero en cualquier caso muy útil, pensó.

La campesina a la que se había dirigido Montse se la quedó mirando unos segundos a los ojos, con los brazos en jarras sobre sus caderas. De pronto, se echó para atrás y rio fuertemente, casi como un hombre, con la boca abierta mientras movía el cuerpo forzadamente.

—Joder con las tipas estas. ¡Con cien de estas recuperábamos Pamplona! Anda vente *pacá*, que a las tías con cojones hay que darles de beber como a los hombres.

La cogió del cuello pasándole el brazo sobre los hombros y la llevó a una barra hecha con tablones colocados sobre un abrevadero, en la que habían colocado un par de barricas y varias jarras con vino. Sin esperar a que Montserrat, que sonreía abiertamente, opinase, le acercó un gran vaso de loza con vino tinto. La monja lo bebió de un trago, completando su magistral actuación.

El resto del grupo, conversando ya animadamente con la gente del pueblo, enseguida se unió a la fiesta, lanzándose miradas de asombro y malicia las unas a las otras, mientras compartían la comida y bebida que el hospitalario pueblo les ofrecía. Las más tímidas se sentaron juntas en un lado, otras, agradeciendo aquellos momentos de alegría en los que su mentira exigía el abandono de toda rectitud, bailaron y cantaron como jamás imaginaron que harían.

El pueblo entero estaba de celebración.

Según les explicaron, habían ocupado pacíficamente pero por la fuerza —«¿Eso existe?», pensó Montserrat— las tierras que desde hacía siglos cultivaban bajo penosos jornales al conde del lugar, un aristócrata para el que ninguno tuvo buenas palabras. Se quejaron de su pobreza ancestral, de cómo veían los alimentos menguar en sus despensas a pesar de la riqueza del entorno, de cómo el conde imponía uno u otro cultivo según su precio en el mercado, lo que hacía que nunca pudieran autoabastecerse con lo que producían. Entre risas y sarcasmo, pero también con un poso de tristeza, explicaban cómo había sido su vida hasta la fecha, y cómo todo había cambiado hacía pocas semanas, al recibir las noticias del levantamiento y del inicio de hostilidades. Aquella fue la chispa que prendió en sus corazones y decidieron rebelarse también, pero en contra de su señor, que parecía anclado en el feudalismo. No hicieron falta más que cuatro días de protestas frente a la puerta de su mansión y el saqueo de dos graneros que hasta entonces habían sido espacios prohibidos para ellos —pese a estar llenos del trigo que ellos cultivaban—, para que el conde abandonara, sin esconderse y con la ira en los ojos, el pueblo que hasta entonces había tratado como un señorío.

—¡Fue fácil! —repetían sus anfitriones una y otra vez.

—¡Lo tendríamos que haber hecho hace décadas! —asentía otro.

«Demasiado fácil», pensó Montserrat, que conocía bien el espíritu de la clase dominante española.

Alrededor de las dos de la madrugada la gente se empezó a dispersar en pequeños grupos, parejas abrazadas que volvían a casa, borrachos cogidos del hombro y niños que entre lamentos y estirones iban a la cama de la mano de sus madres. Al tiempo, como queriendo también irse a dormir, la hoguera empezó a apagarse, dejando el brillo de las brasas como recuerdo de aquella noche festiva.

Uno de los campesinos que se les había acercado para bailar con ellas poco después de haberse presentado en la plaza y que más tarde les había acompañado toda la velada con divertidas anécdotas y canciones de alta montaña, les ofreció su pajar para que pasaran la noche. Era un espacio alejado unos quinientos metros del centro del pueblo, en medio de un prado entre cuya hierba dormitaba un rebaño de ovejas. La construcción era típica de la zona: tejado de pizarra a dos aguas y paredes que se elevaban en piedra hasta poco más de los dos metros y en madera de ahí hasta la cubierta.

Entraron en el interior, que olía a paja limpia y a montaña y que a la luz de las velas parecía dorado y acogedor. Tras despedirse y agradecer la hospitalidad del hombre, cada una se acomodó como pudo para descansar, amontonando la paja en diferentes rincones en improvisados colchones. Entre los cuchicheos y las risas amortiguadas de las mujeres, Montserrat se quedó dormida a los pocos minutos, con una plácida sonrisa en la cara y la sensación, seguramente irreal, de que entornos como el que había conocido aquella noche eran posibles.

Se despertó sobresaltada por el sonido de cascos de caballo, cuando el sol aún no había asomado tras las montañas que rodeaban Navalviento, pero la claridad que anunciaba el día ya las rodeaba. Sus compañeras habían hecho lo propio y se miraban con sorpresa y sin hablar, esperando instrucciones de ella, la única que parecía mantener la mente fría cuando los acontecimientos las desbordaban. No eran ni una ni dos monturas, sino decenas, quizás cincuenta caballos que hacían temblar la tierra a su paso.

—Quedaos aquí, voy a ver qué es lo que sucede. La que me desobedezca deberá responder ante la madre superiora en cuanto nos reencontremos con ella. —Entornó levemente la puerta, girándose antes de salir. «Me estoy quedando sin amenazas», pensó irónica—. Ahora vuelvo.

Anduvo pocos metros antes de oír los primeros gritos. Enseguida, uno, dos, tres disparos la pusieron alerta haciendo que se agachara para seguir avanzando. Llegó al muro de poca altura de un pequeño corral de piedra desde el que podía contemplar la escena.

Ante sus ojos, un grupo de alrededor de cincuenta hombres armados derribaba las puertas que se les negaban de las casas de la aldea, sacando a empujones a sus habitantes. Muchos salían con la cabeza gacha y el semblante rendido de sus viviendas. Pocos forcejeaban, intentando liberarse de las manos que los retenían y los obligaban a colocarse en el centro de la misma plaza donde pocas horas antes habían bailado y reído. Algunas mujeres gritaron histéricas, sujetando a sus hijos con fuerza, aunque separarlos de ellas no parecía estar entre las intenciones de aquellos hombres.

Observaba la escena desde el punto más elevado de la plaza, levemente apartado y subido a un caballo de color castaño, un hombre que pese a no sobrepasar en mucho la treintena, mantenía un aire de suficiencia, gallardía y autoridad sobre todos. Alto, con el cabello rubio levemente cubierto por un sombrero de paja de ala ancha, sus finos labios sonreían maliciosamente mientras sus ojos oscuros se movían de lado a lado sin perder detalle. Ataviado con un chaleco de ante bajo el que sobresalía una camisa blanca perfectamente almidonada, calzaba pantalones de montar claros y botas de cuero relucientes. A Montserrat no le cupo duda de que aquel hombre era el señor del lugar, de vuelta para recuperar lo que le había sido arrebatado.

Más aún, de vuelta para vengarse.

Habían pasado tan solo quince minutos desde que llegara agazapada al muro para ver lo que acontecía cuando de las casas poco a poco dejó de salir gente y los hombres del conde de Navalviento consideraron que ya tenían a toda la población de la aldea en el centro de la plaza.

Se hizo un silencio solo roto por el sonido de las monturas, atadas al abrevadero. Todos miraron al conde esperando instrucciones.

V

Javier Ferro de los Gazules, octavo conde de Navalviento, sonrió satisfecho. Pertenecía a una antigua familia aragonesa que había labrado su historia paralelamente a la de España y sus reyes, a los que habían servido fielmente en cada uno de los avatares que aquella tierra impregnada de sangre había vivido. Habían ganado sus títulos y señoríos jugándose la vida, marcando sus cuerpos y sufriendo duras penas para alcanzar la gloria. Y no, no serían aquellos campesinos analfabetos, aquella escoria inmunda sin honor ni gratitud, la que arrebatase a alguien como él lo que su familia había tardado siglos en conseguir. No consentiría que nadie mancillara un legado destinado a sobrevivir al tiempo.

La propiedad era una nimiedad en cuanto a las rentas o el prestigio que le proporcionaba, pero perderla a manos del vulgo constituiría, además de una vergüenza, un peligroso precedente.

Había reclutado a aquellos mercenarios —matones a sueldo se ajustaba mejor a su profesión— a través de Gerardo Planas, un asesino casi legendario que ya le había servido en alguna ocasión, en los bajos fondos de Zaragoza. Como siempre, el hombre no tenía más amo que el dinero y estaba dispuesto a luchar en cuantos bandos hiciera falta, si ello le reportaba beneficios. Sin complejos, el cruel personaje se había frotado las manos con el inicio de la contienda y los revanchismos que muchos aprovecharían para saldar. El rencor, la venganza y la envidia siempre demostraron ser sus mejores clientes.

Habían cumplido su misión y justificado completamente el dinero que Javier había desembolsado hasta el momento. Cruzar la línea enemiga en pequeños grupos de tres o cuatro jinetes que se habían reunido a pocos kilómetros de su destino final, tras tres días de arriesgado trayecto, había sido sorprendentemente fácil. Incluso él mismo, mucho menos ducho en rutas alternativas y acostumbrado a entrar, como conde que era, en los lugares por la puerta principal y con el pecho hinchado, había realizado sin sobresaltos el camino que Gerardo Planas le había trazado. Era una suerte que la guerra aún no hubiera definido los frentes con mayor claridad.

Sabía que estando en zona roja, el resultado de aquella acción no sería el restablecimiento de su propiedad, que daba por perdida a expensas del desenlace de la contienda, pero sonreía satisfecho pensando en que aquella gente, que le miraba asustada rodeada por sus hombres, tampoco disfrutaría de lo que la historia le había reservado tan solo a él.

Golpeó levemente con los talones a su caballo, haciéndolo avanzar al paso, pero recogido y altivo como el pura sangre que era. Alrededor, el mundo se detenía, los asustados aldeanos le miraban humillados y sus rudos mercenarios, aguardaban órdenes en silencio. El silencio. Mientras avanzaba rodeando al grupo de aldeanos que se arremolinaba en la plaza percibió satisfecho cómo nada asustaba más que la inseguridad de la espera silenciosa. Dio una vuelta completa al lugar, conteniéndose para no reír a carcajadas mientras se permitía una leve sonrisa.

Cuando volvía al punto desde el que había observado aquella perfecta primera parte de su plan miró a Gerardo Planas y con un leve movimiento de cabeza señaló hacia su mansión, ordenando con un suspiro que todos oyeron:

—Todos a la casa.

Al tiempo, los hombres de Gerardo Planas empezaron a empujar al grupo en dirección a la mansión del conde, en la parte más alta del pueblo. Una avanzadilla había acudido directamente a la casa al llegar a Navalviento, abriendo las puertas y colocando todos los elementos que el conde les había solicitado para la realización de su plan. Cuando los aldeanos llegaron, la puerta de dos hojas de áspera madera estaba abierta para que la gente, atravesando la planta baja de la edificación, se colocara frente a otra puerta de iguales dimensiones que se encontraba en la pared opuesta y por la que supusieron se entraba en el patio trasero, que pocos habían pisado alguna vez.

El conde se abrió paso entre ellos y, colocándose de espaldas a la puerta frente a la que aguardaban, alzó las manos solicitando atención.

—Queridos amigos, sean bienvenidos a esta MI casa, que antes fue de mis padres y anteriormente de mis abuelos, y nunca suya, aunque alguno haya creído en ese espejismo y se haya afanado a quemar y robar enseres que no le pertenecían. Como verán, me he visto obligado a contar con la ayuda de los hombres que me acompañan para restablecer el orden que nos habíamos dado, corrigiendo de paso las ínfulas que alguno de nuestros vecinos ha mostrado.

»Les voy a llamar familia por familia, para prestarles declaración uno a uno. De lo que digan, habrán de responder ante el juez una vez la contienda llegue a su fin. Como verán, pese a las dificultades, en Navalviento no habrá, si puedo evitarlo, carta blanca, ni olvido, ni tiempo para la trampa.

»Les dejo con mi ayudante, que les llamará para que accedan. No me obliguen a usar la fuerza, pues rifles y pistolas siempre ganaron a hoces y puños, y verán que vamos bien pertrechados. Dejemos que la justicia decida, declaren libremente y respondan a las preguntas que mis hombres le harán a cada cabeza de familia en unos minutos. Todas las declaraciones quedarán bajo el poder de la autoridad competente cuando se restablezca y será ella, y no ustedes ni yo mismo la que resuelva este atropello. Les dejo, que Dios les perdone su insolencia. Yo espero poder hacerlo hoy mismo.

Un hombre desdentado, barbudo y con aspecto de completo analfabeto abrió una pequeña carpeta y leyendo —para sorpresa de muchos— empezó a llamar a los aldeanos familia por familia. Cada seis minutos entraba un nuevo grupo, invariablemente con caras que inquirían el porqué de aquel proceso mientras accedían al patio, atravesando primero la puerta y luego unas tupidas cortinas de terciopelo rojo, casi con más intriga que miedo. En el sombrío vestíbulo donde esperaban se fueron encontrando cada vez menos personas, preguntándose qué les habría deparado el huraño conde exactamente.

—Familia Zacarías. Pueden pasar.

Segis Zacarías miró a su mujer y a sus dos hijas y encogió los hombros. Su turno finalmente había llegado. El vestíbulo donde había aguardado casi una hora y media estaba ya totalmente vacío, a la espera de su entrada en el patio. Pensó en la tontería que aquella ocurrencia del conde constituía. ¿Realmente valía la pena el trabajo, el gasto en hombres para obligarles, el riesgo de atravesar las líneas del ejército para conseguir unas declaraciones que serían papel mojado en cuanto el conde y sus perros rabiosos abandonaran Navalviento? Se alegró de carecer del orgullo que a su señor tantos disgustos le traía. Entraría, declararía abiertamente y sin mentir que había ocupado las tierras del señor y se volvería a casa, tras un día tan desagradable como irrelevante en lo que esperaba fuera el resto de su larga vida. Cogió a su mujer pasándole el brazo por la cintura y entró en el patio con sus hijas.

Inmediatamente comprendió que había subestimado el alcance de la maldad del conde. Nadie se entretuvo en amordazar a los Zacarías como habían hecho con el resto de los habitantes de la aldea, por lo que tras una tarde de laborioso trabajo para los mercenarios se oyeron los primeros gritos: los de su mujer e hijas que, abrazadas y aterrorizadas, lloraban amargamente.

Ante ellos, todo el pueblo aparecía de rodillas en el suelo, amordazado y con las manos atadas a la cintura en el centro del patio, rodeados por los mercenarios que les habían sacado de sus casas hacía unas horas, cuyas caras habían mutado hasta parecer la viva imagen del mal. Familia por familia habían acudido como cerdos al matadero, sin posibilidad de defensa frente a una maquinaria demoníaca que los recibía en pequeños grupos para manipularlos fácilmente y sin escapatoria alguna. Los habían reducido entre varios, tapándoles la boca y amordazándolos, al tiempo que otros les ataban las manos a la espalda y los colocaban, sin ahorro de violencia, en el centro del patio.

A los Zacarías les había llegado el turno también. Les ataron las manos violentamente a la espalda, y sin ninguna consideración a las menores, los empujaron para que se arrodillaran junto al resto de sus paisanos, que lloraban amordazados con rabia y miedo.

Al sentarse, Segis comprendió lo que les había llevado allí. Adosado a la pared por la que habían penetrado, un patíbulo con quince sogas prometía el peor momento de sus vidas.

Se levantó gritando, negando su destino, para ser inmediatamente reducido por tres culatazos de rifle, que recibió en su frente, mandíbula y boca. Con la cabeza apoyada en el suelo de tierra seca y pedregosa escupió cuatro dientes mientras una cortina de sangre nublaba su visión.

Enseguida, una voz familiar asomó al balcón del primer piso de la mansión.

—Queridos amigos, no saben la tristeza que supone para mí recibirles en semejantes condiciones. Pese a que no dudo que comprenderán que lo que aquí ha de suceder es solo culpa suya, no es de mi agrado estropear el recuerdo entrañable que este lugar tiene para mí. Pero no me han dejado otra opción.

»¿Creían que podrían ocupar lo que quisieran, robar a la mano que les ha dado de comer, mancillar el orgullo de una familia que se remonta a los Reyes Católicos, violar la sacrosanta propiedad privada y salirse con la suya?

»Pues ya ven ustedes que no. Eso no pasará mientras yo viva, y si esta guerra arrasa a los míos, no tengan duda de que serán ustedes los que tengan que rendir cuentas con el Altísimo antes que yo. Como conde de Navalviento, no me duelen prendas en afirmar que esta tierra quedará marcada con la sangre, para que nadie olvide nunca lo que aquí pudo ser y no fue.

»Han pretendido acabar con un pasado que ha tardado siglos en forjarse de la manera más burda, zafia y carente de esfuerzo, con la idea luminosa de un presente bondadoso y un futuro que prometía. Así que eso exactamente será lo que yo les quite. El pasado, el presente y, especialmente y antes que nada, el futuro. Señor Planas, proceda.

A la orden del conde, los aldeanos observaron con horror cómo el que parecía el líder del grupo de mercenarios ordenaba.

—Los niños.

Diez hombres armados se abrieron paso entre las familias arrodilladas en el patio, cogiendo por los pelos a cada uno de los niños que encontraron. La histeria y el terror se apoderaron del conjunto que como podía se colocaba delante de sus vástagos en un desesperado intento para evitar que los prendieran. Cuarenta bestias armadas sofocaron el conato de revuelta en pocos minutos, bateando las caras de cada padre y madre que se puso por delante de forma que la sangre empezó a fluir en prácticamente cada uno de los rostros que ocupaban el patio. La familia Zacarías fue acallada con tres bayonetazos, dejándoles con un fino hilo de vida para observar cómo sus dos hijas eran arrastradas por los pelos hacia el patíbulo.

Los movían como hubiesen hecho con un tronco, sin que pareciese que un niño amordazado y atado tuviera ninguna voluntad, colocándoles a cada uno una soga al cuello, mientras otros esperaban llorando, cubiertos en su orina a los pies de la plataforma de madera que se elevaba seis escalones por encima de ellos, justo debajo de una de las vigas que en un especie de emparrado sin vegetación cubrían el patio de lado a lado. Después, todo fue dramáticamente mecánico. No hubo tiempo para más palabras, ante los ojos horrorizados de padres y madres, el suelo se abrió a los pies de sus hijos, dejándolos morir ahorcados entre espasmos.

Pero el horror del macabro plan no acababa allí. La idea del conde era que cada cual, cada ajusticiado, tuviera su propia soga, por lo que, sin descolgar a ninguno de los aldeanos, los hombres del conde trasladaron el patíbulo, colocándolo bajo otra viga, paralela, donde se repitió la operación con los niños que quedaban.

Sentados, con las manos atadas a la espalda, amordazados, heridos y acorralados por hombres sin piedad que sofocaban cada leve movimiento con un disparo, un bayonetazo o un golpe en la cara, los habitantes de Navalviento vieron morir a sus hijos sin poder hacer nada para salvarlos.

VI

Tras una hora detrás del muro del corral, Montserrat rodeó el pueblo por detrás de las casas, acercándose lo más sigilosamente que pudo al muro exterior del patio de la casona de Navalviento. Se trataba de una tapia de piedra de varios metros de altura, que partía de una de las paredes laterales de la edificación, creando un perímetro abierto y cuadrado donde supuso que el conde guardaba aperos y bestias. Recorrió todo el muro buscando una rendija por la que espiar, pero al no encontrarla se limitó a sentarse discretamente detrás de un árbol pegado a él a la espera de oír algo. Al principio, pese a agudizar todo lo que podía el oído, no consiguió averiguar qué era exactamente lo que sucedía en el interior de aquel recinto, en el que solo oía, muy de vez en cuando alguna voz apagada que respondía a otras igualmente discretas. Inesperadamente, cuando ya creía que había equivocado la localización y que posiblemente la gente había sido llevada a otro lugar, oyó unos gritos de horror y miedo y supo que algo terrible estaba pasando. Poco después, la voz orgullosa y pedante del conde empezó, palabra a palabra, a desgranar los detalles de la masacre que tenía planeada y, sin poder recuperar el aliento ante tamaño horror, corrió cuesta abajo en busca de las demás.

Encontró al grupo de monjas a su cargo indolentes, sentadas en el suelo y apoyadas a la pared en el interior del pajar, como si nada, o poco, hubiera sucedido. Todas cambiaron la cara al ver la que traía consigo Montserrat, que, jadeante, no podía disimular su consternación. Varias la rodearon abrazándola y acariciándole la espalda mientras le pedían tranquilidad, pero, con la voz entrecortada por el cansancio y la emoción, la monja reclamó su atención.

—Hermanas, lo que está a punto de producirse en este lugar traspasa los límites de la maldad humana y pasará a la historia como una terrible masacre si no hacemos nada por evitarlo. El conde de esta aldea ha decidido vengar con sangre el daño infligido a su orgullo, y va a matar, uno a uno, a todos los habitantes de Navalviento, a los que tiene recluidos en el patio trasero de su casona, vigilados por un grupo de matones que no dudarán en usar sus armas a la menor excusa. Nuestra única esperanza es que no se atreva con la Iglesia, y que acepte nuestra orden, que es la de la Santa Madre Iglesia y la de la ley del Señor, para no proseguir con sus planes. Necesito que todas acudamos a su encuentro, firmes y resueltas para salvar a esta gente. Yo hablaré y todas se pondrán a mi lado para presentar una imagen de más fuerza. No hay tiempo para más explicaciones. La gente está muriendo.

—Hermana, hay algo en lo que no ha pensado. En estos momentos nada nos distingue de un fiel normal, nada hace pensar que somos monjas, así que nuestra autoridad es nula. Sin los hábitos, somos solo un grupo de mujeres más.

Sor Inés tenía razón. Sor Arancha intervino:

—Quizás en la iglesia del pueblo encontremos algún elemento para vestir nuestra entrada y hacerlo todo más creíble. Una cruz, quizás alguna túnica, cualquier elemento de la liturgia nos ayudará.

—Tienen toda la razón, vamos inmediatamente. Hermanas, si hemos de morir, que sea en la ayuda al prójimo. La madre superiora estaría orgullosa de nosotras.

Se abrazaron como verdaderas hermanas antes de salir en silencio, en fila y corriendo entre los matorrales del campo hacia el interior de la aldea. Todo el mundo estaba en la casona del conde por lo que no se cruzaron con nadie. En dos minutos estaban dentro del templo, rebuscando en los cajones de la sacristía y desmontando la gran cruz de madera del pie que la sostenía junto al altar.

Apoyado en la barandilla de piedra de la terraza que asomaba al patio trasero de su casona, Javier Ferro de los Gazules, conde de Navalviento, sonreía satisfecho con el sanguinario espectáculo que había orquestado. Todos los niños del pueblo, dos decenas y pico ya habían sido ahorcados y no tenía duda de que ninguna venganza hubiera sido más cruel que la impartida a aquellos ladrones. Poco a poco, los gritos histéricos habían tornado en llantos continuados mucho más desconsolados, aquellos que se suceden cuando ya todo se da por perdido y el dolor del corazón se hace sentir también en la cabeza. Lloraban todos, mezclando sus lágrimas con la sangre que brotaba de los golpes que los hombres de Gerardo Planas tenían a bien propinar con solo una mirada de sus cautivos. Resolvió dejar pasar media hora antes de proseguir con las ejecuciones, para que nadie se fuera de este mundo sin haber sufrido antes lo suficiente. Nunca había entendido la pena de muerte rápida e indolora. Si hubiese podido ahorcar con mayor dolor lo habría hecho, pero se lamentaba de no saber cómo. Que un bandido muriera rápidamente era algo que le sublevaba. Con todo, no había mayor dolor, decían, que ver morir a un hijo, así que se dio por satisfecho.

No tenía sed, pero se había servido una copa de brandy para teatralizar con más detalle su perfil maquiavélico, insensible y altivo. Bebía a sorbos cortos de una magnífica copa tallada con su escudo, mientras, revolcándose en la tierra con sus orines, su sangre y sus lágrimas, aquellos campesinos revolucionarios, pagaban su pena.

De pronto le pareció oír voces cruzando el vestíbulo de la casa. Al instante, una fila de mujeres precedidas por un crucifijo entraba en el patio. No había asomado el grupo entero por la puerta cuando oyó gritar:

—¡En el nombre de Cristo Rey, detened inmediatamente esta masacre!

Ni sus ojos, ni los de los mercenarios, encabezados por Gerardo Planas daban crédito a lo que veían. Se trataba de tan solo ocho mujeres, ataviadas con hábitos de fraile, pero lo cierto era que su presencia tenía algo de solemnidad. Primero iba una mujer de aspecto fuerte y sereno; tras ella, una de mayor envergadura portando una cruz de madera, y después, seis más en dos filas de tres. Avanzaban por el patio en formación, ante la atenta mirada de todos los que allí se encontraban. Cuando llegaron a la altura del balcón desde donde las miraba, la que parecía dirigir el grupo levantó la vista para hablarle.

—Señor conde, lo que aquí está sucediendo ofende a Dios y a su Iglesia, va en contra de la ley de Dios y la de este país y es, fundamentalmente, una crueldad que no admite justificación. Exijo ahora mismo que se libere a toda esta gente y se acabe en el acto con esta masacre, que ya ha ido muchísimo más lejos de lo que debía.

El conde miró hacia abajo, intentando que su asombro no mostrara ni un ápice de debilidad. No esperaba nada igual, pero su plan tendría que contar con aquella contingencia.

—Disculpe, ¿quiénes son ustedes y de qué derecho se creen poseedoras para decirme qué hacer en MI casa con MIS jornaleros? Le aconsejo que medite su respuesta, verá que no me tiembla demasiado el pulso a la hora de hacer justicia.

Se apoyó elegantemente en la barandilla al tiempo que daba un sorbo a su copa.

—Somos parte de la congregación de Santa Águeda. Yo soy sor Montserrat Bultó y las que me acompañan son un grupo de hermanas a mi cargo. Nos dirigimos hacia la zona nacional y estas amables gentes nos acogieron en nuestro camino anoche. ¡Señor conde!, apelo a su dignidad y a su debida obediencia a la Iglesia católica para acabar de inmediato con lo que sea que ha hecho para que me rodeen cuerpos de niños ahorcados y personas atadas y heridas. La Iglesia no permite y no puede justificar una acción como esta, por lo que le exijo que acabe inmediatamente con esto.

—Hermana —se acarició el pelo por el cogote, como hacía cuando aún no sabía qué hacer con perfecta claridad—, son ustedes sin duda el grupo de mujeres más osado que nadie tendría la desgracia de encontrarse en esta guerra. Ni una miliciana bollera hubiera tenido más arrestos que su heterogéneo grupo de disfrazadas, pero, echo de menos sus hábitos, sus cofias, sus crucifijos —aunque no se me escapa que han tenido a bien incorporar el del templo de esta aldea a su singular procesión— y sinceramente, aunque fueran monjas —hecho que me van a permitir que ponga severamente en duda—, los asuntos de mis propiedades no son los de la Iglesia.

Pese a lo burdo del disfraz, Javier Ferro sabía que las mujeres que se dirigían a él eran, efectivamente, monjas. Conocía a todos los habitantes de su aldea y ellas no formaban parte de ellos. También conocía perfectamente el lenguaje y las formas de expresión de las monjas y era consciente, sin ningún género de duda, de que muy poca gente hubiera arriesgado su vida por aquellos aldeanos y en nombre de la Iglesia. No obstante, sin ninguna intención de abortar el plan que llevaba semanas diseñando con mimo, decidió que sería mucho más fácil proseguir sin saltarse una coma del mismo si simulaba no creer una palabra de lo que aquellas monjas le decían. Sonrió abiertamente y miró a Gerardo Planas.

—Enciérrelas.

VII

Antonio alternaba los momentos de euforia por los avances de su milicia con la desazón por la desorganización que percibía prácticamente a diario entre las filas del ejército que debía traer el nuevo orden.

Aquella amalgama de milicias de unos y otros partidos, dirigidos por un Gobierno incapaz de controlarlas plenamente y con una estrategia desordenada e impulsiva tendría que cambiar y enderezarse si quería llevarles a la victoria. La idea de su milicia era integrarse en la columna Ascaso, pero hasta encontrarse con aquella, que avanzaba en dirección a Huesca desde Barcelona, el pequeño grupo funcionaba por libre bajo el mando de Joan Pou, de nula formación militar.

Avanzaban por la provincia de Huesca tras haber liberado varios pueblos de poca importancia de los elementos rebeldes y haberse asegurado de que todos los bienes del enemigo fueran incautados y ofrecidos a la población. En realidad, la mayoría de los grandes propietarios y miembros del clero habían huido de sus propiedades tras haberlas cerrado a cal y canto, tapiando puertas y ventanas inútilmente. En todos los pueblos eran recibidos con vítores, las mujeres les besaban en la boca y les ofrecían embutidos, quesos y vino para agradecerles la histórica tarea que estaban ejecutando. Cambiaban la historia tras siglos de sumisión y servidumbre, y la gente se lo agradecía. Sin embargo, a Antonio le parecía que aquello era más un paseo que una guerra. No eran héroes, al menos de momento, ya que apenas habían tenido ocasión de disparar. El frente aún estaba alejado y salvo por algunos templos y palacios quemados, todo seguía bastante parecido a como debía haber estado algunos meses antes.

Joan Pou seguía dirigiéndoles, y aunque su sed de sangre y sus discursos llenos de odio de repente le crispaban y le revolvían el estómago, agradecía que el grupo que habían formado en Villanueva se mantuviese unido. Era una manera extraña de sentirse en casa aun estando a kilómetros de ella y, salvo Pou, aquella gente fundamentalmente buena era la familia que tenía por el momento.

Se dirigían a la aldea de Navalviento, que se encontraba de camino hacia la ciudad de Huesca. Se trataba de una pequeña aldea de apenas ochenta almas integrada dentro de la finca del mismo nombre, uno de los mayores latifundios de la provincia. La propiedad pertenecía al conde de Navalviento, cuya familia había dominado la zona desde tiempo inmemorial con mano de hierro y sin ninguna concesión a la gente que trabajaba sus campos, que vivía en la más absoluta miseria, pese a la riqueza que aquellas tierras proporcionaban. Joan Pou les había informado de que, con el estallido de la guerra, habían llegado noticias de que algunos campesinos de las fincas colindantes habían ocupado las tierras y las habían empezado a explotar en su propio beneficio, en una especie de cooperativa en la que habían integrado a los propios jornaleros y labriegos del conde.

Era una versión reducida pero inspirada en lo acaecido en Mas de las Matas, también en Aragón, donde se había abolido el dinero, la propiedad privada y se distribuían equitativamente los bienes entre los habitantes, dando cien gramos de carne por persona al día a gente que en algunos casos nunca la había probado.

Así que, pese a su insignificancia en el conjunto de España, estimaron que aquel era el ejemplo que debía cundir y se dirigieron hacia allí.

Ver el triunfo de aquella gente, compartir sus experiencias y reponer fuerzas antes de proseguir su camino al frente, les llenaría de energía y positivismo. Una última inyección de moral antes de toparse con la muerte y la destrucción que empezaba a asolar España.

El vetusto camión que les trasportaba había avanzado a buen ritmo toda la mañana cuando tras un repecho apareció su destino en el horizonte.

Un gran caserón almenado enraizado sobre una colina de roca de poca altura dominaba la aldea de pequeñas casas de piedra con tejados de teja alrededor de la cual algunas vacas pastaban desordenadamente. Los campos verdes salpicados de flores silvestres amarillas y blancas aún no habían acusado los efectos del abrasador sol de agosto y proporcionaban un marco perfecto a la estampa. El camino en el que se encontraban serpenteaba entre aquellas fértiles praderas y cruzaba un puente de dos ojos bajo el que avanzaba perezosamente un riachuelo. Antonio pensó que aquella era una imagen idílica y perfecta. De una perfección inquietante. No sabía por qué.

Cruzaron el río poco antes de entrar en el pueblo llamando a gritos y vitoreando a los aldeanos, buscando un recibimiento similar o mejor al que les habían dispensado en otras poblaciones, pero nadie respondió. El pueblo estaba en absoluto silencio y no se veía ni un alma en sus callejuelas empedradas. Avanzaron extrañados a medida que el silencio de Navalviento les contagiaba a ellos también. Llegaron hasta la plaza mayor, un pequeño recinto circular que jalonaban algunas casitas de una sola planta sin pretensiones. Se oía el murmullo de la fuente de piedra que adornaba el espacio y las golondrinas que jugueteaban en el aire a toda velocidad, pero, por lo demás, el pueblo parecía absolutamente deshabitado. Inconscientemente, el grupo se fue dispersando, buscando algún rastro de vida en aquel apartado lugar, que salvo por la ausencia de gente, parecía perfecto en su quietud. Llamaron a las puertas y miraron por las ventanas, pero no aparecía nadie. Un grupo de hombres entró en una de las casas mayores, que parecía ser la posada del pueblo, pero a los pocos minutos salía encogiendo los hombros y con caras de extrañeza tras comprobar que también estaba vacía.

A diferencia de sus compañeros, que enseguida formaban grupos y consensuaban qué hacer antes de avanzar en cualquier sentido, Antonio solía ir solo. Mientras unos y otros planificaban en voz alta lo que hacer, él elaboraba su propio plan, que siempre creía mejor que todos los que se planteaban. A diario comprobaba que aunque tenía en común con el grupo la pertenencia al mismo substrato social, sus deseos de justicia y sus ansias de libertad, le separaba fundamentalmente otra característica. A él lo habían educado. No eran los modales, sino todo lo demás. Había recibido una educación exhaustiva desde que había nacido, y, aunque interpretada al completo por la comunidad religiosa que se la había impartido, sentía que su visión de la vida era más amplia y real que la de sus compañeros, la mayoría analfabetos que se agarraban a cada proclama, discurso o información que Joan Pou les contaba como a una realidad absoluta e indiscutible.

Así que, una vez más, Antonio se encaminó solo en otra dirección.

Dejando atrás al grupo, se dirigió a la parte alta del pueblo, donde se situaba el señorial caserón del conde de Navalviento. Había visto muchos edificios similares desde el inicio de la guerra. Habían asaltado e incautado algunas grandes propiedades de la nobleza y la burguesía, así que, a pesar de su magnificencia, la casa no le impresionó. Se trataba de una gran mansión rural fortificada, de tres pisos y coronada por un tejado alto y empinado de pizarra con almenas de piedra oscura rematando las esquinas del edificio. Recordaba vagamente a un castillo en la altura a la que se situaban las primeras ventanas del conjunto, que solo se abrían al exterior a partir de cuatro o cinco metros del suelo, haciendo de la parte baja del edificio un auténtico fortín. A diferencia de lo que había visto en el pueblo, en el que parecía que toda la población hubiese ido a pasear, dejando sus casas abiertas y sin recoger, la mansión del conde estaba cerrada a cal y canto, con las contraventanas cerradas y un enorme portón de entrada impidiendo el paso al interior. Pensativo, empezó a rodear el edificio lentamente, levantando la cabeza buscando una manera de acceder a aquel lugar, que parecía inexpugnable. Al llegar a la parte trasera, Antonio comprobó cómo el tejado desaparecía creando un gran patio trasero amurallado. El aire estaba impregnado de un olor putrefacto y dulzón muy desagradable, que rápidamente asoció a alguno de los establos abandonados que había visto desde el inicio de la contienda. En ellos, caballos y vacas habían muerto de hambre al ser abandonados por sus cuidadores, voluntaria o involuntariamente. Probablemente el conde también había abandonado allí a sus bestias, víctimas inocentes de la locura humana.

Aunque prácticamente todo el perímetro de la mansión estaba limpio de maleza y vegetación, al fondo distinguió un gran fresno de por lo menos tres metros de tronco, que elevaba una frondosa copa de vivos tonos verdes hacia el azul intenso de aquel cielo de montaña. Inmediatamente supo lo que hacer. Se acercó al árbol y, casi divertido, trepó por él igual que hacía en el patio del orfanato de la Virgen del Pilar, en Villanueva, donde había pasado los mejores momentos de su vida hasta la fecha. Con pies y manos se abrió paso entre las hojas mientras trepaba por una de las ramas que le pareció más fuerte y vigorosa. También era una de las que se alzaban con mayor verticalidad hacia el cielo.

No había llegado al punto más alto del fresno cuando decidió que probablemente ya estaba a suficiente altura para ver el interior del recinto. Se giró y tras asegurar su posición colocando una pierna a cada lado de una de las ramas que brotaban de la principal, apartó las hojas para ver el patio a vista de pájaro.

Tuvo que darse la vuelta y agarrarse con los brazos a la rama por la que había subido para no caer al suelo. Tembloroso, giró de nuevo la cabeza hacia el patio, volviendo a girarla hacia el suelo a los pocos segundos para vomitar. Si el infierno se parecía a algún lugar, a Antonio no le cupo duda de que el patio del conde de Navalviento tenía que ser uno de ellos.

Creando una especie de parrilla sobre el patio, una decena de viguetas de madera de pino se distribuían desde la cornisa de uno de los lados del muro hasta el lado opuesto. Otras tantas lo hacían desde el muro lateral hasta las situadas en frente, cruzándose con las primeras. Debía de haber servido como emparrado, o de base para colocar alguna lona en la que situar frutas para secar. Pero a Antonio no le preocupaba ninguno de los usos anteriores que aquella construcción hubiera tenido. Lo que le revolvía el estómago era el uso que se le estaba dando en ese momento.

Colgados del cuello, a una distancia de entre un metro y cincuenta centímetros de un suelo amarronado mezcla de tierra, estiércol y paja, treinta, quizás cuarenta cuerpos de hombres, mujeres, niños y ancianos colgaban del cuello con muecas monstruosas, los ojos fuera de las órbitas comidos por moscas y un color que se alejaba de todo lo humano. No era el olor a carne bovina o caballar putrefacta lo que le había asqueado, era el de aquellos cuerpos desgraciados y desconocidos descomponiéndose rápidamente al calor del sol del Pirineo aragonés.

Bajó del árbol mareado, asqueado e indignado.

Aun sin saber quién era la gente que había sufrido aquella muerte indigna en aquel patio abandonado de aquella aldea vacía (ahora entendía por qué), fue consciente de que no era justo. Se sorprendió ignorando bandos e ideas. Le daba igual cuál fuera el color de las ideas de aquellas personas, estaba seguro de que aquello era injusto.

Saltó al suelo desde la última rama y corriendo fue a buscar a sus compañeros.

No le hizo falta avanzar mucho, pues todos se estaban acercando ya al mayor edificio del pueblo tras desistir de la búsqueda de habitantes en la aldea.

Lideraba el grupo, como siempre, Joan Pou, al que seguían todos como un rebaño a su pastor. Antonio se adelantó corriendo y, como pudo, mientras todos se acercaban y le rodeaban con interés, explicó lo que había visto en el interior del patio del conde de Navalviento. Si no hubiera estado tan nervioso, la explicación habría sido más inteligible, pero su ánimo se extendió entre el resto del grupo como la pólvora, e instintivamente todos empezaron a golpear el portón para entrar en la propiedad. Al poco rato, al ver que la puerta no cedía, se apartaron y, como un pelotón de fusilamiento, sacaron sus rifles y descargaron con insistencia durante dos minutos, pasados los cuales algunas de las tablas de madera que formaban el portón presentaban agujeros por las que podían meter la mano. Con todo, la puerta, fijada con pasadores de hierro por el interior, no se abrió y tuvieron que patear las zonas que habían quedado más débiles tras el tiroteo para crear un agujero suficientemente grande para que uno a uno pudieran entrar en el edificio a gatas.

El interior estaba oscuro y frío, pero notaron el aire viciado del olor a podredumbre humana. El gran recibidor en el que se encontraban tenía otro gran portón en la pared opuesta a la del que habían agujereado con sus balas, e instintivamente se dirigieron a él para abrirlo, guiados por un olor que les estaba enloqueciendo de ira por momentos. Eran la viva imagen de la urgencia, gritándose los unos a los otros mientras intentaban abrir la puerta que les separaba del más dantesco de los escenarios. Tras desencajar varias barras de hierro que aseguraban la puerta, la luz y el horror del patio aparecieron frente a ellos.

Se quedaron quietos, paralizados por el espanto. Varios no pudieron evitar vomitar, mientras todos se tapaban la nariz con las manos para intentar, en vano, no olerlo.

Ahorcados en aquel patio contaron treinta y siete, treinta y ocho, cuarenta, cuarenta y dos personas. Varios niños, muchas mujeres, hombres y viejos. Campesinos y gente humilde a juzgar por sus ropas, con las caras comidas por los pájaros y los cuerpos en avanzada descomposición colgaban de las vigas del patio señorial de aquella casa, presidido por una estatua de la Virgen en una hornacina rodeada de glicinias. Antonio no podía creer aquella hipocresía.

Tenía bastante claro lo que había pasado en Navalviento, pero escrito en un cartel grotescamente colgado de uno de los cuerpos halló la confirmación.

«Campesino, lucha por tu amo, nunca contra tu amo».

Parecía claro que el conde no se había resignado a perder sus tierras y a redistribuir su riqueza. Había luchado y había vencido. Y lo había hecho con toda la crueldad de la que había sido capaz. El sueño de justicia social de la gente de Navalviento había durado bien poco.

En un arranque absurdo y desesperado, como si con ello fueran a devolver la vida a una gente que llevaba varios días muerta, Joan Pou empezó a gritarles:

—¡Rápido! ¡Descolgadlos! ¡Sacadlos de ahí! ¡Que los descolguéis os digo!

Todos empezaron a moverse rápidamente, y cogiendo una pequeña escalerilla de cinco escalones que encontraron en una esquina, empezaron a cortar las sogas de las que colgaban los campesinos.

Caían al suelo como sacos de patatas y quedaban en posiciones amorfas e inhumanas, imposibles para cualquier ser con un soplo de vida.

Antonio decidió que ya había visto suficiente, y como en tantas otras ocasiones, inició una expedición solitaria, esta vez por el interior de la casa.

La casona de Navalviento era enorme, y aunque el lujo se percibía, la realidad era que todos los muebles se habían protegido con fundas y sábanas blancas en previsión de una dilatada ausencia, por lo que ningún detalle era del todo reconocible. Subió por las escaleras de piedra tapizadas con una mullida alfombra de color bermellón. Las paredes estaban llenas de cornamentas y trofeos de diferentes animales, cada uno con una pequeña plaquita con la fecha y el lugar en el que habían sido cobrados. Fuentelfresno, Solers, Navaelsach, Las Palomas, San Isidro, Hornillos, El Castañar, Ventosilla, El Rincón. Se preguntó cuántas de aquellas fincas palaciegas sobrevivirían aún por aquel entonces y cuántas lo harían después de la guerra. Vista la piedad con la que sus propietarios trataban a sus vecinos, esperaba que ninguna. ¿Cómo podía aquel conde haberse vengado con tanta saña de aquella gente inocente? El pensamiento de las crueldades a las que él mismo había asistido le pasó fugazmente por la cabeza. Tampoco él era un santo.

Odiaba la guerra. Se odiaba a sí mismo. Odiaba a sus compañeros y odiaba al conde y a todos los que, como él, les habían obligado a desprenderse de cualquier facción de humanidad y ternura, para convertirse en monstruos sin piedad.

Encontró las habitaciones principales perfectamente ordenadas y cerradas, con algunos abrigos de piel y capas en los armarios, pero, incluso a sabiendas de que posiblemente más tarde se arrepentiría, los dejó donde estaban. No sabía bien qué buscaba, pero el paseo por aquella casa le había evadido un poco del festín de sangre del patio que se encontraba a sus pies. Volvió a la planta baja en busca de la cocina; en cambio, tras la escalera principal, encontró una pequeña portezuela que bajaba al sótano. En la más absoluta oscuridad, con una humedad que hacía suponer la cercanía de un manantial o un pozo, aseguró la puerta para permitir que entrara algo de luz por ella y, apoyando la mano a la pared, empezó a bajar las escaleras. Enseguida entendió que aquello eran las mazmorras del edificio, posiblemente edificado sobre los cimientos de una construcción anterior. No había bajado una decena de escalones cuando un sonido bajo y ahogado, desesperado y moribundo, le sobrecogió:

—¿Hay alguien ahí? ¿Por el amor de Dios, hay alguien ahí?

Antonio no podía creer que algún humano estuviera en aquel lugar. En silencio, escuchó cómo aquella súplica se repetía.

—Virgen Santa, ayudadnos, ¿hay alguien ahí?

Estaba asustado como en su vida, pero respondió, sin bajar un solo escalón más aunque estaba claro que reclamaban su ayuda.

—¿Quién hay ahí? ¿Qué hace ahí abajo?

—Me llamo Montserrat y estoy junto a otras mujeres de Navalviento. Tres han muerto ya, y dos están gravemente enfermas. Llevamos por lo menos cinco días aquí encerradas. ¡Por favor, sáquenos de aquí!

En ese punto, con la pequeña claridad que entraba por la puerta, escaleras arriba, y la vista ligeramente acostumbrada a la oscuridad, Antonio bajó las escaleras. No le hizo falta bajar muchos escalones hasta que una mano le tocó el brazo.

—¡Aaghhh! —gritó sobresaltado.

—¡Perdóneme, por favor! No quería asustarlo. Estamos aquí encerradas. —El joven se dio la vuelta para palpar con sus manos una puerta de barrotes—. Gracias a Dios que nos ha encontrado.

Antonio se abstuvo de decirle a aquella mujer que Dios no había tenido nada que ver en eso y que moderase su lenguaje a la nueva época, mientras buscaba a ciegas la manera de abrir aquella puerta de madera y hierro palpando las paredes desesperadamente. No encontraba la llave.

—¡No puedo abrirla! ¡Está echado el cerrojo!

Montserrat estaba exhausta y nerviosa pero acertó a indicarle:

—Por favor, mire por los lados de la puerta, lo normal sería que encontrase un gancho de donde cuelguen las llaves.

Antonio empezó a recorrer de nuevo con las palmas de sus manos los muros de piedra, mojados por la humedad, suavemente poblados de musgo y moho. Primero de pie y de puntillas, luego agachado y de rodillas, no encontró nada. Se incorporó y se acercó a la ventanuca de la puerta para hablar con la mujer. Le sorprendió que estando con dos mujeres vivas más, solo ella fuera capaz de comunicarse con él. Debían haber sufrido lo indecible.

—No encuentro nada, iré a buscar a mis compañeros.

De repente, la voz cansada y enferma de Montserrat pareció cobrar vida:

—¡No, por favor! ¡No se vaya! ¡No nos puede dejar aquí!

—¡No las voy a dejar aquí! Voy a buscar a mis compañeros, con algún artilugio podremos abrir, yo no encuentro la manera.

La mujer no estaba dispuesta a dejarle ir. Sacó las manos por entre las rejas de la puerta e intentó agarrar a Antonio de la camisa.

—No se vaya. Por favor, por favor, con todo mi corazón se lo pido. No nos deje aquí.

Su voz era tan desesperada que el miliciano decidió quedarse allí por lo menos un rato más.

—De acuerdo. ¿Se le ocurre dónde pueden estar las llaves?

—No, señor, pero, cuando los hombres del conde nos encerraron aquí, sacaron las llaves para abrir la celda de algún gancho de la pared. Todas vimos con claridad cómo lo hacían a pesar de la violencia del momento.

—De acuerdo, pues, no me voy a ir de aquí, pero déjeme que busque más, ese gancho tiene que estar en algún lugar.

Volvió a colocar las palmas de las manos en la pared, y lentamente, como si estuviese acariciando el lomo de un caballo, tocó cada recoveco de la pared al tiempo que se le mojaban las manos. No había pasado un minuto de un silencio solo atenuado por la respiración entrecortada de Montserrat cuando las encontró, sujetas a un clavo viejo que salía de la pared entre dos piedras.

—¡Las tengo!

Como si las palabras la hubieran empujado, oyó cómo la mujer se derrumbaba detrás de la puerta, entre lloros y sollozos. Entre susurros, mientras abría la puerta escuchó con claridad cómo en el suelo y con las manos entrelazadas la mujer decía:

—Gracias Dios mío, gracias Reina de los Cielos, gracias Santa Madre por protegernos.

Cuando levantó la mirada, se encontró arrodillada frente a Antonio, que ya había abierto la celda.

—Mujer, no reces nunca más ante mí, ni lo hagas nunca delante de las personas que encontrarás arriba. Has sido liberada por una milicia republicana. Dios había decidido dejarte morir aquí.

Tras mirarla con cierto desprecio, se acercó a las demás mujeres, que yacían acurrucadas en diferentes puntos de la celda. Se acercó a cada una, tomándoles el pulso en el cuello sin que los cuerpos se movieran a su contacto. Fue pasando fríamente de una en otra mujer repitiendo la misma operación.

—Muerta, muerta, muerta, muerta, muerta, muerta, viva, pero casi muerta. —Cogió en brazos a la única mujer que junto con Montserrat había sobrevivido a un indeterminado número de días abandonadas sin comida ni agua en aquella mazmorra y volviendo la mirada entre la oscuridad a la mujer ordenó—: Salgamos de aquí.

Podría haberse interesado por el estado de aquellas mujeres, haberles dado un abrazo, una palabra amable o decirles que todo iría bien, pero nada iba bien. Estaba harto de encontrar la muerte y la crueldad humana en cada esquina. Quería volver a ser feliz, a ser un niño, a sentirse querido y cuidado, habitante inconsciente de un mundo ordenado. Cada vez más, en medio de aquella época de cambios, deseaba volver a la paz de su orfanato, al calor de la única familia que había conocido.

No se lo reconocía ni a sí mismo, pero echaba de menos a las monjas.

No sabía que ellas ya habían vuelto a su vida.

VIII

España había quedado dividida en dos, con una extensa parte del norte, las Baleares, las Canarias, el norte de África y algunas ciudades importantes del sur en poder de los sublevados y el centro, el levante, el sur y las principales ciudades en manos del Gobierno republicano. La guerra empezaba a desangrar el país y para cada bando el otro era la encarnación del mal.

Para los republicanos, los sublevados, que se hacían llamar «nacionales», eran unos golpistas que pretendían frenar las reformas que el Gobierno progresista estaba llevando a cabo, asumiendo el poder que las urnas les habían negado. La idea de una sociedad más justa e igualitaria no encajaba en la cabeza de aquellos representantes de la España de ricos y pobres, de aristócratas y vasallos, de curas y siervos.

Para los nacionales, el golpe era la única manera de devolver el orden al caos en el que el Gobierno republicano había sumido al país. De luchar contra un Gobierno que aprovechaba la incultura de la sociedad para acercar posiciones al comunismo y la dictadura del proletariado, permitiendo por el camino acabar con la Iglesia, con la propiedad privada y con la idea de España en sí misma.

Se odiaban.

A pesar de que el ejército golpista avanzaba sin descanso, no habían conseguido apoderarse de la mayoría de las principales ciudades del país, y en Barcelona, Madrid, Valencia y Bilbao la rebelión se había sofocado con éxito.

Uno de los focos de tensión más importantes, una vez las zonas iniciales de cada bando quedaron dibujadas, era el aragonés, a donde un gran número de columnas integradas por organizaciones obreras y partidos de izquierda se dirigieron desde Barcelona en cuanto creyeron tener asegurada la retaguardia. El objetivo para los republicanos era recuperar Zaragoza, Huesca y Jaca, donde la rebelión había triunfado.

Algunos días después de su terrible visita a Navalviento, a principio de agosto, el pequeño grupo que formaba la milicia de Joan Pou se había unido cerca de la localidad de Barbastro a la columna Ascaso, formada por alrededor de dos mil milicianos que habían salido desde Barcelona. A todos, incluso a Pou —que dejaba de ser el mando del grupo—, les llenó de optimismo el ambiente de camaradería e ilusión que compartían todos los milicianos, pero especialmente su organización y sus medios. Con toda aquella gente ansiosa de entrar en batalla, seis ametralladoras y tres espectaculares tanques color gris que llamaban *tiznaos*, estaban convencidos de que los nacionales no tendrían nada que hacer.

A pesar de estar rodeados de muchos de los suyos, Joan Pou y su grupo permanecían unidos y convivían formando una especie de subgrupo en su acercamiento al frente, como lo habían hecho desde su salida de Villanueva. Les acompañaban las dos mujeres que habían rescatado de las mazmorras del sangriento conde de Navalviento, que cada vez se mostraban más integradas al grupo, a pesar de no haber manifestado nunca el fervor revolucionario de los hombres que lo formaban.

La llegada de las dos había contribuido a que Antonio afrontase la situación con mayor optimismo. En cuanto su salud se lo había permitido, mucho más rápido de lo que esperaban, las dos mujeres se habían adjudicado las labores de alimentación del grupo, y, pese a la carestía de todos los productos básicos, las comidas habían mejorado exponencialmente y los milicianos acudían a ellas expectantes y con alegría. Antonio sonreía viendo cómo Montserrat y Arancha recolectaban frutos y hierbas a medida que avanzaban por los caminos, sabedor de que, como por arte de magia, la sapiencia botánica de aquellas mujeres transformaría aquellos productos insípidos y vulgares en algo parecido a una comida. Si los hombres cazaban algún ave o conejo, el festín estaba asegurado.

Montserrat les había contado cómo habían llegado al calabozo del conde del Navalviento. Explicó que ella y el resto de las mujeres que Antonio había encontrado en el sótano del caserón del conde habían sido encerradas allí, sin agua ni comida, como medida de gracia del despiadado noble, que les había librado de la muerte en la horca con la que había castigado al resto de sus insurrectos siervos. A Antonio le pareció que morir de hambre y sed, abandonado en una mazmorra oscura y húmeda era un castigo igualmente cruel, pero se abstuvo de comentarlo, mientras las mujeres desgranaban cómo se encontraban lavando la ropa en el río cuando oyeron los gritos de sus maridos y amigos y acudieron en su ayuda al pueblo. Allí, tras un leve forcejeo con los hombres del conde, fueron encerradas. Durante días chuparon las piedras húmedas de su celda intentando saciar su sed y sufrieron los agudos dolores de su estómago vacío. No volvieron a ver la luz hasta que Antonio las liberó.

Eso era todo. Suficiente explicación para el resto. Absurdamente escueto, incongruente y falso para Antonio, que estaba seguro de que las dos mujeres ocultaban algo.

Para empezar, ninguna mujer de campo —menos aún de una pequeña aldea perdida en el Prepirineo oscense— hablaba como lo hacían Montserrat y Arancha. Quizás para el resto de la milicia, totalmente entregada a la revolución, aquellos detalles eran imperceptibles, pero cuando Montserrat cogía los cubiertos, cuando hablaba, cuando se movía, no lo hacía como una campesina. Lo hacía como una mujer cultivada y de clase alta.

Luego estaba aquella historia, que Montserrat había contado tan sucintamente mientras Arancha asentía. Una chica que había visto cómo todos sus vecinos y amigos morían ahorcados, pero que no había reaccionado con mayor consternación que él mismo al ver sus cuerpos putrefactos colgando de la soga, pese a que en teoría debería haber conocido a cada uno de los fallecidos. Una chica que se había limitado a seguirles, sin mencionar a su familia, a sus amigos o a sus hermanos. Dos mujeres que parecían agradecer la nula curiosidad de la milicia que les había acogido y que se apartaban discretamente cuando Joan Pou o cualquiera de los milicianos iniciaban sus discursos políticos.

Por último, no había olvidado los rezos de Montserrat en el momento de su liberación. No le había tenido que repetir nunca más que no rezara y por lo menos a la vista de ninguno de ellos lo había vuelto a hacer, pero sabía que hacía falta mucho más que una orden para arrancar la devoción de cualquier persona y estaba seguro de que tanto ella como Arancha rezaban a escondidas.

Para Antonio, era blanco y en botella, pero agradecido como estaba de la presencia de Montserrat y Arancha, de aquella especie de lugar pacífico donde refugiarse de la crispación que le rodeaba, prefería no saber, prefería no indagar, no olisquear aquel rastro que conducía a un lugar incómodo.

Habían acampado alrededor de una pequeña barraca de pastor circular, hecha de piedras y barro. Dentro, aprovechando una rudimentaria chimenea esquinada, habían hecho una hoguera. Estaba anocheciendo y aunque estaban en pleno verano, todos agradecían el calor del fuego sobre el que Montserrat y Arancha cocinaban. A pocos metros de la barraca, otros milicianos acampaban al raso. En la oscuridad, sobre aquella llanura yerma y polvorienta brillaban las llamas de varias fogatas que repetían la operación del grupo de Joan Pou. La columna Ascaso descansaba antes de su llegada al frente.

Poco antes de las siete, aprovechando la luz del atardecer, habían conseguido cazar un conejo y un par de zorzales. Entre gran alborozo los habían entregado a las mujeres, que habían llenado sus zurrones con tomillo y romero para aderezarlos. En aquel momento, mientras el agua se calentaba al calor del fuego, Arancha desplumaba pacientemente los pajarillos y Montserrat despellejaba el conejo con una navaja que le había dejado Joan Pou. El miliciano miraba ansioso la presa.

—Mujer, qué pinta tiene ese conejo, esmérate en prepararlo, que no está fácil la caza en esta zona.

—Joan, te invito a que lo cocines tú si crees que lo harás mejor —respondió Montserrat sin dejar su ocupación—. La República predica la igualdad entre hombres y mujeres, ¿no crees que a lo mejor podríamos cambiar papeles?

Todos, incluso Joan rieron ante la impertinencia.

—Todo se andará, Montserrat, y no dudes de que falta poco para que tú también empuñes un arma en esta guerra, que el enemigo es fuerte y todas las manos son pocas.

Montserrat cambió levemente el gesto con disgusto, mirando al suelo. Enseguida se recompuso y siguió despellejando al animal.

—De acuerdo, Joan, pero entonces espero que seas tú el que me dé de comer cuando vuelva de matar fascistas. ¡Y que cuides de que nadie se lleve mi petate cuando lo deje en el campamento! Si Arancha viene conmigo, entonces espero que otro hombre, ¿quizás tú, Ezequiel?, te ayude y nos solucione las comidas y las cenas.

Ezequiel era el más feo, sucio y baboso de los hombres que Montserrat había visto nunca. Asqueroso para ella, pero repugnante también para el resto del grupo. La sola idea de que aquel engendro manipulase la comida que se tendrían que llevar a la boca hizo que todos gritaran y gesticulasen con asco.

—Nooo, aaaagggg, qué assssco. ¡Sucia rata asquerosa eso nunca! Aaaaggg.

Los gritos y risas de todos se alargaron varios minutos. Incluso Ezequiel, sucio y simple, reía a carcajadas sonoramente. Entre aquel jolgorio, Antonio, que también reía con ganas pudo ver cómo a Montserrat se le nublaba la vista y, tras cortar en trocitos el conejo y meterlo en la olla, salía de la barraca al exterior. Sin dudarlo, la siguió.

De pie, con los brazos cruzados, la mujer miraba al horizonte. Ya había anochecido completamente y el cielo era un espectáculo de brillantes estrellas. Alrededor se oían risas, conversaciones y cantos de varios grupos de milicianos, invariablemente reunidos alrededor del fuego. Si hubiesen olvidado el porqué de su presencia allí, habrían disfrutado del momento, como colegiales de excursión o pastores en plena acampada de trashumancia. Pero era precisamente la toma de conciencia de la situación en la que se encontraba la que había hecho que Montserrat se preocupara.

Antonio se acercó silenciosamente a su lado, comprobando que tenía los ojos brillantes y la mirada triste. Montserrat no se esforzó en disimular su mal momento como hubiera hecho con cualquier otro miembro del grupo. Desde que Antonio la había liberado, un vínculo especial la había unido a él, y, a pesar de no haber hablado mucho, lo cierto era que sentía que aquel hombre era diferente a los demás.

Con Antonio al lado, inmóvil y mudo, Montserrat se sintió apoyada y comprendida. No le hubiera hecho falta nada más, pero el miliciano fue más lejos.

—¿Cuándo me vas a contar la verdad, Montse?

Montserrat se giró hacia él, asustada.

—¿Qué quieres decir?

—Sabes bien lo quiero decir. Solo si me cuentas la verdad te podré ayudar. Tú no quieres ser una miliciana, ni siquiera creo que quieras matar a nadie. Tú no perteneces a esto. Tú no quieres pertenecer a esto. Montserrat, la curiosidad que despertáis en el grupo no va más allá del tono que tendrán vuestros pezones, o la intensidad con la que os entregáis a los hombres. Yo soy de esa especie rara de hombres a los que hay que alimentar intelectualmente, y tu historia, si me permites, es la más simple, contradictoria y falsa de cuantas se han fabricado últimamente. —Montserrat titubeó visiblemente—. Cuéntamelo. Tú sabes que no soy como ellos. Montserrat, ¿qué hacías en Navalviento?

—Por favor, no preguntes más. Sí, no quiero matar. Odio la guerra, odio todo esto. Creo que todo el mundo está manipulado, que los que mueven los hilos no morirán por los ideales que promulgan, que somos peones, unos y otros, y que cuando acabe esto, nadie sabrá cómo empezó, pero todos habremos perdido. Estoy asustada y estoy triste. Triste por veros día a día acercaros a la muerte, tan jóvenes, tan buenos y tan inconscientes. Es horrible.

Antonio suspiró. Él sí quería luchar y veía en cada paso que daba un avance en la dirección correcta, pero entendía también que no todo el mundo estuviera dispuesto a dar el todo por el todo, a olvidar la humanidad, a aislar la parte del cuerpo en la que viven los escrúpulos y la moralidad. Aunque sospechaba que se hacía a diario, no se podía obligar a nadie a matar. Todos debían colaborar, pero una guerra ofrecía muchas posibilidades para ello, incluso sin realizar el «trabajo sucio». Qué demonios, ¡eran mujeres! ¡No se podía pretender que saltaran de las labores y la cocina a las trincheras tan fácilmente!

—De acuerdo, entonces. Te prometo que nadie te obligará a entrar en acción si yo lo puedo evitar. Procura mantenerte ocupada. Que todos noten que eres imprescindible en la retaguardia. ¿Sabes? Yo antes trabajaba en una fábrica. Nos enfadábamos porque los camioneros que traían el material siempre estaban limpios y descansados, mientras nosotros nos llenábamos de polvo blanco y veíamos cómo nuestros huesos se entumecían a diario, pero si ellos no hubieran traído el material, la producción se hubiera parado. Y hubiera pasado lo mismo con todas las fábricas de Villanueva. Hazte imprescindible en lo tuyo y nadie te obligará a hacer otras cosas.

Montserrat se giró hacia Antonio con una súbita sonrisa en la cara.

—¿Villanueva? ¿Villanueva, la Villanueva del Garraf? ¿La de al lado de La Geltrú?

4

I

Las familias Bultó-Marqués y Sagnier se habían adaptado la una a la otra con perfecta armonía. Llevaban ya diez días juntos y a diario confirmaban la idoneidad de aquella convivencia.

Se habían dividido la villa por plantas. En la planta baja vivía la duquesa Skosrev, propietaria; en la primera planta se habían instalado los Bultó-Marqués, y en la tercera, bastante apretados en las habitaciones abuhardilladas originalmente destinadas al servicio, dormían los Sagnier. Pese a que cada familia tenía su zona bien acotada, convivían unos con otros en una especie de distinguida comuna e incluso la duquesa, que sospechaban sabía más español del que mostraba, se unía a las tertulias en el salón y a las largas y multitudinarias comidas.

La villa había sido construida por la suegra de la duquesa cuando la indolente nobleza rusa disfrutaba de una fuente inagotable de rublos que llenaba sus cuentas bancarias y posibilitaba todas sus excentricidades. Pero entonces vino la revolución, el exilio y el fin de sus ingresos. Para colmo, su moneda perdía valor a diario y habían esperado sin éxito a que se recuperase. Cuando se percataron de que no podían esperar más a cambiar sus rublos, ya eran mucho más pobres de lo que nunca soñaron. Habían reducido el servicio poco a poco hasta quedarse únicamente con el mayordomo, vendidos sus cuadros de maestros eslavos y dejado que el jardín se liberara del estricto control de los jardineros hasta convertirse en una pequeña selva, con fuentes secas llenas de hojarasca y estatuas derribadas por la maleza. Con todo, la casa mantenía cierta dignidad.

El suelo de la planta baja estaba completamente realizado en roble francés, con incrustaciones de madera de raíz y diferentes dibujos de elaborada geometría, que crujía cuando lo pisaban pero que aún conservaba un brillo matizado por el desgaste. Las ventanas estaban enmarcadas en columnas con hojas de acanto doradas, que sostenían techos pintados al fresco y rematados por recargadas yeserías y rosetones, de los que colgaban magníficas arañas de cristal. Todo levemente oscurecido y carente de brillo pero presente.

Quizás el elemento más destacable del interior fuera la escalera de doble revolución por la que se accedía a la primera planta. Diseñada con *boisseries* de la misma madera de roble que el suelo de la planta baja pero dividida en cuarterones de diferentes tamaños, parecía más apropiada para una dacha a las afueras de Kiev que para una villa de la Riviera italiana. A mitad del tramo de escaleras colgaba, dorado y barroco, el escudo con el águila bicéfala de la duquesa.

Todo había languidecido durante años hasta la inesperada aparición de las dos familias españolas.

Inés no sabía si la casa iba retomando poco a poco algo de su antiguo esplendor, o si tras diez días de habitarla ya se había acostumbrado a las roídas tapicerías y los desteñidos papeles que la decoraban. Lo que sí podía asegurar es que ahora la Villa Skosrev estaba limpia, pues en el proceso habían participado todos. La mañana después de llegar, tras una reunión de las tres mujeres de la casa, en la que seguramente solo intervinieron su madre y doña Blanca, se les reunió a todos y empezaron a limpiar años de polvo y suciedad. Arremangadas y de rodillas habían fregado el suelo, levantado los muebles, cepillado las alfombras y limpiado uno por uno los cristales de las pesadas arañas de cristal que decoraban los salones. El resultado del mayor de los trabajos físicos al que las mujeres de aquella casa se había enfrentado nunca había sido satisfactorio en todos los aspectos, esencialmente en el de acondicionar el único hogar que tenían en esos momentos, pero también en el de hacerles sentir útiles y válidas.

La anfitriona era una persona enigmática que a Inés le intrigaba. Quizás a ello colaborara la barrera de la lengua (la duquesa, como la mayoría de la nobleza rusa, se comunicaba en francés), la edad y la huidiza personalidad eslava de la mujer, pero esas tres barreras no habían sido inexpugnables para su madre y doña Blanca, que cada tarde, a la hora del té, se sentaban con la anciana en torno a una mesa camilla colocada frente a la galería que daba al jardín y departían durante horas. Normalmente la duquesa era la que hablaba, mirando hacia el jardín, casi susurrando, mientras las españolas, reclinadas sobre ella le escuchaban atentamente y se ocupaban de que no le faltara nada. Nadie dudaba de que lo que aquella anciana contaba a doña Blanca y a su madre les interesaba, pues era una cita a la que ninguna de las dos faltaba nunca.

Por su parte, los hombres se habían adjudicado la domesticación de la selva tropical que aquella villa tenía por jardín, mientras ultimaban la organización de su viaje a España para presentarse a las filas del ejército nacional. Lo trabajaban cada día con ahínco, organizados en diferentes grupos dirigidos por Fernando Sagnier.

A partir de las difusas indicaciones de la duquesa, habían descubierto, pegada a la tapia y tapada por una maraña de madreselva que la cubría por completo, la caseta del jardinero, en la que se almacenaban las herramientas. Invirtieron toda una mañana en conseguir meter por una de las ventanillas al minúsculo Juan Sagnier para que les sacase unas tijeras de podar que les permitieran cortar las plantas y acceder a la caseta, pero, desde entonces, el jardín iba retomando su forma y poco a poco aparecían las fuentecillas y bancos que lo poblaban. Además, se divertían. Inés oía con frecuencia, mientras ayudaba en la cocina o en cualquier otra parte de la casa, a los hombres reírse a carcajadas en torno a alguno de los niños o con cualquier anécdota que su nueva labor les propiciaba. Sabía reconocer la risa de Pablo Bultó al segundo.

La relación de la joven con los Bultó-Marqués era cordial, pero no conversaba mano a mano con ninguno de ellos como hacía su madre. A pesar de su amabilidad extrema, doña Blanca le infundía un respeto que no propiciaba la conversación distendida. La señora se deslizaba silenciosamente por la casa, ocupándose de que todo estuviera perfecto y no les faltara de nada, señalando discretamente las cosas que estaban fuera de sitio o se debían mejorar y solo se trataba de igual a igual con sus padres. El resto del tiempo, cada día y sin falta, doña Blanca escribía muchísimas cartas, tantas que todos se preguntaban a dónde irían a parar tal cantidad de misivas. Por su parte, Adela Bultó, su hija, parecía traumatizada por sus últimos días en España y permanecía horas y horas en su habitación o en un balancín en una esquina del salón rezando el rosario. Era beata hasta la extenuación y la última persona con la que huir del aburrimiento.

Pablo captaba su atención con cada movimiento, cuando en pantalón corto limpiaba el jardín, cuando entre carcajadas jugaba con sus hermanos pequeños e incluso cuando su cabeza estaba en España y se sumía en silencios y malos humores; incluso entonces, el joven Bultó (como le llamaba su madre) ejercía sobre ella un magnetismo que nunca nadie le había transmitido. Sin ser guapo, le parecía el más elegante. Sin ser gracioso, le parecía el más divertido. Sin ser pedante, le parecía el más inteligente. Se estaba enamorando de un hombre para el que ella era absolutamente invisible, y cada vez le era más difícil no reconocérselo a sí misma.

Aquel día habían acabado tarde de comer por culpa de una discusión vacía de las dos mujeres de la casa sobre la pasada temporada de ópera del Liceo de Barcelona, centrándose en la brillantez de una u otra representación y obviando el hecho de que el teatro había sido expropiado y que los palcos ricamente decorados de sus familias acogían ahora a gentes ajenas al lugar en el renombrado «teatro del pueblo catalán».

Cuando parecía que el resto de los que asistían como invitados de piedra a aquella discusión iba a quedar definitivamente sumido en el más profundo de los sueños, las dos mujeres se levantaron y se retiraron al salón para continuar hablando, dejándoles, al fin, libres. Con una sonrisa de alivio, cada uno acudió a su habitación para la siesta, descansar y refrescarse.

Inés subió a la zona de servicio que les acogía y se echó sobre su colcha blanca de algodón. En la cama de al lado, su hermana Lucía, que pese a las frugales comidas de aquella época de escasez conservaba su aspecto orondo, enseguida se quedó dormida y, casi de inmediato, empezó a roncar arrítmicamente.

Cuando su hermano Joaquín no podía dormir, muchas veces argumentaba que era porque «tenía la cabeza llena de pensamientos», y pensó que aquella era una frase que se adaptaba perfectamente a lo que le pasaba a ella en esos momentos. Aunque el letargo le atrapaba después de comer, ayudada por los ronquidos de su hermana Lucía y de cientos de preguntas que merodeaban por su cabeza, le era imposible conciliar el sueño. Aguantó aún veinte minutos intentándolo, dando vueltas sobre su cama y tapándose los oídos con la almohada antes de darse por vencida y salir de la habitación para bajar a la planta baja en dirección al jardín.

Por el camino se cruzó con el anciano mayordomo de la duquesa Skosrev, que a sus casi ochenta años la saludó reverencialmente, aun a riesgo de partirse la espalda mientras se apartaba contra la pared para dejarle paso. En un extremo del salón vio a Blanca Marqués, escribiendo cartas, como hacía cada vez que estaba sola. Salió y se sentó en el exterior sobre uno de los escalones que daba acceso al jardín. En pocos días el parquecillo que rodeaba la mansión parecía otro. Los hombres de la casa se habían aplicado y sus esfuerzos se notaban en cada esquina, en la que aparecían fuentes olvidadas y estatuas de mármol enmohecidas. Pensó que la guerra tenía el poder de sacar lo mejor y lo peor de cada uno, de mostrar virtudes y habilidades que hasta entonces habían permanecido ocultas y también, claro, aspectos monstruosos e inhumanos como los que habían llenado el corazón de algunos de los buenos hombres de Puigcerdá. Ella, hasta entonces, nunca había limpiado ni ayudado en la cocina, pero había aprendido. Su padre tampoco había hecho más que supervisar el trabajo de sus jardineros hasta llegar a San Remo, y ahora, en cambio, podaba y arreglaba plantas y árboles como lo hubiera hecho un profesional. La necesidad era la mejor maestra.

Absorta, con «la cabeza llena de pensamientos», cerrando los ojos para respirar el aire fresco de aquel oasis de San Remo y esforzándose por oír en la lejanía el sonido del mar, Inés no se dio cuenta de que alguien se sentaba a su lado.

Abrió los ojos y giró la cabeza lentamente. Junto a ella, ataviado con unos pantalones de lino, una camisa arremangada y tocado por un sombrero de paja, estaba Pablo, sonriente y en silencio, con sus ojos azules, vivos e inteligentes, escrutando cada árbol, planta y hierba del jardín. Inés pensó que así era él. Cercano y silencioso, pensativo y simpático a la vez.

—Pablo, eres más silencioso que un gato. ¿A ti te parece que esas son maneras de acercarse a una señorita?

El papel de modosita cada vez iba menos con ella. A Pablo le hizo gracia.

—Inés, perdona, creía que había encontrado a una de las pocas personas capaces de dormirse sentadas y rígidas en una escalera. ¿Qué haces?

—Mi hermana Lucía. Bueno, qué más da. Mi hermana Lucía hace ruido.

—¿Quieres decir que ronca?

Pablo pensó en que a aquella chica le pegaba mucho roncar.

—Bueno, sí, un poco, pero no lo digas. No sabes lo que echo de menos mi habitación de Puigcerdá. Allí dormía tan bien y tan tranquila. Creo que si no deja de roncar en algún momento será una víctima más de esta guerra porque la mataré con mis propias manos.

Pablo rio de aquella manera que Inés adoraba.

—No puedo parar de reír. Pero, bueno, Inés, ¡no te conocía yo ese ímpetu!

—Pablo, mira qué cara tengo. ¡No duermo! Y es una de las cosas que más me gusta. No me importa barrer, fregar platos. No me importa dar conversación a la duquesa, aun sin entenderla bien nunca. No me importa tener que usar la misma ropa día tras día, pero no dormir es algo que me cambia el humor. Maldita Lucía.

—Inés, tienes una cara preciosa. Aun sin dormir.

Un piropo. Un piropo de Pablo. Le había dicho que estaba preciosa. Trató de no ponerse nerviosa y cambió de tema.

—Lo que si se está poniendo verdaderamente bonito es el jardín, ¿no te parece?

Pablo se la quedó mirando.

—A mí me parece que lo más bonito de esta casa eres tú.

Inés bajó la cabeza, sonrojada. Aquella no era la manera de cortejar a una chica con la que apenas había hablado hasta la fecha. La guerra todo lo apremiaba, pero no iba a aguantar que se le dirigieran así con tanta facilidad.

—Pues a mí lo que me gusta es el jardín. De todas formas, creo que prefiero ir a despertar a Lucía a ver si le apetece a ella bajar a verlo y dejarme a mí dormir un rato. Subo a mi habitación, posiblemente baje mi hermana a acompañarte.

Pablo torció el gesto pensando en la oronda hermana de Inés, que no pudo evitar sonreírle abiertamente leyéndole la mente.

—Me ha gustado verte. Ojalá aún os quedéis unos días antes de iros al frente. Subo. ¡Adiós!

Se alejó, contenta y triunfal, pero nerviosa como nunca antes.

II

Las columnas que habían partido desde Barcelona se habían ido repartiendo por el frente aragonés con el objetivo de recuperar para la República Huesca, Jaca y Zaragoza. A la columna Ascaso, a la que pertenecía Antonio y la pequeña milicia de Joan Pou, se habían incorporado otras tres: la columna Lenin, la columna Marx y la de los Aguiluchos, todas destinadas a la recuperación de Huesca. El contingente tenía un punto curioso en el enorme número de milicianos italianos que lo formaban, jóvenes que ya habían visto el fascismo triunfar en su país y estaban dispuestos a entregar su vida para evitar que pasara lo mismo en España. Habían sido de los primeros extranjeros en sumarse a la causa española y despertaban la admiración de todo el ejército, que además disfrutaba con la compañía de aquellos hombres, parecidos a ellos en tantas cosas. Antonio convivía a diario con los italianos del llamado batallón Mateotti.

La marcha se realizaba bajo el calor sofocante del agosto español, con el sol abrasando un terreno pardo y pedregoso sobre el que los pesados pasos de las milicias les acercaban poco a poco a su destino final.

Todos, Antonio el primero, parecían querer apartar de sus cabezas el crucial momento que les aguardaba. Tras más de un mes de marcha, finalmente entrarían en batalla. Hasta entonces la guerra había sido para ellos una especie de pantomima en la que siempre, superiores en número y frente a un enemigo raras veces armado, resultaban victoriosos. Paseando cómodamente en la retaguardia republicana, alejados del frente, habían incautado fincas y fábricas y también, claro está, habían ajusticiado a algún enemigo, aunque el fervor inicial, por lo menos en el caso de Antonio, se había apagado significativamente. En sus frecuentes pesadillas aún veía a mosén Jaume, humillado y amenazado frente a la iglesia de Cubellas, y secretamente deseaba no tener que repetir escenas como aquella.

Su objetivo inicial era Almudévar, situado al suroeste de Huesca. Se trataba del último pueblo antes del Monte Pelado, donde el ejército sublevado había establecido la línea de defensa de la ciudad. El lugar, un monte de escasa vegetación, era idóneo para el objetivo que los nacionales se habían marcado, ya que el promontorio dominaba gran parte del terreno que lo rodeaba y permitía divisar al enemigo —a ellos— desde lejos. Era el enclave perfecto para iniciar la reconquista de la ciudad, aunque sabían que no sería fácil. El que se hacía llamar ejército nacional contra el que luchaban, había posicionado, resguardado por troncos de poca envergadura que habían colocado sobre el suelo, al 39 regimiento, formado por alrededor de seiscientos cincuenta soldados, comandados por el teniente Carlos Sánez. Frente a la privilegiada posición de su enemigo, les consolaba el hecho de contar con un contingente de soldados mucho mayor, con más de dos mil republicanos dispuestos a dar un importante paso en la recuperación de Huesca.

Eran jóvenes e inexpertos, y lo sabían. Apenas cuatro sesiones de tiro con sus viejos fusiles Mauser, iguales a los que habían utilizado sus abuelos en la guerra de África, deberían ser suficientes para librar aquella batalla, para la que Antonio esperaba que su enemigo estuviera igual de mal preparado.

Se estaba a punto de enfrentar al que hasta la fecha sería el momento más crucial de su vida, y lo hacía sin equipación y escasamente informado. Posiblemente aquella era una de las características del soldado raso, disponer de una información lo suficientemente limitada como para no cuestionarla. Recibir órdenes sobre una acción de la que no se conociera ningún detalle predisponía mejor a acatarla sin rechistar. Aunque el ejército republicano tenía muchas cabezas y multitud de corrientes ideológicas (a veces enfrentadas), por lo menos en la columna Lenin, Antonio percibía bastante orden y suficiente borreguismo para afrontar la batalla como una unidad y con un mando y una estrategia única, así que algo era algo.

Llegaron a Almudévar a última hora de la tarde y se instalaron en un llano que había pasado el pueblo. Como siempre, el grupo que lideraba Joan Pou y del que era parte Antonio, se organizó para dormir y cenar. Montserrat y Arancha no pudieron condimentar la escasa ración de comida que les había sido asignada a cada uno, ya que el terreno alrededor era yermo y seco y el sol había abrasado una vegetación ya de por sí exigua, así que se tuvieron que conformar con el rancho, un potaje de berza y judiones que incluso entre gente humilde y poco acostumbrada a la buena mesa como ellos, resultaba insípido y poco atractivo. Al acabar la cena, cansado y nervioso a la vez, Antonio decidió dar una vuelta por el campamento, donde las carcajadas y las conversaciones en corrillos alrededor de las hogueras ocultaban con dificultad la tensión latente. Se separó un poco de la multitud y se sentó en una pequeña loma, en dirección al Monte Pelado, donde el enemigo les aguardaba. Pensó que posiblemente los hombres a los que debía eliminar estarían haciendo algo parecido a ellos en aquellos momentos, quizás también nerviosos, cansados y frugalmente alimentados, esperando un futuro tan decisivo como incierto.

Respiraba el aire fresco de aquella noche de verano cuando el aroma de un cigarrillo le llegó a la nariz.

—*Tabacchi?*

Un joven de alrededor de veinte años, alto y espigado, de nariz respingona y aspecto atlético, le miraba de pie y hacia abajo, a su lado. Era italiano, sin duda.

Antonio no fumaba, pero aquello era una invitación a la conversación, así que con una sonrisa asintió. El italiano le alargó una pitillera de cuero en cuyo interior de terciopelo beige aguardaban los cigarrillos, al tiempo que se sentaba a su lado. Hablaba español con el marcado acento del que raras veces se deshacen los italianos.

—*Nervoso?* Tú no estás solo. Aquí todos estamos *nervosos*. Pero el *tabacchi* relaja, ¿eh?

—Estoy nervioso, claro que sí. —Le dio la mano amigablemente—. Me llamo Antonio.

—Soy Guido, *piacere*.

La guerra daba aquellos momentos de complicidad, de apertura del corazón a los más absolutos desconocidos. A veces era más fácil mostrarse tal como uno era a alguien que no tuviera ningún concepto creado sobre quien tenía enfrente. Antonio inició la conversación.

—Estoy nervioso, pero estoy sobre todo intranquilo. Es por mi ignorancia. Ignoro lo que me espera mañana, ignoro cómo usar este fusil con seguridad, ignoro cuál es la estrategia, cómo dispondrán de mi vida personas que no me conocen. Ignoro si soy valiente o cobarde. Ignoro si valgo para esto.

El italiano se quedó callado. Se hubiera desenvuelto mejor hablando de mujeres que consolando a un hombre mayor que él, necesitado de un consejero, un confesor al que contar sus penas en aquella noche crucial, pero hizo lo que pudo. Posiblemente solo con escuchar ayudara ya bastante, pero decidió abrirle su corazón.

—Sabes, yo también estoy *nervoso*. Tampoco he disparado mucho y *non conosco* la técnica de la guerra. Pero Italia ya es fascista y si *Spagna* cae, el *terrore* se instalará en el Mediterráneo. Vosotros no sabéis cómo es el monstruo contra el que os enfrentáis. El fascismo es odio, es falta de *libertá*, es la *fine de l'alegria*. El *fascio* crea esclavos y enemigos en amigos. Lo que pase en *Spagna* cambiará el *mondo*. Tú luchas por mantener la legalidad del *governo* que votasteis, yo no lucho por el *tuo governo*, yo lucho contra el monstruo que ocupará *il suo* lugar si no lo detenemos.

Antonio miró al joven a la cara.

—Es muy valiente lo que hacéis, Guido. Estamos emocionados por la cantidad de camaradas italianos que hay aquí. Si despertamos la misma sensibilidad en otros rincones del mundo, no tendremos rival.

Le pareció que Guido se apesadumbraba y ponía más serio.

—Antonio, la *implicazione* del exterior, de *Germania*, de la Unione Sovietica, *de l'Italia, degli inglesi, di tutti, dei giovani* como yo pero *specialmente dei governi*, pueden hacer ganar o perder esta guerra. Europa huele a guerra y ojalá baste con esta para eliminar este *odore*, pero *non ci credo*. Esto acaba de comenzar, pero te deseo toda la suerte. Que esta guerra sea corta, que gane la *giustizia* y que Europa se serene. Vosotros no sabéis nada, pero en mi país ya conocemos al fascismo, y solo puede llevar al *orrore*.

—¿Tú has entrado en combate alguna vez?

—No muchas, no. Algunas pequeñas emboscadas contra *carabinieri*, al principio de todo. Poco importante. Pero *alla fine*, la guerra la gana el que se queda vivo al final de la batalla, ¿no? Es simple, Antonio. Tú permaneces vivo, y si muchos como tú de nuestro bando permanecen vivos, más que en el otro bando, ¡victoria! ¿No?

Qué simple era todo a los veinte años. Aquel joven estaba a punto de echar a perder su vida por un país que apenas conocía, movido por unos ideales que muchos de sus camaradas no compartirían. Antonio sintió pena por sí mismo, por Guido y por todos los que le acompañaban. Intentaría sobrevivir a la batalla, claro, pero estaba seguro de que la situación era mucho más compleja de lo que planteaba el italiano, aunque quizás no fuera el momento de discutir.

—Gracias, Guido. Visto así, parece fácil... —Decidió abordar temas en los que Guido tuviera más experiencia—. ¿Y mujeres? ¿Ya has probado a la mujer española?

Se le iluminó la cara.

—¡Ahhh, Antonio! ¡Claro! ¡Son calientes y aman la vida y el *amore! Eravamo* en Mataró cuando una *ragazza...*

Divertido, Guido se explayó a su lado explicándole los detalles más íntimos de cada una de sus operaciones de conquista del sexo opuesto. Si aquel joven tenía un cuarto de la pericia de la que alardeaba con las mujeres en el campo de batalla, el Monte Pelado no tardaría en caer en sus manos. Moviendo las manos, a veces de pie, gesticulando e imitando posiciones sin vergüenza, entre sonoras carcajadas y susurros libidinosos el italiano no dejó ni un detalle de sus muchas, variadas y probablemente exageradas experiencias.

A las dos horas Antonio se despedía de Guido con un fuerte abrazo, agradecido por el buen rato de risas y conversaciones subidas de tono de aquella noche. Despistada temporalmente su intranquilidad, un poco más animado para volver a dormir con su grupo, pensó: «Un figura este Guido» mientras se alejaba sonriente y divertido.

Eran aquellos momentos, aquellas personas, las que hacían que la guerra, en los prolegómenos de la batalla, fuera soportable. No era fácil encontrar a personas con las que hablar de algo que no fuera política, de noticias de acciones bélicas en uno u otro punto de España o de las calamidades de los nacionales, pero cuando lo hacía, cuando encontraba una conversación que versaba sobre otros temas, la disfrutaba palabra a palabra y la recordaba durante días.

Aun así, Antonio se reconocía afortunado por contar con Montserrat en su grupo. Habían descubierto que tenían mucho en común, a pesar de la disparidad de sus vidas. De entrada, aunque Montserrat era barcelonesa, conocía con asombroso detalle Villanueva, La Geltrú, Cubellas, incluso Cunit. En general, no había rincones del Bajo Penedés que le fueran ajenos, por lo que, cada vez que podían, recordaban con añoranza aquellos paisajes. Montserrat le había contado que su familia tenía una pequeña casa de labranza en los alrededores de Cubellas, pero no consiguió describir bien el lugar y Antonio no supo adivinar de cuál se trataba. Para mayor satisfacción del joven, los recuerdos que Montserrat tenía de la zona eran del tiempo anterior a su ingreso como novicia, por lo que la recordaba antes de que el clima bélico la cambiara completamente, con postales cándidas, amables y vírgenes.

Llegó al grupo cuando ya todos dormían en sus rudos sacos, con el pestilente Ezequiel convenientemente alejado de todos entre pedos y ronquidos y las dos mujeres acurrucadas la una contra la otra. Se echó en el saco, cansado, un poco más tranquilo y antes de quedar completamente dormido, se sorprendió a sí mismo rezando mecánicamente un padrenuestro. En la duermevela anterior a su sueño, se dijo que no creía ni en Dios ni en la Iglesia, pero que, por si acaso, aquella oración supersticiosa tampoco podría hacerle ningún mal.

III

A las doce y media de la mañana del día siguiente llegaron al Monte Pelado, y casi inmediatamente empezó la batalla. Antonio, como muchos de sus compañeros, recién iniciados en el campo de batalla, no podía creer la locura de aquel momento.

Locura era la palabra. Todos, del primero al último habían abandonado cualquier resto de humanidad e intentaban avanzar en dirección a la cima del monte al tiempo que descargaban sus fusiles contra el enemigo, fuera quien fuera la persona que lo encarnase, en lo alto de aquel lugar. A la vez, las descargas de artillería se repetían una detrás de otra desde los diez cañones que intentaban cubrir a los soldados. El lugar era lo más parecido al infierno que nunca hubiera visto. El ruido era ensordecedor y no había un tramo de terreno del que no saltasen montones de tierra y piedras con cada explosión, al tiempo que todos, arrastrándose mientras avanzaban, buscaban rocas y repechos en los que resguardarse, haciendo oídos sordos al sonido seco y amortiguado que producían las balas al atravesar los cuerpos de sus compañeros. Sabían que los superaban en número, pero la inferioridad de su posición y su exposición al enemigo hacía que cayeran como moscas, uno tras otro.

Antonio estaba concentrado en disparar y en sobrevivir, asustado entre los silbidos de las balas que le rozaban las orejas y que, por algún capricho del destino, había conseguido esquivar hasta el momento. Llevaba una hora y pico plenamente integrado en la aterradora vorágine de la guerra. Apenas noventa minutos que le habían cambiado totalmente, no estaba seguro de que para bien. Aun a costa de grandes bajas, el ejército republicano mantenía la línea de fuego, lo que, pese a todo, era un éxito. Arrastrándose, encontró resguardo tras una roca que apareció casi providencialmente cuando empezó a sentir que sus fuerzas flaqueaban y se apoyó en ella sentado, de espaldas a la cumbre y a salvo, al menos momentáneamente, del enemigo. Respiraba más rápido de lo que hubiera hecho tras correr durante horas, con una mezcla de cansancio físico y mental que no había sentido hasta la fecha. Apoyó la culata del fusil en el suelo y con las dos manos se cogió a él descansando la cabeza. No se había recompuesto cuando alzó la cabeza para ver el terreno que tenía a sus pies.

El Monte Pelado era una fiel representación de la destrucción, la muerte y el terror. Los cadáveres se esparcían por un terreno yermo y pedregoso en constante explosión, que derramaba pedruscos y tierra sobre cuerpos mutilados. Soldados más cerca de la muerte que de la vida se arrastraban sin rumbo mientras algunos valerosos portaban a cuestas a compañeros que chorreaban sangre. Todo, mientras una incesante riada de hombres aún enteros seguían luchando por un monte cuya existencia desconocían hasta hacía muy poco. Antonio sabía que aquel día marcaría todos los que viviera hasta su muerte, si es que no moría esa misma mañana.

Entre el silbido de las balas y el azote de los proyectiles, junto a él, reptando como una culebra en dirección a la roca que le protegía apareció una cara conocida.

—¡Guido, esto es terrible!

El guapo italiano, que la noche anterior le había parecido preparado para pasear por la calle mayor en busca de una nueva conquista, aparecía frente a él con la cara cubierta de tierra, las cuencas de los ojos ennegrecidas, sudado y sin rastro del espíritu orgulloso y chulesco que había mostrado a Antonio.

—È l'inferno, Antonio, è l'inferno!

Los dos hombres habían encontrado refugio en el mismo punto del campo de batalla, separados a menos de un metro de distancia tras la misma roca, contra la que se apoyaban mientras respiraban con ansiedad. Pese a estar al lado, la curvatura de la piedra hacía que solo se vieran las piernas mutuamente, por lo que se comunicaban a gritos entre el furor de pólvora que les rodeaba. Antonio necesitaba noticias.

—¿Guido, estamos ganando?

—¡Antonio! ¡Eso no lo sabe nadie! ¡Yo solo veo nuestros muertos y son muchos! Pero un camarada me ha dicho que hemos anulado ya dos tanques, *ma chi lo sa!* Y que estamos provocando muchas bajas, ¡hay que aguantar como sea! Recuerda, el que más vive es el que gana. Tú mantente vi...

En ese momento un proyectil cayó a pocos metros detrás de la roca en la que se encontraban, un poco a la derecha y frente a ellos. En el impacto con el suelo de aquella pequeña estribación del Monte Pelado volaron todo tipo de piedras, cascotes y, en un espectáculo dantesco, los cuerpos de varios soldados republicanos que avanzaban por la zona. Para ellos la batalla había acabado. Para Guido y Antonio también.

IV

Abrió los ojos, aturdido, pero solo obtuvo una visión borrosa a través de uno de ellos. Un techo de lona caqui resguardaba la camilla empapada de sudor sobre la que se encontraba con un trapo húmedo sobre la frente. Un olor pegajoso, espeso y dulzón lo envolvía todo. Quiso incorporarse pero no tuvo fuerzas para hacerlo. Le dolía todo. Enseguida una voz familiar acudió a su encuentro. No supo identificar a la persona de la que procedía, pero había escuchado aquella voz antes, quizás en sueños, quizás toda su vida, no sabía bien.

—Antonio, ¿cómo te encuentras? —No tenía fuerzas para hablar. Supuso que el estado en el que se encontraba era seguramente más fácil de diagnosticar para quien le hablaba que para sí mismo—. Hemos estado muy preocupadas por ti, pero la suerte ha estado de tu lado esta vez. La roca a los pies de la que te encontraron te protegió y te ha salvado. Tienes un golpe en el hombro y en todo el costado bastantes heridas, pero te recuperarás. Lo que más nos preocupaba era la pierna, que no está rota, pero tenía una herida que daba miedo verla y por la que perdiste mucha sangre, pero no te preocupes por eso tampoco. Unos días más de reposo y estarás listo de nuevo para, bueno, para lo que sea. Te hemos vendado la frente y el ojo derecho, que se ha salvado de milagro porque lo tenías amoratado e hinchado como una pelota.

Súbitamente le surgió una duda.

—¿Ganamos? ¿Ganamos la batalla?

Montserrat se esforzó en ser positiva. Siempre le recriminaban su franqueza, pero se dijo que en esos momentos la cruda verdad no podía ayudar en nada.

—Ganasteis. En el Monte Pelado no queda ni resto del ejército fascista.

Antonio esbozó una pequeña sonrisa. No estaba seguro de haber ayudado mucho a aquel fin, pero por lo menos lo había intentado. Qué demonios, casi había dejado su vida en ello, y así se encontraba ahora, magullado y dolorido, sin fuerzas para nada y en un lugar que no conocía. Como si con aquella sonrisa hubiera agotado sus escasas energías, volvió a cerrar los ojos y se quedó profundamente dormido de nuevo.

Montserrat creía que no solo no le había contado a Antonio toda la verdad sino que le había mentido. Sí, en términos militares la batalla había concluido con la victoria republicana, pero ¿podía considerarse un triunfo una acción en la que había perdido la vida tantísima gente? ¿Qué fin podía justificar la crueldad con la que unas personas que no sabían nada de las otras se mataran sin piedad? Las bajas en el lado republicano se habían contado por centenares, las del bando nacional, en prácticamente todo el regimiento, más de seiscientas almas.

Al finalizar la batalla habían encontrado a unos pocos supervivientes del ejército nacional resguardados en una tienda de campaña. Los habían fusilado para dar ejemplo, Montserrat no sabía muy bien de qué. La crueldad humana no tenía límites.

Pero Antonio se había salvado, y eso, aun sintiéndose culpable por su egoísmo, lo dulcificaba todo. La providencia había permitido que aquel hombre siguiera en su vida, colocándolo en el lado bueno de la roca. Porque aquella piedra también tenía un lado malo, en el que Guido se había refugiado, y que había recibido el impacto de todo lo que el proyectil se llevó a su paso. Mientras Antonio quedaba protegido y recibía solo los restos que, rebotando contra el terreno, habían impactado con menos intensidad contra su cuerpo, Guido era masacrado. No pudo creer su suerte. Tan solo unos metros de distancia habían supuesto una diferencia abismal. Guido había muerto en el acto. Y Antonio estaba vivo y allí, a su lado.

V

Mosén Campo llevaba ya casi dos meses conviviendo con los Marçal, arriesgando cada día su propia supervivencia en dicha convivencia. Muchos de los miembros del clero habían muerto a lo largo de la historia por su desinterés general en la vida terrenal, que les hacía tomar riesgos innecesarios y renunciar a todo el temor a la muerte, pero aquel no era su caso. Amaba la vida y deseaba exprimirla al máximo antes de ir al cielo, por lo que extremaba las precauciones para que ni él ni sus huéspedes fueran descubiertos. Lamentablemente, los Marçal no actuaban con la misma cautela. Los dos jóvenes hijos de Pedro Marçal eran cada vez más ingobernables y soportaban peor las largas horas en el interior de la cueva. Mosén Campo salía de la misma solo para hacer sus necesidades, comprobar si algún animal había caído en alguna de las trampas que había colocado en el bosque y sondear el territorio desde la copa de uno de los árboles de la cima, pero Josep y Pedro Marçal, cada vez se alejaban más de la cueva y pese a que más tarde les amonestaba, lo cierto era que tenía tan poco poder sobre ellos como su propio padre, que se disculpaba a diario por la actitud de los jóvenes.

Aquella tarde de agosto, alrededor de las cinco, el comité de Cubellas volvía una vez más al Mas d'en Puig. La masía, elevada sobre un alto margen de piedra, era una atalaya privilegiada que vigilaba los campos a sus pies, una extensión de un centenar de hectáreas que ocupaba los últimos metros de terreno arable antes del mar. La vista era magnífica y el mar era un recuerdo permanente de las cosas que ni siquiera aquella guerra podría cambiar, pero los campos, que hasta hacía poco mostraban un aspecto ordenado y pulcro, empezaban a acusar el descuido de los jornaleros ausentes. Pero lo peor que Ángela Solá de Marçal tenía a la vista era el coche gris con las iniciales de la FAI pintadas en la puerta que se acercaba a su masía. No podía más. Aquella gente aprovechaba cada ocasión para asaltar su casa, registrarla y llevarse lo que querían con total impunidad. Odiaba a aquellos campesinos con todas sus fuerzas y a diario lamentaba no haberlos tratado peor aún de lo que ellos le habían achacado. Fuera lo que fuera lo que su marido hubiera hecho a aquella gentuza, lo merecían.

El comité de defensa local, o comité de defensa antifascista, había tomado el control de Cubellas, un espacio por el que campaban a sus anchas sin que nadie se atreviera a plantarles cara. Desde el inicio de la guerra, la villa estaba paralizada y cada acontecimiento del que Ángela tenía noticia le indignaba hasta el punto de que a veces no podía evitar golpear las puertas y tirar cosas al suelo. No, ella no estaba hecha a eso, y no, no podría acostumbrarse. A diario rezaba porque Franco ganara la guerra y ajusticiase con dolor a cada uno de los hombres que habían dedicado aquellos meses a humillarla y quitarle lo que era suyo. Y además estaban sus familiares. Su marido vivía entre el bosque y el Mas, dormía fuera de casa siempre y solo pasaba en ella el tiempo justo, cuando creía que no había peligro, con el miedo a una visita inesperada torturándole cada minuto. Sus sobrinos y su cuñado, de los que no tenía noticia, seguían metidos en la cueva de El Avenc, a la que ni ella misma sabía cómo llegar. Todo era un desastre.

Se apoyó en la escoba con la que estaba barriendo la entrada de su casa a la espera de la enésima visita del comité. Su marido estaba en el bosque y ya habría oído el coche, por lo que estaría quieto y escondido.

Llegaron hasta la puerta, como hacían siempre, rápido y levantando polvo. Frenaron bruscamente delante de ella y salieron del coche. Eran cuatro. Ángela había decidido desde el primer día que le visitaron que preferiría morir a parecer asustada o cohibida, así que enseguida dejó la escoba en un lado y cruzó los brazos con seguridad mientras miraba al grupo.

—¿Otra vez aquí? ¿Qué quieren llevarse esta vez, ¿gallinas? ¿cuadros? ¿muebles? ¿mis cubiertos? Entren y cojan lo que quieran, igual que han hecho en cada una de sus visitas, a mí todo lo material me da igual, gracias a Dios, pero está claro que a ustedes eso es lo único que les importa.

Uno de los milicianos se le acercó tanto a la cara que pensó que la iba a besar en la boca. Pero en lugar de eso la amenazó.

—No, no venimos a por más de tus mierdas. Venimos a por tu marido y el resto de tu familia, que sabemos que están por aquí. En Villanueva no los han encontrado, así que no hay mucha más opción. Ya nos estás diciendo dónde están si no quieres que te peguemos un tiro en la frente ahora mismo.

—Hagan una cosa, péguenme el tiro, que no aguanto sus caras ni un segundo más, pero antes díganme exactamente dónde están mis familiares, ya que saben tan bien dónde se encuentran. Yo no tengo ni idea.

Los milicianos sabían que aquella mujer no hablaría. Les odiaba demasiado. El odio que les tenía era mucho más fuerte que el miedo. El que le había hablado se giró hacia los otros tres.

—Registrad la casa.

Entraron una vez más en Mas d'en Puig, mientras Ángela se sentaba en uno de los bancos que flanqueaban la puerta de entrada. Estuvieron quince minutos en el interior de la casa. Al salir, los cuatro sonreían satisfechos. El que lideraba el grupo se volvió a Ángela, que le miraba hacia arriba, tapándose los ojos del sol con la mano.

—Es curioso que tengas tantos platos en el fregadero, habida cuenta de que vives sola.

La mujer no pestañeó.

—Son de varias comidas. Se me han acumulado.

—Tonterías. Pero bueno, eso da igual. También nos han gustado mucho los ramitos de lavanda que tienes en el jarrón de la cocina. Quiero que me hagas uno ahora mismo.

Ángela sintió un sofoco. El ramo se lo había traído su marido de alguna parte del bosque que no conocía. Se armó de valor.

—No. No le voy a hacer ningún ramo. Los ramos se hacen para la gente que uno quiere y yo a ustedes no les quiero.

El miliciano se giró hacia sus compañeros.

—Os lo decía. Nadie con el cabreo que lleva encima esta mujer hace ramos. Ni para nosotros, ni para sus amigos, ni siquiera para una misma. Ese ramo se lo ha traído alguien y ya podéis imaginar quién. Vamos al bosque. Mujer, eres tonta y pronto además serás viuda.

Ángela palideció.

A las nueve de la noche mosén Campo seguía estando solo en la cueva. Algo había pasado con los Marçal y estaba seguro de que no era nada bueno. Los dos jóvenes llevaban fuera de la vista desde hacía horas, tanto que su padre se había empezado a preocupar y había salido en su busca. Pero de aquello hacía también un buen rato y en las circunstancias que los rodeaban solo podía deberse a que hubieran sido capturados. Pese a que la oscuridad caía sobre él, salió en su busca como un zorro por el bosque, agachándose y escondiéndose tras los arbustos, levantando la cabeza y dirigiendo el oído hacia diferentes puntos, intentando captar al grupo.

Se arriesgó a acercarse al valle y recorrió algunos prados escondido entre la maleza. La noche vencía rápidamente al día y sintió tentaciones de acercarse a la masía de San Antonio para ver qué se había hecho de ella. Desde la cima de El Avenc, donde se escondía, podía verse la torre de la casa con claridad, y las ventanas de los últimos pisos brillaban cuando el sol les daba al amanecer, por lo que suponía que no había sido dañada severamente. Aun así, solo la extrema cautela que se había impuesto impidió que se acercase a comprobarlo con sus propios ojos.

Entonces oyó tiros.

Cuatro.

Cuatro tiros seguidos de un silencio atronador.

Olvidando por unos instantes toda precaución, se subió rápidamente a un pino para otear el terreno. A tan solo unos metros de donde se encontraba, les vio. Tendidos en el suelo, cerca de la carretera que unía Cubellas con Cunit, bocabajo pero perfectamente reconocibles por las prendas que vestían, sus tres compañeros de cueva habían sido fusilados con un tiro en la nuca. Junto a ellos, también tendido en el suelo, se encontraba un cuarto hombre. De la escena se alejaban los milicianos, andando con la tranquilidad del que sabe que se encuentra por encima y a salvo de todos. Quiso gritar de rabia, pero solo pudo derramar unas lágrimas silenciosas mientras con la mano apretaba la rama sobre la que se sostenía.

No había podido ayudar a aquella gente. Y volvía a estar solo.

5

I

Tan solo dos días después de partir de San Remo, Pablo Bultó y Fernando Sagnier habían llegado al paso fronterizo de Dancharinea, por el que multitud de simpatizantes de la causa rebelde entraban en España para alistarse en el ejército nacional. Principalmente eran españoles huidos al extranjero al principio de la contienda, pero entre los grupos que se adentraban en aquella España sangrienta también empezaban a verse jóvenes de otros países europeos, deseosos de tener un cara a cara con el ejército republicano. Incluso el príncipe de Asturias había penetrado para alistarse en el ejército nacional por aquel paso, aunque había sido rápidamente puesto en la frontera en cuanto su identidad había sido desvelada. Con todo, la insignificante localidad Navarra vivía intensamente aquel atropellado inicio de la contienda.

Los catalanes tenían la intención de presentarse en el cuartel general de Pamplona para recibir instrucciones y alistarse donde correspondiera. A ambos les tranquilizaba estar finalmente cerca de donde creían que debían estar. Cada día de estancia en la dulce Riviera italiana había supuesto una pequeña tortura para ambos, deseosos de no perderse ni un minuto más de aquellos días cruciales para su país. Como para muchos de los que compartían sus pasos y otros miles de hombres que se alistaban en ambos bandos, Pablo y Fernando veían aquella como una guerra de ideales, una lucha definitiva del bien contra el mal.

No habían tenido tiempo de conocerse en profundidad ni en las semanas previas en San Remo ni en el corto viaje desde aquel punto a Pamplona. Los largos silencios en los que por separado meditaban sobre lo que estaba por venir habían evitado el acercamiento. Estaban demasiado concentrados en su futuro como para hacer nuevos amigos, y aunque en otro momento habrían encontrado mil temas, aficiones e intereses comunes, lo cierto era que lo único que les importaba en aquellos días era entrar en batalla lo antes posible.

Llegaron a Pamplona y se presentaron en el centro de alistamiento, donde les sorprendió la cantidad de hombres de todas las edades que formaban una cola ordenada al final de la cual les indicaban su destino. Navarra entregaba el mayor número de voluntarios para las filas nacionales de toda España y el entusiasmo de los oficiales que circulaban alrededor portando la documentación de los nuevos reclutas era contagioso. En tres horas Pablo y Fernando conocían su destino. Mientras Fernando Sagnier iba a ser incorporado inmediatamente al frente, Pablo aún tendría que recibir su adiestramiento militar.

Con la llegada de la Guerra Civil, el bando nacional se vio enseguida falto de mandos intermedios, por lo que, saltándose los moldes reglamentarios, empezó a adiestrar rápidamente a jóvenes con formación media o superior para asumir esos puestos. Pablo sintió que aquella posición estaba hecha a su medida. Al acabar una formación de cuatro a siete semanas, accedería directamente al cargo de alférez, al mando de una sección. Se les llamaba alféreces provisionales porque su empleo prescribía en cuanto acabara el conflicto. En distintas ciudades de la zona nacional, conventos, palacios y escuelas se habilitaron rápidamente como academias para acoger a jóvenes como él, que movidos por una fe casi ciega en los valores que para ellos los nacionales encarnaban, luchaban con un arrojo temerario que causaba grandes éxitos a costa de infinitas bajas.

Les llamaban «cadáveres efectivos», pero a Pablo no le importó.

Al mes, marchaba hacia el frente con una orgullosa estrella de seis puntas sobre un rectángulo negro en el pecho.

II

A Pablo no le gustaban los caballos y tenía la sensación de que al equino sobre el que avanzaba al paso por la ribera de aquel riachuelo tampoco le gustaba mucho él. Fantaseaba con las motos de los elegantes escaparates de Barcelona, las Norton, las BSA, ah, aquellas sí eran buenas monturas, fáciles de dominar, potentes e incansables.

Su caballo andaba a un ritmo plomizo y renqueante, como a punto de quedarse dormido con cada paso que daba. Llevaban cuatro horas siguiendo a un rudo pastor navarro de aspecto sombrío que mostraba menos signos de cansancio que cualquiera de los hombres y animales que llevaba a la espalda.

El hombre les había recogido en el campamento a primera hora de la mañana con la misión de llevarles hasta San Ramón de la Ribera, lugar donde pensaban encontrarse con otras guarniciones para avanzar juntos hacia Irún, donde ya había empezado la batalla para ganar aquel punto estratégico de la península. Normalmente se valían de algunas indicaciones y sus propios planos para llegar a cualquier lugar, utilizando avanzadillas y explorando el terreno desde algún punto alto, pero, en aquella ocasión, la línea enemiga estaba tan cerca que cualquier desvío en su camino podía llevarles a las fauces del ejército republicano donde, pocos en número como eran, serían arrasados sin remedio. Así que la orientación de aquel hombre oscuro, cejijunto, de barba poblada y carácter insondable era fundamental.

Como alférez provisional, tenía bajo su mando a una sección de artillería ligera de montaña, formada por tres pelotones de seis hombres, cada uno dirigido por un cabo. Todos pertenecían a la misma compañía, que comandaba un capitán con el que hasta el momento había intercambiado poco más que asentimientos a sus órdenes claras y explícitas. En aquel momento, con el capitán ya en San Ramón de la Ribera, el mando de aquel grupo era él, y aunque la misión que le habían encomendado no tenía ninguna dificultad, se sentía orgulloso de comandarla.

Avanzaban por el borde de un riachuelo jalonado de fresnos y olmos que serpenteaba por una garganta de poco más de cincuenta metros de ancho dominada por colinas de un verde aún escarchado por la humedad y el frescor de las primeras horas del día. Un paisaje digno de un cuadro de Caspar David Friedrich pero que aquellos soldados cargados de munición y víveres, con las botas caladas y los huesos entumecidos, empezaban a odiar. De pronto, entre sonrisas y gestos de alegría silenciosos, la garganta se abrió a un prado verde y amplio bañado por el sol, que iluminó y calentó sus cuerpos por primera vez desde que habían amanecido. Aunque el horizonte aún ocultaba su destino, Pablo supuso que, según la previsión que el hombre que les guiaba les había dado al salir, en un par de horas llegarían a San Ramón de la Ribera.

—Ya falta poco —alcanzó a oír que el hombre que avanzaba a pie frente a su caballo gruñía.

No respondió, pero se dio por enterado.

A su izquierda, el ruido del río que avanzaba en la misma dirección que ellos, y que les había acompañado desde su salida del campamento poco a poco disminuía, dando protagonismo a los pajarillos que planeaban en vuelo rasante en busca del desayuno escondido entre las hierbas de aquel prado sin cultivar.

Pensó en Inés. No habían tenido mucho tiempo. Era absurdo tener la cabeza, o parte de ella, en una persona a la que prácticamente no conocía. Estaba seguro de que ella no pensaba en él, que estaría tranquila e indolente en San Remo, probablemente aburrida, escuchando las historias de una vieja duquesa rusa en el exilio y ayudando a su madre en una serie de labores para las que no había sido preparada. Quizás eso fuera lo que le gustaba de ella. En los días que habían compartido, no la había visto quejarse ni una sola vez. Barría, ayudaba en la cocina como podía, se pinchaba remendando las ropas de sus hermanos y, presumida como intuía que era y acostumbrada a los más sofisticados vestidos, se resignaba con alegría a ir vestida con lo poco que se había llevado de su partida de España. Ninguna mujer vestida de gala le hubiera parecido más elegante que Inés con sus ropas monótonas y sencillas. Todo en ella le parecía que adquiría una súbita dignidad desencorsetada y natural, inalcanzable para el resto.

De pronto cayó de nuevo en la dura realidad que le envolvía. La guerra. Aquel día estaba siendo tranquilo pero sin duda los que estaban por venir no lo serían. Avanzar siguiendo a un navarro antipático por la húmeda ribera de un río, era solo una pequeña pausa en medio del terror y las vísceras de aquella guerra cruel y asesina. Aunque lo cierto era que hacía un rato que el sonido del agua de aquel riachuelo se había matizado cada vez más, empezando a ser tan solo un leve rumor en el fondo del entorno que les rodeaba. El hombre que les guiaba se había ido apartando lentamente del río haciéndoles avanzar en diagonal por el centro del prado, abandonando el camino de ribera por el que habían transitado todo el día, que cada vez se alejaba más, a su izquierda.

No esperó a que sus dudas se disipasen.

—¡Buen hombre! ¿Has variado la ruta? ¿Conoces tus pasos?

Sin girarse y con el mismo humor del que había hecho gala todo el día, su guía volvió a gruñir:

—¡Por aquí es!

Pablo se encogió de hombros al tiempo que desde su montura miró a los hombres que le seguían a pie. Con una ligera sonrisa varios repitieron el gesto. Aquella noche seguro que la caricatura de aquel hombre sombrío provocaría las risas del grupo.

Siguieron adelante lentamente mientras rumiaba. Realmente habían puesto su destino en manos de un perfecto desconocido. La lealtad al ejército nacional se le suponía, pero esa era una investigación que no habían hecho ellos. Posiblemente, tampoco la había hecho ninguno de sus mandos. Con España dividida en dos partes, ambas facciones habían engrosado sus filas con gentes a las que nada más que la providencia geográfica había colocado en uno u otro bando. Si el estallido de la guerra alcanzaba a alguien en Barcelona, independientemente de sus filias, lo normal era que luchase en el bando republicano, si la guerra le alcanzaba en Zaragoza, seguramente en aquellos momentos defendiera el bando nacional. Caso aparte eran, por supuesto, ellos, los privilegiados que habían podido organizarse para llegar al bando en el que creían. En cualquier caso, convenía no confiar plenamente en que todos defendieran la causa nacional con la misma vehemencia que él. Detrás de cada nacional podía latir un republicano, y viceversa.

Pensó en una obviedad: se dirigían a San Ramón de la Ribera. Si sus sospechas eran infundadas, estaba claro que la ribera de San

Ramón era regada por otro río, porque el que les había acompañado toda la mañana era ya tan solo un recuerdo en sus oídos. A diferencia de su hermano José Manuel, él no era especialmente intuitivo, pero, sentado incómodamente sobre su caballo, aquella situación le pareció extraña e inquietante. Con la línea enemiga tan cerca, era muy fácil que una equivocación, o peor, una deliberada y malintencionada acción de su guía les acabara costando la vida. Sacó su pistola del cinto y lentamente le quitó el pestillo al tiempo que apuntaba al hombre que le precedía.

Hay sonidos que solo oye el que lo espera, o peor, el que lo teme, y el guía navarro al que llevaban horas siguiendo debía estar en alguna de las dos situaciones, porque en medio de aquel prado, el sonido retumbó en sus oídos como un trueno y le hizo pararse en seco. Todos hicieron lo mismo tras él. Para Pablo, aquello era como una confesión. Lentamente, el hombre se giró, para quedar mirando desde el suelo hacia la cara de Pablo y su pistola, que le apuntaba. Su mirada, que no había abandonado la oscuridad nocturna de su carácter desde la salida del campamento, parecía ahora suplicar clemencia.

Para los hombres que seguían a pie al caballo de Pablo la situación era del todo incomprensible, pero, obligados a confiar en él, aguardaban silenciosos y asombrados, convencidos de que lo que fuera que estuviera pasando era exactamente lo correcto en aquel momento.

Siguió apuntando al navarro con el revólver, convencido ya de que aquel hombre no les iba a llevar a San Ramón de la Ribera, sino al otro lado de la línea enemiga. A la muerte. Pablo se dirigió a él con severidad.

—Buen hombre, quiero que quede clara una cosa, y espero que tome nota de lo que le voy a decir porque no lo repetiré, y mi compañía bien sabe que cumplo mis promesas. Esta tarde, estaremos en San Ramón de la Ribera, como hemos convenido con usted. Yo no falto nunca a mi palabra y espero que usted tampoco lo haga porque...

En ese momento el guía recuperó parte de su carácter protestando.

—¡Oiga usted!

—No, buen hombre, no, me va a escuchar usted a mí. Si, Dios no lo quiera, acabásemos frente a un batallón rojo, no me cabe duda de que todos seríamos recibidos con un tiro en la frente. Del mismo modo, y espero que tome nota y le quede muy claro, antes de ese momento, usted será despedido con un tiro en la nuca. Tenga claro que el primer tiro que se disparará en el día de hoy, si no llegamos a San Ramón, será contra usted. No hay emboscada lo suficientemente silenciosa ni disparo lo suficiente rápido para evitar que una bala de la pistola que le apunta le reviente el cráneo como un melón si nos traiciona. —Se hizo el silencio y pareció que hasta las aves que les sobrevolaban y el viento que movía las hierbas a sus pies se habían quedado inmóviles. Con teatralidad, Pablo esbozó una ligera sonrisa maliciosa que pareció helar de miedo al guía—. Pero estoy seguro de que no hará falta que nadie dispare hoy, porque nos lleva usted con paso certero hacia nuestro destino. Así que, de acuerdo entonces, prosigamos hacia San Ramón. Adelante, buen hombre.

Prosiguieron su marcha por el prado, describiendo una dirección que poco a poco hizo que los familiares sonidos del río volvieran a sus oídos, y el frescor de la orilla llenase sus pulmones. Volvían al camino que tan sospechosamente habían abandonado.

A las tres, entraban en San Ramón de la Ribera.

III

Ave María †
Arriba España
San Ramón de la Ribera, 28 de agosto de 1936

Querida Inés,

Espero que estés bien y que nos tengáis a tu padre y a mí en vuestras oraciones. Yo estoy bien de ánimo e ilusionado con el crucial momento de nuestra historia que nos ha tocado vivir. El ambiente de la tropa es de mucho compañerismo y camaradería, sin ningún tipo de distinción dependiendo del origen de cada uno. Mis compañeros también son ahora mis amigos y formamos un bloque que seguro ayudará a que salgamos victoriosos y sanos de esta guerra. Tenemos la suerte de que viene con nosotros un sacerdote al que todo el mundo llama páter y que se ha convertido en poco tiempo en uno de mis mejores amigos. Nos ayuda mucho a todos espiritualmente.

¿Cómo estáis vosotros? ¿Qué tal están mi madre y mi hermana? Ayuda sobre todo a mi hermana, que aunque no es tan divertida como tú, también agradece la compañía. Espero que poco a poco vaya olvidando los avatares que precedieron a nuestra salida de Barcelona. Visto con perspectiva, ahora mismo me parece que no fue para tanto.

En estos momentos te escribo desde el pueblo de San Ramón de la Ribera, al sur de Navarra. El paisaje es precioso y el pueblo también es bonito, aunque no hay más que un bar, un colmado y una oficina de correos. En los próximos días seguiremos subiendo hacia Irún para entrar en batalla y estamos todos ansiosos por colaborar. No he tenido noticias de mi hermano José Manuel ni de mi hermana Montserrat, pero pregunto mucho y acabaré averiguando qué es de ellos. Un soldado de Huesca me aseguró que el convento de Montserrat fue quemado pero que cuando llegaron los rojos ya no quedaba nadie allí, así que confío en que Montse esté bien.

Me llaman a comer. Como en el internado. La comida es muy mala pero no pasamos hambre (díselo a mi madre).

No sé si esta carta te llegará, pero al escribirla me ha parecido que te hablaba. Como me gustaría poder hacerlo otra vez aunque fuera brevemente.

Cuídate mucho y reza por mí.

Pablo

Cerró la carta entre sus manos y suspiró profundamente.

Eran las siete de la tarde y estaba sentada en la escalera de acceso al jardín de la Villa Skosrev, mientras sus hermanos pequeños jugaban al escondite y Cayetana y Lucía reían y cuchicheaban en uno de los bancos que habían aparecido al retirar la maleza. Allí estaban, tan tranquilas mientras los hombres de su familia arriesgaban la vida. Qué raro era aquello. Que fácil era para el ser humano encontrar pequeños momentos de evasión incluso en épocas como aquella.

La carta había llegado cuatro semanas después de haber sido enviada, pero aun así contenía la mayor cantidad de información que habían tenido hasta la fecha de sus allegados en España. La habían recibido junto con una carta más, que Pablo había dirigido a su madre. Era la primera comunicación que llegaba desde el frente, y, al margen de la alegría por las noticias, había supuesto el inicio de las risitas y las insinuaciones sobre ella y Pablo. Cómo odiaba a sus hermanas cuando se ponían así. Incluso su madre, poco dada a las bromas, había abierto los ojos con sorpresa y sonreído maliciosamente cuando el mayordomo le había entregado su carta.

—Carta para ti de Pablo. Vaya, vaya.

Lo malo era que, estando en guerra y preocupados por la suerte de sus allegados, Inés estaba prácticamente obligada a leer a todos una carta que en realidad iba dirigida solo a ella. La leyó en alto y haciendo caso omiso a los cuchicheos de sus hermanas, sabiendo exactamente qué puntos del escrito obviar. Cuando llegó al final cambió la cariñosa despedida que le había enviado Pablo por un sencillo «que Dios os bendiga a todos», cerrando la carta inmediatamente después para dar por zanjado el tema.

Más tarde, a la hora de la siesta, con su hermana Lucía roncando como un jabalí en la cama de al lado, leyó y releyó la misiva, sonriendo como una niña pequeña.

No sabía cuándo volvería a verle. Cabía también, por supuesto, la posibilidad de que el hombre del que —ya no podía negárselo— estaba enamorada cayera en combate y no le viera nunca más, aunque creía sinceramente que aquella relación (o lo que fuera) no podía acabar allí. Su madre les había dicho que en cuanto la guerra avanzara y se asentase la retaguardia, volverían a España, pero estaba claro que aún tendrían que esperar bastante tiempo y que el traslado de su numerosa familia no era nunca nada fácil ni rápido.

Escondió la carta entre el colchón y el canapé de su cama y cerró los ojos pensando en Pablo. Sonriendo y soñando despierta, ni siquiera oía a Lucía.

IV

Aunque representaba un peligro evidente, ni Montserrat ni Arancha pudieron evitar acudir a la pequeña ermita una vez creyeron que todo el mundo se había quedado dormido.

Habían llegado a una pequeña aldea llamada Tomeroso, en algún lugar de Aragón, a media tarde, y les habían recibido como a héroes pese a que no se había disparado un solo tiro en la población desde el inicio de la contienda y, salvo por su presencia, el pueblo parecía estar exactamente igual que siempre. Al pasar por delante de la ermita, situada a menos de un kilómetro de la población, las dos monjas se habían mirado con la cara iluminada por la ilusión. Desde su salida del convento no habían vuelto a pisar un templo, y los que habían visto estaban tan expuestos que habría sido imposible entrar en ellos sin ser vistas. Pero aquella ermita apartada unos metros del camino y cobijada entre jara y pinos, era ideal para visitar sin ser vistas. Con todo, nadie, salvo dos monjas devotas e inconscientes, se hubiera arriesgado.

Eran las dos de la madrugada y Arancha y Montserrat avanzaban sigilosas por el camino que les había visto llegar algunas horas antes. La luna iluminaba sus pasos y el cielo estrellado parecía acompañarles en aquel periplo. El terreno que rodeaba Tomeroso estaba formado por una monótona sucesión de campos labrados de color pardo, solo interrumpidos por la pequeña masa boscosa que rodeaba la ermita. De entre los pinos, siluetеados por las estrellas, asomaban un par de cipreses que supusieron marcaban la entrada al templo. Aligeraron el paso en cuanto estimaron que el ruido de sus andares no podía ser oído por nadie y se adentraron en el bosquecillo casi corriendo.

Entre los árboles, apareció la ermita. Se trataba de una sencilla construcción románica de piedra, con una sola nave y sin más decoración que las dos columnas que sostenían el pequeño porche que resguardaba la puerta, en arco de medio punto. Las paredes estaban cubiertas por hiedra y madreselva, y la naturaleza que envolvía la estampa desprendía un intenso olor a tomillo y resina. Hastiadas como estaban de mantener sus costumbres religiosas en la clandestinidad, a las dos les pareció el lugar más bonito del mundo.

Empujaron con fuerza la puerta de doble hoja, que, crujiendo, abrió con relativa facilidad y entraron en la capilla, con el aire sumido en una mezcla de polvo y humedad. Cuando sus pupilas se acostumbraron a la oscuridad, la luz que entraba por las pequeñas ventanas abocinadas alineadas a tres metros del suelo les fue suficiente para distinguir la estancia con cierta claridad. Se alegraron al ver que no había sido destruida. Por supuesto, no había imágenes, pero las pinturas de las paredes, que representaban a algunos santos y que presidía un pantocrátor de mirada severa, habían sido respetadas.

Se cogieron de la mano y se acercaron para arrodillarse frente al altar.

Para ambas, la sensación fue como la de volver a casa tras un duro viaje. Mecánicamente, empezaron a rezar, contestándose una oración con otra, deseando que aquel momento no acabara nunca. Un avemaría, un gloria, un padrenuestro, una oración a la Santísima, una oración de San Ambrosio, encadenaban una oración con otra, como si todas las que habían dejado de pronunciar aquellos meses, tuvieran que salir a la vez de sus corazones. Llevaban quince minutos de felicidad absoluta cuando el crujido de la puerta al abrirse les hizo volver a la realidad súbitamente. Se giraron nerviosas mirando hacia la entrada, mientras una figura de quien la oscuridad ocultaba el rostro se acercaba hacia ellas con paso lento y cargado de chulería.

—Lo sabía. Estaba seguro.

Las dos monjas se acercaron la una a la otra. De pie y asustadas, mirando hacia la voz que les amenazaba, Montserrat intentó parecer firme:

—¿Quien anda ahí?

—Lo sabía. Sois monjas. Estaba seguro.

Supuso que era evidente. Dos mujeres que nadie sabía de dónde venían, calladas y discretas, que nunca se unían a las lascivias del regimiento, que jamás se dejaban insinuar y que nunca participaban del coqueteo de la milicia. Dos mujeres que cocinaban bien sin ser cocineras, que leían y escribían y que aplicaban sus conocimientos de botánica para especiar sus platos. Dos mujeres que dormían juntas, separadas del grupo. Dos mujeres que nadie se había podido beneficiar.

Era la voz de Pou.

La cercanía de su presencia confirmó su identidad.

Montserrat simuló un desconcierto tranquilo, ignorando las palabras acusadoras que les acababan de lanzar.

—¡Pero bueno, Joan! Veo que tú también te has fijado en esta ermita. Preciosa, ¿no crees? —Pensó que aquella era la excusa más burda de la historia, pero ya estaba metida de lleno en ella—. No queríamos arriesgarnos a partir de Tomeroso sin haberla visto, en cuanto pasamos por delante de ella nos dijimos Arancha y yo que ¡teníamos que verla! Has visto qué maravilla de...

—¡Cállate! ¡Cállate! Monja maldita, espía fascista, te has colado entre nosotros para llevarnos a la muerte. ¿Acaso crees que soy idiota? Musaraña maldita del infierno, ¡son alimañas como vosotras las que envenenan a las milicias y desvelan la información al enemigo! Y pensar que llevamos meses comiendo lo que vuestras manos preparan. ¿A qué esperabais? ¿A que fuéramos más? ¡¡¿A acabar con cincuenta de una tacada?!! Pero aquí acaba vuestro engaño. Oh, sí ¡aquí acaba! —Pou era capaz de alternar gritos secos con un susurro sibilino, cargado de odio. Era un maestro de las pausas, un especialista en matar, también con la palabra—. Este es vuestro fin, putas fascistas.

Montserrat intentó calmarle, a sabiendas de que era imposible.

—Joan, estás nervioso, vosotros mismos nos liberasteis del castillo de Navalviento. ¡Fuisteis vosotros los que vinisteis a nosotras y no al revés! ¿Recuerdas?

Se habían acercado el uno a la otra, ignorando a Arancha, que se apartaba lentamente hacia el lado. Montserrat hacía acopio de valor para rebatir unas acusaciones que podían llevárselas, a las dos, por delante. No quería que su vida acabara allí.

—Puta mentirosa. Monja asesina. He acabado con muchas de tu calaña y tú vas a ser la próxima.

Entre la penumbra que bañaba la cara de Joan Pou, Montserrat creyó distinguir una sonrisa ladeada. La iba a matar, e iba a disfrutar del momento. Observó helada cómo el joven buscaba su arma en el cinto. Aquel hombre la odiaba, y sospechó que desde mucho antes que aquella noche. Imaginó que la había estado observando durante semanas, analizando cada gesto, acumulando odio en cada pequeño indicio que descubría. Era cierto. Pou la odiaba. Quería acabar con las dos, con todas las monjas de España, con todas las del mundo, pero esencialmente con ella. Desde que había entrado en la ermita, había ignorado a Arancha. Para él, Arancha era una víctima más de la lengua viperina de Montserrat.

—Te creías que podías con todo. Que eres más lista y más astuta que nosotros. Que todos somos como el Ezequiel o como el Gerard, un atajo de analfabetos a los que manipular, a los que engañar ante nuestros propios ojos y llevar a la muerte. Te crees que estás por encima de nosotros, que bajo tu falsa amistad y los interesados cuidados nunca serías descubierta. —Sostenía un elemento oscuro, de perfil perfectamente reconocible incluso bajo la escasa luz de aquel lugar—. Pues yo, yo te he descubierto sucia asesina. Yo te he visto rezar, yo he analizado cada uno de tus pasos y no, no me has engañado. Ya ves, ni tan tontos ni tan analfabetos, ni tan dispuestos a que tú y tu caridad calculada nos llevéis a la muerte. —Monserrat se había quedado muda, quieta, incapaz de reaccionar, mirando a la pistola que le apuntaba—. Alégrate sucia asesina. En unos segundos estarás con tu Dios.

De repente, un sonido seco y ferroso, surgido de la espalda de Joan Pou invadió la estancia. Apenas un golpe, pero certero, inesperado y por sorpresa. La mirada del miliciano se nubló, inclinó la cabeza ligeramente hacia arriba y lentamente cayó, de rodillas primero y de cara después, a los pies de Montserrat. Tras él, sor Arancha Poveda, jadeando y aterrorizada, sostenía un enorme candelabro de pie de hierro forjado y una sola vela.

Las dos se lanzaron al suelo rápidamente. Montserrat cogió la cabeza del miliciano. No le hizo falta tomarle el pulso. Estaba muerto. En la nuca y hasta la coronilla, una herida de por lo menos seis centímetros de profundidad había dejado parte de su masa craneal a la vista, una mezcla cremosa de sangre, vísceras y hueso que le hicieron marearse ligeramente. Le dieron la vuelta. La frente aparecía deformada, como si todos los huesos hubieran empujado la parte anterior hacia delante. La sangre era un todo. Se miraron la una a la otra, asustadas e impresionadas a partes iguales. A los pocos segundos, Arancha torcía el gesto y se derrumbaba.

—¡Le he matado! ¡¡Dios mío, le he matado!! Dios mío, Virgen María, perdóname por favor ten clemencia, ¡¡le he matado!! —Montserrat abrazó rápidamente a Arancha y la hizo levantarse. Quería que se tranquilizara, aunque ella misma estaba temblando. Quería también que se recompusiera y no alzase tanto la voz. Ella continuaba—: Hermana, ¿qué voy a hacer, qué voy a hacer? ¡Soy una asesina!

Lo abrazaba con fuerza, clavando sus dedos en su espalda, acurrucando su cara, mojada y enrojecida contra su cuello. La separó de ella y la miró a la cara.

—Arancha, Arancha, escúchame. Escúchame, por favor, con atención. Me has salvado la vida, y aunque sin duda seremos castigadas cuando llegue el momento, me alegro de que lo hayas hecho. Este hombre me quería matar y quería matarte a ti también. Rezaremos a diario por él y recordaremos lo injustamente que le trató la vida hasta convertirlo en un monstruo. Pero habrá tiempo para ello. Tenemos que esconder el cuerpo y volver al pueblo lo antes posible para no levantar sospechas.

—Lo he matado, Montse, lo he matado. Cogí el candelabro, no era yo, estaba poseída. Le deseé la muerte, se la deseé como un vulgar asesino y le ejecuté. Nunca pensé que el odio estuviera en mi interior, ni que saldría de mí con tanta fuerza. Hermana, el monstruo soy yo. Soy una asesina.

—Arancha, no eres una asesina. Eres una mujer llevada al límite, en una situación límite y en un entorno hostil. Has actuado por amor hacia mí. Y si tú eres una asesina, yo lo soy también, pues hubiera hecho exactamente lo mismo que tú para salvarte. Pero no hay tiempo. Escondamos el cadáver.

—Montse, lo he...

—¡Basta ya, hermana! Coge al hombre por los pies.

Agarró a Pou por debajo de los brazos mientras Arancha le levantaba los pies. Le arrastraron hacia detrás del altar, donde una pequeña puerta entreabierta dejaba ver la sacristía. Depositaron el cadáver dentro y estudiaron la estancia. Se trataba de una cámara pequeña con una sola ventana abocinada de tamaño algo mayor a las de la nave de la iglesia. Pegada a una de las paredes había un pequeño altar con una Virgen que se contraponía a un armario de madera de nogal, de sencilla factura, grande y pesado. Abrieron el armario forzando la puerta y separaron las perchas de las que colgaban los hábitos y sotanas del sacerdote del templo.

Con mucho esfuerzo, levantando un cadáver que parecía querer entorpecer su depósito en aquel lugar sacro, metieron el cuerpo en el armario, arrimándolo al fondo y tapándolo con varios paños de mesa. Juntaron de nuevo las perchas de las sotanas, de forma que quedara totalmente oculto y cerraron las puertas del mueble. No era el mejor escondrijo, pero no tenían ni tiempo ni herramientas para enterrarlo. Para cuando el cadáver empezara a oler, ya estarían lejos y nadie del pueblo sería capaz de reconocerlo.

Montserrat miró a Arancha, que seguía en estado de shock y no podía dejar de temblar ni articular palabra. Rezaron brevemente con la voz entrecortada por los nervios y solicitaron a Dios que acogiera a aquel pecador y que le perdonara por haber sido arrastrado a una vida de odio y venganza. Cuando acabaron, Montserrat intentó recuperar la compostura.

—Deja el candelabro donde lo encontraste y límpialo. Date prisa. Tenemos que lavarnos y encontrar algo de ropa para sustituir la que se ha manchado. No hay tiempo.

A los pocos minutos volvían hacia el pueblo, seguras de que no volverían a ser las mismas y arrepentidas de la fatal ocurrencia que les había llevado a la ermita.

El sol ya daba sus primeros avisos cuando toda la tropa empezó a dar muestras de su despertar. El pueblo amanecía perezosamente también, entre el canto del gallo y los sonidos de los postigos de ventanas y puertas abriéndose poco a poco. La vida de los pueblos tendía siempre a adaptarse levemente al horario de los soldados, que pasaban las noches de una forma tan poco confortable que no invitaba a alargar el deficiente descanso. Así, en torno a las seis, empezaba la lenta sucesión de bostezos, conversaciones triviales y aseos matutinos, que culminaban a las siete con todo el mundo en pie. Los habitantes del pueblo se apresuraban a ofrecer leche, bollería y pan a precios de guerra a una tropa en la que, muy de vez en cuando, algún soldado se permitía un capricho. Los más afortunados habían aprovechado la noche para dar rienda suelta a su libido con alguna pasiega de virtud laxa, que se despedía llenando el zurrón de bollos de pan y fruta, bajo la promesa, a sabiendas incumplible, de un amor duradero de posguerra.

Entre todos, recostadas una frente a otra, Montserrat y Arancha se preparaban para un día de interpretación como ningún otro. Ya no solo debían ocultar que eran monjas, también debían esconder que eran asesinas. Monjas asesinas.

Irónicamente, parecía que las mentiras de los republicanos se hacían realidad en ellas. No habían dormido en toda la noche, y ambas sabían que, más que nunca, su vida estaba en peligro.

A las siete alguien se percató de la ausencia de Pou, que todos justificaron entre carcajadas pícaras y comentarios soeces sobre los gustos sexuales del miliciano. A las ocho, cuando ya se estaba rematando la recogida del campamento para abandonar el pueblo, empezaron a buscarle con más preocupación.

Se dividieron en pequeños grupos espontáneos y rastrearon el lugar, primero la parte más cercana al campamento, luego las casas, una por una, y finalmente, con prisa y desesperación, ya que el tiempo apremiaba e iban a perder al grupo, los campos colindantes. Antonio, Arancha y Montserrat formaron uno de los grupos. Voceaban haciendo altavoz con las manos y rebuscando entre matorrales y zanjas, separados a cincuenta metros de otro de los grupos que avanzaba en paralelo por los alrededores del pueblo. El trío era comandado por Antonio, que alternaba gritos de llamada con susurros maldiciendo aquella situación.

—Lo que faltaba, por si la guerra no fuera suficiente. No, si ahora resultará que desaparece la gente. A ver si al final el primer revolucionario va a ser el primer desertor.

Se acercaron a la ermita escenario del crimen entre la resistencia silenciosa de los pesados pasos de las monjas, que ya no gritaban el nombre de Pou y parecían haber empequeñecido al llegar al lugar santo.

Las miró con extrañeza antes de entrar en el templo.

—¿Se puede saber qué mosca os ha picado a vosotras?

Entró en el lugar y no pudo evitar empezar a santiguarse. Frenó el reflejo enseguida para darse la vuelta, esperando que las mujeres no lo hubieran visto. Se sorprendió al ver que ninguna de las dos había entrado.

En el exterior, Arancha había empezado a llorar silenciosamente mientras, apretando las manos cerca de la cara, rezaba entre pequeños sollozos. Montserrat estaba helada de miedo, pensando en las consecuencias que aguardaban si Antonio encontraba el cadáver de Joan Pou, pero reprendía con severidad a su compañera para que dejase de acusarse con sus gestos. Si el cadáver aparecía, lo más seguro era que se quedaran en aquel pueblo y se iniciara una corta investigación, que probablemente acabaría encontrando a un culpable equivocado. Aquel sería el momento para confesarse, explicar toda la verdad y suplicar clemencia inútilmente, antes de morir fusiladas y contribuir valiosamente a las falacias sobre monjas asesinas. Tal vez se convirtieran en principal inspiración del anticlericalismo, quién sabía. En cualquier caso, todas las opciones eran oscuras.

Antonio llevaba ya varios minutos en el interior de la ermita cuando las monjas oyeron que un segundo grupo de búsqueda se acercaba a su espalda. Eran tres milicianos más, entre los que se encontraba Ezequiel, cuyo aspecto la guerra acercaba cada día más al de los animales.

Súbitamente dejaron de llorar, temerosas de que la situación las delatara.

—¿Qué hacen aquí las mozas menos salerosas del campamento? ¿Ha aparecido ya el golfo del Pou?

Ezequiel tenía la extraña virtud de no tomarse nada en serio nunca. Incluso con un hombre desaparecido en la noche, en medio de una guerra, se tomaba todo jocosamente.

Montserrat excusó a su compañera:

—A la tonta de Arancha le ha dado un mareo y nos hemos quedado aquí fuera para tomar un poco de aire, Ezequiel. Antonio está acabando de inspeccionar la ermita.

—¡Pues *padentro* que nos vamos! ¡A ver si el listo se va a quedar las alhajas para él solo!

Se giró hacia los dos hombres que lo acompañaban, que, mirándose entre ellos, asintieron rápidamente pensando en las joyas de una ermita sin profanar. Ezequiel empujó la puerta hacia el interior mostrando una sonrisa de dientes ennegrecidos y ausentes a sus acompañantes. Montserrat creyó morir. Serían descubiertas.

No había pisado el frío suelo de piedra cuando chocó de frente con Antonio, que salía del templo.

—Eze, ¿qué cojones haces? ¿Ya no miras ni por dónde andas?

Ezequiel se apartó de Antonio incorporándose un poco para abandonar su aspecto deforme y jorobado.

—¡Antonio, pillo que eres tú! ¿T'as quedado toda las alhajas para ti solo? ¿Qué has *encontrao?* ¡Vamos a compartirlo, hermano!

Antonio miró a aquella víctima de la incultura, la miseria y la injusticia social. Le daba pena.

—Ezequiel, lo lamento mucho, pero los ladrones se te han adelantado. En esta ermita no hay nada para ti. Te vas a dar la vuelta conmigo ahora mismo y vamos a buscar a Pou, que es lo que tendrías que estar haciendo igual que todos los demás.

—Pero, Antonio, tú déjame, que yo...

—¡Eze, ni Antonio ni cojones! ¡Que no! ¡Sal de aquí ahora mismo y busca a Pou, que me tienes hasta los cojones con tus tonterías!

Antonio no tenía mando sobre nadie, salvo sobre Ezequiel, como todo el mundo. El joven era tan simple, tan inculto y tan feo que no despertaba respeto en nadie. Los dos hombres que le acompañaban también formaban parte del último escalón que separaba al hombre de la bestia. Los tres agachaban la cabeza mientras Antonio les reprendía su actitud.

—¡Que os vayáis os digo!

Montserrat y Arancha observaban la escena con esperanza. Antonio no había encontrado el cadáver, y nadie más buscaría en la iglesia. Dios estaba con ellas. Frente a aquella adversidad, aquel escollo aparentemente insalvable, Dios obraba el milagro.

Ezequiel y sus compañeros dieron la vuelta silenciosamente y volvieron sobre sus pasos, mientras Antonio cerraba la puerta de la ermita. Miró a las dos monjas con severidad.

—Vosotras estáis aleladas, venga, vámonos.

Las mujeres dieron un pequeño respingo y emprendieron la marcha, a pocos metros detrás de Ezequiel. No habían andado más de una decena de metros cuando Antonio se acercó a Montserrat por la espalda.

—Tú y yo tenemos que hablar.

Nadie supo lo que había pasado con Pou. A las dos de la tarde, con un sol que abrasaba, emprendieron su marcha hacia el sur. Unos pensaron que el miliciano había desertado, otros que había muerto en extrañas circunstancias y había sido escondido. A la mayoría le dio igual.

V

Para Pablo aquel final de verano supuso el contacto pleno con la guerra, el campo de batalla y la sangre. Bajo la dirección del coronel Berloegui, los nacionales habían ganado el cerro Pikoketa y Tolosa y se preparaban para el asalto a su objetivo final, Irún. Él estaría en aquella última fase.

Desde el Pikoketa tenían una vista inmejorable de escarpadas montañas y una sucesión de prados y pequeñas cabañas sobre las que se elevaba una bruma leve que hacía que todo pareciese un cuadro pintado al pastel. Había lloviznado levemente mientras llegaban a aquel punto. Pablo pensó en lo lejos que estaba de las tórridas temperaturas que en aquellos momentos seguro que abrasaban la tierra de San Antonio, la tierra de su casa.

Aquellos pastos verdes, aquellas colinas que a los pocos kilómetros mojarían sus pies en un mar bravo y oscuro, aquellas aldeas de cuento con sus pequeñas casas de piedra y pizarra, aquel ganado robusto, limpio y bien alimentado, iba a ser testigo de una encarnizada lucha de dos bandos igualmente convencidos de defender el bien. De defender su España y sus familias.

Pablo no pudo evitar pensar en la suya.

Su madre y su hermana Adela estaban en San Remo, así que, por lo menos, sabía que ellas estaban bien, pero su hermano había desaparecido completamente y a pesar de que había preguntado a todos los mandos y se había interesado por su destino en cada cuartel, no había hallado rastro alguno de él. No era normal. Se sabía dónde estaba alistado cada hombre. Se sabía su destino y su suerte, buena o mala. No le cabía duda de que José Manuel habría intentado cumplir su deber en el bando nacional, así que no encontraba más explicación a su desaparición que hubiera sido apresado por los rojos. No quiso ni pensar en lo que estaría sufriendo si así era.

Respecto a Montserrat, estaba enterado de que había abandonado el convento con el resto de las monjas, así que suponía que estaría de algún modo intentando cruzar al bando nacional. Era peligroso, pero si alguien podía conseguirlo, aquella era Montse.

Se dirigían hacia Irún con varias columnas de requetés y guardias civiles para acometer un objetivo crucial. Desde la sublevación que dio inicio a la guerra, la cornisa cantábrica había quedado dividida en dos partes. Galicia, conectada con Castilla la Vieja, Navarra y una parte de Aragón, estaba en manos nacionales que rodeaban, abrazando y aislando del resto de la península, al País Vasco, Santander y Asturias. La única conexión que aquel islote republicano tenía para abastecerse por tierra era la provincia de Guipúzcoa, que, situada en la confluencia del Pirineo con el Cantábrico, tenía frontera con Francia. Así, uno de los principales objetivos de los nacionales era interrumpir esta conexión, tomar Guipúzcoa y dejar sin el paso de Irún —y por ende totalmente aislados por tierra— a toda la franja republicana del norte, como golpe definitivo para debilitarlo y ganarlo. Para mayor escarnio de los republicanos, la flota del Cantábrico se había sumado a la sublevación y bloqueaba los puertos, por donde hasta entonces había llegado el grueso del aprovisionamiento.

Así que el destino final era aquella última conexión con el exterior de la zona oriental de Guipúzcoa.

Por los informes que tenían, sabían que, en aquel caso, las posibilidades estaban de su lado. La zona a tomar estaba defendida por una fuerza que calculaban en algo más de dos mil hombres, entre militares, batallones de mineros asturianos y milicias de anarquistas, comunistas y nacionalistas de la zona. Un contingente que no estaba bien equipado ya que apenas contaba con artillería y, a diferencia de ellos, tampoco contaba con apoyo aéreo.

Su bando, desde el principio, había dado una muestra de profesionalidad mucho mayor. De entrada, fundamentalmente constituían un bloque, con una cabeza, no multitud de milicias con ideas más o menos alejadas. Por otro lado, estaban profesionalizados, habían recibido un entrenamiento breve pero exhaustivo y sus mandos eran militares de reputada solvencia, en aquel caso, el casi legendario general Mola, del que todos hablaban con reverencia. Además, y esto era una novedad reciente que a todos les ilusionaba, habían empezado a recibir ayuda de Alemania, la nación más pujante de Europa en cuanto a tecnología militar, que les empezaba a enviar tanques Panzer I y sus espectaculares cazas Junkers.

Así que la moral estaba alta y se combinaba con la seguridad de que aquella acción podía cambiar el curso de la guerra.

Desde mediados de mes, Irún era uno de los puntos álgidos del conflicto. Los Junkers ya habían empezado a hostigar la ciudad con incursiones cada vez más frecuentes. Además, el acorazado *España*, el crucero *Almirante Cervera* y el destructor *Velasco* bombardeaban duramente desde el mar. Así, el terror se había instalado en la población que, vulnerable como era, empezó a sufrir numerosas bajas, al tiempo que miraba con igual miedo al azul del cielo y el del mar. Como única salida a su ira, las milicias habían represaliado a militares y derechistas que tenían encarcelados desde el golpe del 18 de julio fusilándolos sin que el Gobierno moviera un dedo para evitarlo. Pablo comprobó que la inacción y el vacío de orden que, a su juicio, les había llevado a aquel conflicto, seguía instalado en el lado republicano y supuso que ganarían la guerra, pero se entristeció al pensar en la gente que no llegaría al final de la misma.

Tomarían Irún, pero ¿a qué coste? ¿Estaría vivo para celebrarlo? Pocas veces lo pensaba; sin embargo, él también podía morir. Sus compañeros lo hacían constantemente. Morían ametrallados, bombardeados, abandonados en medio de campos que, de no haberse cruzado el conflicto en sus vidas, nunca hubieran pisado. Morían lejos de sus familias, que rezaban por ellos en sus casas, sin saber la inutilidad de aquellas oraciones por personas que ya se habían encontrado con el Señor. Nada, nada era más cruel, más animal y más salvaje que una guerra, pero se dijo, sin mucho convencimiento, que el fin justificaba los medios. Dispararía, mataría al enemigo, olvidaría que eran personas como él mismo, con tal de salvaguardar la España ordenada y unida que aún recordaba. De nuevo, agradeció no saber nada de la persona que le apuntaba al otro lado del frente; si podía mantener esa distancia afectiva, si nunca averiguaba sus nombres, si conseguía no distinguir la expresión de sus ojos, todo iría bien. Les dispararía, les mataría.

Pero había algo más.

En el País Vasco, la Iglesia había sido respetada, es más, algunos curas habían pasado a engrosar las filas republicanas, lo cual les dejaba sin uno de sus argumentos principales. Les habían convencido de que aquella guerra era una cruzada, una lucha del bien contra el mal. Una lucha por España y por... Dios. Pero Dios estaba en los dos bandos en aquel punto y, aunque era improbable, no era imposible que matara a un sacerdote. Decidió no pensar demasiado en ello, seguro de que solo podía traerle indecisión, lo que demasiado a menudo se traducía directamente en muerte.

—Pablo, va a empezar.

Se giró hacia su superior y dejó aquellos pensamientos que le atormentaban. Sí, eso quizás era lo mejor. Dejar de pensar. Dejar de ser un ser racional hasta que la batalla hubiera terminado.

Empezaron la marcha hacia el fuerte de San Marcial que ya a las puertas de Irún estaba siendo fuertemente defendido por mineros asturianos y milicias anarquistas de los intentos de conquistarlo que los nacionales llevaban algunos días realizando. Aquella era una posición clave si querían que la ciudad cayera en sus manos, pero asimismo la posición privilegiada del fuerte aseguraba numerosas bajas entre las filas nacionales.

Entre sus filas.

«Al infierno todo», pensó,

Exactamente a donde se dirigían.

VI

Antonio aprovechó el momento en el que todos se hallaban dormidos para acercarse a las dos únicas personas que estaba seguro estarían despiertas. Había pasado el día entero evitándolas, esperando a que llegara el momento de poder aclarar de una vez por todas quiénes eran aquellas mujeres y decidir cómo solucionar la orgía de desconfianza que se había instalado en su cabeza. Sabía que su actitud, como soldado y fiel acólito de la República, había sido todo menos inteligente. Protegía con su silencio a dos asesinas, y ponía en peligro con ello al resto de sus compañeros.

Reflexionó sobre el porqué de sus acciones y no halló más que una respuesta, tan endeble, tan poco sólida, tan temeraria y tan exenta del más mínimo fundamento que se asustó.

Protegía a aquellas mujeres porque las quería.

No había tenido familia, sus amigos estaban desperdigados por diferentes puntos del frente republicano y sus compañeros de la milicia eran personas, en muchos casos, de excelente fondo pero diferentes a él en cuanto a intereses y sentimientos, por lo que en raras ocasiones compartía conversaciones profundas con ellos. En cambio, Montserrat y Arancha, pese a ser mujeres y a que sabía que escondían deliberadamente detalles fundamentales de su vida, siempre tenían un momento para mantener una conversación y escucharle divagar mientras se abría en canal para mostrarles los rincones más escondidos de su corazón.

Eran sus primeras grandes amigas y, sin ser del todo consciente, les había procurado una protección que a él le dejaba en una posición incómoda, que temía se acercara peligrosamente a la traición.

Avanzó a gatas entre los cuerpos tendidos de sus compañeros en dirección a las mujeres, que siempre se acostaban ligeramente apartadas del resto y colocadas cara a cara para cuchichear hasta quedar dormidas. Las encontró sentadas con la espalda apoyada sobre un petate en el que transportaban ollas y pucheros para cocinar en cada campamento, esperándole. Pese a la poca luz que aún desprendían las brasas de la hoguera, pudo comprobar cómo en las mejillas de ambas brillaban las lágrimas recientes y se esforzó en no derrumbarse, dejar de ser piadoso por una vez y conseguir la verdad que buscaba.

—Acompañadme las dos.

Sin hablar, obedecieron, siguiendo a Antonio a la cima de un pequeño repecho situado a un centenar de metros del campamento. Al llegar, les indicó con la mano que se sentaran en el suelo, e hizo lo mismo, enfrentado a ellas con las piernas cruzadas. La noche a campo abierto era clara, y en cuanto sus ojos se acostumbraron a la luz de la luna y las estrellas, se vieron los tres las caras con suficiente claridad.

—Bien. Os habéis metido en un lío y me habéis metido a mí con vosotras, por lo que os exijo que me digáis la verdad de todo, de principio a fin, si no queréis que ahora mismo despierte al capitán y os detengan. Basta ya de mentiras y de excusas, basta de historias que ni vosotras creéis y basta ya de abusar de mi confianza de esta forma. Aún no sé cómo no os he delatado, pero creedme cuando os digo que se ha acabado arriesgar mi vida por unas mujeres que llevan mintiéndome día tras día desde que tuve la terrible idea de acogeros en el grupo.

A Montse le pareció que nunca una voz entre susurros había sido más firme que la de Antonio en ese momento. Miró a Arancha, que volvía a estar al borde de las lágrimas y tocándole el hombro y señalándose después para decirle que sería ella misma la que hablara, empezó a confesar.

—Nos quiso matar. Quiso matarnos y estuvo a punto de hacerlo. Nunca hemos matado a nadie y daríamos lo que fuera por dar marcha atrás y volver al momento en el que nuestras vidas cambiaron para siempre y nuestras manos quedaron manchadas de sangre. Una vez te dije que no quería participar en la masacre de esta guerra, y te prometo que así es, nos hemos dedicado a cuidaros y a ayudar en el campamento todo lo que hemos podido, para que vuestros días sean lo mejores posibles, pero parece que incluso para dos mujeres pacíficas esta guerra tiene reservada sangre. Dentro de ti sabes que Pou no era bueno, que era perfectamente capaz de hacer lo que te decimos que intentó hacer. Antonio, ni Arancha ni yo pretendemos justificar lo injustificable, ni mucho menos decirte que se hizo justicia, porque no sentimos que tengamos el derecho a matar a nadie, pero los acontecimientos vinieron como vinieron y te aseguro que si hicimos lo que hicimos fue absolutamente desbordadas por la situación y sin pensar en el mal que hemos provocado.

—¿Qué hacíais en la ermita?

Montse supo que aquel era terreno peligroso.

—La vimos al pasar, igual que vosotros, y quisimos ver cómo era y qué guardaba en su interior. Fue tan solo eso, curiosidad. Todas las iglesias que vemos están rotas o dañadas y en cambio esta parecía tan perfecta en medio del bosque que...

—Montserrat, te lo ruego, empiezo a estar muy harto.

—Antonio, ¿no te pareció preciosa a ti? ¿No tienes nunca curiosidad por conocer un poco mejor los lugares por los que pasamos? Parecemos una manada de elefantes, pasamos por los pueblos sin apenas darnos cuenta de la belleza que a veces nos rodea, sin conocer nada, cuando todos nosotros apenas hemos conocido más que nuestros pueblos.

—¡Montserrat! ¡Basta ya! ¡Nadie espera toda la noche para ir a ver de madrugada una ermita de pueblo! No os habéis interesado ni por uno solo de los castillos, plazas fortificadas y monumentos que hemos encontrado a nuestro paso, y de repente os enamoráis de una ermita sin ningún interés. Te voy a contar lo que yo creo, y esta va a ser la última oportunidad que os dé para que me expliquéis qué es lo que pasó. Creo que fuisteis a rezar, porque creo que sois religiosas. Tenéis suerte, nadie en este campamento conoce y ha tenido una relación tan cercana con las monjas como el que os habla. Creo que Pou os siguió, os descubrió y sí, no me cabe duda de que se puso violento con vosotras. Y sí, creo que le matasteis, sin premeditación, porque creéis que solo Dios quita la vida. Así que ahora me lo vais a contar todo, e intentad que sea creíble porque es lo único que en este momento os puede salvar. Quiero saber toda la verdad.

Ambas supieron que la pantomima había acabado y que debían contarlo todo, así que, entre sollozos y susurros, contaron su historia punto por punto, de forma que, en aquella noche de verano, Montserrat y Arancha pusieron sus vidas en manos de Antonio, que les escuchaba cabizbajo y pensativo. Su relato acabó bien entrada la madrugada, cuando solo se veían brasas en las hogueras del campamento y los ruidos de la noche habían ganado definitivamente a los del día. Antonio levantó la cabeza para volver a mirarlas. Respiró profundamente, como asimilando todo lo que las monjas habían confesado, y les indicó lo que iba a pasar a partir de aquel momento.

—Os creo, porque, tras mucho tiempo juntos, finalmente me habéis tratado como el amigo que sabéis que soy. Los tres sabemos que este no es vuestro sitio, pero también sabemos que no habéis tenido elección. No queríais arriesgar vuestras vidas, y de paso la mía, de esta manera. No os corresponde estar aquí y debéis iros en cuanto os sea posible y por vuestra cuenta. Aunque creo que nos hacéis más bien que mal y que, llegado el caso, nunca nos perjudicaríais, si os quedáis aquí solo podemos ir a peor los tres. En algún momento, alguien os descubrirá, quizás no hoy ni mañana, pero si yo lo he hecho y si Pou lo intuyó, cualquier otro podrá hacerlo también. En los próximos meses entraremos en alguna zona de monte en la que no os debería ser difícil esconderos y abandonar el grupo. A partir de ahí, yo no os podré ayudar y tendréis que espabilaros para encontrar un lugar donde pasar la guerra o seguir el camino que truncasteis en Navalviento y llegar a la zona nacional.

—Pero...

—No. Pero nada. Debéis iros. No habrá día sin pan ni noche al raso más peligrosa para vosotras que las que habéis pasado ya. Cada minuto que permanecéis entre nosotros arriesgáis vuestra vida y la mía, y además me ponéis en una situación que raya la traición. Os iréis.

Las dos comprendieron que aquello no era una discusión y que no valía la pena alargarla. Los argumentos de Antonio caían por su propio peso y, en el fondo, les empujaban a tomar una decisión que ya habían demorado demasiado. Los tres se quedaron mirando al horizonte en silencio.

Se irían, sí, por ellas y por Antonio.

VII

La vida en San Remo transcurría tan apaciblemente que cada vez que Inés recordaba lo que sucedía en España tenía que contenerse para no gritar de impotencia. No entendía por qué a ellas se les daba totalmente por inútiles y se les recluía en la seguridad y la indolencia de la Riviera italiana mientras toda la nación arrimaba el hombro para luchar por sus ideales. No culpaba a su madre, que dirigía con pocos medios la Villa Skosrev y se ocupaba incansablemente de que su extensa prole estuviera cuidada y no molestara al resto de los habitantes del lugar, pero le exasperaba la actitud de sus hermanas. Cayetana y Lucía, jóvenes y súbitamente dueñas de una libertad que, rodeadas de carabinas y gente conocida no habían podido disfrutar en Barcelona, comentaban constantemente la alegría de poder salir a pasear por la calle sin guantes ni sombrero y conocer a nuevos amigos sin una «seño» que controlara cómo y con quién se relacionaban.

Así, las dos se habían hecho con un pequeño grupo de amigos entre los que se mezclaban hijos de rusos exiliados en permanente veraneo, ingleses sin ningún interés en volver a su lluviosa patria e italianos que iban y venían de Génova a San Remo cada vez que una fiesta o reunión lo requería. Una suerte de gentes y culturas que, acostumbradas a la cerrada sociedad de Barcelona, las tenía totalmente obnubiladas, siempre pendientes de acabar lo antes posible las tareas del hogar que se les tenían encomendadas para salir a paso ligero en dirección al paseo de la Emperatriz.

Inés no había acudido a ni una de aquellas reuniones y tenía que esforzarse para no poner cara de desaprobación a la actitud de sus hermanas, intentando no cruzarse con ellas cuando abandonaban la casa con alegría. Se sentía un poco como aquellas beatas que controlaban que los días de cuaresma todo el mundo guardara la compostura censurando cualquier canturreo, traje demasiado colorido o actitud alejada del absoluto recato. Pero ella no era una beata, y le molestaba ser la única que parecía no olvidar ni un minuto la tragedia que acaecía allende los Pirineos.

Sin embargo, aquella tarde de septiembre, tras recoger la cocina, al verse despeinada y malcarada en su habitación, decidió que no quería convertirse en una vieja amargada a sus dieciocho años y que quizás no fuera tan horrible conocer a los amigos de sus hermanas y relacionarse con gente de su edad por primera vez en meses. Empezaba a parecerse a Adela Bultó, que tres meses después de salir de España seguía triste, siempre llorosa y rezando. No, no quería ser como ella.

Se puso un vestido blanco con las mangas abullonadas y lo decoró en la cintura con un lazo realizado con cinta amarilla de raso que habían comprado hacía semanas en el mercado. Sonrió al pensar en que esa era la principal manera de darle algo de variedad a su vestuario, tres vestidos que modificaba sutilmente colocando lazos y cintas de diferentes colores. Aquel debía ser un problema para sus hermanas, que salían constantemente, especialmente para Lucía, que no podía intercambiar ropa con nadie, pues a pesar de los frugales menús de aquella casa, parecía abocada irrefrenablemente a la gordura.

La ropa era la menor de sus preocupaciones, pero aun así se las habían apañado para comprar algunas telas con las que cada una pudo realizarse un escueto fondo de armario y coser también algunas prendas para sus hermanos pequeños. Habían abandonado España con una única muda, y alguno de los pequeños en pijama, así que al llegar a San Remo la ropa había sido una necesidad más que un capricho.

Se peinó, recogiendo su pelo hacia el lado con una pequeña peineta de plata, se pellizcó las mejillas y salió de su habitación.

En el vestíbulo, visiblemente emocionadas y ansiosas por salir, la esperaban sus hermanas, cada una con un traje prácticamente idéntico al suyo. Rio internamente con resignación al tiempo que salían cogidas por la cintura hacia el paseo, pensando en que parecían trillizas feas y sin estilo. Qué más daba todo.

Pasaron frente a la Villa Nobel, la iglesia ortodoxa y se encaminaron hacia el casino, donde habían quedado con los amigos de sus hermanas.

El casino era, junto con los hoteles Londra y Miramare, uno de los lugares que sus hermanas frecuentaban, aunque, dada su apretada situación económica (apretada posiblemente fuera un adjetivo demasiado generoso), nunca se habían sentado en las mesas de juego. Por lo que contaban Cayetana y Lucía, todos sus amigos entendían la situación de las españolas, posiblemente porque muchos la habían vivido en sus propias carnes hacía no mucho, así que ninguna debía pretender ser lo que no era ni esperar que su vida en San Remo fuera como la que tenían en España. A Inés no se le había pasado por la cabeza aparentar nada, si a aquella gente no le agradaba la compañía de una española venida a menos, no tendrían más que hacérselo saber.

Llegaron ante la escalinata del casino pero, para su sorpresa, no subieron. En cambio, giraron hacia la derecha por la calle que desembocaba en el centro del pueblo. A los pocos metros, con un entusiasmo que su madre nunca hubiera aprobado, Lucía gritaba moviendo sus brazos regordetes a un grupo de cuatro jóvenes, una chica y tres chicos que esperaban apoyados en dos coches descapotables y relucientes, aparcados junto al muro de la terraza del casino.

—¡Carlo! ¡Aquí estamos!

Inés no lo podía creer.

—Lucía, por favor, ¿quieres no gritar?

Lucía ni siquiera se molestó en mirarla.

—De verdad, Inés, no empieces. Vamos a pasarlo bien.

Cayetana apretó la mano de Inés con complicidad.

—Déjala. Es incontrolable cuando está con ellos.

Se acercaron hacia el grupo mientras Lucía se adelantaba.

Eran la viva estampa de la *dolce vita* italiana. Tres chicos vestidos impecablemente con chaquetas de lino en color crudo y sombrero de paja ladeado, con la tez bronceada y brillante y el pelo negro como el azabache en dos de ellos y rubio trigueño en el tercero. La chica que los acompañaba tampoco desmerecía al grupo. Una preciosa joven algo mayor que Inés, con un cabello castaño y ondulado recogido en un pañuelo atado bajo la mandíbula, saludaba a su hermana con una sonrisa perfecta y despreocupada. Aunque no era mucho más alta que Lucía, la comparación con ella era dramáticamente desfavorable a la española. Voluptuosa pero sin un gramo de más, enfundada en un vestido blanco, bordado con pequeñas florecillas rojas, a juego con sus zapatos de tacón, también rojos. Inés se dijo que si el resto de las chicas del grupo eran como aquella italiana, estaba claro que a ellas les llamaban solo por su simpatía.

Lucía, eufórica y encantada de aquella reunión, hizo las presentaciones. Inés respiró aliviada al ver que, mal que bien, la comunicación se realizaba en una mezcla de italiano-español que no le era difícil de seguir. Carlo, Enrico y Bob, dos italianos y un inglés, se mostraron desde el primer momento encantadores, y Flavia, la espectacular italiana, enseguida empezó a hablarle como si la conociera de toda la vida, comentándole con alegría el plan que les esperaba. Supo que lo pasaría bien.

Bob, menos locuaz que sus amigos pero con un deje de fría elegancia que facilitaba que todo el que se le acercara pareciera estar a gusto, le abrió la puerta del copiloto para que se sentara junto a él en un reluciente Bugatti biplaza, azul casi cielo, con la tapicería beige rematada con los vivos en color café. Los cromados del radiador y los faros destellaban con los rayos del resplandeciente sol que envolvía el día. El resto del grupo ocupó sus puestos en el coche de Carlo, un enorme Lancia Astura negro con dos filas de asientos en los que se colocaron entre risas las tres chicas y sus dos acompañantes. No habían puesto el coche en marcha y ya estaban los cinco riendo ruidosamente. Incluso Inés no pudo evitar reír sin saber bien por qué.

Salieron detrás del coche que llevaba a sus hermanas en dirección a las colinas que arropaban San Remo por el norte, donde alguna vez le habían recomendado ir a pasear aunque aún no había encontrado ni el tiempo ni la manera de hacerlo. Se colocó un pañuelo sobre la cabeza protegiendo su peinado del aire, que acariciaba su cara con una frescura deliciosa en aquellas postrimerías veraniegas. El ruido del motor del coche hacía complicada la conversación pero aun así alcanzó a entender, envuelto entre el acento inglés y los incisos italianos, que se dirigían hacia Ceriana, un pueblo medieval que se encontraba en las colinas, pasado San Donato y Rodi.

El trayecto no podía ser más agradable y se alegró de no haberse quedado en casa.

Avanzaban entre montañas llenas de pinos de un verde intenso, sobre las que se abrían de vez en cuando pequeños campos de cultivo ganados al bosque, enmarcados con muros de piedra sobre los que se cultivaban frutales y viña. Pasaron pequeñas fincas laboriosamente trabajadas mientras la carretera serpenteaba por el valle, dejando a los lados pequeñas capillas de paredes desconchadas, al paso de las cuales Bob iba remarcando a gritos:

—*Chiessetta di Loreto!! San't Antonio!!*

Al cabo de poco más de media hora, al fondo de una curva, apareció Ceriana. La población se encaramaba en la falda de la montaña, abrazada por las colinas que la rodeaban en un rincón soleado del valle. Desde lejos destacaban, en la parte más alta, el campanario de una de sus iglesias y, en el centro de aquella postal, otro templo de mayor importancia, casi barroco, con las paredes blancas y un campanario a cada lado. Las casas, edificadas mayoritariamente en piedra sobre aquel terreno escarpado, se amontonaban apoyándose las unas en las otras dando un aspecto abigarrado y precioso al conjunto. Su color ocre y sus tejados rojos resplandecían entre el verdor que las rodeaba. En cuanto entraron, Inés comprobó que Ceriana bien habría merecido una anterior visita. Aquellas calles empinadas y estrechas albergaban una sorpresa en cada esquina, una pequeña fuente, una *trattoria* artesana, una plazoleta con flores. Sus ojos se iluminaban con cada rincón, que parecía un cuadro detenido en el tiempo.

Aparcaron en una pequeña plaza frente a una tienda de comestibles y se bajaron de los dos coches al mismo tiempo. Sus hermanas parecían tan entusiasmadas como ella misma y los chicos sonrieron con satisfacción al comprobar lo acertado de su elección. Como siempre, a la que más se oía era a Lucía.

—¿Qué maravilla es esta?

—Lucía, te dije que os gustaría. ¿Y qué opina la *sorella?* ¿Te alegras de no habernos dejado solos otra vez? ¡Ya no sabíamos qué organizar para seducirte!

Inés supuso que la acepción del verbo «seducir» era diferente en italiano, pero agradeció el comentario de Carlo.

—Estoy encantada. ¡Encantada! ¡Qué pueblo más maravilloso, parece una postal de cuento! ¡Estoy deseando verlo!

El italiano se le acercó un poco.

—Inesina, hasta los días más nublados tienen a veces pequeños rayos de *sole.* Te va a gustar este lugar ya lo verás.

Se pusieron a andar hacia arriba, donde Inés supuso que estaba la plaza mayor y la iglesia que había visto desde la carretera. Bob, que la había llevado hasta allí, también decidió pasear a su lado en la visita a Ceriana. Carlo y Enrico les precedían, mientras Lucía, Cayetana y Flavia reían entre cuchicheos.

—¿Sabes, Inés? Carlo tiene razón —dijo Bob—. No hay nada malo en disfrutar de la vida aunque sean tiempos duros para vosotros. Pase lo que pase en España, y por muy duro que sea, vosotras estáis aquí, y sin olvidar ni dejar de ayudar a los vuestros; en mi opinión, es preferible siempre la sonrisa al llanto. Te hemos estado esperando muchas veces.

Estuvo a punto de molestarse por aquel consejo, medio moralizante, recibido de alguien al que acababa de conocer, pero enseguida se arrepintió, segura de que para Bob era más difícil transmitir aquellas palabras que sumarse a la alegría colectiva y las conversaciones banales que formaban parte de aquel plan.

—Lo sé. Pero no es fácil, ¿sabes? No te voy a aburrir con explicaciones sobre nuestra salida de España, ni sobre nuestra angustia pensando en lo que están pasando nuestros familiares, pero es duro. Me enfado casi sin querer cuando veo alegría a mi alrededor y yo estoy triste.

—*The timings, Inés, the timings!*

—¿Perdón?

—Los *timings*, los tiempos, Inés, cada uno tiene los suyos. En un mismo día todos podemos pasar por momentos de alegría y de tristeza, y cada uno en un momento diferente. Tú no sabes si Cayetana se pasa las noches llorando, o si dentro de tres meses tú estarás más alegre y ella más deprimida. El dolor es una cosa muy íntima y la nostalgia también. Cada uno tiene sus ritmos y su corazón. Y no nos tiene que doler cuando no vayamos todos al mismo ritmo que los de nuestro alrededor. Cada uno vive, siente, padece a su manera, con sus tiempos.

Paró un segundo sus pasos y miró a Bob a la cara. Sonrió.

—¿Sabes una cosa? Tienes razón.

Bob le devolvió la sonrisa.

—Pues disfrutemos, Inés, ¡cero tristezas hoy!

—¡De acuerdo!

Sin saber cómo aquel joven al que apenas conocía le había hecho alegrarse. Tregua a la nostalgia por lo menos por un día, buena idea.

Recorrieron el pueblo durante una hora hasta que empezaron a sentirse las piernas y Lucía empezó a acusar el flato. Había asumido a la perfección su papel de gordita graciosa y empezó a sentarse en cada terraza de los restaurantes que iban pasando.

—¡Aquí me quedo! Flavia, Cayetana, Inés ¡Aquí me quedo! ¡Estos *ragazzos* son muy guapos pero muy poco galantes! ¡Me hacen andar para que adelgace! ¡Pues con Lucía Sagnier han topado! ¡A mí no me adelgaza ni mi padre, que es coronel!

Acabaron el paseo, entre sonoras carcajadas, en una pequeña taberna oscura y húmeda que parecía excavada en la montaña, en Corso Italia. Le recordó a los pequeños restaurantes del oscuro barrio gótico de Barcelona a los que alguna vez se había asomado, con sus pequeñas mesas y taburetes de madera y su olor a bota de vino. Lugares populares a los que en su ciudad tenían vetada la entrada pero que en San Remo estaban listos para ser descubiertos por sus sentidos.

Se sentaron y casi de inmediato unas aceitunas y una botella de Chianti rodeada de pequeños vasos de cristal apareció sobre la mesa.

Tres horas, tres botellas, cuatro *pizzas* y dos *calzoni* después seguían sentados en el mismo lugar y las hermanas Sagnier creían estar pasando el día más divertido de sus vidas. Inés pensó que, salvo ella, cada uno de los componentes del grupo tenía una personalidad especial, atractiva y diferente. Dirigidos por Flavia, habían cantado en inglés, francés e italiano. Carlo, que trabajaba en la cadena hotelera de su padre, había contado anécdotas sobre huéspedes estrafalarios y mujeres buscavidas que les habían hecho llorar de risa a todos, mientras Enrico, que recientemente había acudido a la tercera boda de su padre, explicaba, entre las carcajadas de todos, cómo su progenitor empezaba a cuestionar su hombría pues él aún no se había casado ni una sola vez. Lucía y Cayetana habían contado todos los desastres que su inexperiencia en las labores del hogar provocaba cada vez que su madre les encargaba una tarea. Cómo habían desteñido la ropa, cómo habían echado a perder un guiso por haberse creído súbitas chefs y cómo lo habían tomado haciendo ver que estaba delicioso para no provocar la ira de su madre. Todos tenían algo que, debidamente aliñado, explicado con gracia y con la compañía del Chianti, era aplaudido y jaleado por los demás.

Inés tuvo tiempo para observar a Bob. El inglés hacía honor a su carácter anglosajón y era el menos locuaz del grupo, pero parecía estar pasándolo tan bien como los demás y en más de una ocasión las lágrimas brotaron de sus ojos entre los incontenibles ataques de risa del grupo. No tenía la gracia mediterránea, pero sabía disfrutar de momentos como aquellos y, sin abrirse del todo a los demás, hacía pequeños apuntes sarcásticos a las historias que se ponían sobre la mesa. Para cuando el camarero abrió la tercera botella de vino, sus mejillas ya habían adquirido un color rosado y su acento inglés se había acentuado de forma que fue objeto de mofa de los demás. A Bob no pareció molestarle sino más bien al contrario, exageró aún más su entonación, erró deliberadamente varias palabras y rio tanto como los demás.

No era simpático como Carlo, no cantaba como Enrico, pero tenía algo que no tenían los italianos.

Pese a que no se podía decir que ninguno fuera bebido —en el caso de las Sagnier, ninguna había bebido más de tres o cuatro vasos—, el vino había animado la tarde y alargado tanto la sobremesa, que, cuando salieron, el cielo rosado ya anunciaba el atardecer y Ceriana se empezaba a envolver en las sombras de las montañas.

Volvieron distribuidos en los coches de la misma manera en la que habían venido, pero con más tranquilidad, como esforzándose para que el día no acabara nunca. En cuanto se sentó en el asiento del coche de Bob, Inés se interesó por la vida del inglés.

—¿Y tú, Bob? Eres el único del que aún no sé nada. ¿Qué haces en San Remo?

Bob no tenía nada que ocultar y con su español imperfecto explicó:

—Bueno, realmente trabajo con mi padre. Mi padre tiene barcos, ¿sabes? Tiene algunos cargueros con base en Southampton que heredó de un tío que murió sin hijos. Transporta algodón, materias primas, fruta. Del Mediterráneo al mar del Norte, y al revés. Mi familia siempre se ha dedicado al campo. Tenemos una casa en Yorkshire, y muchas ovejas. Vivimos casi siempre allá. Es muy verde, muy tranquilo y muy aburrido.

—Seguro que es precioso.

—Lo es. Pero muy aburrido. Por eso cuando mi padre me pidió que visitara puertos del Mediterráneo para establecer una base para sus barcos, no dudé ni un instante. Y ahora quiero explorarlo todo muy lentamente. Este verano está siendo increíble y no quiero que acabe nunca.

—Lo he pasado muy bien hoy.

—Sí, yo también. Es una pena que no hayas venido antes. Me encantaría volver a verte pronto.

Inés deseó que el inglés no estuviera intentando seducirla. Tal vez traducía literalmente de su idioma sin detenerse en los giros semánticos de cada expresión.

—Y ¿se puede saber por qué hablas tan bien mi idioma?

—Bueno, tú sabes. Yo quería buscar puertos en España para los barcos, ayudar a mi padre y de paso conocer el país. Pero de repente vino la guerra. Así que tuve que cambiar mi idea y venir a Italia. Ahora ya lo ves. Hablo mal el italiano y el español.

Ambos rieron.

—No lo hablas mal. Solo necesitas practicarlo.

Las dejaron en la puerta de la Villa Skosrev alrededor de las nueve, justo a tiempo para ayudar en la cocina y sentarse a cenar con el resto de la casa.

Aquella noche supo que, pese a la guerra, pese al exilio y pese a los embates que la vida propinaba, podía haber espacio para la alegría. Durmió mejor que en meses.

6

I

Había pasado mes y medio desde su confesión a Antonio y aún no habían encontrado el lugar idóneo para poder abandonar el grupo, tal y como habían decidido que harían, pero no era eso lo que preocupaba a Montserrat.

Al principio, vio con cierto optimismo cómo Arancha, que tras matar a Pou se había pasado varios días entre sollozos y silencios, empezaba a dejar atrás su tristeza y parecía reponerse, pero, en cuestión de días, aquella remontada emocional se convirtió en una especie de alegría histriónica a la que no sabía cómo hacer frente. Su compañera había pasado del llanto a la risa de una forma que solo había visto en personas desequilibradas, por lo que pensó que era eso precisamente lo que le pasaba. Para colmo, no supo cómo acercarse a ella para que recuperase la templanza y veía, día a día, cómo Arancha se alejaba. Hacía días que las conversaciones y los rezos entre susurros que llevaban meses repitiendo cada noche antes de irse a dormir no se producían y habían sido sustituidos por un «Buenas noches» seguido de un brusco silencio.

Pero lo peor era lo que pasaba antes de que el sueño las atrapase. Desde su liberación en Navalviento habían mantenido una distancia amable con el resto de la milicia, seguras de que aquel alejamiento intencionado protegía su secreto y, con él, sus vidas, pero Arancha había acabado con aquella distancia y, desde hacía unos días, parecía una más en los corrillos cuarteleros que se producían cada noche alrededor de la hoguera. Había empezado a beber y Montse, de momento, no quiso recriminarle nada, ya que entendía lo excepcional de la situación. Se había callado incluso cuando alguna noche había llegado tambaleándose para dormir a su lado. Pero pasadas ya unas semanas, y con Arancha aparentemente recuperada, había llegado el momento de hablar muy seriamente con la monja, que, al fin y al cabo, estaba bajo su responsabilidad.

Tuvo que esperar hasta bien entrada la madrugada para que las risotadas, los chistes subidos de tono y los cánticos amainasen. Entre ellos oía, sonoramente, las carcajadas de su compañera, perfectamente integrada y gustosa de regar aquel momento con la caja de brandy que habían requisado hacía un par de días en una posada de carretera. Se había convertido en el foco de atención del grupo, y no era de extrañar. Era una de las pocas mujeres del campamento, no era fea y había permanecido distante e inalcanzable durante meses hasta sorprenderles a todos con su repentina gracia y desparpajo. Entre miradas de sorpresa y codazos de complicidad, incluso para los curtidos caracteres de la milicia, la transformación de Arancha había sido sorprendente. Antonio, que contaba los días para que las dos monjas abandonaran el grupo, veía con temor a aquella nueva persona, cada vez más abierta y por lo tanto cada vez más fácil de descubrirse y de comprometerle, y no cesaba de lanzar miradas recriminatorias a Montserrat.

Aquel mismo día, mientras Arancha se servía un segundo vaso de brandy, pasó junto a ella y, con un susurro que parecía un grito, le exigió:

—Montserrat, ¡haz algo!

Eran pasadas las doce cuando oyó que los pasos renqueantes de Arancha se acercaban a donde ella aguardaba acostada. Montserrat se incorporó levemente, quedando sentada a sus pies. Su compañera enseguida comprendió que la esperaba y esbozó una pequeña sonrisa, que a Montse le pareció entre irónica e indiferente. Se sentó al lado.

—Arancha, tenemos que hablar.

—¿En serio, Montse? ¿No puedes esperar a mañana? Estoy agotada.

—No, tiene que ser ahora. Me tienes preocupada. ¿Estás bien?

—¿Bien? ¿Se puede estar bien cuando solo andamos de un lugar para otro, comemos peor que indigentes y llevamos meses durmiendo en el suelo?

A Montserrat le sorprendió que no hiciera referencia a la muerte de Pou, o a la tragedia de Navalviento. Ni siquiera mencionó alguna de las batallas en las que había muerto gente que les había acompañado y que conocían.

—Arancha, estás diferente. Cada vez me es más difícil reconocerte, y no sé bien qué hacer para ayudarte. Estás haciendo exactamente lo que hemos intentado evitar desde que nos incorporamos al grupo. ¿No ves que corres peligro? Si no vas con cuidado, un día meterás la pata y descubrirán quiénes somos.

—¿En serio, Montse? ¿Y quiénes somos? Porque, créeme, que ya no somos monjas beatas de clausura que abandonaron el convento de noche para ir a predicar la palabra de Dios en una guerra. Somos un par de supervivientes de una mazmorra. Somos un par de inútiles que acompañan y cocinan cuando pueden, pero que no aportan nada más. ¿Y sabes una cosa? También somos asesinas. Y lo peor, me da igual. Ya estoy harta de esperar y resignarme.

—Estas diciendo que...

—Estoy diciendo que matamos a una persona que merecía morir. Estoy diciendo que nunca hicimos nada por arreglar el mundo injusto que se abría tras las puertas de Santa Águeda.

—¡Arancha! ¿Acaso no crees ya en el poder de la oración? ¿Acaso no rezamos y rezamos por nuestros hermanos? Arancha, me estás preocupando. Si estamos aquí es porque...

—Si estamos aquí es porque estos hombres nos liberaron. No porque nuestras oraciones surtieran efecto.

—Dios intercedió para que...

—Dios no hizo nada, Montse. Nada. Dios vio cómo colgaban a mujeres y niños mientras el conde se tomaba una copa.

—Arancha, no sabes lo que dices, Dios tiene caminos que nosotros no comprendemos, nunca hemos pretendido hacerlo. Esa es una lección importante. Todo lo que sucede, sucede por algo. Estamos de paso y solo en la vida eterna entenderemos lo que ahora para ti y para todos es inexplicable.

—Es inexplicable para ti, pero no para mí. Hay gente buena y hay gente mala. La gente mala hace cosas malas y a la gente buena a veces le pasan cosas malas. Este mundo es injusto y cruel, pero rezando ya ves que no hemos conseguido nada. A ti te da miedo que descubran quiénes somos, ¿verdad? Pues no te preocupes porque a mí no me da ninguno. Yo ya no soy quien crees que era.

—Estas diciendo que...

—Sí, Montse. Lo dejo. Y tienes razón. Soy otra. Y me quedo. Si quieres abandonar este grupo, no cuentes conmigo.

Se acostó, dándole la espalda y dando la conversación por terminada. A los pocos minutos, como si lo que le había comunicado no fuera nada especialmente relevante, con un respirar más profundo y pausado, Arancha evidenció que dormía.

Montserrat, helada, no podía apartar la vista de su compañera.

No durmió prácticamente nada en toda la noche, pensando en su responsabilidad en aquella situación. Habían salido bajo su mando seis monjas del convento de Santa Águeda, y tan solo quedaban dos con vida, una de las cuales había colgado los hábitos. Montserrat pensó que su imagen debería acompañar a la definición de fracaso en el diccionario.

Ahora solo quedaba ella, y debía lograr llegar a la zona nacional fuera como fuera. No había tenido suerte hasta el momento pero quizás ahora, que estaba sola y que podía tomar las decisiones contando solo consigo misma, tuviera mejor fortuna. Decidió que debía abandonar el grupo cuanto antes y se armó de valor y confianza en que conseguiría su objetivo. Echada, con los ojos abiertos mientras el día despertaba alrededor, la voz de Arancha le sobresaltó:

—Seamos amigas. —Montserrat se giró y la miró a la cara, entornando los ojos con extrañeza—. Seámoslo, Montse, seamos amigas. Que cada una sea lo que quiera ser, pero seamos amigas, eso no tiene por qué cambiar.

—Claro que no, Arancha. Somos amigas y lo seguiremos siendo. Es solo que me preocupa que te quedes. Y verás Antonio.

—No tienes de qué preocuparte. Soy una más, y lo soy sinceramente. Cada vez veo con mayor claridad por qué estoy aquí, y mira, quizás sí sea un designio divino al final. Ya me entiendes, que yo esté aquí y que haya encontrado mi causa.

Montserrat no quiso verbalizar lo que pensaba. Su amiga tenía un jardín de ideas en su cabeza que no tenía ningún sentido.

—Arancha, ¿cuál es esa causa? ¿Tú sabes de lo que hablas?

—Pues claro, herm... amiga, la causa de la justicia. Toda esta gente ha vivido subyugada por unos poderes anacrónicos que nunca se han preocupado por ella. Ha llegado su momento y todos debemos ayudarles a crear un mundo más justo.

—Tú sabes que uno de esos poderes de los que hablan con tanta ignorancia es la Iglesia, ¿verdad?

—Bueno, Montse, quizás también la Iglesia debería reformarse y...

—¿Con fuego? ¿Con el asesinato del clero? ¿Con la sangre?

—No, claro que no.

Trataba de controlarse, pero tuvo ganas de abofetearla.

—Mira, Arancha. Nací en una familia rica, con todas las comodidades y lo dejé todo. Y he consagrado mi vida, desde el día que entregué hasta la última piedra de mi joyero hasta hoy, a lo que he creído que era mejor para la sociedad. ¡Y como yo, miles! Así que sí, seamos amigas, pero jamás vuelvas a decir que he subyugado a nadie porque es simple y llanamente mentira.

—No, Montse, no me has entendido. Yo lo que quería decir es que...

—Yo creo que ni tú sabes lo que querías decir. Casi lo prefiero, porque creo que no tienes ni idea de lo que hablas, y que ni tú ni nadie pasa de monja a republicana sin dejarse nada en el camino. Y hablando de caminos, en breve seguiré el mío, y aunque no te puedo forzar a que me acompañes, sí te pido por favor que sondees bien el terreno en el que te mueves, porque es posible que más pronto que tarde te des cuenta de cuán inestable es, y quizás entonces ya sea tarde y esta monja anticuada no pueda acompañarte.

Se quedaron en silencio mirándose.

—Lo siento, Montse.

—Más lo siento yo, Arancha, y no sabes cuánto.

Se levantó y se fue hacia la zona de desayuno, preocupada y triste, segura de que la vida de su amiga solo podía acabar mal.

Desde aquel día no durmieron juntas, y Montse intentó como pudo apartar los pensamientos de las noches de Arancha y sus cada vez más frecuentes borracheras. A un soldado se le exigía cierta compostura, o al menos algo de seriedad y la mayor apariencia de compromiso con la causa. Muchos se emborrachaban cada noche, pero intentaban que sus juergas pasaran desapercibidas para los mandos y, aunque resacosos, se levantaban puntualmente con la diana y marchaban intentando que no se notara su malestar. Pero de Arancha nadie esperaba más que algo de cocina y sobre todo, mucha compañía. Aunque las prostitutas acudían a su encuentro en cada parada, la tropa necesitaba muchas veces algo más que un revolcón rápido con la carne sobada y ajada de aquellas mujeres, y muchos añoraban a sus novias y amigas. Así que, descartada Montserrat, Arancha era la invitada que todos los corrillos querían y, en muy poco tiempo, se había convertido en una de las personas más populares del batallón.

Estaba encantada con su nueva vida y en muy pocas ocasiones le sobrevenía la culpa y el remordimiento. Se convencía de haber enterrado a la Arancha monja y disfrutaba de cada minuto de la Arancha miliciana. Sentía que había perdido el tiempo con rezos y oraciones vacías, retirada del mundo real en medio del monte, en un convento triste y frío, mientras la vida fluía alrededor y las oportunidades para pasarlo bien pasaban una detrás de otra sin que ella las aprovechase. Nunca se había sentido tan guapa y querida. Bebía cada noche y reía sin parar, cantaba con los hombres y se retorcía de placer cuando peleaban por ella y la agasajaban con piropos y atenciones. Se emborrachaba, claro que sí, igual que todos los demás. ¿Acaso no estaban asistiendo al nacimiento de una nueva era? Hacía unos días la habían besado, primero casi furtivamente y luego con la boca abierta, guiando su lengua y enseñándole la técnica de un acto hasta entonces desconocido para ella. Pese a que había vuelto a beber demasiado y que el beso, rodeada de soldados ebrios y a altas horas de la noche, había distado mucho de ser romántico, había disfrutado de cada instante del mismo. Además, era lo único que recordaba con claridad de aquella noche y aunque le enfurecía no acordarse de cuál de los soldados le había abierto las puertas de aquel mundo nuevo para ella, fantaseaba escrutando las caras de los hombres a los que acompañaba, tratando de descubrir al que había sido su primer amante.

Llevaban casi una semana acampados en un prado yermo a poca distancia de otro de los polvorientos pueblos de la meseta. A la espera de órdenes, en general había muy poco que hacer, por lo que entre juegos de cartas y siestas prolongadas, las horas pasaban pesadamente. El calor hacía días que les había abandonado y aunque cuando hacía sol la temperatura era agradable, por la noche empezaban a pasar frío, y la idea generalizada de no ir bien pertrechados para las inclemencias del invierno se había asentado en la tropa. Sin embargo, para Arancha, la perspectiva de una nueva noche de descubrimientos y risas era tan ilusionante que no podía dejar de sonreír. A las nueve la hoguera ya estaba preparada y a las diez, tras una cena a base de una sopa de berza y conejo, ya estaba de nuevo con el vaso de vino en la mano.

La acompañaban a cada lado delante de la hoguera dos de sus nuevos amigos, milicianos aragoneses con marcado acento y aspecto varonil, que se deshacían en atenciones con ella, ofreciéndole uno su chaqueta y otro rellenándole constantemente el vaso para que entrara en calor. O para emborracharla, qué más daba, si ella misma agradecía el calor húmedo del tinto en su garganta y el estado de inconsciencia y alegría que le provocaba al tercer o cuarto vaso.

A las once ya bailaba de pie bajo los ojos atentos de un corrillo de seis hombres que se la comían con la mirada y acariciaban furtivamente sus tobillos y el final de sus piernas cuando, cada vez más embriagada, la tenían al alcance de sus manos. Dos de ellos no desperdiciaron la ocasión de arrastrarla a su regazo y magrearle los pechos cuando consideraron que la joven ya había llegado a su habitual fase de total embriaguez y quedaba poco para que tuvieran que acostarla prácticamente inconsciente.

Arancha era un juguete en sus manos y no se daba cuenta. Se sentía libre, guapa, la reina del campamento, una flor entre los cardos, una mujer entre hombres rudos y alguna miliciana marimacho. Bailaba alrededor del fuego como una odalisca, aplaudida por todos, contoneándose al ritmo de las canciones cuarteleras que cantaba la tropa, mientras creía flotar entre el aire fresco del otoño español, riendo cada vez que tropezaba y caía entre las piernas cruzadas de su entregado público.

A las doce, dos hombres que no la conocían, decidieron que había llegado su hora de diversión, y la llevaron en volandas hacia un lugar retirado del campamento, donde habían colocado sus sacos y un par de mantas bajo una encina.

II

Arancha entreabrió los ojos, tan molesta con el sol que se filtraba entre la tupida copa de la encina que la cobijaba, como con el constante martilleo que parecía aplastar su cerebro. Conocía bien el dolor de cabeza que provocaba el exceso de vino a la mañana siguiente, pero, al incorporarse lentamente para quedar sentada, supo que aquella vez la resaca no iba a ser el mayor de sus males.

Si la lengua española hubiera tenido algún término para describir la sensación resultante de la suma de culpa, terror, asco y vergüenza en una sola palabra, aquel hubiera sido el momento de utilizarla. Incluso el dolor, nuevo y terrible que percibía entre sus piernas, quedaba matizado por el que sentía en su corazón.

Se encontraba totalmente desnuda, levemente cubierta por una manta sucia y maloliente que no le tapaba más que de cintura para abajo. A cada lado de su cuerpo tembloroso, yacía otro, peludo y sucio. De hombre. Dos. No reconoció ninguna de sus caras, pero su cercanía y desnudez dejaban poco espacio a la imaginación de lo que había pasado aquella noche. Empezó a llorar ahogadamente, respirando rápidamente y sin ritmo por la boca, en una mueca de consternación silenciosa. Paralizada, consiguió separar sus brazos de debajo de los cuerpos que la rodeaban, y con los ojos cerrados los alargó para palparse el sexo.

Así que aquella era ella. Una exmonja borracha, que pasaba del orden conventual a la juerga más soez. Una ramera inconsciente, un cuerpo sin voluntad ni control, que se dejaba arrastrar a la sombra de una encina por dos extraños para ser poseída a saber cuántas veces, por cada uno de los recovecos de su cuerpo, convirtiéndolos en una suerte de agujeros indefinidos y desgarrados, cubiertos de sangre y tierra seca. Sucia y mancillada por unos seres más cercanos a las bestias que a los hombres, sentía que todo era culpa suya. Solo suya. Ella y solo ella se había llevado a aquel lugar.

Se arrastró a gatas hacia delante, recuperando su ropa, desperdigada alrededor de la zona como si hubiera sido arrancada por perros rabiosos. Cada hallazgo la adentraba más en la oscuridad, en la tristeza y en el llanto. No había encontrado aún su blusa cuando un brazo se alargó para cubrir completamente uno de sus pechos con una mano dura y peluda.

—¿Qué tal, guapa? ¿Vamos a por unos cuantos más?

Se levantó como un resorte, dándose la vuelta, presa del pánico y la ira, dejando a su agresor extendido con el cuerpo a tierra y el culo al aire, mirándole hacia arriba.

—¿Qué pasa, cariño? Ayer no estabas tan sosa. ¿Es que no quieres que repitamos unas cuantas veces más? No te conocía yo esa cara de mojigata, pero me gusta. Vente aquí a mi lado, que tengo un regalo para ti.

Se giró levemente, dejando ver un pene erecto preparado para penetrarla en ese mismo momento, mientras el segundo hombre entreabría un ojo y sonreía.

Arancha estuvo a punto de desfallecer, pero el miedo ganó el instante. Gritó brevemente y echó a correr hacia el campamento, semidesnuda, con los pechos descubiertos y sin poder mover las piernas con naturalidad sin sentir un dolor terrible entre ellas. Descalza, mientras dejaba el lugar que odiaría el resto de su vida a su espalda, sintió que las risotadas sonoras y violentas que la perseguían eran exactamente iguales a las de los hombres que la veían acercarse hacia ellos corriendo torpemente.

Desesperada, humillada y tristísima, buscó a Montserrat, pero no la encontró.

III

Simplemente había echado a andar separándose de la columna Ascaso. Sin más. Pese a sus conversaciones con Antonio, sus planes de desaparecer en un área de monte boscoso, pese a haber pasado días buscando una vía de escape discreta, el ánimo de Montserrat no había dado para más. En cuanto había visto a Arancha contoneándose, borracha y lasciva entre la tropa la noche anterior, había cogido su petate e iniciado su huida. Le hubiera gustado hacerlo, pero no se despidió de Antonio, convencida de que podía comprometerle.

A medida que se alejaba de la tropa, los sonidos de camaradería, corrillos, hogueras y risas se intercambiaron por los de la noche aragonesa a campo abierto. El viento suave y frío, los pequeños animales, la lechuza de caza acompañaban a Montserrat por un camino de tierra que brillaba entre los campos arados bajo un cielo cuajado de estrellas sobre el que una masa nebulosa envolvía la luna. Tenía frío. A lo lejos, una mancha de oscuridad que se encaramaba en el monte le indicó que había un bosque en la dirección adecuada, el oeste. Aragón seguía partido en dos bandos, por lo que la distancia hasta el lado nacional no tendría que ser un problema si se guiaba con pericia. Calculó que no más de doscientos kilómetros la separaban de su objetivo.

Llevaba tan solo el saco que le había proporcionado Antonio al liberarla, una pequeña cacerola, la muda con la que había salido del convento, una cantimplora y una hogaza de pan duro que había rescatado de la última comida. Había abandonado los planos que les habían proporcionado en el convento en la celda de Navalviento, por temor a despertar sospechas. En cualquier caso, estaba segura de que el camino por el que transitaba no aparecía en ninguna referencia cartográfica y que se tendría que orientar como pudiera.

Echaría de menos a Antonio. Su simpatía e integridad, su inseguridad y su determinación, su capacidad para perdonar, para comprender que no todo en la guerra era blanco o negro, para ser a la vez leal a su causa y piadoso con una monja como ella. Había sido su primer amigo del sexo opuesto desde hacía años, cuando entró en el convento, y aunque en ningún momento se le había pasado por la cabeza que aquello fuera nada más que una buena amistad, tuvo que reconocer que la convivencia con un hombre era diferente a la que tenía con las mujeres. No sabía qué era lo que marcaba esa diferencia, pero le habría encantado que un amigo como Antonio la acompañara en aquella etapa de su vida. Deseó que ambos sobrevivieran a la guerra, que se encontraran de nuevo para volver a hablar y pasar tiempo juntos. Rezó por ello con todas sus fuerzas.

Al cabo de tres horas, llegó al borde de una ladera y se sumió en la espesura del bosque. Quiso adentrarse entre los árboles, aunque avanzaba prácticamente a oscuras, segura de que aquella era la manera de alejarse definitivamente de la columna Ascaso. Estaba convencida de que nadie la buscaría demasiado, insignificante como era en un grupo tan grande y con el que —intencionadamente— se había relacionado lo mínimo. Arancha había acaparado toda la atención y que, como consecuencia, nadie se fijara en ella, quizás fuera lo único bueno de toda la situación. Nadie echaría de menos a Montserrat si Arancha estaba cerca.

Pensó en ella. Estaba segura de que acabaría mal y seguía culpándose por haberla perdido tan irremediablemente, pero sabía también que no podía hacer más que rezar para que las cosas no fueran tan mal como le auguraba.

La oscuridad se había adueñado de casi todo a medida que se adentraba cada vez más en el bosque. Por el tacto de la corteza de los árboles, supo que se encontraba en un pinar, lo que en cierta forma facilitaba que pudiera andar sin tropezar con demasiados arbustos, pese a que la ladera era cada vez más empinada y las rocas se sucedían con mayor frecuencia. Estaba ya prácticamente escalando por la ladera, utilizando pies y manos para ascender, cuando se abrió un pequeño claro y decidió descansar. Jadeante, se giró para reconocer el terreno. Se encontraba a mayor altitud de la que había imaginado, en un claro cubierto de hierba y musgo que se apoyaba en un margen de piedra rodeado de pinos. Entre los árboles vislumbró desde lo alto la llanura que había recorrido, con pequeños puntos de luz dispersa entre los que creyó reconocer alguna casita y, al fondo, el campamento del que había huido. Estaba agotada, pero lo había conseguido. Extendió el saco sobre el musgo y se metió en él, dando calor a sus manos con la boca.

No le dio tiempo a acabar el segundo padrenuestro antes de quedar profundamente dormida.

Se despertó ocho horas después, tras haber dormido como una niña. Supuso que con su huida del campamento había dejado también detrás algunas de las preocupaciones que la perseguían. Ocupada ya al cien por cien en llegar a su destino tras las líneas nacionales, Montserrat se forzó en pensar exclusivamente en ella por primera vez en su vida.

Le sorprendió el lugar en el que se encontraba. Tras días transitando por campos pardos y caminos polvorientos, aquel bosque parecía un oasis de vida y verdor.

Se trataba de una masa forestal tupida y fresca cubierta de pinaza, sobre la que cada cierto tiempo se abrían claros de musgo y hierba de un verdor intenso, salpicados de pequeñas flores silvestres de diferentes colores y rocas graníticas con líquenes integradas en algunos muretes bajos. Supuso que en algún momento aquel terreno había servido de pasto, aunque hacía años que los pinos le habían ganado la partida al hombre y ahora mismo era un espacio totalmente genuino y salvaje, que cubría la totalidad de una pequeña cordillera. Una sucesión de montes de no demasiada altura se distinguía perfectamente desde el claro en el que había dormido. Debería atravesar aquellas montañas para llegar a su destino, algo que no le preocupaba lo más mínimo. Se había pasado su infancia recorriendo la sierra de San Antonio, y desde siempre, se había sentido mejor entre los árboles que entre los edificios del Ensanche barcelonés.

Clavó un palo de pino en el mullido suelo y limpió de musgo alrededor de su base, marcando la sombra que el sol efectuaba en él. Esperó veinte minutos y volvió a marcar la sombra del mismo sobre el suelo. Trazó una línea entre las dos marcas y supo que señalaba el eje este-oeste aproximadamente. Sin esperar más, se puso en marcha en dirección oeste.

A su paso, Montserrat descubría un bosque parecido al de su infancia en San Antonio. Los altos pinos habían cubierto todo el lecho de la montaña con pinaza, de forma que, salvo por algunos árboles viejos caídos y alguna rama seca, no encontraba maleza a su paso y podía ver la profundidad mientras caminaba. Los olores, colores y sonidos la llevaban a tiempos más despreocupados en casa de su madre.

Se recordó corriendo por los campos con su hermano y mosén Campo cuando aún era un seminarista, haciendo cabañas en los árboles con maderos que encontraban en la leñera, contando historias de miedo antes de irse a dormir envueltos en la oscuridad de la montaña y pasando los mejores veranos que cualquier niño pudiera soñar. Sus padres siempre habían estado demasiado ocupados para preocuparse por las aventuras de sus hijos, lo que había hecho que el tiempo que pasaban en la finca de San Antonio fuera de absoluta libertad y falta de control, salvo por las horas de misa en la capilla, a la que acudía frecuentemente, no solo cuando se celebraban los oficios. Desde que tuvo conciencia se sintió atraída por aquel reducto de silencio y paz de la masía. Entraba a todas horas por la sacristía, tal y como hacía el sacerdote de la casa, sola y silenciosa, y se quedaba horas arrodillada mirando la triste cara del Cristo crucificado que la presidía, que ya entonces parecía llamarle a su lado. Desde muy joven supo que quería entregar su vida a Él y a su Iglesia, pero cuando informó a su familia de que había recibido la llamada de Dios, obvió decir que Dios la llamaba insistentemente desde hacía muchos años.

Aquella expedición solitaria, en la que no debía preocuparse por nadie salvo por ella, era una pequeña bendición, aunque no estaba exenta de dificultad. De entrada, no contaba con provisiones suficientes para completar su camino sin tener que buscar agua y sustento.

Racionaba el agua que llevaba en la cantimplora para que le durase lo máximo posible, pero, a sabiendas de que no contaba con suficiente cantidad, agudizó el oído en busca de algún arroyo o manantial donde rellenarla. Respecto a la comida, había tomado un poco de pan mientras realizaba sus primeros pasos del día y desde que lo había acabado, escrutaba el terreno con la mirada a la espera de encontrar bayas, madroños, setas o cualquier producto silvestre susceptible de acabar en su plato. Ascendía mirando entre los pinos al sol cada cierto tiempo para no desorientarse, fijándose también en la sombra de los árboles que la rodeaban. Su idea era hacer cumbre antes de media tarde para poder localizar desde lo alto la siguiente fase de su camino y un buen lugar para pasar la noche.

No había llegado a la cima de la montaña cuando el rumor lejano del agua llegó a sus oídos.

Montserrat aligeró el paso, desviándose a la derecha y avanzando cada vez con mayor rapidez hacia el sonido, que cada vez era más claro y auguraba una garganta repleta de agua donde asearse, beber y recargar la cantimplora. Estaba de suerte.

A los pocos minutos, serpenteando entre rocas y árboles cubiertos de musgo encontró el río, que bajaba caudaloso formando cascadas y llenando el ambiente de humedad y frescor, a unos cuantos metros más abajo de donde se encontraba, en una garganta angosta y sombreada. Empezó a bajar hacia el agua, agarrándose con las manos fuertemente a las ramas de los pinos y fresnos que habían logrado crecer en aquel barranco. Bajo sus pies, un manto de hojas secas y pinaza cubrían una tierra húmeda y resbaladiza que le hizo caer varias veces de espalda sobre la mullida superficie. El acceso al río no resultaba fácil incluso para ella, acostumbrada desde niña a andar por la montaña, y además, una vez en la orilla, en un río de montaña que bajaba con tanta fuerza y rapidez, tampoco iba a ser fácil encontrar una poza un poco más tranquila donde asearse y beber.

Anduvo con precaución por la orilla en busca de un remanso, mojándose los pies mientras resbalaba incómodamente entre los cantos rodados. Salvó como pudo una pequeña cascada pensando cómo ladear otra de casi dos metros de altura que creyó ver entre los árboles.

Se agarró dificultosamente al tronco de un pino mientras descendía por las rocas que enmarcaban la cascada, que salpicaba tanta agua en su caída, que enseguida estuvo completamente mojada. Alargó el brazo para agarrarse al siguiente tronco mientras trataba de asegurar su pie sobre otra roca. No lo consiguió. Antes de pasar su brazo alrededor del pequeño pino que trataba de alcanzar, resbaló, perdiendo el equilibrio para caer por la cascada en cuestión de segundos. Lanzó un breve grito antes de golpearse en la cabeza con una de las piedras graníticas contra las que chocaba el agua. Perdió el conocimiento en el acto.

IV

Se despertó con una venda en la frente, magullada y con un dolor extraño en la boca y en la pierna. Recorrió la dentadura con la lengua y comprobó que se había partido uno de los incisivos centrales por la punta. Abrió los ojos y tras incorporarse sobre el jergón de paja en el que yacía, observó alrededor una estancia desconocida para ella. Se encontraba sola, tapada por una manta hecha con pieles de oveja, en una pequeña habitación con paredes de piedra y el techo bajo también de piedra y barro, parecida a una cueva. En una esquina, calentaba el espacio una lumbre sobre la que colgaba una olla, junto a ella un gran tocón de fresno flanqueado por dos tocones menores hacían las veces de mesa y sillas.

La puerta, tapada por una gruesa manta, era la única abertura al exterior. Se levantó semidesnuda, buscando su ropa sin encontrarla. Pudorosa, como la mayoría de las de su condición, se envolvió en las pieles de oveja antes de apartar la manta que tapaba la puerta para salir del lugar. Enseguida un pinchazo en la pierna le mostró las consecuencias de su caída, una herida grande tapada por una especie de masa de hojas y barro le provocaba una cojera pronunciada que la retendría allí por lo menos un mes.

Reconoció a pocos metros la cascada por la que había caído al intentar llegar a la poza que se encontraba frente a ella. Se trataba de una estampa digna de un cuento. Aquel remanso de agua estaba presidido por la cascada, que le pareció menos alta y ruidosa que cuando la vio por primera vez, y estaba rodeada en su totalidad por fresnos viejos y enormes, cubiertos de musgo, que mojaban sus pies en el agua y sombreaban una pequeña explanada de hierba verde y fresca. Colgada de una cuerda entre dos árboles descubrió, tendida, su ropa. El lugar donde alguien la había resguardado era, tal y como le había parecido desde el interior, una mezcla de cabaña de pastor y cueva, un pequeño muro adosado e integrado totalmente en la ladera de la montaña, sobre el que se abría una pequeña abertura de no más de metro setenta tapado con una manta. El techo del habitáculo se intuía levemente gracias al pequeño tubo que asomaba sobre la vegetación, por el que el humo de la chimenea salía perezosamente.

Supuso que en algún momento alguien había excavado el lecho de la montaña y lo había asegurado y cerrado con piedras para hacer una pequeña cueva donde refugiarse. O esconderse, ya que el lugar era idóneo para ello. Resguardado por las montañas, protegido en su entrada por maleza y agua, camuflado entre árboles, aquel claro en el bosque hubiera sido imposible de encontrar para el que no supiera de su existencia —o estuviera dispuesto a arriesgar su vida cayendo por una cascada, como ella, para encontrarlo—. En cualquier caso, refugiada o escondida, la persona que habitaba aquel lugar había hecho de él su hogar desde hacía tiempo. La leña perfectamente cortada junto a la cabaña, el hilo de tender, los restos de diferentes hogueras junto a la poza, todo delataba una estancia prolongada.

Monserrat estaba absolutamente absorta con el entorno cuando, andando desde detrás de unas rocas, apareció una figura humana, avanzando hacia ella con paso firme. Al principio no supo distinguir si se trataba de un hombre o una mujer.

Se trataba de una persona corpulenta y desarreglada, con el pelo sucio y sin arreglar, que le caía por delante del pecho y los hombros. Su vestimenta, una suerte de pieles de animal que cubrían unos pantalones hechos con tela similar al saco y una camisola que en algún momento había sido blanca y ahora era color pardo, le recordaron a la de un ermitaño, un asceta alejado voluntariamente de las comodidades de la vida comunitaria. Pero era una mujer.

Se acercó a ella mientras Montserrat quedaba paralizada. A dos metros, la monja pudo distinguir su olor. Ya una frente a la otra, se quedó callada mientras aquella mujer la escrutaba con la mirada. Fueron tan solo unos segundos en los que, como dos bestias, se estudiaron antes de actuar.

No era gorda pero sí corpulenta, con la piel color barro y el pelo mezcla de castaño y pelirrojo. Lo verdaderamente distintivo de su físico era la altura, por lo menos un metro ochenta, más alta incluso que su hermano Pablo, y, sin duda, más voluminosa. No olía mal, olía a animal. A ciervo y a jabalí, a campo y barro, con todo lo bueno y lo malo de cada olor. También a menta y a pino y a hierba y agua. Le recordó a una vikinga. Sin presentarse, preguntó:

—¿Tienes hambre? He *pillao* dos conejos.

Levantó el brazo con el que sostenía dos conejos muertos cogidos por las orejas y sonrió ampliamente mostrando una dentadura sucia pero completa. Montserrat le devolvió otra sonrisa, limpia, pero, desde su caída por la cascada, incompleta.

—Estoy muerta de hambre, sí.

Y así fue como Montserrat conoció a la mejor amiga que nunca tendría.

7

I

Habían pasado cinco meses desde que se habían conocido y no eran novios, pese a que Inés sospechaba que esa era la intención de Bob. Casi sin darse cuenta, habían dejado de ir con el grupo de sus hermanas Lucía y Cayetana y habían empezado a pasear solos y a merendar mano a mano en el paseo de la Emperatriz.

Bob conocía San Remo mejor que Inés, por lo que, al principio, pareció natural y galante que la acompañase en sus recados por el pueblo, llevándole las bolsas por sus estrechas calles mientras hablaban sin parar. Enseguida, cada paseo, cada recado, se empezó a dilatar con visitas a rincones que solo Bob parecía conocer, a cafeterías con productos especiales y selectos, plazuelas silenciosas en medio del bullicioso centro e iglesias y capillas escondidas como pequeñas joyas a los ojos de los veraneantes. Y todo fluía. Inés nunca se sintió más cómoda, más escuchada y mejor atendida que en compañía de Bob.

Nunca habría podido pasear sola con un hombre en España sin una carabina. Tampoco podría haber salido a la calle sin guantes y sombrero y, por tonto que pareciera, lo cierto era que ese era un aliciente más a sus salidas de la Villa Skosrev. Estaba segura de que su madre intuía que aquella súbita predisposición a realizar todas las compras necesarias para la casa ocultaba algo más, pero Eugenia estaba tan ajetreada con los planes para su regreso a España, que había aparcado todo lo demás a un segundo plano.

La cornisa cantábrica estaba ya en gran medida en manos del ejército nacional, salvo por una franja que se extendía de Oviedo a Bilbao, por lo que convenía organizar la vuelta de toda la familia, ahora que parecía que aquellas posiciones estaban bien aseguradas. El destino inicial era San Sebastián, pero, una vez más, la organización de un viaje para tanta gente necesitaba mucha planificación y una gestión eficiente de sus recursos, que seguían siendo muy limitados, pese a los envíos de dinero que Fernando Sagnier realizaba regularmente desde España. El sueldo de un militar, aunque fuera de alta graduación como su marido, les obligaba a vivir frugalmente y a planificar meticulosamente cada gasto. Eugenia llevaba semanas calculando cada peseta que necesitarían para el viaje y el establecimiento inicial de su familia en San Sebastián.

A Inés, la vuelta a España le provocaba sentimientos encontrados. Por un lado, su sentido del deber le obligaba a estar cerca de su padre, del resto de las personas que estaban luchando para que su patria fuera un lugar mejor para todos; también era una forma de implicarse y ayudar en aquella gesta crucial, y de estar cerca de Pablo Bultó, aunque fuera solo anímicamente. Volver a España era, en definitiva, estar donde debía, viviendo y padeciendo una guerra que se luchaba por y para gente como ella.

Por otro lado, no podía evitar disfrutar de la vida en San Remo. De esa burbuja mediterránea de paz y tranquilidad, de sus nuevos amigos, de una libertad jamás soñada. De Flavia, de Enrico y de Carlo. De Bob. Él y solo él había conseguido darle lo que en principio ella misma se había negado con rotundidad, la felicidad. Al llegar a San Remo Inés se había empeñado en estar constantemente preocupada y triste, enfadada con su situación y la de los suyos. Estar contenta, reír, le había parecido una especie de traición hasta que Bob empezó a pasearle y a enseñarle a disfrutar de las pequeñas cosas que la vida ofrecía pese a todo.

Esa tarde, al llegar a la Villa Skosrev tras pasear con el inglés, se encontró una carta sobre su cama. La abrió rápidamente, rasgándola sin abrecartas al ver el remite.

Ave María †
San Sebastián, 6 de enero de 1937

Querida Inés,

Espero que te encuentres bien y que estés disfrutando en la medida de lo posible de esta Navidad triste y diferente para todos. Hoy es día de Reyes, y al pensar en todas las cosas materiales que tengo, me doy cuenta de que lo que más anhelo es algo inmaterial, tu compañía.

Estoy pasando unos días de permiso en San Sebastián, que ha quedado más alejado del frente porque seguimos avanzando hacia Bilbao, y no te figuras la pena que me da no haber conocido esta maravillosa ciudad antes. Me he prometido que, en cuanto acabe la guerra, si Dios tiene a bien que la termine sano y salvo, iré a visitar todas las ciudades de España que aún no conozco, para estar seguro de que no me pierdo otra maravilla como esta. La ciudad se abre al mar en la bahía de la Concha, a la que se asoman magníficas villas y edificios. En el centro de todos, está el palacio del rey, que ahora está cerrado pero desde fuera parece imponente, mirando a la isla de Santa Clara, que preside toda la bahía.

Aunque no es momento para celebraciones, también se intuye fácilmente la alegre vida que han llevado a cabo aquí los veraneantes y los propios de la ciudad, ojalá pronto todo vuelva a restablecerse y esta guerra acabe para que todo el mundo pueda disfrutar de nuevo.

Poco después de que se tomara la ciudad, mucha gente empezó a volver del exterior y todo recobró un poco de vida, aunque costará que todos olvidemos la brutalidad de los días pasados. Viniendo hacia aquí después de la toma de Irún, presenciamos cosas de las que algún día habremos de rendir cuentas y que me devuelven con tristeza a la idea de que el mal tampoco es ajeno a nuestras filas.

Te escribo con la esperanza de que también vosotros volváis pronto a España si encontráis la manera de hacerlo.

Quizás si es así y Dios nos ayuda a todos, podamos reencontrarnos pronto.

Por favor, traslada mi afecto a toda tu familia y cuídalos a todos.

Con afecto,

Pablo

Sentada en el borde de su cama, cerró la carta entre sus manos doblándola cuidadosamente.

Aquellos párrafos decían entre líneas todo lo que le hacía falta para volver a la realidad. Pablo estaba triste. Pablo esperaba que volvieran a España. Pablo la quería.

Metió la carta en el cajón de su mesilla de noche y bajó al salón para hablar con su madre.

La encontró sentada en una mecedora en la galería que daba al jardín, leyendo una carta de su padre, que había llegado ese mismo día junto a la de Pablo. A su lado, un montón de papeles, algún plano y un par de diarios españoles descansaban sobre una mesa camarera.

Se acercó a ella al tiempo que Eugenia se libraba con la mano de unos pequeños anteojos que tenía apoyados sobre la nariz mientras leía. Miró a su hija y sonrió con cansancio.

—¿Qué tal, hija? ¿Qué dice Pablo?

Inés se había acostumbrado a la falta de privacidad de la casa. Cada carta desde España era un acontecimiento esperado del que se informaba a todos.

—Bien, bueno, ya sabes. Parece cansado. Está en San Sebastián de permiso. Bueno, lo estaba cuando escribió la carta, el día de Reyes. Dice que la ciudad es preciosa y que va llegando mucha gente del exilio para instalarse.

—Ya lo sé. También me lo ha dicho tu padre, es por eso que no podemos demorar mucho nuestra partida. Tenemos que estar con los nuestros.

Eugenia extendía el término «los nuestros» a toda la España nacional. Su marido estaba desde hacía dos meses en el frente de Madrid, que Franco había intentado en vano ganar desde el principio de la confrontación. Ella pretendía instalarse con toda su familia en San Sebastián.

—Le he notado triste. A Pablo. Está triste. Creo que no nos hacemos una idea de lo que está siendo la guerra.

—Ni idea, hija, ni idea tenemos. Con Blanca los primeros días lo que nos preocupaba eran tonterías como que hubieran colectivizado el restaurante del Ritz o que prácticamente todas las empresas hayan pasado a manos de los trabajadores. Más tarde nos indignamos con la idea de que las mujeres aborten legalmente, no sé, con la sensación general de que ya no hay ningún orden, de que los curas sean asesinados y las iglesias quemadas, todo, pero ahora llevo días —y la señora Bultó igual que yo— en los que solo pienso en lo que estará pasando tu padre y que solo vislumbro entre líneas. Tenemos que volver pronto, pero, sin él, la verdad es que no me está siendo tan fácil organizarlo todo. No es tanto por el viaje en sí mismo como por la llegada a San Sebastián donde aún no he conseguido dar con ninguna de mis primas. Tu abuela Ana está también desaparecida.

La abuela Ana era la madre de Eugenia. Había vivido hasta el estallido de la guerra entre Santander y su finca de la Recuesta, en Asturias. Era duquesa de Riosgrandes, pero cuando paseaba por su finca nadie hubiera dicho que era una grande de España. Sabían por el servicio que había pasado a Francia hacía meses, pero le habían perdido la pista desde entonces, aunque todos creían que volvería a España por San Sebastián, un lugar cómodo en el que tenía dos primas.

—He mandado cartas a diestro y siniestro, pero aún no he obtenido ninguna respuesta, así que, aquí me tienes, con diez personas que llevar a un país y sin saber ni cómo ni cuándo ni, y esto es lo peor, a dónde. Puedo comprar unos billetes de tren, pero, una vez que lleguemos, ¿qué? No podemos quedarnos en un hotel indefinidamente, ni pedir alojamiento al carnicero como en Bourg-Madame. Esta vez hay que pensar más a largo plazo, pues nadie sabe cuánto va a durar esta guerra maldita.

Se sintió culpable por la nula ayuda que hasta el momento había prestado a su madre.

—Mamá, hagamos una cosa. Tú ocúpate de todo lo concerniente a San Sebastián y yo me informaré y organizaré el viaje hasta allí. Puedo preguntar cuál es la ruta de tren más favorable y los horarios que nos resultarán más ventajosos. Haré una estimación del coste de todo y te lo pasaré. Así podrás centrarte en lo más importante.

Eugenia miró hacia arriba a su hija y sonrió. Llevaba días esperando a que alguien le ayudara. Una vez más, Inés demostraba que era la primogénita.

—Me parece muy bien, hija. Haz tus pesquisas y ve informándome. Los hombres tienden a darnos por inútiles, pero tu padre sabe bien que en cuanto estemos en España, dejaremos de ser una carga y empezaremos a ser una ayuda. Organiza tu parte y yo haré la mía. Ojalá podamos volver pronto.

II

Se levantó temprano y se encaminó hacia el hotel Miramare, donde dejó una nota para Bob y volvió a la Villa Skosrev para desayunar con su familia, los Bultó y la duquesa.

Sentada en el comedor, Inés miró alrededor. Realmente, la guerra provocaba curiosas compañías. Su hermana Lucía explicaba, entre sus ruidosas carcajadas, su paseo con Flavia la tarde anterior a Adela Bultó, cuya vuelta a la alegría todos habían dado por perdida y que la miraba entre ausente y asombrada. Sus hermanos menores eran corregidos en su postura y modales en la mesa por la duquesa Skosrev, que se levantaba con energía y se consumía como una vela a medida que pasaba el día. Su madre hablaba de algo muy serio con doña Blanca, posiblemente de los planes de viaje a España, mientras ella no podía reprimir una sonrisa ante aquella escena. Deberían haberse hecho alguna instantánea.

Estaba subiendo las escaleras para asearse tras el desayuno cuando oyó el reconocible claxon del Bugatti de Bob en la puerta del camino que daba acceso a la villa.

Le hacía gracia, nadie parecía oír aquel sonido salvo ella, que lo reconocía al segundo, como habría hecho un pastor alemán.

Siempre hacía esperar al inglés unos cuantos minutos, entre que se lavaba la cara, se arreglaba de nuevo el pelo y metía en su bolso de mimbre sus enseres, pero Bob jamás se había quejado. Eran pequeñas cosas como aquellas las que le encantaban de él. Era un auténtico caballero, un *gentleman* inglés en su acepción más típica e idealizada, un joven al que era fácil imaginarse a caballo persiguiendo a algún zorro desafortunado por los campos verdes de los Cotswolds.

Salió de casa sin dar explicaciones, suponiendo que su madre daría por hecho el motivo por el que se ausentaba.

Bob le esperaba apoyado en su coche, que relucía tanto como él, ataviado con una chaqueta de invierno de color azul, bajo la que asomaba una bufanda de cachemir, pantalón de pana y una gorra de cuadros. Hacía frío y el aire húmedo no invitaba a pasear como en días anteriores. Parecía que finalmente el invierno había llegado a San Remo.

Le abrió la puerta del copiloto y le besó la mano galantemente para colocarse luego en su asiento.

—Bueno, Inés, cuéntame que es esa misión tan importante que tenemos que hacer hoy. He desayunado muy rápidamente con esta intriga.

Inés rio brevemente.

—Pues sabes, Bob, sí que es importante la misión. Tanto que me vas a tener que ayudar porque de ello depende que mi familia pueda volver a España. Mi madre me ha hecho el encargo de averiguar qué ruta es la mejor para que todos vayamos de San Remo a San Sebastián, de organizar todo el viaje en autobús, en tren, o en ambas cosas para que estemos en España lo antes posible.

—Entonces, ¿ya os vais?

Detectó una mueca de tristeza en la cara del inglés. Quizás debería haber hecho una pequeña introducción a aquella conversación, un «Me entristece mucho, pero tenemos que irnos», algo que mostrase que le apenaba irse de San Remo. Apartarse de Bob. Pero tenía que reconocer que toda reticencia sobre su vuelta a España se había desvanecido al recibir la carta de Pablo.

—Bob, debemos irnos. Ojalá un día podamos volver a San Remo, por voluntad propia y no porque nos hayan obligado a abandonar nuestra casa, de noche y bajo amenaza. Llevaré este lugar en mi corazón el resto de mi vida. Es el lugar en el que he conseguido ser feliz, a pesar de las circunstancias, a pesar de saber que mi padre y mis amigos se están jugando la vida a diario, a pesar de que no tengo dinero ni para un café y que vivo con mi familia prácticamente de la caridad de una duquesa rusa y una conocida barcelonesa. Pero mi sitio y el de mi familia está junto a los nuestros, en España. Nunca podré disfrutar completamente de nada mientras mi país esté en guerra. Siento que debemos estar allí, y mi madre opina lo mismo. ¿Me ayudarás?

Seguían subidos al coche, parados frente a la verja de la villa y su tapia cubierta de hiedra. Bob la miró con los mismos ojos tristes que Inés había intuido hacía un minuto. Supo que él la quería. Supo que había comprendido que habían llegado al final de su tiempo sin que hubiera conseguido que ella sintiera lo mismo por él. Supo que no hacían falta palabras por parte de ninguno de los dos para comprender que ya nada pasaría nunca entre ellos.

Bob giró de nuevo la cabeza y miró al frente, sujetando el volante de madera brillante entre sus manos. Suspiró hondo, recuperando el ánimo.

—De acuerdo, vayamos a la estación.

Puso el coche en marcha y dio la vuelta a la calle, saliendo en dirección a la estación con el ruidoso motor resonando entre las villas y jardines que poblaban aquella parte de la localidad italiana. Inés verbalizaba todas sus preocupaciones respecto al viaje, sin verdadero interés en despertar la atención en Bob con sus palabras, tan solo como una especie de recordatorio mental en alto sobre lo que debía hacer.

—Somos diez, con mi madre once, habrá que ocuparse de que tengamos comida para todo el trayecto. Tampoco debería ser muy difícil, ¿no? No estamos tan lejos y la gente viaja continuamente de un lugar a otro. Aunque, claro, luego está el problema de la entrada en España. Deberíamos hacerla por Irún, pero habrá que ver exactamente cómo y cuándo. No conozco esa zona. ¿Estará nevado? Habrá que abrigar bien a los niños si no queremos que...

—Stop. —Bob había parado el coche en un lado del paseo de la Emperatriz. Le miraba sonriente—. Stop —repitió. Inés dejó de hablar, mirando extrañada al inglés—. No tenéis que buscar ningún tren. Se me acaba de ocurrir. No vais a ir en tren ni tampoco en autobús.

—¿Cómo? Pues olvídate del avión, porque no tenemos ni un centavo extra ni sé dónde se coge ni dónde se aterriza, ni sé nada de nada sobre aviones.

—Inés. Iréis en barco. Iréis en uno de nuestros barcos. No tenéis que preocuparos por nada. En una semana, zarpa de Génova uno de los cargueros de mi padre, y aunque es un barco de mercancías, tiene cuatro camarotes para pasajeros, en los que viajaréis mucho mejor que en cualquier otro transporte. Yo mismo os acompañaré hasta el puerto de San Sebastián, o al que esté más cerca y sea totalmente seguro.

Inés no podía creer su suerte. Había solucionado el problema. Así, tan fácilmente como se le había planteado, y nadie lo hubiera hecho mejor. Era la opción perfecta. Un viaje sin trasbordos, de puerto a puerto, segura y cómodamente trasladada por un barco de bandera inglesa. No podía esperar a contárselo a su madre. Estaba tan contenta que quiso gritar.

—¡Bob, es perfecto! ¡Perfecto! ¿En serio podemos hacerlo?

—Desde luego, Inés. El barco estará en Génova en una semana. Solo tenemos que subirnos a él. Es muy fácil y es lo mejor.

Sonrió mientras veía cómo Inés lanzaba los brazos al aire y miraba al cielo riendo y gritando de emoción. Nunca la había visto tan feliz.

—¡Sí! ¡Sí, sí, sí! ¡Es perfecto! ¡Cómo no se me había ocurrido! ¡Bob eres el mejor! ¡El más grande y más leal, el mejor de los amigos que ninguna chica pudiera tener!

Bob sospechó que eso era a lo más que podía aspirar. Amigos. Inés hablaría a los hijos que tuviera con otro hombre de su leal y amable amigo inglés. Quizás le hiciera padrino de alguno de sus retoños. En fin. En cualquier caso, se alegraba de poder ayudarle. Se alegraba de facilitarles el viaje y solucionar sus problemas. Le habría gustado hacerlo el resto de su vida.

Sonrió maliciosamente por primera vez.

Tenía una semana entera de travesía frente a sí. Podría pasar una semana entera con ella en su territorio.

III

Se llamaba Mercedes García y llevaba viviendo en aquella cabaña en el bosque desde el inicio de la guerra. Era aragonesa aunque, por alguna razón que Montse no supo nunca averiguar, sus palabras tenían un deje andaluz. Pese a su aspecto corpulento, su piel bronceada y sucia, sus dedos llenos de heridas provocadas por el bosque y un indefinible olor que la situaban a medio camino entre el hombre y la bestia, desprendía humanidad por cada uno de sus costados. A veces, cuando a la luz de la lumbre sus facciones quedaban disimuladas y se matizaba todo el envoltorio provocado por una vida de ermitaña, Montse creía ver incluso cierta distinción y belleza ajada en aquella mujer. Lo cierto era que había dos Mercedes, o quizás tres.

Estaba la bruta, la que despellejaba los conejos mecánicamente mientras comentaba cualquier banalidad, la que se rascaba impúdicamente y eructaba cuando le venía en gana, la que era capaz de permanecer dentro del río horas y horas pescando, la que parecía ser capaz de ganar la guerra ella sola.

Luego estaba el ama de casa, o de la cabaña en ese caso. Barría el suelo de piedra de su hogar dos o tres veces al día y obligaba a Montserrat a entrar en la misma descalzándose y totalmente limpia. Ella también lo hacía: siempre entraba en aquella pequeña vivienda de piedra totalmente limpia, tras haberse pasado varios minutos frotándose los brazos y la cara en las aguas trasparentes y frescas de la poza. Cuando se acercaba a la pequeña mesa para preparar la comida del día, Montserrat estaba segura de que no podía haber nadie en España que cocinara mejor que aquella mujer. Cuando Mercedes cocinaba, todo lo demás quedaba en segundo plano y se creaba un silencio total alrededor de aquella labor. Cortaba pacientemente cada ingrediente, descartando toda imperfección por insignificante que fuera, guisaba aves, conejos y pescados en el pequeño hogar de la cabaña, en diferentes utensilios de hojalata, y sazonándolos cada cierto tiempo con hierbas secas y hongos del bosque. Cada pequeño paso que daba, parecía la clave y el secreto para que el plato que más tarde saboreaban fuera una explosión de sabores única y especial. Al principio, Montse quiso que Mercedes le enseñara, pero pronto comprendió que hay cosas que no se aprenden ni se copian, y que el arte de su amiga era tan genial porque era intuitivo.

Por último, estaba la Mercedes misteriosa. Ella no se había dado cuenta de ello, pero Montse se desvelaba cada vez que Mercedes se despertaba a medianoche, salía de la cabaña y no volvía hasta el amanecer. Desaparecía totalmente del área en la que se encontraban, pues varias veces Montse se había asomado a la puerta de la cabaña para ver qué hacía aquella mujer y había comprobado que no se hallaba en el entorno inmediato en el que vivían. No supo nunca cuál fue la fuerza que le impidió preguntar, que la mantuvo acurrucada en una esquina de la cabaña intentando recuperar el sueño mientras la noche envolvía a su amiga, pero el caso era que cuando amanecía, trataba aquella realidad como un sueño, uno misterioso del que quizás no hiciera falta averiguar mucho más.

Mercedes tampoco parecía querer descubrir más sobre ella. No le había preguntado nada acerca de su presencia en el bosque, su procedencia o su filiación. No parecía interesarle, pese a que Montserrat se sentía cada vez más obligada a contarle su verdad. Por alguna razón, confiaba en aquella mujer que vivía apartada del mundo, de la guerra, de la crueldad humana. En aquel claro del bosque no podía haber bandos, no los había, solo humanidad, camaradería y hermanamiento sincero y genuino entre amigas.

Porque era su amiga. La había cuidado al caerse de la cascada y le había curado las heridas con pesados ungüentos que elaboraba con lo que el bosque le proporcionaba. Inútil como estaba, cojeando pesadamente de un lugar a otro, Montse no hubiera sobrevivido si no hubiera sido por los cuidados de Mercedes. Su objetivo de pasar a la zona nacional una vez más se había visto truncado por un imprevisto y había tenido que ser temporalmente aplazado. Pasarían por lo menos un par de meses hasta que se recuperara totalmente y pudiera reemprender la marcha.

El momento favorito de ambas era el que discurría entre el fin de las tareas de la tarde y la llegada de la noche, cuando, apoyadas en la pared exterior de la cabaña, veían cómo aquel rincón idílico del bosque se vestía de negro.

Llevaba dos meses bajo el cuidado de aquella mujer y parecían años. Mercedes no hablaba demasiado, pero cada palabra que decía, cada frase y comentario que articulaba estaba cargado de sentido e interés. Hablaban entre grandes silencios, como para reflexionar a cada paso de la conversación, mientras el día tocaba a su fin.

—¿Sabes? Cuando esto acabe, todo seguirá igual, pero por dentro todos habremos *cambiao* —empezó—. Yo seguiré siendo Mercedes y tú seguirás siendo Montserrat, pero seremos un poco peores las dos. Tendremos más rencor, menos inocencia, menos aguante. Nos tocarán los cojones incluso cuando no quieran hacerlo. Nos molestarán y nos asustarán sin querer, porque todos viviremos como perros *apaleaos*, desconfiando de cada caricia, esperando un garrotazo. Cuando te presenten a alguien, te preguntarás si ese era rojo o nacional, si ese es de los que mató a tus amigos o es de los que mató a los de aquel otro. A todos se nos va a hacer el corazón de piedra, para que nadie nos lo pueda romper nunca más.

»No te he contado que hace años tuve un huerto. Lo regaba cada día y mis lechugas crecían sanas y grandes, verdes y crujientes y la tierra se volvía mullida y tierna alrededor. Luego vinieron los problemas y olvidé mi huerto y muchas otras cosas. No lo regué en un mes, y la tierra se volvió dura como una piedra. Cuando quise recuperarlo era tarde; cuando regaba, la tierra no tragaba el agua, y tampoco brotó ninguna de las semillas que había plantado. La tierra era demasiado dura para que el agua entrase y también demasiado dura para que la semilla brotase de su interior. El corazón es igual que la tierra. Hay que regarlo a menudo si no queremos que se vuelva de piedra, porque lo malo de las piedras es que es tan difícil que entren sentimientos en ellas, como que salgan.

Suspiró pesadamente y negó con la cabeza antes de continuar:

—Así que todos seremos como antes, pero fríos y desconfiados. Y nuestros hijos y los hijos de nuestros hijos recordarán siempre que hay dos tipos de españoles, unos buenos y otros malos según el lado desde el que sus abuelos mataron.

Pensó que era sorprendente que ese fuera el tipo de comentarios que hacía una persona inculta y solitaria a una amiga casi desconocida. Como ella cuando estaba en el convento, parecía que el aislamiento de los conflictos permitía verlos y analizarlos a vista de pájaro, desde fuera, de forma más clara. No hacía falta ser especialmente educada, sino humana. Cualquiera que viera aquella guerra desde fuera pensaría lo mismo. Pero Mercedes siguió hablando.

—Cuando vine a este lugar, en la poza se pescaba casi con las manos. Los peces no desconfiaban y se acercaban a mí y comían gusanos de mis manos, así que los mataba como si nada. Ahora ya se lo saben. Y sus hijos también. Y no se acercan, aunque a veces solo vaya a tirarles algo de pan que me ha *sobrao*. Así es la naturaleza. Así somos nosotros. El miedo y el odio perduran en la cabeza. Se transmite de padres a hijos. De hijos a nietos.

—Mercedes, tú ¿qué harás? Cuando todo acabe, quiero decir.

—Yo me quedaré aquí. Yo no puedo ir a ningún *lao*.

Montserrat no quiso preguntar por qué, pero pensó que quizás Mercedes sí quisiera saber por qué ella estaba allí. Se quedó en silencio unos segundos, cogiendo fuerzas.

—Nunca me has preguntado a dónde iba por el bosque. Qué hacía yo aquí.

—No, porque no me interesa.

—Estoy intentando llegar a...

—¡Te he dicho que no me interesa!

Se quedaron mirando la una a la otra hasta que a Mercedes se le ablandó el rictus severo con el que había pronunciado sus últimas palabras.

—Mercedes, a mí sí me interesa que lo sepas. Además, posiblemente necesite que me ayudes otra vez.

La mujer que le había rescatado era tan dura por fuera como blanda por dentro. Se quedó callada mirando a Montserrat, comprendiendo que la situación en la que ambas se encontraban era temporal y que en algún momento no solo su amiga, sino ella misma debería reemprender su camino.

Montserrat estaba harta de mentir. Su interior le decía, además, que la verdad no podía perjudicarla en ese caso.

—Mercedes, yo soy monja. —La expresión de Mercedes no cambió—. Me escapé del convento. Bueno, en realidad, no me escapé, lo abandonamos todas las hermanas. El convento quedó en el lado republicano y creímos que corríamos peligro.

—Lo hacéis. Dios sabe que sí, pues claro.

Le explicó toda su historia, sin que Mercedes lanzase más que algún apunte cada cierto tiempo y sin mostrar en ningún momento que la verdad de su amiga le molestara. Asentía de vez en cuando, la miraba a la cara cuando Montse relataba la crueldad que había visto y vivido, y cuando parecía que el recuerdo de su historia le llevaba al borde de las lágrimas, la cogía de la mano y se la apretaba. Cuando el relato tocó a su fin, ya era de noche. Entraron dentro de la cabaña en silencio y Mercedes empezó a azuzar el fuego mientras colocaba un par de leños de encina sobre las brasas. Se quedó mirando el fuego mientras las llamas comenzaban a iluminar su cara.

—La madre que te parió, Montse. No te acojone haberme contado todo, que yo no soy ni roja ni azul ni marrón. —Se miró el delantal, manchado de tierra—. Bueno, un poco marrón puede que sí sea. Nadie debería ser perseguido por lo que piensa o lo que cree. A mí las monjas nunca me han hecho nada. Hay mucha mierda en todos lados y esos son los únicos bandos que hay. Los de mierdas y los de no-mierdas. Hay rojos mierdas y rojos no-mierdas, nacionales mierdas y nacionales no-mierdas, obreros y patronos mierdas y no-mierdas. También hay monjas mierdas y no-mierdas. Tú eres una no-mierda, a mí con eso me vale.

Montserrat no pudo evitar sonreír. Nunca había oído pronunciar la palabra «mierda» tantas veces en tan poco tiempo.

—¿Sabes? Creo que tienes razón. Como en casi todo.

Se levantó y abrazó a Mercedes por la espalda, a sabiendas que aquello la incomodaba, pero sintiéndose absolutamente incapaz de no dar una muestra de cariño físico a una persona como aquella. Pegada a su cuerpo, sintió cómo los olores del bosque, de la cocina, del barro y del arroyo penetraban en su cuerpo mientras Mercedes se quedaba quieta unos segundos, como el perro apaleado que espera que le acerquen más la mano para saber si le van a acariciar o pegar.

—Anda, anda, monja, déjame en paz que me das calor. Te ayudaré a que pases a la zona nacional, que aquí te darán de hostias, pero de las malas, como te pasees mucho.

IV

Una noche más, Mercedes había abandonado la cabaña sigilosamente, pese a que era imposible que Montse no se percatara de su partida. Habían establecido un pacto tácito por el que ambas evitaban hablar del tema. En su fuero interno, Montse sabía que las excursiones de su compañera no eran simples paseos nocturnos y que encerraban un motivo, una historia que posiblemente le aclararía muchas de las preguntas que inevitablemente se hacía sobre Mercedes. ¿Qué hacía allí? ¿Cuándo había llegado? ¿Por qué se había aislado del mundo? ¿Tenía familia? ¿Marido? ¿Hijos? Jamás había conseguido franquear el muro que escondía la verdad de su amiga y albergaba cada vez menos esperanzas de poder hacerlo algún día.

Pero el día había llegado.

Habían pasado casi cuatro horas desde que Mercedes había abandonado la cabaña cuando oyó un lamento en el exterior. Apenas perceptible al principio, a los pocos minutos, el continuado sonido de un llanto silencioso pero lleno de dolor la sacó de su sueño y la empujó al exterior de la cabaña, donde, apoyada en el muro de piedra que jalonaba la puerta, encontró a una nueva Mercedes.

No quedaba ni rastro de la dura mujer que la acogía desde hacía casi dos meses. En su lugar, sentada en el suelo, cogiéndose las rodillas y con la cara escondida entre las piernas, un cuerpo tembloroso emitía un lamento ahogado que Montserrat reconoció como de inmenso dolor. Similar al que hacía no tanto había oído emitir a las madres de Navalviento mientras veían a sus hijos ahorcados. Deseó que el destino no deparara a nadie una suerte similar.

Se sentó a su lado silenciosamente, acariciándole en silencio el pelo y la espalda. No dijo nada, pero su sola presencia pareció invitar a Mercedes a hablar, a abrir su corazón a la que en aquel momento era su mayor apoyo.

—No puedo más, Montse. No puedo más.

Acercó un poco su cuerpo a ella.

—Mercedes, tranquila, sea lo que sea lo que te suceda me tienes a mí para ayudarte. Saldrás de esta. Cuéntame qué te pasa y verás cómo encontraremos alguna forma de solucionarlo.

Y entonces, poco a poco al principio, y como un torrente poco después, Mercedes se lo contó todo.

V

Vivía en un pueblo en el que todos se conocían. Ella misma conocía a su novio desde que eran niños y jugaban junto a la cruz de término con los demás chicos de su edad. Al escondite y al pilla pilla cuando eran niños, a las prendas cuando fueron más mayores y a cualquier juego que fomentara el roce entre chicos y chicas poco después. Habían tomado juntos su primer chato de vino y habían notado cómo se les subía el efecto a la cabeza y se mareaban un poco. En realidad, para Mercedes, Fausto fue su primer casi todo.

No era una chica guapa y creció demasiado, de forma que la mayoría de los chicos del pueblo la descartó para cualquier flirteo, acomplejados por llevar del brazo a una mujer que en algunos casos les sacaba una cabeza. Tampoco ayudaba que su vello moreno sombrease levemente su tez, o que su sonrisa no fuera tampoco uniforme. Mercedes reconocía que su única ventaja respecto a las demás chicas del pueblo era su inteligencia y resolución.

También era divertida. La que más. Nadie que hubiera pasado una tarde con Mercedes podía decir que no se había reído y disfrutado de cada uno de los minutos de su compañía.

Su padre tenía más vacas que cualquier otro habitante de la comarca, y ella era su única hija, así que, por supuesto, su posición social también era un aliciente para potenciales pretendientes. No era rica —nadie del pueblo lo era—, pero su casa era de las mejores y pese a no contar con electricidad, sí disfrutaba de agua corriente y unas estancias repletas de comodidades como colchones de lana y dos sillones tapizados, donde Mercedes había sido vista en más de una ocasión leyendo alguno de los libros que el párroco le prestaba.

Cualquiera que estuviera dispuesto a obviar su físico, disfrutaría de una compañera divertida y buena, que además le aseguraría una vida rural cómoda para sí y sus hijos.

A los dieciséis años ya estaba claro que Fausto era el elegido —a decir verdad pocos más habían mostrado algún interés—, y tras pocos meses de noviazgo, se comprometieron y se casaron.

Pese a ser la única del pueblo que se había casado con un traje blanco —las demás siempre lo hacían de negro, para poder usar el traje en otras ocasiones— y que Fausto también estrenaba un traje con chaleco que ella misma le había regalado, formaron una pareja poco atractiva desde el mismo instante en el que se vieron en el altar. Más tarde, cuando en el patio de la casona de su padre el vino tinto invitó a los recién casados a bailar al compás de la orquesta local, todos pensaron que, por lo menos, sí que lo pasarían bien juntos.

La felicidad duró exactamente siete años.

Carmen y Luis, que entonces cumplían siete y cinco años respectivamente, lo eran todo para Mercedes, que suplía las carencias de su matrimonio con la felicidad que emanaba de cada acto, palabra o juego de sus hijos. Desde el momento que salieron de su interior supo que ya no habría nada más en la vida para ella y consagró su existencia a que sus hijos gozaran de la mejor vida que fuera capaz de darles. Impecablemente vestidos siempre, ambos ya sabían leer y escribir y se comunicaban mejor que cualquier otro niño del pueblo, lo que enorgullecía tremendamente a Mercedes e importaba más bien poco a Fausto. La relación de su marido con sus hijos era de cierta indiferencia. Había jugado con ellos al principio, pero hacía varios años que solo compartían las comidas, en las que rara vez se interesaba por sus avances en el colegio o sus vivencias fuera de él. Los niños esperaban poco de su padre y la distancia que les separaba crecía día a día, al tiempo que ser acercaban más a su madre.

Pero no fue hasta los seis años cuando Carmen realmente se separó de su padre más visiblemente. Mercedes observaba con preocupación cómo su hija no era capaz de mirarle a la cara, cómo se erizaba cada vez que este la tocaba o cómo respondía a sus escasas preguntas con monosílabos asustados.

El porqué de aquel cambio de actitud la intrigó hasta la noche de Santa Tecla, cuando el pueblo celebraba su fiesta mayor con una verbena frente a la iglesia, donde una orquesta tocaba pasodobles y canciones populares. Había dejado a los niños durmiendo y se había sumado a la fiesta con alegría, bailando con todo aquel que tuviera a bien invitarla y levantarla del corrillo en el que se encontraba con otras mujeres. Incluso Fausto parecía estar disfrutando de la fiesta y la había sacado a bailar dos veces, algo que no esperaba. Por eso le extrañó que, alrededor de las once, cuando la verbena no había dado ninguna muestra de querer finalizar, su marido se despidiera y se fuera a casa, dejándola a ella con sus amigas.

Pensó que quizás se encontraba mal por primera vez desde que le conocía, ya que Fausto gozaba de una salud de hierro que no se alteraba, pese a los fríos invernales o los días de lluvia en los que volvía calado hasta los pies a su casa. A los veinte minutos de su partida, decidió acudir a su encuentro para preguntarle si todo iba bien.

Entró en la planta baja de la casa y se dirigió a su habitación. Sorprendida, comprobó que Fausto no estaba allí, por lo que se acercó a la cocina para ver si lo encontraba, sin éxito. Extrañada, subió a la planta superior de puntillas para evitar despertar a sus hijos, pensando que lo hallaría allí.

No había acabado de subir la escalera cuando oyó a su hija llorar apagadamente y susurrar:

—No, papá, por favor.

Abrió la puerta de la habitación de su hija de un manotazo.

Frente a ella, su marido, desnudo, intentaba tocar a su hija, acurrucada en posición fetal en una esquina de su cama. Mercedes solo alcanzó a gritar:

—¡Monstruo!

Se dio la vuelta y bajó las escaleras volando, poseída por el demonio y decidida a apartar a aquel hombre de su vida y de la de sus hijos para siempre. Tardó menos de medio minuto en volver a la habitación de su hija y hundir el cuchillo de la matanza seis veces en la espalda de aquel cerdo. Agradeció que la orquesta del pueblo tocara tan fuerte, pues ni siquiera los gritos de terror y dolor de Fausto acudiendo a su encuentro con la muerte pudieron atraer la atención de sus paisanos, que seguían bailando a pocos metros de aquel escenario.

Sacó a su marido por la puerta trasera y lo tiró al pozo de la casa, más preocupada por consolar a su hija que por eliminar efectivamente las pruebas de su crimen. Carmen se había quedado helada, con los ojos clavados en uno de los rastros de sangre que manchaban las paredes de su alcoba, sentada en el borde de su cama. Había presenciado cómo su madre mataba a su padre frente a sus ojos, y peor, cómo este había intentado abusar de ella. Nunca volvería a ser la misma. Mercedes no supo qué decir, no supo qué hacer, solo la abrazó tan fuerte como pudo y la llevó a su habitación, donde se recostaron y permanecieron toda la noche juntas, sin que hubiera una sola lágrima que ablandase su dolor o el de su hija. Descubrió que se les había hecho el corazón de piedra a ambas.

Encontraron el cadáver dos semanas después y aunque la piel había adquirido un color oscuro y el cuerpo parecía un trozo de pan mojado del que se desprendía la carne, a nadie le cupo ninguna duda de que Fausto había sido asesinado con el cuchillo hallado en el fondo del agua. Cuando varios testigos reconocieron el cuchillo, Mercedes supo que sería condenada.

Pero el peor castigo se produjo antes del juicio. Cuando ya hacía varios días que la gente murmuraba a su espalda y las miradas de suspicacia se sucedían una tras otra con cada vez menor disimulo, antes incluso de que la autoridad competente la acusara, la familia de su marido apareció en su casa rodeada de guardias civiles y se llevó a sus hijos. Hicieron falta cuatro guardias para contenerla, pero, pese a sus esfuerzos, Carmen y Luis le fueron arrebatados.

Impotente, angustiada, viendo cómo su vida se desmoronaba sin darle tiempo a sostener nada de lo que le había rodeado hasta entonces, se encontraba llorando desconsoladamente en su casa cuando alguien llamó a su puerta discretamente. Se secó las lágrimas con el brazo y se acercó para, entornando la puerta, ver quién reclamaba su atención.

Se trataba de Justo, amigo suyo de toda la vida, hijo del carpintero y vecino del cuartel de la Guardia Civil.

No se anduvo con rodeos.

—Mercedes, te van a detener. Lo he escuchado al otro lado de la tapia de mi huerto, en el patio del cuartel. Van a venir a buscarte en cuanto Palomares acabe con un interrogatorio que está haciendo en Casares de Puenteviejo. No creo que tarden más de una hora. Si no quieres acabar en el garrote, vete echando leches.

Conocía a pocas personas tan buenas como Justo, pero no tenía ganas de luchar por nada.

—Justo, a mí ya todo me da igual. Sin mis hijos, mi vida no vale nada. Maté a Fausto, claro que sí, y mataré a cualquiera que quiera aprovecharse de mi pobre hija. Ese guarro asqueroso se quería beneficiar a su propia hija. Ese hijo de Satanás mereció cada una de las puñaladas que le di. Porque lo hice yo. Y yo sola. Y lo volvería a hacer mil veces más.

—Ya lo sé, Mercedes. Pero te condenarán. Y te matarán.

—¿Y qué más da?

—Pues da, Mercedes, da, no jodas. Y si no lo haces por ti, hazlo por tus hijos. Vete, escapa. Ya encontrarás manera de recuperarlos, de escaparte con ellos más adelante. Yo te ayudaré si hace falta. Pero si no pueden tener padre, por lo menos que tengan madre. Mataste a su padre porque lo merecía, pero tú no mereces morir, y tus hijos no merecen ser huérfanos. No les jodas la vida dejándolos con esa gente que conoces menos de lo que conocías a tu marido y que pueden ser tan malos como él.

Reflexionó unos segundos. Si sus hijos se quedaban huérfanos, sería solo por su culpa. Debía luchar por ellos. Debía protegerlos y educarlos. Debía apartarlos de la familia de Fausto.

Cuando la Guardia Civil fue a llevársela presa, encontró la casa vacía y su alcoba con evidentes signos de una huida apresurada y reciente. Se resignaron a no encontrarla nunca, con una guerra a las puertas, el crimen pasional de una mujer era la menor de sus preocupaciones. Volvieron al cuartel y jugaron a las cartas toda la tarde mientras escuchaban por la radio las últimas noticias sobre el caos que se estaba produciendo en diferentes ciudades del país.

—Conocía este lugar porque veníamos con mi padre a buscar níscalos. Es lo bueno de los buscadores de setas, nunca revelan los sitios donde las encuentran, así que nadie sabe que este lugar existe. En realidad, tampoco sé si alguna vez alguien fue a buscarme. Estoy convencida de que la familia de Fausto se lo pidió a la Guardia Civil, *malagente* que son, esos hijos de mala madre seguro que intuían algo, que esos impulsos no llaman a la puerta de nadie de bien. El caso es que nunca me he sentido amenazada aquí. Pero aunque en el pueblo nadie me busque, yo no puedo olvidar lo que he dejado allí. Con la ayuda de Justo no tardé en averiguar que mis hijos estaban en las habitaciones contiguas a la cuadra de mis suegros, donde ahora vive mi cuñada. Esa perra se quiere quedar con mis hijos porque es yerma como los Monegros y su cuerpo no es capaz de dar vida. Se creía que mis niños me olvidarían, que se los haría suyos, pero los encierra cada día en cuanto anochece porque teme que ellos se le escapen o las sombras me ayuden a mí a llevármelos. No anda equivocada, Dios sabe que he visto a mis niños prácticamente cada noche desde que me los robaron. Me acerco a la ventana de su habitación y me subo a un tonel que hay cerca de la pared para asomarme. Hablamos un rato cada noche. Les digo que me los llevaré, que ya queda menos y que nunca digan que me han visto. Me aseguro de que esa perra los tenga bien alimentados y limpios y... Bueno, y yo misma me tranquilizo un poco y me alegro y puedo dormir un poco cuando vuelvo aquí.

Montserrat escuchaba sin poder articular palabra. Qué negra podía ser la España rural.

—Pero esta noche me han visto —prosiguió Mercedes—. Estaba asomada a la ventana de mis niños, hablando con mi Luisito cuando la perra de mi cuñada ha entrado en la habitación abriendo la puerta de golpe. Al principio le ha costado reconocerme y yo misma tampoco he hecho nada por ocultar mi cara. El odio me ha podido, igual que con su hermano. Han sido solo unos segundos, pero he visto el brillo del miedo en sus ojos, antes de que echara a correr hacia el interior de la casa gritando como una loca «la asesina, la asesina» llamando a mi suegro y al bobo de su hermano para que fueran a por mí. Infelices y patosos personajes. Para cuando han salido a la calle y dado la vuelta a la tapia para encontrarme yo ya estaba lejos.

—¿Y ahora?

—Ahora todo se ha jodido, Montse, y por eso no puedo parar de llorar, coño.

Era cierto. No podía parar de llorar. En cuanto dejaba de hablar volvía a llorar.

—Tienes que llevártelos, Mercedes, o se los llevarán lejos y nunca más los volverás a ver. No le costará nada a tu cuñada decir que son huérfanos, que su madre murió en la guerra y que ella es un especie de ángel salvador que los ha acogido.

—Lo sé. Pero con solo acercarme al pueblo me apresarán. Y la bruja no se apartará de mis hijos ni un segundo hasta que sepa a dónde y cómo llevárselos.

—A menos que yo te ayude.

—¿Tú?

—Sí, claro, Mercedes. Nada me gustaría más que devolverte algo de lo que tú me has dado. Pensaremos algo, recuperaremos a tus hijos y cruzaremos al bando nacional. Tú me enseñarás por dónde hacerlo, y vendrás conmigo. Escaparemos juntas.

Mercedes se quedó en silencio. Seguía llorando, pero sus lágrimas ya no eran solo de tristeza; también eran lágrimas de emoción y de esperanza. De saberse querida cuando el mundo y ella se habían dado la espalda. Con la voz entrecortada la abrazó tan fuerte que Montse creyó que la ahogaría mientras la campesina alcanzaba a susurrar:

—Te quiero mucho.

8

I

Embarcaron en el *Longleat IV* en un día templado y soleado, que parecía querer adelantarse a la primavera en pleno invierno.

Se habían despedido de las Bultó y la duquesa Skosrev a las ocho de la mañana entre grandes abrazos, pese a que a todos les habían enseñado a no ser demasiado generosos en las muestras de afecto. Era demasiado lo que debían a aquella octogenaria rusa y a Blanca Marqués, que se había portado con todos como una madre. Eso era, como una madre, la señora Bultó había solucionado los problemas antes de que nadie hubiese supuesto que estaban allí, había llenado la despensa cuando todos se preguntaban para cuánto tiempo les quedarían víveres y se había ocupado de que una villa en galopante decadencia fuera habitable para todos. Antes de subirse al coche, Eugenia cogió las manos de Blanca entre las suyas. Ambas tenían los ojos azules levemente humedecidos por la emoción.

—Blanca. No sé qué decir.

—No digas nada, Eugenia, todo está dicho.

—Nunca podré.

—Nunca querré —la interrumpió.

—Blanca, nunca podré devolverte todo lo que has hecho por nosotros. No sé qué habríamos hecho sin ti.

—Eugenia, tú hubieras hecho lo mismo por cualquiera. Id con Dios y ojalá la próxima vez que nos veamos sea en mejores circunstancias.

Eugenia no estaba segura de ser tan buena como Blanca. Con tantos hijos y sin su marido, no creía haber tenido espacio en su cabeza para ni una sola preocupación más. No, ella no hubiera hecho «lo mismo por cualquiera». No era tan buena como Blanca, pero era leal y agradecida. En su interior, supo que estaría en permanente deuda con aquella gran mujer.

Habrían preferido dejar San Remo en un día gris y frío, que les ayudase a olvidar la maravillosa localidad que les había acogido. Habían pasado casi nueve meses en condiciones infinitamente mejores a las que nunca hubieran esperado cuando escaparon de Puigcerdá. Inés y sus hermanas habían hecho amigos para toda la vida, convivido con gente nueva, aprendido a cocinar y a limpiar, a coser, a remendar, a valorar lo material y lo inmaterial en su justa medida. Habían crecido en todos los aspectos en los que unas personas a caballo entre la adolescencia y la madurez podían hacerlo, y las tres podían ver el orgullo en la mirada de su madre, a la que la compañía de aquellas nuevas mujeres resueltas y seguras de sí mismas daba fuerza cada día.

El barco que les esperaba en Génova era un carguero de acero de ciento veinte metros de eslora y dos cubiertas blancas sobre un casco azul coronado por una franja roja. Su única chimenea, levemente inclinada hacia la popa, humeaba lentamente mientras esperaba el embarque de toda la carga. La zona para el pasaje estaba claramente definida en la popa y en la zona de la cubierta superior, sobre la que se habían colocado tumbonas, mesas y sillas de teca.

No era exactamente el *Queen Mary*, pero ellos eran el único pasaje, así que irían más cómodos que la mayoría de los que viajaran nunca en el famoso crucero.

Ascendieron por la rampa tras dejar todo el equipaje en manos de la tripulación, que lo empezó a trasladar ordenadamente a la bodega y a los camarotes. Habían llegado a San Remo con lo puesto, pero volvían con suficiente ropa y enseres para empezar la nueva etapa en San Sebastián con menos penurias que cuando llegaron a Italia. Bob ofreció el brazo a Eugenia mientras la acompañaba a su camarote seguida de toda su prole, que, excitada y curiosa, no perdía detalle del barco.

Inés estaba exultante. Pese a que en realidad la solución había llegado de la mano de Bob, ella era la última responsable de que el inglés hubiera resuelto tan satisfactoriamente el problema de su traslado. Su madre había podido ocuparse de su llegada a San Sebastián mientras se despreocupaba de todo lo demás, dejando el tema —crucial— del traslado en sus manos. Como una diligente ama de llaves, Inés había visitado el *Longleat IV* el día anterior, comprobando que cada miembro de su familia tuviera un lugar adecuado en el que viajar y había quedado impresionada con aquellos camarotes modernos y lujosos, que supo que estaban pensados para la familia Asprey, la familia de Bob, y que nadie más había usado nunca. No sabía cómo podría agradecer tanta amabilidad.

Siguió a su madre con sus hermanos mientras entraban en el camarote del armador, reservado para el padre de Bob y que habían destinado a Eugenia. Se trataba de la estancia más lujosa del barco y ni siquiera su madre, cogida al brazo de Bob, pudo evitar lanzar una pequeña exclamación de admiración al entrar. Luminoso, amplio y ricamente decorado, el camarote del armador era una suite de dos estancias separadas por puertas correderas de madera de raíz con las iniciales de la familia incrustadas en latón. En uno de los extremos estaba el dormitorio, presidido por una gran cama de caoba con cabezal y colcha tapizados a juego en una tela con flores de tonos granates. Flanqueaban la pieza dos mesillas camilla con sendas lamparitas doradas. Una puerta entreabierta en un lado de la habitación dejaba intuir el cuarto de baño. En el otro extremo, cruzando las puertas correderas, un conjunto de tresillo y sillones tapizados con flores de tonos rojizos se distribuían en semicírculo frente a una pequeña chimenea de mármol verde. Decoraban las paredes una serie de acuarelas con escenas de caza, perros labradores y perdices de vivos colores que, junto con las cortinas, alfombras y cojines completaban un camarote que respiraba confort y lujo entre el olor a madera y mar.

Siguieron a un marinero al resto de los camarotes y uno a uno fueron colocándose en el que les correspondía. No habían acabado de deshacer la maleta cuando un sonido de sirena largo y grave les anunció que soltaban amarras.

Salieron a cubierta a despedirse de Italia agitando el brazo, mientras el barco se apartaba del muelle y arrastrado por un práctico enfilaba la bocana del puerto. Enseguida, un par de camareros con reluciente chaqueta blanca de botonadura dorada les acerca ron unos vasos con limonada. Inés levantó la mirada para sonreír a su madre, que, asintiendo con cabeza, le devolvió la sonrisa mientras se recostaba en una de las tumbonas.

Pasada la emoción de las primeras horas, todo el mundo pareció acostumbrarse rápidamente a la vida en el barco. Calcularon que tenían por lo menos diez días de travesía, si el tiempo les acompañaba, pero secretamente muchos desearon que aquel viaje no acabara tan pronto. Lucía descubrió enseguida la cocina del buque y acudía con frecuencia a aliviar los que para ella habían sido meses de frugalidad gastronómica en San Remo. Los pequeños recorrían el barco de arriba abajo, entrando en la sala de máquinas y en el puente de mando acompañados de algún miembro de la tripulación, que les explicaba el funcionamiento de cada uno de los aparejos de navegación y plantaba en la cabeza de cada uno de ellos la semilla de la vocación marinera. Si la temperatura lo permitía, Eugenia pasaba la mayor parte del tiempo recostada en una de las tumbonas de la cubierta de popa, agradecida de no tener que ocuparse de su familia demasiado y planificando mentalmente todas las gestiones que debería hacen al llegar a San Sebastián. Estaba todo organizado, pero siempre quedaban flecos.

La que peor estaba pasando aquella singladura era Cayetana, que vivía en un constante mareo y se movía permanentemente con una palangana cerca, donde en algún momento del día no podía evitar vomitar entre las caras de repugnancia de su familia, que poco podía hacer por ayudarla.

Inés no se había separado de Bob desde el inicio del viaje.

Sin necesidad de buscarlo, el inglés parecía tener su ritmo vital perfectamente sincronizado con el de ella. Aparecía para desayunar a su lado al poco de haberse sentado ella en la mesa, se quedaba en silencio cuando empezaba a adormilarse tras la comida, salía a tomar el refrescante aire del Mediterráneo a la vez que Inés se asomaba a la cubierta y se despedía para dormir en el mismo momento en el que empezaba a bostezar. Pasaban el día juntos y, como desde el día que se conocieron, su relación era cómoda, fácil y relajada. No habían discutido ni una sola vez.

Y eso era precisamente lo que exasperaba a Bob.

Había tenido algunas relaciones en el pasado. Jovencitas adecuadas de las fincas colindantes. Alguna representante del *Peerage* inglés bien documentado en el libro de Burke's, que había hecho soñar con una descendencia noble y latifundista a sus padres. También había tonteado con una americana divertida y salvaje que, empujada por sus padres, le había ofrecido un matrimonio de dinero a cambio de su título de baronet y algo de historia. Aquello pasaba frecuentemente, pero raras veces funcionaba. Los nobles conseguían salvar sus imponentes mansiones campestres y seguir cazando el zorro mientras sus mujeres americanas vivían las vidas de princesa que su país les negaba. Con todo, estaba harto de ver cómo sus amigos se perdían con sus amantes por los clubes del West End londinense en busca de un amor más real. Ellos, como él, querían algo más, y quizás por eso no había conseguido casarse todavía.

Sin embargo, no podía evitar darse cuenta de que aquellas relaciones, por imperfectas que fueran, contaban con una chispa que aún no había prendido en la suya con Inés. En la perfección de su amistad estaba el problema de que lo suyo no evolucionase a nada. Desde el primer día estaban estancados en una relación que, de no hacer nada, podría permanecer exactamente como estaba hasta el fin de los días.

Pronunció la frase que su abuelo ludópata repetía constantemente a la vuelta del casino tras dilapidar otro pedazo de su fortuna: «Quien no arriesga no gana».

Había dejado una nota por debajo de la puerta del camarote de Inés a la hora de la siesta, cuando supo que estaba sola en la estancia. En ella la invitaba a reunirse con él para una cena-post-cena a medianoche, en la cubierta de popa. No hizo falta añadir que no comentase nada sobre el plan a su familia; sabía que Inés no diría nada a nadie con tal de ahorrarse las risitas maliciosas de sus hermanas.

Cenó con todos, como hacían desde que habían embarcado, y ya durante la cena pudo comprobar con placer que una tensión invisible se creaba entre él e Inés, que apenas cruzaron la mirada un par de veces, como dos niños malos con una travesura entre manos.

Le hubiese encantado que su amiga estuviese tan nerviosa por su cita como él mismo.

Tras un rato de sobremesa y una copa de licor en la zona del salón, Eugenia se levantó para ir a acostarse y todos la siguieron, dando por finalizada la velada.

Bob también acudió a su camarote, donde hizo tiempo duchándose y cambiándose para ponerse un traje oscuro de Dege & Skinner, el que más le gustaba de todos los que había encargado en su sastrería de Savile Row. Se engominó el pelo hacia el lado y se echó con la mano un poco de su colonia de Penhaligon's en el cuello. Satisfecho, se miró al espejo, probablemente no era Cary Grant, pero ninguna mujer podría decir que no estaba elegante.

Salió a cubierta y se apoyó en la barandilla mirando aquel mar negro, solo perturbado por el lento avance del *Longleat IV* bajo un cielo plagado de estrellas presidido por la luna creciente. Aquella noche podía ser crucial si calculaba bien sus movimientos. En realidad, también sería crucial si los calculaba mal. En cualquier caso, estaba decidido a poner las cartas sobre la mesa y dejar claro de una vez por todas lo que sentía por Inés. Ella tendría que enseñar sus cartas también. Para bien o para mal, su relación ya no sería igual a partir de entonces.

Se volvió cuando oyó el crujido de la puerta al abrirse lentamente hacia un lado. De puntillas, con los zapatos en la mano, asomó Inés, vestida tal y como la había visto media hora antes. Le miró y por un instante le pareció que se sorprendía al verle tan elegantemente vestido, pero enseguida cambió la cara para ofrecerle una amplia sonrisa, entre emocionada y conspiratoria. Ya no era una niña y quizás había llegado el momento de salirse del guion de vez en cuando. Se apartó del camarote mientras cerraba lentamente la puerta y se puso los zapatos con cuidado, avanzando hacia él inmediatamente después.

—¿Y bien, señor Asprey? ¿Me puede explicar a qué viene tanto misterio?

Le miraba con los brazos en jarra, interpretando un papel de severa institutriz que no le iba nada. Bob no pudo evitar reír.

—Inés, bienvenida a la segunda cena de la noche. Ven conmigo antes de que muera de risa.

Le ofreció galantemente el brazo y la acompañó escaleras arriba, dejando la cubierta de los camarotes a sus pies, mientras ascendían a la cubierta superior. Caminaron en dirección a proa y bajaron unas escalerillas, pasando por delante del puente de mando, donde el contramaestre les saludó divertido y extrañado. Entraron en la zona de la tripulación en silencio y siguieron descendiendo. Estaban debajo de la línea de flotación cuando Bob abrió la puerta de la estancia donde tendría lugar la cita.

Se trataba de la zona de carga del barco, una de ellas, en las que transportaban bebidas, fundamentalmente vino, por lo que el aire estaba impregnado del olor a humedad, a tierra, a vino y a polvo de las bodegas.

Inés no pudo evitar contener un suspiro emocionado al ver el espacio. Junto a las botellas, a diferentes alturas, y alrededor de todo el compartimento, Bob había mandado colocar farolillos de diferentes tamaños, todos encendidos dando una luz mágica que se reflejaba en el cristal y se coloreaba atravesando los caldos rubí y oro que contenían. Ningún buen marinero hubiera aprobado encender tantas velas en un barco, pero se dijo que él era el dueño, o casi. En el centro de la estancia, una pequeña mesa, casi un velador, cubierta con un mantel de hilo con bordados dorados, sostenía dos servicios de porcelana Paragon con borde dorado y cubiertos de reluciente plata para dos. A un lado, otra pequeña mesita rectangular contenía una especie de pequeño bufé con panecillos de diferentes tipos, quesos y embutidos, un par de botellas de vino y un gran recipiente semicircular con hielo sobre el que habían colocado cuencos repletos de helados de diferentes sabores. Se trataba más de un segundo postre abundante que de una cena propiamente dicha. A Inés le pareció perfecto, especialmente cuando se había hecho a la poco atractiva idea de tener que volver a cenar tan solo una hora después de haberlo hecho.

Se sentaron a la mesa y se sirvieron una copa de vino. Se miraron un instante a los ojos sin poder evitar sonreír. Bob pensó que la vida estaba hecha para momentos como ese.

Como les pasaba siempre —y Bob empezaba a lamentar—, en dos minutos toda la tensión sexual se había disipado y se encontraban en la bodega del barco como en su casa, hablando y riendo sin parar, levantándose desordenadamente de la mesa para servirse más queso y preparándose diferentes combinaciones con embutidos y pan con tomate como Inés hacía en Barcelona. Hasta pasada la hora y media, tras haber tomado los mejores helados que ninguno de los dos había probado nunca, no se dieron por satisfechos.

Sin saber por qué y sin venir a cuento, ambos se quedaron sentados en silencio, mirándose. Por primera vez desde que se conocían, el ambiente se alejaba inequívocamente de lo amistoso, entrando en un terreno que Inés desconocía y Bob ansiaba. Decidió no desaprovechar ni un segundo más y, lentamente, sin pedir permiso, esperando que la persona que tenía enfrente deseara tanto aquel gesto como él mismo, se inclinó sobre la mesa para llevar sus labios hasta los de Inés, que le esperaba con una mezcla de emoción y miedo.

Se besaron suavemente con la boca cerrada, con más ternura que pasión. Bob supo que aquel era el primer beso que Inés daba y tuvo cuidado en no asustarla, tomándose mucho más tiempo del que hubiera dedicado a cualquier otra mujer en repetir la acción, apretando sus labios contra los de Inés con un segundo beso un poco más largo. Se movía con la delicadeza con la que se acaricia a un animal salvaje y asustadizo, lentamente, sin hacer movimientos bruscos para que no se dé la vuelta y salga corriendo en dirección al bosque. No quería que aquel animal se fuera a ningún lado, quería que se quedara junto a él para siempre.

Cogió su silla y la puso junto a la de ella, notando cómo Inés aceleraba la respiración y se sonrojaba levemente.

—Yo... no esperaba...

—¿En serio, Inés? ¿En serio, no lo esperabas? Yo he estado esperando a esto desde el día en el que nos conocimos, desde la excursión a Ceriana. Desde aquel día solo he pensado en ti. A todas horas y sin descanso.

—Bob, yo no sé si puedo.

—¿No puedes qué, Inés? Nos llevamos bien. Nos divertimos. Sabes que conmigo serías feliz, porque ya lo eres. Yo no querría que lo nuestro acabara nunca, ¿quieres tú?

Levantó la cabeza de Inés con la mano, obligándola a mirarle a los ojos. Detectó miedo y sonrojo, pero también emoción y ternura. La besó de nuevo.

Con una risita tímida, y volviendo la vista hacia el suelo con timidez, Inés le respondió:

—No, no quiero que esto acabe.

II

Eran las dos de la madrugada pasadas y dos mujeres avanzaban por los senderos que enmarcaban la tierra blanca, dura y muerta del sur de Aragón. Habían dejado atrás el bosque y, con él, todos los ruidos de la fiesta animal de pájaros y bichos que se producía cada noche al abrigo de su espesa vegetación. También habían dejado con mucha pena el bucólico lugar que les había acogido, aquella ruda cabaña cubierta de musgo y tierra, deliciosamente ubicada en el lugar más bonito que el planeta pudiera ofrecer. El paisaje aragonés parecía querer reflejar, con sus drásticos cambios, el cambio de situación en el que ellas mismas se encontraban. De la seguridad y la clandestinidad del marco idílico del bosque, a la exposición total y el frío de los campos yermos que atravesaban en aquellos momentos. Se jugaban el todo por el todo. Toda su vida podía irse al traste aquella noche.

Gélido y cortante, el aire rodeaba con su aura la luna llena, sin conseguir calar sus cuerpos, demasiado ocupados en su misión como para detenerse en detalles sin importancia como aquel. Tenían un plan que empezaba aquella noche y que calculaban que les llevaría una semana concluir. Un viaje a pie diseñado entre las dos con el mayor esmero, en el que cada punto del recorrido había sido trazado sabiendo que no había margen para el error ni segundas oportunidades. En cualquier caso, su vida, la de las dos, dependía de que tuvieran éxito. En una semana, todo habría cambiado, y esperanzadas, pensaban que para bien.

El resultado de aquella noche lo determinaría todo.

Habían dejado dos hatillos con mantas, algo de ropa y comida en un pequeño caseto de aperos abandonado, escondido entre la maleza y cubierto por hiedra, que Mercedes conocía de cuando ella y su marido eran novios. Allí se había dejado magrear y besar con ansia por el monstruo con el que más tarde se casaría. Esas paredes habían sido testigos de cómo cometía el error que condicionaría el resto de su vida. Solo le traía malos recuerdos, pero muerto Fausto, ella era la única que conocía aquel lugar, así que no podía haber un mejor escondite cerca del pueblo que ese. Estaba a apenas quinientos metros de la tapia del cementerio y la cruz de término.

Todo estaba meticulosamente planificado. No podían fallar.

Entraron en el pueblo al abrigo de las sombras que las casas creaban en las calles de tierra y piedra, asegurando cada paso para no ser vistas, moviéndose con sigilo pese a que todo el lugar daba muestras de estar completamente dormido y ni siquiera los perros se habían percatado de su presencia.

Montserrat seguía a Mercedes en aquella misión, sorprendida una vez más de los caminos por los que Dios le estaba llevando. Cuando en Santa Águeda le decían que «los caminos del Señor son inescrutables», nunca había imaginado la dimensión de aquella realidad. En seis meses había pasado de la clausura a la clandestinidad y se encontraba a punto de realizar una acción más propia de un bandolero que de una monja. «El fin justifica los medios» se dijo. Otro buen refrán para la noche.

Ni siquiera recordaba cómo se llamaba aquel lugar y allí se encontraba, recorriendo sus calles barridas por el viento helado, siguiendo a Mercedes.

Al girar la esquina de una pequeña callejuela flanqueada de sencillas casas de piedra, divisaron su objetivo.

Escrutaron con detalle el granero con tejado a dos aguas y paredes de madera apoyadas en un muro de piedra de dos metros de altura. En la fachada, se abría un arco por el que durante la cosecha entraban los carros para dejar el grano, las hortalizas y frutas. Mercedes le había explicado hacía algunos días que el pueblo tenía tres graneros: el mayor lo utilizaban todos los que no podían permitirse tener uno propio. El mediano, estaba abandonado desde que su dueña, una mujer que había asesinado a su marido, había huido del pueblo. Aquella mujer estaba ahora frente al tercer granero, el menor, donde la familia de su difunto esposo guardaba la cosecha y algunos embutidos que estaban secando tras la matanza.

En cuanto se acercaron a la puerta, Mercedes empezó a meter la mano entre las piedras que conformaban la pared principal. Al poco rato una cedió levemente. Con las dos manos la empujó hacia fuera esforzadamente, dejando un espacio hueco en la pared del que extrajo una gruesa llave de hierro. Sonrió a su cómplice con malicia.

—Esta gente es lo peor. No creo que haya nadie en todo el pueblo que no sepa dónde está la llave de cada casa. —Miró a Montserrat y la apremió—: No te quedes ahí parada como una boba, Montse. Ya sabes lo que hay que hacer.

Montserrat se dio la vuelta y enfiló a paso ligero hacia la iglesia, situada en el extremo opuesto del pueblo. No había llegado cuando empezó a oler a quemado. Entró rápidamente en el templo y tras mirar de lado a lado en una semioscuridad solo matizada por la luz que se filtraba por el rosetón colocado sobre la puerta, localizó una cuerda que colgaba en la esquina de la iglesia. Se acercó a ella y tiró con fuerza haciendo sonar la campana una, dos, tres, veinte, treinta veces hasta que supuso que todo el pueblo estaba despierto. Al salir del templo contempló cómo mucha gente salía apresuradamente de sus casas y corría hacia el lugar del siniestro, un granero en llamas que brillaba como una antorcha en medio de la noche.

Esperaba no llegar tarde.

Corriendo, se acercó hasta las proximidades de la casa que Mercedes le había indicado al llegar al pueblo. Era una de las mayores de la población y aunque estaba relativamente cerca del granero que le servía de despensa, no fue hasta que llegó a la esquina cuando vio salir por la puerta a sus alarmados habitantes. Tres hombres primero, subiéndose los tirantes y agarrando cubos vacíos y poco más tarde una mujer de redondeadas formas y pelo alborotado, cogiendo de la mano a un niño y una niña. Allí estaban. Todos corriendo hacia su granero.

Montserrat siguió al grupo a pocos metros en medio de aquella luz de llamas y alboroto general. Todo el mundo corría en la misma dirección, muchos ya con cubos de agua. No tardó en estar frente a la obra de Mercedes, que ardía con llamas cada vez mayores y presagiaba un irremediable desastre para el granero. La mujer a la que seguía pensó lo mismo, pues nada más ver cómo sus provisiones ardían comprendió que su ruina era inevitable y cayó de bruces en el suelo, llorando amargamente y gritando como una loca, apartando la vista del granero, golpeando con los puños el suelo, pataleando sin mover un dedo por remediar lo irremediable. En medio de aquel ataque de histeria, la mala mujer no alcanzó a ver que estaba a punto de perder algo mucho más importante que sus provisiones. Algo que no era suyo.

Montserrat se acercó a los dos niños, que, boquiabiertos, observaban entre impresionados y divertidos la escena. Se agachó y les pasó el brazo por la cintura. Ambos giraron su cara hacia el de aquella mujer con aspecto amable.

—Chicos, ¿cómo estáis? Soy una amiga de mamá. Me ha pedido que os lleve con ella corriendo. ¿Venís conmigo?

No hizo falta más. A Montse le dio la sensación de que aquellas dos criaturas hubiesen ido con cualquiera que hubiera dicho la palabra mágica. Mamá. La miraron con la sonrisa en la cara y los ojos iluminados por la alegría y le dieron la mano.

Doblaron la esquina juntos y echaron a correr en dirección al caseto donde les esperaba su madre, ya preparada para huir y no volver a aquel maldito lugar nunca más.

Mercedes le había dicho en una de sus conversaciones que una madre debía ser como una roca, un lugar al que sus hijos pudieran volver siempre, un punto seguro en el que descansar cuando las cosas se ponían feas, y que, para que así fuera, una madre nunca podía dejar que sus sentimientos desbordaran lo racional. Según Mercedes, una madre no debía ni llorar demasiado, ni gritar demasiado, ni reír demasiado, no debía hacer nada «demasiado», si quería que sus hijos vieran en ella la roca que aspiraba a ser. Mantenía con firmeza, como hacía con casi todo, que mostrar sus debilidades no ayudaría a sus hijos. Su mayor error había sido que su hija le viera matar a su marido, que hubiera visto cómo ella, su madre, era presa de un momento de total locura y actuaba poseída por la rabia y el odio. No se arrepentía de haber matado a Fausto, pero lamentaba no haberlo hecho discretamente, haber provocado un accidente casero, una caída o algo similar, para quitárselo de en medio sin que su hija presenciara la carnicería que había provocado. Sin que viera que ella también era humana y que no lo tenía todo controlado, sin que perdiera la fe ciega en su madre como el puerto seguro, la roca a la que volver.

Pero la roca, el puerto seguro al que volver, el muro sólido que retenía todas las emociones, se había desbordado completamente y lloraba de alegría mientras sus hijos la abrazaban tan fuerte como podían. Tirada en el suelo de la caseta, con «su» Carmen y «su» Luis besuqueándola como cachorritos, la estampa era tan conmovedora que Montse tampoco pudo evitar emocionarse. De pie y ansiosa por seguir la huida antes de que se detectase la desaparición de los niños, no era capaz de romper el momento.

No hizo falta. En el segundo en el que Mercedes cruzó su mirada con ella, supo que tenían que darse prisa. Se levantó y se secó los ojos con la manga de su abrigo.

—Ya es suficiente, niños. Nos vamos.

Salieron rápidamente de la caseta en dirección a la ribera de un arroyo flanqueado por chopos y alisos que creaban un parapeto perfecto para avanzar en dirección al siguiente punto sin ser vistos. La idea era llegar al alba a la fábrica harinera de Puñoenrostro, una localidad a unos veinte kilómetros de donde se encontraban. Con el inicio de la contienda, la fábrica había dejado de funcionar, por lo que podía ser un lugar ideal para esconderse y planificar la siguiente etapa. Planificaban caminar alrededor de veinte kilómetros al día, para pasar al bando nacional al cabo de menos de una semana. Calculaban que estaban a unos cien kilómetros del frente.

La esperanza de Mercedes y Montse era que la fuga de los niños se justificase, al menos las primeras horas, como una travesura infantil. Aquel tiempo sería crucial para ganar distancia. Sabían que poco después, todos relacionarían la quema del granero a aquella desaparición y que todas las miradas se centrarían en Mercedes, la madre vengativa que había venido a llevarse a sus hijos. A pesar de todo, pensaron que en plena guerra aquel acontecimiento era una nimiedad, máxime cuando el perjuicio se había hecho a una familia, la de Fausto, a la que nadie en el pueblo tenía especial simpatía.

Fuera como fuera, no podían detenerse ni un segundo.

III

Se despertaban pronto para caminar y descansaban a partir de mediodía. No se ponían en marcha de nuevo hasta bien entrada la tarde, avanzando hasta que el sol empezaba a despedirse entre las colinas que rodeaban aquellos parajes yermos y sin vida. No cumplían aquel horario por gusto, pero, pese al frío, la precaución obligaba a viajar sin ser vistos. Durante las horas centrales del día se escondían donde podían, temerosas de que algún encuentro peligroso les retrasara o les hiciera abandonar su misión para siempre. Ambas habían tenido muestras de la maldad de algunas personas. No, preferían no ver a nadie, aunque para ello tuvieran que viajar entre la penumbra de la mañana y las primeras horas de la noche, entre el frío del alba y la escarcha que lo envolvía todo.

Así, su lucha diaria era contra un enemigo silencioso y constante que les debilitaba poco a poco sin que pudieran hacer nada para evitarlo. El frío que calaba sus huesos, la escasa comida y las noches al raso habían empezado a hacer mella en el grupo, e incluso Mercedes, que parecía irreductible, había empezado a toser y a arrastrar sus pies mientras llevaba del brazo a sus hijos.

El territorio por el que circulaban solo cambiaba con la cosecha, pero, en plena zona republicana, en una España en guerra y con los hombres más ocupados en matarse los unos a los otros que en llenar las despensas de sus familias, sabían que la tierra permanecería gris y muerta todo el año.

Al tercer día, cuando ya llevaban cuatro horas caminando a buen ritmo y sus ojos no eran capaces de distinguir la oscuridad a un metro por delante de sus pasos, se hicieron a un lado del camino y se recostaron en la cuneta que hacía una pequeña zanja paralela a toda la vía. Se apretujaron los unos contra los otros para darse calor y tomar un poco del pan seco y el embutido que llevaban varios días racionando.

Montserrat aún no había acabado sus oraciones mirando al cielo estrellado cuando los ronquidos de Mercedes y sus hijos le recordaron que también ella debía descansar.

Su cuerpo, como el de todos, había asimilado desde hacía días el despertador biológico, automático y preciso que se activa en los momentos importantes, pero aquel día falló.

En lugar de despertarse espontáneamente con el alba, aquella mañana fue el ruido desordenado de un grupo de hombres acercándose a ellos lo que les alertó.

Montserrat y Mercedes se miraron con terror, al tiempo que cada una le tapaba la boca a uno de los niños y pedía silencio, mirándoles abriendo los ojos como platos. El camino, de unos tres metros de ancho discurría sensiblemente a otra altura de la que ocupaban ellas. A apenas un metro de desnivel, aquella cuneta les debería servir de escondite.

Con tan solo oír la entonación del grupo que se les acercaba, supieron que era muchísimo mejor que no les encontraran. Voceando entre ellos, sin ningún atisbo de orden ni de jerarquía, insultándose de forma que les pareció que varios estaban ebrios, ambas temieron por su integridad. Sabían lo que algunos milicianos alejados de sus casas y sus mandos hacían a mujeres como ellas. Por supuesto, no era lo normal y lo más probable era que el grupo les adelantara sin entretenerse, pero tampoco podían olvidar que eran fugitivas, por lo que decidieron no tentar a la suerte y permanecer semiescondidas donde estaban.

Por el ruido que hacia el grupo, Montse calculó que serían alrededor de quince hombres, suficientes para hacer con ellas lo que les viniera en gana.

Empezaron a oír cómo pasaban a su lado sin que pareciera que ninguno se percataba de presencia. Con los ojos cerrados, acurrucados y abrazados entre ellos, oyeron como uno, dos, tres, cinco, ocho hombres les rebasaban antes de oír:

—¡Aaalto!

Ni Montserrat ni Mercedes se atrevieron a apartar la mirada del suelo, rezando por no haber sido descubiertas. Como avestruces, la estúpida sensación de no ver al enemigo era para ellas un escondite, aunque todo estuviera perdido.

Una mano cogió a Montse del hombro, apartándola con violencia del grupo.

En cuanto se vieron las caras, miliciano y fugitiva no pudieron evitar la sorpresa.

Frente a ella, Ezequiel, el miliciano más sucio, más vulgar y más idiota de todos los que había conocido, presentaba una cara cruel y malvada que hasta entonces a Montse le había pasado desapercibida. El hombre estalló en carcajadas.

Pero a Montse no le hizo ninguna gracia.

—¿Qué haces tú por aquí, bandida? ¡Que el Antonio aún te anda buscando y media milicia también! —Montserrat sabía que Antonio no la buscaba, es más, Antonio le había pedido que emprendiera la huida—. ¡Una que se escapa, otra que se pasa la noche follando y se cuelga del árbol! ¡Pero vaya dos joyas que recogimos!

Se le saltaron las lágrimas mientras intentaba comprender lo que Ezequiel le decía.

—Eze, ¿quieres decir que Arancha...?

—¡Uy, la Arancha! ¡Que parecía una duquesa pero que se tiró al Javi y al Patricio a la vez, la muy marrana! ¡Tan cansada se quedó, que se colgó de un árbol! ¡Ahí la dejamos! Pero ya veo que la naturaleza nos trae a otras mujeres al grupo, que tú no sabes lo bien que nos venís.

—No te creo.

Lo decía por decir. En lo más profundo de su ser, sabía que lo que Ezequiel le decía podía ser perfectamente cierto.

—Te estuvimos buscando un rato hasta que lo comprendimos todo Montse. Joan Pou desaparece de repente y nadie sabe por qué. Al cabo de un tiempo, tú, la más misteriosa, callada y sospechosa del grupo, huye con todas sus cosas y no la volvemos a ver, hasta yo lo veo claro, zorra. Tú le hiciste algo al Pou y luego escapaste. Todo el grupo se va a alegrar mucho cuando vean que te he encontrado.

—Yo no maté a Pou.

—Yo no he dicho que al Pou lo hayan matado. Te acusas tu sola, ¿has visto?

Tembló de rabia al percatarse de que era cierto, que ella misma se había acusado, pero se mantuvo lo más serena que pudo. A su lado, Mercedes se había erguido y miraba con la frente alta y amenazante al grupo, mientras sus hijos se escondían cogidos a sus piernas tras ella.

Ezequiel les miró con lascivia. Aquel hombre era como un animal al que los instintos más primarios siempre distraían de lo realmente importante. Alargó la mano para tocar el pelo de Carmen mientras prácticamente babeaba mirando a la pequeña.

—Montse, qué caramelitos nos has traído esta vez.

No hizo falta más para que Mercedes se abalanzara sobre el miliciano con el cuchillo que usaban para cortar el embutido. Al instante, diez fusiles Mauser la apuntaban.

Ezequiel apartó la mano de Mercedes, paralizada a pocos centímetros de su cara, cogiéndola por la muñeca y apretando hasta que la mujer soltó su ruda arma.

Se le acercó, susurrándole al oído lo suficientemente alto para que todos le escucharan:

—Cuidado, guarra, que aquí el único cerdo que manda soy yo. —Se giró hacia Montse y luego, dándole la espalda, hacia el resto del grupo—: Se vienen con nosotros. Prendedlas.

IV

Habían rebasado las Baleares, y se dirigían por el centro del Mediterráneo en dirección al Estrecho, sin planes de resguardarse en ningún puerto, si el mar lo permitía. Hasta qué punto aquel barco podía moverse de lado a lado sin que la situación requiriera el resguardo de algún puerto era algo que los Sagnier se preguntaban constantemente. Se levantaban en sus camarotes con sus pertenencias rodando de un lado para otro y, agarrándose como podían a las barandillas, se acercaban a la tripulación para preguntar si todo estaba en orden o debían preocuparse. Invariablemente, aquellos hombres de mar, acostumbrados al Cantábrico, al Canal de la Mancha y al Atlántico, sonreían abiertamente y les tranquilizaban, todo era absolutamente normal. El que alguna vez hubiera dicho que el Mediterráneo era un mar tranquilo jamás había hecho una singladura como aquella. Llevaban tres días viendo cómo las olas parecían querer devorar el casco del *Longleat IV* y no estaban seguros de poder aguantar mucho más.

No obstante, entre caras de mareo, vómitos ocasionales y el malestar general, Eugenia había insistido en que ninguno de los suyos mostrara el más mínimo gesto de disgusto o desagrado, por lo que, cada vez que se sentaban a la mesa o a conversar tranquilamente con Bob, se producía una obra de teatro de la que todos los catalanes eran actores protagonistas.

El capitán les había informado de que el mal tiempo duraría uno o dos días más, por lo que esperaban poder cruzar el Estrecho con mejor mar y rezaban para que las horas pasasen lo más rápido posible hasta entonces.

Con buena mar, el barco les había ilusionado y divertido, pero desde el inicio de la marejada dos días atrás, todos, del primero al último, no veían el momento de desembarcar en San Sebastián y olvidarse del navío.

A Inés le había pasado exactamente lo mismo con Bob. No veía el momento de alejarse un poco de él.

La noche en la bodega había sido mágica, divertida. La única y primera cita de su vida, y, quizás por eso en el momento no supo reconocer el error que estaba cometiendo. En realidad, solo fueron unos cuantos besos, algún arrumaco más intenso que los demás, un beso de despedida con la boca entreabierta, pero se le erizaba el pelo cuando comprendía que se lo había dado a la persona equivocada.

Bob lo tenía todo, la quería, la cuidaba, vigilaba que en todo momento estuviera contenta, que no faltara nada alrededor. Pero no le gustaba. Había tenido que llegar hasta aquel punto para saber que era incapaz de dar ni un paso más en aquella relación. De hecho, quizás también a causa del mareo, que no había conseguido quitarse de encima desde que empezara la mala mar, los cumplidos y la relamida educación del inglés la empezaban a poner nerviosa.

Se lo había contado a su hermana una noche en el camarote y desde entonces parecía que el malestar de Cayetana había desaparecido por completo.

Cayetana no podía evitar estallar en carcajadas cada vez que volvía a reunirse en el camarote con Inés y analizaban cada una de las situaciones, cómicas para una y agobiantes para la otra, que se habían producido durante el día entre Bob y ella.

El inglés parecía haberse tomado el éxito de su cita con Inés como el principio de una relación seria, o por lo menos como su preludio. No había detectado ni por un segundo la exasperación que a Inés le producía —cada vez más— su presencia.

Eran las ocho de la tarde y estaban ya todos sentados en la mesa del comedor del barco, una vez los más pequeños ya habían cenado y se encontraban en sus habitaciones a punto de quedarse dormidos. La primera vez que habían cenado en la estancia se habían asombrado por su elegancia, pero, como a todo, también se habían acostumbrado a eso. Se trataba de una sala larga y rectangular con una mesa ovalada de caoba para dieciocho comensales en su centro. Sobre la mesa, dispuesta a la inglesa, unos mantelillos individuales de laca azul oscuro ribeteados en dorado servían de base para una vajilla de porcelana blanca de Delft con dibujos en azul y una cubertería de plata con las iniciales del barco —L.IV—. La cristalería tallada y las pequeñas paneras de plata se sumaban a un todo que brillaba a la luz de una araña de cristal alargada, que pese a estar fijada por tres puntos al techo, no podía evitar que sus cristales y cuentas se balanceasen tintineando al ritmo de las olas. El vaivén del mar provocaba una especie de tenso silencio que todos preveían se rompiera en cualquier momento con el estallido de una copa o un plato contra el suelo. Mareados, miraban cómo el mar se replicaba en sus vasos de agua y vino, sin ánimo para tener una conversación y deseosos de acabar con aquel trámite y volver a sus camarotes para vomitar.

Bob, en cambio, estaba exultante, y absolutamente ciego al ánimo general de sus invitados.

—En cinco días estaremos en San Sebastián. Ya no les queda nada para estar en su país de nuevo, aunque les voy a echar mucho de menos, amigos. Espero que puedan venir a visitarme a Inglaterra cuando la guerra acabe. Mi padre estaría encantado de recibirles en Asprey Hall en cuanto puedan viajar. Podemos cazar perdices si les divierte o simplemente pasear. El campo de Yorkshire es precioso y verde, lleno de pueblos que vale la pena visitar. Y las excursiones son muy interesantes también, hay lagos rodeados de robles enormes y prados ideales para hacer un *picnic* al aire libre. ¡Son tantas las cosas que podríamos hacer!

—Y sin que el suelo bajo nuestros pies parezca querer bailar un vals —murmuró Lucía.

—¡Cierto! Está un poco mal el mar, ¿no es cierto? Pero el capitán me ha dicho que mejorará el tiempo, así que todos podremos disfrutar más del viaje. ¡El mar, ya se sabe! ¡Nada es más fuerte que la naturaleza! Pero estén tranquilos porque este barco ha navegado en situaciones mucho peores que la de hoy. No hay ningún peligro. ¿No es cierto, Inés?

Inés levantó la mirada del plato hondo sobre el que la sopa se balanceaba frente a ella. Estaba mareada y cansada.

—Bob, no sé en qué momento te llevaste la impresión de que yo era una marinera experimentada, famosa por mis singladuras por los siete mares y experta en el manejo del timón, pero te equivocaste —soltó con sarcasmo—. Deja de decir «¿No es cierto?» aquí, «¿No es cierto?» allá. Suena infantil y absurdo en español, debí habértelo dicho hace tiempo. Lo que SÍ es cierto es que estoy mareadísima y que estoy deseando llegar a puerto, desembarcar y poder moverme por la vida sin necesidad de agarrarme a una barandilla para no dar con mis dientes en el suelo.

Se hizo el silencio en la mesa. Ni siquiera Eugenia fue capaz de salir de su asombro para censurar la actitud de su hija. No concebía que alguien de los suyos pudiera ser tan descortés.

Inés agachó la cabeza avergonzada.

—Disculpadme, yo no puedo. Lo siento.

No sabía de dónde había salido aquel torrente de rabia maleducada. Se levantó de su silla repentinamente y salió tambaleándose del comedor.

Eugenia sintió que tenía que decir algo. Aún resonaba la puerta cerrándose apresuradamente a su espalda.

—Señor Asprey, por favor, disculpe a mi hija, aunque no tiene disculpa alguna. Jamás la había visto así y me haré cargo de que nadie la vuelva a ver nunca de semejante manera. No puedo más que...

—Señora Sagnier —la interrumpió Bob—, no tiene que disculparse por nada. Si me perdonan, creo que iré a ver que todo está en orden.

Se levantó de la mesa y siguió los pasos de Inés, que se había refugiado en su camarote. Tocó con el puño levemente la puerta antes de abrir sin esperar respuesta. Se encontró a Inés recostada, apoyada en el cabezal de su cama con los brazos cruzados. Al entrar, levantó la cabeza y mostró su cara, surcada por lágrimas.

—Yo no sé qué decir. Bob, lo siento, perdóname. Estoy cansada, estoy mareada. Estoy confusa y lo he pagado con la mejor persona que hay a mi alrededor. Con el mejor amigo que nadie pudiera tener. No sé qué me ha pasado.

—Inés, ¿tú me quieres? —No podía creer que Bob le formulase esa pregunta. ¿Cómo podía saber él que su arranque tenía nada que ver con aquello?—. No como amigo, no como un apoyo. Eso ya lo tienes y, digas lo que digas, lo tendrás siempre. Inés, ¿me quieres como te quiero yo a ti? Porque si me quieres, todo irá bien, da igual el problema que tengas en este momento o los que tengas en el futuro; si estás a mi lado yo me ocuparé de que no exista, de que se diluya como la espuma de las olas que estamos atravesando. Si me quieres como te quiero yo a ti, no habrá problema que no podamos superar. Te cuidaré y te mimaré, y viviremos donde tú quieras y haremos lo que tú digas, porque todo lo que tú quieras y todo lo que tú hagas, a mí me gustará siempre. ¿Me quieres, Inés?

Se enjugó las lágrimas con la manga de su vestido y le miró directamente a los ojos, sabiendo que su mirada no permitiría que ni una de sus palabras quedara en duda.

—Te quiero más que a ninguna persona que no sea de mi sangre. Te quiero más que a cualquier amigo que haya tenido nunca. Te quiero, claro que te quiero, te echaré de menos cada día cuando nos dejes en San Sebastián. Pero no te quiero como novio. No tengo esa clase de sentimientos hacia ti, y, por favor, perdóname si no he sido clara, si he actuado como una fresca dejándome agasajar y dando pie a la duda. No lo mereces, no mereces más que cariño y agradecimiento por mi parte y por parte de toda mi familia.

—No hablo de tu familia.

—Lo sé. Hablas de mí. ¡Es tan halagador que alguien me quiera así! Me has hecho sentir única por primera vez en mi vida. Siempre he formado parte de un conjunto de hermanos, primos, amigos y familiares a los que se quería en grupo, se agasajaba en grupo, se piropeaba en grupo. Nada ha sido exclusivamente mío hasta conocerte a ti. Desde el primer día me hiciste sentir que era yo la que merecía todas esas atenciones y creo que ha sido eso lo que ha hecho que me confunda yo y te confunda a ti. Lo siento tanto. Pero no, sé que no te quiero como tú quieres que te quiera.

—Entonces, está claro. No lo hablemos más. No te agobies por mí, ni te sientas incómoda en mi presencia a partir de ahora. Supongo que ya me lo habías dejado claro, debí haberme retirado entonces. Inés, está bien, no seremos novios, pero seamos amigos. No hay nada que deba cambiar eso. Juro que no volveré a intentar nada si no me lo pides tú antes, aunque doy por definitiva esta conversación. —Le tendió la mano—. ¿Amigos, entonces?

Inés se secó las lágrimas de nuevo. Sonrió y soltó una pequeña carcajada, entre divertida y aliviada.

—Dame un abrazo, tonto.

V

El resto del viaje a San Sebastián transcurrió con buena mar y sol, como si el tiempo hubiese sentido a la vez que Inés que todo volvía a estar en su sitio. La normalidad volvió a instalarse en su relación con Bob. Incluso él, que había deseado una relación distinta, estaba aliviado. La situación le recordó a la que algunas veces había experimentado en su época de estudiante en Oxford, cuando la víspera de un examen se encontraba a altas horas de la madrugada estudiando en la habitación de su *college* y súbitamente decidía que llegaba tarde a la cita, que no estaba preparado por más que estudiara toda la noche y cerraba los libros, dejaba el examen para otra convocatoria y se iba a dormir. Aquella sensación de alivio, remordimiento y cambio de ciclo se parecía en algo a la que se le había presentado con Inés, solo que, en este caso, estaba casi seguro de que no habría más oportunidades y que el estado de pura, sólida y cómplice amistad en el que se encontraban no cambiaría nunca.

Se resignó y se forzó a pensar en sus prioridades una vez llegara a Southampton. Eso le distraería. De todas formas, el amor siempre se le había presentado sin buscarlo, así que pensaba dejarle ese trabajo al destino y dedicarse a sus quehaceres hasta que llegara el momento.

Por su parte, Inés se mostró exultante el resto del viaje, participando de cada actividad que se proponía en el barco, ayudando a su madre y manteniendo una relación con Bob en la que ningún momento nadie percibió la más mínima tensión. Había pasado página y aunque lamentaba no haber tenido una conducta más honorable y haberse dejado seducir por un hombre al que no amaba, decidió que en el mundo había problemas más importantes que aquel, por lo que convenía priorizar y guardar aquellas nimiedades para cuando menos vicisitudes la acuciasen.

Llegaron a San Sebastián sin más novedades y, entre abrazos, todos los Sagnier se despidieron de cada uno de los marineros que les habían acompañado hasta España. Antes de subir a la barcaza de remos que les llevaría desde el exterior de la bahía de la Concha al puerto, situado a los pies del monte Urgull, se sucedieron uno a uno los besos y abrazos a Bob. La penúltima fue Eugenia, que no escatimó palabras de agradecimiento llenas de un cariño que sus hijos en rarísimas ocasiones le habían visto manifestar. Recibir aquellas palabras de una persona que todo el mundo tenía por fría y distante emocionó a Bob.

Tras su madre, llegó el turno a Inés, que le apartó un poco para que el resto no le oyera.

—Bob, ya te lo ha dicho mi madre pero déjame que te lo repita: gracias de corazón. Gracias por habernos cuidado como lo has hecho y haber permitido que este montón desordenado de familiares míos hayamos podido regresar a nuestro país. Te estaré agradecida siempre y aunque suene a tópico cursi, allá donde encontremos nuestra casa, tendrás la tuya. Sé que algunas cosas no han salido como habías planeado y ya hablamos del error que cometí haciéndote creer que era lo que no era, pero hay una realidad que sí que me gustaría que entendieras claramente y con toda su fuerza: mi amistad. La tendrás siempre, Bob, y eso es mucho más de lo que pueden decirse la mayoría de las parejas. Pase lo que pase, si alguna vez estás triste o te sientes solo, recuerda que tienes una amiga en España que te querrá y te apoyará siempre que lo necesites. Ven a verme, te escribiré para que tengas mis datos postales y puedas escribirme tú también. Y acuérdate y reza por mí, porque yo lo haré por ti cada día.

Los ojos del inglés se humedecieron de forma que le fue imposible disimularlo. ¿Dónde estaba la flema inglesa que se le suponía a todos los hombres del imperio? Si no despedía a Inés rápidamente temía que el último recuerdo que se llevara de él aquella mujer excepcional fuera la de un blandengue británico que lloraba en los adioses.

—Cielos, Inés, gracias por tus palabras. No sé qué decir, tened cuidado, escríbeme si necesitáis algo y también si no necesitáis nada. No quiero perderte. Escríbeme y cuéntame. Y si algo en tu interior cambia y debería saberlo, por favor, ábrete a mí y dímelo. Sé que es casi imposible, pero dímelo si sucede.

—Lo haré, no te preocupes, pero tampoco lo esperes.

Se miraron a los ojos durante unos segundos antes de fundirse en un largo abrazo y alejarse, quizás para siempre, el uno del otro. Inés, camino de una nueva etapa de su vida, rodeada de un país en guerra y sin más planes que los de solucionar su futuro más inmediato. Bob, de vuelta a una Inglaterra que le era querida y melancólica, perfecta para no olvidar jamás lo que no pudo ser.

9

I

—Tengo una novia. Bueno, en realidad, no es exactamente una novia. Es una madrina. Bueno, y quizás también un poco novia, aunque no la he conocido aún.

Se llevó la mano al pecho y extrajo una foto sepia con los bordes roídos por el manoseo. En ella aparecía una mujer que rondaba la treintena, con un traje floreado que intuyó rojo y el pelo suelto y ondulado que caía sobre sus hombros, enmarcando una tez blanca de facciones no especialmente agraciadas. Una mujer del montón, aunque más que válida para calentar el corazón de un soldado alejado de su casa.

—Nos escribimos desde hace dos semanas y parece como si me conociera de toda la vida. Se lo cuento todo y también ella me cuenta sus cosas a mí. Tiene veintisiete años. ¿Es guapa, no?

Pablo le quitó la foto de las manos, mirándola con más detenimiento.

—Sí que lo es. Es muy guapa, Alonso. Tienes mucha suerte.

Lo pensaba. Él hacía dos meses que no recibía cartas de nadie, aunque había escrito innumerables misivas a la Villa Skosrev. Con todo, aún no se había decidido a buscar una madrina de guerra, pese al entusiasmo que provocaba la correspondencia entre ellas y la tropa.

Alonso estaba pletórico.

—Cuando acabe la guerra la iré a visitar enseguida. ¡Antes que a mi madre! Ya se lo he dicho y ella también está deseando nuestro encuentro. Vive en San Sebastián. Antes de la guerra trabajaba en una mercería y sabe tejer como quien lo inventó, me ha mandado esta bufanda y me está haciendo unos guantes también.

La figura de la madrina de guerra era una de las curiosidades más amables de la Guerra Civil, en este caso, copiada de la Gran Guerra. Desde el principio, los dos bandos se habían dado cuenta de la importancia que la tropa daba a la correspondencia con sus familiares y amigos lejos del frente. Rodeados de penurias, las noticias más alegres, las cartas cariñosas y los recuerdos de sus hogares suponían una inyección de moral tan importante que los dos bandos se esforzaban en que el correo funcionase lo mejor posible. En el bando nacional lo hacía casi a la perfección y el correo era gratuito. Pero no todo el mundo tenía con quién escribirse y solo algunos afortunados lo hacían con mujeres, que era lo que más alegraba a cualquier soldado.

Así, a través de su Sección Femenina, la Falange empezó a alentar la figura de las madrinas de guerra.

Semanarios como *La Ametralladora* publicaban constantemente peticiones de soldados que buscaban madrinas con las que mantener correspondencia y ofrecimientos de mujeres que deseaban hacerlo. Eran anuncios que firmaban con seudónimos tan extravagantes como Pedro Matapiojos, Tarzán de las Ratas, Tarzán de las Vacas, Tarzán de las Mujeres o Manso el Furioso, mientras que las futuras madrinas se apodaban como Sonsoles Tomate Verde, Sonsoles Quita Penas, la Panoli núm. 1, la Panoli núm. 2, la Panoli núm. 3 o la Panoli núm. 4. El sistema funcionaba, y miles de soldados compartían confidencias con mujeres que ejecutaban a la perfección un papel a caballo entre el de una madre, una amiga y una novia. La retaguardia se encargaba de que la tropa tuviera presente que no se les olvidaba, que pensaban y rezaban por ellos a diario.

—Te puedo leer la carta, si quieres.

—Léemela anda, así me distraigo yo también.

Le leyó la carta con tanta fluidez que Pablo supuso que casi se la sabía de memoria.

Arriba España
San Sebastián, 12 de marzo de 1937

Querido Alonso,

Me alegro mucho de que te encuentres bien y de que siga todo bien en el frente. Acuérdate de abrigarte mucho, que este invierno ha venido con ganas de constiparnos a todos. Espero que la bufanda que te mandé te esté siendo de utilidad y que te ayude a estar más calentito. Estoy acabando los guantes que te prometí y espero poder mandártelos cuanto antes. Es un poco más difícil que hacer una bufanda, pero me fue muy bien que me mandaras la forma de tu mano, así será más fácil que acierte tu talla.

—Le mandé el contorno de mi mano dibujado en una de las cartas. ¿Es simpática, verdad?

—Es encantadora, Alonso, sigue leyendo.

En San Sebastián lleva días lloviendo y está todo un poco más tristón, aunque ya sabes que la ciudad es preciosa y llena de cosas que ver. En cada esquina aparece una casa, un parque, una iglesia más bonita que la anterior, y luego el mar, con esta bahía preciosa, que tan maravillosa tiene que ser en verano.

A Pablo le pareció que aquella mujer no parecía donostiarra, pero no dijo nada.

Esta semana ha habido una cuestación de ropa para el frente. Muchas mujeres llevaron chaquetas increíbles y pantalones abrigados. Ojalá tengas suerte y alguno te llegue a ti, me haría muy feliz que así fuera. Cuéntame qué tal están las cosas por el frente, sabed que nos acordamos mucho de vosotros, que rezamos cada día y os agradecemos infinitamente lo que hacéis por España.

Cuídate mucho y responde pronto, que Dios nuestro Señor te proteja.

Silvia

—Qué cariñosa, ¿verdad? Cada carta que recibo de ella es una alegría para toda la semana, Pablo.

A Pablo la carta no le había parecido cariñosa. No era la carta de una novia, sino de una amiga. Una carta de una buena mujer que sabía que con cada una de sus palabras un hombre en el frente sonreía y se animaba. Una amistad de alguna manera impostada, pero que, para cuando Alonso descubriera en toda su dimensión, ya habría sido de utilidad para su salud mental y física. Una alegría en el frente era un tesoro, y aquella mujer lo entregaba en cada carta.

—Muy cariñosa, Alonso, muy cariñosa.

Giró la mirada hacia la vista que tenía frente a él y recordó los últimos meses, los más duros y crueles que había vivido nunca. Se había acostumbrado al frío constante, a tener la ropa permanentemente húmeda, a dormir mal. No pasaba hambre, pero la monotonía de la comida le hacía afrontar cada almuerzo con desilusión e indiferencia. Con todo, era capaz de encontrar pequeños claros en aquella situación.

Físicamente, por ejemplo, jamás había estado más fuerte. Cada uno de los músculos de su cuerpo se había definido a fuerza de caminar, montar a caballo y cavar trincheras. Las opíparas comidas, las noches en el círculo del Liceo o el casino de la Rabasada, la vida de excesos y frivolidades habían desaparecido por completo desde el inicio de la contienda, hacía casi nueve meses. En su lugar, había pasado a formar parte de una máquina de guerra con los engranajes cada vez mejor ajustados. Había muchos que se estaban cansando y desanimando, pero a él le empezaba a pasar lo contrario. Los rumores de algunas acciones sangrientas y deshonrosas, que sus superiores intentaban en vano justificar, tapar o achacar al enemigo, le habían generado desilusión y le habían hecho abrir los ojos a una realidad salvaje que supo que se producía no solo en un bando. En su bando también había monstruos y asesinos, gentes que se amparaban en la guerra para justificar las acciones más injustificables. Pero, al final, el objetivo de su bando era el único que le parecía aceptable, así que se esmeró en trabajar para conseguirlo. Frente a los bárbaros, las historias de heroicidades como las del asedio del alcázar de Toledo, defendido heroicamente por el general Moscardó durante meses mientras era sometido al más intenso de los ataques, avivaban de nuevo su ánimo y le hacían esforzarse más.

La propaganda nacional, de la que todos eran destinatarios, se esforzó en explicar, realzar y hacer que todos admiraran gestas como aquellas, intentando que fueran inspiración para la tropa, y que las acciones crueles y deshonrosas quedaran rápidamente en el olvido, recordando que debía primar el bien común sobre el propio.

Los republicanos habían prometido la muerte del hijo de Moscardó si no rendía su posición y el valeroso general no había dudado ni un minuto. Si Moscardó había sido capaz de sacrificar a su hijo por la resistencia del alcázar, ¿qué no debían hacer ellos?

En enero había pasado unos días de permiso en San Sebastián, donde había sido acogido por un amigo de sus padres en una de las elegantes mansiones de la desembocadura del Urumea. Había dormido horas y horas en la cama más cómoda que recordaba y había comido tanto que en ocasiones se sonrojó un poco ante la divertida mirada de sus anfitriones. Había sido tan solo una semana, pero le había recordado una vida que, en ocasiones, pensaba que no volvería nunca. Egoístamente, creyó que recuperar aquella vida, su vida, era algo por lo que también merecía la pena luchar.

Tras el descanso, le habían destinado el mando de otra división para proseguir con la campaña del norte, cuyo objetivo era acabar con las menguantes pero estratégicas posiciones que aún mantenían los republicanos, que, por lo demás, estaban totalmente aislados del resto de su ejército, cada vez más retirado al Mediterráneo. Su anterior división había sido prácticamente arrasada en la batalla de Irún y las que siguieron hasta que su avance se frenó frente a la feroz resistencia republicana en Guipúzcoa. Solo habían sobrevivido él y el capellán que les acompañaba, un desastre absoluto pese a que habían alcanzado sus objetivos. Una especie de provisional victoria. «¿Victoria?», se preguntaba muchas veces resignado.

A decir verdad, ya casi nadie en el bando nacional dudaba de que iban a ganar, y hasta los mismos republicanos parecían querer hacérselo saber. En noviembre recibieron con alegría —y estupefacción— la noticia de que el Gobierno republicano había abandonado Madrid. Simplemente se habían ido a Valencia, trasladando la capital de España allí, dejando a cargo de la denominada junta de defensa de Madrid la suerte de la ciudad más importante del país. Se dijeron que si ni siquiera el Gobierno republicano confiaba en sus tropas para defender la capital, la victoria estaba más cerca.

Desde entonces, todos tenían el ojo puesto en Madrid y leían con fruición cada parte de guerra en el que se informaba de los avances para la toma de la ciudad. Si su ejército tomaba la ciudad, el fin de la guerra estaría más cerca y el restablecimiento de la vida que tanto añoraban, también.

Estaban a finales de marzo y se preparaban para la ofensiva sobre Bilbao.

II

Montserrat, Mercedes y los hijos de esta habían fracasado por el momento en su intento de cruzar las líneas y llegar al bando nacional, un objetivo que, pese a las dificultades que atravesaban, seguía en su cabeza. Eran prisioneras de la milicia de Ezequiel, cuyo plan era retenerlas hasta reincorporarse al resto de la columna que habían abandonado. Para Montse, la idea de volver a la vida monacal parecía un sueño lejano incluso al otro lado del frente, pero era muy decepcionante no haber ni siquiera conseguido pasar de bando y poder dejar de ocultar que era monja y mostrarse tal cual era. Para Mercedes, la idea de permanecer retenida cuando lo que quería hacer era huir lo más lejos posible con sus hijos y olvidar aquel tiempo de pesadilla, le hacía hervir la sangre y, como un tigre enjaulado, no dejaba de rumiar ni un solo instante la manera de acabar con aquella situación.

Habían llegado a un pequeño apeadero junto a la vía del tren.

Rodeado de moreras sin vida y algunos arbustos, la soledad del lugar se veía acentuada por la presencia de aquella vía de comunicación por la que ninguno esperaba que pasara una locomotora. Sabían que una vía que pasaba tan cerca del frente estaría cortada por uno o varios puntos. Sí o sí. De hecho, algunos de los milicianos ya habían depositado sus petates entre las vías, aprovechando el desnivel de la misma para pasar una noche más resguardados.

Pero antes, habían cazado dos patos y una liebre grande, y pretendían que Montse y Mercedes se los cocinasen, para lo que ya habían preparado una hoguera.

A Montserrat le había sorprendido la forma en la que Mercedes, que no cooperaba en nada con la milicia que les retenía, se había prestado a aquella labor. Enseguida, con el espíritu que le caracterizaba, había empezado a mandar a sus captores, ordenando que la hoguera tuviera un determinado tamaño e indicando cómo despellejar a los animales.

Al rato, pidió de nuevo la atención de dos de los milicianos más jóvenes.

—A ver, vosotros. Cortad unas cuantas ramas de ese arbusto de ahí y hacedme unas estacas. No sé cómo cojones pensáis que puedo asar a los bichos estos si no tengo ni siquiera donde clavarlos y acercarlos al fuego.

Ezequiel, aquel ser que no habría sido capaz de mandar a un niño, la miró insolente.

—Mucho cuidado, gorda, que aquí los que mandamos somos nosotros y tú solo estás para hacer lo que nosotros te digamos, la comida o lo que nos apetezca. Así que ve con cuidado con cómo hablas.

Mercedes no se achantaba con nada.

—«Camarada», si me dejas mi cuchillo cortaré las estacas yo misma, pero desde que nos retenéis no nos habéis dejado acercarnos ni a un tenedor, no vaya a ser que os lo clavemos en la espalda, que sabes que ganas no nos faltan.

El miliciano le devolvió la amenaza.

—Eres una chula. Pero yo sé cómo tratar a las chulas. Sé exactamente qué hacer para que toda esa seguridad y esos aires desaparezcan echando leches. Basta con usar tu cuerpo de la manera adecuada para que entiendas tu posición en el mundo. No eres nadie, y no, no te daré un cuchillo. —Se giró hacia los dos milicianos a los que Mercedes había mandado—. Haced lo que os dice. No os preocupéis, que ya hará luego lo que yo le pida.

Montserrat se estremeció al pensar en lo que aquella gente les podía hacer. No tendrían ninguna posibilidad de resistirse si once hombres las forzaban.

Mercedes pareció no haber oído ni una de las palabras que le había dicho Ezequiel, y siguió a lo suyo.

—¡No, coño, esos no! Cortad ramas de ese arbusto que está más verde que el otro, que ese que cogéis está seco como la mojama y arderá antes de que se haya calentado la carne de la rata esa que habéis cazado.

—Joder, qué mierda de arbusto pegajoso —se quejó uno de los milicianos mientras procedía a arrancarle las hojas largas y verde oscuro a la rama que había cortado.

Cada miliciano clavó un trozo de carne de pato y de conejo en su estaca, diez palos afilados a cuchillo por la punta, que habían arrancado de aquel arbusto del que solo quedaba el recuerdo. Montse pidió un trozo para las dos, pero nadie le hizo el menor caso. A Mercedes no pareció importarle, por lo que Montse supuso que era demasiado orgullosa para pedir nada a sus enemigos.

Sentadas una junto a la otra, a dos metros de aquellos hombres, vieron cómo aquel ansiado manjar se clavaba una y otra vez en las estacas y se asaba en la hoguera antes de irse directamente a la boca de sus captores, sin que ninguno tuviera un gesto de piedad hacia sus estómagos vacíos.

Cuando acabaron de comer las cogieron a ambas y las ataron a un árbol, mientras hacían lo mismo con los dos niños.

—Ahí os quedáis —acertó a decir Ezequiel mientras, como el resto, se acurrucaba en su saco para pasar la noche.

Poco después se hizo el silencio y una paz sepulcral se instaló en aquella noche sin luna.

Mientras el fuego se iba apagando y las llamas tornaban en brasas relucientes, apoyadas contra la morera a la que estaban atadas y sentadas sobre un suelo frío y húmedo, Montserrat susurró:

—Dios mío, ¿cuándo podré volver a mi casa?

No pudo ver el brillo de los ojos de Mercedes mientras respondía a aquella pregunta:

—Mucho antes de lo que piensas.

Cinco horas después de que todos, salvo ella, se hubieran dormido, Mercedes comprobó con satisfacción cómo su plan surtía efecto. Al principio fueron unos pequeños quejidos en una punta y otra, pero enseguida todos los milicianos se revolcaban tocándose la barriga entre espasmos. El dolor y el malestar era tal que ni siquiera la sed de venganza que alimentaban las sospechas sobre un envenenamiento fue capaz de levantarles del suelo. Monserrat y Mercedes no veían nada en medio de aquella oscuridad, pero los lamentos y las maldiciones se sucedían de tal forma que no hacía falta ver nada para comprender a la perfección.

Sonreía abiertamente e intentaba no estallar en carcajadas pese a que todo su cuerpo se lo pedía.

Montserrat no podía hablar. No podía alegrarse, pero tampoco se veía capaz de amonestar a su amiga, que estaba segura que estaba detrás de aquella situación.

En silencio, horrorizada la una y satisfecha como en su vida la otra, comprobaron cómo el sonido de la muerte alcanzaba su punto máximo a las dos horas del primer quejido y poco después se iba apagando. A las cuatro horas, cuando el sol ya detallaba la escena, once cadáveres yacían frente a ellas. El dolor estaba en cada una de sus caras.

Montse lloraba. Otra vez la muerte frente a ella. Por ella. Con ella. Por segunda vez se sentía cómplice, a pesar de no haber hecho absolutamente nada.

Mercedes rompió el silencio.

—Adelfas.

Montse giró su cabeza hacia ella.

—¿Qué quieres decir, Mercedes?

—Adelfas, Montse, que son adelfas. Que los arbustos esos verdes son adelfas, como habrás visto en un millón de sitios. Las ponen por todos lados porque hace una flor bonita y es una planta muy gitana, que no precisa de muchos cuidados para crecer. Pero medio a oscuras, y aún con la luz de todo un agosto, estos paletos no sabían que son venenosas. Mortales. Hay que ser idiota, hay que ser cateto.

—¿Entonces?

—Sí, coño, claro, Montse. Que los envenené. Que cada estaca afilada de adelfa estaba llena de la savia blanca pegajosa y mortal de la planta, pero además me ocupé de restregar todo el animal en los trozos que recortaron. Hubiera muerto un elefante si se hubiera comido lo que se han comido estos. Pero los animales son más listos que estos imbéciles, que cuando una oveja ve una adelfa la huele y se pira, aunque todo el campo esté seco y esta sea la única planta verde en kilómetros. No le dará un mordisco, que sabe que se muere. Pero estos merecen morir. Por malos, y también por tontos, que nos estamos cargando este país y cuando haya que reconstruirlo más vale que no haya muchos de estos.

Montse no sabía qué decir.

—Mercedes, no puedes ir matando a la gente así. Dios no lo quiere y Dios no lo...

—Déjate de Dios y de leches. Claro que puedo. Puedo, quiero y lo hago, que esto es una guerra. Se está matando todo el mundo, para defenderse, para luchar por lo que creen. Yo creo en mí. Creo en mis hijos y ahora también creo en ti. Y por vosotros voy a luchar, matar, robar, lo que haga falta. No me sermonees, que no tienes años de vida para sermonear cada uno de los crímenes que se están cometiendo ahora mismo en tu país. Y no seas cínica, coño, que no lo veas no quiere decir que no suceda. Así están las cosas, no hay más.

Montserrat se quedó en silencio. No tenía palabras. No podía rebatir. Sentía que le sacaban las castañas del fuego, que le solucionaban sus problemas a sangre y que no tenía derecho a censurar, pero tampoco podía dar las gracias.

Mercedes entendía a su amiga mejor que a nadie.

—No digas nada anda. Que tienes más lío en la cabeza tú que yo. Vamos a ver si conseguimos romper la cuerda rascándola contra el árbol.

Y una vez más, Montserrat Bultó, obedeció.

III

La vida en San Sebastián transcurría al ritmo de las noticias que llegaban del frente y las innumerables iniciativas para aliviar a la tropa. Se hacían recolectas de ropa, se tejían prendas de abrigo, se hacían rifas benéficas y se atendían hospitales. También se rezaba, a diario y fervorosamente, para que Dios protegiera a los soldados, como cruzados por su causa y por España.

Se habían instalado en la casa más pequeña que Inés había conocido hasta la fecha, en la recientemente renombrada calle de la Escolta Real. Se trataba de una colonia de unas decenas de casitas adosadas con pequeños jardines traseros donde se tendía la ropa y se acumulaba todo lo que no cabía en el interior. El complejo se había erigido a la sombra del palacio de Miramar para alojar al servicio que lo atendía. El palacio había sido el favorito de la reina María Cristina y de toda la familia real para pasar el verano antes de que la reina Victoria Eugenia lo cambiara por el palacio de la Magdalena en Santander. Con todo, Miramar y aquellas casitas habían seguido funcionando hasta el exilio de los reyes pocos años antes. La madre de Inés había conseguido que una de las antiguas damas de la reina le prestara la casa para ella y su familia, que desde entonces se amontonaban en las cuatro minúsculas habitaciones que poseía. Como era norma, nadie se había quejado ni una sola vez.

Agradecían aquella independencia. Por supuesto, vivían mucho más sencillamente que en la Villa Skosrev, pero aunque en San Remo Blanca Marqués y la duquesa les habían hecho sentir en casa, lo cierto era que vivían de la caridad de ambas, que se encargaban de que no les faltara de nada; ahora agradecían no ser una carga para nadie.

La suerte de los exiliados en San Sebastián variaba sustancialmente. A las grandes familias industriales de Barcelona y del País Vasco, los bancos les financiaban sin problema, permitiendo que el tren de vida al que estaban acostumbrados se mantuviera lo más inalterado posible aun cuando sus casas y fábricas se encontraban a kilómetros de distancia y en otras manos, pero a los que poseían algunas propiedades, empresas de menor importancia, acciones, les costaba arrancar la complicidad de los banqueros, que si les prestaban, lo hacían con cuentagotas. Ese era el caso de los Sagnier. Cuando Eugenia había intentado conseguir un préstamo en el Banco Central presentando como aval su imponente casa de Puigcerdá o su señorial piso Barcelonés de Rambla Cataluña, los directores tan solo habían explicado muy educadamente lo que ella ya sabía, que ambas propiedades estaban en el centro del huracán anarquista, socialista, republicano y que no podían prestar ni una peseta en base a unas propiedades que probablemente ya hubieran sido pasto de las llamas. Así, su economía dependía únicamente del sueldo como coronel de su marido, que estiraba como podía para conseguir que todos tuvieran un plato de comida cada día.

El punto positivo de la situación era que todo el mundo se había quitado la careta y nadie pretendía ser lo que no era. Antes de la guerra, había visto fortunas dilapidarse al intentar aparentar riqueza, señoras que no pagaban al servicio pero se afanaban en lucir sus alhajas y pieles en el Club de Polo, grandes familias que pasaban frío con tal de ofrecer su imagen más resplandeciente a la sociedad. Aquello había acabado por el momento. En las conversaciones en los salones del hotel María Cristina, las mujeres hablaban abiertamente de sus estrecheces y estudiaban las joyas entre unas y otras preguntándose qué cantidad podrían pedir por ellas en las casas de empeños. Si alguna había localizado una buena oferta, una ganga de las que las demás pudieran beneficiarse, les informaba rápidamente. Hablaban de dinero, algo que jamás hicieron mientras este no fue un problema, y a Eugenia le daba la sensación de que ella misma empezaba también a relajarse y abrirse más a la gente, igual que habían hecho sus hijas en San Remo.

Inés se pasaba la mayor parte de la mañana cuidando de sus hermanos pequeños y realizando labores del hogar con sus hermanas. A veces acompañaba a su madre al mercado o a la iglesia, pero la mayoría de los días se quedaba en casa. Un lugar tan pequeño, en el que vivía tanta gente, debía estar organizado meticulosamente si pretendían que fuera habitable. Por las tardes, salía a pasear con su familia por el paseo de la Concha o por Ondarreta, sentándose a observar cómo las furiosas olas del Cantábrico rompían contra las estribaciones del Monte Igueldo y la isla de Santa Clara. Su vida había sido pesadamente monótona hasta que empezó a implicarse en las numerosas iniciativas para aliviar a sus soldados en el frente, muchas de las cuales le permitían alternar además con chicas como ella, venidas de diferentes puntos de la España republicana. Sin embargo, la labor que más le satisfacía la realizaba totalmente en solitario.

Se había convertido en una madrina de guerra e intuía que, por la respuesta que recibía a sus cartas, estaba haciendo mucho bien a alguien que parecía estar solo en las trincheras y sin ninguna familia a la que volver.

Pilar Primo de Rivera, jefa de la Sección Femenina de Falange, había hablado de la importancia de las madrinas de guerra en un programa de radio, alentando a las jóvenes a escribir a los soldados del frente, a animarles y a hacerles sentir queridos y recordados. Y eso era exactamente lo que hacía.

Poco después de su llegada había respondido a un anuncio en *La Ametralladora* en la que un soldado llamado Alonso Carbó solicitaba una madrina con la que cartearse.

Escribía a Alonso con el falso nombre de Silvia Soler. Le hablaba de la vida en San Sebastián y de multitud de cosas banales que en otra situación hubieran aburrido a cualquiera. Su día a día no era especialmente emocionante, por lo que tampoco podía contarle nada que lo fuera. Desde el principio se tomó aquella relación epistolar como una vía para que el soldado se desahogase, se sintiera acompañado y querido, pero nada más. No tenía intención de dar falsas esperanzas de una futura relación romántica, pero temía que Alonso las estuviera albergando, y cada vez con mayor fuerza. Pese a que intentaba mantener la distancia y no dar ninguna muestra de cariño más que la que iba implícita en la misma idea de cartearse con un desconocido, cada respuesta que recibía a sus cartas tenía un tono más cariñoso que la anterior. Agradecía no haberle dado su verdadero nombre. También el haber mandado una foto de una muchacha que desconocía y que había quitado de uno de los marcos de la casa que les habían prestado, en vez de una suya.

Con todo, no podía dejar de sentir ternura cada vez que veía la foto que le había enviado aquel joven de tez morena, ojos brillantes y dentadura desordenada, que se jugaba la vida a diario para que todos tuvieran un futuro mejor. Si sobrevivían a la guerra, ya tendría ocasión de aclarar sus posiciones. Alonso se decepcionaría, pero posiblemente aquella falsa ilusión le habría hecho tener más posibilidades de llegar vivo a la paz.

Por las tardes, cuando estaba más tranquila y su familia había salido a pasear, abría el pequeño secreter de la habitación que com partía con su madre y escribía a Alonso, deseando que alguien como ella estuviera haciendo lo mismo con Pablo, del que no tenía noticias desde que habían dejado San Remo. No podía tenerlas, no sabía dónde se encontraba y salvo una carta de su madre a Blanca Marqués informándole de su satisfactoria llegada a San Sebastián y reiterándole su agradecimiento, habían cortado toda comunicación con los Bultó-Marqués. En varias ocasiones había pensado en escribir a la Villa Skosrev para conocer el paradero de Pablo, pero en cada ocasión la vergüenza había vencido a la valentía y se había tenido que resignar a escribir a un desconocido en vez de al hombre al que realmente añoraba.

Se colocó una pequeña capa rematada en piel sobre los hombros y se encaminó por el paseo de la Concha en dirección a Gros. Había quedado con su madre en el hotel María Cristina, en uno de cuyos salones se iba a celebrar una subasta benéfica a favor de las familias de los fallecidos en el frente, un grupo cada vez más amplio del que rezaba a diario por no formar parte. Su padre estaba en la retaguardia realizando labores de análisis de información, así que, en principio, su familia más inmediata estaba a salvo.

Había un camino más corto, pero Inés siempre tenía como eje de todos sus paseos el mar, por lo que recorrió toda la bahía de la Concha hasta el ayuntamiento, desde donde enfiló el amplio paseo que los donostiarras llamaban «el bulevar» hasta el teatro Victoria Eugenia, junto al cual se erigía el elegante hotel.

Igual que el mercado, el ayuntamiento, el teatro y la mayoría de los señoriales edificios de San Sebastián, el hotel estaba construido en piedra arenisca de tono dorado y mantenía toda su elegancia pese a los tiempos que corrían. Se situaba en el borde izquierdo del tramo final del río Urumea, por lo que gozaba de una posición privilegiada desde la que podía sentirse el frescor del mar.

Subió las escaleras hasta el imponente *hall*, decorado con espectaculares arañas de cristal y columnas de mármol amarillento que se reflejaban sobre el suelo impoluto de mármol de varios colores. Al fondo, en el mostrador del hotel, una cara amable le indicó con la mano el camino hacia el salón donde se celebraba la subasta. Traspasó las puertas de cristal y entró en el salón, otra estancia espléndida en la que las columnas, el mármol y las arañas se asomaban a la plaza de Oquendo. En uno de los extremos del salón se había colocado una tarima cubierta con la bandera española sobre la que ya se habían sentado los moderadores. Casi todo el mundo se estaba ya sentando cuando vio el cuerpo erguido de su madre llamándola a su lado con la mirada, al tiempo que conseguía seguir atendiendo a una señora gordita que se despedía para sentarse.

—Llegas tarde —alcanzó a decirle mientras ocupaba su asiento.

Como muchas de las personas que se encontraban en la subasta, su labor allí era meramente presencial. No podían pujar por nada, no podían comprar nada y tampoco podían entregar ningún enser para ser subastado ya que a duras penas se las arreglaban para subsistir con lo que tenían. Verían, una vez más, cómo las familias que estaban consiguiendo capear el temporal entregaban parte de sus aún extensos patrimonios a beneficio de los más desfavorecidos. Considerarse desfavorecido cuando la mayoría lo era representaba un escalón más en el malestar que cualquiera pudiera soportar. Ancianas sin nada que llevarse a la boca, huérfanos de los bombardeos, pequeños comerciantes despojados de todo y obligados por las circunstancias a mendigar por las calles, todos necesitaban de la ayuda de la sociedad para no morir de hambre o frío.

Durante hora y media, observaron cómo una veintena de familias pujaban por los broches, muebles, abrigos de piel y cuadros que otras habían tenido a bien donar. Cuando acabaron, se había recaudado una cantidad que todos consideraron satisfactoria, por lo que el optimismo se apoderó del salón mientras apartaban las sillas y el hotel ofrecía una copa de vino espumoso. Se crearon varios corrillos que Inés y su madre empezaron a recorrer. Tras ser presentadas a varias de las asistentes, se les acercó un hombre elegantemente vestido que debía rondar los setenta años.

—Santiago Calderón, encantado de conocerlas —les dijo mientras besaba la mano de su madre, mirándola fijamente.

Pese a ser casi un anciano, el hombre aún conservaba una elegante planta. Enfundado en un traje de espiga color gris marengo, bastón y sombrero en mano, la edad no había conseguido acabar con su cabellera plateada, que peinaba hacia un lado pulcramente. Igualmente plateada, su barba enmarcaba unas facciones de porte aristocrático que se beneficiaban de un cuerpo de por lo menos metro ochenta de altura, que hacía que Inés pareciera poca cosa a su lado.

El hombre había pujado por muchas de las cosas que se habían subastado por lo que ambas supusieron que se trataba de uno de los prohombres de la ciudad a los que aún no conocían.

Inés estaba acostumbrada a que hombres y mujeres se acercaran a conocer a su madre. Ni las estrecheces, ni el trabajo, ni el mal humor o las preocupaciones habían matizado su fría elegancia y porte. Mientras apartaba lentamente su enguantada mano de la de aquel hombre, respondió con la sonrisa más leve.

—Eugenia de Sagnier. Me acompaña mi hija Inés.

El caballero tomó la mano de Inés y la besó.

—No son ustedes de aquí, ¿verdad? Me enorgullezco de conocer a casi toda la gente de la ciudad y creo que jamás nos habíamos encontrado, ¿no es así?

—No, no somos de San Sebastián. Mi hija y yo somos de Barcelona, aunque, por razones obvias, de momento no podemos regresar. Estamos alojadas con el resto de nuestra familia en una casita que una amiga ha tenido a bien prestarnos. Mi marido está en el frente. Le felicito por todas las adjudicaciones que se le han hecho esta tarde, señor Calderón. Seguro que su gasto dará un buen empujón a la atención de los más necesitados.

—Ya, bueno, soy viejo, y me temo que poco más puedo hacer en beneficio de nuestra causa. En realidad, me siento bastante inútil en la ciudad, y me arden las tripas cuando pienso que no estoy donde debería, pero, por si mi edad no fuera suficiente problema, tengo una lesión crónica aquí. —Se golpeó con el bastón la pierna izquierda, que sonó secamente, por lo que pensaron que Santiago Calderón llevaba una prótesis—. Demasiados inconvenientes para no ser una carga en el frente. Así que hago lo que puedo. ¿Así que son ustedes de Barcelona? Espléndida ciudad. Ojalá recupere su brillo pronto.

—Me alegro de que le guste. Sí, sin duda es magnífica, pero ahora no pasa por su mejor momento ¿Ha tenido la oportunidad de viajar allí en muchas ocasiones?

—Sí, desde luego, ¡en muchas! Tengo plantaciones de algodón en Cuba y vendo gran parte de mi producción a los textiles catalanes. Al principio eran solo mis clientes, pero ahora, pasados tantos años, puedo decir que son mis amigos. Gente excelente, por cierto, muy emprendedora y con nuevas ideas. De hecho, recientemente tuve la oportunidad de compartir unos días con uno de sus vástagos, que estaba de permiso. Un joven magnífico, Pablo Bultó, quizás le conozcan.

A Inés se le iluminó la cara. Antes de que pudiera responder, su madre la interrumpía, al tiempo que la cogía por el brazo llamándola a controlar sus emociones.

—Por supuesto que conocemos al señor Bultó. De hecho, hemos pasado meses con toda su familia en San Remo, donde tuvieron a bien acogernos en la casa en la que se encuentran. Una familia generosa y bondadosa, de quien solo podemos decir buenas y agradecidas palabras. Esta sí que es una tremenda casualidad. ¿Y cómo se encuentra el joven?

—¡Así que eran ustedes! Claro, claro, ahora recuerdo su apellido. Me habló de ustedes, ¡cómo no! Pues le encontré estupendamente, la verdad. Está destinado en el frente del norte y a pesar de las barbaridades que habrá tenido que sufrir, lo cierto es que no tiene ni un rasguño. Obviamente, lo encontré cansado, y su hambre parecía no tener fin. Se pasó la mayor parte del tiempo durmiendo y comiendo, como un bebé. Tuvimos también algún momento para conversar, me cayó francamente bien. Ojalá pueda volver a casa en algún momento.

—No sabe lo que nos alegra que esté bien. De hecho, nos encantaría tener noticias suyas. ¿Tiene usted sus señas?

—Por supuesto, señoras, las tengo anotadas en mi casa, que, por cierto, está justo enfrente del hotel, al otro lado del Urumea. Si no les importa acompañarme, se las daré ahora mismo. Si prefieren, se las puedo hacer llegar mañana a su casa.

—Nosotras mismas las recogeremos ahora, si le parece bien.

—De acuerdo, ningún problema. Las invito a un té, si tienen un rato. Espérenme un segundo tan solo para que me despida, si les parece, las recojo ahora mismo en el *hall*.

—Eso sería estupendo. Le esperamos allí, muchas gracias.

Observaron cómo Santiago Calderón se despedía de varias personas mientras atravesaban el pasillo en dirección al *hall*. Se que daron mirando hacia el Urumea desde lo alto de las escaleras que daban entrada al hotel. La marea había subido y las olas del Cantábrico ganaban a la corriente del río, entrando con fuerza por el cauce sorteando los arcos del puente del Kursaal, que con sus elegantes farolas en globo daba acceso a la zona de Gros. Enfrente, una sucesión de palacetes con las ventanas brillantes por la brisa marina se asomaba al río. Inés sonrió pensando en escribir a Pablo nada más llegar a casa. Miró a su madre con una sonrisa. Eugenia le devolvió el gesto y volvió de nuevo la mirada al frente.

—No hace falta que me des las gracias. Ya ves que tu madre no es tan tonta como te piensas.

IV

Mercedes no había dejado de sonreír desde el envenenamiento de sus captores. Era como si hubiera devuelto todos los males que le habían infligido a ella en una sola noche. Sentía que estaba en paz consigo misma. Además, estaban cerca de cruzar las líneas y pasar al bando nacional, donde esperaba que la vida le sonriera más.

Avanzaban en dirección oeste, donde atravesarían la línea imaginaria que se trazaba entre Zaragoza y Teruel, en manos nacionales desde que se iniciara la guerra. No había más plan que el de avanzar lo más discretamente posible, evitando los lugares poblados y las vías principales, por lo que su ruta transcurría por pequeños senderos y caminos. Habían abandonado las áridas tierras de labor hacía un par de días para adentrarse en una sierra poblada de pinos, sauces y sabinas.

—Esto es la sierra de Gúdar. Mi padre me trajo a cazar por aquí alguna vez cuando era pequeña. Aquí no encontraremos a nadie si no queremos, pero lo mejor es que subamos a aquella cima para ver exactamente hacia dónde nos tenemos que mover, no vaya a ser que la caguemos.

Montserrat asintió. Le parecía buena idea, pero tampoco hubiera importado si no hubiera sido así, Mercedes estaba al mando.

Emplearon prácticamente toda la mañana en llegar a la cima del monte, cubierto en su totalidad por un espeso bosque de pino que perfumaba el ambiente frío y húmedo. Debían de estar a pocos grados por encima de cero y conforme ascendían, las masas de nieve aumentaban y dificultaban su paso, pero el ejercicio les ayudó a mantener el calor.

Cuando llegaron a pocos metros de la cima, el bosque desapareció de golpe, dejando una buena porción del Bajo Aragón a sus pies, empapados por la nieve que les cubría hasta encima de los tobillos. La vista, favorecida por un día claro y sin nubes, se extendía a varias decenas de kilómetros a sus pies, detallando valles, campos y también pequeños poblados y caseríos. Sobre todo, destacaba una gran villa, casi una pequeña ciudad sobre la que asomaban los campanarios de algunas iglesias.

—Teruel —dijo Mercedes.

Monserrat sonrió.

—No pensaba que estuviera tan cerca. ¡Ya casi lo tenemos!

—Estamos al lado. Pero no podemos entrar por allí. Estará todo vigilado y nos pueden pegar un tiro desde cualquiera de los bandos si nos ven. Tendremos que rodearlo un poco, entrar por una zona un poco más alejada. Pero sí Montse, ya casi lo tenemos.

Desde el principio de la guerra, Teruel había quedado en manos de los sublevados. La posición de la pequeña ciudad no era especialmente estratégica y el frente en aquel lugar estaba más o menos estabilizado, sin demasiados avances por uno u otro lado. Todos parecían esperar a que la guerra se decantase hacia la victoria o la derrota en otros puntos de España antes de mover ficha. Pese a todo, la ciudad estaba rodeada en casi tres cuartas partes por las líneas republicanas, por lo que el ejército nacional controlaba día y noche que no hubiera incursiones en su zona que pudieran debilitar su ya de por si insegura situación. No pudieron evitar, sin embargo, que se produjeran bombardeos frecuentes tanto de aviación como de artillería y que la ciudad presentara las heridas de la guerra cada día más dramáticamente.

Visualmente, el mapa de la guerra en aquella zona mostraba una península nacional —Teruel— rodeada en tres de sus lados por un mar republicano.

Ellas no eran desertoras, puesto que no habían militado en ninguno de los bandos, pero estando en territorio republicano, donde muchas mujeres estaban integradas en las columnas, dos mujeres pasando de bando podían fácilmente recibir un tiro al ser descubiertas, o ser juzgadas y encerradas sin el menor reparo.

La deserción era duramente castigada por nacionales y republicanos, pese a lo cual era frecuente. España se había dividido geográficamente en bandos, sin tener en cuenta las convicciones y filias de cada soldado. Para los que vivían en Barcelona o Madrid, donde el pronunciamiento había fracasado, lo más fácil era estar con los republicanos, en cambio en Zaragoza o en Burgos, donde sí había triunfado, lo fácil era estar con los nacionales. La mayoría se resignó a integrarse en el ejército que le había tocado, pero muchos hicieron todo lo posible por pasarse al bando que apoyaban.

Cambiarse de bando e integrarse en el ejército en el que se creía no era fácil; en la mayoría de los casos, resultaba tremendamente arriesgado. Los mandos de uno y otro lado eran conscientes del problema de la falta de convicción en sus ideales de muchos de sus soldados, por lo que se advertía y amenazaba a todos de las consecuencias de desertar. Se castigaba severamente con su reubicación en los batallones más peligrosos o incluso con la muerte a los que cogían en el intento. En algunas unidades, el fusilamiento de desertores provocaba más bajas que el fuego enemigo.

Así, los soldados que se autolesionaban para salir del frente eran ejecutados en el acto y los familiares de aquellos que conseguían escapar eran ubicados en los puestos que sus hermanos, hijos o padres, habían dejado abandonados.

La tierra de nadie que separaba un bando del otro estaba sembrada de cadáveres que habían intentado huir al bando contrario. Se podía decir que, al menos en el trato al desertor, ambos bandos tenían mucho en común.

Franco los había llamado «parásitos insensibles a la guerra», Negrín creía que eran «cobardes y antipatriotas», pero la verdad era que, en muchos casos, eran personas incapaces de combatir por unas ideas que no habían podido hacer suyas, más sensibles a la guerra y más valientes que muchos al arriesgar su vida por integrarse en el bando al que creían pertenecer.

Pero Montserrat no era una desertora. Estaba segura de ello. Había ayudado y asistido al bando rojo mientras estuvo con ellos, pero su espíritu le hubiera llevado a ayudar a cualquier grupo, bando o pandilla que le hubiera necesitado. Ayudaba siempre, no por convicción política sino espiritual. ¿Quién sino Dios era el principal servidor? De todos modos, se dijo que no sería fácil convencer a los republicanos si la capturaban. Tampoco podía olvidar que, mal que bien, estaba involucrada en el asesinato de doce personas, los once milicianos envenenados de Ezequiel y Joan Pou, que Arancha había matado cuando había amenazado a Montse.

Esperaron a que la noche se consolidara para salir de la espesura del bosque y acercarse a la ribera del río Alfambra, que discurría sinuoso y escaso, con apenas una decena de metros de agua a lo ancho, a la espera de las inminentes crecidas del final del invierno. Con un niño a la espalda cada una, cruzaron el río rápidamente saltando entre las zonas que les parecieron menos profundas, sin poder evitar mojarse hasta las espinillas. La noche era cerrada y el frío hubiera congelado sus cuerpos si no hubiesen estado demasiado ocupadas para pensar en ello. Todo alrededor parecía inmóvil y en paz, congelado y muerto. Eran las once de la noche. A su derecha, a unos quinientos metros, una pequeña población dormitaba sin que ni una luz, ni un puesto de control, ni nada que rompiera la tensa calma interrumpiera su camino o llamara su atención. Por precaución, reemprendieron su marcha agachados, cruzando la pequeña carretera que daba acceso a la aldea y se adentraron campo a través. Enseguida, la tierra húmeda y fértil dio paso a una más dura, seca y blanquecina, propia del Aragón árido que pisaban, solo capaz de verdear en las riberas más inmediatas a sus riachuelos o al resguardo de valles y cañones estrechos. A la vez, se encontraron totalmente al descubierto, sin el amparo de ningún árbol que les pudiera esconder.

—Juraría que ese pueblo era Peralejos. Está cauce arriba de Teruel. Lo más fácil antes de la guerra hubiera sido bajar junto al río Alfambra, que es el que hemos cruzado, hasta la ciudad. Pero, claro, todos los pueblos de por aquí están pegados al río, y esa es la zona más vigilada, así que toca joderse. Para arriba que nos vamos. Si no me equivoco y andamos a buen ritmo deberíamos cruzar, o por lo menos llegar a las líneas en cinco, seis horas, pero no podemos detenernos. Hay que ir en dirección a aquella estrella, estate pendiente tú también, para que no nos desviemos.

A Montse siempre le maravillaban los infinitos conocimientos de Mercedes, prácticamente los únicos que les habían servido hasta el momento para sobrevivir el tiempo que llevaban juntas.

Enfilaron una cuesta pedregosa en bancales sostenidos por márgenes de piedra, intentos vanos de sacar rendimiento de aquella tierra muerta, pues no podían imaginar que nada creciera en ese terreno por más que el hombre se esforzara. Los dos niños dormían plácidamente mientras las mujeres intentaban no agotar sus fuerzas antes de tiempo. Caminando tras su amiga, Montse podría haber seguido sus pasos solo con el olor denso y fuerte que emanaba de aquella enorme mujer. Ya no le parecía que Mercedes oliera mal, simplemente, olía a Mercedes. La quería como a una hermana.

—¿Mercedes, has pensado qué harás cuando lleguemos? ¿Quiero decir, con tus hijos, con tu vida? ¿Te das cuenta de que no tenemos nada?

—Montse, nadie tiene nada. Lo normal es que en Teruel queden pocos turolenses, que esté lleno de gente de otras partes que lo defienden, o que se refugian en él. Yo ya no tengo miedo a nada. He vivido en el bosque, he pasado frío y he visto cómo me dejaban sin mis hijos. He matado a mucha gente, todos malas personas a las que nadie echará de menos. No me da miedo lo que venga porque no será peor que lo que ya hemos vivido. ¿A ti te preocupa eso?

—No sé, yo soy monja. Me gustaría reingresar en un convento. Tener tiempo para rezar, para meditar, para estar con Dios y también para ayudar a las personas. Me encomendaron llevar a mis hermanas hasta lugar seguro y he fracasado totalmente. Aquí estoy, sola, bueno, ya me entiendes, contigo, pero sin las mujeres que deberían haber llegado al lado nacional.

—Sí, claro. Visto así, la has cagado. Pero bien. Cagado bien del todo. Peor no podría haberte salido.

Un atisbo de enfado pasó por la cabeza de Montse antes de estallar en risas. Mercedes tampoco pudo evitar reír al tiempo que se agachaban en el campo.

—¡Calla, mujer! ¡Calla! ¡Nos acribillarán a balazos como nos oigan!

Pero durante un par de minutos ninguna de las dos pudo parar aquella risa contenida, fruto de la tensión y los nervios, de la incorrección y la franqueza de Mercedes. Con los ojos aún humedecidos por la risa, emprendieron de nuevo la marcha, recuperando el silencio pero con una sonrisa en la cara.

Teruel estaba protegido por alambradas de espino vigiladas por soldados día y noche, como todas las poblaciones de importancia que lindaban con el frente, pero, a medida que dicha línea se alejaba de la ciudad, las alambradas desaparecían, siendo sustituidas por puestos de vigía en puntos estratégicos para cada ejército, desde donde poder informar por radio rápidamente si el enemigo hacía cualquier movimiento.

Las dos esperaban que en aquel tramo pedregoso y yermo nadie reparara en su presencia y pudieran pasar al bando nacional sin problemas. Les preocupaba más un disparo desde los puestos ocultos que podían observarles a su espalda que los que se encontrarían de frente. Dos mujeres con dos niños a cuestas no suponían ninguna amenaza para nadie, pero vista la crueldad de ambos ejércitos, lo único que podía garantizar su seguridad era pasar de bando sin que ni unos ni otros les vieran.

Cuando el agotamiento empezaba a hacer mella en Montserrat, la cuesta por la que llevaban varias horas ascendiendo pesadamente dio paso a una meseta casi desértica, con la invariable tierra blanquecina que destacaba sobre la noche oscura. Avanzaba tras Mercedes, depositando toda su confianza en la orientación de la mujer, intentando seguir su ritmo para no suponer un lastre.

Llevaban un buen rato sin hablar, concentradas en sus pensamientos cuando Mercedes se agachó de repente, al tiempo que le obligaba a hacer lo mismo agarrándola del hombro.

—¡Mira!

Montse entornó la mirada sin ver nada más que el mismo prado seco fundirse con el cielo estrellado en el horizonte.

—Mercedes, no veo nada, ¿qué sucede?

—Idiota, ¿no ves la luz?

La monja escrutó el horizonte detenidamente hasta ver una luz algo más amarillenta y más cercana al suelo.

—Te refieres a aquella —dijo, señalando un punto situado a varios kilómetros y escorada a la izquierda.

—¡Sí, claro! Eso tiene que ser el primer pueblo de la zona nacional. Celadas quizás, o Villarquemado. Estoy segura de que no nos hemos desviado, así que tendría que ser alguno de estos. Si no, será Caudé. Pero todos están en zona nacional. —Dio un respiro mientras pensaba en alto—. De acuerdo. Aquí parece que no hay nadie y, joder, somos dos mujeres con niños, pero no hay que confiarse. Vamos a andar agachadas hasta toparnos con la pared de la primera casa del pueblo, sea cual sea.

No exageraba, y Montse lo sabía. Mercedes había sufrido lo suficiente en el bando republicano como para no querer arriesgar ni un paso y llegar a su destino sin problemas, implicase lo que implicase, pese a lo cual, reptar durante al menos diez kilómetros que les separaban de aquella luz le parecía innecesario.

No reptaron, pero sí avanzaron agachadas durante varias horas durante las que tuvieron que despertar a los niños para que anduvieran solos ya que ninguna de las dos podía soportar su peso más tiempo. A dos kilómetros, cuando la población ya era bien visible y a aquella primera luz de farola se le habían unido dos más se estiraron en el suelo boca abajo pidiendo silencio a los niños y contemplando su destino. La noche empezaba a clarear y el ambiente se había vuelto insoportablemente frío y húmedo.

Mercedes habló bajo.

—Yo creo que estamos en zona nacional. Estoy casi segura, coño. Pero no me gustaría que nadie nos viese entrar. Te pegan un tiro y luego preguntan, ya sabes. —No había acabado la frase cuando vieron a un hombre con rifle pasar por debajo de una de las farolas del pueblo. Les pareció que estaba de guardia—. Ya lo ves. Podríamos arriesgarnos, avanzar con las manos en alto y seguramente no nos pasaría nada, pero no quiero echarlo todo a perder por los nervios de un soldado de gatillo fácil.

Montse no pudo evitar encomendarse al cielo. Era monja, al fin y al cabo, y sí, aquella situación tenía muchas probabilidades de saldarse satisfactoriamente, pero no quería arriesgar todo el esfuerzo ahora que estaban tan cerca.

—Dios mío, ayúdanos, ¿qué vamos a hacer?

—Montse, cojones, déjate de Dios mío para aquí y Dios mío para allá. Dios no tiene vela en este entierro, vamos a ver si...

Mercedes interrumpió su bravata al ver cómo ocurría una especie de milagro. Cerrándose frente a ellas, una espesa bruma matinal lo empezó a cubrir todo. Tanto, que a los pocos minutos nada fue visible salvo aquellas tres lucecitas mortecinas que les indicaban el camino. Si querían avanzar sin ser vistas, ese era el momento.

—Joder, esto es increíble. Nunca había visto la niebla subir tan rápido. Montse, es el momento. Corramos.

Amortiguando sus pisadas, pero corriendo, cada una con un niño del brazo, se lanzaron a la carrera en dirección a las luces. La niebla no despejaba sino más bien al contrario. Montse apenas podía ver a Mercedes corriendo delante de ella, si bien las luces que les indicaban el camino cada vez eran más grandes y cercanas. Pensó que si aquello no era un milagro, se le parecía mucho, y rezó en silencio mientras agotaba sus últimas fuerzas.

A los veinte minutos, entre una niebla espesa que lo cubría todo, pero ya envueltos en la blanca claridad de la mañana, se toparon con el muro de la primera de las casas del pueblo.

Penetraron lentamente en la población, y cuando les pareció que estaban fuera de peligro, se abrazaron fuertemente conteniendo a los niños entre ambas.

Estaban tan emocionadas que no se dieron cuenta de que un soldado se les acercaba por la espalda.

—¡Alto! ¿Quién vive?

Era una voz joven y temerosa, pero aun así se aprestaron a responder rápidamente:

—¡España!

El joven se les acercó. Cuando lo tuvieron frente a ellos comprobaron que apenas era un chaval de dieciséis años, imberbe y de cara aniñada. El joven también se tranquilizó al ver que se trataba de dos mujeres con dos niños, la estampa menos amenazante que pudiera esperar. Entre la niebla, se les acercó con una sonrisa.

embutido en un uniforme que le iba pequeño y le apretaba por los lados.

Era un uniforme del ejército nacional.

V

Antonio estaba en Madrid.

A veces, se estiraba bocarriba en su camastro y pensaba cómo la vida le había llevado hasta allí. No se refería a la sucesión de acontecimientos, de batallas y de órdenes de gente que no conocía que lo habían llevado a aquel lugar, tan alejado de su Villanueva natal, sino a la especie de voluntad divina que le había situado en el ojo del huracán de Europa en esos días. En Madrid se libraba la primera gran batalla contra el fascismo, pero él ya se había rendido.

La ciudad le había impresionado de muchas formas. Cubierta de un halo gris y una permanente sensación de urgencia y peligro, Madrid reptaba entre las consecuencias de una guerra que la tenía como principal objetivo espiritual y estratégico. Las heridas de la contienda se dejaban ver por toda la ciudad en diferentes intensidades. Sus monumentos más emblemáticos aparecían cubiertos y protegidos por montañas de piedra, pero muchos de sus edificios y calles ya estaban dañados por los bombardeos. Por todas partes había pancartas animando a los madrileños a resistir. Los aviones y la artillería se habían cebado con el barrio de Argüelles y con muchas de las áreas que quedaban más cerca de la Ciudad Universitaria, donde estaba la punta de lanza del ejército franquista. Mucho más respetado por los bombardeos (Franco evitaba en lo posible bombardear la zona donde muchos de sus afines vivían), incluso en el elegante barrio de Salamanca, las calles sin vida, los comercios cerrados con los cristales rotos, las casas incendiadas o tantas otras tapiadas y abandonadas apresuradamente, también hablaban con elocuencia de una guerra que nadie sabía bien cuándo acabaría. Con todo, si lo que Franco buscaba con los bombardeos era desmoralizar a la población, había conseguido exactamente lo contrario. Sabiendo que en cualquier momento podían matarlos desde el aire, muchos madrileños eligieron morir combatiendo, y su furia e indignación solo aumentaban sus deseos de resistir.

Madrid había sido abandonada por el Gobierno en diciembre, sin más explicación que una breve carta al general Miaja. Muchos se habían esmerado en justificar unas líneas, pero para Antonio eran epítome de la cobardía. Leyera como las leyera, para él la interpretación de las mismas era sencilla: «Defended la ciudad hasta vuestro último aliento, pero defendedla vosotros, que nosotros huimos a Valencia». Intentó darles otra lectura, pero esa fue la única que halló.

De todas formas, si tenían alguna posibilidad de resistir el envite de las tropas franquistas, era con el general Miaja y la junta para la defensa de Madrid. Pasase lo que pasase, pensó que ambos se estaban ganando un lugar en las páginas de la historia.

Había llegado integrado en la columna Durruti desde el frente de Aragón. Su comandante, Buenaventura Durruti, había muerto a finales de noviembre por una bala que nadie sabía explicar de dónde había salido. Con la noticia de su muerte había cundido el caos total y toda la columna (y el mismo Antonio) había abandonado el frente apresuradamente. Habían estado a punto de crear un desastre en las filas republicanas, pero en ese momento sintieron que ya todo estaba perdido y daba igual. Por fortuna, habían sido rápidamente sustituidos por otra unidad, pero tanto ellos como el enemigo estaban exhaustos, por lo que desde finales de noviembre, en el frente de la Ciudad Universitaria, el más cercano a la ciudad, se había instalado una especie de tensa espera, sin acciones importantes ni cambios en uno u otro bando, que permanecían metidos en sus barricadas a la espera de recuperar el aliento.

Pero él ya había abandonado.

Llevaba un mes alternando borracheras con resacas, acompañado de gente que le hacía sentirse solo y perdido. No era el único. Con la muerte de Durruti, muchos de sus compañeros también se habían abandonado. En ocasiones, la situación de indolencia, de negación, de total inconsciencia y de falsa alegría en la que se encontraba mientras las bombas llovían sobre Madrid le recordaba a los últimos días del imperio romano, solo que en versión pobre, oscura, racionada y gris; comiendo carnes de animales que su paladar no sabía reconocer en vez de vino y ricas viandas. Se encontraba en un estado permanente de embriaguez y dormía algunas horas en el sofá de un bar o en un banco de la calle antes de volver lo suficiente sobre sí para unirse a otros como él. Pese a que su estómago rugía de hambre, nunca le faltó vino para aturdir su cabeza.

Se despertó semidesnudo en una habitación que desconocía, entornando la luz que entraba por las contraventanas entreabiertas del balcón. Era una estancia de alrededor de tres metros de largo por tres metros de ancho, empapelada en un tono marrón con pequeños dibujos geométricos. Centrada contra la pared se encontraba la cama en la que yacía entre sábanas de cierta calidad arrugadas sobre su bajo vientre y piernas. Frente a él, una copia de *Las Meninas* y una pequeña cómoda, sobre la que se sentaba lo más notable de la estancia. Ella.

Se trataba de una chica que debía rondar los veinticinco, con el pelo largo y oscuro que caía hacia atrás por su espalda. Sus ojos, también oscuros y de forma gatuna, le escudriñaban mientras el resto de su cuerpo adoptaba una posición entre segura y curiosa. Vestía un camisón corto de satén pardo que había conocido mejores tiempos, pero incluso con los brazos cruzados sobre el pecho y las piernas desnudas y sin medias Antonio tuvo que incorporarse un poco para admirar aquella belleza. Se quedaron unos segundos mirándose sin hablar hasta que ella esbozó una sutil sonrisa. Con un pequeño brinco saltó al suelo. Era una chica menuda, pero Antonio supo que era grande también.

—Buenos días, soldado. ¿Qué, volviendo a la vida poco a poco? Imagino que no recordarás nada, claro. Te estarás preguntando «¿Quién es esta mujer y qué hago yo aquí?». Así sois los machotes, que no podéis aguantar ni el tercer vaso de chinchón antes de empezar a hacer el tonto y perder el oremus. Pero llevo días observándote, aunque tú no te hayas dado cuenta. Bueno, no te has dado cuenta ni de esto ni de nada. No me gustaría ser tú el día que vuelva al cuartel, eso está claro. Aunque aquí cada vez hay más gente que hace lo que le da la gana y está claro que así la guerra no la vais a ganar, pero, en fin. ¿Qué? ¿No dices nada?

No estaba preparado para aquella conversación, apremiante y casi moralizadora con una completa desconocida. Se frotó los ojos mientras bostezaba.

—Yo me llamo Antonio.

—Eso ya lo sé.

—Estaba en la columna Durruti, pero ahora...

—Cuéntame algo que me interese, anda, Antonio de la columna Durruti, ¿qué te ha pasado? —Antonio no sabía qué decir—. Nada, que te has quedado mudo.

—Es que... no sé exactamente qué hago aquí ni quién eres tú.

—Yo soy María Ceballos, y si estás aquí es porque te ayudé a salir de la taberna donde estabas, antes de que te sacara un grupo de hombres que estaban hartos de que babearas a sus mujeres. Te pensaste que podías sobarme a mí también, así que me seguiste como pudiste hasta mi casa, zigzagueando por las aceras y chocando contra cada elemento que se te cruzaba. En fin, bastante patético de principio a fin, pero me interesas. Vístete y acompáñame, anda.

No tenía voluntad alguna ante aquella mujer de ideas claras que le había ofrecido su lecho sin saber muy bien por qué. Localizó su camisa a un lado de la cama. Se la puso y se levantó, con los pantalones aún puestos desde la noche anterior. María le miraba entre impaciente y divertida.

—Anda, sígueme —repitió.

Fue detrás de aquella completa desconocida mientras se metía la camisa entre los pantalones. Al salir de la habitación, el resto de la casa apareció inesperadamente ante sus ojos. No esperaba que la habitación que le había acogido perteneciera a un lugar como aquel. Se encontraba en una casa elegante, grande, luminosa y amueblada lujosamente. Atravesaron un pasillo tapizado en seda salvaje con cuadros de marcos dorados y alfombra mullida hasta una gran estancia que solo podía ser el salón. Le recordó a uno de los del Ritz, que conocía por ser el hospital de sangre para las tropas catalanas.

Se trataba de una estancia mucho mayor por sí misma que la mayoría de las casas de los de su clase, de forma ovalada, con una gran chimenea con *trumeau* en una de las paredes. En cada esquina sofás, pufs y entredós formaban pequeños grupos coordinados, con mesillas de mármol y patas doradas de estilo Luis XIV. Las paredes, tapizadas en una tela rosada y rematadas por una guirnalda de motivos vegetales, estaban pobladas de retratos de gran formato de gentes de aire distinguido.

No era un palacio, tampoco un palacete, pero se le acercaba.

María sorteó algunos muebles hasta sentarse en un sofá junto a la chimenea apagada. Con la mano le indicó que se sentara en el sillón frente a ella.

Antonio, hipnotizado, obedeció.

—Sí, ya lo sé. Estás sorprendido, ¿no?

—Bueno, sí, un poco.

—Ya. Pues no lo estés tanto. Si estoy hablando contigo es porque estoy en una situación desesperada y creo que tú, de alguna forma, también lo estás. Como te he dicho antes, hace días que te observo y, bueno, antes de que vayas totalmente borracho, me puedes ser útil. He visto a dos Antonios. El de antes de la tercera copa y el de después. El primero es el que me interesa. El primero llega a todo el mundo con una sonrisa, les deja hablar, escucha sus penas y cuenta alguna —pocas— de las suyas. Cae bien a todos, ríe con todos y no juzga a nadie. Es como que le importa todo el mundo y a la vez le da todo el mundo igual, y es eso lo que ando buscando. Seguro que hubo un punto en el que todo te afectaba más, pero ahora mismo todo te da bastante igual, ¿no es así?

—No sé, no estoy pasando un buen momento.

—Sí, eso salta a la vista. Estás pasando el peor, pero me da igual por qué. Si me ayudas, los dos podemos sacar beneficio de esta situación antes de que la balanza se decante de una vez y la guerra acabe. Ahora y cuando acabe, vamos a necesitar más picardía que los demás si queremos sobrevivir, pero yo no puedo hacerlo sola. Necesito a alguien como tú. Acompáñame.

Se levantaron y Antonio se dirigió con María hacia la ventana. Allí, abrió pesadamente las puertas acristaladas para salir al balcón. Seguía vestida igual que cuando la había visto por primera vez, con su sugerente camisón corto, pero no había nadie más que él para apreciar su cuerpo. Se encontraban en la primera planta de una mansión burguesa, flanqueada a cada lado por dos edificios completamente arrasados por las bombas. Ante ellos, al otro lado de aquella calle triste y desierta por la que apenas paseaban dos almas, otro gran edificio completamente abandonado hizo suponer a Antonio que también estaría dañado e inhabitable por los bombardeos. Estaban en una de las zonas más castigadas del barrio de Argüelles, el más cercano al frente de todo Madrid. Las bombas lanzadas por los Junkers y el trabajo de la artillería desde el cerro Garabitas habían dejado poco más que el recuerdo de la que en su día debió ser una calle elegante.

—Los dos edificios de los lados son de mi familia. Bueno, lo que queda de ellos, que ya ves que es nada. Antes de la guerra, mi padre construyó estos edificios con lo que obtuvo de la venta de una finca en Segovia. Eran los mejores y más modernos de la calle y enseguida los tuvo alquilados por completo, los cinco pisos de cada edificio. En cuanto empezó la guerra una milicia apareció en casa y se llevó a mi padre, que estuvo en la cárcel Modelo hasta hace unos meses, cuando lo trasladaron a Valencia, o eso dijeron. Lo que queda de mi padre es parecido a lo que queda de estos edificios, si es que queda algo. La última vez que le visité era un saco de huesos, casi no podía hablar y sonreía como alguien que ha perdido la cabeza. —Apartó por unos segundos la vista de la calle y de Antonio, rota de dolor, mientras respiraba profundamente y se recomponía—. Luego, por si no se había cebado conmigo suficiente el bando republicano, el bando franquista empezó a bombardear Madrid y me dejó con lo que ves ahora. Así que esta es mi situación: tenía un padre y una renta, y ahora no tengo nada. Lo único que me quedan son estas manos —se las puso bien cerca de la cara— y esta casa, que agazapada entre dos ruinas, es ignorada cada día por la artillería y las bombas. No me van a quitar ninguna de las dos cosas, si puedo evitarlo.

Volvieron a entrar en la casa y se sentaron donde estaban. Antonio no pudo esperar más a preguntar:

—Discúlpame, es todo terrible, pero ¿qué puedo hacer yo?

—Mira, hasta ahora, la ubicación donde estamos ha sido mi condena, pero ahora creo que también puede ser mi salvación, y la tuya, si me ayudas. Como habrás visto, estamos al lado del frente, por no decir que estamos *en* el frente porque nos separa apenas un kilómetro, algo menos según el día. El caso es que la Ciudad Universitaria está aquí mismo y es allí donde tenéis las trincheras unos y otros. Mi objetivo es dar servicio a la maltratada tropa, pero para eso necesito a alguien que me introduzca, que me haga publicidad y que luego me proteja para que no se aprovechen de esta indefensa dama, aunque de indefensa tengo muy poco y de dama si hago lo que quiero hacer no me quedará nada.

—María, yo conozco a muchos soldados porque soy uno de ellos. También a algunos mandos, pero ¿en qué estás pensando?

—Estoy pensando en algo que os gusta a todos los hombres. En lo que más echáis de menos cuando estáis en el frente.

—Son tantas cosas.

—No, Antonio, por encima de todo hay una cosa: las mujeres. Da igual el bando, da igual la edad, lo que a todos os pierde es el cuerpo de una mujer, y yo voy a proporcionar todos los que pueda a las trincheras.

—¿Quieres montar un lupanar?

—Me gusta más llamarlo «casa de tolerancia», es un eufemismo que me hace gracia, pero sí, en definitiva, es eso lo que quiero hacer. Yo pongo la casa y las mujeres y tú me traes a los soldados y te ocupas de que todo tenga un orden, ya me comprendes, que todo el mundo pague, que traten bien a las mujeres, que no rompan las cosas. Estoy dispuesta a todo lo que haga que la vida de los que participemos en esto mejore, a que nos enriquezcamos, pero no daré el paso si esto se convierte en un burdel barato y sucio. —Antonio no daba crédito a lo que oía. «He aquí una mujer agotando su último cartucho», pensó—. Sé lo que piensas y es verdad, estoy desesperada. Me temo que a estas horas ya no tengo familia, y tampoco se me ocurre nada más que hacer, pero elijo arriesgarme a perderlo todo antes de ponerme a llorar y ver languidecer lentamente todo lo que tengo alrededor hasta que no quede nada. La guerra acabará, y me gustaría tener por lo menos lo suficiente para mantenerme yo y esta casa. Me da igual que nadie me reciba en la suya nunca más, que quede marcada por la moral y el recato; de todas formas, si pierdo lo que tengo y acabo bajo un puente tampoco nadie se apiadará de mí.

Podría haber escuchado a María durante horas. Le fascinaba su manera de pensar, práctica y decidida. Decidió pedirle más concreción sobre el proyecto, que poco a poco le empezaba a interesar.

—De acuerdo, María, vamos a ir por partes. La primera, ¿cuántas señoritas pretendes alojar aquí?

—Tengo ocho habitaciones, además de la mía y un despacho adjunto. Mi idea sería tener cinco reservadas para las mejores, que vivirían aquí y que no solo se dedicarían a yacer con el mejor postor, también les invitarían a una copa en el salón y podrían charlar o jugar a las cartas simplemente. Las otras tres que quedan las alquilaría bajo reserva para externas. Pero aquí no entrará cualquiera, no todas podrán venir aquí porque pondremos un precio que no todas podrán pagar. El filtro será el dinero, como en muchas otras cosas de la vida.

—¿Y yo?

—Tú irás y vendrás desde las trincheras. Te irás de copas con quien haga falta y promocionarás este lugar. Enseñarás el camino a los clientes, por decirlo de alguna manera. Por la tarde, cuando abramos, te instalarás en la entrada, cobrarás y abrirás la puerta a quien convenga. Habrá un máximo de doce hombres a la vez, por lo que el resto, si los hay, deberá esperar en la calle. Así los controlaremos bien y esto no se desmadrará. Podemos tener a cuatro caballeros en el salón y ocho más en las habitaciones. No aceptaremos borrachos, ni gente de que nos dé mala espina. Este será, dentro de lo que cabe, un lugar elegante, no hace falta que te diga que el mercado de antros ya está saturado.

—¿Y de dónde sacarás a las mujeres?

—Eso es lo mejor de todo. Adivina donde cayó una bomba la semana pasada. —Antonio no sabía qué contestar, la mente de aquella mujer funcionaba más rápido que la suya. María no esperó a su respuesta. Se le iluminó la cara al desentrañar los recovecos de su plan maestro—. En la casa de tolerancia de la plaza de Antón Martín. La destruyó por completo, pero eso no es lo mejor. Cuando la bomba cayó, solo se encontraban dentro tres mujeres, la señora Villegas entre ellas.

—¿La señora Villegas?

—¡La dueña del piso! Bueno, ¡y del negocio! Murió al instante y ha dejado a un ramillete de señoritas huérfanas de caballeros. Están como aleladas, haciendo la calle como prostitutas baratas y dejándose magrear por borrachos y maleantes. Solo esperan a que alguien —tú— les ofrezca la oportunidad que te estoy presentando. Tienen experiencia y son casi veinte mujeres, deberás coger a las mejores. A las más guapas y elegantes. No quiero niñas. Tampoco quiero guarras. Quiero a las mujeres con las que todo hombre querría casarse. Y las encontrarás, créeme. Las he visto ya, y hay muchas que son imponentes. Tenemos que reclutarlas antes de que las consuma el fango.

—Y ¿tú también atenderás a los clientes?

—Si me estás preguntando si yo seré una meretriz más, la respuesta es no. Yo aquí soy la empresaria. Y qué más da. No tengo por qué decírtelo, pero tengo veinticuatro años y pretendo entregarme solo a mi futuro marido, si es que aparece. Quizás a ti todo esto te parezca contradictorio, pero para mí tiene todo el sentido. Supongo que eso también responde a tu otra pregunta. No, no te acostaste conmigo anoche.

La miró un minuto en silencio mientras, gesticulando con las manos, María le explicaba cada detalle de su proyecto. Con los ojos abiertos y brillantes, la voz acelerada pero segura, la mujer había pensado cada capítulo de su negocio. Le resultó tremendamente atractiva y no solo por las preciosas piernas que el camisón dejaba al descubierto. Sonrió y la interrumpió sin esperar a que acabara.

—Acepto.

—Antonio, no me escuchas.

—Te digo que acepto.

—Pero si no te he dicho aún cómo vamos a repartirnos las ganancias, y todo el apartado económico que tengo pensado.

—Me da igual. Acepto.

VI

Empezó con su nuevo proyecto esa misma tarde. Memorizó esa terminología en su cabeza «nuevo proyecto», «casa de tolerancia», consciente de que considerarse proxeneta o socio de un lupanar, o incluso «chulo» era más de lo que su confusa moral podía asumir. Se encaminó a los diferentes puntos en los que María le había dicho que se habían colocado las mujeres que el bombardeo del burdel de la señora Villegas había dejado sin techo. Alrededor de las siete de la tarde, localizó a tres de ellas. Se habían colocado delante del edificio derruido que había sido su lugar de trabajo, como perritas que no pueden separarse de la tumba de su amo. Eran fácilmente reconocibles.

Su condición no era un secreto para nadie, con sus vistosos trajes escotados pese a que el frío apretaba, pero su manera de moverse, su dignidad no completamente mancillada y su belleza escondida tras el pesado maquillaje daban a aquel trío de mujeres un aire de mercancía de cierta calidad, no al alcance de cualquier putero. «Mercancía», pensó Antonio. Aquellas mujeres trataban su sexo como mercancía, igual que otras vendían su pelo o su esfuerzo. Memorizó también aquel argumento cogido con pinzas.

Se acercó al grupo con paso decidido al tiempo que, al verle venir, las mujeres se ponían de pie, sonreían y dejaban que su escote asomara un poco más, retirando los mantones con los que se cubrían parcialmente. Supuso que la perspectiva de un cliente como él, joven y bien plantado, a pesar de las estrecheces por las que pasaba, debía ser halagüeña para unas mujeres sin techo y dispuestas a ser sobadas por viejos verdes con tal de poder mantenerse. Las tres eran guapas a su manera, con una voluptuosidad nada disimulada por sus trajes morados y rojos. Aunque sus cejas oscuras las delataban, tenía frente a sí a dos mujeres rubias y una pelirroja.

Cuando se encontraba a pocos metros, la pelirroja, que enseguida le pareció la líder del grupo, se adelantó insinuándose.

—Buenas tardes tenga usted, guapo.

—Buenas tardes, amable señora. Me trae aquí un menester que...

—El mismo que les trae a los demás caballeros. No se preocupe, que aquí no nos asusta casi nada —le interrumpió.

Las otras dos se acercaron también. Antonio decidió no extenderse demasiado y pasar directamente a negociar con las tres, antes de que la conversación empezara a hacerle sonrojar.

—He venido a ofreceros un trabajo. Creo que las tres trabajabais en casa de la señora Villegas, ¿no es así? —Las tres le miraron con interés, asintiendo silenciosamente—. Es lo que me habían dicho. Vosotras no estáis hechas para la calle, igual que el fango no casa bien con los zapatos de salón. Imagino que estaréis de acuerdo conmigo.

—Y a ti que te importa cómo y dónde nos ganemos la vida nosotras —respondió la pelirroja, que rápidamente se había colocado al frente de sus compañeras—. Estamos en una guerra y cada uno hace lo que puede. Si quieres contratarnos a alguna, estupendo, si no, a correr, que nos espantas la clientela.

—Os quiero contratar a las tres. Pero no solo para esta noche, sino para varios meses.

La tres se rieron incrédulas. Aquel mozo era guapo, pero no tenía ninguna pinta de poder pagar sus servicios más de una noche.

—Y dime, guapo, ¿dónde te ha tocado la lotería?

Antonio fue al grano.

—La lotería nos va a tocar a los cuatro si aceptáis lo que os propongo. Como os decía, sé que trabajabais en casa de la señora Villegas hasta que fue bombardeada y os quedasteis en la calle. Imagino que echaréis de menos las comodidades y la clientela que teníais hace unas semanas, que a buen seguro dejaba más dinero en vuestros bolsillos y menos conflictos en vuestras vidas. Vais las tres en grupo para protegeros, ¿no es así?

—Vamos las tres en grupo porque no queremos nadie que nos chulee, así que si eso es lo que propones, date la vuelta y vete.

—No, no es eso lo que os propongo. Os propongo asociarnos, para volver a abrir la casa de tolerancia donde trabajabais, en un lugar más conveniente y más lujoso, cerca del frente. Yo traeré los clientes y promocionaré vuestros servicios. Vosotras solo tendréis que atender a los caballeros que os traiga y exprimirles hasta que gasten la última de sus pesetas.

—¿Y dónde es ese lugar?

Antonio sonrió. La desesperación que subyacía en aquel trío jugaba a su favor.

—Acompañadme y os lo mostraré. Si os gusta, podemos seguir hablando.

Aunque Antonio transmitía confianza y cualquier trato que les permitiera ejercer lejos de la calle les encajaba, una de las rubias se agachó para sacar una navaja de debajo de su falda. Acercándola a la cara de Antonio, que no mostraba inquietud alguna, le susurró a pocos centímetros:

—Iremos contigo. Pero como nos metas en un lío, te degüello como a un cerdo.

10

I

Había pasado casi un mes y el negocio no podía marchar mejor.

—Es típico de los rojos. Sois todos iguales y por eso vais a perder la guerra.

—No sabía que fueras franquista.

—Y no lo soy, pero tampoco roja. Los rojos me expropiaron mis casas y mataron —cada vez lo tengo más claro— a mi padre, y Franco ha bombardeado todo lo que me quedaba menos esta casa. Pero hay muy poca gente que vea que con la guerra esta perdemos todos, y así nos va.

Discutían frecuentemente, y María parecía querer esforzarse especialmente en que las contradicciones del bando en el que Antonio militaba quedaran al descubierto. A veces, tan solo una sonrisa burlona de su socia cuando veía cómo contaba el dinero o apremiaba a sus trabajadoras para que el trabajo se ejecutara como él quería era suficiente para iniciar una discusión. María se había resignado a no formar parte ni de rojos ni de nacionales, pero, en el fondo, seguía siendo la hija de un comerciante próspero y aquel origen era tan difícil de borrar como el color de sus ojos. A diario, Antonio tenía que aguantar cómo aquella mujer ridiculizaba las ideas comunistas, anarquistas y socialistas cada vez que la ocasión lo permitía. Cuando Antonio se probaba uno de los trajes de su padre y de repente adquiría el aspecto de patricio madrileño, María le observaba, le arreglaba la corbata y luego se giraba comentando suficientemente alto para que Antonio le escuchara:

—Ahí va el comunista con su camisa de Sastrería Burgos.

Le irritaba y la quería a partes iguales. Pero a la vez, los comentarios de María eran como el goteo de agua que lentamente abre una brecha; él mismo se daba cuenta de que muchas de las cosas en las que había creído se desmoronaban en cuanto las veía desde otro ángulo. A veces, cuando, tumbado en su cama, su pasado y su presente entraban en conflicto, se decía que él —y todos— no eran más que una consecuencia de sí mismos y sus circunstancias.

Miró a María a los ojos. Efectivamente, ¿cómo iba a ser esa mujer de cualquiera de los dos bandos?

—Bueno, pero yo no soy igual que todos —replicaba él.

—No, ya sé que no. Pero sabes que te estás haciendo rico, ¿verdad? ¿Y sabes lo que nos hicieron a los ricos los rojos?

Claro que lo sabía. Lo sabía perfectamente. De hecho, había participado de ello. Había participado en numerosas incautaciones, sobre todo al principio, en Villanueva, en todo el Penedés, saltando de masía en masía como un ave de rapiña y llevándose lo que había querido en la mayoría de aquellos episodios. Y ahora sí, se estaba haciendo rico. O por lo menos estaba saliendo de la pobreza cuando toda la ciudad se hundía un poco más en ella cada día.

—Sí, sé lo que hicieron, lo que hicimos. Creo que no es lo mismo, pero si te consuela, creo que no lo volvería a hacer. De todas formas, nosotros no estamos haciendo daño a nadie.

—Bueno, como decíais que hacían los ricos, nos estamos aprovechando de una situación. De la de las mujeres que trabajan aquí, que no tienen otro medio que vender sus cuerpos para salir adelante, de los soldados, que están tan solos, que empeñan sus relojes y gastan sus sueldos en acostarse con unas desconocidas mientras sus familias mueren de hambre en la retaguardia.

—Podríamos parar.

—Antonio, si quisieras parar, pararías. Pero, en lugar de eso, prefieres que sea yo la que tome la decisión. La de seguir. Porque tú te sientes mejor si piensas que lo he decidido yo, cuando desde hace semanas somos socios a partes iguales y aquí todo lo decidimos entre los dos.

Era cierto. Sentado frente a aquella mujer que le fascinaba, en torno a un buró de caoba sobre el que se acumulaban billetes y monedas, a la tenue luz de un candelabro de bronce, llevaban media hora contando las ganancias del día, nuevamente una pequeña fortuna, que esconderían en un hueco de la pared oculto tras un cuadro y el papel pintado. Había ganado más dinero en tres semanas del que hubiera ganado en tres años en la fábrica de los Gorchs, y, por supuesto, de forma mucho más agradable.

No se había acostado con ninguna de las mujeres que trabajaban en la casa, pese a que, al principio, no podía evitar excitarse cada vez que alguna de aquellas esculturales figuras se paseaba ligeramente vestida por delante de él. Para colmo, todas se le insinuaban y le acariciaban en cuanto tenían una oportunidad, deseosas de recibir los favores de un joven guapo, que les protegía y que cada día era más solvente. Pero había llegado a la conclusión de que era mucho mejor que no mezclara el placer con el trabajo para que todo funcionara como lo hacía. Además, solo quería acostarse con María. Y ella lo sabía.

Descubrió que estaba, por primera vez en su vida, completamente enamorado de una persona. Para Antonio, María lo tenía todo. No era solo su físico, la perfección de sus rasgos y sus movimientos en cualquier situación y a cualquier hora del día, era especialmente todo lo demás. Era la persona con la que podía hablar de todo, junto a la que quería permanecer incluso cuando discutían —con frecuencia— y ella le aguantaba la mirada desafiante para acabar esbozando una sonrisa a los pocos minutos. También era una comerciante, una mente viva y despierta a la que no se le escapaba nada, una persona en parte fría, que había decidido que la guerra no podría con ella. A pesar de ello, su relación hasta entonces había sido puramente comercial.

Alguna vez, cuando llegaba aquel momento íntimo en el que se reunían en el despacho de María para contar el dinero y las vicisitudes del día, Antonio había lanzado alguna indirecta a la mujer, que había hecho oídos sordos a la misma y había seguido la conversación sin prestarle la menor atención. Era lista, por lo que no le cabía duda de que si no había respondido era porque no había querido, aunque hubiera entendido a la perfección el cambio de tercio que el hombre pretendía dar a su relación con ella. Si sus sentimientos hacia él habían evolucionado de alguna forma, María no lo había demostrado en ningún momento, por lo que Antonio se había empezado a resignar a que sus deseos en ese ámbito no fueran correspondidos.

Y sí, el negocio iba bien. Mejor que bien en realidad, iba estupendamente. A la segunda semana de abrir, el boca a boca y la cercanía al frente habían convertido su «casa de tolerancia» en una de las más importantes de Madrid, si no en cuanto a cantidad de mujeres, sí en cuanto a calidad. Su «género» era de lujo, y eso se pagaba. Se pagaba muy bien. Además, su posicionamiento en el mercado de la prostitución madrileña tenía otra ventaja: su clientela. Generalmente, militares de alta graduación, sus clientes no daban problemas, pagaban bien y pese a algunas perversiones, trataban a las chicas con respeto.

A la segunda semana ya tenían las habitaciones permanentemente ocupadas y empezaron a derivar a algunas de las chicas con clientes de menor importancia a posadas cercanas con las que empezaron a cerrar acuerdos. Así, alrededor de la casa de María Ceballos, se movía un grupo permanente de veinte mujeres especializadas en aliviar las tensiones del cercano frente. Además, había un grupo de cinco, de calidad menor, que acudían a las trincheras de la Ciudad Universitaria. Todos los clientes que proporcionaba Antonio pagaban una suma que repartían en dos partes, una para él y María y otra para la meretriz. Si se alojaban en la casa, pagaban también una pequeña porción de la comida que allí se consumía. Si se trasladaban a alguna de las posadas, Antonio y María pagaban a la posadera, y aún entonces, seguían ganando dinero.

La complicidad con altos mandos tenía además otra ventaja: Antonio no tenía que esconderse cuando se le preguntaba por su brigada o por qué no estaba en el frente, ya que todos los hombres preferían que estuviera donde estaba y les proporcionara las mujeres como hacía. Un éxito total, una repentina e inesperada felicidad que debía a María.

El frente seguía estabilizado, sin que los nacionales se resignaran a abandonar sus posiciones en la Casa de Campo y la Ciudad Universitaria incluso cuando el mantenimiento de muchas de sus posiciones carecía de sentido, ya que habían abandonado toda posibilidad de entrar en la capital por aquella zona. Cada semana había alguna pequeña escaramuza, algún acto heroico de alguno de los dos bandos que la propaganda de ambos publicitaba, pese a que servían poco al fin de la toma o rendición de Madrid.

Madrid resistía mientras los alimentos se acababan y la moral de la población pasaba del odio por los bombardeos al total estoicismo. La ciudad se llenaba con carteles de «no pasarán», pero algunos empezaban a ver aquello más como un deseo que una realidad. Pasarían, claro que lo harían si las cosas no cambiaban mucho, pero mientras, se había establecido una especie de pacto en la urbe que animaba a todos a seguir manteniendo el pulso de la normalidad.

Aquella impostada normalidad fomentaba la moral colectiva y era la válvula de escape para la gran metrópoli. Una conjura contra el miedo para una población de casi un millón de habitantes a los que se habían sumado casi doscientas mil almas que habían huido de Castilla y Andalucía con el avance de las tropas franquistas. Los cafés y los bares estaban repletos, los funcionarios llenaban los tranvías para acudir puntualmente al trabajo y los cines mantenían sus programaciones con películas de Cary Grant y los Hermanos Marx. Divertidos, los madrileños salían de las salas sorteando los cascotes de los edificios bombardeados. Los institutos también funcionaban con normalidad y cada mañana se podía ver a filas de niños corriendo entre las barricadas para acudir al colegio. Si había alarma, los profesores se aprestaban a meter a sus alumnos en el metro y seguían la clase simulando que nada pasaba. En el barrio de Lavapiés, por su lejanía del frente, y el de Salamanca, excluido desde el principio de los objetivos nacionales, el espejismo de la paz y la normalidad parecían hacerse reales.

II

Habían acabado de contar el dinero y María ya estaba colocándolo en el interior de la pared cuando unos golpes sordos sonaron en el portón que daba a la calle.

Se miraron un instante y Antonio sonrió.

—¿Un calentón de última hora?

María le devolvió la sonrisa.

—Nunca se sabe cuando llega la llamada de la entrepierna. Mándalo a casa y dile que vuelva mañana, si te parece que puede pagar lo que valen mis chicas.

Se levantó apoyando las manos sobre la mesa al tiempo que lanzaba un suspiro cansado.

—La llamada de la selva. A ver cómo me lo saco de encima.

Bajó la solemne escalera que comunicaba el piso principal con la entrada de carruajes de la casa, un pasillo ancho flanqueado por columnas adosadas que daba acceso al patio trasero desde la calle. Abrió la puerta peatonal colocada en el centro de uno de los batientes, al tiempo que avisaba, cansado:

—Ya va, ya va.

Al abrirla encontró a un pequeño hombrecillo de alrededor de cincuenta años, de bigote cano, poco pelo y curiosas gafitas tintadas, pese a que era de noche. Sostenía entre sus manos un bombín e iba ataviado con cierta elegancia, vestido con un abrigo largo de color oscuro con las solapas en terciopelo del mismo color. Era la última persona que hubiera esperado que llamara a su puerta en aquel momento, pero tras varias semanas dedicado a aquel negocio, se había dejado de sorprender por los pliegues de la naturaleza humana. El hombre se adelantó en la conversación antes de que Antonio tuviera tiempo de despacharlo.

—Buenas noches. Lamento llamar tan tarde.

—El que lo lamenta soy yo, estamos cerrados. Nuestras chicas deben descansar y, efectivamente, ya es muy tarde.

—No es eso lo que me trae aquí. He venido a hablar de otros negocios que pueden serle de interés. Sus chicas me dan igual en este momento.

—¿No podríamos hablarlo mañana? Puedo recibirle durante prácticamente todo el día.

—No, lamentablemente no. Tiene que ser ahora.

Se trataba de un hombre cuyo aplomo venía dado por la voz, por una especie de aura rígida y segura que sobrepasaba lo insignificante de su físico. Antonio se lo quedó mirando un par de segundos. Le recordó a aquella mujer, también insignificante en lo físico e imponente en el trato, que había hecho frente a Joan Pou en el asalto a la masía de San Antonio.

—De acuerdo, pase. —Le dio el paso y cerró de nuevo con llave la puerta a sus espaldas—. Acompáñeme al piso de arriba. Si lo desea, le puedo ofrecer algo de café.

El hombre se quedó clavado en el suelo.

—Si no le importa, preferiría hablar donde estamos. Mi presencia aquí requiere cierta discreción.

En ese momento María asomó por la escalera del piso de arriba.

—¿Va todo bien?

Antonio giró el cuerpo, asomándose también.

—Todo bien, un señor quiere hablar de negocios. En cuanto acabe con él, subo.

—¡De ninguna manera! Si es de negocios, yo debo estar presente. Bajo ahora mismo.

Antonio sonrió. No conocía a nadie tan predecible como María. Al minuto bajaba apresuradamente la escalera. Colocándose el pelo nerviosamente con la mano por detrás de las orejas, saludó:

—María Ceballos, encantada.

El hombre no dio su nombre, pero le besó la mano galantemente.

—Es usted con quien quería hablar.

Miró a Antonio con su media sonrisa de satisfacción.

—¿Y de qué quiere que hablemos, señor mío? Es tarde y ya estábamos a punto de acostarnos.

—Seré breve. Busco un sótano discreto donde guardar algunas cosas. Por mi profesión, he sabido que su edificio tiene uno y me gustaría verlo para alquilarlo, si les interesa. Puedo pagar bien y por adelantado, pero necesitaría echarle una ojeada para confirmar que es lo que busco.

María sonrió. Tenía un sótano, como bien decía aquel hombre, y no lo usaba para nada.

—Se lo puedo enseñar ahora mismo. Acompáñeme, aunque deberá pagarme bien, pues le doy buen uso y llevo días con varios proyectos en la cabeza para usarlo más aún.

Los tres sabían que era todo mentira, por supuesto.

Atravesó el paso de carruajes seguida por Antonio y aquel hombre misterioso, iluminándose por una vela, hasta que llegaron al patio trasero de la casa, un espacio empedrado donde en los buenos tiempos habían aparcado sus vehículos. Sortearon un gran ciprés que crecía tocando la pared del fondo para descubrir, tras él, una pequeña puerta de madera con tachuelas adosada a una pared de piedra. Parecía que aquella construcción hubiera estado desde siempre allí, incluso antes del edificio que ahora la cobijaba y, sin embargo, Antonio nunca había reparado en ella. María abrió la puerta y empezó a bajar las escaleras.

—Vayan con cuidado, esto es bastante húmedo y pueden resbalar.

Parecían estar bajando a una mina, pero al cabo de veinte escalones, María se empezó a acercar a las paredes, prendiendo varios apliques con velas para iluminar un espacio abovedado de casi diez metros de largo por cuatro de ancho, cubierto en paredes y techo por losas de barro cocido por entre las que asomaba una especie de musgo verde. Pese a que la mujer les había dicho que lo usaba mucho, el espacio estaba prácticamente vacío, salvo por un par de cajas de vino vacías en una esquina y una mesa tocinera en la otra.

El pequeño hombre que les acompañaba, del que aún no sabían el nombre, lo observó unos segundos antes de hablar.

—Es lo que estaba buscando, me conviene. Les ofrezco quinientas pesetas al mes. Si aceptan, les pagaré ahora mismo seis meses por adelantado.

Era una fortuna. Un precio absolutamente disparatado por un sótano de cuarenta metros cuadrados. Un sueldo medio no alcanzaba esa cifra. ¿Quién era aquel hombre? ¿A qué venían aquellas prisas? ¿Y por qué les iba a pagar un precio tan desorbitado por algo que a todas luces no lo valía? Se lo preguntaban todo y aun así María no pudo evitar responder enseguida.

—Nos parece perfecto.

El hombre se acercó a ella de forma que, iluminada por las velas, María pudo observar mejor sus facciones blandas y bondadosas, incluso sus pequeños ojos oscuros ocultos tras aquellas lentes tintadas.

—Pero hay algo más.

«Lo sabía —pensó Antonio—. Ahora nos desvelará el gato encerrado».

El hombre se separó de ellos y se dio la vuelta dándoles la espalda con los brazos cruzados.

—Hay algunas condiciones. Pocas, pero sagradas. Si aceptan mi oferta este espacio pasará a ser, durante los meses que lo ocupe, de mi propiedad, y como tal, solo yo tendré acceso. Si lo alquilo, no podrán entrar en este espacio, pase lo que pase. Asimismo, no comunicarán a nadie nuestro trato, ni que el sótano ha sido alquilado. Es poco probable que me encuentren por la calle, pero si es así, fingirán no haberme visto y no cruzaremos palabra. Si les alquilo el local, me darán llaves de la puerta exterior para que acceda con mi coche. Lo haré siempre a horas que no interfieran con el buen funcionamiento de su negocio.

—De noche —interrumpió Antonio.

—Sí, normalmente. Puede que también de madrugada.

No querían meterse en ningún lío. Sus mujeres atendían a mandos militares a diario que rondaban por el piso principal como si fuera su casa. Tenía que preguntar.

—¿Qué es lo que va a guardar en nuestro sótano?

—Eso a ustedes no les importa, pero les adelanto que no son armas, ni fugitivos. Tampoco soy un espía, les doy mi palabra, si es que les sirve viniendo de una persona que acaban de conocer. Al sótano entraré solo yo, sin nadie que me acompañe.

Antonio sopesó detenidamente los pros y contras de aquel trato que María ya parecía haber aceptado. Les alquilaban un local que no usaban, a un precio desorbitado, no sabían con qué fin. Era misterioso pero realmente no sabía qué responsabilidad podían tener ellos sobre el contenido legal o ilegal que se almacenará allí. Igual que el propietario de un piso no era el culpable de que su inquilino pegara a su mujer, ellos tampoco lo serían de lo que almacenara aquel hombrecillo en su sótano. Por supuesto, tanto secretismo le intrigaba, pero se dijo que, descartada la posibilidad de que su arrendador almacenara armas o fugitivos, el riesgo para ellos se reducía al mínimo.

Miró a María, que esperaba, como en todo lo que involucraba dinero, consensuar su opinión con él y tendió la mano al hombre.

—De acuerdo, aceptamos.

Aquella noche tuvieron que agrandar un poco el hueco de la pared.

III

Había un soldado encargado de repartir el correo entre sus compañeros. Paseaba por las trincheras y los campamentos voceando los nombres de los destinatarios, que acudían ilusionados a su llamada mientras los demás se sentían ignorados y olvidados en aquel punto del País Vasco. A veces, en función de los movimientos de la tropa, a los más afortunados les entregaban varias cartas con retraso en el mismo momento, que recogían entre saltos de alegría antes de retirarse a un rincón a leerlas con fruición. Pablo se había resignado a no recibir ninguna carta nunca y, sin querer, le había cogido manía a la cara larguirucha y aniñada del repartidor.

Por eso cuando al entrar en su trinchera gritó: «¡Carta para Pablo Bultó!», no pudo evitar girarse hacia él con sorpresa antes de que se le dibujara una sonrisa en la cara.

Cogió el sobre amarillento con las dos manos como si fuera un tesoro y lo giró para comprobar el remitente. Era de la persona más inesperada, pero ninguna carta le hubiera ilusionado más.

Se retiró a una esquina y se sentó en el suelo, imitando la posición de todos los que habían sido premiados con una carta aquel día. Abrió el sobre y descubrió, junto al escrito, una cadena con un pequeño escapulario de oro que cogió en sus manos mientras empezaba a leer, deteniéndose en cada palabra para hacer que aquel momento, el más feliz en meses, se alargara lo máximo posible.

Ave María †
Viva España
San Sebastián, 2 de mayo de 1937

Queridísimo Pablo,

Supongo que te sorprenderá recibir noticias mías después de tanto tiempo, pero has de saber que has estado en mis pensamientos y en mis oraciones desde el día que te fuiste de San Remo. He pensado cada día en escribirte pero no tenía tus datos y me dio reparo pedírselos a tus familiares, no fueran a creerme demasiado atrevida. Por suerte, ahora estamos todos en San Sebastián, y por una de esas casualidades que Dios pone en nuestro camino, di con el señor Santiago Calderón que me facilitó tu dirección hace algunos días y enseguida me animé a escribirte.

¿Cómo estás? El señor Calderón me dijo que estabas bien, que no te habían herido y que te vio sano y fuerte, aunque un poco hambriento. Supongo que esto último es normal, pero me alegro de que el Señor te haya protegido de las balas porque las noticias que nos llegan desde el frente son muy trágicas. Por favor, cuídate mucho y no corras riesgos innecesarios.

Mi familia se instaló en San Sebastián hace algunos meses y estamos todos bien. Tenemos una casa pequeñísima pero nos hemos acostumbrado y la verdad es que en algunos momentos es incluso divertido. Hacía mucho tiempo que no me sentía tan cerca de los míos, y no solo en el sentido físico, sino en el sentimental. Intento ayudar todo lo que puedo a mi madre y participo en todos los eventos benéficos y de ayuda que se organizan, que son muchos. Mi hermana Lucía también me acompaña, pero creo que solo viene por si nos dan jamón o alguna delicatessen de las que ya casi se nos ha olvidado el sabor.

Mi padre está metido en uno de los cuarteles de Burgos y, sinceramente, no sé muy bien cuál es su función, aunque mi madre me lo ha explicado varias veces. El caso es que también está bien, así que me siento muy afortunada.

Miramos los mapas del avance de nuestros soldados a diario y sé que ganaréis la guerra, pero solo espero que no te pase nada. ¿A lo mejor en algún momento te dan un permiso y puedes volver a San Sebastián? Tienes mis señas en el remite. Me encantaría verte y charlar como hacíamos en San Remo. ¡Qué lejanos parecen ahora esos días!

Junto con esta carta te mando mi escapulario. Dice mi madre que es milagroso porque en mi casa se ponían enfermos todos a la vez y yo no me contagiaba, también porque nunca me he roto nada ni me constipo. Te pareceré tonta porque eso son nimiedades comparado con lo que estarás viviendo tu día a día, pero si mi medallita tiene algún poder, por pequeño que sea, me gustaría que la llevases contigo.

Bueno, no me extiendo más, que seguro que te pareceré una pesada. Por favor ve con mucho cuidado y escríbeme si puedes para darme noticias. Que Dios te proteja y te acompañe.

Un cariñoso abrazo de tu amiga,

Inés

No había desaparecido su sonrisa de la cara en toda la lectura. Releyó la carta varias veces y se la guardó en la pechera. Abrió su puño y tras observar unos segundos la cadenita con el escapulario, la besó y se la pasó por el cuello.

Alguien que nunca hubiera recibido una carta en el frente no podía siquiera imaginar lo importante que aquel pequeño gesto era. Más que una buena comida, más incluso que una cama reconfortante o unas botas nuevas que les separaran de aquella humedad, recibir noticias de los seres queridos, sentir que el mundo no acababa allí, era la inyección de moral más importante que un soldado pudiera obtener, y exactamente lo que necesitaban en ese momento, cuando se preparaban para el asalto final a Bilbao.

Llevaban más de tres meses de combates sangrientos, pueblo por pueblo en dirección a la capital vasca. Bilbao era una plaza de muchísima importancia.

Capital del País Vasco y también de la última de las provincias vascas que faltaba por caer, era una ciudad estratégicamente importante dentro de la franja que aún controlaban los republicanos en la cornisa cantábrica. Además —y esto era clave—, era uno de los mayores centros industriales de toda España, sede de una importante industria pesada y armamentística, lo que la convertía en un objetivo extremadamente goloso para los nacionales.

A priori, contaban con todas las cartas para conseguir su objetivo: numéricamente eran más, mejor preparados y mucho mejor equipados. Tenían asimismo el apoyo de la aviación. Antes de que llegara la infantería, los aviones despegaban de los aeródromos de Álava y Guipúzcoa y realizaban la «preparación del terreno». Pablo intentaba no hablar mucho de aquello, pero cuando, días después, llegaban a las zonas que la aviación les había «preparado», se horrorizaba al transitar por poblaciones de las que apenas asomaba algún recuerdo entre la ceniza. Las bombas incendiarias caían sin piedad sobre los pueblos y bosques donde se escondían las tropas republicanas, forzando su retirada hacia Bilbao y facilitando el avance de la tropa mientras desde el cielo seguían sembrando de muerte todo lo que sobrevolaban. Pablo suponía que la aviación italiana y la Legión Cóndor estaban presentes en las peores pesadillas de la gente de aquellas tierras.

El ejército republicano en el País Vasco era especialmente heterogéneo, lo que contribuía en gran medida a que todos cuestionasen su verdadera eficacia como grupo. Si en el resto de España el contingente rojo estaba formado por corrientes de izquierdas, anarquistas, comunistas y socialistas de mayor o menor fervor revolucionario, en el País Vasco, el *totum revolutum* de izquierdas se había visto forzado a compartir las trincheras con el Partido Nacionalista Vasco, contrario a Franco, pero de militancia abiertamente conservadora, católica y antirrevolucionaria, por tanto también antagónicos a gran parte de sus compañeros de armas.

Con todo, parecía que aquella operación acabaría en pocos días, pues ya se encontraban a las puertas del llamado Cinturón de Hierro, que otros también llamaban Cinturón de la Muerte.

El Cinturón de Hierro era una línea defensiva que pretendía contener el avance nacional a los puntos más importantes de la provincia de Vizcaya, como el puerto y las industrias situadas a ambos lados de la ría de Bilbao, los embalses de Zollo o el aeródromo de Sondica. Desde los primeros compases de la guerra, la República había resuelto que aquellos lugares no debían ser tomados bajo ningún concepto por el ejército de Franco, por lo que ya en octubre de 1936 se empezó la construcción que había de proteger dichos enclaves. Ocho meses después, el cinturón contaba en su parte más inexpugnable con más de un centenar de complejos de búnkeres de hormigón armado de hasta setenta centímetros de espesor, pertrechados con baterías de ametralladoras, morteros y otras armas colectivas, aunque en otros puntos el perímetro defensivo lo formaban pequeñas trincheras de poca profundidad y pozos de tirador de escaso valor a la hora de ofrecer una resistencia eficaz.

No había dado tiempo para más y, sin embargo, en ambos lados el Cinturón de Hierro despertaba inquietud. En el bando republicano, guarecido tras el cinturón, mucha gente confiaba en que aquella fuera una defensa inexpugnable. En el bando nacional, todos creían que acabarían sobrepasándolo, aunque no sabían a qué precio.

Habían acabado de leer su correspondencia y se habían vuelto a juntar para comer. Pese a que en pleno junio el calor apretaba y muchos de los soldados se habían quitado la camisa, les sirvieron un caliente y más copioso de lo habitual guiso de verduras. Siempre que se avecinaba una ofensiva final a algún objetivo, el rancho era más generoso, pues nunca se sabía con exactitud cuándo aquellos jóvenes podrían volver a comer con relativa tranquilidad.

El campamento se había organizado en torno a una zona boscosa y tranquila que crecía en la falda de una sierra sobre la que se abrían pequeños pastos y algún caserío. Un cuadro de paz que no tardaría en romperse si la ofensiva seguía su curso normal.

Sentados con las piernas cruzadas, seis soldados discutían, una vez más, sobre el Cinturón de Hierro. Pablo había tenido conversaciones como aquella en otras ocasiones. Invariablemente, los soldados debatían sobre la eficacia de aquella defensa, y su capacidad para sobrepasarla llegado el momento. Hablaba José Asín, un legionario alto y desgarbado, de tez morena y cara curtida, al que todos querían y solían escuchar.

—No es verdad —replicó.

—¿Me estás diciendo que el Cinturón de Hierro no sirve para nada?

—Lo que digo es que, llegado el momento, que hayan construido ese mamotreto nos puede incluso ayudar.

—José, no sabes lo que dices. Ese cinturón es un castillo que no conocemos, desde el que nos van a machacar. Y sí, claro que al final lo rebasaremos, pero Dios sabe a qué coste y cuántos de nosotros nos encontraremos al otro lado, donde tendremos que seguir avanzando aunque no nos queden fuerzas.

—En realidad, sabemos bastante sobre el cinturón —intervino Pablo—. Eso ya lo sabéis.

Era cierto. Durante su construcción, la aviación franquista había fotografiado hasta la saciedad todo el sistema defensivo y conocía bien dónde tenía sus puntos más débiles. Además, desde el principio, los ingenieros que lo idearon a las órdenes de la República simpatizaron con el bando nacional, por lo que intentaron pasar los planos al enemigo (a los franquistas) en varias ocasiones. Tras varios intentos fallidos, el capitán de ingenieros Alejandro Goicoechea lo había conseguido cambiando él mismo de bando con toda la información a principios de febrero. Así que, *a priori*, los mandos planificaban las acciones frente a una amenaza bien calibrada y conocida.

—Sí, claro, y sabemos que es una defensa importante, mayor a las que nos hayamos enfrentado hasta ahora.

—No, eso no es así —volvió José a la carga—. Hay zonas en las que las trincheras son exactamente igual que las que has visto en los días pasados, o peores. Además, nadie cuenta con una cosa: el factor psicológico.

Algunos rieron al tiempo que se oía decir:

—Ya estamos.

Varios se tumbaron hacia atrás sonriendo jocosamente. José siempre tenía teorías de lo más variadas y los que le conocían y le habían escuchado exponer varias, siempre se reían de él, aunque muchas veces estuviera en lo cierto.

—No, ya estamos no. En esto tengo más razón que un santo. Al otro lado del cinturón hay mucha gente que piensa que esa será su salvación. Y no hablo solo de los soldados, hablo de toda la gente que se ha refugiado tras el cinturón huyendo de nosotros, de todos los que confían en que esta formidable obra para la que han empleado a tanta gente y recursos nos va a detener. Pero no lo hará, porque somos más, tenemos más aviones, más tanques y sabemos perfectamente por dónde penetrar. ¿Y sabéis lo que pasará cuando rebasemos ese muro? —Paró unos segundos mientras con los ojos abiertos sondeaba a su audiencia. A Pablo le hacía mucha gracia José y su teatralidad—. ¡¡Que se derrumbarán!! No el muro, se derrumbarán ellos, ¡todos! En cuanto rebasemos el cinturón, la gente perderá toda la confianza, se rendirá, huirá. Como en la Edad Media, cuando traspasaban las murallas del castillo, la gente se escapaba por la puerta de atrás. Cuando pones tanta confianza en una defensa fija, te arriesgas a perder toda capacidad, a desmoralizarte irreversiblemente si esta defensa te falla. Y eso es lo que va a pasar. Por supuesto que encontraremos algo de resistencia, pero en cuanto rebasemos el Cinturón de Hierro ese, la batalla estará decidida porque será el enemigo quien la dé por perdida.

Le pareció que la teoría de José podía tener algo de razón, y por el silencio reflexivo del resto de los compañeros que participaban de aquel corro, supuso que no solo él lo pensaba.

Los días venideros darían la razón a José Asín en todo.

El 11 de junio la artillería y la aviación reanudaron los bombardeos sobre el Cinturón de Hierro, día y noche, hasta dejarlo machacado y preparado para que el 12 los nacionales alcanzaran el monte Gaztelumendi. El monte era uno de los puntos débiles que Goicoechea —el ingeniero que se había pasado de bando— les había indicado en sus planos; además, estaba a solo diez kilómetros de Bilbao y desde él podían bombardear la ciudad sin problemas.

El 13 de junio toda la defensa del cinturón se trasladó a la ciudad para, casi desesperadamente, defenderla. Tras la poca efectividad demostrada por el cinturón, la moral de los bilbaínos estaba por los suelos y la población empezó a huir en dirección a Santander por las dos únicas carreteras que aún permanecían abiertas, a medida que el cerco se cerraba sobre la ciudad.

El 19, tras seis días de lucha más desesperada que efectiva, las últimas tropas republicanas abandonaron la ciudad y, a mediodía, expectantes y curiosos, los primeros tanques nacionales entraban en la urbe, desierta y silenciosa, pero con la industria intacta, pese a que la República había ordenado su destrucción total. A las cinco de la tarde, la bandera rojigualda ya ondeaba sobre el ayuntamiento. Bilbao ya era nacional.

Y Pablo seguía vivo.

IV

Estuvo celebrando la victoria en varias tascas durante toda la noche hasta que decidió que ya había bebido suficiente y se encaminó en dirección al cuartel en el que les habían instalado para descansar antes de recibir nuevas órdenes. Eran las diez de la mañana y pese a su aguante con el alcohol, se tambaleaba ligeramente a cada paso. Llevaba una hora y media caminando cuando comprendió que se había perdido.

Agotado y sin dirección clara, se sentó en el suelo para descansar, apoyando la espalda contra la tapia de un jardín por la que asomaba, ligeramente en alto, una gran casona revestida en piedra. Se bajó la gorra para protegerse del sol al tiempo que se adormilaba.

No había pasado ni una hora de profundo sueño en aquella posición cuando los sonidos empezaron a ser cada vez más audibles y ni siquiera su resaca pudo evitar que entornara los ojos extrañado mientras miraba alrededor. Le pareció increíble haber llegado hasta allí y haberse dormido sin tomar conciencia de la frenética actividad que le rodeaba. Se levantó bruscamente, avergonzado, colocándose la gorra y estirándose la chaqueta como si esperara que un mando apareciera para amonestarle, pero todo el mundo estaba demasiado ocupado para prestarle atención. Nadie allí había tenido tiempo para celebrar la victoria. A decir verdad, la cara más amarga, la derrota de todos los que participaban de la guerra, desfilaba ante sus ojos.

Se encontraba frente a la entrada del Chalet Bidarte, una señorial casa bilbaína que había sido destinada a hospital de sangre, a la que no cesaban de entrar camillas cargadas de heridos en la reciente batalla. El espectáculo era tan dantesco como hipnótico y le devolvió a la realidad más cruenta de la Guerra Civil, a las consecuencias de los actos de todos los que participaban en aquella terrible locura. Cruzó las puertas del lugar, accediendo a una propiedad plantada con palmeras, grandes árboles y el recuerdo de césped y parterres de lo que supuso que había sido un cuidado jardín norteño.

El edificio que aparecía ante él era ciertamente espectacular, una construcción señorial y elegante de tres pisos revestidos en piedra gris, rematados por empinados tejados de teja roja esmaltada y cerchas exteriores con aspecto de gran *cottage* inglés, todo en el estilo que muchos llamaban «Reina Ana». Las ventanas enmarcadas en ladrillo visto rememoraban a la vez las construcciones modernistas. El conjunto tenía que haber servido a sus propietarios para impresionar a sus visitantes, pero lo que impresionaba en aquel momento era el dramatismo de heridos, mutilados y moribundos que entraba por sus puertas. Entre la confusión, sintiéndose invisible, accedió al interior, donde todas las sensaciones se amplificaron.

Paseó perdido por varias estancias de mayor y menor tamaño sobre las que se alineaban camas individuales en hileras enfrentadas a cada lado de los pasillos. Todo el espacio se aprovechaba para atender a heridos y aun así la impresión general que daba el lugar era de total desbordamiento. Con gritos que se lanzaban médicos y enfermeras de un lado a otro y un vaivén constante de camillas con muertos que dejaban espacio a heridos. Le apartaron bruscamente con el brazo mientras arrastraban un cuerpo enorme entre tres enfermeras con sus batas manchadas de sangre, de forma que quedó entre dos camas ocupadas, viendo pasar camillas apresuradamente en todas las direcciones. Mareado, con un olor que no sabía definir penetrando fuertemente por su nariz, se apoyó en la pared.

Mantenía la mirada perdida cuando notó que una mano seca y fría le cogía la suya, tirando hacia abajo demandando atención. Un hilo de voz en la antesala de la muerte pronunció su nombre:

—Pablo.

Se acuclilló para quedar a la altura de aquel hombre que agotaba sus fuerzas para intentar comunicarse con él. Para su sorpresa, se trataba de Alonso Carbó, compañero de armas con el que había compartido secretos e ilusiones, especialmente cuando este recibía las cartas de su madrina de guerra, que a Alonso siempre le parecían llenas de romanticismo y promesas futuras y a Pablo bastante asépticas y con un halo de distancia. No le costó reconocerle, pues salvo por una venda en la frente, parecía no estar gravemente herido.

—Pablo, me muero. Lo he visto en los ojos de la enfermera y del médico. Lo noto a cada minuto y tengo mucho miedo porque mi encuentro con el Señor se acerca y sé que no estoy preparado.

Se sentó a su lado, acercando su cabeza a la de Alonso para facilitar la conversación mientras le cogía de la mano acariciándosela.

—Alonso, no digas tonterías. En tres días estarás otra vez en la calle. Comparado con lo que tienes alrededor, a ti se te ve sano y más o menos igual que la última vez que charlamos.

—Pablo, me hirieron en el estómago y una bomba cayó a mis pies.

Pablo miró instintivamente hacia la parte inferior del cuerpo de Alonso. Pese a que todo estaba cubierto por una sábana, la forma del cuerpo se interrumpía abruptamente a la altura de donde se suponía debían estar las rodillas, dejando un vacío bajo el que no podía haber carne humana. Le habían amputado las dos mitades de sus piernas. Alonso captó la mirada de su amigo.

—Sí. No tengo piernas. Me las tuvieron que amputar, pero no llegaron a tiempo y me voy a morir.

—Alonso, por favor, no digas...

—Por favor, Pablo —le interrumpió con gran esfuerzo, hablando entre suspiros ahogados—. No busco consuelo. No busco que remedies tú lo que los médicos no han podido. Pero tu visita ha sido providencial. Por favor, necesito que escribas a Silvia. A mi novia, la de las cartas, ya sabes. Tienes su correspondencia en el bolsillo de mi chaqueta, que está bajo mi cama. —Tosió repetidamente deteniendo su conversación durante unos minutos, tras los que respiró pesadamente y volvió en sí—. Dile que la quiero mucho y que lo que lamento más es irme de este mundo sin haber podido conocernos cara a cara. Nada me disgustaría más que pensase que la he olvidado. ¿Sabes? Yo no he estado con muchas chicas, y a todas les parecí siempre poco atractivo y un poco simple. Pero cuando apareció ella, eso ya nunca más me importó. Sin haberme visto más que en foto, Silvia me ha comprendido más que nadie. ¿Le escribirás? ¿Le dirás esto que te cuento? Saca las cartas, por favor, para que te vea llevártelas.

Pablo alargó la mano por debajo de la cama, encontrando rápidamente la chaqueta agujereada y manchada de sangre de Alonso. Rebuscó en los bolsillos, en el delantero apareció un pequeño fajo con cartas.

—Ya las tengo, Alonso.

—Tienen el remite detrás. Ya sabes que es vasca, de San Sebastián. Escríbele de mi parte y dile que la quiero.

—Lo haré hoy mismo, Alonso, no sufras. Deberías descansar. Mañana vendré a verte y te la leeré para que me des tu aprobación.

—Ya me falta poco. No llegaré a mañana. Por favor, vete. No quiero que me veas morir.

Cerró los ojos y se durmió mientras sus pulmones se hinchaban débil y arrítmicamente. Pablo se levantó con las cartas en el bolsillo y le hizo la señal de la cruz en la frente. Rezó un padrenuestro por su amigo antes de despedirse para siempre de aquel joven que no tardaría en morir. Por primera vez desde que había empezado la guerra, lloró amargamente.

V

Volvió al cuartel roto por el dolor. Conocía a Alonso poco, pero era como si aquel soldado representase todo el mal que se estaban infligiendo las dos Españas y de repente hubiera reparado en él. No leería las cartas, tesoro personal del fallecido que debía respetar, aunque sabía que su contenido era menos íntimo de lo que al soldado le hubiera gustado; no obstante, sí decidió escribir rápidamente a su madrina de guerra para contarle lo sucedido.

Cogió papel y lápiz y lo más suavemente posible escribió a Silvia, relatándole los pormenores de la muerte de Alonso, ensalzando su carácter bondadoso y recalcando la ilusión con la que recibía la correspondencia de su parte. Silvia había hecho feliz a un soldado, y Pablo se esforzó por dar importancia a este trabajo, que esperaba que la madrina no hubiera dado por inútil. Le hubiera encantado que ella misma volviera a mantener correspondencia con otro soldado solitario del frente, pues había visto de primera mano el efecto que producían sus misivas en el ánimo del destinatario. Sin saber si mentía, aprovechó para perpetuar la memoria de Alonso, afirmando sin tapujos su valentía y su arrojo, casi heroicos, definitivos en muchas de las acciones que llevaron a la toma de Bilbao. Cerró la carta y sacó una de las que había recogido del bolsillo de la chaqueta de Alonso, para averiguar la dirección de la madrina de guerra, que aparecía en el remite.

La leyó un par de veces mientras apuntaba la dirección en la carta que él había escrito, pero de pronto se vio repasando una y otra vez ese remite en la carta dirigida a Alonso, sin saber qué era exactamente lo que le era familiar de aquellas líneas. Aquellas palabras le causaban el efecto de una cara conocida de la que no recuerdas el nombre. Abrió la carta y la leyó entera. ¿Qué era exactamente lo que tenía ante sus ojos? Y entonces lo vio. Una «E» mayúscula que acababa con un tirabuzón en la palabra España. Cogió la carta que había recibido de Inés. Era exactamente la misma «E». Puso una carta al lado de la otra y no le cupo duda de que ambas habían salido del mismo puño. Pero era más fácil que todo aquello; la dirección del remitente era la misma en ambas cartas.

Así que Inés era madrina de guerra.

La imaginó sentada en algún rincón de aquella pequeña casa de la que le había hablado, aprovechando algún momento de calma para escribir a un soldado solitario y se enterneció con la idea. Realmente aquella mujer era formidable, lista, generosa, guapa, y, lo más importante, buena. Supo que había conocido a alguien especial. Supo que no podía dejarla escapar, que debía hacer todo lo que estuviera en su mano para que el débil hilo que les unía en aquellas circunstancias no se rompiera.

Por la tarde, volvió al Chalet Bidarte a ver a Alonso, que ya mostraba signos de estar iniciando un camino sin vuelta atrás hacia la muerte. Le tocó la frente y le hizo la señal de la cruz mientras rezaba para que Dios no se lo llevara todavía. Luego, tras levantarle levemente la cabeza, le colgó la medalla que Inés le había mandado. Si era milagrosa, Alonso la necesitaba más que él. Estaba seguro de que la madrina de guerra de aquel moribundo se hubiera prestado a proporcionarle aquel último esfuerzo por mantenerlo con vida.

No quiso ver el final de su amigo, que presentía muy cercano. En lugar de ello se fue paseando lentamente por las calles de Bilbao hasta el cuartel, deseando a cada paso que la guerra acabara de una vez.

Al llegar, echó la carta que había escrito para Inés y comenzó otra. No quería morir sin que supiera lo que sentía por ella.

VI

El cartero recogió las cartas del cuartel y las llevó a la oficina de correos de Bilbao, de donde salieron al poco tiempo diferentes furgones con los sacos llenos de correspondencia para diferentes puntos de la España nacional. Pese a que la Cruz Roja había establecido un correo entre ambos bandos vía Ginebra, en la práctica aquel recurso solo se utilizaba en casos de emergencia, para averiguar si los parientes de uno u otro lado seguían vivos. La comunicación entre las dos Españas estaba rota y, con preocupación pero resignados, millones de personas rezaban por la salud de familiares a los que habían perdido totalmente el rastro.

No obstante, salvando las dificultades de cruzar el frente, las cartas sí corrían con efectividad de un punto a otro de cada uno de los bandos, por lo que era de esperar que en pocos días Inés recibiera la carta de Pablo, con la mala noticia de la más que probable muerte de Alonso, y la buena de su supervivencia. También, afectado por cada uno de los episodios vividos en los prolegómenos de la toma de Bilbao, y en la toma misma, el joven se había abierto en canal y había escrito la carta más cariñosa y sincera que jamás hubiera dirigido a nadie.

El pequeño furgón de correos avanzaba cargado de sacos de cartas en dirección a San Sebastián. Por el camino, pararía en diferentes localidades que también tenían correspondencia, pero el grueso del cargamento se depositaría en la capital guipuzcoana. Antes de la contienda, el correo habría realizado un viaje más seguro y rápido en tren, pero ahora la línea que unía ambas ciudades estaba dañada, con varios puentes volados en acto de guerra y estaciones como la de Durango totalmente destruidas, por lo que no había otra manera de hacer llegar las cartas que aquella.

Todos los trayectos que se realizaban por zonas que habían estado en disputa hacía poco tiempo escondían peligros. Pequeños grupos de soldados enemigos, minas, emboscadas, no todo desaparecía en cuanto se ganaba el territorio. Pero si no hubiera sido por aquella incertidumbre, por aquel peligro latente, la circulación por aquellos valles poblados de bosques tupidos en los que volvían a oírse los pájaros por encima de cualquier otro ruido y el aire repleto de la inconfundible fragancia a pino, resina y tierra mojada, hubieran hecho de aquel un trayecto agradable.

Pero ese era el primer furgón que circulaba por la carretera tras la toma de Bilbao y no esperaba que en medio de la carretera un árbol centenario se hubiera caído. Justo después de una curva ciega. Justo pegado a un barranco formado por un arroyo. Justo en el momento en que el conductor se había despistado observando una pequeña cabaña de madera, cubierta de musgo y moho, que le había recordado a una en la que jugaba de niño.

Tras un golpe seco, la furgoneta volcó, una, dos, tres, cuatro veces, barranco abajo, por encima de un manto de hojas y ramas que amortiguaban un sonido que incluso amplificado cien veces nadie nunca hubiera oído. No se volvió a saber del furgón, tampoco del cartero, ni de las cartas llenas de esperanza y amor con las que centenares de soldados gritaban a sus familiares que habían sobrevivido, que aún seguían allí.

11

I

Se lo había explicado hacía años una mujer que llevó al Liceo, pero nunca como en aquellas fechas había comprobado cuán cierta era su teoría.

Le había llevado a su palco a ver *El caballero de la rosa,* una ópera cómica de lo más entretenida, de la que esperaba no ver ni un minuto. Su madre y sus hermanos se habían quedado en casa, por lo que podía disponer del palco para sí y su amiga, sin que nadie les molestara.

El Liceo era una de las expresiones más claras de la pujanza de la burguesía de su ciudad, no en vano todas las grandes familias de Barcelona habían colaborado para hacer de aquel lugar un símbolo de su estatus, de su poder económico y social. El teatro, colmado de oropeles y mármoles, brillante y barroco, devolvía en sus espejos la visión de una vida de lujos, fiestas y joyas, que acabaría abruptamente con el estallido de la Guerra Civil. Las noches de función, los coches se alineaban pacientemente uno tras otro en el lado derecho de las ramblas, apeando frente a la marquesina del teatro a hombres en frac y mujeres envueltas en pieles y joyas que la concurrencia observaba admirada desde el paseo central. Era el escenario para ver y ser visto, incluso durante la función, cuando las luces de la sala permanecían encendidas para que todos pudieran observarse de un palco a otro con sus anteojos.

Pero en medio de aquel despliegue de vanidad, también había espacio para las relaciones prohibidas y los secretos. Cada familia disponía de su espacio privado y particular, por el que habían pagado generosamente al construir el teatro, y que pasaba de padres a hijos igual que lo hacía cualquier otra propiedad. Había palcos mejores y peores, pero, en general, todos contaban con un antepalco, decorado con muebles familiares, retratos, fotos o lo que cada cual quisiera, desde el que se accedía al palco propiamente dicho, con las butacas de terciopelo rojo asomadas a la sala dorada.

Su palco era el mejor de todos, por lo menos para él.

Los Bultó-Marqués eran propietarios de una de las bañeras, como llamaban a los palcos del proscenio, justo encima y a cada lado del escenario. El suyo era el de la segunda planta. La vista de la obra era ladeada y las funciones transcurrían a tan solo unos metros bajo sus ojos, pero lo mejor de aquel palco era su discreción. Podían ver prácticamente toda la sala si querían; en cambio, nadie podía verles si ellos no lo deseaban. En ocasiones, palcos como el suyo se prestaban a familias que estando de luto no querían ser vistas en representaciones de teatro, pero José Manuel jamás lo había usado con ese ánimo.

La afortunada en aquella ocasión había sido Mónica, no recordaba el apellido. La había conocido en el café Moka, que había sustituido hacía un año al café Restaurant Royal y que tenía una moderna cafetera exprés que causaba sensación.

Siempre le habían atraído las mujeres que trabajaban mucho más que las lánguidas señoritas que su madre invitaba a tomar el té a casa. Mónica estaba detrás de la barra, mandando a unos y a otros y ocupándose de que todo el mundo estuviera atendido mientras una permanente sonrisa se dibujaba en su cara. No le costó seducirla y menos aún que aceptara una invitación al Liceo, un lugar de puertas inexpugnables para el común de los mortales de la ciudad. No había empezado la función y ya había besado sus expertos labios varias veces en una excitante promesa de lo que vendría después.

No hubo entreacto. No hubo Strauss. Solo Mónica y él, retozando entre el diván y las mesillas del entrepalco bajo la atenta mirada de sus retratos familiares.

Cuando acabaron, estirados en el suelo sobre la tupida moqueta verde, José Manuel se abrió a ella como nunca había hecho con nadie. Mónica le preguntó por su soltería, por sus planes de futuro, por su trabajo. Incluso por su dinero, por cómo marchaban sus negocios, cosas de las que nunca había hablado con ninguna mujer, salvo su madre.

José Manuel, cautivo de aquel estado entre la vida real y la deseada, había contestado a todo, sinceramente, sin trabas y sin prisas, como si junto a él yaciera la mejor de sus amigas, aunque la hubiera conocido solo un mes antes y no le uniera casi nada a ella. Más tarde, cuando le ayudaba a subirse la cremallera del vestido que le había regalado para asistir a la función, no pudo evitar reflexionar.

—No sé por qué te he contado todo esto. Son cosas muy personales, casi no te conozco, pero no me arrepiento. Me ha salido así.

Ella bajó un poco la cabeza, sosteniendo su melena con la mano, dejando ver aquella nuca joven y rosada mientras José Manuel acababa con la cremallera.

—Así sois, José Manuel. Tú y todos. No te preocupes.

Se puso frente a ella.

—No sé qué quieres decir. Me ha salido de dentro, no me ha costado sincerarme.

—Lo que quiero decir es que los hombres os sinceráis en la cama. Cuando no estáis con quien toca, sino con quien queréis, con quien os apetece, cuando habéis dejado que vuestros instintos y vuestros deseos sinceros se liberen de las ataduras, os abrís como un libro, y lo soltáis todo. Nadie sabe más de un hombre que su amante o su puta.

—Tú no eres una...

—Yo ya sé lo que soy, y no, claro que no soy una puta, aunque seguro que muchas de las de tu clase me retirarían el saludo por conocer a más de un hombre antes de entregarme de por vida a uno, pero ese no es el tema. En fin. Lo he pasado muy bien. Esto es precioso, muchas gracias.

No recordaba mucho más de aquella chica, pero la cita había quedado grabada en su memoria. Tras aquel encuentro se vieron un par de veces, quizás tres más antes de que cada uno siguiera su camino, tan diferente el uno del otro. Sin embargo, José Manuel siempre recordó sus palabras «Nadie sabe más de un hombre que su amante o su puta».

Ahora comprobaba que era cierto.

II

Tenía el peor trabajo del mundo. Por lo menos para él. Se basaba en la traición, la mentira y el control de cada una de sus palabras, en escuchar a gente a la que odiaba, en frecuentar a gente a la que deseaba el mal, en abrazarse al enemigo a todas horas, simulando ser alguien que no era. Porque José Manuel Bultó se había convertido en Ricardo Maese, y Ricardo Maese era solo una identidad falsa que ocultaba al espía.

La posibilidad de convertirse en espía se la había ofrecido a las pocas semanas de iniciarse la guerra José Bertrán y Musitu, un patricio barcelonés amigo de la familia, que había creado el Servicio de Información del Nordeste de España, con base en Biarritz. Al SIFNE, como lo llamaban por sus siglas, se habían incorporado muchos otros conocidos de Barcelona que recababan información sobre el terreno, en la enemiga zona republicana. Detectaban objetivos que bombardear, escuchaban conversaciones indiscretas y buscaban puntos débiles, informaciones siempre obtenidas mediante la búsqueda de la confianza de personas a las que, a fin de cuentas, podían acabar provocando la muerte.

Si se detenía a analizar lo que hacía, convenía que lo seguía detestando, pero cuando se centraba en su trabajo, en la ejecución fría de sus objetivos, pensaba, satisfecho, que estaba logrando grandes avances, especialmente desde que pusiera en práctica la teoría de Mónica, aquella camarera a la que había hecho el amor en el Liceo. Porque era cierto, nadie como las prostitutas y las amantes para conseguir información.

Hacía un mes que había cerrado un pacto con Anselma, una belleza vulgar y voluptuosa, que ofrecía sus servicios en la casa de tolerancia de María Ceballos. Su pacto tenía muchas ventajas, la primera y más importante de todas, el egoísmo de Anselma. Debía haber supuesto que una mujer que vendía su cuerpo al mejor postor y que se revolcaba a diario con hombres filtrados únicamente por su bolsillo, le daría muy poca importancia a vender algunos de los comentarios que estos le hacían mientras se recuperaban de sus encuentros. A Anselma solo le preocupaba ella misma y le daba igual lo demás, quién ganara, quién perdiera, a quién matasen o condenasen. Y su egoísmo la había llevado aún más lejos, y harta de ofrecer a José Manuel información poco relevante, le había animado a que le dijera qué preguntar. Y él lo había hecho, y ella había preguntado sin levantar sospechas y sus hombres habían respondido. Todo era perfecto y el marco era el ideal; la cercanía de la casa de María Ceballos al frente y su precio hacía que fuera frecuentada por mandos militares que además se encontraban cansados de aquella situación de tensa espera de Madrid, en la que ninguno de los bandos parecía avanzar significativamente. Hablaban cada vez más abiertamente y con menos cuidado.

Durante sus primeros días en la ciudad, José Manuel se había esmerado en analizar el estado general de la misma, el ánimo de la población, del ejército, las carencias que sufrían, el día a día de aquel Madrid prácticamente sitiado y con el enemigo a las puertas. Nimiedades. Sin embargo, desde que, ante su pasmo, el Gobierno había huido a Valencia y la ciudad había quedado en manos de la junta de defensa, su labor se había centrado especialmente en conocer qué envíos de material bélico se esperaban y de qué armas disponía el ejército republicano. Por supuesto, mantenía los oídos abiertos a cualquier información que fuera de interés, pero aquellos datos eran su principal objetivo.

Sus órdenes y la entrega de la información se efectuaban en dos fases que empezaban en el café del Prado. Llegaba siempre a las seis, y ocupaba una mesa recién liberada por un anciano de barba, monóculo y traje raído de espiga, la última persona de la que nadie hubiera sospechado. Sobre la mesa encontraba el *Abc*. En sus páginas impares encontraba subrayadas diferentes sílabas, que, leídas al revés le proporcionaban una dirección. La dirección en cuestión le refería a una calle, en cuya paralela de nombre más cercano alfabéticamente y en el número correspondiente a la fecha del periódico que le habían dejado, le sería entregado un sobre al día siguiente a la misma hora. De la misma forma, él acudía al encuentro con la información que había recabado escrita en tinta invisible en una carta. Se entregaba rápidamente sin que nadie prestase ninguna atención y seguía su camino. Así, si en el periódico encontraba subrayadas las sílabas «llo», «e» y «co», sabía que debía acudir a la paralela de la calle Claudio Coello, a Lagasca, pues la otra paralela, Serrano, tenía un nombre más alejado alfabéticamente.

Hacía un mes, su información había servido para que dos agentes incendiaran en Marsella el vapor *Navarra* cargado con ametralladoras escondidas entre cajas de conservas alimenticias con destino a Barcelona. Un mando fogoso había comparado a Anselma sus atributos con las ametralladoras de Marsella, y aquella frase pueril, tonta e indiscreta, les había puesto sobre la pista. Acciones como aquella contribuían más a su victoria que muchas de las pequeñas batallas y escaramuzas que se estaban produciendo a lo largo y ancho de España, acciones inútiles que solo llevaban a la pérdida innecesaria de vidas sin que ninguno de los dos bandos ganara posiciones. Su trabajo era fundamental.

A diferencia de algunas de las redes de espías que actuaban en la capital, él trabajaba en solitario y se marcaba las líneas por las que conseguir la información que la sección de inteligencia le solicitaba. Había espías dedicados a ayudar a pasar al bando nacional a represaliados del régimen: burgueses, aristócratas, políticos, religiosos y gente de toda condición que habían sido señalados como traidores por cualquier razón y que no habían tenido tiempo de salir de Madrid; había espías dedicados a sabotear armamento y comunicaciones; había espías infiltrados en posiciones de poder encargados de hacerse con planes de ataque del enemigo. Y luego había espías como él, que se orientaban en una u otra dirección en función de la oportunidad. Y la oportunidad había venido dada por aquella casa de tolerancia y aquella prostituta egoísta, nada consciente de la información que recababa y dispuesta a todo con tal de ganar unas pesetas.

Quedaba con Anselma una vez cada semana en la casa de María Ceballos, pues no quería que olvidara nada de lo que le hubieran contado e incluso cuando no tenía ninguna nueva información, la mujer le ponía al día de las visitas que esperaba y cómo encontraba de ánimo a los clientes. Le recibía siempre Antonio, un hombre joven y bien parecido, de edad similar a la suya pero mejor planta. Antes de entrar en la alcoba de Anselma, mientras esperaba a que acabara con su cliente, siempre tenía tiempo de compartir un rato con él, que parecía agradecer sinceramente la compañía de un civil entre tanto militar. Se sentaban en torno a una de las mesillas que se distribuían en el elegante salón de la casa y conversaban un rato.

Pese a que José Manuel no bajaba la guardia nunca, disfrutaba de la conversación con Antonio, una persona sencilla que parecía estar plenamente satisfecha con el cariz que su vida estaba tomando, con aquel negocio próspero que regentaba de la mano de la mujer de la que estaba secretamente enamorado. Nunca tuvo miedo de que Antonio sospechara nada, pues, a diferencia de él, estaba demasiado relajado, demasiado a gusto y demasiado satisfecho como para ver más allá de lo que tenía inmediatamente delante. Suponía que era la guerra lo que le había hecho así; tras un periodo de angustias y carencias, de haber intervenido en acciones de las que no se sentía partícipe y de haber luchado contra su conciencia, de pronto se encontraba beneficiándose de la situación sin hacer demasiado daño a nadie. Antonio había bajado la guardia tanto, que ni siquiera recordaba que había visto a José Manuel antes.

El espía recordaba perfectamente su cara enrojecida entre la pequeña turba que había asaltado la masía de San Antonio. Aquel día, mientras escapaban apresuradamente de su propiedad, su destino había sido sellado. Para Antonio, había sido una acción incómoda más, pero para José Manuel había sido la humillación más grande de su vida. Y con su trabajo en la guerra, la vengaba día a día.

Antonio le había explicado su infancia en el orfanato de Villanueva, su primer trabajo en la manufactura de asbestos de la familia Gorchs y algunas de sus aventuras en la guerra. Era un hombre al que las circunstancias le habían arrastrado de un lado a otro y que solo ahora, cuando todo su país se desmoronaba, parecía haber encontrado su sitio. En sus conversaciones, José Manuel había aprendido a comprenderle a él y a muchos como él, con tan poco que perder como para levantarse en armas y buscar una revolución con aquella Guerra Civil. No lo justificaba, pero, a veces, casi lo entendía.

Pero en su historia había algo inquietante. No sabía exactamente de qué se trataba, pero tenía la sensación de que, cuando conversaba con Antonio, lo más importante sobre aquel personaje se le estaba escapando. A veces, cuando volvía a casa, acababa de analizar todas las informaciones de Anselma y se recostaba en su sofá para leer, tenía que cerrar el libro de repente para volver una vez más sus pensamientos a Antonio. ¿Qué ocultaba aquel hombre? ¿Qué era lo que se le había pasado por alto?

Se sentó en una de las butacas que llenaban el salón de María Ceballos mientras Anselma acababa con su cliente. Una vez más, Antonio se encargaba de amenizar la espera, ofreciéndole un trago de chinchón que servía sobre un vaso de cristal tallado de colores ámbar. Parecía que todos en aquella casa se esforzaban en vestir al lupanar con toda clase de artificios para hacerlo más elegante y lo cierto era que conseguían que sus clientes esperaran encantados, casi orgullosos de pertenecer a aquella especie de selecto club. Antonio también se había refinado desde la primera vez que lo había visto. Poco a poco, los dejes de proletario se iban afinando y el joven cada vez se parecía más a cualquier otro de clase superior. Quizás no a un aristócrata, ni a un rico industrial como él mismo, pero sí a alguien a quien la vida sonreía y que ya no tenía que mancharse las manos ni con la grasa de las máquinas ni con el barro de la huerta.

Aquel día estaba especialmente galán, con el pelo engominado hacia el lado y la barba completamente afeitada por primera vez. Seguro que había sido decisión de María, que estaba claro que hacía lo que quería con él. Se acercó sonriente a José Manuel y empezaron a hablar de Barcelona y de algunos proyectos que Antonio había pensado para después de la guerra, sensiblemente alejados —pero no del todo— del mundo de la prostitución que tan buenos beneficios le estaba proporcionando.

Pese a su identidad falsa, desde inteligencia habían creído conveniente que José Manuel no simulara otro lugar de procedencia. Era más fácil no levantar sospechas al hablar de una ciudad que conocía bien; además, tenía un acento catalán muy evidente aunque en casa no se había vuelto a usar desde la muerte de su padre.

—Pues sí, don Ricardo, es un placer tenerle otra vez en nuestra casa y que tengamos unos minutos para conversar antes de que Anselma esté dispuesta a atenderle. Como le decía, me han hablado mucho y muy bien de Barcelona, que, como sabe, mis penurias pasadas me impidieron visitar cuando trabajaba en Villanueva. Tengo claro como el agua que, cuando la contienda acabe, debo expandir mis negocios allí. Seguro que usted podría ayudarme a encontrar una casa de características similares a esta, ya sabe, con nuestro sello de elegancia. Y no solo ofreceremos mujeres, también me gustaría que mi clientela se abriera a caballeros deseosos de tomar una buena copa de brandy y ver bailar a las señoritas, como en un cabaré, quizás algo más pequeño.

José Manuel nunca prestaba demasiada atención a Antonio cuando hablaba del futuro. La guerra la ganarían ellos, los nacionales, así que si su propio futuro rehaciendo lo que quedara tras el conflicto era complicado, no quería ni pensar en cómo lo sería para alguien que no tenía nada y que se estaba beneficiando de una situación especial que en algún momento tocaría a su fin. Cuando acabara la guerra llegaría la miseria y las oportunidades se reducirían muchísimo. No lo deseaba, pero parecía poco probable que los planes de Antonio lograran concretarse si España seguía destruyéndose a aquel ritmo.

Siempre le recomendaba lo mismo, y en aquella ocasión volvió a hacerlo.

—Yo de usted, querido Antonio, haría como las hormigas. Me escondería bajo tierra, con todas las reservas que pueda, y esperaría a que pasara el invierno. Nadie sabe cómo acabará esto, y más vale que andemos preparados por si el resultado de la contienda no es el que ambos deseamos.

Antonio recuperó su tono optimista y siguió hablando alegremente, con el espíritu inconsciente del que cree que la mala suerte no volverá a llamar a su puerta, ampliando la explicación de su proyecto soñado. Pero José Manuel ya no escuchaba. Es más, José Manuel casi no le oía. En cambio, torciendo la cabeza, observaba atónito el cuello de Antonio, por primera vez despejado de la barba que lo cubría.

En él, una mancha de nacimiento, rosada y grande, ocupaba el espacio que iba desde detrás de la oreja al cuello. En el mismo lado y del mismo tamaño que la que sus hermanos Pablo y Montse, su tío Isidro y muchos miembros de su familia tenían. Sobre la piel clara de un niño huérfano, nacido en una aldea cercana a Villanueva, acogido con privilegios en un orfanato financiado por su familia, donde siempre se sintió privilegiado. Hasta el nombre, coincidente con su finca, que repentinamente había sido rebautizada, era motivo de sospechas. Le miró a la cara. Ninguna de sus facciones chocaba con las suyas propias. Los ojos claros, la nariz algo ganchuda. Le miró las manos, grandes y con los mismos dedos largos y finos, de uñas un poco estriadas. Sí, Antonio podía ser perfectamente un hermano, o un primo. Un pariente, en cualquier caso. Y estaba claro que solo encontraría la explicación en su madre, con la que tenía prohibido todo contacto hasta entrar en la zona nacional. Tendría que esperar, pero de momento, no pudo ni pensar en afrontar su encuentro con Anselma. Se levantó algo aturdido, interrumpiendo a Antonio con la mano.

—Antonio, me tendrá usted que disculpar. Acabo de recordar que debo acudir enseguida a una cita. Lo había olvidado por completo.

Cogió su sombrero y se encaminó para salir por donde había entrado hacía solo unos minutos, justo en el momento que Anselma asomaba a su puerta para despedir a su último cliente, que dejaba que le besara la mano mientras con la mirada señalaba a José Manuel, que cruzaba el salón con paso firme pero cariacontecido. Antonio le devolvió la mirada y encogió los hombros con extrañeza. Ni siquiera el más normal de sus clientes escapaba a la excentricidad.

12

I

El cementerio del Este de Madrid era un espacio enorme que desde el aire tenía forma de cruz griega, pero desde la perspectiva en la que se encontraba nada de aquella planta era perceptible y en su lugar afloraba la cara más tétrica y siniestra del lugar. Eran las ocho de la tarde y el sol de abril ya había caído lo suficiente para desvestir de brillo los paseos, taludes y parterres del lugar y las sombras de los cipreses empezaron a abrazarle mientras caminaba. Conocía muy bien el entorno, por lo menos el punto al que se encaminaba, y podría haber hecho aquel trayecto a oscuras de haber sido necesario. Pero no lo era. A todo el mundo le daba miedo el cementerio, más por los vivos que acechaban escondidos entre el inmenso espacio, que por los muertos, más numerosos pero menos peligrosos. Tras la última ampliación, el camposanto tenía capacidad para acoger a casi ocho mil nuevos cadáveres cada año, más o menos la mitad de los decesos anuales de la ciudad de Madrid, pero si la guerra continuaba y la muerte seguía pasando su guadaña a aquel ritmo, habría que ampliar el cementerio en pocos años. Pero eso no le preocupaba a nadie, y a él tampoco.

Tampoco le asustaba pasear por allí solo, ataviado con su abrigo oscuro con solapas de terciopelo aunque el calor hacía la prenda innecesaria. Su padre le había dicho que no se preocupara por su baja estatura o su insignificancia física, pues la seguridad y el aplomo de un hombre lo aportaban esencialmente el paso y la postura. Así que de esta manera caminaba él, a paso ligero y sólido, nada dudoso, girando rápidamente cada esquina, dejando claro a quien le observara desde las sombras que no temía a nada y que no estaba allí por casualidad.

Como en todos los cementerios, la vegetación que aparecía en el del Este la formaban fundamentalmente los cipreses, que con sus raíces verticales hacia las profundidades de la tierra no levantaban las tumbas como hacían los demás árboles, pese a lo cual, el firme adoquinado por el que caminaba era irregular y en general, el cementerio parecía viejo y descuidado. Giró en la esquina y se adentró en una de las zonas más antiguas, repleta de algunos de los panteones con los que los más ricos de su época habían intentado perpetuar su recuerdo.

«Qué gasto tan inútil», pensó mientras se veía flanqueado por aquellas construcciones desvencijadas y olvidadas. Se paró unos segundos y subió dos escalones cubiertos de musgo para acabar empujando una puerta de doble hoja de madera carcomida y entrar en un pequeño panteón que parecía querer emular en su estilo al de una capilla románica de alta montaña. Su cita ya había llegado.

—Llega tarde.

—Eso a ti te da igual. Y no llego tarde, llego cuando conviene y no hay riesgos, que la mercancía que quema en tus manos también lo hará en las mías.

Aquel hombre le sobrepasaba por lo menos treinta centímetros en altura, pero ambos tenían claro quién mandaba en aquella transacción.

—¿Qué me traes? —le dijo sin que sus ojos escondidos tras aquellas lentes tintadas pestañearan.

El grandullón abrió el bolsón de saco que portaba entre las manos, dejando que fuera él el que sacara su contenido. Alargó su mano y levantó un relicario dorado y pesado, vacío, trabajado intensamente en cada moldura, repujado en toda su superficie. Como siempre, mostró total indiferencia.

—No está mal. Tampoco es lo que esperaba, ni de lejos una pieza de calidad.

El grandullón mostró su disconformidad.

—¡Los señores la veneraban como a un santo! Fue lo primero que me dieron para enterrar. ¡Ocupaba un espacio único en su casa! ¡Pero si es de oro!

Negó con la cabeza.

—Del que cagó el moro. Esto no es oro. Ni siquiera tiene un buen baño. Tampoco es de excesiva calidad. Una pieza de poca antigüedad comprada hace menos de una década, en Palomeque, en Casa Nazaret o alguna de las tiendas de la calle Arenal.

Metió la mano en el bolsillo de su abrigo y le alargó unas monedas. Su vendedor se indignó.

—¡Esto es poquísimo! ¡Usted sabe que vale muchísimo más! ¡No puedo aceptarlo! ¡Quiero más, el doble por lo menos!

No se inmutó. Rara vez lo hacía.

—Lo comprendo perfectamente. No pasa nada, puedes quedarte con tu pieza. Bueno, la de tus señores. Puedes volver a cargarla en tu saco, intentar venderla a algún agente encubierto en el mercado negro que te detenga, para acabar en una checa, fusilado o, en el mejor de los casos, que te requisen el material y no puedas vender jamás nada más. No tengo tiempo para discutir. Lamento que hayas venido hasta aquí para nada, pero mi tiempo es más valioso que el tuyo, me voy.

Se puso el bombín y le tendió la mano a modo de despedida. Fue suficiente para que aquel hombre sencillo y grande se derrumbara.

—De acuerdo, de acuerdo. Quédeselo.

Salió diez minutos después de que su vendedor abandonara el panteón. Sonrió satisfecho. Otra buena compra. Le encantaba el oro.

II

Se llamaba Saúl Reibovitz, y aunque su origen extranjero y judío era un dato que ni pretendía ni podía ocultar, se había criado mayoritariamente en España. Los Reibovitz no habían tenido suerte en nada, como norma general desde hacía varias generaciones; pocas familias podían lamentar haber vivido la Gran Guerra, la Revolución rusa y la Guerra Civil española en primera persona. Un desastre total que había hecho que el primer auténtico hogar que tuviera Saúl fuera aquel piso de la calle Hortaleza de Madrid. Por el camino hasta aquel lugar había dejado a su madre y casi toda la alegría y ganas de vivir de su padre, que solo parecía reaccionar cuando le contaba los últimos avances del negocio que se traía entre manos.

Cuando estalló la Guerra Civil, tenía ya cuarenta y dos años que parecían cincuenta y cinco, y la mente decidida a que él y su padre salieran victoriosos de la misma, ganara el bando que ganara. Era relojero, igual que su padre y su abuelo antes que él y disfrutaba sinceramente de aquel trabajo solitario y silencioso que les había dado de comer y les había proporcionado una vida sin lujos pero sin carencias. También había sido el trabajo que les había puesto en bandeja el negocio que les iba a hacer ricos.

Todo había empezado el mismo día que la Guerra Civil.

Le había llamado la señora Palomero para que acudiera a arreglarle, una vez más, el viejo reloj de pared que ocupaba el salón de su piso en la calle Gravina, a tan solo unos minutos andando desde su casa. Al llegar, una muchacha joven le había guiado hasta el salón, que ya conocía puesto que aquel reloj se estropeaba crónicamente desde hacía años. Un espacio con suelo hidráulico de dibujos geométricos grises, con un buen sofá y algunos cuadros pretenciosos, una pequeña araña de cristal y todos los detalles típicos de una familia que luchaba por diferenciarse de la clase media de la que sin duda formaba parte. Era la decoración contraria a la de su casa, en la que, quizás por la historia nómada de su familia, había muy pocas cosas, pero todas notables.

Solo, en aquel salón de poco gusto, se puso manos a la obra, dirigiendo su atención directamente a la cuarta rueda del mecanismo, que se desajustaba de la anterior haciendo que el reloj se parara. En pocos minutos, volvió a funcionar, pero se separó de él, acercándose a la pared opuesta y se dispuso a esperar un rato para asegurarse de que no se volvería a parar en cuanto hubiera abandonado el piso. No pudo evitar mirar por una de las tres ventanas balconeras por las que el sol entraba en la estancia. Eso era lo mejor del piso.

La fachada trasera de aquel edificio daba directamente al jardín del palacete contiguo.

Le fascinaban aquellos rincones secretos, que parecían haber quedado atrapados por las construcciones que habían crecido alrededor. Posiblemente aquel jardín había sido anterior a todos ellos, quizás incluso se había visto reducido en tamaño, pero aún con sus escasos quinientos o seiscientos metros cuadrados, aquel pequeño pulmón era un enorme privilegio en medio de la ciudad. Su disposición era sencilla, una fuente central sobre un pequeño estanque circular rodeado por cuatro palmeras centenarias. En la parte más cercana, una zona de bambúes lo separaba del edificio desde donde Saúl observaba; al fondo, unos escalones daban acceso a la fachada trasera del palacete.

De repente, algo llamó su atención.

Inquietas y con evidente urgencia, tres personas habían salido al jardín del palacete. Dos parecían un matrimonio elegantemente vestido para viajar y un tercero tenía que ser un sirviente de la casa, quizás el jardinero, pues iba ataviado con un peto y botas de goma. Cada uno llevaba un saco de tamaño medio a cuestas. El jardinero obedecía las órdenes imprecisas de sus señores, que le apremiaron a dirigirse al extremo del jardín, cerca de los bambúes. Aunque la vegetación impedía que Saúl viera con detalle lo que estaba sucediendo, vio asomar por encima de aquel parapeto un azadón, y supo que el jardinero estaba cavando. Luego, tan solo unos segundos, creyó ver entre los troncos, en el interior de uno de los sacos, el brillo inconfundible del oro. A los cinco minutos, el matrimonio corría hacia el palacete. Poco después, a paso lento, el jardinero también penetraba en la casa, con tres sacos vacíos colgando sobre su hombro.

Al día siguiente averiguó que los propietarios de la casa eran los condes de Retuerta y que habían salido apresuradamente de su hogar el mismo día que el alzamiento había fracasado en Madrid. Hasta al cabo de un mes no supo que habían sido detenidos poco después y estaban junto a otras miles de personas de toda condición en la cárcel Modelo. Hacinados, torturados y sin juicio, supo que lo más probable era que nunca volvieran a la libertad, por lo que, vencido todo resquicio de moralidad, se decidió a ejecutar su plan.

Llamó a la puerta del palacete una, dos, tres veces sin obtener respuesta antes de doblar la esquina buscando la puerta de servicio, donde repitió la operación. Nada. Volvió a la puerta principal y llamó insistentemente. Luego volvió a la de servicio de nuevo. Nada. Se había decidido a volver a su casa cuando el crujido de la puerta dejó asomar una cara.

Alto y tremendamente flaco, pero con una de esas caras de facciones pequeñas y contraídas que denotan más bondad que inteligencia, el hombre al que había visto enterrar aquel tesoro —más intuido que conocido— le espetó:

—¿Qué es lo que desea?

Saúl había practicado mentalmente aquella conversación una y otra vez.

—Quería hablar con usted. De negocios. De negocios que pueden ser beneficiosos para usted y para mí.

Nadie había hecho negocios con aquel hombre jamás. Era la última persona que nadie esperaría implicar en uno. Pero Saúl tenía más información que nadie. El grandullón le miró con sorpresa.

—Creo que se equivoca. Los señores condes hace tiempo que marcharon y no sabemos cuándo volverán a la casa. Si quiere puedo dejar recado.

Saúl negó con la cabeza. Sonrió para sus adentros. Las gafas oscuras ocultaron el brillo que sus ojos mostraban cada vez que tramaba algo.

—Es contigo con quien quiero negociar. Si me dejas pasar, te lo explicaré. Hay cosas que es mejor que nos guardemos para nosotros.

Había tomado el mando y ya no se dirigía a su potencial vendedor de usted. De repente, él era el señor y aquel hombre bueno, alto y simple, su subordinado. El pobre hombre abrió la puerta que daba acceso al zaguán anterior a la cocina de la casa y le ofreció asiento en un banco que recorría todo el perímetro de la habitación. Se le quedó mirando en silencio, esperando que Saúl tomara la palabra, intrigado y mudo ante aquella sorpresa extraña.

—Mi nombre es Saúl Reibovitz. Me dedico a la compra-venta de artículos de valor obsoletos. Te explicaré primero qué son los artículos de valor obsoletos. Los artículos de valor obsoletos son aquellas cosas que antes tenían valor, pero ahora ya no. En resumen, las que antes podrías haber vendido, pero ahora ya no, por varias razones. Un crucifijo de oro, por ejemplo, es un artículo religioso, hecho de oro, y por tanto, pensarás, con mucho valor, pero que ahora mismo, nadie te compraría, por miedo a las represalias que conlleva toda muestra de devoción religiosa. Si encontrases un comprador, cosa difícil, te preguntaría la procedencia y lo normal es que tuvieras que acreditarla, es decir, explicar de dónde viene el susodicho crucifijo. Llegados a este punto hay tres posibilidades: la primera, que el comprador de la pieza piense que un sirviente solo puede haber robado una cosa de tanto valor y te haga investigar, requise todo lo que tengas y te encierren. La segunda que el que te quiera comprar la pieza sea un agente del Gobierno, que te encerraría directamente. La tercera, la única buena, es que alguien sepa exactamente de dónde viene la pieza y le dé igual, que te la compre por un buen dinero sin hacer preguntas y se cargue con el riesgo de tenerla en propiedad.

Se hizo el silencio. Saúl sabía exactamente lo que pasaría después.

—No sé a qué se refiere, pero le voy a pedir que abandone esta casa, por favor.

—Sabes exactamente a lo que me refiero. Te vi enterrarlo todo.

El jardinero enrojeció, impresionado, avergonzado e indignado a la vez.

—¡Salga de aquí! ¡Fuera!

Saúl cogió su bombín y se encaminó a la puerta tranquilamente. El hombre la había abierto y esperaba que saliera lo antes posible de la casa en la que servía.

Antes de salir, el judío le entregó una tarjeta.

—Vivo aquí. Cuando tengas hambre, ven a verme. No traigas nada, eso lo perfilaremos más tarde.

Pensó que aquel jardinero le iba a pegar, pero en lugar de eso le espetó a gritos:

—¡Salga de aquí!

Salió a la calle y le dejó atrás mientras se alejaba a paso lento. Sabía que los ojos del indignado estaban clavados a su nuca.

—¡Te espero! ¡Ven a verme! —gritó sonriente, sin darse la vuelta.

Dos meses después, Lorenzo, jardinero de los condes de Retuerta, llamaba a la puerta de su relojería. Tenía hambre.

La de aquella tarde era la octava venta de los elementos de la capilla de la casa de los condes de Retuerta que Lorenzo hacía a Saúl. En realidad, Saúl no sabía su exacta procedencia, puede que algunos objetos fueran de otras partes de la casa, pero, invariablemente, se trataba de artículos religiosos de metales preciosos o con un valor más material que artístico. Esa era una de las normas que se había marcado con su padre al organizar el negocio: llegado el momento, los objetos que compraban a Lorenzo, debían poder fundirse para que todo su rastro desapareciera.

Había establecido un código con Lorenzo. Cuando el jardinero tenía nuevamente la necesidad de vender algo, sacaba un tiesto al alféizar de la ventana de la casa de los condes, donde vivía, para que Saúl, que pasaba cada día por delante de aquella ventana de manera natural, se organizara. Era un sistema discreto y suficientemente claro para una persona con las luces de Lorenzo. Cuando veía el tiesto, Saúl sabía que tenía una cita en el cementerio el día siguiente. Tras la venta, que siempre realizaban en el mismo panteón y a la misma hora, el judío recorría la ciudad con su pequeño utilitario hasta la casa de María Ceballos, en cuyo sótano del patio iba acumulando poco a poco un pequeño tesoro.

Aquel día, como siempre, entró atravesando el paso de carruajes hasta el patio alrededor de las diez y media de la noche, cuando toda aquella zona ya se había vuelto algo fantasmagórica y solo se oía de vez en cuando el estallido de alguna bomba o disparo del cercano frente. Las calles vacías y oscuras, los edificios derruidos y los comercios cerrados con los cristales rotos. Esa era la cara de la guerra en Madrid por más que se esforzaran en olvidarlo, pero también era el mejor escondite que pudiera desear, en la misma boca del lobo, en un edificio frecuentado por militares, cercano al frente y rodeado de ruinas, un lugar en el que nadie hubiera sospechado nunca que se escondiera su cueva del tesoro.

Bajó las escaleras iluminado por un candil y encendió poco a poco las velas del espacio. Enseguida, la luz amarilla y cálida de las velas se doró, reflejada en un cáliz, varias patenas, un copón, un retablo de pequeñas dimensiones, una Virgen del Pilar de plata, una capillita portátil y el relicario que depositaba en aquellos momentos. Se detuvo unos minutos maravillado. Allí estaba su seguro de vida, creciendo cada día y asegurándole la posguerra. Cuando ya no quedara nada, el oro de aquellas piezas le daría el mejor lugar de salida en la España que habría que volver a crear.

Al cuarto de hora salía con su coche por donde había entrado. Tras el visillo de la primera planta, una mirada masculina le observaba.

—María, a mí este tipo no me gusta nada.

III

La llegada de Montserrat y Mercedes a Teruel supuso una liberación para ambas.

Llevaban dos meses en la ciudad y pese a los estragos de la guerra, la escasez de alimentos y el extenuante trabajo que ambas realizaban bajo el intenso sol de mayo, no podían evitar ser optimistas y pensar que todo iría a mejor.

Para Mercedes, aquel era el inicio de una vida completamente nueva, acompañada por sus hijos en un lugar en el que nadie conocía ni su persona ni sus delitos y solo veían en ella a la valerosa viuda que había conseguido pasar con su familia al bando nacional. Una verdad que ocultaba un rastro de sangre, justificado para ella, pero que debería guardar para sí el resto de su vida. Como todos los que se habían visto forzados en mayor o menor medida al crimen, esperaba que sus actos se diluyeran en la sangre de tantos otros y que, en el peor de los casos, el día que salieran a la luz, la locura de la guerra los contextualizara y los hiciera comprensibles. En cualquier caso, cegada por el amor a sus hijos y la alegría de estar con ellos en un lugar seguro, para Mercedes el pasado era la menor de sus preocupaciones.

A los pocos días de su llegada había empezado a trabajar a cambio de alojamiento y comida en la cocina de una fonda cuyo cocinero había muerto en un bombardeo. Tan solo una semana más tarde había convencido a la anciana que la regentaba para vender bocadillos y empanadas en las trincheras, por lo que, al poco tiempo de llegar a Teruel, Mercedes ya era una persona popular entre los soldados y el conjunto de sus habitantes, que la saludaban alegremente mientras, incansable, recorría sus calles de arriba abajo cargada con sus comestibles.

Montserrat había vuelto, al fin, a la vida monástica que tanto había añorado. Era la misma, pero a la vez también era completamente diferente tras el baño de cruda, cruel y dura realidad al que se había enfrentado desde que abandonara Santa Águeda. Había preguntado por un convento nada más llegar y le habían indicado el de Santa Clara, que se situaba en pleno centro, cerca del seminario y la plaza del Torico, que todos consideraban el eje de la ciudad.

El convento era una construcción enorme y rica, plagada de cuadros y figuras religiosas que, pese a su ignorancia en la materia, le parecieron valiosas obras de arte. El retablo de la iglesia en sí mismo, bajo la alta cúpula que iluminaba el altar mayor, era de los más imponentes que había visto fuera de Barcelona. Pero la sorpresa mayor vendría poco después de atravesar las puertas del convento.

—Buenos días, soy sor Montserrat Bultó y vengo del convento de clausura de Santa Águeda.

Tras presentarse a una monja joven que barría el suelo de barro cocido de la entrada del convento, esta se había apresurado a llamar a la madre superiora, mientras Montserrat esperaba sentada en un pequeño banco de madera. No tardó en levantarse al oír el eco de unos pasos acercándose hacia ella. La mujer, de avanzada edad pero rasgos suaves y sanos, la abrazó sin esperar a que hablara.

—Hermana, qué alegría. Alabado sea Dios. ¡Esta sí es una buena nueva!

Nunca le había pasado, pero Montserrat se puso a llorar, emocionada en cuanto la madre superiora la tuvo entre sus brazos.

—Hija mía, no llore, ya está en su casa y verá que el día guarda más buenas noticias para usted. —Apartó a Montserrat de sus brazos para cogerle con las manos la cabeza y mirarle a la cara—. ¿Sabe? Usted no es la única hermana de Santa Águeda que lo consiguió.

Estaba tan aturdida que no entendía bien qué era exactamente lo que la madre superiora pretendía decirle.

—«¿Consiguió?» ¿Conseguir? ¿Quién ha conseguido qué? Madre, no la entiendo. Discúlpeme, por favor, estoy tan cansada.

—Le estoy diciendo que en este convento tenemos ya a otros miembros de su congregación, que también lograron pasar al lado nacional hace algunos meses y que están entre nosotras.

No podía creer aquella casualidad. Pensaba que solo a ella las circunstancias le habían llevado a aquel destino improbable. Su corazón empezó a latir tan rápidamente que pensó que le saldría del pecho.

—¿Quién? ¿Quién lo consiguió? ¿Cuándo les puedo ver?

En aquel momento una puerta crujió tras ella. Se giró rápidamente.

De frente, apareció la inconfundible figura de sor Carmen, la madre superiora del convento de Santa Águeda. La persona a la que más quería del mundo.

Se abalanzó sobre ella con tal energía que estuvieron a punto de caer al suelo, estrechándola entre sus brazos mientras, de nuevo, no pudo contener las lágrimas. Sor Carmen, también emocionada, hacía lo imposible por no llorar mientras, acariciándole el pelo, daba gracias a Dios por haberle devuelto a la monja. Se apartó de aquella hija que Dios le había dado y emocionada, le dijo:

—Tengo otra sorpresa más.

Se llevó la mano al bolsillo y sacó una carta. Montserrat reconoció inmediatamente la letra del remite y la nota en la dirección. «Para entregar a sor Montserrat Bultó, si llega a su sacro convento». Sus lágrimas de emoción se multiplicaron.

—¡Mamá! ¡Mamá!

Le llevaron a una celda para que se instalase. Pero no hizo más que leer y releer la carta de su madre toda la tarde.

Villa Skosrev, Via Torquato Tasso, 28
San Remo - Imperia - Italia

Ave María †
Viva España
San Remo, 12 de agosto de 1936

Mi querida hija,

Si lees estas líneas será porque te encuentras, por lo menos en este momento, a salvo y entre tus hermanas, como siempre ha sido tu deseo. Nada me haría más feliz y por ello rezo cada día. Como comprobarás por la dirección del remitente, nos encontramos a salvo en San Remo, Italia, con tu hermana Adela y Pablo, aunque, como es su deber, enseguida partirá a España para luchar por nuestra causa. José Manuel se quedó en Barcelona por propia voluntad tras salir de San Antonio.

He escrito esta misma carta ochocientas treinta y seis veces ya y la escribiré las que haga falta para que cada uno de los conventos y monasterios de España tengan la suya aguardando entregártela si es que, como sospecho, acabas en uno de ellos. Muchos están clausurados, otros quemados, pero incluso a esos llegará una de estas cartas para ti.

Montserrat, hace tiempo que comprendí que tu deseo es dedicar tu vida a Dios, por peligroso que sea en estos momentos, pero te ruego que me escribas en cuanto recibas esta carta y me confirmes que mis oraciones han sido escuchadas.

Volveremos a España en cuanto podamos, pero si no hemos conseguido contactar antes, dejaremos las señas en nuestra casa de San Remo para que nos remitan cualquier carta que llegue de tu parte.

Por favor, cuídate mucho y reza por todos.

Te quiere,

Tu madre

Pidió papel y lápiz y durante dos horas se dedicó a escribir una carta a su madre, en la que no ahorró ni un detalle de todo lo que le había sucedido.

Pasó los siguientes días cuidada como una enferma pese a insistir en que se encontraba perfectamente. Durmió hasta tarde y tuvo tiempo para explicar toda su historia a sor Carmen, punto por punto y arrepintiéndose de sus pecados. Su superiora se impresionó tanto durante el relato, que hubieron de parar varias veces para que lo asimilara. Desde la crueldad del conde de Navalviento, al envenenamiento de los milicianos pasando por el asesinato de Joan Pou, al concluir comprendió y aceptó todos los actos de sor Montserrat, pero la animó a purgar sus pecados a través de un trabajo más intenso en pro de los demás y la comunidad religiosa.

Comprendió también que Montse no había tenido tanta suerte como ella, que había atravesado las líneas a los pocos días de salir del convento, sin demasiadas dificultades y con todo su grupo, en el que se incluían las hermanas más ancianas de la congregación, que había dejado en el convento de las Josefinas de la Magdalena de Pamplona. Del resto de los grupos de las hermanas de Santa Águeda no había vuelto a saber nada. Algunas se habrían salvado y algunas probablemente no, vista la masacre de religiosas que se estaba produciendo por toda la España roja. Tristemente, no podía hacer nada más por ellas.

IV

Aquella tarde Mercedes pasó a buscar a Montse por Santa Clara. Seguían viéndose con frecuencia, paseaban por Teruel, hablaban con la gente y llevaban a los hijos de Mercedes a jugar a la escalinata de la estación y al parque de los Botánicos, disfrutando de la vista desde el paseo de la infanta Isabel, recordando el pasado y elucubrando sobre el futuro. Las circunstancias las habían unido en una auténtica e inquebrantable amistad que ambas cuidaban como un tesoro.

Se sentaron en un escalón del último tramo de la escalinata mientras vigilaban a Luis y Carmen, que jugaban con un balón de trapo que constantemente se les escapaba escaleras abajo.

—Tengo un proyecto y me tienes que ayudar. —Montse sonrió. A aquella mujer no se le acababa la energía nunca—. No te rías. Me he dado cuenta de algo en lo que tenemos que trabajar.

—Te escucho, Mercedes.

—Tú y yo llegamos a finales de abril aquí, y claro, aún hacía frío, pero lo gordo ya había pasado. Vamos, que hacía un frío de cojones, pero que ya había pasado lo peor. El asunto es que el otro día la vieja —llamaba siempre así a la dueña de la fonda donde trabajaba— me dijo que había mirado el cielo, que había visto los árboles y la tierra, que llevaba días observando la lluvia y las nubes y que este próximo invierno iba a ser muy duro. «Tonterías», dirás, igual que dije yo, pero el caso es que la vieja acierta el tiempo siempre. El martes amaneció soleado y caluroso y me dijo que hacia las seis llovería, cosa rara por aquí, y ya viste la mojarrina. Total, que me puse a pensar en qué haremos si la vieja tiene razón y viene un invierno duro.

—Supongo que aquí están acostumbrados a eso, Mercedes. Aunque venga un invierno duro.

—Sí, eso me dije yo al principio también. Pero luego pensé que, bueno, que si todo sigue igual, pues nos las apañaremos, pero tú ya sabes que estamos rodeados por los rojos por tres costados, y que, de momento, sí, que de vez en cuando pegan unos tiros, hay alguna escaramuza, tiran un par de bombas, pero, siendo realistas, aquí está la guerra un poco parada de momento. Pero, ¿y si la cosa se pone más seria y empiezan a atacar de verdad? Esta ciudad es pequeña, si empiezan a bombardearnos nos quedaremos sin casas en un santiamén, fallarán los suministros mínimos, el agua, la luz, la leña, y moriremos de frío.

—Claro, sí. Si nos atacan todo será más difícil.

—Eso pensé. Por eso te quería proponer algo.

—Soy toda oídos.

—Montse, la vieja tiene un garaje muy grande a una manzana de la fonda. Lo usaba para guardar víveres, pero, claro, ahora víveres hay pocos, así que sobra espacio por todos lados. Quiero que cojas a las monjas que no sirvan de nada y yo haré lo mismo con algunas mujeres que están haciendo el zángano todo el día y quejándose de sus desgracias. Vamos a hacer mantas. Tenemos bastante tiempo. Haremos retales con la ropa vieja y las telas que ya no sirvan, pondremos a las mujeres a hacer ganchillo y hasta mis hijos ayudarán, que me tienen hasta el coño de tanto jueguecito inútil. Cuando llegue el invierno ayudaremos a la tropa y a todo el que colabore para resistir. Que nos ganen los rojos si hace falta, pero que no lo haga el frío. Si luego la vieja se ha equivocado y los rojos nos respetan, pues, bueno, tampoco pasará nada, mejor que mejor.

—Entiendo que nadie va a cobrar por este trabajo, ¿no? No venderemos las mantas, ¿verdad?

—Montse, a la que me pida un duro por ayudar a la tropa y a los necesitados le arreo una leche que la mando *pa* Zaragoza. No, aquí no cobrará nadie nada, pero tendremos a la gente ocupada, las mujeres podrán cuchichear, que es lo que les gusta, y si puedo, de vez en cuando llevaré algo de comida que me sobre, cosa rara pero tampoco imposible.

La idea era buenísima y no le hizo falta más que unos segundos para pensarla.

—De acuerdo. Hablaré con la madre superiora. Hay varias monjas viejas que no pueden trabajar en el convento, pero que seguro que saben tejer y coser. ¿Cuándo necesitas que te lleve a las mujeres?

—Llevo una semana recogiendo ropa y manteles. Tengo bastante lana también. Tráelas mañana.

—¿¿Mañana??

—Montse, ya sabes lo que dice el refrán: «La buena hilandera, en invierno acaba la tela». Así que pongámonos en marcha.

Montserrat miró a la cara a aquella mujer formidable. Sonrió. Claro que lo harían. Nada que se propusiera Mercedes era imposible.

A las ocho de la mañana, tal como habían quedado, Montse se presentó en el garaje de la jefa de Mercedes con cuatro monjas de avanzada edad, las más ancianas del convento pero que podrían hacer encaje de bolillos y cualquier punto con los ojos cerrados. El portón de madera estaba abierto, así que no esperaron a que les abrieran y entraron directamente.

Se trataba de una cuadra diáfana, con el suelo de tierra sobre el que había restos de paja. En una esquina había un montón grande de ropa, telas y trapos; junto a él, un cesto de mimbre de gran tamaño acumulaba ovillos de lana de diferentes colores y medidas. Pegadas a una de las paredes, varias sillas de enea se amontonaban desordenadamente junto a un armario grande que permanecía cerrado. En el centro de la estancia, Mercedes ya daba órdenes a seis mujeres de diferentes edades y a sus dos hijos moviendo a la vez y ella sola algunas sillas, colocándolas en círculo. Se giró al ver a Montse.

—Ya están tardando, hermanas, ¡que aquí venimos a trabajar! Si tienen que adelantar los rezos, háganlo, pero mañana aquí a las ocho clavadas.

Montserrat intentó protestar:

—Mercedes, son las ocho tal y como habíamos...

— Ni ocho ni ocha ni leches, ¡a trabajar!

Sonrió levemente a la monja, sabiendo que no tenía razón, pero nada le gustaba más que mandar.

—Cojan una silla y colóquense a continuación de aquellas otras.

Hicieron lo que Mercedes les había pedido y se sentaron en círculo, con la organizadora de todo aquello en el centro.

—Bien. Ya estamos todos. Yo coso fatal pero mando muy bien, así que vamos a ver cómo nos organizamos. Cosas importantes: UNO: no venimos a hacer obras de arte. Las mantas que hagamos tienen que abrigar y punto, así que no nos entretengamos en elegir colores que combinen y otras idioteces. Una manta es una manta, y tiene que ser grande para tapar de pies a cabeza a un hombre, y gorda para que le abrigue bien. Punto DOS: tenemos que hacer muchas mantas, así que hay que espabilar y estar bien organizados. Todas saben coser mejor que yo, así que de esto pueden aconsejar ustedes. A mí se me había ocurrido que mis hijos ordenen el material que tengamos —las telas y eso— y se las vayan suministrando, que luego tres laven las telas que estén sucias, tres hagan los retales, cuatro los cosan y una más la remate por los lados y las doble para almacenar. Yo me ocuparé de que el género no falle, y cada día recorreré Teruel de arriba abajo y me traeré lo que encuentre. Cuando se nos acabe, empezaremos con los ovillos y tejeremos. Las que no sepamos aprenderemos. —Se quedaron todas en silencio. Mercedes miró alrededor—. ¿Todas de acuerdo, entonces? —Asintieron—. Pues a trabajar como si el invierno empezara esta tarde.

Se levantaron para empezar a buscar el material y las agujas, así como las prendas, los trapos y telas que debían transformar en mantas para resguardarse del no tan lejano frío turolense. Mercedes sonrió satisfecha y se dirigió hacia Montse para que le diese su impresión, pero una figura en la puerta del garaje llamó su atención.

Era un hombre enorme, de alrededor de por lo menos metro noventa de altura y, sin embargo, parecía totalmente vulnerable y desvalido. Tendría cerca de treinta años. Vestía una camisa de cuadros arremangada por las mangas y ligeramente abierta en el pecho, por la que asomaba un torso peludo y moreno. Los pantalones de saco se elevaban ligeramente por encima de la cintura, sostenidos por tirantes. Iba descalzo. Su cara era un desorden de facciones presididas por una nariz gorda y sonrosada en cuya base se dibujaba una boca tímida de dientes irregulares. Sus ojos, igual que el resto de su ser, desprendían tristeza pese a que sonreía ligeramente sosteniendo una gorra con su mano derecha. Llevaba el brazo izquierdo recto y pegado al cuerpo, como un soldado.

En otra ocasión se hubiera acercado a él apremiándolo, pero aquella vez, Mercedes no pudo más que ser amable.

—¿Qué es lo que desea?

Miró hacia abajo, ligeramente sonrojado antes de hablar.

—Me, me, me, me llamo Edu. Soy jornalero. Bueno, ahora ya no. No me quieren para la guerra por esto.

Levantó ligeramente el brazo izquierdo, que acababa en el codo. Mercedes lo miró intentando que su cara no desvelara sorpresa. Odiaba que la gente mostrara pena, o angustia o asco por las taras físicas que cualquiera acarrease.

—Comprendo. ¿Y en qué te puedo ayudar yo?

—A decir verdad, esperaba poder ayudarla yo a usted. He oído todo lo que ha dicho, creo que podría serle de utilidad.

—Pero, ¿me quieres decir en qué me puede ayudar un hombre sin brazo en un taller de mantas? ¿En un taller en el que la principal tarea es coser?

El hombre no había conseguido levantar la mirada del suelo aún.

—Ha dicho que irá a buscar más material para sus mantas cada día. Necesitará alguien que le ayude a acarrearlo. Además, dentro de poco este lugar estará lleno de mantas que alguien deberá vigilar. Me refiero a por las noches, para que nadie se las lleve, sobre todo cuando el invierno empiece a asomar la patita.

Mercedes no había pensado en eso. Claro. Haría falta vigilancia si no quería que las mantas volaran del almacén. No obstante, le dio la sensación de que Edu no conocía una parte fundamental de la operación.

—A ver, alma de cántaro, ¿pero tú sabes que aquí nadie va a cobrar? Aquí todo el mundo trabajará para ayudar, y punto, ni una peseta, ¿comprendes? Si tienes hambre, este no es el sitio para saciarla, aquí nadie va a ganar dinero.

—Yo solo quiero ayudar. No me dejan luchar, tampoco puedo cultivar el campo, no valgo para ayudar a los enfermos. En realidad no me dejan hacer casi nada. Y yo valgo mucho. Me falta un brazo pero me sobra de todo lo demás. Lo único que quiero es algo que hacer y un lugar donde dormir. Mi cabaña quedó al otro lado de las líneas y desde entonces he dormido al raso y donde he podido. Si me deja dormir aquí, le ayudaré durante todo el día y vigilaré las mantas por la noche. Se cuidar de mí mismo, el resto no será problema.

Inspiraba confianza. Incluso ternura. Y podía serle útil.

—De acuerdo. Deja tus cosas dentro y vamos a ir a dar una vuelta a ver qué encontramos.

—No tengo nada. Podemos empezar ahora mismo.

Le miró a la cara. Edu le respondió con una sonrisa resignada mientras encogía los hombros.

—De acuerdo, entonces, echémonos a la calle.

No pudo evitar sonreír mientras salía a la luz por el portón del garaje. El equipo estaba completo, su primera empresa estaba lista y estaba segura de que sería un éxito.

13

I

En otro contexto, por aquellas fechas la temporada ya hubiese estado en plena efervescencia en San Sebastián. Se hubieran sucedido los bailes, las regatas, los reyes hubieran paseado por la bahía de la Concha y la elegante concurrencia les habría reverenciado a su paso. Pese a todo, aunque el recato aconsejaba no hacer alarde de la diversión mientras las tropas se diezmaban, la playa se había llenado de casetas de baño y los más atrevidos se habían metido en las frías aguas del Cantábrico mientras el resto intentaba, bajo sombrillas y tules, que el sol no tiñese su piel.

Los Sagnier se encontraban exactamente en esa situación: todos se bañaban y jugaban entre las olas mientras Eugenia, sentada sobre una tumbona de loneta y provista de una sombrilla, observaba la escena enfundada en un vestido de lino blanco que tapaba su piel de tobillo a cuello. Le molestaba la playa. Le molestaba la arena, el ruido y la gente, que siempre parecía ser mucha más de la que debía, estar más cerca de lo que hubiera deseado e ir menos vestida de lo que la decencia hubiera recomendado. Suspiró profundamente; «Signo de los tiempos», se dijo.

Añoraba Puigcerdá. Ese sí era un verano para ella. Suficientemente frío para que por las noches se tapara con una manta, suficientemente suave durante el día como para poder llevar ropa de verano —pero no traje de baño—, cerca de Barcelona pero lo suficientemente alejada. Y su casa... ¿Qué habría sido de la Torre de San Fernando? Añoraba su jardín, las comidas en la terraza, las excursiones a los lagos de Meranges, a la sierra del Cadí, a aquellos pueblos de piedra de montaña, el aire puro y fresco del Pirineo. No había recibido noticias de aquellos lares desde que se habían marchado. Sabía algunas cosas, como la destrucción de la iglesia, la quema de algunas capillas, el asalto a algunas casas y fábricas, pero intentaba no pensar demasiado en lo que encontraría a su vuelta. Porque de eso estaba segura, volvería. Nada podría detenerla, fuera lo fuera.

Observaba a sus hijas. Las vigilaba. Aunque confiaba en ellas le daba la sensación de que en San Remo se había abierto una caja de Pandora que no podía cerrar. Aquellas otrora tímidas y recatadas señoritas parecían ahora cada vez más resueltas, más ávidas de relacionarse, incluso más coquetas, pese a que la frugalidad con la que vivían no les facilitaba el maquillaje, joyas y vestidos que otras chicas de su entorno disfrutaban. En Puigcerdá no sufría. Todos eran de Barcelona, todos eran conocidos, vecinos, medio parientes, aquel era un entorno seguro, pero en aquella playa atestada de gente, no conocía más que a algunas personas, y, vestidos con aquellos ridículos trajes de baño, le costaba distinguir a cualquiera. Era agotador.

Detuvo su mirada en Inés. Sin duda era la más guapa de sus hijas y probablemente la más responsable. Le gustaba Pablo para ella, por supuesto. Era un joven bien plantado, trabajador, con un prometedor futuro por delante. Su familia no era antigua, eso estaba claro, pero en San Remo la había conquistado. Buenas personas, y educadas como los que más, si era cierto que su bisabuelo era tan solo un campesino, no había ni rastro de él en la familia que ella había conocido. Además, si aquello seguía hacia delante, ya se ocuparía ella de poner el abolengo a la pareja.

Había hecho un buen trabajo con Inés, saltaba a la vista. Era simpática pero no se tomaba confianzas, era elegante pero con naturalidad, buena persona, devota pero no beata, inteligente pero humilde. No la había visto llorar desde hacía años e, igual que todos sus hijos, se había prohibido a sí misma quejarse ante cualquier adversidad. Sería la mujer perfecta, no cabía duda, así que hablaría con Blanca Marqués para facilitar entre ambas que la relación con Pablo prosperara. Si él no sobrevivía a la guerra tendría que buscar a alguien que estuviera a la altura de su hija, no sería fácil.

Intentó desviar su atención sobre Inés y centrarse en Lucía, pero antes de poder empezar a elucubrar sobre su oronda hija, un hombre llamó su atención. Alto, rubio y bien plantado, con el torso descubierto, fornido, bronceado y sin un pelo, se acercaba a Inés como un lobo a su presa, primero lento y luego, cuando la joven reparó en él, con paso decidido y resuelto. Se peinó el pelo mojado hacia atrás con una mano, mientras con la otra se presentaba a su hija mayor. Su sonrisa perfecta obtuvo una rápida réplica en Inés, que no era inmune a la belleza masculina pese a su entrega platónica a Pablo. Bajo la atenta mirada de Eugenia, hablaron mucho rato, sobre todo él, mientras Inés reía abiertamente y se sonrojaba con timidez. El hombre parecía tener también la virtud de la palabra, y muchas de las chicas de su alrededor le observaban furtivamente, mientras cuchicheaban entre ellas.

Pasaron casi media hora hablando a la orilla del mar hasta que Lucía y Cayetana se incorporaron al grupo. El joven parecía encantado de tener aquella audiencia y no paraba de hablar, provocando las carcajadas de las tres mujeres y señalando diferentes puntos del paseo mientras comentaba. Las hermanas Sagnier parecían un trozo de barro que moldear a su gusto. A los cuarenta minutos, Eugenia decidió que ya había tenido suficiente.

Se levantó malhumorada de su tumbona, sombrilla en mano y gafas de sol ocultando su mirada glacial y se acercó a sus tres hijas.

A los pocos metros las tres ya habían captado el rigor de su paso y se ponían de pie, sabiendo que su madre no estaba contenta.

Cuando estaba a menos de un metro, el mar mojó sus zapatos. Paró en seco y se miró los pies disgustada. Cómo odiaba la playa. Sus hijas se acercaron a ella, y aquel hombre tan poco decoroso también.

Inés se adelantó:

—Querida madre, déjame que te presente a este amable caballero. Nos estaba contando anécdotas y cuchicheos de San Sebastián, nos ha hecho reír mucho.

—Odio los cuchicheos, Inés. Y creo que ya hemos tenido suficiente playa por hoy, así que recoged, nos vamos, estoy agotada y si me quedo un minuto más mi piel parecerá la de un labriego jienense.

Nadie podría haber sido más antipático; sin embargo, el joven sonrió abiertamente, mostrando una sonrisa perfecta y blanca como la de un anuncio de dentífrico. Inés intentó la presentación mientras Lucía y Cayetana aguardaban, cada vez más incómodas con el momento.

—Este es...

—El caballero que ha tenido a mis hijas cuarenta minutos tonteando delante de toda la playa de la Concha —la interrumpió Eugenia—. No me hace falta conocerle, nos vamos. Recoged las cosas.

El hombre adelantó la mano, y aunque Eugenia no le había ofrecido la suya, la cogió y la besó. El rubor y la indignación por la osadía la bloquearon. Apartó bruscamente la mano de la suya.

—Mi querida señora, lamento si he sido atrevido y poco respetuoso. Estoy de permiso y ya sabe que el frente nos ha debilitado la educación un poco a todos. Sus hijas son encantadoras y hacía tiempo que no disfrutaba tanto de una conversación. Si me lo permite, me gustaría sacarlas a pasear en algún momento.

Eugenia no daba su brazo a torcer.

—Señor mío, mis hijas no son perros que necesiten ser paseados, pero venga a nuestra casa una tarde y discutiremos esto y otras cosas. Ahora, lo lamento, pero ya he tenido suficiente numerito. Nos vamos, encantada de conocerle.

Se dio la vuelta y se alejó dándole la espalda. Sus hijas le siguieron. El joven corrió y se puso delante de Eugenia, que no cabía en sí de asombro.

—Disculpe señora, no me he presentado. Me llamo Javier Ferro de los Gazules, conde de Navalviento.

II

Dos días después, el tema no se había agotado.

—Es típico de los condes menores. Siempre se presentan con el título. Los duques son mucho más modestos a la hora de vanagloriarse de sus títulos, todo el mundo sabe quiénes son, así que no les hace falta. Decidme, hijas, ¿habéis oído a la abuela presentarse como duquesa muchas veces? ¿Habéis oído a tío Santiago presentarse como marqués muchas veces? Cuando el título es bueno, en raras ocasiones hace falta nombrarlo, ya que todos lo conocen, pero un conde como ese. ¡Ah, eso es otra cosa! El titular de un condado aragonés que nadie conoce se presenta en la playa con su bronceado de la Costa Azul y mis hijas caen rendidas a sus pies sin ningún disimulo. El «conde de Nosequeviento» ¡ja! ¡Y saca pecho como si fuera el conde de Barcelona!

A Eugenia le había caído fatal el conde de Navalviento desde el primer instante. Como era habitual en ella, el objetivo de su defenestración le ocupó los siguientes días. Pero, en aquella ocasión, sus argumentos no estaban calando en sus hijas.

—Inés, tú eres la que más me decepciona. Qué veas algo en este conde de medio pelo es algo que me maravilla. Por favor, tú, que has conocido a hombres de verdad, gente auténtica, educada y modesta. Este chico es un verdadero mequetrefe comparado con Pablo.

Inés no podía entender qué era lo que molestaba tanto a su madre de aquel hombre. Había sido amable y divertido, y no, claro que no le gustaba como Pablo, pero no había ningún mal en salir a pasear un rato y conocer a gente. En realidad, ni la misma Eugenia entendía aquella súbita y feroz manía hacia una persona que apenas conocía. Pero su aspecto relamido y su manifiesto intento de seducción a sus hijas, delante de sus mismos ojos le habían exasperado.

—Mamá, Pablo está en el frente.

—¡Y este hombre no! ¡Ja! ¿No te extraña? Apuesto a que este personaje no se ha embarrado las botas en su vida. Ni un rasguño en su cuerpo apolíneo. Todos los hombres jugándose la vida mientras este sujeto coquetea con mis hijas. ¡Con las tres! Peeero, hijas mías, esta lección la vais a aprender vosotras solas. Lo acabo de decidir. Si queréis frecuentar al *conde de Navalviento* —se esforzó en que el título sonara ridículo—, hacedlo. El batacazo será memorable y aprenderéis para el resto de vuestra vida.

—Pues me alegro, mamá, porque ayer dejaron una nota en el buzón, y el conde me ha pedido salir mañana a pasear.

—Pues hazlo, Inés, hazlo, pero luego no me vengas lloriqueando.

Lucía y Cayetana miraron a su hermana indignadas. Siempre era Inés a la que solicitaban. No pudieron resistirse a criticarla.

—¡Golfa!

Al día siguiente, el conde recogió a Inés en la casita de la calle de la Escolta Real tras saludar brevemente a Eugenia, que le tendió la mano con indiferencia mientras le miraba de arriba abajo sin disimular su desagrado. Era imposible que Javier Ferro no se hubiera dado cuenta de la irracional animadversión que provocaba en ella y, sin embargo, respondió al saludo sonriente y amable. «Punto a su favor», pensó Inés.

Pasaron por delante del palacio de Miramar y se encaminaron por el paseo, en dirección a la Concha. Inés no podía creer que estuviera paseando sola con un hombre con el que apenas había cruzado unas palabras, pero Javier facilitó mucho que se sintiera cómoda, principalmente porque desde el primer momento, monopolizó la conversación. Le habló de Zaragoza y del bonito pueblo de Navalviento, donde tenía una propiedad que al principio de la guerra había sido incautada, problema que ya había solucionado, aunque seguía en zona republicana; de su escasa familia, una madre senil, ningún hermano y un padre que había fallecido cuando aún era un niño; de sus proyectos en política para después de la guerra, que daba por ganada para los franquistas; también de algunas reformas que quería hacer en su casa de Zaragoza para adecuarla a los tiempos. Le explicó que su prolongada estancia en San Sebastián se debía a temas confidenciales pero de crítico interés para el desarrollo positivo de la guerra, punto en el que Inés sospechó que se estaba haciendo el interesante.

Con todo, estaba disfrutando de su compañía, pues requería poquísimo por parte de ella, básicamente que le escuchara y paseara a su lado.

En línea recta desde Miramar, paseando por Ondarreta primero y la Concha después, pasaron junto al ayuntamiento para adentrarse enseguida en la calle Urbieta, en cuyo número 20 aguardaba Ayestarán, el salón de té al que se dirigían.

El negocio ocupaba dos establecimientos gemelos, colocados uno a cada lado del portal del edificio bajo una trabajada marquesina de hierro y cristal. El de la derecha era la panadería, de la que vieron salir una cesta de pan blanco para repartir, el de la izquierda, el salón de té.

Entraron haciendo sonar una pequeña campanilla que tintineaba con la llegada de cada cliente. Un aire cálido y el delicioso olor a pan, bollos y repostería recién hecha lo llenaba todo. En el centro del local una vitrina exhibía pasteles de varios tamaños, formas y colores, todos de aspecto fabuloso y elegantemente presentados como si de joyas se trataran. Las paredes, cubiertas con espejos emplomados, devolvían una imagen casi irreal de una concurrencia despreocupada y divertida, que observaba cómo un ejército de numerosos camareros llenaba sus mesas de los productos más exquisitos.

Se sentaron en una de las mesas del fondo, que parecía estar preparada para ellos. Enseguida, un camarero elegantemente vestido y completamente pagado de sí mismo les tomó nota. Inés tampoco pudo intervenir en la comanda, pero no le importó ya que le dio la sensación de que Javier pedía absolutamente todo lo que la carta ofrecía, pese a que ni la había abierto:

—Por favor, traiga un *èclair* de caramelo, dos igueldos, medio de milhojas, un trozo de ruso, un jesuita, dos *petit fours* de yema y dos borrachos de nata. ¡Ah! ¡Y un conde! —Guiñó a Inés un ojo—. Así seremos dos.

Inés sonrió al pensar la cara que habría puesto su madre al oír el comentario.

A los pocos minutos, su mesa era la más copiosamente servida del salón, que parecía exactamente lo que Javier Ferro quería. Su madre siempre le obligaba a comer poco y lento en público, manteniendo la compostura, sentada recta y sin apoyar la espalda, pero Inés casi no conocía a aquel hombre, sus ojos saltaban de producto a producto con gula y hacía demasiado tiempo que no comía cosas de aquel tipo como para contenerse. Además, el conde seguía sin requerir demasiada intervención por su parte, por lo que se pudo centrar en lo que realmente le atraía de aquella cita.

Se llevó un bocado de ruso a la boca mientras observaba a Javier.

Era guapo, eso no lo podía negar, y vestía como un galán de cine. Todo en él contribuía a un físico prácticamente perfecto, desde sus modales sofisticados y sus cigarrillos alargados a su pelo rubio, que llevaba engominado hacia un lado dejando sin domesticar un pequeño rizo sobre su frente; incluso su forma de hablar y de mover las manos parecía estudiada para seducir. Las mujeres se giraban a su paso, algo que nunca hubieran hecho con Pablo. Odiaba comparar, pero llevaba haciéndolo desde que Javier la había recogido. Ese era el tipo de hombre con el que se casarían muchas de sus amigas: guapo, rico, aristócrata, de una familia de «las de siempre». Un hombre que les facilitara una vida sin problemas, que no les molestase mucho, no les hiciera opinar mucho, no les quisiera mucho. Un pura raza con el que pasear un rato, quedar embarazadas e ir al Liceo. De entrada, eso no era lo que ella quería. Si luego tenía que conformarse, lo haría, pero, de momento, aspiraba a más.

En cualquier caso, su historia con Pablo había sufrido un parón, si es que en algún momento había habido avanzado con cierta continuidad. No había tenido respuesta a su carta, y hacía semanas que debería haberla recibido. Bilbao se había tomado hacía más de un mes y no tenía noticias suyas. No formaba parte de la lista de bajas, así que suponía que seguía vivo. También suponía que había perdido interés en ella.

Volvieron a casa de Inés por donde habían venido, alrededor de las siete y media. De nuevo, Javier hablaba. Inés reparó en que en ningún momento se le había hecho pesado, pero también en que sabía mucho más de él de lo que él sabía de ella, visto lo cual, se resignó a pensar que lo único que le había atraído de ella era su físico. Francamente, no había para tanto, pensó. Entraron en la calle de la Escolta Real y pasaron una a una frente a las casitas que se alineaban hasta llegar a la de su familia, ante cuya puerta se detuvieron. Javier la miró a la cara.

—Inés, lo he pasado muy bien esta tarde, espero que tú hayas disfrutado también.

Inés lo había pasado bien.

—Yo también lo he pasado estupendamente y gracias por la merienda, hacía meses que no comía tanto. Estaba todo delicioso. Y el salón, una maravilla.

—¿Podemos repetir entonces? Me encantaría llevarte a otros sitios. Conozco bien la ciudad. También los alrededores.

—Claro, llámame o déjame una nota, y lo organizamos. Muchas gracias.

El joven hizo ademán de acercar su cara a la de Inés, pero ella la apartó.

—Comprendo.

—Lo siento, Javier. Hará falta mucho más, si eso es lo que quieres.

Sonrió pícaro.

—Por supuesto. Discúlpame.

Se dio la vuelta y empezó a alejarse. Inés metió la llave en la cerradura de la puerta y se dispuso a entrar, pero un pensamiento la detuvo. Se giró y miró hacia Javier.

—¡Javier!

El joven se detuvo y lentamente se giró, con mirada triunfal. No se le resistía ninguna.

—¿Sabes cómo se llama mi padre?

El conde cambió de expresión.

—¿Disculpa?

—¿Sabes cómo se llama mi padre? —insistió Inés.

—Perdona, Inés, no entiendo.

—¿Y dónde hemos estado antes de venir a San Sebastián? ¿Sabes eso?

—No sé a dónde quieres llegar, Inés.

—¿Cuántos hermanos tengo? ¿Lo pasé mal al salir de España? ¿Tengo alguna afición? ¿Juego a tenis?

—Inés, ¡son muchas preguntas!

Aquel hombre no entendía nada. Pero Inés no se detuvo.

—Javier, me has invitado a pasear, a merendar, y me has tratado muy bien. Pero no sabes nada de mí, porque nada te ha interesado al margen de tus historias, que por cierto, a mí sí me interesan. Estaré encantada de que seamos amigos, pero, si quieres más que eso, aprende a preguntar además de a responder. Interésate por mi vida igual que yo he hecho por la tuya, conóceme, porque puede que la chica a la que has intentado besar hace un minuto sea la última persona que quieras besar cuando me conozcas, o puede que no, pero yo no soy una muñeca con la que puedas hacer lo que quieras. Tengo mucha familia y no necesito contarle mi vida a nadie, pero me sorprende que no te hayas preguntado ni por un segundo con quién estabas merendando y, sin embargo, estés dispuesto a iniciar una historia romántica con ella, o, por lo menos, besarla.

La cara del conde había mutado. No estaba acostumbrado a que una mujer le amonestara. Se quedó sin palabras.

—Yo no quería...

—No te preocupes, como te he dicho, lo he pasado muy bien. Muchas gracias.

Agachó la cabeza tímidamente y entró en su casa. Javier Ferro de los Gazules, conde de Navalviento, tuvo que esperar unos minutos solo en aquella calle sencilla para asimilarlo todo.

III

Ya se había ido todo el mundo cuando llamaron a la puerta de la calle. Antonio maldijo internamente tener a aquel hombre misterioso usando su sótano a aquellas horas. Le molestaba el personaje, pero, mucho peor, le inquietaba el misterio que le envolvía y los motivos que le movían. María le miró, adivinando sus pensamientos.

—No seas cenizo, hombre. Que nos paga muy bien.

Se puso la bata y se la anudó a la cintura. Eran las once de la noche, no había derecho. Bajó la escalera renegando y pisando con rabia cada escalón. Le habían dado las llaves, ¿qué problema tenía ahora? Le iba a oír el hombrecillo ese.

Abrió la puerta peatonal del portón pero no encontró a Saúl Reibovitz.

En su lugar, dos hombres vestidos con gabardina, sombrero y traje oscuro le esperaban. Era final de agosto y estaban a treinta y cinco grados, pero un escalofrío le recorrió la espalda. Con la mano enguantada en cuero negro le enseñaron una placa de hierro, pero antes de que le hubiera dado tiempo de leerla ya estaban dentro del portal, en el paso de carruajes. Rezó para no ser él el que se había metido en problemas, no ahora, que todo marchaba tan bien.

Esperó a que los hombres hablaran.

—Buenas noches. Servicio de Información Militar.

Así que eran ellos. Qué rápido se habían puesto en marcha. El Servicio de Información Militar se había creado tan solo unas semanas antes, a principios de mes, fruto de la unión de los servicios de espionaje y contraespionaje de la República. Su labor principal era la detección de elementos quintacolumnistas y espías de Franco, pero también se dedicaba a la persecución de militantes católicos y otros enemigos, como trotskistas y anarquistas. Se había diseñado inspirado en los servicios de información rusos, que habían aleccionado a agentes y mandos. Contaba con cárceles y campos de concentración propios, aparte de temibles checas en las que todo estaba permitido y la tortura era tan solo un medio más para conseguir un fin. Su mala fama, como elemento de represión en la retaguardia, se estaba extendiendo rápidamente y su sola mención provocaba miedo.

Seguro que querrían ver el sótano del patio. No sabría que decirles, porque no sabía qué encontrarían, pero no pensaba cubrir a aquel hombre. No le conocía de nada. Si tenía que morir en una checa que muriera. Además, tenían que ganar la guerra, aunque él no estuviera luchando en ella.

Pero todo dio un giro inesperado. Uno de los hombres se sacó algo del bolsillo y se lo enseñó. Era una foto de un cliente suyo, de casi un amigo, con el que había charlado en infinidad de ocasiones y con el que se llevaba bien. El favorito de Anselma y el suyo también. María también le apreciaba.

—¿Conoce a este hombre?

No tuvo tiempo de reaccionar.

—Sí, sí. Es un cliente habitual. Es don Ricardo Maese, viene de vez en cuando. Nunca avisa, hace días que no le vemos.

—Muy bien. Tenemos razones para pensar que este hombre es un espía, lo que tampoco le deja a usted en buen lugar. Si este es un nido de espías, puede que sea usted y no él el que mayor amenaza suponga para la República.

Hacía tiempo que no lo pasaba peor. Intentó que no se le notara.

—Señores, señores, *por favor,* esto es una casa de tolerancia. Nos congratulamos de tener a muchos de sus oficiales entre nuestra clientela. ¡Ningún lugar menos sospechoso de ser un nido de espías que este! Yo mismo soy un fiel soldado de la República. Me alisté en la columna Durruti, he luchado en Aragón, en Madrid, señores, seamos serios.

—Señor, esto es muy serio. La próxima vez que este hombre venga a la casa, en cuanto entre con la meretriz, usted llamará inmediatamente a este número. —Le extendió una tarjeta—. Sepa que ocultar espías es tan grave como serlo, y que este Gobierno y este servicio no van a tener piedad alguna con quien ponga en peligro la seguridad de la República.

—Lo comprendo perfectamente, nunca haría tal cosa.

—Eso esperamos, por su bien. Está usted, esta casa y todos los que trabajan en ella en el punto de mira, no lo olvide.

Se dieron la vuelta y sin esperar a que Antonio les abriera, salieron a la calle y desaparecieron en la oscuridad.

Habían sido cinco minutos terribles.

Subió de dos en dos los escalones y se fue directo al despacho, donde María contaba las ganancias del día.

—Tenemos que hablar. Era el SIM.

—¿El SIM?

—El Servicio de Inteligencia Militar. Los sabuesos esos de los que todo el mundo habla, los que llenan las checas de inocentes para encontrar a un culpable, esos.

María palideció.

—¿Y qué tenemos que ver nosotros con eso?

Antonio se hacía la misma pregunta.

—Pues, sinceramente, no lo sé. Pero, por lo visto, puede que don Ricardo lo sea. Nunca lo hubiera dicho, pero no sabes con qué seguridad han lanzado sus sospechas esos hombres.

—¿Ricardo Maese? ¿Estás bromeando?

—No, no bromeo, María. Me han enseñado una foto suya. Me han preguntado si le conocía. ¿Qué les iba a decir? ¡Pues claro que le conozco! Es más, ¡me parece un tipo estupendo!

—Espero que no les hayas dicho eso.

—No, no, lo último te lo digo a ti, pero sí les he dicho que le conocía, cómo no iba a reconocerlo, si deben haberle visto entrar aquí un millón de veces.

—Claro, claro, ¿y qué hacemos?

—Lo primero de todo, ve a despertar a Anselma. Esa chica tiene cosas que contarnos.

—Ahora mismo.

Se levantó de la mesa y al poco traía a Anselma de la mano.

Sorprendentemente, Anselma leía mucho y lo hacía siempre en su habitación, durante varias horas antes de quedarse dormida, por lo que la había encontrado despierta. María la cogía de la mano como una madre hubiera hecho con una hija que se hubiera portado mal. La colocó frente a Antonio y se sentó junto a él.

La meretriz no entendía nada.

—¿Se puede saber qué cojones os pasa?

Fueron al grano.

—Anselma, ¿don Ricardo es espía?

La mujer pareció incomodarse ligeramente.

—No, que yo sepa. ¿A qué viene esto?

Antonio siguió con el interrogatorio.

—Anselma, ¿hay algo en tu relación con don Ricardo que te haya parecido raro? ¿Es un cliente normal?

Anselma pensó que no debía nada a nadie, que era absurdo alargar el interrogatorio si finalmente iba a confesar. Aquellas personas eran su familia.

Sería mejor tenerlos de su lado.

—Bueno, en realidad, no. No es un cliente normal. Y sí, si don Ricardo no es un espía, lo que es seguro es que se trae algo entre manos. No hemos follado nunca.

María saltó de su silla.

—¿Cóóóómo?

—Lo que oyes, María. Desde el primer día don Ricardo y yo solo hablamos. Me pregunta cosas. Ya sabes, a quién veo, qué comentan. Me ha pedido que escarbe en algunos comentarios que me hacen los oficiales. Y me paga bien. Creo que no le he dicho cosas muy importantes, pero a él todo le interesa. Los hombres hablan mucho cuando han estado entre mis piernas. Yo solo le digo lo que me dicen esos bocazas.

Antonio y María se miraron. Anselma no tenía ni idea de la gravedad de lo que había hecho. Cegada por su egoísmo y su indiferencia absoluta por cualquiera de los bandos de la guerra, se había vendido al mejor postor, y ese no era otro que Ricardo Maese.

—Es decir, que las acusaciones del SIM son ciertas, ¿no?

Anselma miró extrañada.

—¿El SIM?

Antonio decidió darle un baño de realidad.

—Sí, el SIM, el Servicio de Información Militar que mata a espías enemigos y a la gente que les ayuda. Esos.

—A mí nadie me va a matar, yo no he hecho nada —espetó Anselma.

María no pudo más.

—A ver, ¡imbécil, inepta, inconsciente, idiota! Claro que te van a matar. Te van a fusilar, te van a meter en una checa oscura y te van a interrogar hasta que digas las cosas que quieren que digas, sean o no ciertas. Tú eres tonta, chica. Ve pensando dónde te vas a esconder, porque en cuanto cojan a Ricardo, te van a coger a ti. Si no estás ya encerrada es porque despertaría las sospechas de tu espía, que seguro que sabe desaparecer sin dejar rastro, no como tú.

Anselma había tenido una vida peor que la mayoría. Se había acostumbrado a disfrutar de los pequeños respiros que esta le ofrecía y a detenerse poco en las desgracias que se habían sucedido una tras otra en sus veintiséis años de existencia. No tenía mucho que perder, y aun así, no deseaba morir. Un escalofrío le recorrió la espalda cuando María Ceballos pronunció la palabra «checa». No podía soportar estar encerrada y tampoco era resistente al dolor. Llegado el caso, preferiría tirarse por la ventana o cortarse las venas, acabar rápidamente con una vida que no le había tratado bien antes que tener que soportar la tortura o la privación de libertad. Era una de las únicas normas que se había autoimpuesto tras escapar de una casa en la que antes de haber siquiera asomado a la pubertad ya había sido abusada y maltratada por su padre y su hermano, que descargaban en ella todas las frustraciones a los que su incultura, su maldad y su pobreza les habían arrastrado. Moriría si hacía falta, pero no perdería su libertad.

—A mí nadie me va a meter en ningún sitio. Antes me mato.

—Bien. Tenemos un problema, y grave —intervino Antonio—. Anselma, no puedes salir de aquí hasta que llegue don Ricardo, y tampoco pueden encontrarte en esta casa cuando llegue el SIM. Tenemos que pensar algo y debemos pensarlo ya. No sabemos cuándo volverá tu espía, así que no nos moveremos de aquí hasta haber elaborado un plan. Nadie quiere que acabes en manos del SIM.

Le emocionó que aquellas personas que le habían proporcionado los mejores meses de su vida también estuvieran dispuestos a ayudarla en aquel trance, a arriesgarse para salvarla. Pero había algo más, y surgió de su boca sin avisar, como un sentimiento profundo que no conocía.

—Tampoco quiero que apresen a don Ricardo. Es una buena persona. Tenemos que pensar en algo para él también.

María y Antonio se miraron, impresionados de que una persona que hasta entonces parecía haberse preocupado única y exclusivamente de ella misma pensara en otra en un momento como aquel.

María asintió, mirando con orgullo de madre a la prostituta.

—No habrá una muerte en esta casa si puedo evitarlo. Yo también creo que tenemos que ayudar a don Ricardo.

Antonio no daba crédito a sus oídos.

—María, Anselma, estáis completamente locas. Si ayudamos a don Ricardo a escapar nos tomarán presos a nosotros. No podemos arriesgar nuestra vida por una persona que, no lo olvidemos, es espía. Don Ricardo sabe perfectamente a lo que está jugando y sabe lo que se juega. No podemos responsabilizarnos de unos actos que no son nuestros y que, además, habrán causado mucho daño a nuestra causa.

—Antonio, será tu causa, no la mía —respondió María—, ni la de Anselma, que no tenemos ninguna. Nosotras solo queremos que esto acabe y que nos pille de pie. Don Ricardo no nos ha hecho nada a nosotras, así que haz lo que quieras, pero yo voy a hacer lo que esté en mi mano para que nadie acabe arrestado.

Anselma asintió a todo lo que decía María.

—Antonio, don Ricardo es un buen hombre, te lo digo yo, que he conocido a muchos.

Se levantó más preocupado que enfadado y miró por la ventana, dándoles la espalda. Estaban completamente locas. Claro que le caía bien don Ricardo, cómo no iba a hacerlo. Habían hablado durante horas y era el único hombre en la ciudad con el que le era realmente agradable pasar el rato. Si aquello no era una amistad, no distaba mucho de serlo. Además, desde el principio, aquel hombre le había sido especialmente afín, como si se hubieran conocido desde hace años, como si el destino tuviera un plan para unirlos en algo más importante.

—Me voy a arrepentir mucho de esto, pero, de acuerdo. Intentaremos que no encuentren a don Ricardo. Ahora pensemos cómo.

María sonrió.

—Eso es fácil. Encontrándolo nosotros antes.

IV

La operación para salvar del SIM a José Manuel Bultó, el hombre que se escondía tras el falso Ricardo Maese, era simple pero pensaron que efectiva. Sobre un plano de la zona donde se asentaba la casa de tolerancia de María Ceballos marcaron con un compás un círculo, en cuyo centro estaba la casa. Luego, señalaron todas las vías que entraban en aquel área y adjudicaron a cada prostituta una de las entradas, desde donde debían interceptar a Ricardo Maese antes de que se acercara más a la casa de tolerancia —donde sin duda habría sido arrestado— y decirle una escueta frase. Lo idóneo hubiera sido que las mujeres que trabajaban para María Ceballos y Antonio en los pisos secundarios en los que daban servicio a sus clientes de rango inferior hubieran sido las que hicieran aquellas guardias, pero ninguna conocía la fisonomía de don Ricardo, por lo que se tuvieron que arriesgar a levantar sospechas en el Servicio de Información Militar, que podría no entender el porqué del súbito peregrinaje de las mujeres.

La única rutina que mantenía el hombre era el horario de visita a la casa, siempre por la tarde, por lo que durante la mañana, la actividad no varió. Por la tarde, discretamente, las mujeres iban saliendo en tiempos escalonados y se colocaban cada una en una de las esquinas de acceso a aquel círculo imaginario que habían trazado alrededor de su lugar de trabajo.

Hacía calor, y hasta cierto punto, podía ser comprensible que las prostitutas se echaran a la calle. Mientras tanto, otras mujeres les relevaban por unas horas en el piso que habían dejado. Todo se aguantaba con pinzas, y aun así, todos se prestaron a participar.

Ninguna de las mujeres fue informada del porqué de toda la operación, pero no hubo manera de que no sospecharan. Antonio les dijo —y realmente lo creía— que lo mejor era que supieran lo mínimo, pero que la vida de Ricardo Maese podía estar en sus manos. La actitud de las prostitutas, acostumbradas a pensar en el día a día más que en el futuro, contribuyó a que ninguna pusiera problemas. Así dio inicio la operación.

Jacinta cumplía su tercera tarde en la esquina de la calle Blasco Ibáñez con Quintana. Alrededor la ciudad cada día era más irreconocible. El barrio de Argüelles ya era solo un recuerdo de lo que antes de la guerra había sido. Para colmo, contribuyendo a dar al lugar una imagen todavía más desoladora, se habían creado en la zona varios depósitos de escombros que traían de otras partes de la ciudad y acumulaban en los solares bombardeados, mezclando cascotes de edificios de todo Madrid, a la espera de poder llevarlos a vertederos fuera de la ciudad.

La muchacha pensó que, para algunos, la única manera de huir del horrible presente que les rodeaba en aquel barrio era meterse en la cama con ella o alguna de sus compañeras de la casa de María Ceballos, que permanecía milagrosamente en pie agazapada entre las ruinas. Quizás ese fuera parte de su éxito.

Desde pequeña, su virtud había sido su belleza, no su inteligencia. Ella misma se percataba a diario, cuando daba menos importancia a las cosas que el resto de la gente y se perdía en cualquier conversación cuya temática sobrepasase lo básico. Nada le importaba demasiado. Era feliz tal como era, sobre todo desde que Antonio y María le habían ofrecido trabajar con ellos. Y ahora estaba este extraño encargo, por el que tenía que quedarse en aquella esquina esperando a que apareciera don Ricardo Maese, con el que había deseado acostarse varias veces, pero que solo tenía ojos para la Anselma. Si aparecía, sabía lo que tenía que hacer. Era emocionante, como cuando en las esquelas descubría a alguien conocido.

No le importaba estar en la calle, lo había hecho toda la vida y estaba acostumbrada a ello en situaciones mucho peores, lloviendo y con frío. En cambio, ahora hacía calor y cuando cerraba los ojos podía imaginarse a la orilla del mar en un lugar más bonito y pacífico que aquel. Se le había acercado algún joven soldado a preguntar por sus servicios, pero había dado una cifra tan alta por el más básico de todos, que se había alejado sin siquiera empezar a negociar. Era lo que Antonio le había pedido que hiciera a ella y a todas las demás, nueve en total, que formaban el despliegue de vigilancia en las calles cercanas a la casa de María Ceballos. La brigada de vigilancia, «las Brigaputas» había dicho la Ramona, y todas habían reído.

Pasaba poca gente por aquella calle, pero aun así no pudo evitar sonreír al ver cómo uno de sus clientes más fieles evitaba su mirada al rebasarla del brazo de su esposa, aquella que no era capaz de darle lo que ella. Les vio alejarse calle abajo, con la mujer aferrándose al brazo de su marido como si las bombas estuvieran cayendo sobre sus cabezas en ese momento, mirando hacia un lado y otro de la calle y señalando con el dedo toda la destrucción que encontraba, en una especie de *tour* morboso. Estaban tan ensimismados en su paseo que no pudieron evitar chocar contra un hombre elegantemente vestido, que se cruzaba con ellos calle arriba.

El hombre que llevaban tres días esperando.

Jacinta creyó que el corazón le saldría del pecho. Se adelantó a su encuentro a paso ligero, andando nerviosamente con pasos cortos y rápidos que en sí mismos ya mostraban nerviosismo y urgencia. Don Ricardo la reconoció a una decena de metros y enseguida comprendió que algo sucedía.

Se acercó al hombre y le cogió fuertemente del brazo. Ricardo Maese aminoró el paso, sorprendido por aquel encuentro pero intentando no llamar la atención. Jacinta quiso susurrarle, pero sin saber del todo por qué, estaba tan nerviosa que habló algo más alto de lo que quería. Repitió aquella frase que fuera de contexto no significaba mucho, pero que en aquel caso lo era todo. La había aprendido palabra por palabra, tal como se la había dicho Antonio, su jefe.

—SIMon y SIMbad visitaron a Antonio. No vuelva a la casa de María Ceballos.

Ricardo Maese paró en seco, sonrió a Jacinta, se dio la vuelta y volvió tranquilamente sobre sus pasos, cruzando enseguida la calle para desaparecer entre los callejones que se cerraban sobre el barrio de Malasaña.

V

Sabía que su casa era segura, ya que de otra manera le hubieran ido a buscar allí en vez de a la casa de tolerancia, así que se dirigió a ella para pensar qué hacer. Supuso que le habían puesto un cebo y él había picado. Que alguien había dado una información falsa a Anselma, que ella se la había transmitido y que, al ser interceptada tras pasar por él, le había delatado. Posiblemente su pequeña y autónoma red de información estuviera a punto de ser descubierta de principio a fin, por lo que la principal labor a la que se enfrentaba en ese momento era desaparecer de la capital antes de ser arrestado por el Servicio de Información Militar.

Había una organización secreta dedicada a la evasión de perseguidos. Aristócratas, religiosos y gente de toda condición de filiación contraria al régimen, escondida en embajadas y sótanos, buscaba el momento de que aquella organización tuviera preparada su huida. También había personas como él, que necesitaban salir de la zona republicana con urgencia, por su integridad física y en beneficio de la causa franquista. José Manuel no debía ser apresado si no quería que el beneficio que había proporcionado con su información al bando franquista se viera compensado con la información que —mediante todo tipo de técnicas— el bando republicano fuera capaz de extraerle. Con todo, su única manera de establecer contacto era a través de su enlace en el café del Prado, por lo que esperó unas horas en su piso y se dirigió directamente allí a la hora habitual, pese a que temía que ya le estuviera esperando el SIM.

Llegó a las seis, y como siempre, esperó a que el hombre de barba, monóculo y traje de espiga dejara en su mesa el *Abc* subrayado para indicarle dónde podían encontrarse al día siguiente. Cuando abandonó el local, José Manuel se apresuró a sentarse en el sitio que había dejado libre.

Cogió el periódico y empezó a construir en su cabeza el nombre de la calle que su enlace le había dejado indicada, al revés y en sílabas subrayadas en las páginas impares, pero en lugar de una calle, leyó «AS», «TR», «A», «YA», «VA». Además, en el crucigrama había escrito la palabra «AHORA». «VAYA ATRÁS AHORA».

Miró alrededor observando que el barman le miraba atentamente. Le miró a la cara, aguantándole la mirada hasta que, con los ojos, el hombre le señaló discretamente una pequeña puerta al fondo del local, junto al cuarto de baño. Bebió un vaso de agua y se levantó con tranquilidad para acercarse a la puerta. Dejó su chaqueta en el asiento para que cualquiera que le hubiera estado vigilando pensara que estaba yendo al cuarto de baño y que volvería en breve.

Abrió la puerta y entró rápidamente en la estancia, cerrando tras él lo más discretamente que pudo. Se encontraba en el almacén del café, un espacio lleno de cajas y con olor a comida. Frente a él, un hombre de tez oscura, barba y poco pelo al que no conocía, le tendió rápidamente la mano.

—Buenas tardes. Le están buscando, debe esconderse ahora mismo y tenemos que organizar su fuga esta misma semana. Cuando salga de nuevo a la calle, gire a la izquierda y métase en la primera calle, que acaba en una pequeña plazoleta. Espéreme leyendo el periódico en el banco que hay junto a la fuente. Pasaré ante usted en pocos minutos. Sígame a cierta distancia. Cuando me cruce con alguien frente al que me lleve las dos manos a los bolsillos, sígale a él. Cuando mi relevo salude con el sombrero a alguien con el que se cruce, sígale a él. Creemos que no le ha seguido nadie, pero no podemos arriesgarnos a ser descubiertos, hay más como usted, y algunos de menor importancia, pero a todos el SIM los busca como perros de presa y deben desaparecer de Madrid inmediatamente si no quieren comprometer todas las acciones quintacolumnistas en la capital. Tienen un sabueso nuevo, un tal Fernando Valentí, que tiene ojos en todos lados y no tardará en localizarle si se queda aquí por más tiempo. Un puto Sherlock Holmes rojo.

José Manuel asintió. A decir verdad, nada admitía discusión.

Volvió a su mesa y acabó el café, sin prisa. Pagó la cuenta y salió a la calle con el *Abc* bajo el brazo, tomando el camino que el hombre del almacén le había indicado. Llegó a la plazoleta y se sentó en el banco, donde ojeó el periódico mientras esperaba que su contacto le indicara el camino. A los veinte minutos, el hombre, ataviado con un traje gris de poca calidad y boina calada pasaba frente a él. Aguardó un poco y le siguió a distancia durante diez minutos por el laberinto de calles del centro de Madrid hasta que el individuo se llevó las dos manos a los bolsillos tras cruzarse con un hombre alto y flaco con sombrero. Siguió al siguiente hombre, que le llevó hasta el barrio de Lavapiés, un nido de miseria con calles embarradas por las que jugaban niños descalzos. Anduvo tras él hasta que, con el sombrero, saludó a otro hombre de pequeña estatura, al que siguió. Al cabo de quince minutos entraba, tras él, en una corrala como tantas de aquel barrio. Cruzaron el patio y llegaron a un pequeño solar trasero, en el que picoteaban las hierbas algunas gallinas. El hombre al que había seguido le esperaba.

Le dio la mano y sin más, le explicó la situación.

—Dormirá aquí. Creo que solo serán dos o tres noches. No hable con nadie, aunque aquí dentro no tendría que entrar más que mi mujer, que reconocerá porque es muy fea y tiene un forúnculo enorme y asqueroso en la nariz, qué le vamos a hacer.

Incluso en aquella situación dramática ambos no pudieron evitar esbozar una pequeña sonrisa. José Manuel miró alrededor. El edificio por el que había entrado, como muchas de las corralas de Madrid, se abría al patio pero carecía de ventanas al exterior, por lo que aquel espacio entre edificios era imposible de ver si no era desde el aire. El pequeño solar no tenía ninguna construcción salvo por el gallinero, fabricado con una amalgama de maderos de diferente color y procedencia, con una suerte de tejado cubierto de paja.

—¿Dónde quiere que duerma exactamente?

El hombre sonrió y le acercó un bote con una loción de color amarillento.

—Póngase esto, así no le comerán las pulgas. Le hemos barrido el interior, y las gallinas dormirán fuera si ven que usted está dentro. Nuestro señor nació en un pesebre, así que seguro que podrá aguantar un par de noches usted también. Espero venir a buscarlo enseguida. Mi mujer le traerá algo de comida. Es muy fea, pero cocina como los ángeles.

Volvió a mirar a José Manuel, se encogió de hombros y le dejó donde estaba, preguntándose cómo podían cambiar tantas cosas en tan poco tiempo.

Pasó dos días durmiendo en el gallinero como pudo, muerto de calor y con picores por todo el cuerpo, ya no sabía si psicológicos o realmente provocados por las pulgas que llevaban consigo las gallinas. Tres veces al día, la mujer de aquel hombre sin nombre le había traído la comida, sencilla y escasa, pero de excelente sabor. Dios había dado a aquella mujer tanta virtud en los fogones como deformidad en lo físico, pero, de todos modos, agradeció los cinco minutos de superficial conversación que le ofreció cada vez que se encontraron.

Se disponía a meterse en el gallinero para dormir una tercera noche cuando la puerta de acceso al solar en el que se encontraba se abrió y el hombre que le había llevado hasta aquel punto volvió a su encuentro.

—Nos vamos. Ahora mismo. Esta noche pasará al bando nacional. Póngase esto.

Le entregó un uniforme militar del cuerpo de intendencia que reconoció por el emblema del sol en los botones. Se empezó a desvestir rápidamente para ponerse el uniforme.

—De acuerdo. ¿Qué es exactamente lo que vamos a hacer?

—Cuanto menos sepa mejor, pero usted no va a ser el único que pase hoy. Franco quiere a artilleros y aviadores, así que estamos llevándole todos los que están escondidos en Madrid, en las embajadas y en otros sitios como este, ya sabe. Pero bueno, vístase y preocúpese por lo suyo, que suficiente tiene.

Los pantalones le iban cortos y la chaqueta le apretaba, pero nadie se fijaría.

—¿Cómo lo haremos?

—Sígame.

Salieron a la calle cruzando la corrala, ambos con uniforme militar y se subieron en un pequeño coche que conducía aquel desconocido en cuyas manos había puesto su vida.

Cruzaron Madrid por calles oscuras y poco conocidas hasta salir de la ciudad. No supo discernir exactamente qué dirección tomaban, pero a la media hora el conductor se salió ligeramente de la carretera para parar el coche en el arcén.

«Ahora es cuando me matan», pensó José Manuel.

El hombre pareció leer su mente. Sonrió ligeramente.

—No se inquiete, hombre. Le van a recoger aquí.

José Manuel le devolvió la sonrisa.

—Comprenda que tengo poca información. No estoy acostumbrado a sentir que no soy yo el que decido mis pasos.

—Es lo mejor, créame. Antes que usted muchos otros han hecho la misma ruta y han salido bien. Llevamos casi un centenar de fugas organizadas con éxito este verano. Esta ruta es mucho más segura que la de Somosierra, que usamos hasta hace poco. Aquí hay menos vigilancia, todo saldrá bien.

Se tranquilizó un poco, aunque odiaba depender de los demás.

Esperaron casi media hora hasta que a lo lejos vislumbraron la luz de unos focos de camión.

—Escóndase al otro lado de la carretera, entre los arbustos esos. Si no le llamo, no salga bajo ningún concepto.

Cruzó la carretera y se escondió donde le habían ordenado. A los pocos minutos el camión se detenía frente a su enlace. El hombre se subió ligeramente al escalón de la cabina de conducción, intercambiando pocas palabras con el conductor. Al minuto, saltó al suelo y le llamó:

—¡Amigo! ¡Súbase atrás!

José Manuel salió de entre los arbustos a paso ligero y se acercó al hombre para despedirse, pero fue disuadido al instante.

—No hay tiempo para despedidas. Suba corriendo.

Corrió a la parte de atrás, donde un hombre le ayudó a subir al remolque de hierro cubierto con lona. Sentados enfrentados en cada uno de los bancos laterales del remolque, le acompañaban nueve personas, que le saludaron con la cabeza. Reinaba la seriedad entre todos y el silencio era absoluto. Iluminados tan solo por la luna, todos uniformados, le pareció que tan solo algunos tenían aspecto de militares. Hubiera asegurado que el hombre entrado en carnes que musitaba entre dientes en el extremo era un sacerdote que rezaba. El olor a perfume masculino y el bigote encerado del hombre de mediana edad que se encontraba a su lado le hicieron suponer que se trataba de algún aristócrata. Era quien le había ayudado a subir al vehículo. Le dio la mano educadamente sin decir su nombre.

—Buenas noches. Me han encomendado que le explique lo mismo que nos han dicho a nosotros antes de subir al camión. Oficialmente, nos encaminamos a Toledo a recoger víveres. Somos, obviamente, parte del cuerpo de intendencia. Nos van a ir informando de cada paso justo antes de ejecutarlo, para no desmontar toda la red si nos atrapan antes de que lleguemos al destino. Está al mando el copiloto. No conocemos su nombre, por lo menos yo. Es todo lo que le puedo contar por el momento.

Era muy poca información, pero agradeció no ser el único que no la tenía.

—Muchas gracias. Que Dios nos acompañe a todos.

El camión circuló por caminos de tierra, atravesando alguna pequeña aldea y dejando a los lados algunos cortijos de poca importancia que salpicaban una sucesión de campos yermos. Aquel no era el mejor camino para llegar a Toledo, pero seguramente sí era la ruta más discreta. A la media hora cruzaron el pueblo de Totanés y se aproximaron a la ribera del Tajo, donde el camión paró en seco de forma que el leve sonido del río tomó protagonismo.

Esperaron sentados donde estaban hasta que un hombre con la cara irreconocible por la oscuridad les ordenó:

—Quiero silencio absoluto, salgan del camión.

Obedecieron y esperaron de pie junto al vehículo.

El hombre que les había hablado y que a todas luces dirigía aquella operación se apartó un poco del grupo y encendió una linterna para hacer unas señales en dirección a una masa de arbustos de ribera que se situaba a un centenar de metros. Enseguida, de entre la vegetación, unos haces de luz respondieron a su señal. Se dio la vuelta, dirigiéndose al grupo.

—Síganme. Ni una palabra.

Avanzaron agachados hasta los arbustos desde donde les habían hecho las señales, penetrando en una masa de vegetación tupida que les aislaba visualmente del lugar donde habían aparcado el camión. En la total oscuridad de aquel rincón, José Manuel alcanzó a dibujar el contorno de un hombre bajo y robusto. Su acento le confirmó que se trataba de un personaje rural. Alguien que debía de conocer la zona como la palma de su mano. Su guía. Estaba nervioso. Habló al líder de aquella expedición lo suficientemente alto como para que todos oyeran una por una sus palabras.

—Soy el único que queda. Y no sé cómo me estoy arriesgando así, pero es la última vez. Esta ruta está quemada, por lo menos hasta dentro de unos meses. La policía ha detenido al resto de los guías y están reforzando la seguridad alrededor del río. Aquí hoy no tendremos problemas, si Dios quiere, pero si no fuera porque ya han detenido a mi mujer y a mis hijos, yo me escapaba con ustedes. No cuenten conmigo más, no les ayudaré, ya he hecho suficiente.

El hombre al mando intentó tranquilizarlo.

—Desde luego que ha hecho suficiente, ha hecho más que la mayoría, y cuando ganemos la guerra no dude de que el Generalísimo se lo compensará. Mientras tanto podemos esconderle si eso es lo que necesita, pero esta gente tiene que cruzar ahora mismo.

—Lo sé, lo sé, y está todo preparado, como las últimas veces. Pero han sido demasiados. Hemos llamado la atención. No me puedo esconder, ni me puedo ir tampoco, sería como confirmar que estoy en el ajo, necesito que liberen a los míos. Bueno, da lo mismo, ¿quiénes van los primeros?

El jefe del grupo se giró y acercando la linterna a la cara de cada uno de los del grupo escogió detenidamente a los cinco primeros. José Manuel no estaba entre ellos, tampoco el hombre de porte aristocrático que le había hablado en el camión ni el que había supuesto que debía ser un religioso. «La burguesía, la aristocracia y el clero se quedan en tierra», pensó con ironía. Claramente los cinco hombres que les precedían eran más decisivos para el desarrollo de la guerra, pese a lo cual a los pocos minutos el guía volvió a por ellos.

—¡Los cinco restantes!

Siguieron al hombre una decena de metros hasta que, agazapados, vieron cómo una señal luminosa se encendía tres veces en la otra orilla.

—¡Adelante!

Lo cogieron del brazo y lo acercaron a una barca de no más de cuatro metros a la que subieron los cinco, mientras su guía desaparecía rápidamente entre la maleza. Sin remos, se miraron los unos a los otros unos segundos sin saber qué hacer, antes de notar cómo la barca avanzaba rápidamente hacia la otra orilla. José Manuel se acercó a la proa para confirmar que les estaban arrastrando con un cabo, la solución perfecta para que llegaran sin error al punto donde les esperaban. Tardaron poco más de tres minutos en cruzar el Tajo y penetrar con fuerza entre unos arbustos que ocultaban el punto de llegada, la barca y a todos los fugados. No pudieron evitar abrazarse silenciosamente los unos a los otros y saludar emocionados a sus liberadores.

«Salvado», pensó José Manuel.

VI

En el almacén del café del Prado tres hombres escuchaban atentamente A.Z Radio sentados en cajas de fruta. Su cuerpo estaba en Madrid pero su cabeza estaba en la ribera del Tajo, cerca del pueblo de Totanés, donde aquella noche, si todo marchaba como era debido, diez personas pasarían al bando nacional.

Una sonrisa apareció en cada una de sus caras cuando el locutor, sin motivo aparente, repitió tres veces: «Atención, Antonio; Atención, Antonio; Atención Antonio».

Aquel era el código. Lo habían logrado de nuevo.

Habían salvado a diez personas más.

Y José Manuel Bultó era una de ellas.

VII

No era una relación, era una inversión, así que tampoco importaba que la chica en cuestión fuera una estrecha y no se hubiera dejado tocar ni un pelo desde que la había conocido. Tampoco era una cuestión de dinero, aunque sus pesquisas sobre Inés Sagnier le habían revelado algunos datos que le habían alegrado el día. Tenía muchos hermanos, eso era lo malo, pero aun así algo le llegaría, sobre todo si sus abuelas y padres mantenían las propiedades que tenían hasta la fecha. Una buena finca en Asturias, un ingenio de caña de azúcar en Cuba, algún edificio en Barcelona, una casa en Puigcerdá. Bueno, no estaba del todo mal, pero el dinero no era su principal problema.

Tenía mala fama. Se la había ganado. Pero la guerra le daba una nueva oportunidad. Cuando acabara, si jugaba bien sus cartas, quedaría poco del antiguo conde de Navalviento.

Nadie en Zaragoza le quería para sus hijas pese a su estupenda planta. Había viajado poco y sus relaciones con el resto de la aristocracia o la burguesía eran prácticamente nulas. No trabajaba ni se ocupaba de nada y para colmo arrastraba una reputación poco caballerosa con las mujeres. Su madre le había odiado desde niño, cuando se percató de que era igual que su marido, al que odiaba todavía más. Ninguna de sus propiedades, rentables a base de prácticamente esclavizar a sus jornaleros, se situaba en alguno de los elegantes destinos de la clase alta. Era guapo, rico y tenía su título, pero incluso con todo aquello, su fondo era el de un provinciano poco educado y de mezquino corazón. No, Javier Ferro de los Gazules no era un buen partido y lo sabía. Por eso Inés era perfecta.

Joven, guapa, de buena familia, bien relacionada en un entorno en el que nadie le conocía, una pura raza en cuyo vientre engendrar muchos hijos. Una mujer educada que le acompañara a las fiestas y le abandonara en los burdeles, que le dejara hacer su vida y tener sus amantes, algo a lo que ya se había acostumbrado y a lo que no pensaba renunciar. Una chica que se dejaría engañar por sus forzados modales y su generosidad hasta que, como muchas de las chicas de su posición y edad, se resignara al matrimonio con una persona que le haría la vida cómoda, sin esperar mucho más. Si Inés se aseguraba el nivel de vida al que estaba acostumbrada, aceptaría su proposición, estaba seguro.

Pero aún era pronto para eso. Hasta entonces, tendría que seguir con aquellas citas que le aburrían bastante, llevándose a Inés a conocer lugares de San Sebastián en los que se aseguraba de tener al personal bien comprado para que le agasajaran como a un cliente de toda la vida mientras escuchaba las historias de la muchacha, que en realidad le interesaban muy poco. Con todo, creía que su estrategia estaba surtiendo efecto y la joven parecía disfrutar sinceramente de su compañía. No estaba enamorada de él, de eso estaba seguro, pero le apreciaba cada vez más y esa era la base para que sus planes se concretasen. Él también la apreciaba, cómo no, era encantadora. Todo iría bien si le dejaba hacer lo que quería.

A la que no había conseguido seducir de ninguna de las maneras era a la madre de Inés.

Nadie nunca le había tratado con tanta distancia y altanería como Eugenia. Nada de lo que él decía o hacía le impresionaba y le daba la sensación de que hasta su físico le era absolutamente vulgar e indiferente. Si podía poner algún impedimento para que aquella relación no prosperara, lo haría. Desde su posición de matriarca y con el padre de familia en el frente, aquella mujer ejercía la peor de las influencias sobre Inés. Tendría que quitársela de en medio en algún momento, pero hasta entonces no había escatimado en halagos y cortesías para intentar llevársela a su terreno, sin ningún éxito. Cuando iba a buscar a Inés, Eugenia, sin moverse del sillón, le tendía la mano con displicencia para que se la besara, volviendo inmediatamente a lo que estaba haciendo sin volverle a mirar. Si le traía cruasanes para merendar, Eugenia replicaba que le gustaban más los de la pastelería Piguillem de Puigcerdá, si le traía flores, le daban alergia, si la invitaba a comer, simplemente lo rechazaba, alegando otros compromisos. Era un muro infranqueable sobre el que todos sus intentos de acercamiento se estrellaban. Javier sabía que aquella fría mujer era el principal escollo para su relación, pero, pese a ella, estaba avanzando, se decía orgulloso.

Había conseguido esquivar el tema de su permanencia en la retaguardia con maestría. Tenía más que ensayadas un par de frases interesantes que daban a entender que su labor allí, absolutamente secreta, era de vital importancia para la marcha de la guerra. Nadie osaba preguntar más. Tampoco Inés. La realidad era que un alto mando se estaba haciendo de oro a su costa, pero no le importaba mientras se encargara de que nadie le llamara a filas. No le gustaban los riesgos y no era un idealista, como tanta gente de los dos bandos que no iba a sobrevivir a la contienda por defender sus ideas imposibles. Le gustaba matar, igual que comer, beber o hacer el amor, pero no le gustaba arriesgar su vida. No tener escrúpulos era su gran ventaja sobre el resto, pero la cobardía era su desventaja. Había matado a más gente en aquella guerra que la mayoría de los soldados, y se había quedado sin jornaleros en el trance, pero no le preocupaba. Cuando acabara la guerra, todo el mundo buscaría trabajo y podría contratar a hombres nuevos, más desesperados y más proclives a ser explotados, que era exactamente lo que pretendía hacer con cualquiera que trabajara sus tierras. De nuevo, la guerra le daba grandes oportunidades. Y la iban a ganar, cada vez estaba más claro, especialmente en aquellos días, cuando las tropas franquistas estaban a punto de hacerse con los últimos baluartes del frente cantábrico que aún estaban en poder de los republicanos. Tras Bilbao había caído Santander. Que cayera Asturias solo era cuestión de tiempo, poco tiempo probablemente.

Llevaba varios días lloviendo por lo que no había podido pasearse por la playa y se había tenido que recluir en su suite del hotel María Cristina con dos prostitutas a las que había despachado hacía un par de horas, tras dos días entre sábanas que había pagado generosamente. Había quedado con Inés de nuevo, pero habían cambiado sus planes de paseo a pie por una pequeña excursión en el coche que alquilaba a un pobre hombre que lo guardaba para su dueño, mientras este se encontraba en el frente. Se trataba de una berlina Fiat 514 de solo cuatro plazas, en dos tonos de verde agua y hierba. No era un coche elegante, pero Inés no se daría cuenta y, en cualquier caso, tener un vehículo era algo que no todo el mundo podía permitirse.

La recogió en su casa y enfilaron en dirección al monte Urgull. Enseguida, Inés empezó a hablar, estaba contenta.

—Mamá dice que en unos meses Asturias será liberada. No te figuras lo feliz que está, atenta cada día a las noticias. Tenemos una casa a las afueras de Gijón, bueno, en realidad es de mi abuela, que, pobrecilla, no sabemos ni cómo ni dónde se encuentra.

—Lamento oírlo.

—Mi abuela es una mujer lista y fuerte, seguro que escapó antes de que empezara la guerra. Se conoce toda esa zona como la palma de su mano, estará bien, seguro. El caso es que mamá ya anda con preparativos para que nos mudemos a la Recuesta, así se llama la casa, en cuanto podamos. Me parece que ya se ha hartado de que vivamos amontonados. Además, en Gijón mis hermanos podrán jugar en el jardín y todo será un poco más cómodo y fácil. Yo también estoy emocionada. Será un poco como volver a casa.

Javier pretendió preocuparse.

—¿No te veré más? Creía que éramos amigos.

Inés pretendió no captar el tono que Javier quería dar a su frase.

—Claro que me verás, de hecho me encantaría que nos vinieras a visitar. Desde aquí no tardarás mucho, y te puedes quedar en casa, todos estaremos encantados.

—No creo que a tu madre le haga mucha gracia.

Inés rio.

—Mi madre es un hueso duro de roer, lo sé. Le cuesta abrirse a la gente. En eso es muy catalana creo, pero en cuanto lo hace, es la persona más leal del mundo.

—Bueno, pues lo seguiré intentando. En cualquier caso, os puedo llevar yo mismo hasta Gijón llegado el momento. Me tranquilizará ver que os dejo bien instaladas y a salvo.

Inés asintió sonriente.

Javier pensó que aquello había sonado muy galante para él y que empezaba a parecer un caballero. En realidad, le interesaba no perder el contacto con Inés, y qué mejor manera de saber dónde estaba en cada momento que llevarla él mismo. También le interesaba conocer la finca de su abuela, una de las mejores de Gijón, según había podido saber.

Llegaron hasta la cima de Igueldo, donde un parque de atracciones hacía las delicias de los veraneantes. Se había inaugurado en 1912 y ofrecía varias atracciones entre las que destacaba la montaña suiza, que con su recorrido de subidas y bajadas a toda velocidad daba la fama al parque. Lamentablemente, el día no invitaba a subirse a las atracciones por lo que tan solo se acercaron al torreón, un antiguo faro que se había reformado y ahora parecía una torre medieval, con almenas y recubierto en piedra arenisca marrón desde el que se apreciaba la mejor vista de San Sebastián y sus alrededores. Salieron a la cubierta con paraguas para resguardarse de la desagradable llovizna que lo estaba empapando todo. Inés se había puesto un pañuelo sobre la cabeza, que ataba graciosamente bajo el mentón. La vista era, pese a las nubes, magnífica. A sus pies, San Sebastián y el furioso Cantábrico, a lo lejos, en dirección opuesta, por la costa, casi percibían el vizcaíno cabo Machichaco, en otra dirección se intuía el principio de la región de las Landas francesas. Aunque no hubiesen podido acercarse a las atracciones, la sola vista desde aquella atalaya hacía que el trayecto valiera la pena.

Inés miraba a través de unos prismáticos que le había facilitado Javier. No hablaba y escrutaba el paisaje sin importarle demasiado la lluvia. Javier la miró por detrás, convencido, una vez más, de que aquella sería su mujer. Le gustó la forma de su joven cuerpo, firme y frágil a la vez. Se la imaginó desnuda. Le tendría que enseñar todo, y el recato con el que aquellas mujeres nacían y eran educadas haría que su entrega en la cama nunca fuera comparable a las profesionales como las que le habían acompañado en su suite hasta hacía unas horas, pero tenía un atractivo diferente. Una mujer como aquella se rendía sin resistencia a su amo. Su amo, le encantaba esa palabra. La debilidad de mujeres como Inés le hacían sentirse fuerte a él. Se acercó a ella por detrás y la abrazó, más con deseo que con cariño.

Inés se puso rígida.

—Javier, por favor. —La apretó un poco más contra su cuerpo. La joven insistió—: Javier por favor déjame. —Era exactamente aquella actitud la que le excitaba. Inés habló más alto—: Javier, suéltame. —Pero había despertado a la bestia. Javier la apretó contra su cuerpo y deslizó una mano por su pierna mientras con la otra se acercaba a los pechos. Inés gritó—: ¡Javier! ¡¡Suéltame!! ¡Suéltame inmediatamente te digo!

No supo cómo, pero consiguió despegarse de él, moviendo los brazos y el cuerpo nerviosa. Se giró para mirarle a la cara y se la cruzó con la mano enguantada, mientras los ojos se le humedecían con indignación.

—Llévame inmediatamente a casa. No quiero verte más.

Levantó la mano de nuevo, indignada, para golpearle el pecho mientras hablaba, pero Javier le cogió la muñeca, apretándosela. La miró a los ojos.

—No se te ocurra volver a pegarme nunca más.

Su cara era la de una amenaza cierta, la cara que remataba su gesto mientras apretaba la muñeca de Inés con una advertencia real. Le soltó la muñeca. Inés tuvo miedo.

—Llévame a casa. Quiero ir a mi casa. ¡AHORA!

Javier cambió su gesto, recapacitando súbitamente, ocultando de nuevo los demonios que formaban parte de sí mismo desde hacía tanto tiempo. Lo podía haber fastidiado todo. Agachó la cabeza y asintió.

—De acuerdo, vámonos.

14

I

Blanca Marqués había tenido que sentarse y tomar un vaso de agua antes de poder abrir la carta con remite de su hija, a salvo en Teruel.

Cada mañana, mientras desayunaban, el anciano mayordomo de Villa Skosrev les traía la correspondencia en una pequeña bandejita de plata punzonada; por lo general, se trataba de invitaciones trasnochadas, ofertas publicitarias y facturas que invariablemente pagaba Blanca y la duquesa pretendía no ver. Era lo menos que podía hacer para con una persona que les había acogido sin prácticamente conocerlos, en base a una antigua relación comercial con un pariente lejano. Pero aquella mañana un sobre sencillo, con una letra inclinada y matasellos de la España nacional había llamado su atención y lo había ocupado todo. Incluso Adela, su inexpresiva e inútil hija, se había alterado al verlo, pidiendo insistentemente que lo abriera y le diera noticias de su única hermana.

Blanca se sentó en uno de los sofás de terciopelo del salón principal, mientras Adela se le sentaba tan cerca que sus cuerpos casi se tocaban. Cogió un abrecartas de marfil y sacó a la luz seis hojas de papel con membrete del convento de las clarisas de Teruel. Comenzó a leer en alto, pero enseguida su voz se vio rota por la emoción y decidió poner la carta lo suficientemente cerca de Adela como para que su hija fuera capaz de leerla en silencio al mismo tiempo que ella. Fundamentalmente, aquella carta ponía punto final a una angustia arrastrada durante meses; Montserrat estaba sana y salva. Pero también era una historia digna de una novela, una sucesión de desagradables aventuras que solo una mujer tan extraordinaria como su hija habría sido capaz de vivir, asimilar y superar. Un relato de horror y crimen, pero también de fuerza y valentía, que acababa, por el momento, bien. Cada una de las palabras tenía tanta fuerza que no le hizo falta leerla más de una vez para recordar aquellas líneas como si ella misma las hubiera escrito.

Llevaban unos días preparando su traslado a España, ahora que parecía que el frente del norte estaba a punto de dejar de existir y que gran parte del país quedaría definitivamente en manos franquistas, pero durante un par de días aquella carta lo paralizó todo. La alegría y el alivio se mezclaban con la pena, de manera que Blanca no pudo seguir con los preparativos hasta digerir las terribles historias que su hija le contaba en su carta. Una de las cosas que le ayudó fue compartir aquellas noticias con una de las amigas con las que se carteaba. Era como si poniendo las cosas sobre papel las convirtiera automáticamente en un pasado asimilado, en una página más de sus vidas que convenía olvidar cuanto antes.

La destinataria era su mejor amiga, con la que se había carteado desde el principio de la guerra.

Alejandra Lacalle era su vecina de la calle Mallorca de Barcelona, tenía la misma edad que ella y desde el principio de la guerra fue fácil localizarla ya que el estallido le había sorprendido en pleno veraneo en su casa en Biarritz, que Blanca conocía bien, y en la que su amiga aún permanecía. De hecho, había barajado la posibilidad de aceptar el ofrecimiento de Alejandra e instalarse con ella en su casa, pero su hijo José Manuel había organizado el vuelo a San Remo y una cosa había llevado a la otra para que acabaran en Villa Skosrev. Alejandra también tenía hijos, tres, todos en el frente, de los que recibía noticias con cuentagotas. Así que se apoyaban mutuamente, toda vez que ambas se encontraban solas con sus preocupaciones y sin nadie cerca con quien consolarse.

La base de la carta era informarle sobre las buenas noticias respecto a Montse, pero pese a que omitió las partes más escabrosas de su historia, como el suicidio de Arancha Poveda, el asesinato de Joan Pou o el envenenamiento de la milicia, no pudo evitar trasmitirle el horror de las acciones en el pueblo de Navalviento. Cómo aquel conde cruel había matado a todo el pueblo y cómo había condenado a muerte a su hija abandonándola junto con varias religiosas de su congregación en una mazmorra de donde tan solo dos monjas habían salido con vida. Si en España volvía a haber justicia en algún momento, se encargaría de que aquel hombre pagara por sus actos. Una vez más, conforme avanzaba la guerra y se informaba con los periódicos extranjeros, se daba cuenta de que había tanta maldad en un lado como en el otro, y la historia de su hija no había hecho más que reafirmarle en aquella idea.

Cerró la carta y la dejó en la entrada para que fuera depositada en el buzón. Escribió una segunda carta para su hija. Cuando le llegara ella ya no estaría en San Remo, pero ahora que sabía dónde se encontraba Montse, no volvería a perderle la pista.

II

Lo peor de pretender ser otra persona había sido cortar con todas las comunicaciones no esenciales con el bando nacional, su bando. Cada comunicación suponía un riesgo, por lo que no cabía transmitir nada que no fuera de importancia crítica para el desarrollo de sus funciones o información relevante para el transcurso de la guerra. Así, al temor por su propia vida en la boca del lobo había sumado la intranquilidad de no saber nada de lo que le podría estar sucediendo a su familia.

Por ello, tras meses preguntándose qué suerte corrían sus familiares, lo primero que había hecho José Manuel al llegar a Toledo había sido acudir al cuartel para informarse de todo lo que fuera posible. También había mandado una carta a su madre a Villa Skosrev, informándole de su estado e interesándose por el de ella.

Había esperado varios días y reclamado en repetidas ocasiones otra información, pero cuando finalmente la tuvo en su mano deseó no haberla recibido nunca.

Pablo estaba desaparecido.

No se sabía nada de él desde principios de septiembre, cuando se había librado una batalla en un paso montañoso conocido como el Mazuco, que controlaba el acceso a la parte central de Asturias, hacia donde se dirigía el ejército franquista. No había vuelto al cuartel y tampoco se le había visto en ninguno de los campamentos.

Así que las probabilidades de que «desaparecido» significara «muerto» eran numerosas. Lo más probable era que mientras leía aquella comunicación fría y seca, el cuerpo de su hermano se encontrase en alguna cuneta, quizás escondido entre unos arbustos o en el fondo de un barranco de montaña, descomponiéndose poco a poco como un animal hasta resultar irreconocible. La zarpa de la muerte le había arrancado finalmente a uno de los suyos.

No lloró, pero tampoco quiso hacerse falsas esperanzas, y con espíritu más realista que pesimista, escribió nuevamente a su madre, que recibiría dos cartas, una sobre la vida y otra sobre la muerte, prácticamente seguidas.

III

Pero Pablo no estaba muerto.

Estaba herido, tenía la pierna rota y su cara entera era un mapa de costras y sangre seca, pero seguía vivo, por lo menos de momento.

Su cuerpo había creado una especie de barrera mental que le impedía volver con detalle sobre los hechos acaecidos en el Mazuco, donde, pese a que el terreno había puesto la victoria en bandeja al ejército rojo, los republicanos habían sido derrotados una vez más. Recordaba haber llegado al cuerpo a cuerpo con el bando contrario en una avanzadilla de una decena de soldados que él mismo había liderado. Posiblemente todos estuvieran muertos, pero a él la suerte le había sonreído una vez más. Uno de sus compañeros había pisado una mina. Al explotar, además de derribarles, la bomba había levantado tanta tierra, fuego y piedras en la explosión, que las pocas partes de su uniforme que no se habían desgarrado y quemado habían quedado cubiertas de barro de forma que era totalmente irreconocible. Además, nadie esperaba la presencia de aquella avanzadilla de soldados nacionales, por lo que, tras comprobar que estaba vivo, fue confundido con un republicano y evacuado rápidamente a su hospital de campaña, donde, tras desnudarle y vendarle, se acabó de borrar todo resto de la identidad de aquel soldado desconocido, irreconocible e inconsciente. Un soldado nacional que atendían como podían en aquel hospital rojo.

Como la mayoría de sus compañeros, tampoco llevaba placa identificativa.

A medida que pasaban los días, cada vez era capaz de permanecer más tiempo consciente. Comía lentamente y en silencio la escasa comida que le traían, una especie de puré poco uniforme, con tropezones de carne que no supo identificar y un sabor que, por desgracia, no se parecía a nada de lo que hubiera probado antes. Sin embargo, lo que no remitía era la sensación de mareo. Le parecía estar en una mecedora desde hacía días.

Se le acercó una enfermera de aspecto amable. Era la misma que creía haber visto atenderle durante los días anteriores, alguna de las escasas veces que se había decidido a abrir los ojos pese al dolor. Se sentó en el borde de su cama y le tomó el pulso. Sonrió al ver que estaba consciente.

—¿Qué tal hoy?

Intentó esbozar una sonrisa de vuelta, pero la mandíbula, la cara entera le dolía al moverla.

—Bien, creo que bien.

—¿Solo lo crees?

—Me mareo. Se mueve todo alrededor. Siento ganas de vomitar. Es como si estuviera en un barco.

La joven estalló en una carcajada.

—¡Ahí es exactamente donde estás! ¡Estás en un barco!

—¿En un...?

—Sí, ¡en un barco! En un barco hospital. Estás en el *Crespo*. Este es un barco hospital, pero en realidad ahora aquí hay muchos refugiados además de heridos, mitad y mitad aproximadamente. Nos hemos ido moviendo primero en dirección este, siguiendo a nuestra tropa por mar y recalando en los puertos que permanecían en manos leales. Luego, ayer, cuando se vio que todo estaba perdido y que los franquistas ganarían también Gijón, un montón de personas subieron en el barco y nos encaminamos, como tantos otros, a Francia. Así que ya ves, dentro de lo malo, de momento estás a salvo.

—¿Entonces, Gijón?

—Dicen que aún aguantará unos días más, pero en el fondo todos saben que está perdido y ha habido unos cuantos que han preferido adelantarse un poco. Llegar a Francia y volver a entrar a España por Cataluña. Yo lo veo bien, pero seguro que muchos dirán que son unos traidores. Hay gente que no entiende que a veces es mejor aceptar la derrota y huir que entregarse y ser fusilado. ¿De qué nos sirve un soldado muerto? Además, no somos los únicos. La gente huía con cualquier cosa que flotara. Barcos pesqueros, gánguiles, dragas, barcos de todos los tamaños y tipos. Ya sabes lo que hacen los nacionales cuando ganan las ciudades.

Pablo no estaba seguro, pero asintió, todavía un poco desconcertado y cada vez más mareado al verse de lleno en territorio enemigo y rodeado de milicianos que no hubieran dudado en ajusticiarle de haber sabido su filiación.

—Sí, claro.

—Una amiga mía me contó lo de Badajoz, ya sabes, los fusilamientos masivos en la plaza de toros y, por lo visto, lo mismo pasa en muchas de las ciudades que ganan. Ni preguntan. Ante la duda, paredón. Esos bastardos empuñan con una mano la cruz y con otra la pistola. Pero, en fin, me alegro de que estés mejor. Cómete eso, te hará bien, y no te preocupes por los mareos, que aquí quien más quien menos ya ha vomitado un par de veces.

Le dio unas palmaditas en la pierna y se levantó para ir a atender a otro de los heridos. Pablo se incorporó ligeramente en el cabezal para sondear con la cabeza el lugar en el que se encontraba. Se trataba de una de las bodegas del barco, pues no había escotillas por ningún lado y la oscuridad solo se rompía con pequeñas lamparitas colgadas del techo cada cierto tiempo. Además, podía apreciarse la forma del casco de la embarcación.

El *Crespo* era un barco de acero de alrededor de unos cuarenta metros de eslora por ocho de manga. Pegados al casco, en paralelo, ocupaban la estancia alrededor de veinte camas más, todas ocupadas. Supuso que habría más heridos en otras cubiertas. La mayoría de los convalecientes tenían mejor aspecto que él y charlaban animadamente entre ellos mientras la enfermera que le había atendido y una compañera iban cama por cama verificando el estado de cada uno. Se dijo que, por su seguridad, lo mejor sería que hablara lo mínimo.

Así que ahí estaba, rodeado de rojos que intentaban escapar a Francia una vez la totalidad de la cornisa cantábrica había quedado en manos nacionales. Deseaba que lograran escapar, que lograran su objetivo, pues de ello dependía también su vida. Miró de nuevo alrededor. Qué diferentes eran las cosas vistas desde aquel lugar.

Estaba a punto de empezar otro de sus debates mentales sobre el bien y el mal cuando alrededor de cincuenta hombres entraron en tropel en la bodega.

—¡El *Cervera!* ¡Nos ha dado el alto el *Cervera!* —dijo uno.

«Claro —pensó Pablo—. Era de prever».

El *Almirante Cervera* era uno de los barcos que se ocupaban del bloqueo marítimo del Cantábrico, de interrumpir todo el tráfico marítimo con destino a los puertos republicanos para que las ciudades rojas quedaran desabastecidas. Armas, comida... nada debía entrar en los puertos en poder del enemigo. Era apodado el Chulo del Cantábrico por la impunidad con la que había bombardeado algunas de las poblaciones costeras. Se trataba de un crucero ligero de ciento setenta y seis metros de eslora, y su silueta con seis cañones era capaz de aterrorizar a toda una ciudad. Ahora parecía claro que tampoco nada, y sobre todo nadie, debía escapar de aquellos puertos una vez habían sido ganados por el ejército franquista; el *Almirante Cervera* ya estaba trabajando en ello. No podrían escapar, así que la única posibilidad para el pasaje de aquel barco era intentar pasar por lo que no era y esperar que la suerte jugara a su favor. De momento, todos los militares que ocupaban las cubiertas y camarotes superiores habían bajado a la bodega, donde esperaban no ser descubiertos.

El barco aminoró la marcha poco a poco y se detuvo, dejando los motores en marcha y a ralentí. Era de noche y el Cantábrico, calmado y oscuro, parecía una balsa de petróleo.

En cubierta solo habían quedado las mujeres y los ancianos, haciendo creer que eran simples civiles que huían a la desesperada de los bombardeos de Gijón. Desde allí, pudieron observar cómo una pequeña barca se acercaba a ellos desde el destructor. Al poco rato, tres oficiales con una dotación de presa pasaron al *Crespo* para identificar al pasaje, recorriendo las cubiertas superiores, pidiendo con prisa documentación a personas que quedaban lejos de toda sospecha. Estaba claro que el crucero no daba abasto para controlar a todos los barcos que huían de Gijón, pero aun así, inspeccionaba rápidamente los que le parecían más sospechosos. Estaban a punto de descender a la bodega cuando un hombre de alrededor de ochenta años mostró su documentación. Sin tiempo para que la inspeccionaran y al borde del llanto, de uno de los bolsillos de su chaqueta sacó justificantes por importe de varios miles de pesetas de todas las mercancías que le habían incautado los rojos. Indignado y probablemente sin fingir, maldijo a la República y a los republicanos, que habían arruinado el trabajo de toda su vida. Subiendo el tono hasta que empezaron a pensar que los rojos también se le habían llevado la cordura, por unos minutos todo pareció detenerse en torno a él.

Fue suficiente. Los tres oficiales se miraron unos a otros y dieron por concluida la inspección, era imposible que aquel hombre fuera rojo.

Desde la bodega, completamente en silencio, alcanzaron a oír cómo uno de los oficiales le ordenaba a su capitán:

—Diríjanse hacia el cabo de Peñas. Allí les esperan nuestros buques. ¡Arriba España!

En cubierta, todos respondieron:

—¡Arriba España!

La bodega siguió en silencio unos minutos mientras oían cómo la barca que transportaba a la dotación de presa y los tres oficiales se alejaba del *Crespo*. A los pocos minutos, las olas que creaba el *Almirante Cervera* en su veloz e imponente navegación les hicieron balancearse. El Chulo del Cantábrico se alejaba. Salvada la situación, los gritos de júbilo se apoderaron de todos de tal forma que ni siquiera Pablo, el enemigo que yacía en una de las camas, pudo evitar sonreír.

Mantuvieron el rumbo que les habían ordenado durante unas horas hasta encontrarse totalmente solos entre la negrura del mar y la noche, que se fundían como uno solo. Entonces, decidido a culminar su huida, el barco arrumbó al norte y, a todo vapor, se dirigió a su destino final.

A los dos días recalaban en Lorient, en plena Bretaña francesa. Habían conseguido huir, y Pablo, casi recuperado, no sabía qué demonios hacer.

Comprobó que eran muchos los refugiados españoles, y aun así, los franceses de Lorient conseguían acogerlos a todos, ofrecerles comida y ayudarles en lo posible. Él mismo se encontró mucho mejor en cuanto puso los pies en tierra firme, comprobando que parte de su malestar de los pasados días se debía al vaivén del mar. Su aspecto era un poema. La cara con varios impactos y costras, la pierna enyesada, muletas, vestido con un pantalón de sarga ancho que le habían atado a la cintura con una cuerda bajo la que se metía como podía una camisola que en otro momento había sido blanca. Además, era final de octubre y en la Bretaña francesa el clima pedía a gritos un abrigo.

Pese a todo, pese a no saber qué hacer, se encontró, incomprensiblemente, en paz. No podía hacer nada más que esperar, estaba fuera de la guerra contra su voluntad, por fuerza mayor, por lo que no cabía sentirse culpable por eludir el deber. Un poco como cuando el tren se estropeaba y no había más remedio que alargar las vacaciones. Además, llevaba algunos días conviviendo con su enemigo y comprendía que, al fin y al cabo, aquellas eran personas como él, con padres que les esperaban, hogares a los que estaban deseando volver, algunas tragedias a cuestas y tanto de bueno y de malo como la mayoría de la gente que él mismo conocía. Se dijo que en todos los bandos había buenos y malos, y que, al final, aquella situación era la consecuencia de la lucha de unos y otros por mejorar sus vidas. Se tendrían que haber puesto de acuerdo y quizás en otro momento podrían haberlo hecho, pero no había sido así y ahora se encontraban frente a frente, arma en mano.

Quizás nadie le hubiera hecho daño si les hubiera dicho quién era en realidad. A los pocos minutos de conversar, el enemigo desaparecía y solo quedaba la persona. Lo mismo les pasaría a ellos, seguro.

Se quedaron solo dos días más antes de subirse, el lunes 25 de octubre, a un tren especial con destino a la frontera de Cataluña. Todos los vagones estaban ocupados por refugiados llegados días antes a Lorient, los del *Crespo* y los de otros barcos como el *Toñín*, el *531* o el *Mar del Medio*. Pese a que Pablo estaba convencido de que todos, salvo él, partían en dirección a la derrota, la euforia de los milicianos no impidió que se despidieran cantando *La Internacional* y *La Marsellesa*, que se sabía de memoria, y también cantó, pues de alguna manera, él también quería vivir en la fraternidad, la igualdad y la libertad.

15

I

Gijón había sido liberado y eso le daba una oportunidad.

No había vuelto a hablar con Inés desde el incidente del monte Igueldo, cuando, sin poder controlar sus instintos carnales, se había sobrepasado con la joven. Desde entonces, le había mandado varias notas de perdón y le había propuesto buenos planes, pero no había recibido respuesta. Por suerte, ahora, en la necesidad de los Sagnier estaba la oportunidad para él, para el conde de Navalviento.

Antes de aquel distanciamiento, Inés le había contado que la idea de la familia era trasladarse a la finca de su abuela en cuanto Gijón quedara en manos nacionales, y él se había ofrecido galantemente para llevarles a todos en su coche desde San Sebastián. Hacía tan solo unos días que aquel hecho se había producido, por lo que debía contactar con Inés de nuevo y hacer un último intento de acercamiento. Para que nada fallara, la había espiado durante algunos días, comprobando como cada tarde se encaminaba desde su casita al paseo marítimo, donde paseaba un rato, sola o con alguna de sus hermanas.

Así que la esperó en la puerta de entrada al palacio de Miramar, por delante de la cual pasaba Inés cada tarde. Eran las cinco cuando fingió un encontronazo con ella.

—¡Inés! Oh, disculpa, iba distraído.

Inés se ruborizó. Era incómodo encontrarse con Javier, dadas las circunstancias. Él percibió la tensión en su cara.

—No te preocupes —le dijo a la joven—. Puedes chocar conmigo siempre que quieras. En realidad, me encantaría acompañarte a donde sea que vayas.

—Javier, yo... preferiría pasear sola.

—Inés, perdóname. Ya no sé cómo pedirte que lo hagas. Te he mandado notas, te he pedido disculpas varias veces, ¿qué más tengo que hacer? Lo siento de corazón, te vi tan guapa y tan... no sé, Inés; al fin y al cabo, soy un hombre y a veces los instintos me pueden. Me propasé y te pido perdón, pero solo era una muestra del cariño sincero que te tengo. No hace falta que te diga lo que siento por ti, te lo he mostrado siempre que he podido. A cada paso que doy, veo cosas que me encantaría compartir contigo, como hacíamos antes. Te echo de menos, esa es la verdad. Me arrepiento a diario de lo que hice, de la impresión que te di. No soy una mala persona, y tampoco un bruto, siento que vieras una parte de mí que te ha hecho pensar lo contrario. Te tengo en muchísima estima y me gustaría que todo volviera a ser como antes.

«La actuación de tu vida», pensó Javier y sonrió por dentro; cada día se descubría nuevos talentos.

Inés miraba al suelo, intentando coger fuerzas, evitando la mirada seductora de un hombre que parecía sinceramente arrepentido. Pensó que quizás no era para tanto y que había exagerado. Recordó los buenos momentos que habían pasado juntos y le pareció que pesaban más que el desafortunado acercamiento en el mirador de Igueldo. Levantó la mirada antes de responder.

—De acuerdo, Javier, quedas perdonado. A mí también me divierte estar contigo. No olvido lo desagradable y poco caballeroso que estuviste en el mirador y te juro que no volveré a perdonar algo parecido. Si de verdad me aprecias...

—No te aprecio. Te quiero. Me gustas mucho.

—Si de verdad me aprecias —continuó Inés, intentando ignorar aquella súbita declaración—, jamás volverás a tratarme así. Sé lo que busco en la compañía masculina, y no se parece en nada a lo que me mostraste. Pero pasemos página, me parece bien. No volveré a hablar de ello. Además, nos vamos a ir pronto de aquí y preferiría dejar a un amigo, no a un mal recuerdo.

Javier mostró falsa sorpresa.

—¿Os vais? No me digas eso, no ahora. Tenemos tanto que hablar, tanto que compartir.

—Quizá después de la guerra podamos volver a vernos. Estamos preparando las maletas. Mamá quiere que nos marchemos a Gijón enseguida. Ya te conté que mi abuela tiene una casa, y ahora que está en zona nacional, todos creen que estaremos mucho mejor allí. Si convivimos mucho más en un espacio tan pequeño, creo que enloqueceremos.

—Claro, claro, ya me lo habías contado. Qué cabeza tengo. Pero si me lo permites, seré yo quien os lleve. Eso también lo habíamos hablado, ¿recuerdas? Me tranquilizaría ver que quedáis bien instaladas. Además así sabría cómo llegar a la casa y podría ir a visitarte alguna vez, si te apetece. Me gustaría no cortar el hilo contigo, si es posible.

—Bueno, déjame que lo hable con mi madre. Creo que tenía organizado algo a través de Santiago Calderón, aunque no había concretado nada. En cualquier caso, te agradezco el gesto Javier. ¿Paseamos?

Javier le ofreció el brazo. Cruzaron la calle y enfilaron el paseo marítimo. El conde intentó no mostrar la satisfacción que le llenaba el pecho. Orgulloso como un pavo real, estaba seguro de haber solventado su error. No volvería a pasar, por lo menos hasta que aquella inocente fuera su esposa.

Estuvieron paseando casi dos horas, en las que recuperaron el tiempo perdido. Como siempre, Javier llevó la iniciativa en todo, en la conversación y el trayecto, en el paso y en la hora de vuelta, pero a Inés no le importó.

A decir verdad, se estaba desencantando con el género masculino, y aceptaba aquel desencanto con resignación, como algo natural, propio de su edad y condición. También de la época en la que le había tocado vivir. Cuando aquella noche, echada en su cama antes de dormir, reflexionó sobre el día, decidió que quizás fuera bueno darle una oportunidad a Javier. No sentía lo mismo que había sentido hacia Pablo, pero Pablo había desaparecido de la escena. No había respondido a su carta, que se esforzó en que pareciera cariñosa. Le tenía que haber llegado antes de la batalla de Bilbao, por lo que lo normal sería que hubiera podido responder. Estaba segura de que si no había recibido respuesta a su carta había sido tan solo porque Pablo no había querido hacerlo y, en el fondo, no podía culparle. Los primeros días en San Remo fueron tan raros, tan distintos a todo lo que habían vivido hasta entonces, que era normal que hubieran confundido o dado más importancia a unos sentimientos que no se sustentaban en nada. Había pasado más tiempo con Javier, así que, por lo menos, sabía que lo que tenían, fuera lo que fuera, estaba mejor cimentado. Y tenía que ser práctica. La guerra acabaría, muchos de los hombres de su generación habrían muerto y la vida no sería fácil. Tenía la peor edad posible para la época que se le avecinaba. A todos los problemas que surgirían, ella debía enfrentarse además a la búsqueda de un marido, y Javier no era mal candidato. Al menos, no del todo. Parecía organizado, se llevaban bien, era listo y guapo. Y estaría vivo. Si todo seguía igual, se conocerían bien y sabrían cómo hacerse la vida fácil. No sabía cómo acabaría la guerra y qué le quedaría a sus padres a la vuelta, pero estaba segura de que no podía ser una carga.

Sí, seguiría viendo a Javier.

Al día siguiente le comentó a su madre su encuentro con el conde de Navalviento. Como supuso, Eugenia no mostró el más mínimo interés en su encuentro y solo la propuesta de que los trasladara a Gijón pareció despertar su atención. Para su sorpresa, a su madre le pareció una idea estupenda y supuso que Santiago Calderón no había podido ayudarle en aquel objetivo todavía. Lo que más deseaba la señora Sagnier era irse a casa de su madre, aunque fuera alguien tan detestable como Javier Ferro el que los transportara.

Los preparativos demoraron la partida casi una semana y acordaron que los más pequeños se quedaran en la casa de Santiago Calderón junto al Urumea hasta que comprobaran que la Recuesta, como llamaban a la finca de Gijón, estaba en pie, habitable y sin impedimentos para que se instalara toda la familia. Eugenia asumió que los primeros días los dedicarían a poner a punto la propiedad, que no había visitado desde antes de la guerra. Había escrito varias misivas a su madre, pero nadie había contestado, así que dio por sentado que no la encontraría en Asturias y que seguiría fuera del país. Con todo, el viernes a las seis de la mañana, Javier Ferro, conde de Navalviento, pasó a recogerlas en su coche.

Emprendieron la marcha pronto porque la idea era llegar de día y calculaban que el trayecto les llevaría por lo menos diez horas. Eugenia y sus hijas Lucía y Cayetana se sentaron apretadas en los asientos traseros mientras Inés ocupaba el del copiloto. Javier cargó las maletas en la baca, asegurándolas con varias cinchas de cuero y, tras ponerse al volante, giró la cabeza y sonrió.

—¡Chófer Navalviento a su disposición, señoras! ¡Próxima parada, Gijón!

Las tres hijas rieron. Eugenia hizo una mueca de desagrado. No le podía soportar.

El viaje fue pesado y largo, a pesar de recorrer algunos de los parajes más bonitos de la cornisa cantábrica; bosques de hayas y robles, carreteras costeras de preciosas vistas y pueblos donde el tiempo parecía haberse detenido no consiguieron amenizar el viaje. En algunos puntos las heridas de la guerra también eran bien visibles, casas quemadas, paredes cosidas a balazos, coches abandonados, pero, en general, la ruta que eligió Javier Ferro evitaba intencionadamente los que habían sido los puntos calientes del conflicto. Se detuvieron cada cierto tiempo para descansar y comer algo, aunque todos deseaban llegar cuanto antes, especialmente Eugenia, que ansiaba ver qué había quedado de la casa de su infancia y averiguar el paradero de su madre.

Ya atardecía cuando entraron en la parroquia de Roces, a las afueras de Gijón. Eugenia se había inclinado hacia los asientos delanteros e indicaba el camino mientras enfilaban una carretera estrecha, bordeada en uno de los lados por un muro de piedra alto sobre el que asomaban grandes árboles. Al rato, dio las últimas indicaciones.

—Después de la siguiente curva, tome el camino de tierra.

Javier aminoró la marcha y penetró en un camino de tierra en cuyo fondo se veía una cancela.

Detuvo el coche delante de una verja de hierro de varios metros de altura flanqueada por dos pilares de ladrillo rematados con dos ciervos de piedra, a partir de los cuales seguía el muro que habían bordeado, que aparecía y desaparecía tras la hiedra. Una entrada algo desvencijada pero imponente a la que nadie prestó atención. Frente al coche, ignorándoles, dos personas forcejeaban con la cerradura de la cancela y eran el foco de todas sus miradas. Un hombre de cierto peso, con boina y aspecto campesino, estaba arrodillado ante la puerta, intentando hacer girar una enorme llave que sobresalía de la cerradura. Le acompañaba una mujer de edad, con pañuelo anudado a la barbilla, falda por debajo de la rodilla, rebeca de punto y un burdo chal cubriéndole los hombros. Calzaba botas de agua y esperaba de pie junto al hombre. Ambos habían llegado en una pequeña carreta empujada por una mula que pastaba tranquilamente en el borde del camino.

Javier pensó que eran ladrones que intentaban entrar en la propiedad de la abuela de su futura esposa. El típico enemigo débil que le encantaba. En Navalviento hubiese solucionado aquello con un par de tiros, pero ante aquella audiencia se mostraría simplemente duro, inflexible y defensor de la propiedad. Ganaría puntos.

Se agachó, sacó una escopeta de debajo del asiento y se dispuso a bajar del coche. Miró a Inés y hacia el asiento trasero.

—Campesinos comunistas. Tranquilas, esto lo arreglo yo.

Eugenia clavó sus ojos en él.

—Es mi madre, imbécil.

Indignada con aquel conde que la exasperaba, bajó del coche y se aproximó a la pareja, que seguía intentando abrir la puerta sin éxito. Puso la mano sobre el hombro de su madre.

—¡Mamá! ¡Gracias a Dios!

La septuagenaria se giró y miró a su hija a la cara. Sonrió levemente, sin signos de sorpresa.

—Hola, monina. Ayúdame con esto que algún patán ha cerrado y ahora no hay manera. Me niego a entrar por la cancela pequeña, aunque esta lleve un año cerrada. Que todos se enteren de que he vuelto. Bueno, da igual, ayúdame y luego me cuentas.

Así era Ana Argüelles, duquesa de Riosgrandes, una mujer de armas tomar, en el más estricto sentido de la expresión.

Hija única de Fernando Argüelles, general del ejército, y de Eloísa Dóriga, a pesar de ser hija única, a Ana su madre nunca le había prodigado deferencias ni gran dedicación, creando un desapego natural y evidente que nadie reprochaba.

La joven había sido presentada en sociedad a los dieciocho años, junto con la infanta Eulalia y la hija de los duques del Planot, ante lo más granado de la sociedad madrileña, pero lo cierto era que había pasado la mayor parte de su vida en el campo, en la Recuesta, rodeada de un servicio fiel al que adoraba y con el que se sentía muy cómoda. El servicio, a su vez, la veneraba, pues era la mezcla perfecta de la autoridad y protección de la señora y la cercanía y cariño de una persona que nunca lo reclamaba para sí.

Ahora viuda, ya anciana pero robusta y fuerte como los viejos robles de la finca, seguía siendo aficionadísima a los animales y al jardín, pero también a los juegos de cartas, los puzles inmensos y la bombonería fina.

Su apariencia era realmente particular y muy característica.

Vestía ropa de calidad pero tremendamente usada y casi siempre ajada; faldas de *tweed*, jerséis de cachemir y zapatos de cuero jerezano, cuando no viejas botas de goma cuarteada. Prendas que hacía muchos años que habían perdido su lustre inicial, dejando una pátina de solera que el tiempo no había podido esconder.

De septiembre a mayo, indefectiblemente, sobreponía a su vestimenta un viejo chaquetón verde que muchos años atrás había comprado en una prestigiosa tienda de artículos de caza de Londres a su sobrino Rafael y que este había dejado abandonado en un armario de la Recuesta. Le venía grande, estaba tremendamente deslucido, pero pobre del que insinuara tirarlo o reponerlo. «Será mi mortaja», decía la brava anciana a quien osaba hacer algún comentario sobre la prenda.

Sí, aquella era su madre. Eugenia no conocía a nadie que fuera tan poco cariñosa y a la vez tan buena persona. No le había fallado jamás, le había dado los mejores consejos, sabía que la quería mucho y, sin embargo, jamás había sido capaz de mostrar sus sentimientos abiertamente a nadie, salvo a los animales de aquella finca. La encontraban en la vaquería acariciando a las vacas, desaparecía con traje largo y tiara en medio de los bailes para ir a dar de comer a las gallinas y había llegado a tener a una mula en uno de los salones de debajo de la casona, que solo desalojó cuando el olor fue tan intenso que todos los habitantes de la casa pensaron que eran ellos los que vivían en una cuadra.

—Recuerdas a José, ¿verdad? —le dijo su madre, apoyando su mano en el hombro del individuo que le acompañaba.

El hombre se quitó la boina e inclinó la cabeza a Eugenia rápidamente, antes de volver a su tarea. Claro que lo recordaba, era el capataz de la finca. En realidad no se llamaba José, pero su madre tenía tan mala memoria que, en cuanto alguien se ponía a su servicio, le cambiaba rápidamente el nombre. Todos los hombres del servicio de la casa se llamaron siempre José, todas las mujeres María, y si algún hijo nacía en la casa, invariablemente le llamaba Jesús. Era incómodo porque cada vez que pedía la presencia de alguien, tenían que averiguar con qué motivo le requerían para mandarle al José, la María o el Jesús al que se refería.

El resto de los familiares habían bajado del coche y, poco a poco, intentando no molestar, repitieron la misma operación que Eugenia.

—¿Abuelita, cómo estás?

Y Ana Argüelles, duquesa de Riosgrandes, grande de España, viuda, madre y abuela, respondía mecánicamente:

—Hola, Cayetana, monina. Luego hablamos; hola, Lucía, monina. Luego hablamos; hola, Inés, monina. Luego hablamos.

Como si se hubieran visto hacía media hora y no hubiera habido una guerra que les hubiera separado durante casi dos años entre una cosa y otra.

Javier se acercó, le besó la mano, se presentó con su título y fue totalmente ignorado antes de empezar a empujar la puerta hacia adentro. La realidad era que ya estaba abierta, pero la maleza que había crecido al otro lado impedía que los batientes se pudieran abrir. Empujó con fuerza ayudado por José, y la puerta, poco a poco, se abrió de par en par. La abuela Ana sonrió y le dio unas palmaditas en el brazo.

—Muy bien, caballero. —Luego se giró a José—. ¡José, yo no sé qué haría sin usted!

Se subió en la parte delantera del carro, donde supusieron que habría realizado gran parte del viaje hasta Gijón.

Eugenia se encogió de hombros y se subió de nuevo al coche del conde de Navalviento, que avanzó lentamente siguiendo al carro cuya mula parecía capaz de arrastrar a aquella pareja singular tan solo unos metros más. El lento paseo hasta la puerta de la casa les dio tiempo para apreciar el estado de la finca.

II

Javier estaba satisfecho. Aquella era una propiedad magnífica. Mientras avanzaban por la carretera adoquinada en cuesta, un jardín espléndido se descubría ante sus ojos. Secuoyas centenarias, cedros del Líbano, rododendros y hortensias revelaban tras ellas plazoletas y glorietas de glicinias y estatuas cubiertas de musgo, todo en perfecto estado, como si hubieran estado esperando la visita de la propietaria. Al final de la carretera, en la cima de la pequeña colina que ocupaba aquel jardín, apareció la casa.

Se trataba de una casona palaciega majestuosa, de las mejores, sino la mejor, que hubiera visto en Asturias.

De planta casi cuadrada, la Recuesta tenía tres pisos a los que se accedía por una imponente escalinata exterior que llegaba a la primera planta, sobre la que se abría un arco con columnas a los lados. Todas las ventanas que se asomaban a aquel vergel estaban enmarcadas con frontis triangulares neoclásicos que rompían la severidad de las paredes, de un blanco roto por la humedad y la lluvia. Toda la carpintería era color rojo intenso, igual que las tejas que cubrían la construcción y asomaban por las cornisas. Gran parte de las paredes estaban cubiertas por hortensias trepadoras que abrazaban la construcción con grandes volúmenes de verde, más propios de un gran árbol que de una trepadora.

Aquella casa tenía más refinamiento y solera que todas sus propiedades juntas, pensó Javier. Cada vez entendía mejor todo lo que Inés podría aportarle.

A la hora de la cena aún nadie había conseguido hablar con la abuela Ana, que estaba totalmente revolucionada repasando cada rincón de su casa, buscando desperfectos y apuntando lo que tendría que arreglar.

Por fortuna e inexplicablemente, la casa había sido totalmente ignorada por los republicanos, que en cambio sí habían ocupado varias residencias cercanas y habían destruido algunas otras. Los primeros días de la contienda, una milicia se había acercado, se había llevado algunas vacas y gallinas, también maquinaria agrícola, pero ni siquiera habían entrado en las plantas superiores del edificio. A Inés se le ocurrió que solo podía deberse a la fidelidad de los

Josés y las Marías que vivían con su abuela, del trato excepcional que ella les daba y de la sencillez con la que se dirigía por Gijón. Todos sabían quién era y, sin embargo, siempre pensaron que una señora tan austera y cercana, que se paseaba por las calles vestida casi como una campesina tenía que ser necesariamente pobre, algo totalmente falso, pues tan solo su colección de retratos familiares de primeras figuras ya valía más que el total del patrimonio de muchos de sus más distinguidos vecinos. Eugenia era lo contrario. Sin quererlo, con sus trajes de lujo, sus alhajas y su educada frialdad, había creado una distancia con la gente de Puigcerdá que no les había beneficiado en nada.

María, la mujer de José, el capataz que había entrado en la casa con ellos, era la única persona que quedaba del servicio de la casa y la que se encargó de repasar los víveres que tenían para la cena. Huevos, castañas y lechuga. Un queso al que le hubieran beneficiado unas semanas más de reposo, unos garbanzos y un embutido era todo lo que había en la despensa y, sin embargo, dio para que a las nueve en punto todos se sentaran en el comedor frente a una mesa de productos autóctonos cocinados con maestría.

Sopa de castañas, huevos fritos con ensalada de garbanzos, queso y embutido. Mientras lo saboreaban todo, la abuela explicó finalmente su periplo.

—Me contó José lo del levantamiento del ejército de África mientras desayunaba en mi habitación, cosa que odio, pero no sé por qué sigo haciendo. Aquí ya sabéis cómo somos los asturianos, a la que hay un conflicto se suman los mineros, los campesinos y se arma la de Constantinopla, así que enseguida pensé en irme unos días hasta que se calmara todo. Cogimos el carro y la mula con el que me vino a buscar José hace unos días y me dejó en Cudillero, donde un amigo suyo muy guapo, mucho más que el caballero que nos acompaña, y que además es pescador, me llevó hasta San Juan de Luz. —A la abuela los pescadores y los carpinteros le encantaban, decía que Jesús era ambas cosas—. De allí cogí un tren hasta Biarritz donde está mi amiga la señora Alejandra Lacalle, de Barcelona, que siempre se instala allí desde finales de mayo hasta octubre, y que es encantadora. No nos dieron el alto ni una vez, ventajas de parecer una vieja campesina indefensa. Quedamos en que cuando se tranquilizara todo, José vendría a por mí, y eso ha hecho. Mientras, él se ha quedado aquí, cuidándolo todo, que ya veis que está precioso porque este hombre tiene una mano para el jardín que ni Capability Brown. —Inés supuso que era un jardinero famoso—. Como es tuerto, cojo —José tenía una pierna más larga que la otra, lo que le obligaba a llevar un zapato ortopédico con alza— y bastante sordo, yo sabía que no lo reclamarían para que se alistase, y gracias a Dios que no lo han hecho porque no sé qué haríamos sin él. —Se reclinó hacia atrás en su silla a la cabecera de la mesa y gritó hacia su espalda, donde un biombo escondía la puerta de la cocina—: ¿Verdad que sí, María? ¡Usted y yo sin José nos moriríamos!

—¡Sí, señora! ¡Nos moriríamos! —respondió una voz desde la cocina.

Se miraron todos. Inés sonrió. El conde de Navalviento no daba crédito.

Al conde le habían pedido que se quedara unos días, como agradecimiento por haberles traído. Ni siquiera Eugenia pudo oponerse a eso. La abuela Ana le había ignorado por completo hasta el momento, pero decidió que, incluso para ella, no interesarse por su invitado era una descortesía inexcusable.

—Y, señor Ferro, ¿cómo puedo agradecerle que haya traído a mi familia a la Recuesta? ¿Hay algo que le interese hacer? ¿Alguna afición que podamos compartir? Mi marido era aficionado a la caza, pero no creo que, dadas las circunstancias, ir a pegar tiros por el bosque sea lo más adecuado. Tenemos una sala de billar y me jacto de ser un as al bridge, si eso le divierte. También tengo un endemoniado puzle a medio hacer. En cualquier caso, estamos a su disposición para entretenerle.

El conde se sorprendió con la amabilidad de aquella señora.

—La verdad, cualquier cosa me divierte señora. Tan solo estar aquí ya es una bendición. Poder descansar, comer sin preocupaciones o simplemente pasear, es todo muy vigorizador.

Era la típica cursilada que a la anciana le ponía los pelos de punta.

—No sé lo que significa esa palabra, pero me alegro de que esté bien. Debe descansar antes de volver al frente, claro que sí.

—El conde no está en el frente —intervino Eugenia—. Tiene una misteriosa y secreta tarea en San Sebastián, que le permite pasearse por la playa y cenar en restaurantes de postín.

Se hizo el silencio unos segundos antes de que la abuela Ana retomara la conversación.

—Ah, comprendo. Seguro que será de utilidad. ¿Y de dónde es usted exactamente?

Javier pareció retomar la compostura. Empezaba a odiar a la madre de Inés con la misma intensidad que ella le odiaba a él.

—Mi familia es de Zaragoza, aunque el título procede de un pueblo del Prepirineo, donde tenemos una propiedad similar a la suya —mintió—, quizás algo mayor. Es un pueblo precioso, no muy grande, pero con bonitos paseos que realizar por los alrededores. Allí nos dedicamos fundamentalmente a la ganadería. También hay algo de agricultura, pero lo nuestro son fundamentalmente las vacas y las ovejas. Desde el inicio de la guerra cayó en el lado republicano, pero espero que podamos recuperarlo todo pronto. En eso estamos todos, delante o detrás de las líneas. —Miró a Eugenia.

—¿Y cómo se llama el pueblo ese? —replicó la abuela sin ningún interés.

—Navalviento. Se llama Navalviento. Soy el conde de Navalviento.

La anciana levantó la mirada, dejó los cubiertos y se quedó quieta, mirando al conde. Deseó clavarle un cuchillo allí mismo, pero decidió que aquel hombre no merecía ni siquiera eso. Además, tenía que asegurarse de que era, efectivamente, el hombre sobre el que Blanca Marqués había escrito a su mutua amiga, Alejandra Lacalle.

III

Nadie, especialmente su hija Eugenia, entendió su insistencia en que el conde de Navalviento se quedara unos días más en la casa pasados los que ya le habían regalado por traerles hasta allí, pero Ana Argüelles, duquesa de Riosgrandes, odiaba dejar el trabajo a medias y con aquel hombre apenas había empezado a tramar su plan. Lo primero que debía hacer era asegurarse de que tenía bajo su techo al asesino de cuya existencia y actos tenía noticias.

Salió a pasear con José por el jardín, teñido con los colores del otoño, mientras el capataz le explicaba los pequeños cambios que había sufrido la propiedad en su ausencia, poca cosa en general. Una secuoya a la que había hecho falta podar unas ramas para que no cayeran sobre una pérgola, un par de rododendros que se habían secado y otras nimiedades propias de un espacio vivo en constante evolución. El principal cambio estaba en el cauce ornamental que decoraba la parte de aquel jardín y que daba nombre a la finca. Ana no pudo evitar su disgusto al verlo seco.

Se trataba del espacio más espectacular de la Recuesta, un cauce artificial de agua que recorría una sucesión de pequeñas terrazas verdes formando una serie de cuestas y bajadas ondulantes y que, en su parte más baja, desembocaba en un estanque artificial en cuyo centro había un islote lleno de hortensias. Antes de la guerra, una formidable bomba sacaba el agua del pozo y llenaba un depósito situado en la cumbre de aquella zona. Una vez lleno, cada pocas semanas, se abría aquel depósito y se dejaba caer todo su contenido hacia abajo, creando un espectáculo de agua que se deslizaba por aquel cauce artificial repleto de cascadas, subidas y bajadas que, incluso cuando el agua dejaba de correr, permanecía lleno durante semanas en algunos puntos clave. Cuando José veía que quedaba poca agua en aquella *folie* repetía la operación, no sin antes avisar a la duquesa, que disfrutaba como una niña viendo cómo el agua se derramaba por aquella sucesión de «cuestas» y «recuestas».

—Es lo más importante que se llevaron los rojos. En cuanto vieron la bomba de agua, nos dijeron que se la llevaban a Gijón. Por lo visto, ha apagado muchos fuegos allí. Pero, claro, ahora está todo seco y feo, como ve.

—La traerán de vuelta, José, no dude de que lo harán. Comprendo que es más importante apagar incendios que divertir a una duquesa franquista, pero esa bomba es nuestra y la traerán aquí como que me llamo Ana. Esto está feísimo.

—Pues aún no ha visto lo peor.

Le dio su brazo para que se apoyara y recorrieron el cauce hasta la parte más baja del terreno.

Efectivamente, aquello era lo más feo del jardín. El estanque, de alrededor de cien metros de diámetro y forma ovalada, se había secado.

—Ya ve, ni una gotita le queda al pobre. El del otro jardín lo llena la lluvia sin hacer nada, pero ya sabe usted que este es el niño tonto. Si no lo llenamos nosotros, se seca.

—Ya veo ya. Realmente está horrible. Además huele fatal. —Se sacó un pañuelo del bolsillo y se tapó la nariz—. Y mis hortensias —señaló al islote central de aquella depresión seca—, ¿las está regando alguien? Están pachuchas como su dueña.

—No, señora, nadie las riega. El fondo del estanque seco es peligroso. La tierra está blanda aún y hace solo un par de semanas una vaca se metió y la pobre se hundió hasta que no se le vio ni una parte del cuerpo. Y allí sigue la pobre, muerta, claro. Eso son arenas movedizas como las del trópico, solo que en Asturias. Intentamos que se agarrara con la boca a una cuerda a la que habíamos atado heno, pero fue imposible. Los primeros metros la tierra está más dura, pero a partir del tercer metro...

Se agachó para coger una piedra y la tiró a pocos metros de donde se encontraban, dentro del estanque seco. La piedra se empezó a hundir poco a poco y desapareció. Ana imaginó que la vaca se había hundido mucho más rápidamente.

—Esto es un peligro. José, ocúpese de que no se acerque nadie por favor. La semana que viene iré a reclamar mi bomba a Gijón para que esto esté otra vez lleno de agua enseguida.

Se alejaron de aquella zona y emprendieron la vuelta a la casa mientras seguían inspeccionando cada detalle del jardín. A Ana aquel hombre le daba paz. Pese al sitio en el que la vida los había colocado a cada uno, para ella aquel era fundamentalmente un buen amigo. José notaba aquel afecto y correspondía a él ofreciendo lo mejor de sí mismo, que era cuidar la finca de la Recuesta como si fuera suya.

—Me he alegrado mucho de ver a su hija y a las señoritas. Qué guapas y crecidas están todas.

—Unas más que otras, José. Unas más que otras.

—Claro, señora, pero ya sabe usted que aunque no es igual de generosa con todo el mundo, la naturaleza ha dado a cada una de las señoritas lo suyo, y seguro que la que no tiene una cosa la compensa con otra.

—Es usted muy amable, José, en efecto, cada señorita es única y especial a su manera.

—Y muy amable y muy bien plantado también su invitado, señora, el señor conde de Navalviento. Un auténtico caballero parece, ¿no es así?

—En realidad, José, no sabemos mucho de él de momento. Se ha hecho amigo de mi nieta, la señorita Inés, y ha traído a mi familia aquí, lo cual es de agradecer. Conmigo es encantador, como no puede ser de otra manera si quiere estar bajo este techo unos días, pero he de reconocer que no sé exactamente quién es el señor conde.

José se quedó pensativo un momento mientras seguían paseando.

—¿Y por qué no se lo pregunta?

Y así, con una pregunta tan obvia, José había indicado a su señora el camino a seguir.

Eso era exactamente lo que iba a hacer.

IV

Antonio había deseado que el episodio de espionaje en el que su casa de tolerancia se había visto envuelto gracias a Anselma y a Ricardo Maese hubiera quedado en el olvido, pero todo se había enrarecido desde entonces. Lo notaba él, lo notaba María Ceballos y lo notaban las chicas del piso. La clientela había cambiado sutilmente y los oficiales habían sido sustituidos por militares de más baja graduación y comerciantes. Antonio intuía que sospechaban de ellos, y era lógico, pues nadie había vuelto a saber ni de Anselma ni de Ricardo Maese desde que los agentes del Servicio de Inteligencia Militar le habían preguntado sobre su paradero. Él tampoco había vuelto a saber nada de ellos y lo agradecía, cuanto menos supiera, menos peligro correría.

Pero esa no era la única de sus preocupaciones.

No podía dejar de pensar en el misterioso trato que habían hecho con aquel hombrecillo siniestro que les había alquilado el sótano del patio. Seguía apareciendo a altas horas de la noche con su coche, entrando tan silenciosamente en su casa que solo podía ocultar algo malo. Antonio le espiaba detrás de los visillos del piso superior, sin conseguir ver nunca nada. Había dejado de comentar el tema con María, que estaba encantada con los pingües beneficios que le daba el alquiler de un espacio que había ignorado completamente toda su vida y solo veía en la preocupación de Antonio una obsesión irracional y absurda.

La sensación de estar bajo sospecha y cobijar bajo su techo acciones ilegales le atormentaba tanto que, cuando uno de los oficiales volvió a la casa tras semanas sin aparecer y le cogió del hombro para pedirle un lugar privado en el que hablar, le pareció que todo su cuerpo empezaba a sudar y sintió que su hora había llegado y aquella primera buena racha de su vida tocaba a su fin.

Se sentaron en el despacho, él de espaldas al cuadro que escondía el agujero en el que guardaban la pequeña fortuna que generaban día a día. La cara sombría del oficial le preocupó.

—Antonio, esta conversación no habrá existido nunca entre nosotros. Arriesgo mi vida manteniéndola, pero creo que puedo salvar la suya así que le pido la máxima discreción y diligencia. Nadie puede saber que usted y yo hemos tratado este tema nunca. —Antonio empezaba a estar completamente helado por el miedo, pero asintió con la cabeza—. Hace unos días recibió la visita de unos agentes del Servicio de Inteligencia Militar. Buscaban a un espía.

—Sí, claro, recuerdo la visita, cómo no iba a hacerlo. No sabía que era un espía, pero me preguntaron si conocía a un hombre. Un cliente habitual. Les dije la verdad.

—Ya me imagino. El asunto es que ese hombre nunca apareció. Y su desaparición coincide con la de una de sus mujeres, que se sospecha que era una de sus informadoras y, por tanto, una delincuente también.

Antonio sí tenía esta parte ensayada.

—No me hable del tema, no me hable del tema. Estoy disgustadísimo. Si quiere que le diga la verdad, Anselma no me parece que tenga la capacidad intelectual para informar de nada a nadie, es decir, pondría la mano en el fuego porque no ha hecho nada ilegal y menos aún a sabiendas, pero ha sido una tremenda decepción en cualquier caso. La saqué de la calle, le di un hogar y un trabajo, y así me lo ha pagado. Desapareció una noche y no la hemos vuelto a ver. Además me debe dinero, así que si la encuentra hágamelo saber.

—Claro, claro. El problema es que el Servicio de Inteligencia Militar no da mucho margen a la duda. Lo normal es que si sospechan de alguien, lo encarcelen sin hacer muchas preguntas. Luego, en la checa, saben hacer que cada uno diga lo que ellos quieren oír. Antonio, con sus técnicas, sería capaz de confesar ser el hijo de Isabel la Católica, no sé si me explico.

—Sí, sí. Todo Madrid lo comenta.

—Y es verdad, Antonio, por eso le quiero recomendar que se aliste.

Antonio no esperaba aquella recomendación.

—¿Cómo?

—Sí, Antonio. Alístese. Es la única manera de que se olviden de usted. Se está preparando una operación importante, posiblemente para desviar la atención sobre Madrid. No estamos preparados para resistir una ofensiva importante ahora que el norte ya está ocupado por Franco. No por el momento. Con todo su ejército cada vez más fuerte, tenemos que preparar una maniobra que les distraiga y les debilite antes de que lleguen a Madrid. Así que si se alista, lo normal será que en pocos días esté alejado de aquí y luchando por la República, lo que hará que se olviden de usted. Si no lo hace, le garantizo que más pronto que tarde acabará en una checa.

Se quedó sentado sintiéndose como si una división acorazada le hubiera pasado por encima. No podía creer que se encontrara en aquella situación, que su vida en aquella ciudad, en aquella casa, estuviera tocando a su fin. No podía creer que se tuviera que alejar de María, y pese a todo, la opción a no hacerlo podía ser la tortura y la muerte. Muerte con dolor a manos de la causa por la que había arriesgado su vida tan solo unos meses atrás. Maldito Ricardo Maese, maldito quién coño fuera aquel hombre al que había alertado para que escapara. Lo había sacrificado todo por alguien al que apenas conocía. Suspiró profundamente, rendido, desilusionado y triste.

—De acuerdo, me alistaré enseguida.

—Siento ser portador de tan malas noticias Antonio, pero créame que es lo mejor que puedo recomendarle que haga. Me he arriesgado mucho hablándole.

—Lo sé, y se lo agradezco, es solo que... —«Mi vida se ha vuelto a ir a la mierda», pensó.

El oficial se levantó y salió de la estancia dejándole solo.

María lo encontró en el mismo lugar al cabo de dos horas, pero completamente borracho y llorando.

—¡Antonio! ¡Cielo santo, Antonio! ¿Qué te pasa?

No estaba enfadada, estaba preocupada. Desde que vivían juntos, Antonio nunca bebía solo y se había emborrachado en contadas ocasiones, casi siempre con ella, tras alguna cena divertida, normalmente mano a mano. En silencio, ambos se habían sentido orgullosos de que la época de las borracheras incontroladas, las lagunas de memoria nocturnas y la vida sin rumbo hubiera quedado en el pasado, pero ahora Antonio volvía a parecer el hombre al que había recogido borracho en la calle.

El hombre levantó la mirada, nublada y llorosa.

—Pasa que todo es una mierda.

Se echó a llorar amargamente mientras ella se acurrucaba en el sofá a su lado, abrazándolo como a un hijo. Durante veinte minutos Antonio explicó la situación desordenadamente, entre sollozos, a pecho descubierto, dejando a la vista todos los miedos e inseguridades que siempre había intentado ocultarle a María. El mensaje final de todo aquello era que estaba triste porque, por una vez en su vida, tenía mucho que perder si caía en el frente.

—Este negocio, esta vida, pensaba que sería para siempre.

María le miró a la cara.

—Antonio, te vas a ir al frente y vas a volver sano y salvo. Yo estaré aquí, te esperaré el tiempo que haga falta, y el negocio seguirá. Y si no sigue, tenemos dinero más que suficiente para montar otro negocio. Somos socios, no te dejaré en la estacada. Esto funciona, hacemos un buen equipo, así que ve al frente, no arriesgues más de lo necesario y vuelve aquí.

—Pero y si...

—Y si... nada. Te digo que vuelvas y eso es exactamente lo que vas a hacer. Ya sabes que te necesito, así que no se te ocurra fallarme.

Antonio la miró fijamente. Se secó las lágrimas con la manga de la camisa y sonrió levemente, resignado. Luego, como en un sueño, sintió que María le pasaba la mano por la nuca y lo atraía hacia ella. Se acercaron el uno al otro, frente a frente.

—Y no me falles nunca, porque no podré encontrar a otro como tú.

Se besaron. Primero lentamente y poco a poco con más pasión, explorando los recovecos que ella había ansiado sin saberlo, notando cómo aquella asociación pasaba a otro nivel y cómo sus cuerpos, poco a poco, se juntaban más y más. Antonio parecía despertar y tomar el mando de aquel momento. La cogió entre sus brazos y, atravesando el salón frente a la mirada divertida de tres de sus chicas, la llevó al dormitorio. Antes de que la puerta se cerrara del todo con una patada, escuchó cómo una de sus empleadas le gritaba.

—¡Ya era hora, coño!

Desnudándose sin poder parar de besarse, las manos de Antonio acariciaron aquel cuerpo perfecto y de piel fina, que parecía haberse preparado durante meses para recibirle. Cuando se apartó de María para quitarse los pantalones y observó a la mujer echada en la cama, no pudo evitar pensar que estaba en un sueño. Su melena oscura caía por su espalda en bucles, dejando a la vista unos pechos redondos, proporcionados y firmes, de entre los cuales asomaba un pequeño canal, una depresión casi imperceptible, que como un eje perfecto, atravesaba su vientre plano hasta su entrepierna, casi despoblada de pelo. Sus piernas, ligeramente dobladas, dejaban asomar por debajo un trasero perfecto de nalgas finas como melocotones. Sus manos, sus pies, su cuello largo y fino, todo en ella le pareció perfecto y excepcional.

Se acabó de desvestir y se quedó unos segundos sin poder apartar la vista de aquella diosa. Por unos instantes, sintió que su cuerpo peludo y grande, que su aspecto masculino y torpón, que su visible excitación, que todo ello le parecería a María vulgar y por debajo de su nivel; en cambio, alargándole la mano, cogió la suya y casi susurrando, le dijo:

—Ven aquí, guapo.

Se pasaron desnudos dos días, recluidos entre cuatro paredes de las que no salieron más que algún minuto, solo para lo imprescindible, como si no quisieran desperdiciar ni una pequeña porción del tiempo que tenían y disfrutar el uno del otro, sabedores de que quizás aquella fuera la única vez que pudieran hacerlo. La primera, quizás también la última, pero ni siquiera aquella sombra fue capaz de estropear el momento.

Eran las ocho de la mañana cuando María le recordó entre las sábanas que fuera a alistarse.

Sacó del armario su uniforme, que no se había vuelto a poner desde que fue acogido por María. Pese a que lo odiaba, no pudo evitar sonreír a la imagen que le devolvía el espejo. Incluso sin sus trajes caros y su pelo engominado, con aquel uniforme rudo y poco favorecedor, lo cierto era que aquellos meses le habían sentado bien. Aquella noche especialmente. Su piel de pronto parecía más viva, sus ojos más despiertos y su cuerpo mejor plantado. Era increíble, pero, pese a todo, era feliz. Dos días antes se había desnudado con vergüenza ante María, pero ahora se sentía el hombre más guapo del mundo. Pensó que por lo menos ahora tenía algo realmente valioso por lo que luchar, y no era el dinero que escondían en el agujero de la pared del despacho, como pensaba hacía tan solo unos días. Sobreviviría, aunque solo fuera para poder volver a ver a la mujer de la que estaba enamorado.

Le pidió a María que no le acompañara a la puerta, ni siquiera a la del piso, mucho menos a la del portal. Prefirió recordarla así, medio dormida, sonriente, en aquella cama acogedora y querida.

Se acercó a la puerta y se preparó para bajar las escaleras al portal, pero colgando en el armario llavero abierto, una llave, reluciendo entre las demás, pareció llamarle. No, no se iría de su casa antes de asegurarse de que María no corría ningún peligro alquilando su sótano a aquel misterioso hombre. Fue a buscar una linterna.

Dejó su petate al final de la escalera y se acercó al patio, donde, tras abrir la puerta escondida tras el ciprés, penetró en el sótano. Bajó las escaleras hasta aquella habitación casi secreta y olvidada con la misma sensación de humedad y frío que la primera vez. Enseguida, la débil luz de su linterna no fue suficiente para evitar que tropezara con un objeto metálico, tras bajar el último escalón. El ruido se replicó débilmente en el espacio. Se agachó para coger aquel objeto y lo acercó a la luz, que rápidamente se reflejó en su perfil. Abrió los ojos como platos. Entre sus manos sostenía un copón, muy parecido a los que había visto en misa, pero mucho más rico. Su peso le indicó que era macizo, su base, cuajada de piedras de diferentes colores que no supo identificar, que era un objeto valioso y de lujo. Lo dejó en el suelo y se acercó al resto de los elementos de los que aquella cueva de Alí Babá estaba plagado. No podía dar crédito a lo que veía. Debía haber por lo menos una cincuentena, quizás más, de elementos religiosos de plata, oro y —los menos— bronce. Una pequeña fortuna guardada en secreto bajo sus mismas narices. Un botín ilegal, desde luego, pues los objetos religiosos como aquellos, con valor más material que artístico, habían sido incautados a la mayoría de sus propietarios. No tenía ningún sentido que aquel hombrecillo poseyera aquel tesoro.

Estuvo un buen rato revisando cada pieza, hipnotizado.

Por más vueltas que le dio, pensó que el riesgo de tener alquilado su sótano para aquel fin no era excesivo. Además, posiblemente podría utilizar aquella información más adelante. El oro siempre tendría valor y ahora él sabía dónde encontrarlo. Tendría que hablar con su arrendatario en cuanto volviera a Madrid. Cerró la puerta del sótano y subió al piso para devolver la llave. Al atravesar el portal para salir a la calle le pareció que el sol no había dejado de brillar del todo para él y que, quizás de nuevo, en medio de las dificultades, podría salir a flote.

V

Para Pablo fue muy fácil apearse del convoy con dirección a Cataluña, aunque su agilidad se había visto reducida y seguía necesitando muletas. El tren desde Lorient realizó algunas paradas y la euforia y el desorden que reinaba entre los vagones hizo que nadie se diera cuenta de que les había abandonado. Debía hacerlo antes de que entraran en Cataluña y se viera integrado en el bando republicano. Además, tenía un plan.

Desde Burdeos cambió de vía y se subió a un tren que, con destino a Hendaya, tenía parada en Biarritz. No tenía dinero, pero se subió deprisa y lo más disimuladamente que pudo en uno de los vagones de tercera clase y esperó a que el tren emprendiera la marcha para sentarse en uno de los asientos que quedaron libres. Pretendió dormirse para evitar ser preguntado, pero su imagen delataba gran parte de su historia: sus ropas seguían siendo los harapos con los que había desembarcado en Lorient y su cara tenía la guerra marcada en gran parte de sus facciones. Pese a que en la estación se esforzó por asearse, solo el tiempo y una ropa en condiciones podrían haber resuelto su aspecto y no tenía ninguna de las dos cosas.

Recordaba a Alejandra Lacalle, una vecina y amiga de su madre, de Barcelona, con la que tan solo había intercambiado saludos amables y cortas conversaciones cuando esta asistía a las meriendas que organizaban en su casa o se encontraban a la salida de misa. No obstante, era una de las mejores amigas que su progenitora tenía y siempre estaban en contacto, incluso en aquellos tiempos, incluso desde que las mujeres de su familia se habían instalado en San Remo para pasar la guerra. Había depositado innumerables cartas de su madre en el buzón antes de volver a España, algunas para la señora Lacalle, que se había refugiado de la guerra en la villa que tenía en Biarritz, al sur de Francia. Lo mejor de todo era que recordaba su dirección. No exacta pero sí el nombre de la calle, por lo que acabar su recuperación en casa de aquella conocida de Barcelona le pareció lo más sensato que podía hacer antes de volver a entrar en España e incorporarse al frente. Además, sin ropa, sin dinero y lisiado, no tenía muchas más opciones que considerar.

Llegó a Biarritz a primera hora de la tarde y dedicó varios minutos a buscar la rue de la Frégate en el plano que colgaba de una de las paredes de la estación. Lo memorizó como pudo, sabiendo que probablemente no localizaría otro con facilidad. Decidió que lo más fácil sería andar hacia el mar, desde allí buscar el hotel du Palais y la rue de l'Imperatrice, en la que desembocaba su calle de destino. Le hizo gracia que, como en San Remo, aquí también tuvieran una calle dedicada a una emperatriz, aunque fuera a otra.

A la media hora de su salida de la estación pasó frente al hotel du Palais, un establecimiento espléndido que tenía bien merecido su nombre. Poco después torció a la derecha y enfiló la rue de la Frégate, donde recordaba que su madre había dirigido las cartas a la señora Lacalle. Pasó por delante de varias grandes casas de estilo vasco con los tejados de teja roja, las paredes blancas y las estructuras de madera bien visibles. Leyó los nombres en los buzones, se asomó a los jardines, escrutó las ventanas y afinó el oído, intentando buscar alguna señal, palabra o imagen que delatara que aquella era la propiedad de la amiga de su madre. Por suerte, en cuanto la calle dio una curva supo que había hallado la casa.

De estilo inequívocamente vasco también, el edificio no hubiera destacado sobre los demás si no hubiera sido por la colocación de una gran bandera española sobre la que se leía «Arriba España» en la barandilla del balcón central. Respiró aliviado. Había llegado. Sonrió al leer el nombre de la casa en un lado de la puerta: «Villa Ratillo».

Abrió la pequeña puerta de barrotes de hierro que daba acceso al jardín y atravesó un pequeño sendero de piedra hasta la puerta principal. Llamó al timbre y al poco rato una criada le abrió la puerta. Le miró de arriba abajo sin ocultar su rechazo. A Pablo no le extrañó. Olía mal, iba con la ropa hecha jirones y su misma cara era un espejo de la guerra, el dolor y la mala vida. Debió de pensar que era un vagabundo que venía a por limosna, pero pese a ello no se asustó y le miró desde su menor estatura con antipatía y dirigiéndose en español, deseando poner también esa barrera entre ambos, suponiendo que él era francés y que no le entendería.

—¿Qué desea?

Pablo sonrió tímidamente.

—Quisiera ver a la señora, ¿por favor, podría llamarla?

La criada modificó y mejoró el gesto. En aquel estado y hablando en español, lo más probable era que se encontrara frente a un soldado.

En ese momento, cruzando de lado a lado el vestíbulo de entrada que se abría tras ella, una señora corpulenta, con el pelo cano recogido en un moño, se detuvo. Portaba una bandeja con té y pastas. Se giró lentamente y, primero con extrañeza pero enseguida con asombro, la dejó caer al suelo con estrépito mientras avanzaba rápidamente hacia la puerta y apartaba a su empleada de un manotazo.

—¡Pablo! ¡Dios mío, eres Pablo!

Lo abrazó tan fuerte como habría hecho con un hijo suyo y, saltándose toda norma de protocolo, le besó varias veces en la mejilla, tan efusivamente que Pablo no pudo evitar reír.

Lo apartó de sí un segundo, cogiéndole por los hombros para mirarle.

—Dios mío, tu madre va a estallar de emoción. ¡Todos te dábamos por muerto! Vamos a escribirle ahora mismo. Por favor pasa, ¡pasa! —Se giró a la criada—: Pelaya, prepare la habitación rosa y un baño. Deje ropa limpia del señorito Carlos en el armario para que este caballero pueda cambiarse. —Pablo sonrió.

—Señora Lacalle, le agradezco tanto que me acoja. Necesito recomponerme físicamente antes de volver al frente. Además, no tengo ropa, ni dinero ni más que lo que llevo puesto.

—Pablo, ni una palabra más. No sabes la alegría que me has dado y la alegría que se va a llevar tu familia cuando se enteren. Dios mío, qué mal aspecto tienes. Me lo tienes que contar todo, no quiero que te dejes ni un detalle. ¡Es un milagro! ¡Una aparición! ¡Y en mi casa! ¡Aquí! ¿Cómo has llegado hasta aquí? Sube a descansar y cuando bajes me lo explicas todo. De momento yo me voy corriendo a la oficina de correos para mandar un telegrama a tu madre. Es una lástima que en la villa esa de San Remo no disponga de teléfono pero a más tardar mañana sabrá que su hijo sigue vivo.

Alejandra Lacalle le dio la espalda y al minuto se despedía apresuradamente abrochándose el sombrero debajo del mentón mientras salía de la casa con urgencia en dirección a la oficina de correo.

La doncella le acompañó al interior de la casa, una vivienda nada moderna y plagada de cuadros, retratos, pequeñas figuras de porcelana y mesitas, alfombras y sillas por todas partes. Nadie podría haber hecho caber en aquel espacio ni un objeto más, tampoco en su habitación, completamente tapizada en un color rosa pálido sobre cuyas paredes colgaba una larga serie de grabados de escenas campestres. En el centro, presidiendo la estancia, una enorme cama con dosel le prometió, al fin, descanso y bienestar.

Se bañó, se afeitó, durmió casi tres horas y se vistió para bajar a cenar, convertido en un hombre nuevo que hacía tiempo que había perdido de vista. Podría haber dormido toda la noche, incluso todo el día siguiente, pero tenía hambre y quería escribir a su madre lo antes posible para explicarle todo lo que había pasado. Además, la señora Lacalle tendría, a través de su madre, mucha información sobre el estado y paradero de su familia.

Encontró a su anfitriona leyendo en el salón, absorbida por un sofá mullido con los apoyabrazos cubiertos de ganchillo. A su lado, una chimenea con el marco de latón daba calor a la estancia. Pablo golpeó un par de veces el marco de la puerta con los nudillos para hacerse notar. Enseguida, la mujer levantó la mirada del libro y le sonrió.

—Pero bueno, qué maravilla. Qué elegante y guapo estás. Sabía que te quedarían como un guante los trajes de mi hijo. ¿Has podido descansar un poco? —Pablo asintió con la cabeza sin entusiasmo. Ella prosiguió—: Bueno, da igual, tienes que descansar mucho más aún, pero, de momento, quiero que comas y que me cuentes todo lo que has vivido. Como no sabíamos a qué hora bajarías, te han preparado algo de picar en el comedor. Nada sofisticado, y yo ya he cenado, así que no te molestaré mientras cenas. Lo tienes allí mismo. —Señaló con la mano la estancia que se entreveía a través de dos puertas correderas semiabiertas—. Cuando acabes, ven a tomar el postre al salón y hablamos.

—Así lo haré. Muchas gracias.

Realmente agradecía mucho a Alejandra Lacalle su hospitalidad. También su sensibilidad para comprender que tenía que descansar, que quería comer, mucho y solo, y que solo después de recomponerse un poco, le dedicaría el tiempo a ella.

En el comedor habían dispuesto para él una mesa con diferentes quesos, embutidos, fiambres, fuentes con carne, varios tipos de empanadas y un guiso de lentejas. Probó cada uno de los platos con cierta ansiedad, mientras la doncella que le había abierto la puerta iba reponiendo el agua y el vino y retirando los platos a medida que los que usaba. Sin hablar, comiendo con los remilgos de un tabernero, Pablo permaneció solo en aquel comedor hasta que sintió que ni un gramo de comida más cabría en su estómago. Saciado y con la sensación de estar a punto de reventar, se acercó de nuevo al salón. No dio tiempo a que se acabara de sentar en uno de los sillones que se enfrentaban al de su anfitriona cuando silenciosamente la doncella le dejó un plato con una generosa porción de pastel ruso en el velador que tenía al lado. La señora Lacalle le miró con cierta ternura y sonrió.

—El postre. Lo hacen en Chez Colombini, una pastelería del centro. Es la mejor tarta que he probado nunca, pero comprenderé que no tomes ni un trocito si es que no puedes. A mucha gente lo que le gusta de esta zona es el mar, la playa y eso, pero a mí lo que me pierde es la pastelería. ¡Si no fuera por eso! En todo lo demás prefiero San Sebastián, que además es más divertido. Esto está bien, pero solo para un ratillo, por eso le puse el nombre ese a la casa. En fin, tonterías mías. Lo que me gustaría ahora es que me contaras todo tu periplo, pero antes, si te parece te contaré lo que sé de los tuyos, que te adelanto están todos bien.

Le dio vergüenza no haber preguntado antes por ellos, pero respiró aliviado y durante media hora escuchó todo lo que la amiga de su madre sabía por boca de su progenitora. Le leyó varias cartas con noticias que le llegaban de la Villa Skosrev de San Remo, le informó del paradero de Montse, de lo que sabía de José Manuel y de la vida tranquila y segura que llevaba su familia en Italia. Más tarde, Pablo le explicó con detalle toda su historia.

Era ya muy tarde cuando acabó, pero le pareció que no había cansado a Alejandra Lacalle, sino más bien al contrario. La mujer se le quedó mirando unos segundos, tomo un sorbo de té y dejó la taza silenciosamente en una mesilla.

—¿Te das cuenta, Pablo, de que estamos luchando por unos ideales que están en el corazón de muchos de nuestros enemigos? Quiero decir que, al margen de lo que digan sus líderes, de lo que hagan los más radicales, hay mucha gente buena luchando en las filas rojas. Gente que en lo esencial, en lo importante, son más parecidos a ti y a mí de lo que pensamos. Gente que te ha ayudado.

—Me doy cuenta cada día, señora. Es lo más duro de la guerra. Pero también he visto atrocidades que...

—Que nuestro lado comete a diario también. Pablo, no sabes las imágenes que vi de Guernica. Los bombardeamos en un día de mercado, a mujeres y a niños.

—Nos dijeron que...

—Ya sé lo que os dijeron, pero aquí todo el mundo sabe la verdad. Hay cosas injustificables, nos pongamos como nos pongamos. Lo sabes tú y lo sé yo. Y a saber qué estará pasando que no nos estamos enterando.

—Señora Lacalle, nosotros defendemos los valores tradicionales, la España de siempre. Entiendo que hay cosas que deben cambiar.

—Muchas, Pablo, muchas.

—Sí, desde luego, pero nada arreglamos incautando propiedades, quemando monasterios, matando a curas, yendo al comunismo.

—También nosotros hemos matado a religiosos.

—Solo a algunos revolucionarios vascos que eran más revolucionarios que sacerdotes. No sé yo de ninguna monja que haya sido fusilada.

Se hizo el silencio. Habían empezado un debate sobre un tema en el que ambos convergían, pero Alejandra Lacalle recordó que no le había contado a Pablo nada más que el estado actual de su hermana Montserrat Bultó. Se levantó silenciosamente de su sillón y se acercó a un pequeño secreter en el que guardaba las cartas. Volvió con un sobre con la dirección escrita en una letra que Pablo reconoció. La chimenea crepitaba con las últimas ascuas y la luz alrededor parecía querer subrayar la importancia de lo que estaba a punto de oír.

—No te he contado toda la historia de tu hermana Montserrat. Quiero decir, desde que salió del monasterio hasta que llegó a Teruel, donde se encuentra ahora. Ha pasado cosas terribles. Esta carta me la escribió tu madre explicándomelo todo. Creo que te indignará, pero creo que también te abrirá los ojos.

Le acercó la carta a Pablo mientras ella observaba en silencio su reacción. Cuando su invitado acabó de leerla y las lágrimas de rabia y pena parecía que iban a aflorar de sus ojos, Alejandra le acaricio la cabeza con ternura, se levantó y lentamente se retiró a su habitación.

Pablo no pudo conciliar el sueño en toda la noche. En lugar de dormir, se prometió a sí mismo, por su hermana pero también por los inocentes a los que aquel hombre había asesinado, que le daría caza y le llevaría ante los jueces. No quería para él una muerte silenciosa, quería que toda España se enterara de la infamia que aquel conde de Navalviento había cometido.

VI

Ana Argüelles había pedido a José, su capataz de la finca de la Recuesta, que le acompañara a Gijón, donde esperaba poder localizar y reclamar la bomba de agua que el ejército republicano le había incautado de su jardín. Sus nietas, especialmente Inés, habían insistido en acompañarla, pero aquel viaje encubría una segunda gestión de la que prefería que nadie tuviera noticia. Al menos de momento. Como siempre, su indumentaria, una falda vieja y parcheada, una rebeca con bolas, un pañuelo desteñido sobre su cabeza y sus sempiternas botas de agua provocó los reproches de toda su familia, igual que su empeño en moverse con la vieja tartana de José en vez de usar el coche del conde de Navalviento o alguno de los coches de caballos de la casa. No tenían nada a hacer con ella, cada comentario referente a su forma de vestir solo le reforzaba en su decisión de parecer una dama rural sin importancia. Además, no le hacía falta parecer distinguida, en Gijón todos sabían quién era la duquesa.

Se dirigió a la comisaría directamente, penetrando en su ciudad, que encontró herida y extraña, nada alegre. José, una de las principales líneas que le permitían mantener el contacto con la realidad más allá de los palacios y las cacerías, le había hablado de los rumores de la feroz represión que se estaba llevando a cabo contra cualquiera que no demostrara total adhesión a Franco y los nacionales. Pese a que antes de la toma de la ciudad, cuando ya estaba claro hacia qué lado se decantaría la batalla, los nacionales habían lanzado octavillas prometiendo que no habría venganzas ni purgas, parecía que aquellas eran promesas que los vencedores no estaban dispuestos a respetar. Le había hablado de miles de republicanos hacinados, apresados en la plaza de toros de El Bibio. Pudo ver el miedo en las caras de algunas personas y la alegría en la de otras, y no le gustó. Las guerras deberían acabar con el fin de las batallas, se dijo.

José, que podía ver el disgusto en la cara de su señora y leer a través de su arrugada piel, agradeció, como tantas veces en su vida, trabajar para alguien con corazón.

Entraron en la comisaría, uno de esos lugares en los que solo cruzar la puerta a cualquiera se le erizaba el pelo. Los gritos apremiantes de los agentes, los empujones con los que se trasladaba a los sospechosos de un lado a otro, el desorden del lugar, el caos en toda su esencia les rodearon solo entrar. José pensó que sería imposible que alguien pudiera prestarles ni un segundo de atención, pero al poco de permanecer en la entrada, mirando lado a lado sin saber a quién dirigirse, uno de los policías pareció reconocer a la duquesa y se les acercó con una sonrisa.

—¡Señora duquesa! ¡Qué alegría ver que está bien, sana y salva! Ya teníamos noticias que las malas bestias rojas no habían dañado la Recuesta, pero ¡no sabíamos que ya estaba usted de vuelta! Es una maravilla ver que todo vuelve poco a poco a ser como antes.

—Marcelino, qué maravilla verle a usted por aquí. ¿Cómo se encuentran sus padres?

—Están bien, gracias a Dios. Mi padre en el frente y mi madre en casa de unos primos suyos, cerca de Luarca. La tienda quedó dañada por un bombardeo, pero ya estamos trabajando para que todo vuelva a su estado de antes de la guerra, a ser como siempre.

José notó que a su señora las repetidas referencias a volver a ser «como siempre», como si nada hubiera ocurrido, le molestaban.

—Nada volverá a ser como antes, Marcelino. Y quizás nada deba ser igual. Hay que recordar, no olvidar nunca y rectificar aquello que pudimos haber hecho para no llegar a este punto. Pero no es para discutir estas cosas para lo que he venido, quizás me pueda ayudar con otro asunto. —Comentarios como aquel en otra persona hubieran sido peligrosos, pero pronunciados por una anciana duquesa, por una grande de España de reconocida filiación monárquica y franquista, solo provocaban cierta sorpresa. No obstante, Ana Argüelles no dejó que el policía pensara demasiado en eso. Siguió hablando—: ¿Podría dedicarme unos minutos? Será poco tiempo, pero de pie y a mi edad no puedo aguantar mucho sin que mis piernas empiecen a temblar.

El policía volvió un poco en sí.

—Por supuesto, por supuesto, acompáñeme.

—Gracias. —Se giró hacia su capataz—: José, querido, me puede esperar fuera.

Siguió al policía hasta un pequeño despacho con las paredes de cristal, ocupado casi en su totalidad por un escritorio de madera de limoncillo cubierto por fajos de documentos. Quitó el polvo de una de las sillas y se la ofreció a la duquesa, que agradeció el gesto con una sonrisa. El agente se sentó al otro lado de la mesa. Apartó unos documentos con cierto aire de suficiencia y cruzó las manos.

—Y bien, ¿en qué puedo ayudarle, excelencia?

No podía soportar cuando la gente se esforzaba en darle el tratamiento, pero sonrió antes de hablar. Explicó el caso de su bomba de agua. De cómo era vital para el regado de su jardín, cómo su estanque se había secado y el terrible hedor que propagaba, aparte de la horrible visión que era para ella ver cómo toda su vegetación languidecía y sus hortensias morían. Exageró el estado de los daños en su finca desde que los rojos se habían llevado la máquina y la urgencia con la que necesitaba que le fuera devuelta. El policía tomó nota de todo y prometió que se ocuparía personalmente.

Cuando aquel tema estuvo aclarado, Ana Argüelles siguió hablando, intentado darse poca importancia:

—Sabe, Marcelino, es terrible la impunidad con la que todo se ha dirigido desde el inicio de la guerra. Supongo que nunca encontraremos a los responsables del robo de mi bomba. Cuando acabe todo, ¿usted cree que se depurarán responsabilidades?

El agente se explayó:

—Por supuesto, señora, por supuesto. Vamos a perseguir hasta al último malhechor. En esta España no caben rufianes de ningún tipo. Puede presentar una denuncia si lo desea, la gente la quiere y la respeta, no dude de que se hará cuanto se pueda. Ya estamos apresando a muchos rojos que tendrán que rendir cuentas ante la justicia. Es una lástima que ustedes no pudieran matarlos ahí mismo, en su casa, mientras les robaban. Sí, sí, ya sé que no siempre se puede y que según y cómo, no hubiera sido bueno para ustedes, pero, de haber sido posible, eso hubiera sido lo mejor. Ya sabe, muerto el perro, se acabó la rabia.

—Uy, Marcelino, yo matando a revolucionarios, ¿acaso no me ha visto? Además, entiendo que entonces la que hubiera tenido que responder ante la justicia habría sido yo, ¿no es así?

—Bueno, eso ya lo veríamos; no creo que nadie pudiera pedirle ninguna responsabilidad. Quiero decir que, en un caso de allanamiento de la propiedad privada, de un rojo a un nacional, que encima pertenece a nuestra orgullosa aristocracia. No, sinceramente, no creo que el caso tuviera ningún recorrido. Todo el mundo aplaudiría que hubiera ajusticiado usted a los revolucionarios, fueran uno, dos, o veinte. Sería una heroína. Estamos hablando del enemigo, y, al fin y al cabo, estamos en guerra.

—Ya... comprendo.

Sí, comprendía. Comprendía que el conde de Navalviento estaba a salvo de la justicia, por lo menos de la franquista. En un contexto de guerra, con su casa ocupada, ningún tribunal condenaría a un conde por ajusticiar a unos pobres campesinos de los que nadie sabía nada. Ni siquiera estaba segura de que el testimonio de la hija monja de una prominente familia burguesa de Barcelona tuviera alguna fuerza frente al de aquel hombre cruel. No, pensó, tendría que actuar ella misma.

Se levantó de la silla y dejó que el agente le besara la mano antes de que le acompañara a la puerta de la comisaría. Comprobó cómo se sorprendía al ayudarle a subir a la tartana con mula sobre la que le esperaba José. Le agradeció la galantería al policía.

Se alejaron unos metros de la puerta de la comisaría antes de que la duquesa estallara entre dientes:

—Esto es una mierda. Esto es una puta mierda.

VII

Volvió a la Recuesta y se recluyó en la biblioteca, donde tenía un elegante buró de madera de caoba con la corona ducal incrustada en latón desde el que dirigía los asuntos de su finca.

Se reclinó en la butaca pensando qué debía hacer. Antes de sopesar las opciones que tenía para zanjar el espinoso tema del conde asesino, apuntó mentalmente cuáles debían ser los objetivos de su operación. La primera y fundamental era que aquel hombre saliera de sus vidas, que no avanzara ni un ápice en la relación con su nieta Inés. La segunda, también esencial, era que ese sujeto pasara cuentas con la justicia, que pagara por lo que había hecho. Ana nunca había pretendido ejercer de justiciera, pero la idea de familias enteras, mujeres y niños ahorcados en el patio de la casona de Navalviento le dolía demasiado como para no implicarse al máximo; además, en la comisaría sus sospechas de que muy probablemente la justicia no perseguiría al conde se habían confirmado.

Hasta la fecha había hecho poco o nada por su país en un momento en el que todos, de uno u otro bando, estaban arriesgando sus vidas por sus ideales de lo que España debía ser. Ella simplemente había huido, se había refugiado del peligro y sus temores en Biarritz mientras la sangre empezaba a derramarse, esperando a que otros solucionaran sus problemas. Quizás la hora de aportar su granito de arena había llegado.

Respiró profundamente.

Sí, su país estaría mucho mejor sin el conde de Navalviento.

Pero primero debía oír la versión que de los hechos daba el protagonista. Realmente la única referencia que tenía de aquellos acontecimientos era a través de una carta y no debía fiarlo todo a ella si pensaba actuar.

Sola, elaboró un plan para saber de primera mano qué era exactamente lo que había pasado en Navalviento, para obtener algo parecido a una confesión por parte del conde y saber realmente a quién se enfrentaba, si es que debía enfrentarse a alguien. Cuando tuvo su estrategia clara, mandó llamar a su hija Eugenia. No le hizo falta desvelar sus sospechas sobre el conde a su hija para contar con su necesaria colaboración; ella misma tenía sus motivaciones para defenestrar a aquel individuo y parecían tan fuertes como las de su madre. Ana Argüelles prefirió no contar a su hija la historia que había llegado a sus manos sobre Javier Ferro, conde de Navalviento, hasta asegurarse de que era cierta y estaba en marcha su castigo.

VIII

Tras casi dos semanas dedicado a la dulce vida de la aristocracia rural, paseando con Inés por los jardines de la finca como si fuera el propietario y deseando que aquellos días no acabaran, Javier Ferro había comunicado que les dejaría para volver a sus importantes y desconocidas actividades en la retaguardia, por lo que Ana y Eugenia establecieron que el escenario perfecto para ejecutar su plan sería la cena de despedida que celebrarían el día anterior a la marcha de su probable enemigo.

Inés y sus hermanas se ilusionaron con la perspectiva de recuperar algo del boato anterior a la guerra y se pusieron a disposición de su abuela para ayudar en lo que fuera necesario, aunque todas pensaron que era extraño que su madre se prestara a aquella idea teniendo en cuenta la inquina que sentía por el conde. Tan solo se trataba de una cena familiar, pero se habían acostumbrado a comidas austeras y las cuberterías, mantelerías y cristalerías de antes de la guerra habían desaparecido de la escena, guardadas a buen recaudo en armarios escondidos en los sótanos. Llevaban meses acostumbradas a la monótona visión de los toscos platos de loza y los elementos sencillos que los acompañaban en la mesa y volver a poner en uso las piezas que habían usado desde niñas pareció un paso más al restablecimiento de su vida anterior al conflicto.

A fin de cuentas, los rojos no se habían llevado de la Recuesta más que una bomba de agua así que disponían de un amplio surtido de elementos que harían de aquella una mesa digna de reyes.

Cuando la noche llegó la «*mise en place*» no defraudó a nadie. Sobre un mantel bermellón habían colocado bajoplatos de plata, sobre los que descansaba una vajilla blanca y verde con el borde y la corona ducal en oro. Frente a ellos, la luz de dos candelabros de plata cubiertos de angelotes y figuras de caza se reflejaba en las copas de cristal tallado. En medio de la mesa, Inés, Lucía y Cayetana habían colocado un centro de flores silvestres y ramitas de roble que ellas mismas habían elaborado. El comedor, a la luz de las velas, había matizado el desgaste de los años y resaltaba sus cuadros y muebles.

Javier siempre viajaba con sus trajes de etiqueta en la maleta, un arma que en muchas ocasiones se había probado tan poderosa como su revólver. Se vistió, se engominó y, de nuevo, la imagen que el espejo le devolvió le pareció insuperable. Henchido de orgullo bajó al salón, donde aquel ramillete de mujeres le esperaba. Tuvo que reconocer que pese a las circunstancias, aquella familia transmitía todo el abolengo del que la aristocracia española podía jactarse, perfectamente vestida para la ocasión con trajes largos que habían recuperado del armario de su abuela, totalmente anticuados y llenos de dobladillos y apaños para que les encajaran lo mejor posible, pero aun así, elegantes y favorecedores sobre aquellas distinguidas perchas.

Se sentó junto a Inés, en el centro, ante la abuela Ana y Eugenia, que sorprendentemente le ofreció la mejor de sus sonrisas antes de tomar asiento. Enseguida, José, ataviado con un uniforme blanco con botones dorados empezó, como pudo, a servirles el vino. Se notaba que aquella no era su labor y que sustituía al servicio inexistente de aquella casa, pero guiándose con la mirada de la duquesa, les sirvió sin fallos de importancia.

El entrante consistió en una sopa de cebolla muy ligera; José regó la del conde con un chorro generoso de jerez. Cuando acabaron el primer plato, Eugenia, rompiendo con todo el protocolo, se levantó para brindar. El conde no daba crédito a la actitud de la que esperaba que en un corto plazo fuera su suegra. Sus ojos azules brillaban, su piel estaba rosada y su figura, envuelta en un traje de terciopelo rojo con el escote cubierto de bordados dorados era el epítome de todo lo que una mujer elegante querría ser. Alzó la copa con aire solemne.

—Querida mamá, queridas hijas, querría dedicar mi brindis a nuestro estimado conde. Tengo que, en primer lugar, agradecer la amabilidad con la que nos trajo aquí y el resto de las atenciones que nos ha prestado a todas a diario. Para nosotras y para mí especialmente es una gran alegría ver que en estos tiempos tristes y revueltos aún quedan caballeros dispuestos a proteger y cuidar a un grupo de mujeres como nosotras. Espero que lo haya pasado tan bien como sin duda nosotras lo hemos hecho con usted, que nos recuerde y que vuelva pronto. Hoy estamos de celebración y en familia, lo que constituye una ocasión única para estar felices y relajados, por lo que, igual que he hecho yo, querría que todos realicemos un brindis durante la cena y que nos prohibamos, aunque sea por esta noche, la tristeza y las preocupaciones. Yo brindo por ello, por que la guerra acabe pronto, por que todo vuelva a ser como antes y por que la amistad que nos une al señor conde dure para siempre.

Estupefacto pero halagado, el conde brindó con todas las asistentes y se volvió a sentar tras agradecer, inclinando teatralmente la cabeza, a Eugenia aquel inesperado momento. José le rellenó rápidamente la copa vacía.

El segundo plato fue una ensalada tibia con langostinos. Un plato muy bonito pero que se comió en tres bocados. Al acabarlo, Lucía se levantó y realizó un brindis en el que nuevamente agradeció la presencia del conde y aprovechó también para agradecer aquella cena a su abuela al tiempo que hacía jocosos comentarios sobre su pesado traje plisado, que le estaba provocando grandes sofocos. Todos rieron y siguieron con la cena mientras José rellenaba las copas.

El tercero fue un lenguado a la *meunière*. Sin guarnición. Un plato especialidad de la casa cuya materia prima provenía del mismo pescador que había trasladado a la duquesa a Biarritz en su barco y que todos alabaron. Tras él, Inés se levantó para brindar.

—Quiero agradecer a la abuela su hospitalidad y a Javier su amabilidad al habernos traído aquí. Llevamos unos cuantos meses de un lado para otro y creo que finalmente todas nos sentimos cómodas de verdad y en casa. Brindo por que pronto todos los que están lejos puedan sentirse igual. Especialmente tú, Javier.

Javier agradeció aquella mención especial. Parecía que su amistad con Inés se consolidaba y poco a poco le acercaba al compromiso, su aspiración final. Sonrió satisfecho mientras José le rellenaba de nuevo la copa de vino.

El postre consistió de un sorbete de limón y nata al champán, un colofón ligero a un menú que a casi todos les había dejado con hambre. Tras él, José sirvió una copa de vino dulce y otra de cava, que la duquesa alzó para realizar su brindis.

—Querido conde, queridas hija y nietas, para mí es un placer tremendo teneros aquí y ver cómo mi casa, que es la vuestra, recupera un poco la vida. Mañana nuestro invitado se irá, pero es mi deseo que pueda volver pronto y quedarse más tiempo.

En este punto, Javier decidió brindar él también. De pie, notó un leve mareo tras su quinta copa de vino.

—Queridas señoras, para mí sí es un auténtico placer haber sido su huésped. En los pocos días que he convivido en esta casa con ustedes, le he cogido un afecto sincero a su ejemplar familia y también espero poder volver pronto y acercarme aún más a ustedes. Señora duquesa, señora Sagnier, gracias por su hospitalidad.

Dio un sorbo a la copa y se sentó pesadamente. En el acto, José se la rellenó de nuevo con espumoso.

Acabaron la cena y se trasladaron al salón, donde José había dispuesto una selección de licores, vinos de Jerez y Oporto sobre una consola de patas doradas, colocada bajo un retrato de mirada penetrante. Toda la estancia se iluminaba tenuemente con la luz dorada del fuego y las velas. Satisfecho, Javier acompañó a la abuela Ana, que le pidió que se sentara frente a la chimenea junto a ella, en un tresillo de *toile de Jouy* verde y beige. Sobre una pequeña mesa auxiliar les sirvieron un oporto. El resto del grupo quedó a su espalda, hablando sin levantar la voz sobre los trajes que vestían. La duquesa le hablaba mirándole a los ojos, sin urgencia, sin darle la sensación de que le escrutaba. Le hacía sentirse relajado y en casa. Apoyó la mano en su brazo.

—Señor conde, Javier, no sabe lo que me ha gustado conocerle —dijo la duquesa—. Ya sabe lo que cuesta, más en estos días, encontrar a gente que... cómo decirlo... hable el mismo idioma que uno mismo. En medio de una guerra, con nuestros amigos desplazados o exiliados, nunca sabe una a quién puede abrirse. Ya sabe, hablar sin trabas y sin miedo a que a una le censuren. Conoce los sentimientos que despierta la aristocracia en algunas mentes, qué le voy a contar.

Acercó su copa y le invitó a brindar con ella. Estaba un poco mareado, pero pletórico. Parecía que finalmente había vencido cualquier resistencia hacia él en la familia de Inés. Si la abuela Ana le aceptaba, Eugenia no tendría más remedio que hacerlo.

Ana Argüelles llevaba ya casi tres horas ejecutando el plan que habían diseñado con su capataz y para el que había contado con la colaboración de su hija Eugenia, que ya había mandado a dormir a sus hijas sin que Javier se diera cuenta de que se quedaba solo con su anfitriona. Se trataba fundamentalmente de lograr una intimidad entre ella y el conde de Navalviento para que confesara sus crímenes, si es que había cometido los que le achacaban. Para facilitar dicha confesión, llevaba horas bebiendo té oscuro y rojizo mientras a su invitado José no dejaba de rellenarle la copa con alcohol. Además, el tono de la conversación que dirigía la duquesa iba siendo gradualmente más y más clasista, con la idea de que, entrados en materia, Javier Ferro confesara sus crímenes sin atisbo de vergüenza, sino más bien todo lo contrario, con orgullo y fanfarronería. Con cada comentario que su invitado hacía, Ana se convencía a sí misma de que era la mejor de las actrices, consiguiendo ocultar su ira y su repulsa hacia aquel hombre bajo la mejor de sus sonrisas. A las dos de la madrugada, la conversación del conde empezó a volverse más y más difícil de entender y su mirada se nubló ligeramente, momento en el que la duquesa decidió lanzar su ataque, aprovechando una conversación sobre Cuba.

—Mi madre me legó un ingenio en la isla. No de los mayores, pero con una casa muy bonita desde la que se ve toda la plantación de caña, que es una preciosidad. Yo misma he visitado la propiedad solo tres veces, pero mi padre, el difunto duque, pasó varias temporadas. Los médicos le recomendaban climas cálidos, viajes por mar, ya sabe, todas esas cosas, pero, al final, resultó que lo más peligroso para él era Cuba en sí misma. Escapó de la muerte a manos de los jornaleros dos veces, fue terrible. En realidad, hemos tenido problemas con los trabajadores desde el mismo día de la independencia de la isla. Ocupan la casa, queman partes de la plantación, se pelean entre ellos y ha habido varias desgracias. Me resisto a vender la finca a precio de saldo, pero me daría menos problemas si me deshiciese rápidamente de ella. A veces creo que he sido demasiado blanda con ellos, con todos los que trabajan esas tierras para mí. Por supuesto, el capataz de la plantación tiene permiso para ejecutar a los alborotadores, pero no puedo evitar pensar si ese no es un problema de raíz y convendría más deshacerse de todos y...

En ese momento, el conde, que había perdido gran parte de su compostura, casi repantigándose sobre el tresillo, intervino:

—Eso hice yo.

Ana pretendió no oírle, pese a que sabía que solo tenía que recoger discretamente el pez que acababa de picar.

—... deshacerse de todos y volver empezar con una gente más...

El conde interrumpió de nuevo, esta vez alzando la voz:

—¡ESO HICE YO! Los maté, los maté a todos. Vaya si lo hice.

Y empezó, bajo la atenta mirada de su anfitriona, a contar todos los pormenores de una de las matanzas más crueles que una sola persona hubiera podido cometer, riendo, sirviéndose más vino y jactándose con orgullo de toda su maldad. Cuando acabó, absolutamente borracho, cayó en el más profundo de los sueños.

Así que ese era él. Así que todo lo que Montserrat Bultó había contado a su madre y que a su vez esta había contado a su amiga común, Alejandra Lacalle, era cierto. Tenía ante ella, dormido, borracho y sin atisbo de la gallardía que se esforzaba por emanar, a un auténtico criminal, a una persona sanguinaria que la guerra debería haberse llevado por delante en vez de tantas personas buenas de uno y otro lado. Sentía ganas de vomitar, también de matarle allí mismo, pero estaba demasiado aturdida para actuar. Debía ordenar su cabeza antes de dar cualquier paso en falso. Pero la maquinaria ya estaba en marcha y nadie la podría parar.

Obtenida la confesión, Ana Argüelles, duquesa de Riosgrandes, grande de España, viuda, madre y abuela, se preparó para ejecutar el castigo que las autoridades le negaban a aquel conde asesino. Se preparó para pisar el barro.

IX

Cuando Javier se levantó el reloj del vestíbulo adyacente a su habitación ya había tocado las doce y, sin embargo, las ventanas no iluminaban su estancia como en días anteriores. El sol que le había acompañado hasta entonces había sido sustituido por una densa niebla que descargaba toda su humedad sobre el jardín. Se asomó a la ventana entornando los ojos mientras se acariciaba la cabeza, dolorida tras una noche de demasiado alcohol. No era la primera de las grandes resacas de su vida, pero su ablandado cerebro le avisaba de que algo de lo que había hecho la noche anterior le debía preocupar. Se acercó al baño y se miró a disgusto en el espejo mientras se desnudaba para ducharse. Se dijo una vez más que tenía que beber menos, pero aunque lo había intentado y se había jurado mil y una veces bajar el ritmo, él era carne de prostíbulos y cabarés, de clubes de fumadores y de timbas de póker, escenarios todos en los que una buena copa en la mano era casi obligada, aunque más tarde su cuerpo se resintiera.

Se enjabonó con una pastilla de Heno de Pravia mientras intentaba desentrañar la maraña de recuerdos de la noche pasada. Recordó a las chicas, especialmente a Inés, vestida de rojo, o quizás no. También la cena en el comedor. Recordó que Eugenia había sido por primera vez amable con él. No se acordaba en qué momento se retiró, ni cuándo lo hicieron los demás, pero estuvo hablando con la duquesa. Mucho rato. Siguió enjabonándose a conciencia, sabiendo que estaba olvidando algo de vital importancia.

Cuando acabó, de nuevo frente al espejo, su cara era mucho más parecida a la que estaba acostumbrado a ver. Se afeitó y se puso loción. Se empezó a peinar lentamente. Mientras acariciaba su pelo rubio le pareció que aquel masaje estimulaba su memoria, porque, para su horror, las lagunas de la noche empezaron a desaparecer. Se dio cuenta, incrédulo, de que lo había contado todo. Estaba a punto de echar a perder todo su plan por una noche de borrachera. Si Inés se enteraba de que había matado a toda la aldea de Navalviento, nunca más querría saber nada de él, por no decir que probablemente le denunciara. Aun en el caso de que consiguiera eludir la justicia, nada bueno podría salir de que la sociedad tuviera conocimiento de aquel crimen. A nadie le gustaban los asesinos y él había asesinado a más gente que la mayoría.

Se vistió rápidamente y respiró profundo antes de descender a la planta baja. Recorrió el salón y el comedor pero no encontró a nadie. Se acercó a la cocina, donde María limpiaba los cubiertos con un guante de algodón.

Con el trato que habitualmente daba al servicio, le espetó:

—¿Dónde está todo el mundo?

María levantó la mirada y sonrió, inocente y bondadosa, ajena al mal carácter del invitado.

—Las señoritas y doña Eugenia han ido a los oficios con José, a Roces. La señora duquesa pidió un baño hace algún rato y está desayunando en su habitación. No tardará en bajar. ¿Desea usted algo de desayuno?

Se dio la vuelta sobre sí mismo y, sin contestar, abandonó la cocina. Se sentó en un banco del recibidor, observando la escalera por la que su anfitriona debería bajar.

Supo que solo podía hacer una cosa, pero que por lo menos sería fácil. El mundo estaba plagado de viejas a las que les fallaba el corazón paseando por el jardín. Sin José, sin sus nietas y sin Eugenia, ningún momento podría haber sido mejor. Miró el reloj, la una. En ese momento estaría empezando la misa. Pasarían de las dos y cuarto por lo menos antes de que volviera todo el mundo y, para entonces, la madre de Inés ya sería duquesa. Sonrió. El mundo estaba hecho para gente sin escrúpulos como él.

A los diez minutos la escalera de roble de la casa empezó a crujir con el pausado paso de Ana Argüelles, que bajaba apoyándose en la barandilla vestida como siempre, con una combinación de ropa vieja deslucida, pañuelo sobre la cabeza atado bajo el mentón y botas de agua.

«Vestida para pasear, perfecto —pensó Javier—. Ella misma va a andar hacia su tumba». La anciana le sonrió levemente.

—Buenos días, señor conde. ¿Qué tal ha pasado la noche?

Así que eso era lo que iban a hacer. Pretender que ninguno de los dos recordaba cada coma de la conversación mantenida la noche anterior. NO. Si aquella vieja pensaba que iba a dejar que esperara al resto para desenmascararle, si pensaba que iba a tener la oportunidad de acudir a la comisaría en cuanto él se diera la vuelta, estaba muy equivocada. Ella era el cabo suelto que podía mandarlo todo al traste, la persona que siempre tendría un as en la manga contra él, la persona que podría chantajearle y dominarle llegado el momento.

Respondió tan falsamente como pudo.

—He dormido muy bien, aunque anoche bebí demasiado. Nada me iría mejor que un paseo por el jardín, si me permite que le acompañe.

Le ofreció el brazo. La duquesa se agarró a él.

—Por supuesto, señor conde. Hace un día magnífico, puramente asturiano.

Lloviznaba levemente y la niebla abrazaba todos los rincones del jardín, dejando solo entrever las siluetas de los arbustos y los árboles. «Un día horrible», pensó Javier.

—¿No le encantan estas mañanas? —insistió la duquesa.

Salieron fuera y descendieron en silencio la escalinata que daba acceso al jardín desde la casa. Javier pensó que lo mejor sería que se alejaran un poco de la edificación. Solo estaba María, pero podía asomarse a la ventana en el momento justo y ver cómo él estrangulaba a su señora. No quería tener que matarla a ella también.

Enfilaron hacia la parte baja del jardín, sorteando secuoyas y cedros. Ana le iba indicando el origen de cada árbol, la edad que se le estimaba y otras curiosidades que no le importaban lo más mínimo. Pasaron junto a un hórreo de piedra enorme en el que guardaban maíz y otros cereales para ser secados, y la mujer se detuvo a explicarle el origen de aquella construcción. La miró. Lo haría con el pañuelo, así no dejaría marcas en su cuello. Aquel débil cuerpo no podría aguantar mucho, estaba claro.

No le dio pena, ¿por qué iba a dársela? La gente vivía demasiado, los viejos, los tontos, los deformes. Para qué querría nadie un mundo con aquel lastre. En pocos días, aquella duquesa rancia sería solo un recuerdo vago que nadie echaría de menos, ni siquiera su familia, que habría heredado aquella finca y otras cosas que les facilitarían la posguerra. La mujer se separó ligeramente de él y se acercó a un cedro enorme, del que intentó arrancar una piña.

—Señor conde, ¿me hace el favor? No alcanzo a coger la piña. Las guardo dentro de mi armario, así siempre huele bien todo lo que me pongo, que se impregna con su fragancia. José me las recoge habitualmente, seguro que en su armario también tiene alguna.

No había visto ninguna piña en su armario y prefería que su ropa oliera a Varón Dandy, la colonia que usaba desde que empezó a vestirse como un hombre, pero se acercó al árbol y de un tirón arrancó la piña. Se giró para ofrecerle aquel último regalo pero la duquesa miraba en otra dirección. Su pañuelo se había desprendido de la cabeza y aquel sí era un elemento que no podía perder, pues lo necesitaba para estrangularla.

—Cielo santo, señor conde, ¡qué patosa soy! ¡El viento acaba de quitarme el pañuelo! ¿Hace el favor? Lamento mucho que tenga que embarrarse un poco, pero con esas botas magníficas que calza enseguida podrá limpiarse en cuanto lleguemos a casa. Me ocuparé yo misma de que se las dejen impecables.

Señaló en dirección a donde su pañuelo, perfectamente visible, había caído.

«Sí que lo va a lamentar, sí», pensó Javier, mientras, resignado, se acercaba al lugar donde el pañuelo había caído, un rincón horrible en medio de aquel vergel, una especie de estanque bastante grande que se había secado y olía fatal pero que en otra época pudo haber sido bonito, con una especie de islote lleno de plantas mustias en el centro.

Avanzó tres metros por la depresión, maldiciendo por lo bajo a aquella vieja a la que cada vez tenía más ganas de matar, antes de notar cómo lentamente se empezaba a hundir. El peso del barro en sus piernas le impidió avanzar más hacia delante.

En vez de acercarse hacia el pañuelo, notó cómo aquella tierra le arrastraba hacia abajo.

—Qué demonios. ¡Esto se hunde!

Miró hacia el pañuelo a tan solo un metro de él, pero inalcanzable, mientras el barro ya le llegaba a las rodillas. Toda la fuerza que empeñó no fue capaz de moverle ni un milímetro de donde se encontraba. Se hundía. Se giró buscando a Ana Argüelles y entonces lo entendió todo.

De pie, mirándole con desprecio, aquella mujer pretendía asistir a su muerte en primera fila. Su cara habitualmente inexpresiva transmitía de pronto todo el odio que nadie pudiera sentir. Incluso su cuerpo parecía rejuvenecido y fuerte mientras el suyo se hundía en el barro hasta la cintura y seguía penetrando, lentamente pero sin pausa, en el lodo. Estaba aterrorizado y, pese a que temía que era inútil hacerlo, gritó:

—¡Socorro! ¡Ayuda! ¡Que alguien me ayude! ¡Sáquenme de aquí! ¡Me hundo!

Entonces Ana Argüelles habló:

—Nadie le va a oír. Además, a nadie le importa usted. Los pocos minutos que le quedan de vida se los ha ganado usted solo. Lo único que lamento es que no tenga que vivir con la vergüenza de la mala reputación que la acusación de Montserrat Bultó le causaría y con la persecución de su familia, más numerosa y más poderosa que la suya, pero prefiero arder en el infierno a consentir que una alimaña de su calibre se case con Inés, y que mi familia conviva con un hijo de Satanás como usted como si nada hubiera hecho. Esto es por mi nieta, pero sobre todo por toda la gente de Navalviento, por todos los niños, mujeres y hombres que ahorcó, por las monjas que encerró y murieron de hambre, por Montserrat Bultó. Muera, señor conde, y si nos tenemos que ver en el infierno, que así sea. Anoche solo confirmó una historia que ya ha contado una de sus protagonistas y que correrá como la pólvora para que nadie le eche de menos. Me ha subestimado, igual que imagino que ha hecho con la mayoría de la gente que ha conocido, pero una vez más se ha equivocado. No soy ni tan vieja, ni tan buena, ni tan débil, ni tan tonta. Mañana traen mi bomba de agua de vuelta a la Recuesta y rellenaré el estanque. Estará precioso. Tenga la educación de quedarse en el fondo y no salir a flote jamás.

La duquesa sacó otro pañuelo del bolsillo de su cárdigan y se lo puso en la cabeza, atándolo bajo el mentón mientras enfilaba hacia la casa. Detrás, balbuceante, el conde le dedicó una despedida cargada de terror y odio.

—¡Asesina!

El barro ya le llegaba al cuello y, ahora sí, estaba seguro de que iba a morir. Lloró como una niña mientras su boca empezaba a notar el frío sabor de la tierra mojada. Dedicó ese tiempo precioso a odiar tanto como había hecho toda su vida, como una corroboración de que el mal puro y sin matices solo acabaría en él con su muerte. Incluso el arrepentimiento o la pena se vieron arrastrados por el odio. Hubiese cambiado todo su patrimonio, su título, su posición, por poder salir tan solo un breve instante de aquellas arenas movedizas, atrapar a la vieja asesina y dedicarle todas y cada una de las más dolorosas torturas que conocía a aquel cuerpo arrugado y gris, pero al minuto toda su cabeza quedaba cubierta de barro.

Mientras moría, siguió preguntándose cómo aquella vieja lo había planificado todo.

X

Ana aceleró levemente el paso cuando vio la casa. Subió tan rápidamente como una septuagenaria podría las escaleras desde el jardín y entró, llamando a María a voces. No estaba demasiado nerviosa, pero debía acabar su tarea. Indicó a María lo que debían hacer y salieron de nuevo al exterior, esta vez camino a las cocheras.

Allí, orgulloso como el que había sido su dueño, estaba el coche del conde. Aquel era un trasto de demasiada envergadura para enterrar junto a él en el estanque, por lo que José tendría que deshacerse del coche fuera de la finca. Se subieron al vehículo y se miraron.

—¿Sabe conducir, María?

La criada la miró con incredulidad y miedo.

—No-no-no, señora. De hecho, esta es la primera vez que me subo a nada que no arrastre una mula.

—De acuerdo. No puede ser tan difícil. Bajemos. Lo primero es ponerlo en marcha. He visto hacer esto algunas veces. Hay que girar una manivela con fuerza, una que sale desde el morro.

Salieron y buscaron la manivela pero no la encontraron. El tiempo apremiaba. Ana maldijo no haber planeado aquel detalle con antelación. Dieron cuatro vueltas al coche e inspeccionaron el interior y el exterior sin éxito. La duquesa miró a su criada.

—Cambio de planes. Usted empuja y yo conduzco.

La criada abrió los ojos. Aquel coche era enorme. Ana captó su mirada.

—Sí, sí, ya lo sé. Pero estamos un poco en bajada. Quitaré el freno y se moverá si empuja un poco. Y si no traemos la mula.

—De acuerdo, lo intentaré, señora.

Se pusieron manos a la obra. Ana al volante y María, su criada, apoyando la espalda contra el maletero del coche y las piernas contra la pared de la cochera, haciendo tanta fuerza como pudo. Al principio muy despacio, pero cogiendo cierta velocidad enseguida, el coche empezó a deslizarse por el camino de grava que daba acceso a la entrada de servicio de la finca. A los pocos segundos, María corría tras el coche del conde de Navalviento sin poder alcanzarlo. La duquesa tampoco podía controlarlo. Dando bandazos en aquella primera vez al volante el coche cogió tal velocidad en la segunda curva, que María se tapó los ojos, segura de que al abrirlos estaría volcado boca abajo, pero en lugar de volcar, el coche se salió del camino, desapareciendo entre una masa de rododendros.

María bajó corriendo en dirección al accidente, pensando en encontrar a su señora muerta.

Cuando llegó, la duquesa seguía junto al volante. Con una sonrisa. Abrió la puerta del vehículo y la cogió de la mano.

—¡Señora! Señora, ¿está usted bien?

Ana la miró, sonriente y hasta divertida.

—¡Claro que estoy bien! ¡Aquí es exactamente donde quería llegar! —mintió—. Cuando llegue José, le dice que cuando todas se vayan a dormir se lleve el automóvil a la senda del Cervigón y que lo tire por el acantilado, o que se deshaga de él donde sea imposible que lo encuentren.

María asintió. No hacía preguntas, solo era fiel a la persona que más se había ocupado de ella en la vida.

La duquesa le pasó un brazo por sus hombros y caminó a su lado hasta la casa. Sonreía como una niña pequeña tras una travesura. Quería un coche.

—Tenemos que hacernos con un cacharro de esos, María. ¡Tenemos que hacernos con uno!

16

I

Mercedes estaba satisfecha y orgullosa. Había sido la inteligente y previsora hormiga del cuento de la cigarra, que tantas veces había contado a sus hijos.

La vieja, como llamaba a su jefa en la fonda, había tenido, una vez más, razón respecto al clima y Teruel se había sumido en un frío polar de una intensidad que nadie recordaba haber vivido. La noche anterior habían llegado a los treinta grados bajo cero y todo se había cubierto de una capa de hielo dura como una roca. En esa situación, las mantas que llevaba meses realizando con las monjas eran el maná que todos los que se habían visto obligados a vivir aquella pesadilla esperaban. Mantas rudas y sencillas, pero grandes y gruesas, además de gratuitas. Habían acumulado tantas que no había un lugar mejor aislado del frío que el taller donde las fabricaban, en cuyo interior centenares de mantas dobladas se amontonaban a la espera de ser repartidas. Del reparto a la tropa y a los más desfavorecidos se ocupaban ella misma y Edu.

Mercedes agradecía a diario la suerte de tener a Edu, la mejor incorporación a su equipo que podía haber hecho (después de Montse, claro). No se cansaba nunca, protegía el local como un perro de presa y cargaba las mantas de forma que nadie hubiera dicho que le faltaba medio brazo. Era la imagen de la bondad, pero antes incluso la de la lealtad, que era lo que más valoraba Mercedes. Aquel hombre hubiera sido capaz de todo antes de fallarle.

Era 15 de diciembre y nevaba copiosamente. Cuando a las siete de la mañana llegó al taller, Edu ya estaba en pie, cargando dos enormes hatillos de mantas sobre la mula de la fonda para iniciar el reparto. Mercedes había dormido poco, pues su hijo Luis había empezado a toser hacía dos días y aunque se esforzó en disimular su cansancio, nada en ella parecía ser invisible para Edu.

—Buenos días, Mercedes. La mula ya está a tope. —Dio dos palmadas en el lomo del animal, sonriendo con un halo de inocencia infantil antes de seguir hablando—. Hoy haré el reparto yo solo, pensaba ir hasta Concud. Mejor quédate para no perder toda la mañana yendo y viniendo. Creo que hay que ordenar un poco esto si no queremos acabar enterrados en mantas. Las monjas serán muy ordenadas en Santa Clara, pero aquí...

Movió el brazo señalando el espacio, bastante ordenado y cada vez con menos mantas, que salían a las calles con la misma velocidad con la que el frío aumentaba. Mercedes no tenía ganas de discutir, pero iba en su carácter no doblegar su voluntad tan rápidamente, aunque agradeciera no tener que unirse al reparto.

—¡Hoy hará el reparto quien yo diga! ¡Habrase visto! ¡Este hombre! Edu, aquí la que manda soy YO, no lo olvides.

Edu se prestó a seguir aquella absurda interpretación.

—Yo solo decía que...

—Tú no tienes que decir nada ni opinar nada. ¡Ya sabes para lo que estás aquí y quién manda! ¡Que sea la última vez que lo olvidas! Pero sí, me tengo que quedar, que esto está hecho un desastre.

Miró un instante al suelo, intentando no sonreír, antes de levantar de nuevo la cara y mirar a Edu, que no había conseguido disimular su sonrisa como ella.

—¿Qué estás mirando? ¿¡Qué te hace poner esa cara de idiota!? Menos sonrisitas y más trabajar. ¡Anda corre! ¡Que hay gente muriendo de frío mientras tú estás a la bartola! ¡Anda! ¡Hala! ¡Muévete!

El grandullón dio un respingo y azuzó con una caña el lomo de la mula, que también pareció despertar y emprendió el camino. Por alguna razón, en el exterior vio más movimiento, pero sin hacer demasiado caso, siguió adelante.

II

Había más de diez kilómetros desde el taller, en Teruel, a Concud, pero nada daba mayor satisfacción a Edu que ayudar a una tropa que se helaba cada noche bajo aquel frío polar. Los soldados dormían apretujados en grupos y tapados como podían para soportar aquel frío y pese a ello, ya había habido alguno que no había conseguido superar la noche. Con todo, en aquel estado de semialerta, de tensa calma, con el frente estabilizado y la guerra desarrollándose mucho más activamente en otros puntos, el número de soldados que permanecían en guardia aquellas noches se había reducido al mínimo. Nadie esperaba un ataque en aquellas circunstancias, tremendamente adversas para cualquiera de los bandos.

Los alrededores de Teruel habían amanecido cubiertos de nieve y en aquellos momentos el espesor de la misma seguía aumentando y caía silenciosamente sobre un paisaje que parecía también congelado. Los árboles, apenas unos troncos retorcidos desprovistos de color, las pequeñas barracas de piedra duras como el invierno, los charcos helados y la ausencia total de cualquier pájaro volando en aquel cielo blanco que se confundía con la tierra eran la imagen de la soledad y el silencio sobre la que avanzaba con paso alegre Edu.

Cubierto con un poncho que se había hecho agujereando una manta por el centro, sentía que la ilusión por haber encontrado un sentido a su existencia, cuando parecía abocada a la nada, le daba el calor que necesitaba para cumplir su tarea. Ni la nieve que caía sobre su cabeza y hombros, ni el camino tortuoso y helado, suponían un obstáculo para él. Incluso en aquellas circunstancias, cuando el mundo alrededor parecía destruirse irremediablemente, había encontrado un espacio para la felicidad. El taller era el hogar al que volver y las monjas y personas que trabajaban en él eran su familia, gente que le valoraba y le trataba bien, que le hacían sentirse necesario e importante. También, o mejor sobre todo, estaba Mercedes, a la que admiraba profundamente y por la que se despertaban en él sentimientos desconocidos hasta la fecha. La ruda mujer no podía evitar que su bondad rebosara la coraza bajo la que ocultaba cualquiera de sus debilidades cada vez que se relajaba.

Había que saber leer el interior de Mercedes, y él sabía hacerlo. Cuando cansada al final de la jornada, se la encontraba sola en el centro del taller, con los brazos cruzados, mirando con orgullo el trabajo del día, Edu podía ver la emoción en sus ojos. Cuando pensando que él se había quedado profundamente dormido acurrucado en un rincón y ella cogía una de las mantas para taparle, podía ver la nobleza de su corazón. Cuando, aún agotada por la jornada, recibía a sus hijos con juegos y abrazos en la calle, veía su total falta de egoísmo, su dedicación y su entrega.

En todo, Mercedes le parecía una mujer excepcional. Y no, no era guapa, pero quién era él, un mellado grandullón y cejijunto para opinar nada respecto a la belleza.

Llevaba dos horas de ruta silenciosa cuando el sonido intermitente de explosiones y balas empezó a interferir en sus pensamientos. Primero pensó que se debía tratar de una pequeña escaramuza, como tantas que había cada semana, que no suponían un avance para ninguno de los bandos, sino más bien un recordatorio del ánimo que les había llevado a esos lares, pero conforme se acercaba a su destino, comprendió que aquello era algo más. En medio de aquel paisaje detenido, el sonido de la artillería y las balas era cada vez más intenso.

Se detuvo junto a la mula cuando a lo lejos ya se vislumbraba la silueta de su destino, escudriñando el paisaje con la mirada entornada. Estaba claro que Concud se hallaba inmerso en una batalla, no en una pequeña escaramuza. Una masa de soldados entraba por un lado y varios grupos de personas huían por otro. Rápidamente empezó a descargar las mantas en el suelo, haciendo sitio para subirse a la mula y emprender el camino de vuelta a Teruel. No sabía qué podía significar que los rojos rompieran el frente —si lo hacían—, pero avisaría a Mercedes y al resto para que estuvieran preparados llegado el caso. No se había subido a la mula cuando reconoció, en una de las manchas de gente que veía acercarse, a un grupo de soldados nacionales que se batían en retirada.

Los rojos se apresuraban a tomar Concud y habían iniciado una ofensiva cuando nadie lo esperaba.

Se trataba de una operación de distracción. Con el frente norte en manos del ejército franquista, el mando republicano temió que Franco, ya preparado y decidido a tomar Madrid, se lanzara a la conquista de la capital, la plaza más preciada, a todos los niveles, que aún estaba en manos republicanas.

Teruel no tenía demasiado valor estratégico, pero era perfecto para desviar la atención del Generalísimo. Si los rojos tomaban la capital de provincia, cosa no excesivamente complicada ya que estaba defendida por una guarnición poco numerosa, Franco se vería obligado a acudir en su ayuda, aplazando la batalla por Madrid. Cuando acabara la batalla de Teruel y finalmente la atención se trasladara a Madrid, si los rojos tenían suerte, las fuerzas nacionales no serían tan numerosas, estarían cansadas y la capital estaría mejor preparada para repeler la acción.

Con todo, la maniobra había sorprendido al ejército franquista y a la propia población de Teruel, que no podía entender que nadie, por más desesperado que estuviera, se prestase a luchar en aquella batalla en la que el frío era un enemigo tan letal como el bando contrario.

Subido a su mula, azuzándola con una vara de fresno que había arrancado de un árbol, Edu entró en Teruel apresuradamente y se dirigió sin dilación al taller. La noticia de la acción republicana había corrido como la pólvora y ya se respiraba inquietud y urgencia en las calles nevadas, con la población corriendo de un lado a otro y el ejército marchando hacia el exterior para defender la ciudad del ataque.

El año anterior, tras el triunfo del levantamiento militar, los bombardeos y la artillería republicana se habían cebado con la ciudad, dejándola muy dañada. Edu pensó con tristeza en el estado en el que acabarían aquellos edificios tras los días que se avecinaban. El contingente militar en Teruel era escaso, y, llegado el caso, tampoco había muchos hombres para reforzarlo. Lo habían advertido en varias ocasiones, pero ningún turolense había pensado que su ciudad se vería inmersa en la batalla cuando había puntos estratégicos de mayor importancia por toda España. Él mismo dormía tranquilo pensando que el frío (y no las balas) sería la mayor amenaza. Como en tantas otras ocasiones, se había equivocado.

Cuando llegó al taller, las monjas, Montserrat, Mercedes y sus hijos, todas las mujeres, ya estaban actuando. No le hizo falta explicar lo que había visto, todo el mundo lo sabía ya. Pese a todo, cuando Mercedes le vio la cara, esbozó una pequeña sonrisa de alivio antes de gritarle desde el fondo del local.

—¿Dónde estabas? ¡Zángano! ¡Nos tenías preocupadas! Ponte en marcha YA. Estamos dejando mantas en cada una de las entradas de Teruel. No sabemos cómo irá la batalla y si podremos hacer el reparto como siempre. Tampoco si van a empezar a caer bombas y nos quedaremos sin mantas. Por eso hay que dejarlas en varios puntos, para que sea más fácil que la gente las recoja y para que si arde un punto de la ciudad, tengamos el material repartido y no perdamos todo. Vamos a dejarlas en varios lugares: el cuartel de la Guardia Civil, en el convento de Santa Clara y en el de San Francisco, en casa Sastrón y en la Diputación.

—¿Te das cuenta que todos esos puntos son objetivos militares verdad? —señaló Edu.

—Sí, claro. Son los sitios donde es más probable que los ataques sean más crudos, donde más van a necesitar nuestras mantas. Pero están situados cerca de las entradas a la ciudad, por lo que podrán trasladarlas al frente exterior, se sitúe donde se sitúe. También dejaremos en la fonda un buen montón, y en el bar de Sole, para que la gente pueda coger también allí. Ya lo he pensado. —Se quedaron mirándose unos segundos en silencio—. ¡Venga! ¡Que parecemos idiotas aquí parados! ¡Ayuda a Montse con ese montón!

Esa tarde, con la toma de Campillo por el ejército republicano, la conexión con Zaragoza, de donde llegaban la mayoría de suministros, quedó anulada, pero lo peor no había hecho más que empezar.

Los siguientes días se sucedieron una tras otras las malas noticias del frente. Pese a que el tiempo era el más terrible que cupiera esperar, con temperaturas de hasta dieciocho grados bajo cero, el ejército de la República avanzaba lentamente entre la nieve, tomando los pueblos de alrededor de Teruel sin que los nacionales pudieran hacer nada para evitarlo.

El día 19 de diciembre las tropas atacantes estaban a las puertas de la ciudad y entre mensajes de auxilio, la guarnición de Teruel decidió resistir hasta el final, fuera cual fuera.

III

Pablo pensó que aquella acción era como la carga de la Brigada Ligera. Audaz, valerosa y suicida. No podrían resistir, era imposible.

Desde Biarritz había pedido favores a media plana mayor del ejército y a todos los oficiales que conocía, pero finalmente fue Santiago Calderón, el socio de sus padres que le había acogido en sus permisos en San Sebastián, el que había conseguido que le destinaran a Teruel. La influencia de aquel industrial vasco nunca dejaba de sorprenderle.

Con todo, hubiera sido mejor que nunca hubiera llegado a la ciudad aragonesa.

La razón de su empeño en estar allí era ver a su hermana Montse, comprobar que estaba bien y tenerle cerca para defenderle en caso de que fuera necesario. Se avergonzaba un poco de sus motivaciones, pero llegados a aquel punto pensó que solo él podía asegurarse de que su hermana favorita se salvara de la contienda.

Pero no había visto a Montse.

En lugar de eso, en cuanto llegó, le destinaron a una colina nevada donde se acurrucaba entre dos hombres intentando escapar del frío, mientras a lo lejos veía las tenues luces de Teruel. El frío era tan intenso que les habían reducido las guardias a turnos de quince minutos para evitar que murieran congelados. Habían llegado a los treinta grados bajo cero. El invierno más frío que se recordaba. A los pocos días, de forma totalmente imprevista, empezó la batalla, cuando nadie esperaba que la atención de la guerra se dirigiera a aquella localidad sin importancia estratégica. No habían podido contener el avance enemigo en ningún momento, de forma que se encontraban ya defendiéndose como podían a las puertas de Teruel. Sabía que Montse estaba en la ciudad, en el convento de Santa Clara y, sin embargo, no había ni la más mínima oportunidad de que abandonara su posición y se acercara aunque solo fuera un momento a verla.

La situación era absolutamente desesperada y ninguno se planteaba seriamente ganar la batalla. La pregunta era cuánto podrían resistir si las llamadas de auxilio del coronel Domingo Rey d'Harcourt no recibían la respuesta que necesitaban. Por alguna razón, a Pablo le daba la sensación de que los mandos del ejército franquista no habían comprendido la gravedad de las cosas. Desde la lejanía del cuartel general les habían pedido que mantuvieran a toda costa la defensa en la posición de la Muela, una cresta estratégicamente situada al oeste de la ciudad, pero cualquiera que hubiera estudiado dos minutos su situación habría comprendido que aquella era una misión imposible y el día 19 de diciembre ya estaban retirados a las puertas del casco urbano, defendiéndose con heroicidad pero sin ninguna posibilidad de victoria. Un compañero le había dicho que en aquella batalla, respecto al ejército rojo, ellos eran solo como el bache que impedía que el coche fuera más rápido pero que no evitaba que avanzara.

La población civil no combatiente se preparaba para ser evacuada, pero Pablo temió que nada conseguiría evitar la tragedia. Con todo, las gentes que quedaban en las calles, incluso en aquellas circunstancias, le sorprendieron por su valor.

Había una pareja poco agraciada, los dos enormes, ella desgarbada y con un olor penetrante a cuadra limpia, él con cara bondadosa y sin un antebrazo, a los que desde hacía días veía circular por varios puntos del frente llevando mantas y en algunos casos algo de comida a la tropa, que les recibía como a héroes. Pablo compartía una manta con un compañero mientras mantenían la posición fija frente al enemigo, al que veían trabajar organizados como un grupo de hormigas, posicionando la artillería y apuntándoles para disparar una y otra vez. En medio de aquella impotencia, cuando empezaba a anochecer, vio llegar de nuevo a la mujer de las mantas, esta vez sin su acompañante.

—¿Cómo van las cosas, soldado? Te traigo un poco de caldo y una manta para ti solo, que hace días que te veo compartiendo la de tu compañero.

Pablo se había esforzado desde el principio en no pelearse por nada tanto con los soldados de su rango como con los de rango inferior, por lo que se encontraba habitualmente en el grupo de los que recibía menos rancho, menos permisos y menos beneficios en general. Suficiente conflicto había ya. Sentado sobre un cascote que había caído de un edificio cercano miró a la mujer desde abajo con una sonrisa forzada.

—Las cosas van así, así, ahí van, mujer —respondió.

La mujer dejó las dos mantas y la cesta que llevaba en el suelo, poniendo los brazos en jarra.

—Ya lo sé ya. Se os ve en la cara. Está la cosa jodida, ¿no?

Pablo no tenía fuerzas para consolar a una mujer. Además, aquella le pareció que estaba tan preparada para oír la verdad como el mismo.

—Bien jodida. No sé cuánto resistiremos, la verdad. Tenemos que confiar en que los refuerzos lleguen pronto.

—Ya comprendo.

La mujer le miró unos segundos en silencio. Luego, sin que Pablo supiera muy bien por qué, se sentó a su lado.

—Bueno pase lo que pase, os estamos muy agradecidos. Yo y todos los que vivimos aquí. —Le cogió la mano—. ¿Cómo te llamas?

—Pablo.

—Pues Pablo, valiente soldado, yo me llamo Mercedes, y pase lo que pase, si te sirve la experiencia de una mujer de provincias como yo, nunca me arrepentí de echarle huevos a las cosas. Cada vez que he tenido un problema, y créeme que he tenido un montón, hasta que no le he echado huevos solo ha hecho que crecer. Quien no arriesga no gana, qué cojones.

—Lo sé, aquí estamos. Es solo que por primera vez desde que esto empezó, no veo que la cosa tenga buen fin. Y tampoco mucho sentido, qué quieres que te diga, pelearnos por Teruel de esta manera, no sé, no lo veo.

—Y con este frío de mil demonios. Me siento hasta los pezones joder. Y tú, échale cojones, si te los encuentras, que los tienes que tener —Pablo no pudo evitar reírse. No estaba acostumbrado al lenguaje cuartelero con una mujer—. En fin, que te dejo esto aquí, para ver si te calientas un poco, que como sigáis compartiendo manta tantos hombres os vais a volver maricones todos.

Se levantó y se dio la vuelta tras revolverle el pelo con la mano como hubiera hecho con un niño pequeño.

—Adiós, Pablo, valiente amigo.

La vio alejarse algunos metros, saludando a uno y a otro lado, riendo y dando moral a una tropa que necesitaba una inyección de esperanza como el aire que respiraba. Aquella mujer parecía conocer a todo Teruel.

Entonces lo pensó. Todo Teruel.

Se levantó de su posición como un resorte y la alcanzó corriendo, cogiendo su hombro por la espalda reclamando su atención. Mercedes se giró divertida.

—Pero bueno, soldado, ¿ya me echas de menos?

Pablo no respondió a la broma.

—Me preguntaba si conoces a mi hermana. Es monja, está en Teruel y...

Mercedes interrumpió a Pablo, al tiempo que abría los ojos, como si de repente hubiera visto algo. Aquellos ojos azules, aquella boca, ese acento catalán.

—Y se llama Montserrat y no puedo esperar a correr al convento de Santa Clara para decirle que su hermano Pablo ¡está vivo y en Teruel!

Pablo no podía creer su suerte.

—¡Mujer, no puedo creerlo! ¿Conoces a mi hermana?

Mercedes asintió, tan emocionada como él.

—¡Sí! ¡Claro que la conozco! Llevamos meses juntas. Soy su mejor amiga y ella es lo mismo para mí. Lo más cercano a una hermana que nunca he tenido. La persona a la que más quiero de este mundo después de mis hijos, Pablo, tu hermana es mi hermana también. Llegamos a Teruel juntas, y llevamos meses cosiendo estas mantas. Aún antes de llegar aquí, hacía tiempo que nos veíamos a diario.

—¡Claro! ¡Montse escribió sobre ti a mi madre! Sé que sin ti no hubiera logrado llegar aquí. Tú eres ESA Mercedes. ¿Qué tal está mi hermana?

—¡Esta estupendamente, Pablo! Está viva y no para de trabajar todo el día, es un culo inquieto, eso ya lo sabes. Por favor, deja que vaya a buscarle corriendo. ¡No puedo esperar a darle la noticia!

Se miraron el uno al otro sonriendo. Pablo asintió con la cabeza.

—Sí, ve corriendo y tráemela por favor.

IV

Mercedes se levantó rápidamente, dejando las mantas que aún le quedaban por repartir en el suelo para lanzarse a la carrera por las calles de Teruel mientras desaparecía de la vista de Pablo.

En medio de aquella barbarie, no podía creer su suerte. Para ella siempre había sido más satisfactorio dar alegría a los demás que recibirla ella misma, y estaba segura de que en pocos minutos podría darle a Montse una de las mayores alegrías de su vida.

Aunque hermética al desasosiego, Montse le había dejado ver en algunas ocasiones la preocupación que sentía por su familia. Por sus hermanos varones, ya que su madre estaba a salvo en Italia. En sus conversaciones, ahora que hacían falta tan pocas palabras para que las dos mujeres se entendieran, Mercedes había visto con claridad la predilección de Montse por Pablo, su mejor amigo y compañero de juegos hasta que ingresó en el convento.

Y ahora ella le diría que estaba allí mismo, en Teruel, sano y salvo.

Pero entonces se desató la tormenta.

No era agua ni nieve esta vez, sino cascotes, trozos de edificios, tejados y paredes enteras que empezaron a caer entre un estruendo ensordecedor alrededor. Una, dos, tres, quince explosiones concatenadas, quizás más. Los rojos habían entrado en la ciudad y, como gigantes ante los que no tenían ninguna posibilidad, arrasaban con lo que hiciera falta para asegurarse la conquista.

Estaba llegando a la plaza del Torico, gritando aterrorizada como jamás había hecho, cuando un edificio entero se desplomó ante ella. El polvo la sumió en la ceguera al tiempo que se echaba al suelo tapándose la nuca con los brazos. Un momentáneo silencio invadió el espacio al tiempo que el aire se impregnaba de destrucción. No podía morir, ahora no.

Cuando el sonido de las explosiones pareció que se concretaba en la calle posterior, se volvió a levantar, corriendo. Sus hijos estaban en un edificio cercano al seminario, junto con otros niños que dejaban allí para que no molestaran, Montse estaba en Santa Clara, justo al lado también. Toda su familia se encontraba, por lo menos, cerca. Enfiló la calle de los Amantes en dirección al convento de Santa Clara.

Llegó a las puertas del convento, donde la actividad no cesaba. Decenas de personas accedían al edificio ayudados por las monjas, que acompañaban a los más incapacitados del brazo como podían. Las más jóvenes habían formado una cadena humana y metían material y víveres mientras las monjas mayores, con el aire de tranquila resignación de quien ya ha vivido lo suficiente y cree que lo mejor está tras la muerte, daban paso a todos los que se querían refugiar. En el umbral de la puerta reconoció a Montse, cargando un saco.

Se acercó a ella, que la saludó con la mirada sin dejar de trabajar.

—Los rojos están dentro, Montse. Es cuestión de horas que lleguen aquí.

Montse la miró sin que pareciera que la noticia le fuera nueva.

—Lo sabemos Mercedes. Hace un rato he ido a por tus hijos y están en el claustro con otros niños. La ciudad está perdida, pero creo que la intención de Rey d'Harcourt es aguantar hasta el final, sea lo que sea eso. No se me ocurre qué podemos hacer. Pero aquí estamos, arrinconándonos cada vez más.

—He visto a Pablo.

Montse dejó el saco en el suelo, sintiendo que el tiempo se detenía por unos segundos. Miró a Mercedes con extrañeza, sin entender bien qué le acababa de decir su mejor amiga.

—Sí, Montse, a tu hermano, le he visto. —Alzó un poco la voz—. Hace tan solo unos minutos, he estado con tu hermano. Está en Teruel, y su aspecto era sano como una alcachofa. Quería venir a verte pero ahora...

—No podrá. Pero le daba por muerto, Mercedes. Y está vivo. Y si Dios quiere, posiblemente siga vivo en unos días y podamos reunirnos.

Mercedes asintió.

—Montse, yo creo que tenemos que vivir al día. Y hoy estamos todos vivos. Hagamos lo posible para seguir vivos mañana, y el día después.

—Sí. Eso haremos.

Se sonrieron. No había tiempo para más explicaciones.

—Ayúdame a meter esos sacos —ordenó la monja.

Una vez más, decidían ver la luz entre las sombras. Tener esperanza. Sobrevivir. Pablo lo había hecho hasta entonces. Preocupada, cansada y con miedo, Montse no pudo evitar sonreír de nuevo.

V

Los siguientes días fueron una prueba constante de supervivencia para toda la población de Teruel. La toma de la ciudad se convirtió rápidamente en uno de los episodios más sangrientos de la Guerra Civil. Durante días se combatió en las calles y casa por casa, piso por piso, abriendo huecos en la pared para tirar granadas sin que nadie se detuviera a pensar si su explosión se llevaría por delante a civiles, mujeres o niños. El día 22 las tropas republicanas ya habían ocupado el centro de la ciudad y los escasos efectivos que el ejército franquista aún poseía de los cuatro mil militares y civiles que había al inicio de la batalla se replegaban inexorablemente en los edificios más sólidos de aquella zona: la Comandancia Militar, el Banco de España, el seminario y el convento de Santa Clara.

Pablo no podía creer su mala suerte, pero sobre todo le preocupaba la que correría su hermana pequeña. Maldita Montse. No podía haberse marchado al exilio como el resto de su familia, no, ella tenía que estar siempre allí, en el meollo, arriesgando su vida sin ningún miedo mientras el resto se preocupaban por ella y vivían permanentemente inquietos por su destino.

El destino de Montse, seguro que aquello era lo último que le importaba a ella.

El caso es que la situación era gravísima y lo más probable era que ni él ni su hermana salieran vivos de Teruel.

Se hallaba replegado en el seminario, que se encontraba pegado al convento de Santa Clara, que también resistía al envite republicano. Estaba convencido de que su hermana seguía allí, pero no podía abandonar su posición para cerciorarse. Todo recordaba demasiado a la gesta del alcázar de Toledo y, cuando Franco ordenó al coronel Rey d'Harcourt que resistiera fuera como fuera mientras llegaban las columnas de refuerzos, Pablo temió que aquello solo fuera útil para crear unos nuevos mártires con los que envalentonar a sus compañeros de filas en otros puntos de España. Era imposible que resistieran, lo sabían todos. Les dijeron que cinco divisiones venían ya de camino, pero cada hora que resistían era una proeza.

El seminario era un edificio de cinco plantas que se asomaba al barranco del río Turia desde un extremo del promontorio que ocupaba la ciudad. De planta rectangular, desde el río se situaba justo a la izquierda del convento de Santa Clara, con el que compartía medianera. La sobriedad de su factura desaparecía en la parte opuesta, que presidía la plaza del Seminario, con su hermosa iglesia, con una fachada ricamente decorada coronada por dos campanarios, que constituía el principal valor artístico del edificio. Un edificio enorme, sólido y fácilmente alcanzable por los cañones republicanos.

En el interior se había refugiado ya muchísima gente, más que en cualquier otro de los edificios que aún resistían dentro de la ciudad. Pablo intentaba no detenerse demasiado en sus caras asustadas, heladas y hambrientas, pasando rápidamente de un punto a otro. El coronel Barba, prácticamente ciego, delegaba en todo menos en su coraje en el capitán de artillería Fernando Llorens, que les dirigía intentando que el ánimo de una tropa condenada al fracaso no decayera.

Era imposible.

Sin luz, obligados a derretir nieve y recoger gotas de los tejados para beber, con escasos alimentos y con un frío que las melladas paredes del edificio no eran capaces de alejar, todos pensaron que ninguna situación podía ser peor que aquella. Los muertos y heridos, los civiles famélicos y enfermos, los llantos y los gritos, todo el terror se sucedía entre la oscuridad de los interminables pasillos del edificio, mientras en el exterior los silencios, la tensa espera antes de una nueva explosión, causaban aún mayor angustia que las bombas en sí mismas.

El día 29 de diciembre seguían defendiéndose como podían contra un enemigo superior en número y en material cuando una ventana de esperanza se abrió frente a ellos. Uno de los soldados que tenía cerca se lo comentó.

—Ya están aquí. Seis divisiones, ni más ni menos. Alabado sea Dios, Pablo, puede que aún consigan llegar a nosotros antes de que los rojos acaben con lo que queda por aquí.

Pablo sabía que el coronel Rey d'Harcourt había pedido desesperadamente ayuda. Comprobaba también que los altos mandos del cuartel general habían infravalorado aquella urgencia, pues hacía días que aquella ayuda debería haber llegado si es que alguien pensaba en ellos. Sonrió desencantado. No quería ser derrotista, pero tampoco podía pretender que aquella noticia le aliviaba lo suficiente.

—Eso está bien —se limitó a decir.

—¿Eso está bien? ¿Eso es todo lo que tienes que decir?

—Sí. Eso es todo.

Se inclinó, volviendo a mirar hacia la ventana que se abría a pocos centímetros de la pared que le parapetaba. Sin poderlo remediar, una lágrima asomó a sus ojos. Era la segunda vez que no podía evitar derrumbarse en toda la guerra. El joven que le había informado no quiso que Pablo le contagiara su pesimismo y se separó de él, acercándose a otro soldado para darle la noticia.

Por la ventana del cuarto piso del seminario solo se veía un paisaje desolador cubierto de nieve. Un puente de hierro volado, las casas derruidas, algunas baterías apuntándoles y un grupo de zapadores estudiando el terreno para colocar una nueva bomba bajo sus pies. Quizás aquella fuera la definitiva. Disparó contra ellos y se resguardó, pero el frío congelaba sus manos restándoles agilidad. Falló. No podía desaprovechar munición. Cuando los tiros que le replicaban cesaron miró al horizonte. No distinguió a ninguna de las divisiones que habrían de salvarles.

Pero lo cierto era que a pocos kilómetros de donde se encontraba se había iniciado la contraofensiva franquista.

Varias unidades del ejército de Franco pretendían romper el cerco republicano. El principio de la operación fue prometedor, pues dos días después del inicio del contraataque, dos divisiones franquistas habían arrebatado a los republicanos el control estratégico de la colina de la Muela, desde donde dominaban Teruel. Una acción parecida había decantado la balanza a favor de la República tan solo unos días antes.

VI

Antonio no había sentido tanto frío en toda su vida como desde su llegada a Teruel. Varias veces había disparado ráfagas de ametralladora para calentarse levemente las manos con el cañón. De todas formas, con los dedos congelados era imposible apuntar bien y apretar el gatillo, así que en muchas de sus incursiones tanto él como sus compañeros se habían valido de granadas de mano, cuyo fiador del seguro arrancaban con los dientes. Aquello no era normal, nadie recordaba un invierno más duro. Habían llegado a los veinte bajo cero, algunos decían que hasta los treinta, y la nieve lo cubría todo. Por supuesto, una vez más, siguiendo la maldita costumbre de su ejército, iban mal equipados para aquellas circunstancias. Pese a ello, la organización del contingente republicano no tenía nada que ver con el de inicios de la guerra —era imposible que no hubieran perdido ya si no hubieran cambiado las cosas—, y desde el mismo instante de su reincorporación, Antonio comprobó que el funcionamiento de su bando era mucho mejor, con mandos claros a los que nadie discutía. De momento.

Recordaba a María la mayor parte del día, incluso cuando parecía imposible ocupar los pensamientos en algo que no fuera el fragor de la batalla o el frío que lo envolvía todo. Después de las monjas que le educaron, aquella era la persona que más le había enseñado en la vida, la que le había valorado y había sabido sacar lo mejor de él, incluso en el negocio que habían creado, incluso rodeados de prostitutas. Maldecía a Ricardo Maese, el espía que había puesto en peligro su vida y que, indirectamente le había llevado al infierno de hielo y sangre en el que se encontraba. Miró alrededor. Era irónico.

Se habían esforzado en ganar para la República una ciudad que habían destruido casi completamente. Y lo mismo harían los nacionales si con ello podían recuperar la posición, aunque tuvieran que reducirla a escombros. Frente al seminario y el convento de Santa Clara, cuyas fachadas aún resistían, todo era destrucción. Aquella era su obra, la suya y la del ejército cuyas filas engrosaba. También la del ejército contrario, por supuesto. La guerra no aportaba nada bueno, pero si con aquella acción podían distraer el avance franquista sobre Madrid, estaba dispuesto a dar la vida.

Quizás la diera ya que, de repente, la situación parecía menos favorable para los republicanos de lo que había sido hasta hacía un par de días. Ahora, Antonio ya no estaba tan seguro de que ganaran aquella batalla; en realidad, ya no lo estaba nadie. Así que, si no morían de frío, quizás lo hicieran al perder la batalla.

La noticia de la toma de la Muela por parte del ejército franquista había corrido como la pólvora. Franco intentaba romper el sitio de Teruel y acudir en ayuda de su gente, que resistía en el seminario y en Santa Clara.

«¡Qué demonios! —pensó—. Franco no viene a salvar a nadie. Franco viene a reconquistar la única ciudad que le hemos ganado desde que empezó la guerra».

En cualquier caso, pese a que se guardaba mucho de dar sus opiniones, él mismo no podía dejar de admirar el valor de todos los que aún resistían en los edificios que tenía enfrente. Si hubiera estado en la piel de Franco, hubiera intentado rescatarles como fuera.

La fragilidad repentina del frente había traído por lo menos una consecuencia positiva. El general Rojo, uno de los más brillantes del ejército republicano, había vuelto con ellos tras ausentarse unos días antes, confiado por lo favorable de la situación. El hombre había aprovechado el día de Navidad para iniciar el relevo de tropas, pero había tenido que dar la vuelta. A Rojo no le temblaba el pulso y exigía a todo el que estaba bajo su mando una entrega ciega que solía dar buenos resultados. Era tan temible entre las filas enemigas como en las propias. Lo demostró al día siguiente.

El pánico empezaba a cundir entre la tropa republicana que ocupaba la ciudad. Intentaban que los pocos focos de resistencia que aún quedaban se rindieran, pero a la vez, las noticias que llegaban de las inmediaciones de Teruel no eran buenas, es más, para muchos eran catastróficas y desesperanzadoras. Por el oeste, el frente republicano había retrocedido y habían perdido los pueblos de Concud y San Blas.

Antonio no se había contagiado del pánico pero sí del desasosiego. Estaba cansado de luchar en frentes que perdían y le parecía una evidencia que el bando contrario tenía todas las de ganar al final. Muchos de sus compañeros sentían lo mismo y los mandos detectaron la situación sin dificultad.

Así, el coronel que les comandaba no vaciló, y el 31 de diciembre, mientras les cubría la nevada más intensa del siglo, transmitía la siguiente orden:

> Al amanecer deberá hallarse en condiciones de defensa la primera línea actual, desde el alto de Celadas hasta San Blas y Teruel, que será defendida sin idea de repliegue. De la conducta de las tropas y mandos depende mañana la victoria ante el enemigo que viene a socorrer a Teruel y el triunfo de la guerra puesto en peligro. Por ello, todo jefe de la unidad que abandone sus posiciones de defensa, será juzgado sumarísimamente.

Es decir, que si se rendían, que si abandonaban sus posiciones, les condenarían o los suyos, o el enemigo. «Todo muy lógico», pensó con ironía.

En aquella última y triste noche de aquel triste año, bajo un frío intenso, la ciudad sufrió uno de los ataques más duros. Sin luz, las ráfagas de las ametralladoras y las explosiones iluminaban en *flashes* una ciudad destruida, rodeada por trincheras y plagada de cráteres de bombas y edificios en ruinas en los que la población se parapetaba como podía. La visión desde el puesto que ocupaba Antonio era la de una pesadilla.

Recordó el orfanato de la Virgen del Pilar en Villanueva. Cuando era pequeño, cuando aún nadie le había presentado a la muerte de aquella manera, el día de fin de año era uno de los más emocionantes pues lanzaban al aire desde el patio del orfanato farolillos con deseos. Al prender una vela de la parte inferior del farol, este se elevaba hacia el cielo como un globo aerostático. Era una tradición que había visto una madre misionera en Asia y que cada año repetían, colgando de la parte inferior del farolillo, bajo la vela, notitas con sus deseos. Él había deseado muchos juguetes diferentes, aunque las monjas intentaban que todos escribieran mensajes más profundos y compasivos. Luego, cuando llegaban las doce de la noche, uno de los niños se subía a un podio y con una campanita tocaba doce veces mientras todos, niños y monjas, tomaban las doce uvas. Cuando acababan se abrazaban como si algo bueno y único acabara de empezar y cantaban villancicos hasta la una, cuando se metían en la cama.

Hubiera dado un brazo por poder lanzar un farolillo con deseo al aire y acabar con aquella pesadilla.

Por la mañana les informaron de que las posiciones abandonadas el día anterior habían sido recuperadas. Se encogió de hombros y siguió buscando objetivos en las ventanas del seminario, mientras la noticia se propagaba entre sus compañeros lanzando vítores de alegría.

La situación había quedado establecida de momento en dos batallas concéntricas. Antonio estaba en el centro, intentando reducir los focos de resistencia dentro de la ciudad mientras fuera, alrededor de Teruel, sus compañeros intentaban defenderse y mantener las posiciones que el ejército franquista pretendía recuperar en su operación para que la ciudad volviera a estar bajo su poder. Para los mandos, al problema de la batalla en sí misma, se unía, cada vez más, el de la moral de sus respectivas tropas, que, hartas de luchar en aquellas condiciones infrahumanas y viendo cómo sus compañeros morían congelados, seguían sin comprender el empeño en recuperar una ciudad con poco valor estratégico, a la que nadie había prestado interés desde el inicio de la guerra.

El 5 de enero, el mismo coronel Rey d'Harcourt, que seguía atrincherado en la Comandancia Militar, pidió de nuevo auxilio, advirtiendo que estaban al límite de su resistencia y que en el caso de no recibir ayuda rendiría su posición al día siguiente.

Era 7 de enero. El fin de la Navidad más triste que podría haber imaginado. La noche anterior se había quedado dormido en una trinchera hecha con cascotes sin darse cuenta de que la denominada «muerte dulce» estaba llamando a su puerta. Tuvo la suerte de que uno de sus compañeros se diera cuenta y le despertase a golpes. Antonio había notado su cuerpo congelado bajo la ropa acartonada, pero aquel hombre le había salvado la vida, justo cuando pareció que la batalla podía acabar.

Mientras andaba en círculos, dolorido por la lenta descongelación de sus pies, en una ciudad rota y a siete bajo cero, la noticia de la rendición de Rey d'Harcourt llegó a sus oídos mientras se propagaba rápidamente entre los soldados. El coronel franquista no había podido aguantar más. Eran las seis de la tarde y la oscuridad empezaba nuevamente a ganarles terreno.

Un oficial se acercó a su trinchera para leerles el comunicado del coronel enemigo.

—¡Escuchad camaradas! ¡Esto os alegrará la noche! Escuchad lo que dice el enemigo rendido:

> Estimamos que después de veinticuatro días de defensa sin recibir ayuda del exterior contra un enemigo muy superior en número y material, perdidas todas las posiciones, excepto los edificios del hospital de la Asunción, ruinas del colegio Sadel y parte del Gobierno Militar, aislados e incomunicados del edificio del seminario, que aún resiste, agotadas todas las provisiones, careciendo de agua, escaseando las municiones, agotadas las bombas de mano, desaparecidas entre los escombros las armas automáticas, con un noventa por ciento de bajas en la oficialidad, perdida la moral de la tropa, entre la que es continua la deserción al campo enemigo, el gobernador de esta plaza, de acuerdo con los jefes y oficiales que suscriben, teniendo en cuenta la existencia de más de mil quinientos heridos sin la debida asistencia por falta de material sanitario, y amenazados de muerte por los medios modernos de combate acumulados por el enemigo republicano, como artillería de grueso calibre, tanques, lanzallamas y minas, de las cuales han hecho uso previamente destruyendo el Banco de España, hospital del casino y gran parte del Gobierno Militar, consideran que se han agotado todos los medios que el deber y el honor militar aconsejan en la defensa de esta plaza, cuya prolongación no podría beneficiar a la marcha general de las operaciones, no obteniendo más resultado que el sacrificio del personal no combatiente y heridos (...) por lo cual acuerdan la rendición de las posiciones del hospital de la Asunción, colegio Sadel y Gobierno Militar en la parte que aún conservan, con la condición de que sean respetadas las vidas del personal civil.

Acabó de leer y los catorce piojosos, desnutridos y sucios que le acompañaban lanzaron vítores. Pero hubo algo que no entendió.

—Pero ¿entonces? ¿Hemos acabado? El convento y el seminario. De ahí no ha salido nadie.

El oficial le miró. Parecía contrariado con que Antonio, nuevamente, viera la parte negativa que subyacía en aquella carta.

—No, no, soldado. El seminario y Santa Clara ahí siguen, ya lo has oído. Todo igual. Creo que no se han dado por enterados. Las bombas del día 29 rompieron las comunicaciones entre la Comandancia Militar y esos edificios, y el Barba ese, ese es un loco. Quiere ser Mola, quiere ser recordado como los del alcázar de Toledo, no se da cuenta de que ya está resistiendo más que ellos. Aquello fue un juego de niños comparado con lo de aquí. Aquí morirá todo quisque.

Había un poso de admiración por el valor de aquel coronel en las palabras del que les hablaba. Todos se dieron cuenta. Miró un instante a la mole que entre la oscuridad se erguía destruida y tétrica pero en pie en la cima del barranco a cuyos pies se encontraban. «Ahí dentro hay gente», pensó Antonio.

—¿Pero saben que Rey se ha rendido? ¿Saben que solo quedan ellos?

—Sí. Lo saben. Esos locos han sido informados por un teniente auditor nuestro, pero nada, que no, que ellos no se rinden. Bueno, algunos, porque varios soldados han abandonado la ruina esa en cuanto han podido. Pero esto va a acabar ya. Están cavando dos minas. Una en el seminario y otra en Santa Clara. Si no se rinden hoy estallarán. Y morirá todo el mundo. Pero esto se acaba, alegraos.

Sonrió forzadamente, una vez más. Sus compañeros tampoco parecieron alegrarse mucho. Lo que quedaba de aquellos edificios estaba ocupado por gran número de civiles. La perspectiva de pasar sobre mujeres y niños era demasiado pesada para el optimismo.

VII

Nadie lo decía, pero se rendirían. Era lo más lógico. A él mismo se le habían acabado las ganas de heroicidades. Montse estaría probablemente muerta, como casi todos los que se habían empeñado en resistir hasta el final. Pablo no lo estaba, pero se le habían acabado las ganas de vivir. Deseaba con todas sus fuerzas que su coronel acabara con aquella resistencia sin sentido.

El día había amanecido triste y nuboso y, aunque no nevaba, las calles seguían llenas de una nieve que se resistía, como ellos, a desaparecer. Dentro del seminario no habían conseguido elevar la temperatura por encima de cero grados. Fuera volvían a estar a siete bajo cero. Les habían comunicado que la Comandancia se había rendido, pero el coronel Barba, si en algún momento había creído la noticia, no había dado muestras de ello. Se había resistido a rendirse una y otra vez, desafiando toda lógica. Varios oficiales habían intentado convencerle pero había sido inútil. Por lo menos sí había aceptado que accediese al seminario la Cruz Roja para evacuar a los civiles heridos, mujeres y niños.

Era 8 de enero y en el exterior, la guerra en Teruel parecía haber terminado. Sin tiros, el sonido lejano de los cañones de Franco confirmaba haber llegado tarde a la cita.

Los enfermeros y médicos que se presentaron alrededor de las diez de la mañana se habían quedado impresionados por el estado de los que habían pasado allí tantos días. No era para menos.

En cuanto entraron, se desató el caos. Los civiles heridos, sintiéndose liberados, se levantaron como buenamente pudieron y, en tromba, empezaron a abandonar el seminario. Mujeres y niños corrían hacia el exterior, esquivando a los enfermeros que les venían a socorrer.

Vio cómo un soldado a pocos metros de él se pegaba varios golpes fuertes en la frente con la culata de su fusil, hasta sangrar. Luego se vendó, se quitó la chaqueta y simulando ser un civil herido huyó de su posición. Le adelantó otro soldado que también huía, este sin ni siquiera disimular su condición.

Pablo no daba crédito. La desesperación lo había vencido todo.

Se pegó a la pared, apartándose de la gente que huía, intentando vislumbrar si algún enemigo se acercaba en dirección opuesta, aprovechando la situación. Sintió que solo él seguía en su posición y no supo si sentirse valiente o tonto. En realidad, en varios puntos, muchos de sus compañeros se sentían igual que él, pero tampoco pudieron hacer nada. Tal y como había imaginado, los rojos habían aprovechado la salida desordenada de los civiles y la entrada de la Cruz Roja para penetrar en el seminario.

—¡Arriba las manos! —oyó decir a su espalda.

Se dio la vuelta lentamente.

—¡Arriba las manos he dicho! —Dos republicanos le apuntaban.

Suspiró profundamente y bajó la cabeza al tiempo que soltaba su arma y alzaba los brazos.

Todo había acabado.

Salió al exterior, donde muchos de los suyos ya se encontraban custodiados por el enemigo que les había vencido. Algunos sonreían, no sabían qué sería de ellos, pero por lo menos estaban vivos. Al poco tiempo, abucheados, salieron varios religiosos del convento de Santa Clara, entre ellos el obispo. Aquella irreverencia era el tipo de cosas contra las que había luchado. No podía comprender el odio visceral del enemigo a la Iglesia, que para él era uno de los pilares de su país, de sí mismo. Un hombre intentó arrancarle la cruz que llevaba en el pecho al obispo, pero, por lo menos en aquel momento, un oficial rojo lo impidió. Fray Anselmo Polanco, aturdido, aún alcanzó a bendecirles con la señal de la cruz mientras se alejaba en dirección a la Comandancia Militar. Pablo no quiso ni pensar lo que le esperaba a aquel hombre.

VIII

La noticia de la caída de Teruel fue ampliamente publicitada por todos los medios de los que disponía el Gobierno republicano. Llegaba en el momento en el que más necesitaban buenas noticias, tras perder en cada uno de los frentes en los que habían luchado, con la población civil cada vez más resignada a una derrota y con el ejército desmoralizado. De repente, por unos días, pareció que el nuevo «Ejército Popular de la República» era capaz de plantar cara a los franquistas y que la guerra, al fin y al cabo, no estaba decidida.

Pero María Ceballos solo pensaba en Antonio.

La estampa de ella, que desde siempre había sido muy reacia a la oración y a pedir cualquier cosa a un Dios en el que realmente no creía, rezando el rosario en el salón de su casa de tolerancia rodeada de prostitutas que le replicaban, hubiera sido cómica en otro momento de sus vidas. Sin embargo, ahora se daba cuenta de que no era capaz de dejar de hacer nada que pudiera repercutir en la vida de Antonio, y si estaba equivocada, si Dios existía, no quería dejar que le descuidara solo porque ella acumulara pecados día tras día.

Así que cuando acababa la jornada y todas las chicas daban por amortizados sus cuerpos, se sentaban donde antes compartían cotilleos y anécdotas y rezaban el rosario. Lo curioso era que a varias les gustaba hacerlo, a otras les relajaba y María descubrió que casi todas eran más devotas de lo que nunca hubiera supuesto.

Llevaban dos días con la casa a pleno rendimiento, pues la euforia de la victoria en Teruel había provocado una pequeña ola de celebraciones que en muchos casos acababa entre las piernas de sus chicas, así que, cuando llegó la noche, estaban todas agotadas y sin ganas de hacer nada más que, nuevamente, y por extraño que pareciera, rezar el rosario. Se sentaron una a una en el salón a medida que fueron despidiendo a los hombres, incorporándose a los rezos en voz baja mientras Rosana, la única a la que aquello le daba igual, acompañaba al último cliente a la puerta de la calle, donde siempre regalaba un último magreo. Estaban en el tercer misterio cuando les interrumpió su voz eufórica mientras subía la escalera corriendo desde la entrada.

—¡Dios mío! ¡ Carta de Antonio! ¡Chicas! ¡ María! ¡ Carta de Antonio!

Se miraron un segundo en silencio, como si lo que todas habían oído fuera un espejismo, antes de correr a la puerta de la casa.

Allí estaba Rosana, con un sobre gris, sucio y arrugado con la letra reconocible de Antonio, que era en sí mismo la mejor noticia que podían haber recibido. María se lo arrancó de las manos con la mayor de sus sonrisas y se fue corriendo al despacho, donde se encerró. Las chicas aguardaron en la puerta, casi tan nerviosas como la destinataria. Antonio había sido la persona que más les había cuidado a prácticamente todas, así que cualquiera hubiera comprendido su devoción hacia él.

Teruel, 9 de enero de 1938

Mi querida, guapa, brillante y añorada María,

Lo primero de todo, decirte que estoy bien. Que he pasado más frío que cuando te pasabas dos días sin dirigirme la palabra, pero que parece que esto ha acabado por un rato y que ahora estamos algo más tranquilos, si es que eso existe en esta guerra.

Te habrás enterado de nuestra victoria en Teruel antes de que esta carta llegue a ti. Para ser justos, es una victoria a medias, como todas las de esta guerra, pues consigo ha traído mucha destrucción y muerte. A estas alturas, esperaba tener el corazón más duro para aceptar todo esto, pero la verdad es que en parte me alegro de seguir siendo un poco humano. La batalla continúa en el exterior de la ciudad, que los fascistas quieren recuperar, pero por suerte a mí me han destinado a Valencia, hasta donde tengo que escoltar a algunos de los prisioneros que aquí se han hecho.

No sé a dónde podrás responder esta carta, pero te mandaré mis señas en cuanto las tenga. Pienso muchísimo en ti y, aunque lamento que fuera tan tarde, me acuerdo de cada momento de los últimos días que pasamos en Madrid. Extrañamente, sé que estás bien aunque no haya recibido noticias desde que me fui, lo cual comprendo perfectamente porque nunca te dije cómo hacérmelas llegar.

¿Qué tal están las chicas? Dales recuerdos a todas y ocúpate de que no se metan en líos, que ya sabes los disgustos que nos han conllevado. No es este el lugar para comentarlo, pero descubrí algo respecto al señor de las gafas tintadas que creo que debes conocer para actuar en consecuencia llegado el caso. Debí habértelo comentado antes de irme, pero solo días después pensé en su importancia. Ya sabes qué hacer.

Me acuerdo de ti tanto que duele, pero pensar que existes me da fuerzas para seguir y sobrevivir.

Te quiere,

Antonio Campo

Apartó sus ojos mojados de la carta de Antonio y reflexionó brevemente sobre sus palabras. De entrada, no pudo reprimir las lágrimas de emoción y gratitud al saber que el hombre al que amaba estaba sano y salvo y que parecía que se alejaba del epicentro del conflicto en dirección a zonas más seguras, pero poco después pensó en el último párrafo de la misiva. El hombre de las gafas tintadas era el misterioso personaje que les había alquilado el sótano del patio. El que a Antonio le había provocado desconfianza desde el día en que se había presentado en su puerta y que a ella le había dado exactamente igual. Mientras pagara bien y puntualmente —como hacía— le importaba un bledo el uso que le diera a su sótano, al que nunca había dado importancia. De hecho, desde que Antonio se había ido a Teruel, María no había vuelto a pensar en su inquilino.

Quizás ahora debiera hacerlo. Fuera lo que fuera lo que Antonio hubiera descubierto, era lo suficientemente relevante para pedirle su atención y para no comentarlo abiertamente en una carta que, como todas, era susceptible de ser revisada por la inteligencia o la censura republicana.

Salió del despacho y, tras leer parte de la carta a sus chicas, acabaron de rezar el rosario y se quedó hablando con ellas hasta que una a una se retiraron a sus habitaciones para dormir. Ella estaba muy despierta aún. Se acercó al armario de llaves y con la que abría el sótano bajó al patio pertrechada con un candil. Nunca le había gustado su patio, y ahora, de noche y con aquel silencio sepulcral, imaginaba que alguien la observaba desde la oscuridad, lo que le aceleró el pulso mientras se acercaba a la puerta del sótano, escondida tras un ciprés. Abrió y rápidamente bajó las escaleras para averiguar qué era lo que aquel hombrecillo escondía.

Como le había pasado a Antonio, lo más inimaginable apareció ante sus ojos, solo que en mayor cantidad. Oro y más oro. Los últimos meses habían sido especialmente provechosos para un hombre que acumulaba riqueza al ritmo que crecían las necesidades básicas de la población.

Inspeccionó el sótano sin entender bien qué era lo que Antonio esperaba de ella. Ciertamente, el espacio se había convertido en una cueva del tesoro, pero no sabía qué podía suponerle aquello. No era una ladrona y tampoco necesitaba dinero y sí, por supuesto, tenía una pequeña fortuna ante ella cuya proveniencia era, por lo menos, dudosa. Nadie quería tener esos objetos a la vista, aunque la presión sobre la religión parecía haberse relajado un poco desde el inicio de la contienda. Aquel hombrecillo era un usurero que estaría comprándolos a precio de saldo a la espera de venderlo todo cuando la situación mejorara, fundidos o no.

Salió del sótano y se encaminó por el patio hacia el paso de carruajes que lo comunicaba con la calle y con las escaleras que daban acceso a su piso. La luna iluminaba la fachada trasera del edificio, resaltando con sus sombras las heridas que el paso del tiempo y la guerra habían provocado. A ambos lados de su hogar, los esqueletos fantasmagóricos de sus antiguas propiedades, destruidas por los bombardeos le hicieron apartar la vista con pena y rabia. Había dado por imposible la titánica reconstrucción de aquellos edificios y por más prostitutas que reclutara, se tendría que resignar a esperar años y años a que se produjera un milagro en sus finanzas.

De repente, entendió lo que Antonio le había querido decir en su carta.

Él lo sabía: ella no era una ladrona y, por más dudoso que fuera el origen de aquellos objetos, no iba a hacer nada con algo que no era de su propiedad, pero también sabía que estaban en una guerra y que las circunstancias cambiaban cada día. Que podían cambiar para ella, que su negocio podía acabar. Antonio le decía en su carta que si las cosas se ponían feas, podía —una vez más— quitarse los escrúpulos y echar mano de alguna pieza de aquel tesoro. Había tantos objetos acumulados dentro de su sótano, que sería difícil que, llegado el caso, su propietario se diera cuenta de que había tomado prestado alguno.

Miró al cielo pensativa y negó con la cabeza: «Primero madame y ahora pensando en robar. Realmente, padre, debe estar muy orgulloso».

Ojalá no tuviera que volver a pensar en su sótano nunca.

IX

La noche siguiente, el utilitario de Saúl Reibovitz volvió a penetrar por el paso de carruajes de la casa de María Ceballos. Eran las doce de la noche, más tarde de lo habitual, pero había valido la pena. Lorenzo le había presentado al mayordomo de la marquesa de Mayalde y este ya le había traído su primera remesa de objetos para comprar a precio de saldo. Era tan tonto como el jardinero, o quizás tenía más hambre, pero el caso es que Saúl había aprovechado la situación para hacerse con varias piezas por una centésima parte de su valor. Era muy caro ser estúpido, pensó.

Su padre había muerto hacía pocos días, tranquilo y en la cama, por sorpresa. Saúl se había entristecido, pero a la vez, se había sentido un poco liberado. Se estaba haciendo avaricioso y su padre se lo había apercibido. Le había dicho que los judíos eran listos y previsores, buenos para los negocios, pero no avariciosos, y que él no debía serlo. Ya tenía bastante oro en aquel sótano para asegurarse su porvenir y el de sus hijos, si es que un día los tenía. Su padre le recordó la parábola del hombre que murió ahogado atado a un inmenso saco de oro al tratar de cruzar un río sin dejar nada atrás, pero Saúl sentía que nada le hundiría. Estaba solo en el mundo, sin ataduras y con una montaña de oro para cuando la guerra pasara.

No sabía en qué lo gastaría. No le gustaban las casas, ni los coches, tampoco era un sibarita de la comida, a decir verdad, lo que más le gustaba era el hipnótico brillo de aquel metal mediante el que podía obtenerlo todo.

Abrió la puerta y empezó a descender lentamente las escaleras hacia el sótano, cargado al hombro con un saco en el que portaba sus últimas adquisiciones. En el tercer escalón se puso de cuclillas y acercó el candil para iluminar el siguiente. Su respiración se contuvo ante lo inesperado. Alguien había entrado en su sótano.

Desde hacía algunos días, cada vez que entraba dejaba un testigo en la escalera, en el cuarto y quinto escalón. Se trataba de un poco de arena, invisible a la luz de una vela salvo que uno se acercara mucho al suelo, sobre el que quedaba marcada la huella de cualquiera que entrara. Hacía poco menos de dos semanas que había dejado esa trampa para ladrones por primera vez y ya había picado uno. Su corazón empezó a bombear con urgencia mientras notaba cómo la cara se le enrojecía con ira. Apretó el puño con rabia conteniendo el grito y las maldiciones que quería proferir, mientras acercaba su mirada a la huella. Una huella de zapato de tacón.

Bajó apresuradamente hasta el subterráneo y dedicó media hora a comprobar que no faltaba nada. No le hizo falta ninguna lista, recordaba cada una de las piezas, su localización, su peso, su olor. Soñaba con su brillo a todas horas. No faltaba nada, eso le tranquilizó. Solo un poco. Con la puerta sin forzar y aquella huella de zapato femenino estaba seguro de que la intrusa era su casera, María Ceballos. La única a la que no le hacía falta coger lo que pudiera de su oro y escapar corriendo, pues podía entrar en la cámara siempre que lo deseara pese a haber acordado lo contrario con él. Maldita mujer. Curiosa como la mujer de Lot —pensó—. El Antiguo Testamento no les había hecho aprender nada a algunas. Se sentó apoyado en la pared mientras pensaba qué hacer. Sudaba, algo que raras veces hacía pese a su sempiterno abrigo. Barajó varias posibilidades.

La primera era hacer como si nada hubiera pasado. Fiarse de una mujer que no tenía por qué ser una ladrona. Fiarse también de su discreción. La descartó de inmediato. Las mujeres no eran discretas, María Ceballos vivía rodeada de otras mujeres igual de chismosas y aburridas que ella. No tardaría en confiar su secreto a alguna amiga, y aquella a otra, si es que no lo había hecho ya.

La segunda era hablar con ella. Explicarle la verdad y pedirle discreción. María era hija de un comerciante, de un hombre próspero, por lo que lo normal era que le fuera afín, que entendiera su negocio, basado en la oportunidad que daba la guerra. Al fin y al cabo, era lo mismo que hacía ella, que se había convertido en una vulgar madame.

Una vulgar madame.

Una mujer capaz de todo por sobrevivir.

No. No hablaría con ella. No dejaría que una mujer tuviera su porvenir entre sus manos. Había luchado por cambiar la suerte de los Reibovitz y parecía que finalmente lo iba a conseguir. La única amenaza era María.

La única manera de eliminar esa amenaza era cortarla de raíz.

17

I

Pablo pensó que por lo menos estaba en su ciudad. Si tenía que morir, prefería hacerlo allí que en cualquier otro lugar. Con todo, cada día se sorprendía con el aguante de todo el grupo de prisioneros del que formaba parte.

Con la caída de Teruel todos los que habían defendido hasta el último momento el seminario y Santa Clara habían sido apresados y trasladados. Supuso que era lo más prudente desde el punto de vista de los republicanos, pues pese a que la batalla en el centro de Teruel había finalizado, la ciudad estaba siendo severamente atacada por los nacionales, que, desde cada vez más cerca, querían volver a tomar el control de aquella única capital que les había sido arrebatada. Con aquella situación, lo último que convenía al ejército republicano era tener más efectivos enemigos en el propio centro de la ciudad, listos para retomar la lucha en cuanto sus compañeros los liberaran. Así que los trasladaron el mismo día de su rendición a un pueblo cercano llamado Rubielos de Mora y de allí a Valencia, donde pasaron ocho días recluidos en la cárcel de San Miguel de los Reyes, que se había construido en el monasterio del mismo nombre. La cárcel era un edificio tétrico y antiguo pero cuando atravesaron su puerta alta y sólida, flanqueada por dos torretas que le daban aspecto de castillo, Pablo pensó que incluso en aquellas circunstancias, las noches serían mucho menos duras que las vividas en Teruel. Muchos de sus compañeros debieron de pensar lo mismo y, agotados como estaban, no tardaron en dormirse profundamente en el mismo suelo de las celdas, construidas en lo que debería haber sido uno de los claustros del recinto.

Al octavo día, sin razón aparente les subieron a unos autobuses militares y les llevaron a Barcelona. Les acompañaban varios clérigos que pese a haber sido desposeídos de los ropajes propios de su condición eran fáciles de reconocer incluso vestidos de civiles. El prelado de Teruel estaba entre ellos, un hombre de pelo oscuro y frente despejada, que mantenía la tranquilidad y observaba todo lo que sucedía alrededor a través de unos lentes redondos que no podían rectificar su mirada algo trasojada. Las historias del valor del obispo habían corrido por todo Teruel durante la batalla. Por lo visto, le habían intentado evacuar en varias ocasiones pero el hombre se había resistido, insistiendo en que el destino del pastor era el de sus ovejas. Ninguno lo dijo, pero Pablo estaba seguro de que, como a él, a muchos les parecía que estar en el mismo grupo de prisioneros que un obispo no era un buen augurio. Los republicanos habían matado ya a doce.

Era el 18 de enero.

Barcelona les recibió en unos días especialmente agónicos para su población, pues desde principio de mes se estaban produciendo bombardeos aéreos de una intensidad desconocida desde que había empezado la guerra. La ciudad se había convertido en noviembre en la nueva capital de la República y todos suponían que, después de Teruel y Valencia, los ojos de Franco se dirigirían a la Ciudad Condal. Parecía que la aviación italiana ya había empezado a preparar el terreno, y las consecuencias de aquellos bombardeos habían aterrorizado a la gente que aún vivía en la ciudad, que, a diferencia de lo que pasaba en Madrid, aprovechaba la posibilidad de escapar en masa al campo, donde esperaban que la muerte no les sobreviniera desde el cielo.

Les recluyeron en lo que habían llamado «depósito de prisioneros y evadidos del 19 de julio», ubicado en lo que había sido el convento de las siervas de María de la calle Enrique Granados, a solo unos pasos de la plaza Letamendi. Había pasado por delante del edificio alguna vez antes de la guerra y nunca había reparado en su apariencia algo cuartelaria, pero ahora le parecía que aquel lugar bien podría haber sido edificado para la función que desempeñaba aquellos días. Su casa estaba a pocas manzanas de aquella prisión. Hubiera dado un brazo por poder visitarla, ver si seguía en pie o si la guerra se había llevado también aquella parte de su vida. Supuso que por la zona en la que se encontraba, una de las mejores del ensanche, donde vivían muchas de las principales figuras de la alta burguesía de la ciudad, el entorno de su casa familiar sería ahora mismo un lugar silencioso y deshabitado, con las contraventanas cerradas a cal y canto y algunos porteros solitarios limpiando la escalera. Estaba seguro de que muchas de las viviendas habrían sido saqueadas e incautadas, pero aquello era lo de menos. Estaba resignado a que no quedara piedra sobre piedra, si Dios le compensaba con que su familia estuviera a salvo.

También pensaba a menudo en Inés. Hacía días que querría haberle escrito, pero no tenía manera de hacerlo y era demasiado pronto para pedir favores a sus carceleros.

Dormían en pequeñas celdas repartidas sin prestar atención a su tamaño, tan pronto ocho ocupaban una celda de tres como tres privilegiados ocupaban una de dos. En general, todos estaban apretados y esperaban con ansia las horas en que les dejaban pasear al aire libre por el patio de su prisión, momento en el que aprovechaban para departir con el resto de los prisioneros.

La guarnición a cargo de su vigilancia estaba formada por guardias de todas las edades, sobre todo jóvenes que, salvo en contadas ocasiones, les dispensaban un trato correcto. Al grupo se habían incorporado tres de los soldados que les habían acompañado desde Teruel, con los que, a pesar de haber luchado cara a cara, a muerte, había algo más de cordialidad. Pablo sabía que ambos bandos habían sufrido lo indecible en la ciudad aragonesa y que, aunque fuera raro, el recuerdo de aquel sufrimiento en cierta manera unía a los que lo habían padecido.

La noticia de la llegada de nuevos prisioneros a las cárceles solía representar una pequeña avalancha de peticiones de visitas, que se realizaban en completo desorden salvo por la hora y el tiempo acordado. Los presos se acercaban a una especie de vestíbulo dividido en dos partes por un pasillo enrejado a cada lado que recorría la estancia transversalmente, por el que de vez en cuando circulaba un guardia. En un lado del pasillo, detrás de una de las rejas, se amontonaban las personas que venían a visitar a los presos, que se amontonaban de igual manera pegados a la reja del otro lado del pasillo. La comunicación se realizaba entre ambas partes de forma incómoda y urgente, a gritos, abriéndose paso cada uno como podía entre los demás. Pablo se había acercado un par de veces los primeros días, pero enseguida comprendió que nadie le iría a visitar. Su madre y su hermana seguían en San Remo o en alguna ciudad de la zona nacional y su hermano José Manuel no sabía dónde, pero sin duda no se arriesgaría a acercarse por allí. Su hermana Montserrat estaría, en el mejor de los casos, prisionera como él. Habían estado tan cerca y no habían podido verse, o despedirse. Intentaba no pensar demasiado en ello para no entristecerse, aunque lo que sentía era rabia.

Se resignó a pasar muchos meses en aquel lugar. De hecho, visto lo acaecido en muchas de las prisiones de ambos lados, posiblemente «permanecer» fuera la mejor de las opciones. La piedad con los prisioneros de guerra no era fácil de encontrar y parecía que, al menos de momento, ellos la recibían.

II

Los días que sucedieron a la partida del conde de Navalviento de la Recuesta fueron extraños para Inés. No podía creer que Javier, por más especial que fuera, se hubiera ido sin ni siquiera despedirse. La historia sobre un telegrama reclamando con súbita urgencia su presencia en San Sebastián tampoco tenía ningún sentido. En todos los meses que había compartido con él, Javier jamás había tenido que hacer nada que no fuera agasajarla a ella, cuidarse él y, en general, pasar la guerra de la manera más tranquila y dulce que nadie pudiera esperar.

Pero fue la actitud de su abuela la que le confirmó que no sabía toda la verdad.

Su abuela nunca había sabido mentir. Ella misma era la que era más consciente de su carencia por lo que, cuando lo hacía, desaparecía durante días para que nadie viese la falsedad en su cara. Y llevaba cuatro días así, cenando en su habitación y desapareciendo con José por el jardín, almorzando a deshoras y simulando constantemente estar cansada y tener que retirarse. Inés había intentado que le ampliara las explicaciones sobre la marcha del conde, pero no había obtenido respuesta. Su madre se limitaba a encogerse de hombros cuando la escrutaba, pero ella sí sabía mentir.

Desde que se había ido Javier se encontraba sola. Sus hermanas se habían encontrado la tarde anterior con Gadea y Almudena Cañedo, que las habían invitado a pasar dos días en su casa de Somió, desde donde pensaban acercarse al centro, que, por lo visto, estaba recuperando la animación. Se encontraba leyendo en una plazoleta edificada en la parte alta del jardín, bajo la que se veía el estanque de las hortensias al fondo, cuando oyó cómo a lo lejos las puertas de entrada al camino se abrían y un coche enfilaba hacia la casa. Era un coche de la Guardia Civil.

Cerró el libro y se acercó poco a poco a la puerta, donde María ya estaba recibiendo a los agentes, a los que acompañó por la escalera hasta el interior. Cuando entró, estaban acomodándose en una pequeña salita que había a un lado del *hall* principal, donde se derivaban las visitas que el servicio consideraba de menor categoría. Los dos agentes se levantaron cortésmente del tresillo de enea en cuanto la vieron.

—Buenos días, señorita. Soy el agente Barbosa y me acompaña el agente García.

—Buenos días agentes —respondió ella, curiosa por el sentido de su presencia allí.

—Hemos solicitado a su doncella si tiene a bien reunirlas a todas para hacerles unas preguntas, nada del otro jueves, un caso que puede que les extrañe tanto como a nosotros, si es que hay algo en estos días que a uno le pueda extrañar. Temo que puede que seamos portadores de no muy buenas noticias, pero ya sabe que esto por desgracia son gajes de nuestro oficio.

En ese momento, su madre y su abuela entraron en la estancia. Los agentes Barbosa y García las saludaron con educación, se presentaron y les acercaron la silla mientras ambas se sentaban. Inés hizo lo propio y se sentó también. Intercambiaron dos minutos de conversación sin importancia sobre el tiempo, los árboles y el jardín antes de entrar en materia. Inés supo por la cara de sus dos mayores que algo no iba del todo bien. El agente intentó ser lo más suave posible en sus explicaciones.

—Pues bien, señoras. Hemos sabido que en su casa pasó unos días el señor conde de Navalviento.

—Sí, es un buen amigo de la familia —intervino Eugenia—, bueno, de mi hija Inés, aquí presente. Se fue hace unos días.

—Lo sabemos —continuó el agente—, ¿saben a dónde se dirigía?

—A San Sebastián —respondió Inés—, ha pasado gran parte de la guerra allí. Nos acompañó a todas desde allí con su coche.

El agente adquirió un gesto sombrío.

—El asunto es que hace unos días apareció un Fiat 514 entre las rocas, bajo la senda del Cervigón. Costó Dios y ayuda bajar hasta donde se encontraba, pues el mar estaba bastante embravecido y no hay acceso que pueda hacer alguien que no sea escalador.

Inés sintió que palidecía.

—¿Javier? ¿Era el coche de Javier?

El agente intentó no asustarla.

—Tranquila señorita, lo cierto es que no había nadie en su interior. Pero sí, tras comprobar la matrícula, esta resultó ser de un residente de San Sebastián que nos confirmó que lo tenía arrendado a su amigo el señor conde. El caso es que estamos seguros de que nadie murió en aquel accidente, pues el coche fue lanzado allí deliberadamente, sin nadie en su interior.

—No entiendo —balbuceó.

—Tampoco nosotros, señorita. Pero nos hallamos en un callejón sin salida, pues el señor conde se halla desaparecido y nadie sabe arrojar un poco de luz sobre el asunto, máxime cuando me indican que el señor les informó de su intención de volver a San Sebastián, pues no hay razón alguna para pasar por la senda del Cervigón en la ruta hacia el País Vasco.

La abuela Ana estaba empezando a levantar el mentón, como hacía siempre que se ponía nerviosa. Parecía altiva pero la posición era de defensa.

—¿Y qué quiere decirnos a nosotras exactamente? —quiso saber.

—Mamá, quiere decirnos que un amigo de esta casa se halla desaparecido —dijo Eugenia, y miró al agente—. Señor agente, lo que nos dice nos llena de pena y preocupación. Rezaremos por él y, por favor, ténganos informadas.

—Por supuesto, señoras —respondió el hombre—, pero antes nos gustaría que nos ayudaran un poco más. ¿Saben si el señor conde tenía enemigos? ¿Alguien que no le deseara el bien? Lo más probable es que en unos días el hombre aparezca, pero lo del coche es muy raro.

La abuela volvió a hablar:

—El conde era duro con sus jornaleros, con la gente que trabajaba para él. Él mismo nos lo contó.

—No, no lo hizo —interrumpió Inés.

—Me lo dijo a mí, Inés. Con nosotros era muy amable, todo un caballero, pero creo que no escatimaba la fuerza para mantener el orden. Ese hombre debe tener enemigos, por supuesto. —Hizo una pausa levantando aún más el mentón—. Aunque seguro que acabará apareciendo. Esta gente nunca muere.

El agente la miró.

—Señora duquesa, diríase que no le tenía aprecio al señor conde.

—No, no, todo lo contrario. —Levantó el mentón y cerró los ojos, como si estuviera obligándose a comer algo que le horrorizaba—. Le apreciaba sinceramente, solo digo que puede que no todo el mundo le tenga la misma estima. —Dejó pasar unos segundos, respiró profundamente y miró a los agentes—. En fin, señores, ¿algo más? Tengo cosas que hacer en el jardín.

Los dos guardias civiles se miraron y negaron al tiempo que cogían el tricornio que apoyaban sobre sus rodillas.

—Nada más señoras, muchas gracias.

—Entonces les acompañaré a la puerta.

Se levantaron las tres y les acompañaron a la terraza que se abría frente a la puerta principal, que se comunicaba con el jardín y la explanada frontal de la casa por una escalinata doble. Los agentes bajaron pasando junto a José, que estaba recogiendo las hojas secas. Inés no pudo evitar observar cómo ambos intercambiaban una mirada de complicidad mientras, al cruzarse con el capataz de su abuela, señalaban discretamente su pie cojo, que calzaba con un zapato ortopédico con alza.

Poco después, los agentes Barbosa y García abandonaban lentamente la Recuesta por el camino de grava que llevaba al exterior de la finca. Mientras fijaban su vista en el coche que se alejaba, Inés cogió a su madre y su abuela por el hombro.

—Ahora mismo me vais a contar la verdad.

Entraron en la casa y pasaron directamente al salón. Inés se sentó acercando un orejero a uno de los sofás donde esperó a que ambas ocuparan su lugar. Su madre hizo lo que esperaba mientras su abuela se servía una copa de chinchón de una de las licoreras que aguardaban colocadas sobre el pequeño mueble bar que prestaba servicio en la esquina. Bebió un sorbo frente al mueble y se rellenó la copa de nuevo antes de sentarse junto a Eugenia y su nieta.

—De acuerdo —empezó Inés—. No creo que la Guardia Civil haya creído ni por un segundo que le habéis contado todo lo que sabíais. Abuela, sigues sin saber mentir. Mamá, a ti te sale algo mejor, pero, bueno, a mí no me engañáis. Quiero saber exactamente qué ha pasado. Quiero saber por qué una persona con la que mantengo una amistad de sobra conocida por vosotras, se va de la casa sin despedirse de mí. Me imagino que le echasteis o hicisteis algo para alejarlo. Mamá nunca ha ocultado su animadversión hacia él, y tú, abuela, tampoco creo que lo tuvieras en gran estima. El caso es que...

—El caso es que no tienes ni idea de nada —la interrumpió la abuela Ana—, y esta es una historia más larga de lo que te figuras. Así que te pido silencio. Ahora voy a hablar yo. —Inés se recostó levemente sobre el respaldo. Su abuela continuó—: A principios de la guerra hubo mucho lío en el campo, como ya sabéis. Sobre todo en Andalucía pero también en otros puntos del país, muchas fincas fueron asaltadas por los jornaleros que se sentían —y muchas veces con razón— muy maltratados. Algo muy parecido sucedió en Navalviento, el pueblo del que tu amigo el señor Javier Ferro, ostentaba el título, un lugar sin importancia en Huesca. Esta historia me la contó con detalle mi amiga Alejandra Lacalle, que la había recibido de la madre de una de las protagonistas. La señora en cuestión era Blanca Marqués, la viuda de Bultó, con la que compartisteis casa en San Remo. Lo que os voy a contar lo sufrió su hija Montserrat, que es la que se ha encargado de que, de momento, estos hechos, a los que sobrevivió por puro milagro, no queden en el olvido.

Inés reparó en que su abuela hablaba de Javier Ferro en pasado. Quiso creer que solo había sido un error, pero, metida de lleno en la historia que les estaba contando, no le dio más vueltas por el momento.

Durante casi media hora su abuela les detalló la explicación que, recibida por carta, había quedado grabada en su mente. Atenta y horrorizada, los ojos de Inés se humedecieron con los primeros compases de una historia que enseguida supuso acabaría de manera trágica. Los últimos diez minutos lloraba ya sin consuelo ni solución, mientras cada una de las palabras que su abuela pronunciaba repicaba dolorosamente en su cabeza como un martillo. Cuando el episodio sobre la matanza en casa del que podría haber sido su marido acabó, su abuela le entregó la carta que Alejandra Lacalle le había mandado explicando el suceso. Inés la leyó entre la bruma de su mirada mojada.

Al finalizar, miró a su madre, que, sorprendentemente, también estaba muy emocionada, y devolvió la carta a su abuela.

—No puedo creerlo —se esforzó en decir.

—Yo tampoco quise creerlo hasta estar segura —replicó su abuela—, así que hablé con el conde.

Inés ya no sabía qué esperar.

—¿Qué quieres decir?

—Fue la noche de la cena. Aquella en la que pretendimos que la guerra había acabado, nos vestimos de largo y nos pusimos guantes y joyas. Recordarás que me quedé hablando con él. Bebió bastante y reconozco que le di pie para que confesara todo el asunto. No costó demasiado. Ese monstruo no se arrepentía de haber matado a todo un pueblo, todo lo contrario, estaba orgulloso. Sentí deseos de matarle allí mismo, cuando reconoció cada uno de los puntos de la carta que me había mandado la señora Lacalle. Inés, ese hombre era un asesino.

—Pero parecía tan... —Inés recordó el arranque de contenida violencia de Javier en el parque de atracciones de San Sebastián. Nunca había explicado aquel suceso pero en su interior supo que

Javier no era exactamente lo que pretendía ser. Supo que lo que le acababan de contar podía ser cierto.

—Hija, da igual lo que pareciera —intervino Eugenia—. Ese hombre es lo peor que ha pasado por esta casa y me alegro de no volver a verle más.

Inés se enjugó las lágrimas.

—Pareces muy segura de ello.

—Lo está —corroboró la abuela—, yo también, pero quizás convenga que no sepas más. No te entristezcas, deberías estar aliviada de no haber caído en las redes de tan mala persona.

Inés se recompuso como pudo. Quería saberlo todo.

—Me da igual lo que convenga abuela. Quiero que me lo expliques todo. ¿Qué es lo que le ha pasado a Javier?

Se hizo el silencio mientras Eugenia y su madre se miraban.

—Javier ha muerto.

—No, Eugenia —replicó la abuela—. El conde de Navalviento no ha muerto, al conde de Navalviento le he matado yo.

Tardó unos segundos en reaccionar.

—¿Abuela, qué estás diciendo? —Inés creía estar viviendo una pesadilla.

—Quiero decir exactamente lo que has oído. En cuanto aquel hombre confesó, supe que debía matarle. Al día siguiente, lo organicé todo y lo hice. Lo hice por toda la gente que murió a sus manos y por la injusticia de saber que jamás recibiría su merecido. No podía haber hecho otra cosa además. No dudes de que si no lo hubiera hecho yo antes, no te podría estar hablando ahora porque él me hubiera matado a mí. Creía que yo era la única persona que podía haberle acusado, la única que sabía la verdad. Era una amenaza para él. Para su vida. Para sus planes. Aun suponiendo que pensara que no le iba a denunciar, sabía que impediría que se casara contigo, algo que todas sabemos que era exactamente lo que quería hacer. No dudes ni por un segundo de que tu amigo se levantó aquella mañana con el firme propósito de acabar con la anciana duquesa de Riosgrandes, la única persona que podía arruinarle la vida. Os hubiera contado que me había dado un ataque de corazón o que simplemente no había despertado, y vosotras le hubierais creído.

—Abuela, no puedo creer que tú...

—Créelo, Inés, créelo, pero no me pidas más explicaciones. Cuanto menos sepas, mejor. Lo de la Guardia Civil me tiene preocupada.

Inés no podía creer la frialdad de su abuela.

—Abuela, has matado a una persona.

—Sí, Inés. Claro que sí, y estoy orgullosa de ello. Estamos en una guerra y yo he defendido lo mío del enemigo, igual que está haciendo mucha gente. Te he defendido a ti, me he defendido a mí misma y he vengado a toda la pobre gente de Navalviento. Si España tiene que renacer de sus cenizas, espero que lo haga sin gente como el maldito conde de Navalviento. Y déjame ya, que os he hecho un favor a todas.

Se levantó del sillón y salió del salón dejando solas a Inés y Eugenia. Ninguna sabía qué decir, pero Eugenia lo intentó.

—Hija, yo no sabía.

—Déjalo, madre. Déjalo.

Inés se levantó también y se fue a su habitación a toda prisa y llorando. No sabía qué demonios estaba pasando con su vida.

III

En el coche de vuelta a Gijón, los agentes Barbosa y García estaban seguros de haber dado con una pista. Como en una jugada de póker, ellos no habían mostrado todas sus cartas. Ellas por su parte, no habían conseguido que se creyeran el farol. Pasaba habitualmente con los delincuentes aficionados, se les notaba enseguida la falta de profesionalidad, los escrúpulos, las mentiras. Lo normal era que resolvieran el asunto en poco tiempo, debía ser así, ya que los crímenes abundaban y la gente parecía no haber entendido aún que la guerra en el norte de España había acabado y que todos debían volver a guardar las pistolas y los cuchillos y comportarse como personas civilizadas de nuevo.

El coche era la principal pista una vez habían conseguido remolcarlo hasta el punto desde donde había caído a las rocas. Los papeles del vehículo les habían remitido a su propietario en San

Sebastián y de él al conde de Navalviento, que se lo alquilaba. Supieron que el desaparecido se había alojado durante semanas en la finca de la Recuesta donde habían entrevistado a sus distinguidas propietarias. Pese a las apariencias, lo cierto era que si las hallaban culpables, no serían las primeras damas de alcurnia que se habían manchado las manos de sangre en los últimos años. Había habido casos sonados como el de la marquesa de Sobremonte, que había emparedado a toda una familia en una habitación de su casa, o el de la sobrina del doctor Montaner, de Somió, que había envenenado al segundo marido de su madre. Con todo, ambos empezaron a hacer elucubraciones.

—La hija no sabe nada. Esa pobre bendita aún no tiene ni idea de que su madre y su abuela se han quitado de en medio a su novio —dijo Barbosa.

—Sí, eso está claro. La señorita Inés parecía la única sorprendida de la casa.

—La abuela en cambio...

—Sí, la abuela lo sabe todo. La duquesa no sabe mentir, imagino que no la educaron para eso. Pero no ha podido hacerlo ella sola. Ya sabes quién condujo el coche hasta el barranco.

—Sí, claro. El pobre hombre debía estar demasiado nervioso para pensar en ocultar una pista tan delatadora.

Habían encontrado huellas en el coche. Ni un rastro de sangre, pero sí unas huellas únicas y características. Un par de huellas distintas la una de la otra. Una, la de una bota normal de campo, la otra, la de un zapato extraño y plano, de los que solo se encuentran en las ortopedias y que solo calzan personas cojas. Si la duquesa de Riosgrandes hubiese mentido mejor, ya hubieran arrestado a su capataz y a ella no le hubieran investigado, pero tras aquella corta entrevista, parecía claro que la mujer estaba implicada en la desaparición del conde de Navalviento de alguna manera.

Iba a ser complicado condenar a una persona tan popular en la zona, probablemente lo máximo que conseguirían sería que la acusaran de colaboración necesaria y fuera su capataz el condenado. A nadie le gustaba ver a una venerable aristócrata franquista entre rejas.

De todas formas, primero tenían que encontrar al conde, vivo o muerto, para ver qué era exactamente lo que había pasado. Sin cadáver, no había crimen.

—Si en una semana no ha habido noticias del señor Navalviento, registraremos la Recuesta —propuso Barbosa.

—¿Crees que está allí?

—Yo no sé dónde está. Lo que está claro es que, si ha sido asesinado, no fue transportado en el coche que encontramos, donde no había rastro de sangre. Si le mataron fuera de la finca, lo más normal es que le hubieran dejado tirado, a la vista, y no haber intentado hacer que desapareciera el coche. Hay muchos rojos con ganas de cepillarse a un conde, hubiéramos cerrado el caso hace días si el cadáver del hombre hubiera aparecido. Lo que no tiene sentido es un coche vacío, un hombre desaparecido, eso lo hacen los aficionados. Si el conde está vivo, aparecerá en una semana, máximo. Si no lo hace, el primer lugar donde buscaremos será la finca que acabamos de visitar. El capataz y la duquesa, esos me huelo que lo saben todo.

Llegaron a la comisaría, que llevaba varias semanas con una actividad inusitada. Los ganadores de la guerra en esa parte de España habían vuelto a aparecer y se afanaban en reclamar la devolución de todo lo que estimaban que les había sido sustraído. Había causas justas y grandes dosis de revanchismo, así que parte del trabajo de la Guardia Civil era discernir a cuáles prestar atención y a cuáles no. Ningún partidario de los republicanos denunciaba, sabedor de que la denuncia podía volverse en su contra. Para los perdedores que habían permanecido en Gijón, lo mejor era pasar lo más desapercibidos posible. Los agentes no daban abasto con tanto trabajo, pero se esmeraban en restablecer el orden. El suyo, claro.

Atravesaron el vestíbulo y se encerraron en su despacho, plagado de carpetas y papeles ordenados en completo desorden. Siempre que volvían de una inspección apuntaban todos los datos para recordar bien cada caso pasado el tiempo. Nunca se sabía cuándo una investigación podía resolverse, por lo que era importante que todos los datos pudieran recuperarse en cualquier momento. Detallaron cada parte de su visita minuciosamente, la gente con la que habían hablado, el lugar en el que se habían reunido, fecha y hora, la actitud de cada uno de los interrogados y la presencia de un hombre cojo con calzado ortopédico que se posicionaba como principal hilo del que tirar. Llevaban quince minutos elaborando el informe cuando un compañero entró en el despacho. Barbosa levantó la mirada molesto.

—Ahora no, Marcelino, estamos ocupados.

Marcelino era uno de los agentes más jóvenes y nadie le prestaba demasiada atención. El joven estaba acostumbrado a aquel trato, pero no se resignó.

—Es solo un segundo. Necesito que me pase la dirección de los señores Arburúa, creo que iban ustedes a verles hoy y acabamos de encontrar unos cuadros que les fueron sustraídos.

Barbosa estaba harto de aquel incompetente.

—No, Marcelino, venimos de la Recuesta, de casa de la duquesa de Riosgrandes, le han informado mal. No tengo ni idea de quienes son los Arburúa ni qué coño le pasa a sus cuadros. Creo que es con el agente González con quien quiere hablar.

Marcelino se sonrojó levemente. Era cierto, González era el que estaba llevando ese caso, pero recordó que él había atendido hacía unas semanas y en aquel mismo lugar a la duquesa que acaban de visitar su compañeros.

—Ah, comprendo, es cierto, disculpe. Ahora le pregunto a González. ¿Qué tal la duquesa? Estuvo aquí hace unos días. La atendí yo mismo —dijo orgulloso—. El viernes pasado le devolvieron la bomba que andaba buscando para rellenar su estanque. Pobre mujer, parecía tan apenada por el estado en el que estaba su jardín. Insistió mucho en que le devolviéramos lo antes posible la bomba. Imagino que un estanque seco en pleno jardín tiene que ser desagradable.

Barbosa y García le empezaron a prestar atención.

—¿Una bomba?

Marcelino estaba encantado de poder ayudar.

—Sí, sí, una bomba de agua. Estaba en la Recuesta pero los rojos la trajeron a la ciudad. Una bomba de agua formidable que por lo visto sirvió para apagar incendios y otros menesteres durante la batalla. La duquesa estaba preocupadísima por haberla perdido pero fue fácil de encontrar un armatoste como ese y ya la vuelve a tener en su finca.

—¿Y dice que sirve para rellenar su estanque, Marcelino?

—Sí, sí, para su estanque, eso es. Imagino que el lecho de un estanque seco no es bonito en un jardín. La duquesa quería que volviera a estar lleno lo antes posible. Que no se viera todo el barro y las plantas muertas y algas del fondo.

Barbosa miró a García. Sonrieron con complicidad.

—Claro, claro Marcelino. Nada mejor que el agua, las algas y los nenúfares para ocultar algunas cosas.

Marcelino no entendió muy bien qué quería decirle pero se despidió con una sonrisa. De nuevo solos en el despacho, los dos agentes se miraron.

—Si en una semana no ha aparecido el dichoso conde de Navalviento, iremos de pesca a la Recuesta. ¿Le parece, García?

18

I

María Ceballos había aprovechado el primer día soleado tras una semana de lluvias para acercarse al centro de la ciudad, donde tenía que dejar una pequeña lamparita que cortocircuitaba y les pasaba la corriente cada vez que tocaban su base metálica. Era una excusa como cualquier otra para salir de su casa y airearse, cosa que necesitaba de vez en cuando. A media tarde estaba en la calle. Vestía un traje negro de dos piezas con los puños en blanco y el cuello cerrado con un lazo ladeado sobre el hombro. Remataba el conjunto un pequeño sombrero de paja colocado coquetamente sobre el moño que ordenaba su melena negra y brillante. Ya casi nadie llevaba sombrero, pero ella siempre intentaba cubrirse con uno. Le parecía que en la guerra, igual que en otras situaciones desesperadas, la gente tendía a abandonar usos que no tenían nada que ver con la necesidad y que toda la normalidad que consiguieran mantener sería un pequeño triunfo al envite del momento. Si tenía aquella ropa, ¿qué mal podía hacer que la paseara?

Desde que Antonio se había marchado al frente la conversación en su casa había quedado reducida a los temas banales y repetitivos de las chicas que trabajaban con ella, amables y buenas personas pero, por lo general, también incultas y simples. Añoraba a su novio a cada instante y paseos como aquel le distraían de la nostalgia que le llenaba cada vez que se quedaba sin ocupaciones.

Bajó la calle Princesa dejando a la izquierda el palacio de Liria. Todos esperaban que Franco respetara el hogar del duque de Alba, una de las figuras más prominentes de la ciudad, pero, contra todo pronóstico, el palacio había sido devastado en noviembre del primer año de la guerra por bombas incendiarias franquistas. Se había quedado con las ganas de ver los tesoros que hasta el día del bombardeo se guardaban en su interior y que, con la incautación del palacio al duque al principio de la guerra, muchos madrileños habían podido contemplar por primera vez. Ella no había llegado a tiempo de aquello, como a tantas otras cosas. Sonrió resignada pensando que, como a ella, a los Alba les daban por los dos bandos. Enfiló la Gran Vía, que llamaban con ironía «la avenida de las Bombas», pues muchos de sus edificios aparecían gravemente dañados por la guerra. Al llegar al repecho de la Red de San Luis, torció a la izquierda por la calle Hortaleza.

Le encantaba ese barrio, más parecido a un pueblo castellano que al centro de cualquier ciudad europea. Como en los pueblos, en aquella zona, que resistía al avance de los tiempos a tan solo unos metros de los brillantes edificios y rascacielos de la Gran Vía, aún había casas de un solo piso, delante de las cuales se sentaba la gente para comentar y ver pasar a la concurrencia, también vendedores ambulantes, comercios poco sofisticados en los que se trabajaba en plena calle y, en general, un ambiente sencillo, rústico y humilde donde aún se podía saborear la cercana y amable vida popular. Se acercó a un banco de la plaza de San Gregorio y se sentó al calor del sol, mientras un par de mujeres con delantal y cántaro le rebasaban canturreando. Estuvo casi una hora con los ojos cerrados con la cara hacia el sol, relajada, adormilada, abriendo su mirada solo de vez en cuando y con indiferencia para ver cómo el Madrid de siempre se movía alrededor. Niños jugando, una mesa de cartas frente a una casa, un portero barriendo la acera y el constante ir y venir de gente que cruzaba la plaza. Nadie sofisticado, un par de militares que la miraron de arriba abajo con el deseo en sus ojos, un gato persiguiendo a las palomas, parecía que el tiempo se hubiera parado en aquel lugar y que a su ciudad, en el fondo, aún le costaba desprenderse del provincianismo que le había acompañado durante siglos. Eso era lo que más le gustaba de Madrid, que avanzaba hacia el futuro sin acomplejarse del halo sencillo que la diferenciaba de todos los lugares.

Tenía la suerte de encajar en cualquier lado. Tan pronto podría haberse vestido de gala para una velada en el casino de la calle Alcalá como haberse puesto un delantal para ayudar a las cesteras con su labor. Su belleza y formas nada altivas le abrían las puertas de todos los lugares, independientemente de la condición social de su público, que siempre la trataba como a una igual. Se alegró de poder disfrutar de momentos simples como aquel y no tener que encerrarse en una u otra zona en función de su seguridad o reputación como tenían que hacer muchas mujeres. Pese a haberse quedado sin la mayor parte de su patrimonio y, lo peor, sin su padre, por lo menos sabía que Antonio estaba vivo y que su negocio marchaba bien. Sí, lo mezclaba todo, la vida y el dinero, el patrimonio y la muerte.

De pronto, reconoció una silueta solitaria cruzando la plaza en dirección ascendente, hacia la calle Hortaleza. Era un hombre que solo había visto de noche, pero su figura menuda, su aspecto huraño, sus gafas tintadas y su característico abrigo largo no admitían duda. Se levantó de inmediato y comenzó a seguirle a cierta distancia. El hombre que le alquilaba el sótano de su casa no se percató de que le seguían y siguió caminando rápidamente a pasos cortos, torciendo con decisión en la esquina con la calle Hortaleza, por la que avanzó en dirección a la plaza de Santa Bárbara. María le seguía a cierta distancia por la acera contraria, impulsada por la curiosidad, casi la necesidad, de saber más de un hombre que estaba convirtiendo su sótano en una especie de cámara del tesoro misteriosa. ¿Quién era ese hombre, a qué se dedicaba? Buscaba desde hacía días respuesta a muchas de las preguntas que le habían asaltado desde el momento en el que, contraviniendo el pacto que habían hecho al principio de su relación comercial, había penetrado en el espacio que tenía alquilado a aquel inquilino sin nombre. Ahora tenía la oportunidad de, quizás, saber algo más. A los diez minutos, el hombrecillo se detuvo frente al portal de madera oscura de un edificio de cuatro plantas de ladrillo visto con balcones de hierro y pequeñas galerías acristaladas en el piso principal. Tras meter la llave en la cerradura, pareció vacilar un segundo antes de empujar la pesada puerta y desaparecer en el interior.

María se acercó a la puerta. Así que allí vivía el misterioso propietario del oro de su sótano.

II

Saúl Reibovitz entró en su casa furioso.

Estaba claro que haber elegido el sótano de María Ceballos para esconder su botín había tenido muchas ventajas. Pero también tenía una desventaja, y esta era tan grande que tenía que suprimirla lo antes posible. María. Aquella entrometida no solo había roto su pacto al entrar en un espacio en el que se había comprometido a no acceder, ahora, además, sabía dónde vivía.

La cara de la mujer fija en su espalda, reflejada en el llamador de su puerta mientras entraba en el portal le había erizado el vello. Aquella mujer le había visto acceder a su casa.

Ahora sabía lo que hacía y sabía dónde vivía. Una combinación peligrosa que dejaba demasiados flecos sueltos en un plan en el que se había devanado los sesos para que funcionara a la perfección. Con su curiosidad, aquella entrometida no le dejaba otra opción. Ya no había duda: la mataría, claro que lo haría.

Llevaba varios días planeando la manera de hacerlo y había llegado a la conclusión de que, pese a que el tiempo apremiaba y cada día que pasaba se arriesgaba a que María explicase la situación a alguna conocida y su secreto se empezara a expandir, no podía dar pasos en falso. Madrid vivía unos días de tensa calma y eso no favorecía su plan. No era un asesino, al menos no todavía, por lo que necesitaba que su inexperiencia quedara disimulada en medio del caos de una batalla, de la toma de Madrid por Franco o por un bombardeo. Pero la guerra se había trasladado al Levante y las batallas que se habían producido en los alrededores de Madrid no habían conseguido cambiar el orden de la ciudad lo suficiente. Cada vez les racionaban más los alimentos y la gente se mostraba más desanimada, pero nada más. La vida de los madrileños seguía empeorando lentamente, pero no tenía los sobresaltos que Saúl necesitaba para disimular su acción. Lo mejor hubiera sido un bombardeo nocturno. La hubiera matado cuando María saliera para ir a un refugio y luego la habría dejado entre los cascotes y nadie hubiera sospechado nada. Pero los bombardeos habían cesado también. Así que las posibilidades para matar a aquella entrometida sin despertar sospechas se reducían mucho para un aficionado como él.

Entonces lo pensó.

No podía dejar aquel trabajo en sus manos, en las de un aficionado. Necesitaba un profesional. Habría decenas de delincuentes de medio pelo dispuestos a matar por sobrevivir en aquellas circunstancias. Y él tenía suficiente dinero para pagar a quien fuera necesario para que ejecutase un asesinato que él no era capaz de realizar. Además, creía saber dónde encontrar a alguien para aquel menester.

Se volvió a poner su abrigo y fue en busca de su coche.

A las siete entraba en el cementerio del Este.

No sentía especial orgullo en ello, pero conocía el recinto como nadie y no había rincón que no tuviera presente en su plano mental del lugar. Desde hacía meses sabía qué lugares eran más seguros y cuáles debía evitar. Se dirigió a los segundos, situados en uno de los extremos más antiguos del cementerio, fácilmente reconocible por ser la zona más estrecha y deteriorada, pegada a la tapia que rodeaba el conjunto con tal abigarramiento que parecía que las mismas tumbas querían saltar y huir de allí. Incluso los cipreses parecían más tétricos en aquella zona, flanqueando panteones abiertos y tumbas profanadas.

No era una persona miedosa, pero sintió miedo al empezar a recorrer la zona, que se sumía rápidamente en las sombras mientras el sol se despedía con los últimos compases del día. Se dijo que era normal que tuviera miedo, él era el cebo para los maleantes, así que el encuentro que cualquier otra persona hubiese intentado evitar, era precisamente el que él buscaba. Su suerte hubiera sido la desgracia para cualquier otro.

Todavía tuvo que esperar media hora en la boca del lobo para que este apareciera.

Se encontraba ya prácticamente a oscuras cuando desde una esquina un brazo asomó por su espalda y le agarro fuertemente el cuello. Al segundo, una mano le acercaba un cuchillo a la garganta. Se arrepintió de su osadía. Moriría allí mismo si no era convincente. Intentó templar su voz; «La actitud lo es todo», recordó.

—Buenas tardes. Precisamente andaba buscándole —se esforzó en decir.

El hombre pareció molestarse, apretando más el cuchillo, de forma que a Saúl le dio la sensación de que empezaba a sangrar levemente.

—¿Buscando a quién? ¿Buscando a quién? —le dijo agresivamente.

—Buscando a alguien como tú, que quiera ganar mucho dinero con un encargo.

—¿Y quién le habla? ¿Quién cojones eres, mierda humana?

—Soy alguien que tiene mucho de lo que tú no tienes. Pero al que le falta algo que tú sí tienes. Suéltame unos segundos y déjame hablar. Tengo un negocio que te puede interesar.

Su agresor aflojó primero la presión sobre su cuello y apartó la navaja. Luego lo empujó hacia delante, apartándole de su pecho. Saúl hizo ademán de girarse, pero el hombre le advirtió:

—No te gires o te mato aquí mismo.

Volvió a su posición, dando la espalda a aquel delincuente al que necesitaba. Pensó que era muy agresivo, justo lo que andaba buscando.

—No quiero que me mates a mí, quiero que mates a otra persona.

—Habla —dijo el hombre sin escandalizarse. Saúl no podía creer su suerte.

—Tengo dinero y puedo pagar. Pero no quiero preguntas ni pesquisas. Yo te digo a quién y tú lo haces, me da igual cómo, pero tiene que ser esta semana.

—¿Y cómo sé yo que tú no eres un policía?

—Lo sabes porque me ves. Y porque me habrás visto antes por aquí si has salido de esta zona. Mis negocios van por otro lado. Pero son prósperos, y te puedes beneficiar de ello.

— Si lo hago, quiero diez mil.

Saúl tenía aquella cantidad, pero su ser le impedía, incluso en aquella situación, dar sin negociar.

—Te daré cinco mil.

Se hizo el silencio durante unos segundos que parecieron horas. Al rato, el asesino a sueldo habló:

—Si acepto, te dejaré una caja en el panteón de los Sobrellano, que está a...

—Sé dónde está.

—Pásate mañana a las seis y mira en el altar. Si hay una caja, deja allí el dinero, el nombre de quien quieres que me ventile y su dirección. No vuelvas a venir a esta zona nunca si no quieres que te mate a ti de regalo. Si no hay caja, no hay trato.

—Te dejaré la mitad. La otra parte en el mismo lugar cuando el trabajo esté hecho.

Volvió a hacerse el silencio.

—De acuerdo. Tienes muchos cojones para ser tan enano. Vete y no vuelvas. Hoy sales vivo de aquí de milagro, no vuelvas a tentar a la suerte.

Saúl se dio la vuelta para salir lo antes posible de aquel espacio con olor a muerte pasada y futura. No vio a nadie aunque supo que por lo menos los ojos del asesino que acababa de contratar le miraban desde la oscuridad. Sintió un escalofrío y sonrió nervioso. María Ceballos moriría.

III

Al día siguiente, a las seis, Saúl volvió al cementerio del Este, zigzagueando por la parte vieja hasta el panteón de los Sobrellano. Conocía perfectamente la edificación, como hacían todos los que trabajaban o visitaban con frecuencia el camposanto, pues era una de las más importantes del recinto. El edificio se elevaba en una sola planta más alta que los que le rodeaban, con sus paredes de granito gris, envejecidas por la humedad y decoradas con relieves bíblicos y columnas adosadas rematadas por hojas de acanto. Sobre la puerta principal, que en algún momento había sido dorada, un ángel de mármol apuntaba con su espada al visitante tratando en vano de disuadir a los maleantes. El conjunto estaba envejeciendo rápidamente y mal, comido poco a poco por una hiedra que ya había estrangulado alguno de los pináculos de las esquinas, aumentando la sensación de descuido y abandono. Saúl no sabía el destino que había tenido la familia que daba nombre al panteón y le daba igual, pero estaba claro que habían perdido todo interés por aquel lugar.

Las puertas entreabiertas estaban aprisionadas por la tierra y la hojarasca, por lo que tuvo que deslizarse entre el espacio que quedaba libre entre los batientes.

El interior apareció ante él de manera muy similar al de otros panteones donde realizaba sus transacciones, lleno de polvo y suciedad, con algunas botellas de cerveza tiradas en una esquina junto a una manta vieja y arrugada del último vagabundo que había hecho del edificio su casa por algunas noches. Varias imágenes habían sido decapitadas o estrelladas contra el suelo y una de las vidrieras estaba rota también. Lo único que no aparecía cubierto por el polvo era una caja de hojalata situada en el altar. Estaba seguro de que la encontraría allí, pese a lo cual, su corazón se aceleró al comprobar cómo su plan estaba a punto de tornarse en realidad.

Sacó un sobre del bolsillo de su abrigo y lo abrió para contar de nuevo el dinero. Siempre contaba los billetes varias veces antes de entregarlos. De joven, en sus primeros días atendiendo en la relojería familiar, había equivocado una vuelta y su padre le había castigado durante dos semanas y le había hecho devolver el descuadre con su propio dinero. Había sido un fastidio, pero había aprendido la lección y no se había vuelto a equivocar. Se aseguró de que no faltaba ni sobraba ni un céntimo y lo depositó en la caja; luego, pensó en su sótano repleto de riquezas y sonrió. Sacó otro sobre con la dirección y nombre de María Ceballos. También incluyó una pequeña descripción de su víctima.

Volvió a pensar en sus riquezas y se despidió del lugar, convencido de estar haciendo lo correcto.

No se había alejado ni una veintena de metros cuando oyó unos pasos a su espalda y supo que el dinero había llegado a su destinatario. Esperaba poder hacer el segundo pago lo antes posible.

IV

Tenía nombre de buena persona, pero la verdad era que la vida había hecho de él todo lo contrario. Con tan solo diez años, Lázaro había matado a su padre con un cuchillo cuando este había vuelto borracho a casa y desatado su ira y frustraciones contra su madre. A partir de entonces, vivieron en una corrala en Lavapiés, en la que su madre ejercía el oficio más antiguo del mundo para pagar la exigua renta de las dos habitaciones en las que convivían con otras dos mujeres y sus hijas. Lázaro compartía habitación con tres niñas de edades similares que le hubieran podido considerar algo más que un pervertido si no las hubiera magreado prácticamente cada noche. Rendidas, dando por normal el trabajo de sus madres, que ellas mismas parecían destinadas desde la cuna a ejercer, de vez en cuando alguna se dejaba hacer.

Con trece años ya era uno de los carteristas con más tino de la Gran Vía, pese a lo cual, un fallo de tacto mientras sacaba la billetera de una chaqueta ajena, desencadenó su segundo delito de sangre. El hombre al que había robado le persiguió hasta un callejón donde le propinó tan solo dos golpes con el mango de plata de su bastón antes de que Lázaro pudiera arrebatárselo, devolviéndole, lleno de rabia, otros diez, veinte, treinta. Su raciocinio desapareció por unos instantes mientras, ya en el suelo, el cráneo de aquel hombre salpicaba sangre sobre su cara con cada golpe. Con todo, nadie le acusó jamás ni sintió en ningún momento que la policía fuera tras su pista, lo que afianzó su instalación en la delincuencia.

El inicio de la guerra le llenó de optimismo, pues nada iba mejor que el caos para que la gente como él obtuviera rédito, pero enseguida comprobó desilusionado cómo la población de Madrid se hundía poco a poco en la miseria y cada vez había menos que robar. Sin apenas ingresos, decidió buscar otro lugar para vivir y lo halló en el cementerio del Este, donde muchos ricos se habían construido magníficos panteones donde yacer eternamente. No podía apretarse contra sus compañeras de habitación, ya convertidas en prostitutas de experiencia, pero por lo menos se ahorraba el alquiler. De todas formas, estaba ya harto de aquellos cuerpos que conocía mejor que el suyo.

Y de pronto había surgido aquel encargo. Un chollo, pues de momento ya tenía en su bolsillo dos mil quinientas pesetas de las cinco mil que se embolsaría por matar a una mujer que no conocía. No quería conocerla. La mataría sin más y ya sabía cuándo y cómo hacerlo.

Había seguido a María Ceballos tres días seguidos, descubriendo una rutina que se había repetido tres veces de manera exacta a las diez de la noche, una hora perfecta para matar sin ser visto, máxime en aquella calle que parecía tener tan poca vida como el lugar donde habitaba él. A las nueve y media ya se había agazapado entre los cascotes del edificio contiguo al de María, esperando a que la mujer sacara la basura como las noches anteriores. La idea era acuchillarla y dejarla ahí mismo. Cosas así pasaban cada día, la policía investigaría un poco y luego abandonaría enseguida.

A las diez la luz del paso de carruajes, se encendió y la puerta peatonal del portón de madera que daba acceso a la finca se abrió.

V

Habían despedido al último cliente, un capitán que se estaba obsesionando con Verónica y cerraba citas con ella cada vez que su paga se lo permitía. La muchacha, ilusa, les estaba explicando a las demás, recostadas en los sofás y butacas del salón, los planes de futuro que tenía con aquel hombre y cómo su vida iba a cambiar totalmente tras la guerra. Ninguna chica estaba dispuesta a desilusionar a Verónica, pero tampoco había ninguna con ganas de prestar atención a una historia que sabían que tenía más de fantasía que de realidad, por lo que, agotadas pero sin ganas de irse a dormir todavía, dejaban que su amiga hablara mientras se adormilaban apoyadas las unas sobre las otras.

María no hacía ni el esfuerzo de parecer interesada. «Después de la guerra» era una frase que se repetía demasiado, como si alguien supiera qué quedaría después de la guerra, o pudiera asegurar que estaría vivo. Si aquello era un paréntesis en sus vidas o el fin de la misma era algo que nadie sabía y pese a que ella era la primera que pensaba a menudo en lo que vendría después, le daba rabia escuchar lo mismo en boca de otros.

Se encontraba de pie, mirando por la ventana hacia el exterior tan solo levemente iluminado por la luz mortecina de las dos farolas que habían resistido a las bombas. Abajo, la calle, que había sido elegante, que había tenido vida, era el reflejo de aquel momento de sus vidas en el que nada pasaba. Al otro lado, en el segundo piso del edificio de la esquina, una silueta humana se recortaba contra la única luz de una vivienda que le recordaba que no estaban solas en aquel lugar. El resto, ventanas oscuras y luces apagadas, eran solo un recuerdo siniestro y fantasmagórico de la vida que hasta antes de la guerra había llenado aquel rincón de la ciudad.

Sorbió un poco de leche de la taza que sostenía con ambas manos mientras ordenaba su cabeza con la avalancha de quehaceres que debía resolver al día siguiente. Cada día todas las tareas le recordaban lo necesario que le era Antonio, no solo en el plano sentimental, sino también como socio, como hombre de la casa. Parecía que su novio lo había planificado todo para que le fuera imposible olvidarse de él, aunque, aun sin nada que hacer, no podría haber olvidado al que había sido el primer hombre de su vida.

De fondo, oyó que la puerta del piso se abría, pero, en vez de que los pasos vinieran hacia el salón, donde estaban, se alejaron por el pasillo en dirección a las habitaciones. Al cabo de un minuto, los pasos volvieron hacia ella. Entreabriendo la puerta de doble hoja del salón, asomó la cara de Paula, algo cariacontecida.

—María, vente aquí.

Se giró mirando a su empleada.

—¿Qué dices, Paula?

—Te digo que vengas.

El resto de las chicas no prestó atención, pero María dejó su taza de leche sobre uno de los veladores y se acercó hacia donde la reclamaban.

Siguió a Paula hasta su habitación, situada al fondo del largo pasillo en el que se encontraban la mayoría de los dormitorios. Al entrar, sentado sobre el borde de la cama encontró a un hombre.

Tenía el pelo rizado de color oscuro, visiblemente sucio y enmarañado, coronando una cabeza grande de mandíbula marcada y prominente. Los ojos hundidos y oscuros parecían no tener vida a la sombra de una nariz ancha, con el tabique torcido y plano como el de un boxeador, bajo la que asomaba una boca con el labio superior partido en dos por una cicatriz profunda y mal curada. El aspecto era el de un hombre de mala vida, un bruto hecho a sí mismo en la calle.

Exactamente lo que tenía en frente.

—María, este es Lázaro —explicó Paula—. Ha saltado hace apenas unos minutos sobre mí con un cuchillo, cuando estaba fuera tirando la basura. Por suerte, me he revuelto y en el suelo me ha reconocido. Conozco al gañán este desde que éramos pequeños, cuando el muy guarro me tocaba las tetas antes de que me hubieran salido. Bueno, y luego también. Vivíamos juntos en un piso que tenían nuestras madres. Él y dos primas mías y yo en una habitación y nuestras madres en la otra, donde atendían a sus... Bueno, a sus clientes, lo que coño fuera eso. Aquí donde le ves no era mala persona. Aunque ahora, eso ya es otra cosa. Pero vamos, que este gilipollas por poco me mata.

María tenía prohibido que las chicas recibieran a sus amigos en su casa precisamente por eso. Suponía —y no se equivocaba— que entre las amistades y allegados de aquellas mujeres se encontraban delincuentes, contrabandistas y ladrones, gente que no podía tener en una casa que pretendía atender a clientes de alto rango. Si quería diferenciarse de los otros prostíbulos, debía ser estricta en aquella norma. Mujeres limpias y ambiente elegante. Para lo contrario había otros locales.

—Paula —se esforzó en parecer seria e inflexible—, sabes cuáles son las normas. Me da igual quién sea este hombre, pero no puedes, ni tú ni nadie, traer a amigos a mi casa. Has hecho mal dejando que suba, máxime cuando me estás diciendo que por poco te mata. No quiero a maleantes aquí, menos aún asesinos. Si no te hubiera conocido, estarías muerta y... —respiró— has tenido mucha suerte.

—No, María... —la interrumpió Paula—. Esto es lo que te quería decir. La que has tenido suerte eres tú. Lázaro venía a matarte a ti.

María abrió los ojos, incrédula.

—¿Qué dices, ignorante? ¿Por qué me iba a querer matar a mí este hombre?

Lázaro se levantó lentamente.

—Porque me lo han encargado. Y me han pagado por ello. Por eso.

María creía estar teniendo una pesadilla. Se mareó un poco pero se dirigió al hombre.

—¿Quién podría querer matarme? ¿Quién te ha encargado a ti semejante barbaridad? No tengo enemigos, no me relaciono más que con los clientes que recibo para las chicas... ¡yo no le importo a nadie! Por qué santa razón habría alguien de...

—Era un hombre bajito —interrumpió Lázaro.

—¿Un hombre bajito?

—Sí. Vino a verme a donde vivo. Me dio su dirección. Me ha pagado dos mil quinientas pesetas ya. La otra mitad me la pagará cuando acabe el trabajo. Cuando la... ya sabe. —María se asustó. —Estese tranquila. No voy a matarla. La Pau me ha contado que la ha cuidado. Que son amigas. Hace un par de años que no la veía, pero para mí la Pau es como una hermana. Hemos vivido muchas cosas juntos. Mi madre murió y la suya también. Es mi familia. Nunca mataría a nadie que cuide a mi familia.

Paula cogió a María por el hombro y la obligó a sentarse, pero su jefa necesitaba una explicación.

—¿Quién era ese hombre?

—No me dijo su nombre —siguió Lázaro—, pero recuerdo bien su cara. Era un hombre bajo, iba vestido muy elegante, con un abrigo largo. Era oscuro cuando nos vimos, pero ni por esas se quitó sus gafitas tintadas el muy imbécil. Su cara era como...

—Déjalo. Ya sé de quién hablas.

No podía creer que el arrendatario de su sótano, aquel misterioso hombrecillo que estaba llenando su local de oro, quisiera matarla. No sabía por qué querría aquel individuo acabar con ella. A menos que, ¡claro! Aquel hombre había averiguado de alguna manera que había alguien entrado en el sótano y, cegado por su avaricia, pensaba que su botín peligraba. No se le ocurría otra cosa, pero, le daba igual. Estaba furiosa. Bajó la cabeza aguantándose la frente con las manos, los brazos apoyados sobre sus piernas, sentada al borde de la cama. Paula y Lázaro intercambiaron una mirada de pena mientras se hacía el silencio.

Al minuto, María levantó la cabeza con la mirada encendida.

—Atended. Esto es lo que vamos a hacer.

VI

†

La señora

Doña María Ceballos Duarte
FALLECIÓ AYER DOMINGO EN MADRID

Sus amigas Paula, Verónica, Rosario, Cassandra y Alfonsa y novio Antonio, al participar a sus amigos y conocidos tan sensible pérdida, les ruegan se sirvan de asistir a la conducción del cadáver al cementerio que tendrá lugar hoy Lunes a las CUATRO de la tarde por lo que le quedarán eternamente agradecidos.
MADRID, 28 DE MARZO DE 1938

Saúl cerró el periódico satisfecho. Había abierto el diario por aquella misma página varias veces ya. Ahora, mientras esperaba en el interior de su coche aparcado en una bocacalle desde la que se veía la casa de María Ceballos, no podía evitar que una sonrisa maliciosa brotara de sus labios. Se sentía poderoso. Se sentía fuerte. Se sentía malvado, pero incluso ese sentimiento le revolvía el cuerpo con satisfacción. Nunca había sido ninguna de las tres cosas, o —quizás— nunca se había decidido a mostrar su verdadero yo, a enfrentarse a un problema y a no detenerse en nada hasta resolverlo.

Eso había hecho. Nada le había detenido. María estaba muerta, su tesoro estaba a salvo.

A las tres y media, un grupo de mujeres ataviadas con mantillas negras y vestidas torpemente de luto salía del interior del edificio de María. Lloraban sonoramente, se abrazaban y alguna hacía atisbos de perder el oremus, todo muy exagerado como esperaba de aquellas prostitutas sin ninguna clase. Como pudieron, unas se metieron en un pequeño utilitario y otras en el mismo coche fúnebre, un vehículo a caballo entre una berlina y un camión, con una cabina alta y una parte trasera con arcos de madera a través de los cuales se podía ver el ataúd que dos hombres habían cargado hacía unos minutos. Poco después, con la parsimonia que por alguna razón acompaña a los coches funerarios, la comitiva empezó su trayecto hacia el cementerio del Este.

Entraron por la puerta principal y se desplazaron entre tumbas hasta llegar a la zona de los nichos, antes de la cual Saúl aparcó su coche discretamente. Tenía dos cometidos aquella tarde. El primero era ver cómo el ataúd de su entrometida arrendadora desaparecía tras la lápida. El segundo era saldar las cuentas con el asesino que había ejecutado su plan. Quería pagarle puntualmente. No convenía tener a enemigos como aquel. Más bien al contrario. Quería que fuera su hombre cada vez que necesitara usar la fuerza, algo que preveía tener que hacer más veces en un futuro. Había matado a una persona, nada podría provocarle remordimientos si aquello no lo había hecho ya.

Se bajó del coche y anduvo hasta el lugar donde, con esfuerzo, dos operarios del cementerio estaban metiendo el ataúd en uno de los nichos. Una vez dentro, un sacerdote que ya había visto por el camposanto pronunció palabras que también había oído antes. «La rutina de la muerte» pensó. A la media hora, las mujeres, alguna de las cuales no había conseguido recomponerse en ningún momento, se volvían a subir al coche y se alejaban del lugar. Se acercó al nicho, acariciando con sus dedos el cemento fresco sobre el que se había escrito: «Aquí yace María Ceballos Duarte». Sonrió satisfecho, dando por concluida la primera de las tareas que debía ejecutar en el cementerio.

Dejó el coche aparcado donde lo tenía y aunque debía recorrer un buen tramo, lleno de optimismo como estaba, decidió ir paseando hasta el panteón donde debía dejar el segundo pago de su macabro encargo. Si con la muerte de su padre se había sentido liberado, era ahora cuando se sentía, además, afortunado. Sentía que la vida le deparaba todo lo que quería, fundamentalmente dinero, que era lo que, desde su punto de vista, podía arreglarlo todo. Repartiría su fortuna en diferentes cuentas en lugares seguros, para que, incluso si tenía que huir de un lugar a otro como sus antepasados, siempre tuviera un buen colchón de billetes sobre el que descansar.

Apuntó la necesidad de acudir a la casa de la difunta esa misma semana y dejar un adelanto por los próximos meses a Antonio, o a quien fuera a heredar el lugar. Mientras expiraba su alquiler tendría tiempo para buscar un nuevo lugar seguro. Esta vez se cercioraría de que nadie pudiera acceder a su espacio, había comprobado que la curiosidad humana era más fuerte que la palabra dada.

Llegó al panteón de los Sobrellano cuando ya atardecía. Miró el edificio por fuera, allí había empezado todo. Subió las escaleras animadamente y se deslizó entre las hojas de la puerta encallada para acceder, mientras buscaba con una mano el dinero en uno de los bolsillos interiores de su abrigo.

Levantó la mirada hacia el altar, donde esperaba ver la caja donde debía depositar el dinero, pero encontró algo diferente. Algo totalmente inesperado.

María Ceballos estaba sentada sobre el mármol del altar. Le observaba con una mirada que mezclaba el odio y la satisfacción a partes iguales. Saúl no podía pensar con claridad, en lugar de eso balbuceó.

—Yo no entiendo. Usted...

María saltó al suelo y se le encaró.

—Yo debería estar muerta. Y usted es un asesino. Pero no estoy aquí para hablar. Tan solo quería ver la cara de la persona que quiso matarme solo porque sabía que usted tenía un puñado de oro en mi sótano. Quería estar segura de que no había una explicación para tanta maldad, pero, por su cara, creo que ambos sabemos que no la hay.

Saúl intentó remontar la situación, pero era imposible.

—Usted no entiende nada, además creo que me ha malinterpretado. —Buscó con la mirada algún objeto con el que golpearla.

María captó su mirada.

—No estamos aquí para discutir. Estamos aquí para acabar con esto y eso es exactamente lo que va a pasar. Solo que no va a acabar como había planeado.

Se dirigió hacia la puerta. Saúl estaba paralizado. María pasó por su lado, acercando su cabeza a la suya para susurrarle lo que más le podía haber dolido.

—Me quedaré con todo tu oro.

Quiso detenerla, pero un carraspeo desvió su atención a la esquina de la estancia, de cuya oscuridad asomó Lázaro. Cuando se dio la vuelta de nuevo, María ya había abandonado el lugar.

Saúl supo que allí acabaría todo.

Y allí acabó.

19

I

Pablo seguía encarcelado en Barcelona, y su hermano José Manuel finalmente había averiguado dónde. También había averiguado algunos otros datos que podían ayudarle llegado el momento. Pero antes debía recabar más información. Eso era lo que hacían los espías y pese a que ya no tenía un perfil limpio, pues en Madrid había despertado sospechas que con su desaparición había confirmado, sus superiores estimaron que debía seguir trabajando en la inteligencia aunque el riesgo fuera mayor cada día.

Pero la misión que estaba llevando a cabo en ese momento era de interés personal.

Había bajado del tren en Calafell, con el sol en los ojos y los olores familiares de aquella costa que añoraba a diario. Pese a que el inicio de la guerra había teñido de sangre sus calles, con su párroco y quince hermanos del sanatorio de San Juan de Dios asesinados, la población parecía tranquila. Sabía que habían sufrido algunos bombardeos, también que se estaban preparando con trincheras y búnkeres en la playa, por lo que aprovechó su paso para apuntar mentalmente lo que veía, aunque su destino fuera otro.

En la carretera de la costa un sindicalista desdentado le ofreció dejarle en Cunit, por donde pasaba en dirección a Villanueva. Como siempre, José Manuel dio conversación y pocos datos a su conductor, que pareció agradecer sinceramente la compañía durante los veinte minutos de trayecto. No llegó a entrar en Cunit, lugar en el que podría haber sido reconocido, aunque hacía años que no pisaba aquella aldea; en lugar de torcer a la derecha y entrar en el pueblo, enfiló el camino de la izquierda y se dirigió hacia el cementerio, la masía de Cal Pla y su casa, la masía de San Antonio.

Podría haber averiguado el destino de su casa mucho antes. La zona era fotografiada por la aviación en alguna ocasión y no era difícil rastrear el destino de construcciones importantes, pero desde el principio de la guerra se había esforzado en preocuparse por su trabajo y, en el plano personal, en lo no material, en su familia, en la gente que estaba pasando penurias, en la gente a la que podía ayudar. No servía de nada entristecerse porque su casa hubiera sido quemada o bombardeada, pero era inevitable, por lo que había preferido no saber el destino de la masía. Pero el momento había llegado y supo que tras rebasar el cementerio conocería qué suerte había corrido la edificación.

Primero, tras la loma del monte que llamaban Gandaya, apareció la masía de Cal Pla, que, con las contraventanas cerradas, el camino plagado de hojas que no dejaban ver el asfalto y en general rodeada de un halo de abandono, se veía al final de la larga avenida de plataneros que le daba acceso. Tras unos pocos pasos más, vislumbró San Antonio, también en pie, pero, a diferencia de la masía vecina, en plena actividad. Los campos estaban abandonados y, desde donde estaba, apreciaba perfectamente cómo el jardín que tan primorosamente cuidaba su madre había sido abandonado; en cambio, la casa estaba a pleno rendimiento. En el campo inmediatamente inferior al jardín había aparcados varios camiones de la Cruz Roja y en la explanada delante de la casa, varias personas parecían estar tomando el sol. Sobre el balcón central una bandera con la cruz roja aclaraba el destino de la propiedad. San Antonio se había convertido en un hospital, o por lo menos una casa de convalecencia. Respiró al ver que la casa rebosaba actividad y era útil al enemigo, convencido de que aquella podía ser su salvación. Se quedó donde estaba un buen rato, hipnotizado por la presencia de aquellas gentes en aquel lugar familiar. Cada cierto tiempo, una enfermera asistía a los convalecientes recostados en tumbonas y sillas de ruedas, mientras otros, más en forma, se atrevían a jugar a pimpón en la mesa colocada bajo el porche, que él mismo había usado muchísimas veces. Se respiraba cierta paz. En una esquina del lateral reconoció los elementos de la capilla amontonados y destruidos, una pérdida que daba por segura. La bandera republicana ondeaba atada burdamente a la veleta que coronaba el cuerpo central de la casa.

No quiso acercarse más, pero mientras caminaba por la cresta del Gandaya, entre los pinos, con la vista de la masía en el valle bajo sus pies a un lado y el mar y las casitas de Cunit al otro, sintió la nostalgia propia del viajero que hace tiempo que no vuelve a casa. Tras el Gandaya, remontó la colina que llamaban el Cucó y tras ella el Turó de la Garsa, que también superó hasta llegar a la cima de El Avenc. Conocía aquellos parajes como la palma de su mano y, sin embargo, alguien se había tomado la molestia de que todo estuviera lo más irreconocible posible. Como parte de la finca de su madre, antes de la guerra los senderos se limpiaban periódicamente y muy a menudo se colocaba a la manada de burros en las zonas que debían ser despejadas de maleza. En tan solo dos años sin cuidar del monte, aquello parecía una selva. No obstante, estaba convencido de que no había sido solo la naturaleza la que lo había dejado todo en aquel estado. Había ramas atravesadas deliberadamente en los pasos, márgenes de piedra seca que se habían hecho desprender para dificultar la circulación, trazos de caminos borrados y donde había habido alguna señal de coto de caza o hito con las iniciales de la familia marcando el terreno y dando referencias, ahora no había nada.

Pero también esperaba todo aquello.

Llegó hasta la cima del monte y buscó con la mirada alguna de las referencias que marcaban el lugar al que se dirigía. Observó detenidamente cada arbusto y pino hasta reconocer uno de ellos, un pino que crecía torcido pegado a un margen de piedra cubierto de lentisco, una imagen en la que jamás había reparado pero que, de alguna manera, a su cerebro le resultó familiar. Enfiló hacia él, hasta llegar a un claro de roca caliza gris y dura, típica de la zona sobre el que no crecía nada. En uno de los extremos del claro, un agujero en el suelo le hizo sonreír. Había llegado a la cueva de El Avenc.

De pronto, desde detrás, a un metro o quizás menos, una voz reclamó su atención.

—Quieto o disparo.

José Manuel sonrió y empezó a darse la vuelta, pero el desconocido le golpeó la cabeza con una rama.

—¡He dicho quieto!

Se llevó las manos a la cabeza dolorido. Intentó hablar.

—Hay que ver qué golpe me has...

El individuo que le hablaba le interrumpió. Estaba nervioso.

—Ni una palabra. ¡Más golpes se llevará como no haga lo que le ordeno!

Pero José Manuel *tenía* que hablar.

—¡Mosén! ¡Que soy yo!

Se hizo el silencio. José Manuel se dio la vuelta. Frente a él, mosén Campo, el párroco de San Antonio, cubierto de pelo y barba, sucio y maloliente, en plena conversión animal, le miraba absolutamente asombrado. Había perdido mucho peso y su ropa sucia no era capaz de disimular los nuevos ángulos que su huesudo cuerpo formaba. Sus manos parecían raíces de árboles y su boca, escondida bajo una densa barba era como un agujero negro del que solo se intuían unos dientes sucios y torcidos. Pero la mirada era la misma que le había acompañado desde la infancia y su actitud, aun envuelto en aquel aspecto, denotaba la seguridad de quien sabe estar haciendo lo correcto. Su soledad y penurias, su vida de supervivencia, había dejado huella en su exterior, pero su interior podía obviar todo lo demás. Su aspecto era el de un sabio solitario, no el de un ermitaño loco.

Sostenía en una mano la rama con la que acababa de golpearle. La imagen era cómica y José Manuel no pudo evitar sonreír.

—Mosén, ¿me quieres decir qué es lo que pensabas hacer?

El cura miró la rama y la soltó antes de abrazarle. Era la primera persona con la que tenía contacto desde la muerte de los Marçal, y la primera realmente de su familia desde el inicio de la guerra. José Manuel sentía lo mismo. Abrazar a aquel hombre era como abrazar a un hermano y tuvo que contenerse para no emocionarse demasiado.

Penetraron en la cueva por el agujero que esta tenía en el techo de una de sus salas, descolgándose por una soga hasta el suelo. En el interior, mosén Campo había creado lo más cercano a un hogar que aquel lugar podía acoger. Había escarbado el suelo, creando diferentes huecos donde se recogía. Había racionado estrictamente los víveres que antes de la guerra habían llevado a la cueva, de forma que aún podía sobrevivir muchos meses. Había colocado latas vacías bajo las estalactitas para recolectar agua y con varios hatillos de hierbas y matojos recogidos del exterior se había confeccionado una especie de jergón, que le aislaba de la humedad del suelo, sobre el que había colocado unas mantas. El cura le explicó que cada noche, cuando no había peligro de que nadie avistase el humo, bajo el agujero por el que habían entrado, disponía una hoguera, que calentaba toda la cueva y le permitía calentar también la comida o cocinar, en el caso de que hubiera cazado algo ese día. Por la mañana, retiraba las cenizas para que no quedara rastro de vida si algún curioso se asomaba a la cavidad. Le explicó la estancia de la familia Marçal y su asesinato y también algunas otras cosas que había visto por la zona.

—Los dos primeros meses la casa estuvo casi vacía. Se instaló unas semanas Gerard, del pueblo —le contó—. El pobre se había hecho la ilusión de que la casa era suya y alguna vez le vi pasearse con ropa vuestra por el jardín, pero, claro, un día despertó de su sueño, se dio cuenta de que San Antonio no es una casa pensada para una sola persona y volvió al pueblo donde debe tener una casa más sencilla pero también más cómoda. Más tarde, al final del verano, paseando por el Gandaya observé movimiento y se instaló la casa de convalecencia. Sacaron muchos muebles que se llevaron a no sé a dónde, y la capilla, esos malnacidos la han destrozado, pero me parece que el resto tienen que haberlo respetado bastante. He echado mucho de menos la conversación, esa es la verdad. A los sacerdotes se nos presupone un mundo interior infinito, pero yo no soy de esos. Yo rezo mucho, y hablo con Dios todo el día, Él es la base para que no me haya vuelto loco, pero he necesitado mucho otras cosas. Hablar con vosotros, que sois mi familia, pasear, ver a gente, hacer deporte... No sé, estoy deseando que esto acabe. Me siento un poco inútil. También un poco egoísta si quieres que te diga la verdad. No estoy ayudando en nada, solo me estoy salvando a mí mismo. Eso no es lo que nos enseñó el Señor, ya me entiendes. Además, aquí no me entero de nada, no sé si ganamos o perdemos, tampoco cuánto tiempo tendré que estar escondido, hay días en los que me tengo que contener mucho para no bajar del monte.

José Manuel le entendía perfectamente, pero también estaba seguro de que aquel hombre no podía hacer nada más de lo que estaba haciendo.

—Mosén, tú no puedes hacer nada. No vas a disparar a nadie, no vas a liderar ni formar parte de ningún ataque. No tienes ningún poder. No puedes salvar a nadie. Lo único que lograrás si bajas del monte es que te fusilen, ya lo sabes. Han matado a religiosos en toda España. Hay demasiada sangre por los dos lados y no ha llegado aún la hora de perdonarse. La guerra la vamos a ganar, pero no sé cuándo y el precio, de momento, ya es demasiado caro. Ninguno podemos estar orgullosos de nuestro bando. No te haces a la idea de las barbaridades que estamos haciendo todos. A veces, a vista de pájaro, cuesta comprender cómo hemos enloquecido todos de esta manera. Yo, como muchos, defiendo un fin concreto, una idea de España y lucho contra la del enemigo que nos llevaría al desastre, al comunismo... No sé. Pero los medios para conseguir ese objetivo. Ah, mosén, aquí todos tendremos que pedir perdón muchos años. —Se detuvo unos segundos a pensar—. De hecho, me encantaría que me confesaras.

—De acuerdo, José Manuel. Y luego me vas a contar qué es lo que te ha hecho arriesgar la vida para estar aquí.

Se confesó como nunca había hecho, consciente de que la guerra continuaba y que cada día podía ser el último para él; además, un espía mentía, engañaba y traicionaba a diario, lo que inevitablemente aumentaba su lista de pecados. Le explicó toda su trayectoria, su paso por Madrid, su huida, todo lo que le había sucedido hasta ese momento y advirtió que pensaba seguir pecando en la misma línea hasta que acabara la contienda, algo que mosén Campo ya suponía.

Cuando acabaron, su anfitrión le ofreció unos garbanzos y un poco de embutido, que disfrutaron en el mismo claro de piedra en el que se habían encontrado, viendo a lo lejos la torre de su hogar, las colinas llenas de pinos, Cunit y las abandonadas viñas y campos de aquel Penedés que tocaba el mar. José Manuel no se había sentido tan bien desde hacía tiempo y echado sobre aquel terreno duro que calentaba el sol, durmió una siesta de varias horas hasta que el cielo se tornó rosa y amarillo y empezó a anochecer.

Le despertó el mosén, reclamando su ayuda para recolectar leña para la hoguera que tenía prevista encender en cuanto fuera oscuro. Le mostró satisfecho una pequeña liebre que había caído en una de sus trampas.

—¡Para celebrar tu visita! —le dijo.

A las ocho, ya de noche, encendían en el interior de la cueva la hoguera y cocinaban la liebre, que, despellejada, había quedado en prácticamente nada y parecía una ratita.

—Bueno —empezó el mosén—, cuéntame qué es lo que trae a un espía a este rincón sin importancia.

José Manuel había pensado mucho en cómo encarar aquella conversación. Tenía que pedir algo a su sacerdote que contravenía una de las bases de su ejercicio evangélico.

—Pablo está encarcelado en Barcelona. Lo averigüé hace unas semanas.

—Comprendo. ¿Tiene alguna esperanza? ¿Qué es lo que sucede en las cárceles?

—Pues mira, por fortuna o desgracia, no hay un patrón claro. Ya sabes que el bando contrario está dominado por varias facciones, sindicatos, corrientes. Ha habido auténticas matanzas en varias cárceles de manera sistemática, sin juicio. También hay otros lugares en los que se trata a los prisioneros como tales, duramente, claro, pero con respeto a su vida. El caso es que el estado de todos puede cambiar de repente, en función de lo que pasa fuera de los muros de la cárcel. Hace algunos días, Barcelona fue bombardeada otra vez. Una masacre terrible e injustificable. Ha muerto mucha gente. En otras ciudades, en cuanto ha habido sucesos de este tipo, los rojos han ajusticiado a muchos prisioneros como represalia. Pero puede que no pase nada, como también que mañana cambie el mando de la prisión, o de la sección y decida que los fusilan a todos. Por eso llevo días estudiando la cárcel y todo el personal que trabaja en ellas, con una sorpresa que creo que podemos aprovechar.

—Te escucho.

—Te expliqué que en Madrid uno de mis canales de información era una casa de tolerancia.

—Sí, sí. Sigue.

—Bien. El caso es que en esa casa entablé amistad con el director del lugar, o como se llamara, con el hombre que a la postre me salvó, avisándome de que el Servicio de Información Militar sospechaba de mí.

—Sí, sí, eso ya me lo has contado.

—Pues ese hombre es uno de los guardias de la prisión. Guardia o lo que sea, está en el destacamento que está destinado allí.

A mosén Campo le pareció muy ingenuo pensar que el tal Antonio tendría poder o ganas para liberar a Pablo, toda vez que ya había arriesgado su vida una vez por una persona que le había engañado desde que se conocieron. Miró a José Manuel con cara de pena.

—Sí, ya sé lo que me vas a decir. Ese hombre no tiene por qué arriesgarse de nuevo por mí. Menos por mi hermano al que no conoce. Pero hay algo más, y aquí es donde necesito que rompas las reglas.

—Sigue, José Manuel.

—Creo que ese hombre es de nuestra familia. —El sacerdote abrió los ojos con sorpresa. José Manuel prosiguió—: Te explico. Antonio se ha criado en un orfanato en Villanueva, el que financia mi madre. El hombre me explicó cómo le mimaron, más que al resto. Siempre tuvo privilegios que nunca entendió. Le dejó en el lugar una mujer de Cunit. Y lo más increíble, ¿ves esto?

Giró la cabeza hacia su compañero, apartando con su mano el cuello de su chaqueta para mostrar la mancha de nacimiento que tenía entre la oreja y la nuca.

—Sí, claro que lo veo. Vuestra marca. La misma que tienen Pablo y tu hermana Montse. La misma que tenía tu tío Isidro.

—Antonio también la tiene.

Mosén Campo se levantó nervioso.

—José Manuel. Todo esto, ¿qué necesitas de mí? ¿Qué tengo que ver yo en esto?

—Mosén, si este hombre es hermano, primo, algo de nuestra familia, puedo pedirle a Antonio que de alguna forma proteja a Pablo si llega el momento. Pero tengo que asegurarme y tú has confesado a mi madre durante años.

—José Manuel, no puedo romper el secreto de...

—Claro que puedes. Y lo vas a hacer. No vamos a tener esta discusión. Mi madre explicaría todo lo que supiera si pudiera hablar con ella. Mi tío también, si es que esto es obra suya.

Se hizo el silencio. Miraron las llamas de la hoguera que les calentaba durante unos minutos. José Manuel sabía lo que romper el secreto de confesión suponía para un sacerdote tan ortodoxo como el que le acompañaba. Mosén Campo retomó la conversación.

—De acuerdo. Realmente no hay otra solución y este es el bien mayor.

—Te escucho.

—Tu tío Isidro tuvo un hijo con una costurera de la masía. Creo recordar que se llamaba Josefa. Fue hace muchos años. La mujer se quedó encinta un verano. No fueron discretos, todo el servicio sabía del romance, o lo que fuera eso, así que cuando la muchacha se quedó encinta, Rosa, el ama de llaves que conoces, la echó de la casa. La mujer estuvo trabajando en el hostal de Cunit hasta que dio a luz. La pobre desgraciada murió en el parto. Antes de aquel día había mandado una carta a tu tío, informándole de la situación. La dueña del hostal dejó al niño en el orfanato del Pilar, en Villanueva. Hasta que murió, pocos años después, tu tío se ocupó del crío en lo que pudo. Al morir, tu madre descubrió entre sus papeles facturas de su mantenimiento, las fotos del niño y la carta en la que la tal Josefa había informado de la situación. Tu madre se ocupó de todo desde entonces. El niño se llamaba Antonio. Tu tío le puso a la masía su nombre antes de morir. Imagino que se sentía culpable.

—¿Entonces?

—Sí, José Manuel, sería una casualidad muy remota que un niño llamado Antonio, nacido en Cunit, criado en el orfanato de tu madre y con la marca de la familia Marqués en el cuello, no fuera el hijo de Isidro. Tu primo. Tu primo hermano, de hecho.

Durante unos minutos, ambos miraron hipnóticamente a las llamas de la hoguera que les calentaba. Aquel era el mundo en el que vivían, pero no dejaba de ser injusto. Un hijo de su tío Isidro, un primo hermano suyo, había crecido en el orfanato, condenado por ser ilegítimo, ignorando sus orígenes y sin beneficiarse de una vida que, tan solo por aquel detalle crucial, le había sido negada.

—Ese primo es el legítimo dueño de todo esto. ¿Lo has pensado, mosén?

—Solo si le hubieran reconocido, pero, sí, por supuesto que lo he pensado. Es el único hijo del hermano mayor de tu madre, del *hereu*. Pero eso para tu madre era lo de menos. Ya sabes lo que le importan las cosas materiales, en cambio las morales... No sabes la de veces que hemos hablado de este tema. Al final, siempre pensó que la decisión de reconocer a este hijo, a Antonio, era un asunto del padre de la criatura, de su hermano Isidro. Y así ha ido pasando el tiempo. Sé que le ha legado una pensión, que incluso tiene planes para cederle una masía cerca de Sitges cuando el hombre se establezca. Pero, sí, claro, es un asunto complicado. De todas formas, volviendo a lo que nos ha llevado a esto, ¿pretendes explicarle todo esto a Antonio? ¿Qué te hace pensar que te creerá? Ya le engañaste una vez. Lo normal es que si os veis te denuncie o por lo menos que no te quiera escuchar. Si lo hace, puede que tampoco te crea.

—Lo sé, mosén. Pero también sé lo que hacer.

Durmió en la cueva de El Avenc con la sensación de estar haciéndolo seguro y en su cama, por lo que cuando se despidió en la entrada de aquella caverna besando la mano y abrazando fuertemente a mosén Campo, se encontraba lleno de energía para ejecutar la segunda parte de su plan.

Esta vez sus pasos le llevaron hacia el monte de Puig de Tiula, de allí al del Pingarrón y, bajando cerca del Mas Peirot, hacia Cubellas, donde recorrió el pueblo intentando llamar lo menos posible la atención. Al llegar a la carretera que comunicaba hacia el sur con Cunit y hacia el norte con La Geltrú echó a andar pegado a la misma hasta que pudo ocupar un lugar en el banco delantero de una tartana con mula que iba en su misma dirección. A las tres horas de despedirse de su sacerdote, entraba en Villanueva.

Se dirigió directamente hacia el orfanato del Pilar, sin prestar atención a las casas cerradas o quemadas de amigos, a las paredes empapeladas con imágenes de Lenin o a la sensación general de hostilidad, peligro, revanchismo y tensión. Se había dejado barba y bigote, iba vestido con un traje decente pero de corte sencillo y la guerra le había hecho perder varios kilos, pero, aun así, alguien podría haberle reconocido, por lo que, de nuevo, intentó ser lo más discreto posible. Llegó a la entrada del orfanato sin pérdida.

La construcción seguía entera y sin signos de la guerra más allá de la bandera de la Unión Soviética y la de la República colgadas entrelazadas tapando la Virgen del Pilar que había coronado el arco de entrada del recinto, pero lo que le sorprendió en cuanto accedió fue la ausencia total de niños. En cambio, el lugar lo ocupaban enfermos y heridos de guerra de toda clase. En general, el aspecto de los convalecientes hacía pensar que aquel era un sitio más de recuperación que de operaciones de urgencia, máxime cuando Villanueva aún estaba alejado del frente. En cualquier caso, el trajín de enfermeras y personas que circulaban por el edificio, le tranquilizó, sería fácil que nadie tomara demasiada cuenta de su presencia.

Se acercó a una enfermera que, cargada de documentos, parecía suficientemente ocupada como para responderle y olvidar su cara en el acto.

—Buenos días, ¿el orfanato se ha cerrado?

La mujer se paró sin mirarle a la cara, oteando con la mirada por detrás del hombro de José Manuel, como si algo que estuviera pasando a su espalda fuera lo que realmente reclamara su atención.

—No se ha cerrado nada. Se ha trasladado a Can Xicarró. Haga el favor de apartarse, no le puedo atender.

—Entonces, ¿aquí no hay nada ya?

—Si con nada se refiere a huérfanos, no, aquí solo atendemos a los enfermos. Niños y mayores. Vaya a Can Xicarró para eso.

—Allí está el orfanato ahora.

—Eso le he dicho, sí. Ahora déjeme.

Le apartó con el brazo y siguió andando a paso ligero hacia el final del pasillo donde accedió a una puerta bajo cuyo arco de entrada se leía «Archivo».

Can Xicarró era una masía que se situaba en lo que llamaban La Plana, a las afueras de la ciudad y un poco hacia el interior, antes de las escarpadas colinas tras las que se escondían Centellas o Villafranca del Penedés. La masía, de estilo mozárabe, era el centro de una explotación vitivinícola y lindaba por el sur con la finca de Mas Solers, que, ya a las puertas de Villanueva, era propiedad de sus primos. La llamaban Can Xicarró por la baja estatura de su propietario. La conocía perfectamente. Pensó que los huérfanos estarían mejor en aquel lugar que en el centro de la ciudad, a merced de cualquier bombardeo que pudiera producirse o de los combates que, con toda seguridad, se producirían en el transcurso de la guerra. Con todo, no podía creer que el archivo de niños que habían pasado por el centro se hubiera trasladado también.

Se acercó a la puerta del archivo y se sentó en un banco del pasillo con la mirada en el suelo, esperando que la enfermera que le había atendido volviera a salir.

Cuando lo hizo, entró.

II

Antonio leía el periódico del 28 de marzo, a pesar de que era 7 de abril, en una de las esquinas sombreadas del patio de aquella cárcel casi improvisada. Cuando llegaba a sus manos un diario, había pasado por tantas otras antes que, aparte de las noticias, todo el periódico, con sus hojas desordenadas y arrugadas, desprendía la sensación de estar totalmente desfasado. De todas formas, tampoco había que prestarle demasiada atención a las noticias, barnizadas por una propaganda feroz, que resaltaba los triunfos de su bando sobre cualquier hazaña victoriosa del enemigo. Si por su prensa fuera, todos estarían convencidos de que estaban venciendo imparablemente a los franquistas, pero él sabía que no era cierto.

Marzo había sido un mes terrible para Barcelona, pero la sensación que tenía era de que los que habían permanecido en ella se habían hecho más fuertes, más duros. La ciudad había recibido con terror a mediados de mes a los bombarderos italianos, pero tras la huida de muchos al campo y el entierro de casi mil víctimas, parecía que había vuelto a restablecerse aquella terrible calma. Cuando Antonio paseaba por las ramblas, o por plaza Cataluña, y veía las heridas de aquellas bombas, le hervía la sangre. No podía creer que alguien pudiera ser tan mezquino. Él, igual que muchos de sus compañeros, volvía a la prisión y sentía ganas de vengar a aquellas víctimas inocentes fusilando a todos los reclusos franquistas, pero, al rato, cuando reconocía en sus caras la misma cara de terror que en la suya durante los bombardeos, comprendía que en medio de aquella guerra, casi todos eran víctimas. También las personas a las que custodiaba.

Ser humano en medio de aquella vorágine requería mucho esfuerzo, pero sabía que era la única manera de poder vencer, al menos moralmente, al enemigo.

La rutina se había instaurado en la vida de la prisión y todos parecían aceptar al enemigo con sus diferencias. Estaba claro quién tenía el mando, por supuesto, pero a la vez ese mando se ejercía en ocasiones con cierta condescendencia y aceptando situaciones que en otros centros penitenciarios se habrían erradicado a punta de fusil.

Hacía unos días que se permitía al obispo de Teruel confesar a los prisioneros. Lo hacía disimuladamente, en una esquina del patio o en su celda, pero era evidente para todos los guardias. Era una situación inaudita, pero a Antonio también le parecía positiva. Creer que España, venciera quien venciera, iba a dejar de ser católica de la noche a la mañana era como creer que la tierra era plana. Nunca había entendido la necesidad de martirizar a una parte de la población que de alguna manera podría haber simpatizado con su causa.

Pasó la página de aquel periódico atrasado que detallaba una nueva ley por la que se prohibía el comercio de antigüedades y obras de arte. Antonio sonrió al pensar que aquel hombrecillo siniestro que acumulaba objetos de oro y plata en el sótano de la casa de María Ceballos iba a tener más difícil ejecutar sus turbios negocios. Leyó varias veces la breve nota por encima. Parecía increíble que, en medio de una guerra, con muchísimas dificultades para mantener el orden, aún se pretendiera legislar asuntos como aquel.

Entonces pasó de nuevo página y lo vio.

Tuvo que leer y releer aquel cuadrado a media altura varias veces para comprender lo que tenía frente a sus ojos.

La peor noticia que le habían dado nunca.

Una esquela le informaba, con retraso y fríamente, de la muerte de la persona que más quería del mundo. María había muerto y con ella lo mejor que tenía en el mundo. Casi lo único. Quiso gritar, llorar, salir con su fusil a matar a franquistas; en cambio, su cuerpo se quedó sumido en una parálisis total, sosteniendo el periódico como si la información que acababa de recibir no fuera para él. Como si aquella pesadilla no estuviera sucediendo en realidad. Como si pudiera pasar aquella página maldita y pretender que su mundo no acababa de derrumbarse.

María lo era todo. La vida con ella había sido eso, VIDA. Hasta entonces sus días no habían tenido proyectos, ni verdaderas ilusiones. Sus días de felicidad antes de conocerla le habían parecido vacíos e insignificantes en comparación a lo que había sentido a su lado. María era el motivo por el que, pese a todo, había afrontado sus días con la ilusión de volver a verla, a vivir de nuevo juntos, a prosperar de la mano, a tener, finalmente, una familia propia, escogida y hecha a su medida.

Ahora todo había acabado.

La esquela no detallaba los motivos de su muerte, pero tan cerca del frente, lo más probable era que finalmente la casa de su novia, que había resistido tantos meses milagrosamente a los bombardeos, hubiera sido alcanzada.

Un compañero que había observado la cara de Antonio desde el alféizar en el que se sentaba con las piernas colgando a pocos centímetros del suelo se acercó a él.

—¿Te encuentras bien camarada?

Antonio no sabía qué decir.

—No. No puede ser. No puede ser —repetía.

Su compañero comprendió que algo grave había pasado. Le pasó el brazo por el hombro, acercando la cabeza para ver el periódico. La página de las esquelas.

—¿Alguien conocido? —dijo con cuidado. Antonio señaló con el índice la esquela de María—. ¿Tu novia?

Asintió con la cabeza, sin mirarle. El hombre le abrazó más fuerte con el brazo, atrayéndolo hacia su costado para ponerle de pie mientras con la otra mano le arrancaba suavemente el periódico de las manos y lo dejaba apoyado en el banco.

—Acompáñame, anda. Te irá bien descansar.

Le llevó hasta su habitación en silencio, le sentó en su cama y le dio un vaso de agua. Antonio no podía hablar. Se echó con los ojos clavados en el techo y las manos a los lados del cuerpo como un muñeco sin voluntad. Su compañero no pudo evitar sentir pena por él mientras le dejaba solo.

—Lo siento mucho, Antonio. Esta guerra es una mierda.

III

Estuvo dos días en la misma posición, compadeciéndose de sí mismo y maldiciendo su mala suerte. A la vez, la impotencia de no saber más, de tener que aceptar una información tan escueta y tan trascendental le carcomía. Sentía que solo podría descansar cuando viera el cadáver de su novia, cuando investigara más aquella muerte, cuando hablara con las chicas que trabajaban en la casa de tolerancia. Era difícil asumir una tragedia así sin más información, pero se forzó a no albergar esperanzas. No se publicaban esquelas de gente viva, era absurdo.

Hacía una hora habían llamado a su puerta y le habían dejado el correo discretamente encima de su mesilla de noche, intentando no turbar su pena. Normalmente abría cualquier carta con ansia, pero el sobre blanco sin remite no le llamó la atención, por lo que, con poca curiosidad, esperó aún una hora para abrirlo. Cuando lo hizo, no pudo evitar extrañarse por su contenido.

La misiva tan solo decía:

> Poseo información crucial y secreta para usted. Acuda solo al café Oro del Rhin mañana a las seis de la tarde. Yo le contactaré.

Nadie firmaba la nota.

Cogió el papel entre sus manos, le dio la vuelta, miró el sobre, parecía que nadie le iba a dar explicaciones tampoco de aquello, pero decidió en el mismo momento que sí acudiría al café. El local estaba a poca distancia de la prisión, en la esquina de Rambla Cataluña, junto al teatro Coliseum, y albergaba la esperanza de que aquella «información crucial» incluyera alguna explicación sobre el destino de María Ceballos. Nada podía ser más crucial para él que aquello.

A las seis entraba por la puerta del local, que incluía restaurante, charcutería y cafetería en espacios diferenciados, dirigiéndose a la zona de cafetería, abarrotada de gente charlando animadamente. Escrutó con la mirada las mesas, buscando una mano que le reclamara a su lado o una cara conocida, pero en lugar de eso, un camarero con corbata y chaqueta blanca con galones se acercó a él.

—¿Una mesa, señor?

Antonio miró por encima del hombre.

—En realidad, estoy buscando a alguien.

—Comprendo, ¿es usted el señor Antonio Campo? —Sorprendido, miró a la cara al camarero, que le sonrió—. Tenemos una mesa para usted, tal y como nos ha solicitado su...

—Yo no he solicitado nada.

—Lo sé, señor. Un amable caballero ha dejado una mesa reservada a su nombre y su cuenta pagada. Acompáñeme, por favor.

Antonio siguió por entre las mesas al camarero, sin entender nada de lo que sucedía alrededor. Cuando llegó, la mesa ya estaba lista para él, con café y bollería de aspecto exquisito. En un lado, un periódico doblado prometía ser su principal compañía. La mesa estaba puesta para una sola persona.

Se encogió de hombros y se sentó, pensando que quizás el misterioso individuo que le había convocado a aquel lugar apareciera al cabo de un rato. Tenía hambre tras dos días comiendo nada más que su tristeza, por lo que empezó su singular merienda. Desdobló el periódico sin ganas, recordando la última noticia que había recibido por aquel medio, pero escondido debajo descubrió un sobre grande con documentos. Reconoció el escudo del orfanato del Pilar, de Villanueva, en varios de ellos, pero antes de estudiarlos se centró en la carta que, con la misma letra con la que le habían citado en aquella cafetería, pretendía aclararle el misterio.

La leyó con atención.

> Estimado señor Campo,
>
> Disculpe que, por su seguridad y la mía, no pueda acudir al encuentro para el que le he convocado. Si el destino me lo permite, nos veremos cuando la guerra termine.

Por razones que no puedo explicarle en la presente, ha llegado a mi persona una información sobre usted, que, dadas las circunstancias actuales, creo mi deber revelar.

Señor Campo, el destino le ha puesto en una situación que desconoce. Junto con esta carta encontrará el dosier de su estancia en el orfanato de la Virgen del Pilar de Villanueva. Este dosier confirma una información que ya sospechaba.

Saber de dónde viene uno puede condicionar a dónde quiere ir y, a mi modo de ver, es un derecho que no se le debe negar a nadie, siempre que sea posible.

He tenido conocimiento de quiénes fueron sus progenitores, ambos fallecidos, y esto es lo que vengo a revelarle. Entenderá más adelante el porqué de la necesidad de transmitirle esta información en este preciso momento de su vida.

Antonio no podía creer lo que leía.

Su madre era una costurera de la finca de San Antonio, ubicada al sur de Villanueva, entre los términos de la aldea de Cunit y Cubellas. Falleció al darle a luz a usted, sospecho que en el hostal La Diligencia, pues fue su propietaria la que le entregó al orfanato. La identidad de su padre se mantuvo en secreto por razones que comprenderá a continuación, pero ha llegado el momento de revelarle su origen. Su padre fue el señor Isidro Marqués, propietario que en su día fue de la citada finca de San Antonio en la que mantuvo una relación de índole amorosa con su madre. La marca de nacimiento que lleva usted en el cuello no ofrece ninguna duda al respecto, pues es la misma que varios de los hombres y mujeres de esa familia poseen.

Su padre murió de tuberculosis sin haberle reconocido, pero dejó claro con sus actos que pretendía que estuviera cuidado y que no le faltara nada. Esa misma voluntad la comprendió su hermana Blanca, heredera universal de los bienes de su hermano. Usted conoció a esta mujer en la finca de San Antonio, en los primeros días de la contienda. Imagino que la recordará.

Claro, recordaba perfectamente a Blanca Marqués, aquella mujer bajita de ojos enérgicos que no había mostrado ningún miedo durante su visita con la milicia. Así que quien le escribía aquella carta estaba también en la finca de San Antonio ese día. Siguió leyendo, creía estar soñando.

> Sospecho que el cambio de nombre que el señor Isidro Marqués hizo a la finca antes de morir se debe a un homenaje a usted. Pero eso es poco importante. Señor Campo, lo que vengo a decirle con esta misiva es que usted tiene un origen conocido, un futuro que aprovechar y, lo más importante, aunque no lo haya sido hasta ahora: una familia. Sepa que desde mi posición de influencia dentro de esa familia, usted recuperará en lo posible el sitio que le corresponde. No tiene hermanos, pero sí tiene primos hermanos, hijos de su tía Blanca Marqués, de edad similar a la suya y con los que tengo la seguridad de que congeniaría. Tiene la oportunidad de comprobarlo.
>
> Las circunstancias le han separado de su familia hasta ahora, pero ese mismo destino ha obrado una sorprendente casualidad.
>
> Su primo hermano Pablo Bultó Marqués es recluso de su prisión. Cuando le vea comprobará que tiene la misma marca que usted en el cuello. También la misma tonalidad de piel y los mismos ojos. No le pido que le libere, ni que arriesgue su vida y su filiación por alguien al que no conoce, pero he creído necesario y justo que sepa la encrucijada en la que la vida le ha colocado. Todos sabemos que el destino de las personas en estas circunstancias puede cambiar dramáticamente de un día a otro y que cada gesto puede suponer una vida más o una vida menos. No le pido nada más que obre conociendo todos los datos. Puede conocer a Pablo. Comprobará que hay buenas personas en el bando contrario también. Comprobará también que estamos enfrentados con gente que en otras circunstancias podría ser nuestra amiga. Nuestra familia.
>
> Estoy seguro de que lo hará.
>
> Lea toda la documentación y destrúyala. Por su seguridad.
>
> Atentamente,
>
> Un amigo

IV

Hacía días que Pablo se sentía observado por uno de los guardias de la prisión, pero, al principio, había pensado que era su cabeza, aburrida de aquella monotonía, la que le había llevado a imaginar cosas que no eran. Ahora estaba cada vez más seguro. Era una situación extraña.

Se había sentado en el suelo del patio con la cara hacia el sol, con los ojos cerrados, calentándose al brillo del abril mediterráneo junto a otro compañero con el que tenían poco de lo que hablar. Cuando abrió los ojos, la mirada de aquel guardia, sentado en el otro extremo del patio, volvía a estar clavada en él. No era una mirada amenazante ni agresiva, tampoco transmitía odio ni venganza; los ojos de aquel hombre le escrutaban con curiosidad. Decidió que actuaría de la misma manera. Se levantó y cruzó el patio para acercarse.

Se quedó a un par de metros, guardando la distancia que se debían guardias y presos. Alargó el brazo tendiendo la mano.

—Me llamo Pablo Bultó. Creo que vinimos juntos desde Teruel. Ya no tengo nada de qué hablar con mis compañeros, imagino que le pasa lo mismo a usted, es monótono todo esto.

Antonio le miró sorprendido, pero su interés en Pablo estaba por encima de las normas y las distancias que —espontáneamente o no— habían surgido entre presos y guardias. Miró a los lados y, viendo que nadie le observaba, estrechó la mano de Pablo.

—Yo me llamo Antonio. Sí, yo estaba en el grupo que le custodió hasta aquí desde Teruel.

—Entonces, luchó allí...

—Sí, sí, claro. Unos días bien jodidos.

—Los más.

Se hizo el silencio. Ambos se miraron a la cara, quizás fuera suficiente para una primera vez, aunque sentían que podrían haber hablado durante horas.

—Bueno, encantado de haberle conocido, Antonio.

—Lo mismo digo, Pablo.

20

I

En Gijón poco a poco la posguerra ganaba terreno a la guerra y la ciudad se recuperaba de las heridas que cualquiera que no fuera ciego era capaz de localizar en cada esquina. De repente, parecía como si Asturias nunca hubiese sido republicana, como si todos los que allí vivían siempre hubieran sido acérrimos defensores del golpe del 18 de julio y fieles seguidores de Franco. El Caudillo y sus principales generales ya tenían sus nombres en las calles y los diarios ensalzaban cada día de guerra como una auténtica cruzada contra el mal. La realidad era que los defensores de la República que aún no habían huido se encargaban de no llamar la atención de sus vecinos, que esperaban la mínima ocasión para denunciarles y vengar sus días de angustia. El revanchismo aún iba a tardar en desaparecer y las autoridades no se tomaban ninguna molestia en evitar que el pueblo castigase al pueblo.

Inés y sus hermanos al completo ya estaban reunidos en la Recuesta bajo el techo de su abuela, que parecía encantada de tenerles allí. La mujer no era cariñosa, pero siempre propiciaba que sus nietos hicieran planes con ella, llevándolos a visitar las granjas vecinas, las parroquias románicas de la zona y organizando comidas al aire libre en las montañas cada vez que el tiempo lo permitía. Todos veían en aquella venerable anciana a la misma persona de siempre, la matriarca de la familia, excéntrica, divertida y campechana, pero Inés había descubierto una faceta desconocida en ella. La de la justiciera. Cuando la observaba, cuando hablaba con ella, le pasaba lo mismo que cuando se recupera la amistad de alguien al que no se ha perdonado realmente; hiciese lo que hiciese, un nudo en su estómago le recordaba que nada era como antes. Su abuela lo notaba.

Aquella tarde se habían acercado a un mercadillo en el puerto de Candás, a unos kilómetros de Gijón. Se había organizado en pocos días y la idea era que todo el mundo pudiera deshacerse de lo innecesario y conseguir algo de dinero extra. En su caso, no habían llevado nada, pues lo poco que tenían pertenecía a su abuela y ella era capaz de cortarse una mano antes que desprenderse de cualquiera de los innumerables objetos que llenaban la Recuesta. Una vez habían renunciado a los lujos con los que vivían en Barcelona, tampoco necesitaban dinero. No pasaban hambre, pues tenían huerto, vacas y gallinas. Tenían un buen sitio donde dormir y sus planes de campo no requerían ningún dispendio, así que estaban allí sin vender ni comprar, solo curioseando.

Todos reían y pasaban de puesto en puesto, salvo Inés, que, como al principio de la guerra, hacía días que había vuelto a ser la seria del grupo. Su madre había decidido que había tenido suficiente.

Se acercó a ella mientras paseaban.

—Inés, tú sabes que no estás siendo justa, ¿verdad?

A Inés no le apetecía hablar del tema.

—No sé de qué me hablas, mamá.

—Sí que lo sabes. Y ya puedes empezar a espabilar.

—Yo no estoy haciendo nada.

—Sí, Inés, claro que lo estás haciendo. Por primera vez, estás siendo muy egoísta. Te enfadas con la vida y con la abuela porque no quieres hacerlo contigo. Ni una lágrima de las que has derramado ha sido por el infausto conde ese. Han sido todas por ti. Por rabia de haber elegido a un hombre como ese, por vergüenza a que yo hubiera tenido razón sobre él, por el tremendo egoísmo de haber preferido no conocer toda la historia y haber solucionado el tema de tu matrimonio, aunque hubieras metido al demonio en casa.

Era todo cierto. No podía negarlo, pero solo lo había empezado a reconocer ahora. No había llorado por Javier. No le echaba de menos. Echaba de menos un plan. Echaba de menos saber qué era lo que venía después. Odiaba pensar en que había estado a punto de ligar su vida a la de un hombre tan vil. Se le escaparon las lágrimas, pero su madre la detuvo en seco, cogiéndola por los hombros con las manos.

—No. Ni se te ocurra. Ni una lágrima más por este tema. A ver si te queda claro de una vez: prefiero acarrear con una hija solterona toda la vida que meter a cualquiera en mi casa. Tienes diecinueve años, por el amor de Dios, no sé quién te ha metido la idea de que te debes de casar ya. Te casarás con alguien bueno o no lo harás. No lo permitiré, así que deja de obsesionarte.

—No estoy obsesionada.

—No, hija, tienes razón, pero has estado muy perdida. Has estado buscando a Pablo en personas equivocadas, así que deja de hacerlo ya. Pablo no es un inglés de San Remo por muy encantador que sea, y Pablo tampoco es un conde de medio pelo por muy guapo que sea. Pablo es Pablo y si no vuelves a verle, tendrás que encontrar a otra persona que te guste una vez le hayas olvidado. No eres una carga para nadie y no tienes que irte de casa aún, más bien al contrario, eres la que más me ayuda y serás, seguro, mi gran apoyo una vez acabe la guerra. Así que deja de montarte historias.

—Tienes razón.

—Claro que la tengo. Y tu abuela se ha condenado por ti, por todos nosotros, así que estémosle agradecidos. Es la única de la casa que ha entendido que estamos en guerra y que lo ha dado todo por salvarnos. Por salvarte. A ver si te das cuenta de una vez.

—Pobre abuela.

—Sí, pobre abuela, así que desde ahora mismo quiero ver a la Inés sonriente y amable, no a la amargada.

Siguieron andando juntas, deteniéndose en alguno de los puestos. Había de todo, revistas y libros usados, muebles, postales, ropa de segunda mano y puestos con pequeñas alhajas y relojes.

Una mujer les reclamó a su mesa, en la que mezclaba viejos mecheros, alguna cadena, varios anillos de alpaca y pendientes de perlas mínimas y amarillentas. Entre todas las cosas una atrapó la mirada de Inés. Acercó la mano y la cogió sin avisar. Su madre la miró extrañada.

Sostenía en la palma de su mano un escapulario. Estaba paralizada.

—Esto era mío.

Eugenia acercó la cabeza para oír lo que decía.

—¿Qué dices, hija?

Inés se oyó hablar algo más fuerte:

—Que esto era mío. Mamá, este es mi escapulario. ¿No lo recuerdas?

Eugenia se lo cogió de la mano, mirándolo fijamente, perpleja. Sí que lo era.

—Inés, ¿me quieres decir qué demonios hace aquí?

La mujer del puesto tampoco entendía qué era lo que pasaba. Sonriente pero extrañada, había repetido ya un par de veces:

—¿Les interesa? ¡Es una pieza muy bonita, muy elegante!

Pero nadie parecía haberla escuchado.

—Se la mandé a Pablo. Para que le protegiera. Oh, mamá, ¿tú crees que...?

Se abrazó a su madre, mientras Eugenia se giraba para preguntarle a la vendedora enérgicamente.

—Señora, ¿de dónde ha salido esta medalla?

La mujer recuperó el escapulario y lo miró de cerca.

—Pues me va a perdonar, pero no lo sé exactamente. Yo voy por los pueblos, compro lotes. No sé exactamente en cuál vino este. Recojo cosas en granjas, en hospitales. Viudas que no tienen dinero, gente necesitada... me venden lo que tienen. Normalmente son cosas que ya no necesitan. Ya sabe, ahora lo que sirve es lo que da de comer. Todo lo que ve aquí lo he ido comprando a medida que la guerra acababa en esta zona... del País Vasco a Asturias es por donde me muevo yo. —Sonrió a Inés y a Eugenia—. ¿Les interesa? Se lo puedo dejar muy barato.

II

Inés y su madre volvieron en silencio en el asiento delantero de la tartana de su abuela mientras el resto de la familia reía y hablaba a gritos en la parte trasera. No contaron a nadie el hallazgo del escapulario, que solo habría provocado confusión y preguntas que ninguna de las dos sabía contestar. Lo habían cambiado por los pendientes de Inés, que sostenía la medalla entre sus manos. Cómo había llegado a aquel puesto antes que a ella era un misterio, pero no presagiaba nada bueno, y tanto ella como su madre lo sabían. En plena guerra, en el frente, nadie se desprendía de las medallas, los amuletos y los recuerdos destinados a protegerles, máxime si eran religiosos. Además, Inés esperaba que su regalo hubiese significado algo más para Pablo, pero lo había encontrado encima de aquella mesa entre otras alhajas olvidadas y despreciadas por sus dueños.

Lo más probable era que Pablo hubiera muerto y alguien le hubiera quitado sus cosas de más valor: sus zapatos, su abrigo y la medalla, aunque no tenía ninguna seguridad sobre nada y tampoco podía comunicarse con nadie de su familia para preguntar, pues doña Blanca ya había abandonado la Villa Skosrev para volver a España y no tenía sus señas. Tendría que esperar al final de la guerra, rezar aún más y esperar que la suerte no le hubiera apartado definitivamente del único hombre con el que había congeniado de verdad.

Llegó a la Recuesta sin ganas de hablar y se retiró rápidamente al jardín, donde escaló a la cabaña del árbol, una construcción de madera encaramada a un fresno bicentenario que había hecho construir su abuelo poco antes de morir, en la que ya se había escondido de niña. Era su rincón favorito de la finca y, sin embargo, desde que había llegado ni ella ni ninguno de sus hermanos la había visitado. Estaba hecha en madera blanca, pero el tiempo la había vuelto gris, entonándola más con su empinado tejado de pizarra y la misma corteza del árbol, que abrazaba la construcción como si hubiera brotado del mismo tronco. Como todo en aquella finca, era grande y sólida, y las viejas muñecas que se apoyaban en sus paredes se resguardaban mejor que muchos de los campesinos de la zona en sus casas de piedra. Subió la escalera de cuerda para no ser molestada y se echó sobre el suelo de tablones, que aún crujía con la misma sensación de inseguridad que cuando era niña. Miró alrededor. Las cortinas roídas, las paredes de un blanco lavado repletas de dibujos y postales, los muebles de muñecas, el tiempo no se había parado, pero había avanzado lentamente en aquel lugar, que en todo le devolvía a una infancia indolente y despreocupada en la que los veranos en Puigcerdá y las estancias en Asturias parecían sucederse sin que nada malo pasara alrededor.

Decidió no llorar. Pensó que aquello sería tanto como reconocer que Pablo había muerto, y no tenía ninguna seguridad de que aquello hubiera sucedido, pero triste al fin y al cabo, apoyó la cabeza en la ventana que se abría a la impresionante vista del campo asturiano. Verde, húmedo y rico, de colores saturados y configuración perfecta, intentó distraer sus pensamientos observando aquello que parecía lo único que no cambiaba para mal. Lo intentó, pero no pudo evitar recordar que Pablo no había respondido a su última carta, una en la que creía haberse mostrado bastante cariñosa. Tampoco había recibido correspondencia de vuelta de Alonso, el joven del que era madrina de guerra. Sabía que en la campaña del norte había habido muchas bajas, así que no era imposible que ambos hubieran muerto. Volvió a contener como pudo las lágrimas.

A lo lejos, observó cómo un coche seguido de un pequeño camión con remolque abierto se acercaba por la carretera. Al principio solo eran dos puntos, pero a los pocos minutos quedó claro que los coches se dirigían a la Recuesta, alertando a todos con el ruido de sus neumáticos pisando la grava húmeda del camino. El primer coche era de la policía. Desde donde estaba Inés no podía ver la explanada de delante de la casa, pero escuchó cómo los coches paraban el motor frente a ella y varias personas se apeaban hablando.

Colocó la escalera y bajó de la cabaña, acercándose con curiosidad a la zona donde aquellos coches habían aparcado. Delante de la casa de su abuela, el coche de policía y el camión de pequeñas dimensiones que había visto desde su atalaya estaban aparcados uno junto a otro, con un par de personas apoyadas en el segundo. En la carga llevaban algunas pértigas con ganchos, rastrillos enormes y redes, artilugios parecidos a los que uno esperaba encontrar en los barcos de pesca.

Se acercó a ellos con una sonrisa, captando de inmediato la atención de los dos hombres, que se irguieron. Parecían dos mecánicos, vestidos con mono marrón y gorra, pero, a la vez, llevaban botas de pesca, uno de ellos hasta la cintura y cogidas a sus hombros con tirantes. Estaban fumando, pero apagaron la colilla contra el suelo en cuanto vieron a Inés. Uno se quitó la gorra, sosteniéndola entre sus manos.

—Buenas tardes, señores —dijo, queriendo parecer hospitalaria—, ¿qué agradable circunstancia les trae por aquí?

A decir verdad, temía que no hubiera nada agradable en aquella visita, pero sus interlocutores parecían saber tan poco sobre el motivo de su presencia allí como la misma Inés. El que calzaba las botas de agua altas le contestó:

—Pues eso nos gustaría saber a nosotros también, señorita. La policía y sus misterios, ya sabe. Han venido esta mañana al puerto buscando a alguien con aperos como esos —señaló con la cabeza a la carga del camión, que sobresalía entre las barandillas de madera del remolque— y que pudiera trabajar esta tarde. Y aquí nos tiene. Normalmente estaríamos pescando, pero hoy nos hemos quedado en tierra, y mire por dónde que casi mejor, porque nos ha salido este trabajillo inesperado.

—Pues aquí no sé dónde van a pescar señores, solo tenemos dos estanques pequeños con peces de colores y como pesquen a alguno de esos no respondo del enfado de mi abuela. Tampoco tenemos río.

—Eso mismo le estaba comentando aquí al compañero, que no sabemos qué demonios quieren estos hombres que hagamos aquí.

A Inés le vino a la cabeza la idea de que hubieran tirado el cadáver del conde al estanque. Era macabro, pero, dadas las circunstancias, ya no era capaz de asegurar nada. La cara de su abuela asomando con la policía por encima de las escaleras que desde la terraza de la puerta de la casa daban acceso a la explanada pareció confirmarle aquella sospecha. La anciana bajaba escalón a escalón discutiendo con los agentes Barbosa y García. Pasaron junto a Inés sin prestarle ninguna atención. Su abuela nunca gritaba, pero se mostraba muy molesta y sus palabras lo demostraban.

—Le aseguro que si me estropean el jardín vamos a tener un problema. ¡Esta hierba, estos caminos, estos árboles estaban aquí mucho antes que usted y que yo! No comprendo el empeño en destrozar mi casa buscando a alguien que saben bien que no está aquí.

Barbosa respondía con indiferencia, mientras García ordenaba a los otros dos hombres que subieran al camión y les siguieran.

—Señora duquesa, solo cumplimos órdenes. Nos han dicho que busquemos al conde desaparecido y eso hacemos.

—¡¿En mi estanque?! —respondió indignada Ana Argüelles—. ¡Pero a quién demonios se le ha ocurrido esta insensatez! ¡¿Imaginan al conde nadando en estas fechas?! —Miró al vehículo que les acompañaba—. ¡¡Por el amor de Dios!! ¡¡Ese camión me lo va a estropear todo!!

En ese momento, la duquesa reparó en que su hija y todos sus nietos seguían a la comitiva. Ninguno, salvo Eugenia, entendía bien de qué trataba todo aquello, y bajaban al estanque riendo y haciendo bromas. Se giró hacia ellos airada.

—¡¡¡Todos a casa!!! ¡¡¡¡Aquí no hay nada que ver, hatajo de cotillas!!!! —Los miró con una cara que paró a todos en seco—. ¡Que José me traiga una silla! —Miró a Inés, bajando un poco la voz y tranquilizándose—: Tú ven si quieres.

Seguían andando en dirección al estanque grande, seguidos lentamente por el camión, que aunque intentaba respetar arbustos y árboles no podía evitar partir alguno con su altura. Cada vez que se oía el chasquido de alguna rama la abuela Ana miraba al policía con rabia. Las ruedas del vehículo también estaban dejando su rastro, de forma que cuando llegaron al estanque todo el camino que habían seguido se había marcado en la hierba mojada del recinto, dejando en varios puntos una profunda rodera.

El agente Barbosa se quedó unos segundos observando el estanque, lleno de un agua oscura y verde, que empezaba a cubrirse de nenúfares en la zona que rodeaba al islote central, plagado de hortensias azules y rosas. En cuanto se acercó a la orilla, varios patos levantaron el vuelo quejándose. A su espalda, la duquesa de Riosgrandes también se quejaba.

—¡De esto no me olvidaré! ¡Esto es un ultraje! Venir a mi casa, a casa de una pobre anciana a estropear su jardín. ¡Es indignante!

El agente se abstuvo de decirle que ella no era pobre y que tampoco era una anciana al uso, más bien al contrario, su energía era mayor que la de muchas de las mujeres jóvenes que conocía. Posiblemente fueran los nervios de estar a las puertas de ser acusada de homicidio. Dirigió su mirada a un pequeño embarcadero cubierto, del que asomaba flotando un bote de madera.

—Señora, ¿podemos usar el bote?

El policía sabía que negarse sería tanto como reconocer la culpa. La dueña del lugar, con botas de agua, falda de cuadros, rebeca con coderas y brazos cruzados le devolvió la mirada, leyendo su pensamiento.

—¿Serviría de algo que le dijera que no? Está haciendo lo que usted quiere en mi casa, así que siga con ello. Más vale que encuentre al conde ese, porque como no lo haga la que le va a encontrar a usted soy yo. ¿Ve todo eso? —Señaló hacia las roderas que tatuaban su jardín—. ¡Eso me lo va a replantar todo el cuerpo de policía de Gijón! ¡¡Esto no quedará así!!

«Estupendo —pensó Barbosa—. La vieja ya no niega que vayamos a encontrar al conde, más bien se prepara para cuando aparezca el cuerpo, fingiendo que ella desea precisamente que eso suceda». Se dirigió al agente García y los dos hombres que le acompañaban:

—¡Usad el bote!

Uno de los hombres se subió a la pequeña embarcación mientras los demás acercaban varios aperos que solo ellos conocían. Cadenas con ganchos, pértigas, redes, todo con un recuerdo lejano a los utillajes de los balleneros, pero destinados a un fin completamente distinto.

Cargaron todo en el bote y el segundo hombre con mono embarcó, tras lo cual el agente García les apartó de la orilla empujándoles con la pierna. Enseguida se posicionaron en el extremo más alejado y empezaron a repetir la misma operación cada pocos metros. Usaban fundamentalmente las pértigas y una especie de rastrillo metálico muy ancho, del que colgaban algunas cadenas con ganchos. También lanzaron unas redes que no consiguieron recuperar nada. La metodología era bastante simple. Uno de los hombres fijaba con las pértigas la posición del bote y otro utilizaba el rastrillo dejando que las cadenas llegaran al fondo para arrastrarlas. Cada cierto tiempo subían el rastrillo al bote entre los dos y desmenuzaban los elementos que habían traído a la superficie, normalmente un amasijo de raíces y vegetación muerta llena de barro y piedras.

Inés pensó que tardarían toda la tarde en dragar el estanque. Esperaba que no encontraran nada pero la mirada de su abuela le hacía temer lo contrario. Sentada en un sillón de mimbre y con una manta sobre las rodillas, María y José le habían traído además una tabla con queso y salchichón y una botella de vino, que bebía a buen ritmo, quizás para disimular su nerviosismo. Que los tres estaban compinchados era evidente para cualquiera que les conociera un poco. Vista desde fuera, la situación hubiera tenido gracia, pero era su abuela la que se enfrentaba a una condena por asesinato. Por haberle defendido de un hombre mezquino que hubiera arruinado su vida.

Se acercó a su silla y se sentó sobre la hierba, acariciándole con la mano el tobillo. Su abuela le respondió pasándole la mano por la cabeza.

—No está allí. No en esa zona —le susurró.

—Pero ¿está en...?

—Sí, sí, claro. Está en el estanque, pero vete tú a saber si lo encuentran. No es tan fácil. Y va a llover.

Le sonó a que su abuela intentaba —una vez más— convencerle de que todo acabaría saliendo bien, pero la segunda botella de vino que le acababa de abrir José volvía a recordarle su nerviosismo.

—¿Sabes, monina? En este país aún es muy difícil condenar a una duquesa, aunque sea una tan poco distinguida como yo. Por alguna razón estúpida, aún hay gente que piensa que estamos por encima de los demás, y ya has visto que somos capaces de las mismas bajezas que el resto. Aun así, no me duelen prendas en reconocer que no me gustaría ser recordada por esto. Mi vida ha sido mucho más. Ha habido cosas más interesantes. No tengo edad para enfrentarme a un juicio. Ni ganas. Además estoy orgullosa de lo que hice. Fui lista y valiente y defendí a mi familia. Un juicio me horrorizaría. Nunca sabes cómo acaban estas cosas, las cárceles están llenas de gente justa, y, al fin y al cabo, aunque yo tenga título también lo tenía tu amigo.

No había rencor en sus palabras.

—Abuela, lo siento. No sabía cómo era Javier. Nunca pensé que nos pondría en esta situación. —Miró hacia José y María, que estaban de pie tras la silla—. Lo siento de veras.

Su abuela respondió por ellos.

—José y María no han hecho nada. Eso tiene que quedar claro. Aquí la única que acaba entre barrotes soy yo. Y eso ya lo veremos. —Miró hacia sus criados—. Póngame un poco más de vino, venga.

Pasaron casi cuatro horas hasta que los dos hombres que inspeccionaban el fondo del estanque llegaron a la zona en la que la abuela sabía que se encontraba el cadáver del conde. Para entonces, la duquesa de Riosgrandes ya no estaba nerviosa, más bien al contrario, había adquirido una especie de letargo fruto del alcohol, que la mantenía con la vista fija y los ojos entreabiertos mirando con indiferencia lo que sucedía frente a ella.

Los dos agentes se habían instalado hacía rato en el lado opuesto del plato de agua, desde donde podían ver las reacciones de la familia a la vez que comprobaban los infructuosos movimientos de los dos pescadores para encontrar un cadáver que daban por seguro que estaba allí. Pese a su convicción, el tiempo jugaba en contra de aquella certeza, y ver que su sospechosa era totalmente indiferente a lo que sucedía tampoco parecía una buena señal. El sol no les daría mucho más tiempo y el estanque tampoco ofrecía más fondo en el que rebuscar. Hasta el momento solo habían sacado algas, piedras y barro. También una botella de champán vacía que parecía reírse de ellos.

Pero, de pronto, los dos pescadores empezaron a agacharse, intentando entre ambos levantar algo que había en el fondo.

—¡Aquí hay algo! —gritaron.

En ambas orillas la noticia despertó interés. Los agentes Barbosa y García se levantaron. Inés también hizo ademán de hacerlo, pero su abuela le apretó el hombro con la mano obligándole a quedarse sentada donde estaba.

Los pescadores no tenían fuerza para levantar lo que quiera que hubiese enganchado el rastrillo, exactamente en la zona en la que Ana Argüelles había visto hundirse al conde de Navalviento, por lo que, arrastrándolo por el fondo, se apearon del bote sobre la isla central del estanque, plagada de hortensias. La duquesa enfureció.

—¡¡¡Mis hortensias!!! ¡¡¡Vándalos!!! ¡¡¡Salgan ahora mismo de ahí!!! ¡Están pisando mis flores!

Pero, por una vez, nadie le hizo el menor caso. Por el contrario, los dos hombres siguieron pisoteando las flores mientras con todas sus fuerzas estiraban del rastrillo. Inés vio el triunfo en la cara del agente Barbosa, que empezaba a sonreír, convencido de que en cualquier momento aparecería el cadáver del hombre que buscaban. Esperaba no tener que ver la cara de Javier. No sabía qué reacción provocaría aquella situación horrible en ella, máxime cuando su corazón ya había empezado a latir a un ritmo cercano al del colapso total. Alargó la mano para coger la de su abuela, que se la apretó con fuerza, enfrentada a su destino, fuera cual fuera.

De pronto, una forma empezó a brotar del agua enganchada al rastrillo. Cubierta de barro, de gran tamaño, los hombres no se detuvieron a ver la cara de lo que extraían del agua, mientras se ocupaban de apoyarla lo suficiente en el islote para que no se deslizara de nuevo dentro del agua. Cuando estuvo asegurada, tapándose la nariz con el brazo protegiéndose de un olor putrefacto y repugnante, gritaron:

—¡Es una vaca!

III

La búsqueda del cadáver del conde en el estanque grande de la Recuesta concluyó rápidamente tras la aparición de la vaca, como si aquella decepción surgida tras la inyección de adrenalina hubiera dejado a la policía sin fuerzas para más. Los dos pescadores rastrearon someramente el fondo del resto del estanque durante media hora más antes de recoger sus bártulos y cargarlos en el camión, que volvió por donde había venido. Por el camino, los agentes, avergonzados, trataron de excusarse en un par de ocasiones a la duquesa, que, absolutamente ebria, mantenía una sonrisa pícara en su cara silenciosa mientras uno de los pescadores ayudaba a José a portarla subida en la misma silla en la que había pasado toda la tarde.

Mientras volvía a su casa con el atardecer a sus espaldas, la duquesa de Riosgrandes parecía una vieja reina mitológica volviendo del campo de batalla. Mantuvo la sonrisa durante toda la noche.

La mañana siguiente todo el mundo se despertó con la curiosidad de saber qué era exactamente lo que había sucedido la tarde anterior en el estanque. Eugenia se había pasado aquellas horas intentando contener a sus hijos menores dentro de la casa. Cayetana y Lucía dieron menos la lata, habían conocido a un nuevo grupo de amigos y su única queja había sido no poder salir a su encuentro. Por suerte, todo volvía a estar exactamente igual que antes, sino mejor. Se habían librado del conde para siempre y la abuela Ana había esquivado a la justicia. De todas formas, tanto Inés como Eugenia acudieron a la habitación de la duquesa antes de bajar a desayunar y reunirse con el resto de su familia.

La encontraron incorporada desayunando en su cama con dosel, apoyada sobre varios cuadrantes de diferentes telas y colores. Llevaba gorro de dormir y camisón blanco de cuello alto que quedaba anudado con un lazo tapado parcialmente por su suave papada. A Inés le pareció que estaba más elegante que cuando se vestía para ir a Gijón. La anciana les sonrió brevemente antes de seguir untando mantequilla sobre una tostada. Odiaba desayunar en la cama, pero lo hacía cada día.

—¿Buenos días, moninas, qué tal habéis dormido? —les preguntó. Seguía de buen humor.

Las dos acercaron unas pequeñas butacas calzadoras a la cama y se sentaron. Eugenia habló primero.

—Bueno, mamá, ¿qué piensas de lo de ayer?

Se les quedó mirando a ambas un segundo antes de mordisquear su tostada. Con la mano les pidió un momento para contestar, alegando que tenía la boca llena.

—¿Qué queréis que os diga? Hemos tenido suerte. El asesino ese debió de hundirse en una zona del estanque en la que la tierra blanda llegaba a mayor profundidad. En cambio, mi pobre vaca... El asunto está zanjado, esos policías no nos molestarán más. El único cabo suelto es la familia del conde. Que se planten aquí unos maños que no conocemos preguntando por su hermano, o su hijo o lo que sea. ¿Sabemos si tenía mucha familia?

Miraron a Inés.

—No, creo que no tenía. O tenía muy poca. Era hijo único. Su madre era mayor. Nunca me dio la sensación de que tuvieran una relación estrecha. Nunca me hablaba de ella —contestó.

—Entonces, solucionado. Si en medio de una guerra no hablas de tus familiares es que o no los tienes o no los quieres. Es cierto que la guerra del conde de Navalviento ha sido un poco *sui generis*, pero aun así es raro. —Respiró profundamente y bebió un sorbo de té—. Yo os digo que nos podemos olvidar del tema.

—Tiene sentido —replicó Eugenia—. Y además, no podemos hacer otra cosa.

—¿Y a los demás? ¿Les contamos algo? —preguntó Inés.

—Nada —contestó la abuela—. No volveremos a hablar de esto nunca más. A los cotillas de abajo, ni una palabra. Y ahora dejadme, por favor. Suficientemente difícil es salvar las sábanas de mi cama de migas y manchas de té como para teneros aquí a vosotras distrayéndome.

Salieron de la habitación. Antes de bajar, Inés detuvo a su madre.

—Hay otra cosa.

—Lo sé.

—Pablo.

—Sí, hija. Tu medalla en medio de un mercadillo. Pero no tenemos por qué pensar en lo peor. Las medallas se pierden, se venden, se intercambian. Si le mandaste esa medalla para protegerle, posiblemente lo haya hecho. Así que no te preocupes por lo que no puedes controlar. Reza. Piensa en él. Seguro que le volverás a ver.

—La señora del puesto dijo que ella se movía por el norte, que de esta zona era de donde sacaba sus piezas. Quizás Pablo no superara la toma de Bilbao, quizás cayera antes. Nunca respondió a la carta que le mande. Mamá, temo que...

En ese momento, María, la cocinera que, a la espera de que su señora volviera a contratar al personal necesario para aquella casona, seguía abarcando todas las funciones que no podía cubrir José, se cruzó con ellas llevando una bandejita de plata con un sobre con matasellos de Francia. Golpeó suavemente la puerta de la duquesa.

—Señora, carta para usted.

Inés y su madre se miraron, entrando tras María en la habitación que habían abandonado hacía un minuto. Su abuela las miró extrañada.

—¿Y bien? ¿Hay algo más, queridas?

Inés dirigió la vista a la bandeja que portaba María. Su abuela lo comprendió.

—Ah, ya veo. Queréis ver la carta. No sé de quién es aún, pero parece que vosotras sí. —Se dirigió a María—: María, pásemela por favor. —La cogió entre sus manos—. Sí, hijas. Es de Alejandra Lacalle. La amiga informadora. Es increíble que se entere de más cosas ella desde Biarritz que nosotros desde Gijón. Pero, bueno, es que ella conoce a todo el mundo. Sentaos por ahí. —Señaló las butacas calzadoras que habían ocupado hacía un instante—. Os la leeré en alto.

Rasgó el sobre con un abrecartas de marfil y extrajo la carta, que pasó a leer.

Ave María†
Arriba España
Villa Ratillo, Biarritz, 29 de diciembre de 1937

La abuela levantó la mirada.

—Le llama Villa Ratillo porque dice que solo aguanta un ratillo en Francia, aunque luego siempre está allí. Es increíble que funciona mejor el correo dentro de España que la comunicación con el exterior. Esta carta es de diciembre. Nunca se sabe.

A Inés le daba totalmente igual eso. La abuela continuó leyendo:

Mi querida Ana,

Espero que tu llegada a la Recuesta transcurriera sin novedad y que ya te encuentres en la quinta, que deseo hayas encontrado en el mejor estado posible. Con esta gente nunca se sabe, pero Dios quiera que hayan respetado ese lugar entrañable del que guardo tan buenos recuerdos.

Me quedé un poco triste en Biarritz tras tu marcha y pasé varias semanas sola y preocupada, pues, aunque parece que la cruzada evoluciona favorablemente, nunca es agradable conocer diferentes acontecimientos como los bombardeos de Barcelona, que Dios sabrá cómo habrá quedado y cuántas víctimas se habrá llevado por delante. No comprendo acciones como esta, pero «¡Qué sabré yo!», dirás. Varias bombas cayeron cerca de nuestras casas. Comprendo todas las vicisitudes de la guerra pero en confianza te digo que, si han bombardeado mi casa, montaré en cólera. Te pareceré egoísta, pero no lo puedo evitar. Por supuesto, eso es una nimiedad comparado con las muertes de amigos y conocidos de las que voy teniendo conocimiento. Los dos hermanos Quintero, tan encantadores y guapos, murieron en la batalla del Jarama, que encima no sirvió de nada a nuestra causa. Su madre está desolada y me comentó la señora Virtudes Pujol que le está haciendo mucha compañía pero que cree que ha perdido la cabeza totalmente. Con todo, recientemente tuve una alegría inesperada y pude dar una magnífica noticia a mi amiga.

La abuela Ana se giró sonriendo a su hija y nieta, encantada de poder dar también una buena noticia. Enfatizó las primeras palabras:

... Blanca Marqués, de la que ya te he hablado en muchas ocasiones. El caso es que la pobre estaba convencida de la muerte de su hijo Pablo, que había desaparecido en los últimos compases de la campaña del Cantábrico. Pues bien, el mismo muchacho apareció por sorpresa en la puerta de mi casa hace unos días. ¿Puedes creerlo? Había sido evacuado por los rojos en barco, desde Gijón a Francia, pensando que era uno de los suyos. El caso es que abandonó el convoy republicano cuando estaba de vuelta a España y apareció en mi casa. Un muchacho encantador, educado y atento, sería ideal para una de tus nietas, quizás para Cayetana, o Inés.

Levantó la mirada con una sonrisa pícara. A Inés no le importó. Estaba demasiado contenta.

El pobre venía hecho un desastre. Si no fuera por esa mirada azul y esa cara distinguida, hubiera pensado que era un cualquiera. Le habían herido en la pierna pero ya se estaba recuperando. Estaba delgado y cansado, pero me congratulo porque cuatro días después era otro. Telegrafié enseguida a su madre para comunicarle que estaba bien y conmigo. Poder dar esta noticia ha sido una tremenda alegría para mí.

El hombre se fue a Teruel. Su hermana Montserrat estaba allí, así que pensó que lucharía por la causa cerca de ella. Terrible lo de Teruel, pero seguro que superará ese trance también.

Infórmame tú de qué tal están las cosas. Ojalá pronto pueda volver a España. Me encanta Biarritz, pero al cabo de un tiempo, los encantadores franceses me empiezan a parecer insoportables. Imagino que en eso no soy tan diferente al resto de la humanidad.

Rezo por ti y por toda tu familia.

Un abrazo afectuoso,

Alejandra Lacalle

Respiró profundamente al acabar de leer la carta y devolvió la mirada a Inés, que parecía tan feliz como nadie pudiera ser.

—Hala, ya lo sabes, Pablo también sobrevivió a la campaña del norte.

Eugenia miró a su hija.

—Así que podrás devolverle tu medalla cuando lo veas.

21

I

La guerra avanzaba de forma favorable para los nacionales. La batalla de Teruel se había mostrado únicamente útil para desviar la atención de Franco sobre Madrid y la victoria republicana en aquella capital de provincia (la única que habían conseguido ganar los republicanos desde el inicio de la guerra) parecía un espejismo tras la rápida recuperación de la ciudad por las tropas de Franco. Con el impulso de la victoria, el ejército franquista había seguido avanzando en el frente de Aragón, barriendo a su enemigo hasta llegar al mar. Así, a principio del verano de 1938, los republicanos habían visto cómo el territorio que dominaban había quedado dividido en dos partes incomunicadas. Por el norte, con el Ebro como frontera, Cataluña; por el sur, una zona central de España que se alargaba de Madrid hasta Valencia, que todavía resistía como capital de la República pese a haberse convertido en objetivo principal del bando franquista. La situación requería de una acción de fuerza de la República cuando aún había alguna posibilidad, por lo que en julio empezó la batalla que habría de decidir el desenlace de la Guerra Civil. La batalla del Ebro.

El objetivo era tan primordial como evidente; por un lado, unir las dos zonas que los republicanos aún controlaban, separadas por una brecha franquista que en julio de 1938 ya alcanzaba los cien kilómetros —y seguía aumentando día a día—, y, por el otro, salvar Valencia mediante un movimiento sobre la retaguardia de las tropas nacionales que avanzaban en dirección a la ciudad. Con todo, el que Franco hubiera centrado su atención en Valencia daba al ejército republicano que quedaba en Cataluña la posibilidad de reorganizarse para el ataque desde el norte.

En resumen, la idea de la República era reconquistar aquella brecha que empezaba en el río Ebro y avanzar hasta Valencia.

Y José Manuel estaba allí. Llevaba diez días informando de todos los movimientos que veía.

Se había convertido en un virtuoso del disfraz y del engaño, pese a que siempre había odiado ambas cosas y seguía odiándolo tanto o más que al principio de la guerra. Su única motivación era el que sus informaciones acelerasen el fin de la contienda; cualquier cosa sería mejor que alargar aquella agonía. Si no acababa pronto, la posguerra sería tan dolorosa como la guerra misma, con un país destruido y crispado.

Como desde el principio, su única condición con el mando fue la misma: operar solo, que era la manera más factible de que no le descubrieran. Estaba harto de recibir noticias de agentes que actuando en cadena o en grupo habían sido descubiertos por contradecirse, por no presentar una fachada fiable, por no sincronizarse bien. Para él era difícil «sincronizarse» con cualquier persona, incluso en su vida privada, por eso no tenía novias y solo se relacionaba separadamente por amistad, negocios, sexo, cultura, lo que fuera, dando por imposible que un solo individuo le ofreciera todo lo que necesitaba. Además, la gente le aburría al cabo de un tiempo, y su familia y sus amigos, todos los que le conocían bien, siempre procuraban dejar un espacio alrededor. Pese a todo no olvidaba que ya le habían descubierto —o casi— una vez, así que extremaba las precauciones al máximo. No habría más Antonios dispuestos a salvarle, de eso estaba seguro.

Durante las semanas anteriores había adoptado el aspecto de alguien irreconocible hasta para sí mismo. Se había dejado la barba larga recortándola descuidadamente para dar un aspecto pobre y dejado. Había cambiado sus trajes elegantes por unos pantalones, una camisa raída y una chaqueta sin hombreras, algo ancha, todo de color parduzco que no dejaba adivinar cómo había sido en origen. La idea era parecer alguien ajeno a campesinos, a soldados, a comerciantes, a todo el mundo. También cojeaba severamente cada vez que se cruzaba con alguien, y cuando le preguntaban o le dirigían unas palabras, respondía balbuceando. Ni su familia más cercana le hubiera reconocido. Conseguir un olor penetrante, dulzón y desagradable fue fácil con el calor que le rodeaba y el ejercicio que se veía obligado a realizar.

Su labor era, en principio, más segura que las que había realizado hasta la fecha, siempre enmarcadas en entornos urbanos, donde a cada paso podía despertar sospechas. Tenía que informar sobre los movimientos del ejército de cara a la batalla que estaba a las puertas. Recorría el frente del lado norte del Ebro, trepando por las colinas que atalayaban el río, contando las unidades que se estaban desplazando a la zona, identificando los vados por los que el río podía ser más fácilmente franqueable. Los rojos entrenaban en barrancos y puertos, casi a diario, diferentes maneras de cruzar el Ebro, y él lo apuntaba todo. Por la noche, antes de acurrucarse entre los arbustos encendía una pequeña linterna y efectuaba breves señales que alguien que no conocía, al otro lado del río, anotaba y pasaba al mando. Era una labor importante para la que se estaban destinando muchos recursos. Los aviones ya habían fotografiado varias veces la zona.

Se había situado en un monte sobre el que se reconocía con claridad el Ebro, incluso en aquella noche sin luna, cuando su oscuridad sinuosa resaltaba en el fondo del valle al que daba nombre. Incluso la orilla sur, objetivo de toda la acción, era perfectamente identificable. Con todo, el silencio era casi total y los grillos, evidenciando con su sonido aquel calor sofocante, eran los únicos que disputaban la atención al lento rumor del río, que en aquella zona tenía una anchura de tan solo un centenar de metros y que vivía sus últimas horas de calma antes de que los republicanos se lanzaran a su conquista.

José Manuel aguardaba, agazapado entre una maraña de arbustos, a que los miles de hombres que se apostaban en la orilla del río recibiesen la orden de iniciar la acción. Junto a ellos, también escondidas, barcas con capacidad para algo menos de diez personas constituían la herramienta indispensable para alcanzar la orilla contraria, máxime cuando muchos de los soldados no sabían nadar. Todos los libros de guerra descartaban las acciones que se iniciaban cruzando un río como aquel y, sin embargo, comprendía que era la única opción que le quedaba a la República. Sintió una profunda pena al pensar en las innumerables bajas que se cobraría aquella acción desesperada.

El 25 de julio a las doce y cuarto de la noche, empezó la batalla, y para él también todo sucedió al revés de lo que había planificado.

En teoría, debía cambiar de atuendo una vez más, vestirse con un uniforme de la FAI que había guardado en una cisterna de riego seca, cerca de una pequeña masía, y cruzar el río con el ejército rojo, para escabullirse y cruzar las líneas hacia el bando nacional en cuanto fuera posible. Aprovecharía el caos para pasarse al otro lado. Al suyo. No era un plan perfecto, ni siquiera era bueno, pero sabía que era factible y en cuanto empezó a oír el leve chapoteo de las barcas cayendo al río y el discreto remar del ejército rojo hacia la orilla sur, se cambió de ropa y empezó a descender la colina en la que se encontraba para incorporarse a las filas enemigas.

Había identificado una cuadra abandonada convenientemente situada a un centenar de metros de la orilla, tan cubierta de zarzas y maleza que solo alguien que, como él, hubiera estado rondando la zona durante días, la habría descubierto. Hacía tan solo unos minutos que se había puesto el uniforme. Se aproximó a la choza tan discretamente como pudo y se metió en su interior, apostado en una pequeña ventanuca sobre la que controlaba todo lo que pasaba en su inmediatez. Era como una película, una hazaña para ser recordada fuera cual fuera el resultado final. Miles de soldados arrastraban en silencio las barcas por un terreno nada favorable hasta la orilla del río, donde embarcaban en grupos de ocho. Los primeros en aventurarse iban someramente ataviados con una manta, un fusil, cinco granadas de mano y unas cartucheras con cincuenta proyectiles que habían de protegerles y vencer al enemigo a la vez. Podía imaginar el miedo que estarían pasando todos aquellos hombres ante el Ebro que se abría a sus pies, pero mientras las paladas de los remos y las órdenes entre susurros rompían el silencio de la noche pensó que al menos en aquel punto no parecía que la acción fuera a fracasar.

Enseguida varios botes alcanzaron la orilla contraria.

Se abrochó la chaqueta y salió al exterior, aprovechando el momento en el que desde la cuadra en la que se escondía observó cómo los hombres se empezaban a acumular en la orilla, esperando que los que les precedían dejaran espacio para que ellos también pudieran embarcar.

Agazapado, se acercó a uno de los grupos más rezagados, ocho hombres que agarraban una barca por los costados. Se hizo sitio entre ellos y agarró también la barca.

—Aquí me han mandado. Buenas noches, camaradas —dijo con normalidad.

Por un instante, uno le miró extrañado, pero todos parecían tener tanto miedo que no le dieron mayor importancia a su súbita aparición.

Allí estaba, a punto de iniciar la mayor batalla que jamás se hubiera librado en suelo español, en el bando equivocado. Se dijo que si sobrevivía a aquel episodio iría a dar gracias a la iglesia cada día de lo que le quedara de vida. Enseguida se empezó a arrepentir de aquel plan, de haberle perdido en parte el miedo a la muerte, de que su impaciencia en pasar de lado le hubiera hecho elegir el peor momento para hacerlo.

Quedaban muchas barcas delante de ellos, por lo que calculó que aún tardarían una hora por lo menos en meter los pies en el agua.

Junto a él, tembloroso, un joven acertó a decir:

—Vamos a morir todos. Cielo santo, vamos a morir todos.

José Manuel pensó que aquel era el peor momento posible para aquella actitud.

—No digas bobadas, hombre —intentó calmarlo—. En pocos minutos estarás al otro lado del río.

—No sé nadar. Si nos disparan o volcamos, moriré. ¡Dios mío, qué miedo tengo!

Era increíble que en un país tan expuesto al mar aún hubiera personas que no supieran nadar, pero era bastante común. Se giró hacia él intentando dar confianza.

—No te vas a caer. La barca no volcará. Tú estate tranquilo y rema rápido.

—Eso nos decían en la instrucción. Pero esos ríos no tenían nada que ver con este. Esto es enorme y está oscuro. Y yo no quiero luchar, no quiero morir. ¡Yo tengo una vida entera por delante!

Llevaban varias semanas entrenando el cruce del río Ebro, José Manuel había informado puntualmente de ello, aunque no era ningún secreto, ya que la prensa nacional e internacional había explicado cada entrenamiento sin ningún atisbo de discreción. En Tarragona y en Barcelona lo hacían en los puertos, montaban y desmontaban puentes y pasarelas lo más rápidamente que podían, cronometrando cada intento. En el interior hacían lo propio en ríos y barrancos, pero no había ninguno tan grande como el Ebro. Supuso que el chico que le hablaba era de los que habían hecho la instrucción para aquella acción en el interior, así que sus temores tenían toda la lógica.

Pese a que todos hablaban entre susurros, al pasar junto a la barca, uno de los comandantes oyó el último lamento de aquel chico asustado. Amenazante, le cogió por detrás, agarrándole el cuello con el brazo, haciéndolo callar.

—Como no te metas en el río con el resto de tus compañeros, como des un solo paso atrás, yo mismo te mataré. ¿Está claro, nenaza?

José Manuel y el joven se quedaron callados unos segundos. Todos los que sostenían la barca observaron aquella clara advertencia. A los pocos segundos, el comandante le soltó y siguió andando. Debía de haber hecho esa misma advertencia a muchos otros soldados.

Notó que el pobre empezaba a temblar.

—Tú rema rápido. Serán solo unos minutos. Si caes, prometo ayudarte, pero no te pongas nervioso o moriremos los dos.

Se miraron. Pese a la oscuridad le pareció que su cara brillaba, mojada por el sudor o quizás por las lágrimas.

—Gracias, gracias.

—No hay de qué.

—Soy muy joven, no quiero morir, yo pensaba que no participaría en esto, no quería... Me mandaron un volante a casa, esa fecha no la olvidaré, el 23 de abril. Que me presentara con una manta, un plato, una cuchara y calzado que no estuviera roto, en la puerta de la Paz número 16, en Barcelona.

—En el cuartel.

—Sí, en la puerta de la Paz. Parece una broma. En la puerta de la Paz para ir a la guerra. Al principio no podía creerlo. Con una cuchara y una manta. Cielo santo. A algunos la instrucción les divirtió. Pero nos dijeron tantas cosas, nos amenazaron tantas veces. Cada vez que hice algo mal, me recordaron que moriría. Hice muchas cosas mal, pero ha dado igual, aquí estoy. Líster nos habló una vez: nos dijo que si no atendíamos moriríamos como piojos. No sé, yo pensaba que nos tendrían para otras cosas, para tareas auxiliares me dijo un comandante. Y yo le creí, qué tonto. Pero aquí estamos, igual que el soldado más experimentado, que el hombre más maduro... Solo que cumplí en diciembre diecisiete años y pensaba que mi vida sería más larga. Joder, joder, joder.

José Manuel intentó tranquilizarle dándole unas palmadas en la espalda.

—Tú rema mucho y corre mucho. Saldrás de esta. ¿Cómo te llamas?

—Me llamo Ángel Portilla.

—Pues Ángel, acuérdate de lo que te digo: en diciembre me invitarás a tu dieciocho cumpleaños. ¿Está claro?

El joven asintió con la cabeza. Seguía lloroso, pero pareció que las palabras de José Manuel le habían tranquilizado un poco.

Su historia era común y José Manuel había informado de ella al mando. Los republicanos estaban llamando a filas a todos los nacidos en 1920, por lo que muchos de los que habían pasado a engrosar aquel ejército desesperado aún no tenían ni dieciocho años. La exministra de la República Federica Montseny había dicho sorprendida que «aún debían tomar el biberón», por lo que estaban empezando a ganar fama como la «leva del Biberón». Tal y como le había contado su reciente amigo Ángel Portilla, se había intentado tranquilizar a las familias de los reclutados diciendo que realizarían acciones sin peligro, en la retaguardia. Una mentira que muchos no habían tardado en descubrir. Ya se habían incorporado a filas veinte mil jóvenes, y la previsión era que por lo menos otros diez mil corrieran la misma suerte.

Alrededor de la una y media de la madrugada les llegó el turno. A aquella hora estaba claro que la alarma sobre la operación ya se había trasladado al bando franquista, por lo que la cautela en mantener el silencio se esfumaba rápidamente. José Manuel imaginó al general Yagüe, que los franquistas veneraban, desde su puesto de mando en Gandesa organizando la operación. Le caía mal aquel personaje sin escrúpulos, pero no negaba su brillantez. Además comandaba al cuerpo de ejército marroquí, el más experimentado de toda la contienda. Sería complicado que aquella operación saliera bien para los republicanos. Tampoco tenía claro que saliera bien para él.

En cuanto la proa de su barca tocó el agua, les azuzaron para que embarcaran lo más rápidamente posible.

—¡¡¡Vamos, vamos!!! ¡¡Remad rápido y llegareis en un instante!!

Se subieron tan rápidamente que el pequeño bote se balanceó un poco y Ángel, que temblaba como una hoja, se le cogió al hombro para no caer al agua, antes de que empezaran a remar hacia la orilla contraria del río. A ambos lados y delante de ellos, varias barcas repetían la operación. Su vista acostumbrada a la oscuridad les dejaba intuir el movimiento en la orilla a la que se dirigían, con grupos de hombres subiendo a toda prisa por la colina que resguardaba el río. Desde aquella distancia parecían laboriosas hormigas subiendo por el hormiguero.

A las pocas paladas algo distrajo momentáneamente su atención y llevó sus ojos al cielo, oscuro pero no lo suficiente como para no distinguir las alas de un avión que pasó sobre sus cabezas. A escasos minutos, tres «pavas», como llamaban a aquellos aviones franquistas, le siguieron. Pudieron escuchar cómo en la orilla un mando gritaba:

—¡¡¡Cuerpo a tierra!!!

Acto seguido, el silbido de las bombas cayendo desde las alturas anunció lo que, literalmente, se les venía encima, rompiendo el silencio que se habían esforzado tanto en mantener.

José Manuel contó alrededor de seis explosiones en la orilla que acababa de abandonar, sobre la concentración de hombres que aguardaba para embarcar. Luego, otras tantas bombas se sumergieron en las aguas del Ebro antes de explotar, revolviendo el agua a su lado y salpicándoles violentamente. Las repentinas olas hicieron cabecear la barca con fuerza. Aún aterrorizado, Ángel perdió el equilibrio y se abalanzó hacia el lado; solo la rápida reacción de José Manuel, que soltó el remo por un instante para agarrarle por el hombro, evitó que cayera al río.

—Me has salvado la vida —musitó Ángel.

—Yo no he hecho nada, rema y salgamos de esta antes de que nos maten a todos —respondió José Manuel. Aquel muchacho era totalmente inútil para la causa republicana, pensó.

Por fortuna, ninguna bomba les alcanzó, y, como sugirió José Manuel, se apresuraron a remar hacia el lado contrario antes de que la acción se repitiera. Cuando las pavas desaparecieron, los lamentos a su espalda les indicaron que los nacionales habían acertado alguno de sus objetivos. Se giraron y creyeron distinguir varias barcas hundidas. El olor a pólvora lo llenaba todo.

Alcanzaron la orilla opuesta enseguida, lanzándose sobre la tierra para empezar a subir por la escarpada colina que atalayaba el río. El mayor temor de todos era que alguno de los legendarios tiradores de Ifni, que guardaba la orilla en manos del bando nacional, se lo impidiera, pero parecía que aquella zona estaba convenientemente despejada, por lo que siguieron sin problemas la ruta marcada. Todos, incluso Ángel, parecían cargados de energía, ascendiendo rápidamente por un terreno pedregoso con poca vegetación.

A las pocas horas, pasaron del aire fresco de la noche y la ribera del río al calor sofocante del día, mientras seguían subiendo y bajando colinas. No se detenían en los focos de resistencia que aún quedaban. La prioridad era aprovechar la sorpresa y llegar hasta Gandesa y Vilalba dels Arcs, dos poblaciones que, a unos veinte kilómetros del Ebro, constituían un lugar ideal para fijar la nueva línea del frente.

II

José Manuel no podía creer lo burdo, lo suicida y loco de su plan. Era impropio de él. Había sobrevivido toda la guerra y ahora moriría por su inconsciencia. Su ejército, su bando, dispararía sobre él. Quizás él mismo tuviera que disparar a sus compañeros franquistas para poder alcanzar su destino. No tenía ni pies ni cabeza y, además, intuía un problema añadido.

Ángel no se separaba de él.

Cada vez que se giraba, tenía al joven detrás. Cada paso que daba, era seguido por el soldado, que parecía haber depositado todas sus esperanzas de salvación en él, solo porque le había animado a cruzar el río y le había sujetado cuando había estado a punto de caerse de la barca. Tal y como había pensado entonces, Ángel era un completo inútil, que, para colmo, había elegido a un espía del bando contrario para que le salvara.

A la señal del oficial que les dirigía, hicieron una parada para recuperar el aliento antes de seguir avanzando. No tenían árboles bajo los que huir del sofocante sol, por lo que se sentaron en el suelo, aprovechando el relativo frescor que les ofrecía la sombra de un gran arbusto de lentisco. Ángel se sentó a su lado, ofreciéndole una cantimplora para que José Manuel bebiera antes que él mismo. Le miró con hartazgo pero bebió. El joven pareció captar su mirada.

—Solo intento ser amable. Me has salvado la vida.

José Manuel quería acabar con aquella súbita devoción. Necesitaba aislarse del enemigo que le rodeaba. No podía confraternizar, ni convertirse en una especie de padre protector para aquel joven.

—Ángel, escúchame bien. No te he salvado de nada. No puedes pegarte a mí. No puedes estar pendiente de nadie que no seas tú mismo si quieres salir vivo de esta. No puedes depender de mí, y yo no haré nada para ayudarte que pueda arriesgar mi propia vida. ¿Entendido?

—Pero eso no es así.

—Eso es exactamente así. No quiero que me sigas. Anda tu propio camino, como hacemos todos. Ocúpate de tu seguridad. No soy tu padre ni tu amigo, solo tu compañero, ¿de acuerdo?

El joven pareció entristecerse y bajó la mirada. José Manuel sintió un súbito arranque de pena. Había evitado aquel sentimiento desde el inicio de la guerra, seguro de que solo desde la frialdad podría ejecutar su trabajo con eficacia y seguridad.

Devolvió la cantimplora al joven, que se levantó y se separó un poco de su lado antes de beber. No le dio tiempo a sentarse de nuevo antes de que el oficial al mando les volviera a ordenar reanudar la marcha.

La batalla marchaba bien para los republicanos. El avance era tan rápido que a cada paso la moral de los soldados crecía tras varios meses de inseguridad y pesimismo. Detrás de José Manuel, uno de los más jóvenes, entusiasmado, había pronosticado que a aquel ritmo en una semana estarían en Valencia. Pero había varios factores que él había captado que parecía que el grueso de sus compañeros de filas habían pasado por alto.

Fundamentalmente uno.

Llevaban ya casi una jornada desde el inicio del ataque y aún no había visto ni un solo avión republicano, mientras la intensidad de los ataques aéreos franquistas no hacía más que aumentar, obligándoles cada poco tiempo a tirarse a la cuneta para no ser ametrallados o bombardeados. Que aquel avance no estuviera protegido por la aviación roja era algo inexplicable. Si el resto del ejército destinado a ganar aquella batalla no cruzaba el río rápidamente, los rojos perderían, y sin aviación para defender los puentes y barcas de los aviones franquistas, la misión parecía imposible. Además, Franco controlaba, cerca de donde estaban, las presas de Tremp y de Camarasa, y siempre tenía la posibilidad de abrirlas y que una súbita subida del Ebro se llevara por delante cualquier elemento de sus orillas.

Así que pese al optimismo del enemigo que le rodeaba, la batalla no estaba decidida, ni mucho menos.

III

A los cinco días, el avance se detuvo, sin haber conseguido hacerse con el objetivo, la villa de Gandesa. En la pequeña población se había replegado el ejército franquista, que además estaba empezando a recibir refuerzos.

Se encontraban a las afueras del pueblo, frente a su cementerio, que servía de parapeto al ejército nacional, que lo ocupaba desde su interior. Los republicanos en cambio, estaban totalmente expuestos. No tenían trincheras, por lo que se agazapaban como podían en los agujeros que dejaban las bombas, que caían frecuentemente sobre sus cabezas. Pasaban la mayor parte del día echados, sin poder pasear ni hablar con sus compañeros, bajo un sol abrasador, deseando que se hiciera pronto de noche. Entonces, empezaba la evacuación de los heridos en dirección al Ebro y recibían la comida, que los furrieles les servían a oscuras y lo más rápido que podían para evitar ser alcanzados. Por descontado, nadie se pudo lavar lo más mínimo —además, el agua escaseaba—, por lo que a los pocos días, los piojos hicieron acto de presencia.

Se empezaba a poner el sol del tercer día desde su llegada a Gandesa, aún en la misma situación desesperada, cuando recibieron la visita de los zapadores. Todos se ilusionaron con la aparición de aquellos hombres cargados de picos y palas para cavar trincheras. Con trincheras, la vida cambiaba totalmente. Podían pasear de pie sin miedo a que un tiro enemigo les atravesara, podían estirarse, podían incluso charlar un poco cuando las ráfagas de ametralladora de uno y otro lado cesaban. El grupo pasó toda la noche cavando, dejando en el trance unos cuantos sacos vacíos para que rellenaran con la tierra extraída el resto de soldados. Cuando acabaron, José Manuel observó la sonrisa aparecer en cada uno de los hombres que le rodeaban, encantados de dejar atrás las interminables horas de cuerpo a tierra. Un momento de optimismo cuando parecía claro, al menos para él, que la iniciativa había cambiado de bando y volvía estar en manos de los franquistas. Los republicanos ya no atacaban, solo se defendían, y estaba seguro de que el número de bajas que acumulaba aquella acción era ya dramático. Posiblemente fuera deformación profesional tras tantos meses recabando información, pero no pudo evitar acercarse a uno de los zapadores cuando descansaba. No le pudo ver la cara, pero por la voz le pareció que debía ser muy joven, aunque destilara aplomo y seguridad.

Le ofreció un cigarrillo. Los nacionales tenían bastantes, que les vendían los moros, pero en el lado republicano era un bien más codiciado. El hombre lo cogió y se lo puso entre los labios mientras José Manuel le daba fuego.

—Gracias —le dijo, tras pegar dos grandes caladas.

—Gracias a vosotros. Esto va a mejorar mucho con la trinchera. Han sido tres días muy duros. Tengo los huesos entumecidos de estar estirado.

El zapador picó el anzuelo enseguida.

—Agradece estar vivo, que tú no sabes la sangría que ha habido. Está el Ebro que baja con más sangre que agua. Nos hemos cruzado con los camilleros y los camiones viniendo hacia aquí. Joder, menudo panorama.

—Muchos muertos, ¿no?

—Muchísimos. Y heridos. Los alinean en el suelo y va pasando el médico. Los mira unos segundos y sentencia: «Muerto» o «Déjalo allí estirado» cuando está a punto. Los que tienen suerte oyen como dicen: «Este *pa'* Barcelona», y así todo el rato. Y eso sin contar los que mueren ya en el frente, por aquí.

—Los enterramos por la noche.

—Sí, sí, claro. Pero aquí ya huele a muerto, ¿no te parece?

—España huele a muerte.

—Sí. Pero vamos, lo que yo te digo, que aquí nuestro ejército las está pasando putas. Y los aviones sin aparecer mientras los fascistas nos lanzan sus bombas.

Le pareció que el hombre, como él mismo, tenía pocas esperanzas de que aquella acción prosperara. En cualquier caso, sin despedirse y sin que nadie se lo reclamara, dio una última calada y apagó el cigarrillo contra la tierra, mientras volvía a coger la pala.

José Manuel estaba seguro de que en aquellos momentos gran número de refuerzos nacionales estaban de camino para machacarles. Los aviones de reconocimiento ya habrían dado información detallada de todos los avances de los republicanos, lo que permitiría a Franco rentabilizar cada tiro que su ejército disparara. Supo también que debía cruzar las líneas cuanto antes. Cada minuto entre los republicanos era un peligro y cruzar las líneas, aún de noche, arrastrándose y rezando, no era un plan; era simplemente un suicidio.

Se maldijo por estar allí, por haber abandonado toda lógica y cautela cuando parecía claro que la guerra tocaba sus últimos compases. No, no podía cruzar en aquel punto, no podía esperar que no le dispararan o los suyos o los republicanos mientras pasaba de bando por un lugar tan evidente, era sencillamente imposible. Decidió escapar hacia la retaguardia, buscar, nuevamente, el punto de partida de aquella infausta hazaña y esconderse en el monte hasta que los nacionales hubieran ganado la zona, pero tampoco aquello estaba exento de peligro. Los desertores, en ambos bandos, eran fusilados sin piedad y sin explicaciones.

Así que debería esperar el mejor momento.

Pasó varios días más concentrado en la tierra a su espalda que en la visión cercana de una Gandesa que parecía reírse de ellos desde sus techumbres de teja y sus muros pardos, heridos pero no caídos pese a la insistencia de la artillería republicana. Cada día había bajas, pero llegaban frecuentemente otros soldados a reemplazarlas. Como había visto durante toda la guerra, el bando republicano empezaba a moverse erráticamente.

José Manuel se había preparado para huir, lo que en realidad se limitaba a poco más que estar buscando día y noche una oportunidad en la que algo copara totalmente la atención de los que le rodeaban para poder escapar sin ser visto. Un bombardeo aéreo hubiera sido perfecto, pero por el momento, aunque había habido varios, ninguno había servido a su fin.

Estaba atardeciendo y la artillería había vuelto a la carga por ambos lados, así que mientras unos disparaban, otros se contentaban en resguardarse en las trincheras y asomarse de tanto en tanto para devolver los disparos sin demasiado tino. Un amigo le dijo que aquellos momentos le recordaban a cuando los niños se peleaban sin ni siquiera abrir los ojos para ver donde daban, y no le faltaba razón. Pero a aquellas puntas de intensidad les seguía a menudo momentos de descanso y cierta relajación en la vigilancia del frente, por lo que decidió que, en cuanto anocheciera, intentaría escabullirse hacia la retaguardia y buscar refugio en el monte.

Se acercó a uno de los extremos de la trinchera, donde la ametralladora seguía escupiendo intermitentes y hasta el momento inútiles ráfagas de proyectiles. Llevaba horas funcionando sin que pareciera estar obteniendo ningún resultado, ya que las paredes del cementerio de Gandesa, hacia donde apuntaban, resistían como un feroz castillo. José Manuel pensó que, entretenidos como estaban en su labor, rodeados de humo y de un ruido infernal, en aquel punto nadie se percataría de que huía.

IV

Ángel no perdía de vista a José Manuel aunque este le hubiera pedido, duramente, que se apartara de él o, por lo menos, que no fuera su sombra, como había sucedido tras el cruce del río, pero no le había hecho caso. No del todo. No sabía qué le llevaba a hacerlo, pero no podía evitar seguir discretamente los pasos de aquel hombre. Le había salvado la vida. Si no le hubiera agarrado cuando estuvo a punto de caer al agua, si no le hubiera dado la seguridad que necesitaba para afrontar aquel trance, estaba seguro de que ya estaría muerto. Por suerte, José Manuel parecía estar demasiado concentrado en la batalla para reparar en él.

Le vio acercarse hacia la ametralladora que coronaba uno de los extremos de la trinchera, que seguía disparando ráfagas sin descanso. Pensó en lo temible que era aquella arma y en el daño que estaría infligiendo al enemigo, mientras seguía a José Manuel a una decena de metros. Le observó durante casi veinte minutos mientras atardecía y el sol se ponía tranquilamente, ignorando la excepcionalidad de aquellos días.

De pronto, vio a José Manuel acercarse tanto a la ametralladora que por un momento le pareció que iba a tomar los mandos, pero, en vez de eso, pasó por detrás de los dos hombres que la manejaban y saltó hacia detrás de la trinchera. Instintivamente, se dispuso a seguirle, pero, al acercarse, una tremenda explosión lo ocupó todo.

La poca luz que le quedaba al día quedó envuelta por una polvareda densa, mientras el súbito pitido de sus oídos hacía desaparecer los quejidos y lamentos que se sucedían alrededor. Se palpó la cara con la mano, descubriendo pequeños trozos de piedra clavados en toda su faz. El ojo izquierdo le dolía, pero podía ver por ambos. Notó cómo la sangre manaba por una herida en su frente. Con todo, estaba mucho mejor que la gente hacia la que se había empezado a dirigir pocos segundos antes.

La ametralladora había estallado. Pasaba con cierta frecuencia, pero los mandos no hablaban sobre ello. Eran máquinas extranjeras, que no había dado tiempo a perfeccionar. Refrigeradas por agua, no era extraño que estallaran al encallarse si se no se les daba descanso. Alrededor, varios hombres yacían sin vida.

Corrió hacia José Manuel.

Lo encontró tumbado bocabajo, justo en el exterior de la trinchera. Agarrándole por las piernas lo arrastró rápidamente hacia la trinchera mientras la confusión y el polvo les resguardaba. Parecía muerto, y si no hubiera sido por la mancha que tenía en el cuello, le hubiera costado reconocerlo, pero un leve movimiento, parecido a un tic, en su párpado le indicó que aún estaba vivo.

Enseguida escuchó que los mandos empezaban a dirigir la operación de evacuación de los heridos a la retaguardia, pero él decidió que su única ocupación sería trasladar a José Manuel. Lo cogió en brazos y haciendo caso omiso a las órdenes que se distribuían a su espalda, lo acercó a una mula y lo cargó atravesándolo bocabajo sobre el lomo del animal, como hubiera hecho con un saco de trigo. Los enfermeros y médicos habían abandonado el lugar hacía escasa media hora, algo antes de lo que hacían normalmente, pero se dijo que podría alcanzar la caravana si se daba prisa. Cogió la mula por las riendas y la dirigió hacia donde los había visto alejarse.

Poco después anocheció.

Llevaba una hora y media a oscuras estirando las riendas de aquella mula cuando alcanzó el trajín de los equipos sanitarios. Estaban a punto de cruzar el río por una pasarela de tablones construida sobre una hilera de barcas unidas entre sí. Unos cargaban camillas, otros, como él, se ayudaban de caballos y mulas. Dos camiones con la Cruz Roja pintada en los lados descargaban a los heridos que parecían tener más oportunidades de vivir. Decidió cruzar a José Manuel él mismo y ocuparse de que fuera atendido como era debido.

En la orilla opuesta del Ebro, se había dispuesto una especie de hospital, aunque lo que hacían era curar someramente algunas heridas y enviar a los que podían salvarse a los hospitales del interior de Cataluña, donde eran debidamente atendidos. Se acercó a una enfermera.

—Traigo a un herido. Le ha alcanzado un...

—Déjalo ahí —le interrumpió, señalando al suelo, sobre el que habían colocado unas mantas ya parcialmente cubiertas de cuerpos.

Ángel lo volvió a intentar.

—Creo que estará bien, pero tiene una herida fea en la cabeza. No he visto el resto del cuerpo, me he afanado en traerlo a...

La enfermera le miró con severidad.

—Te he dicho que lo dejes ahí. —Y volvió a señalar un espacio entre cuerpos.

Bajó a José Manuel de la mula mientras creía oírle emitir algún leve sonido de dolor y lo tumbó entre dos heridos. Uno parecía muerto; el otro, pese a ofrecer algo mejor aspecto, tampoco daba la sensación de estar demasiado lejos de acompañarle. Se dijo que a su amigo le correspondía otro lugar, en el de los que vivirían. Pero no supo discernir cuál era ese sitio. Se sentó junto a él como habría hecho un perro fiel.

Al rato, apareció, al principio de aquella hilera de cuerpos yacientes, el médico. Iba acompañado de una enfermera corpulenta a la que seguían dos enfermeros vestidos con uniforme militar, que iban y venían. El médico se acercaba a cada cuerpo unos breves instantes, le tomaba el pulso en la muñeca y le auscultaba el pecho, a alguno de los cuerpos lo incorporó y le inspeccionó las heridas. Tras ello, le decía algunas palabras a la enfermera, que ordenaba a los otros dos enfermeros que le seguían lo que hacer. A unos los levantaban y se los llevaban. A otros los dejaban donde estaban. A los pocos minutos, el grupo ya estaba a la altura de uno de los hombres que yacía al lado de José Manuel, el que parecía tener alguna posibilidad de sobrevivir. El médico le inspeccionó una herida del costado y le auscultó. Luego, brevemente, se levantó y Ángel oyó que decía:

—A Barcelona.

Los enfermeros levantaron el cuerpo cogiéndolo por debajo de los hombros y las piernas y lo llevaron cerca de un camión, donde se había instalado otra hilera de heridos. Ángel lo vio todo desde su posición, sentado en el suelo junto a la cabeza irreconocible de José Manuel.

El médico se les acercó. Primero tomó el pulso de José Manuel tan solo unos segundos, luego, le levantó la cabeza, provocando en el herido un quejido que solo Ángel oyó. Le abrió la camisa, dejando al descubierto su torso empapado de sangre, pero no inspeccionó la herida que lo mojaba.

Se levantó con serenidad y le dijo a la enfermera:

—Déjalo aquí.

Fue solo un susurro, pero Ángel lo escuchó, sabiendo exactamente lo que significaba. Alarmado, pero intentando parecer sereno, interrumpió al médico cuando este ya estaba a punto de acercarse al siguiente herido.

—Doctor, este hombre está vivo. Vi la explosión, le he traído hasta aquí. Está vivo y se recuperará, de hecho, ha estado quejándose, ahora mismo mientras le inspeccionaba. ¿Le ha oído? ¿No es cierto?

El médico no tenía tiempo para aquello.

—Soldado, ocúpese de lo suyo. Este hombre morirá en pocas horas y no hay nada que podamos hacer para remediarlo. Interrupciones como la suya cuestan vidas. Déjeme hacer mi trabajo.

Ángel le cogió del brazo, lo que provocó que el médico se apartase violentamente.

—Por favor, este hombre...

—¡Soldado! —le interrumpió—, no tengo tiempo para esto. ¿Quién le manda? ¿Qué hace usted aquí? ¡Váyase inmediatamente, si no quiere que me ocupe yo de ponerle en su sitio!

No podía estar allí, y supo que el médico, solo con verle, también lo sabía. Se quedó unos segundos en silencio mientras el hombre le advertía con la mirada. Dándose por apercibido, se apartó del grupo, dejando a José Manuel entre los moribundos sin ninguna esperanza.

V

El cielo estaba empezando a clarear y los motores de los últimos camiones ambulancia que quedaban por partir a Barcelona aguardaban con su ruido desordenado a que los enfermeros acabaran de cargar —de nuevo— a demasiados heridos, tumbados en una siniestra hilera que acababa a los pies del vehículo. Los afortunados que aún podían ayudaban a acomodarse a los más graves junto a ellos, sentados o echados en función de su estado. Nadie se percató de que la misma hilera de cuerpos que se acortaba por el extremo más cercano al camión, se había alargado por el extremo contrario. Alguien había colocado a un herido más.

Cuando el último de los cuerpos se cargó, agazapado entre lentiscos y tomillos, un joven respiró aliviado. Hacia Barcelona partía el hombre que le había salvado la vida en el cruce del Ebro. Esperaba haber podido devolverle el favor.

VI

Era agosto y aunque Pablo contaba ya ocho meses en prisión, le parecían años. Acostumbrado a haberse movido de un lado a otro toda su vida, a hacer lo que quería y, especialmente durante la guerra, a una intensa actividad, no hacer nada le consumía, máxime cuando se estaba librando la batalla más crucial de la contienda y él no podía participar. En general, todos estaban en una situación similar, sin nada que contarse, exprimiendo durante días cada noticia del frente —que les llegaba sesgada e inexacta— y obligándose mutuamente a escuchar historias monótonas sobre su anterior vida fuera de aquellas paredes.

Todo era monótono. La comida, la actividad, la compañía. Los días se sucedían unos a otros sin nada que mitigara su aburrimiento ni su ansiedad por tener noticias del Ebro. A veces pensaba que ese «aburrimiento» era una bendición y que no pasara nada era lo mejor que le podía pasar, pero otras deseaba que algo, fuera lo que fuera, rompiera el tedio de aquella etapa. En algún momento, no sabía cuál, los acontecimientos que acaecían fuera de aquel recinto decidirían su destino.

Era aquella monotonía la que hacía que todos se agarraran a cada novedad como un niño a sus regalos de Navidad. Y por primera vez en semanas había una novedad de calado, que compartía con el resto de reclusos y era totalmente inaudita.

Aquel domingo, habían permitido que el obispo de Teruel oficiara misa y nunca hubo un grupo de fieles más devoto ni un oficio más sentido.

Cada palabra del obispo, cada parte del rito que todos conocían bien les llegó al corazón. Varios lloraron de emoción en algún momento, e incluso Pablo, al que le costaba emocionarse, tuvo que esforzarse para que sus ojos humedecidos no acabaran derramando alguna lágrima.

Supuso que era un efecto parecido al de la extremaunción, cuando, a las puertas de la muerte, hasta los más recalcitrantes ateos agradecían la compañía de los sacerdotes. Ellos no eran ateos, pero quizás también estuvieran a las puertas de la muerte, así que la emoción era doble. Entre el calor sofocante de aquellas paredes, que no dejaban que la brisa del Mediterráneo que a esas horas subía por las calles del ensanche barcelonés les refrescara, todos los reclusos sintieron por un rato que había esperanza y que, pasara lo que pasara, Dios estaba con ellos. El mismo obispo Polanco, acuciado por un destino de sombras oscuras, acusaciones y juicios que le esperaban en los próximos meses para sellar su destino, parecía reconfortado.

Pese a prestar atención a cada palabra del obispo, Pablo no pudo evitar reparar en la presencia de Antonio, el guardia con el que de vez en cuando intercambiaba algunas palabras. Ataviado con su uniforme republicano, armado con su fusil, vigilándoles desde una de las esquinas del patio, su cara no era hostil. No era la de alguien que estuviera custodiándoles. No era la de alguien que les controlara. Era la de alguien que estaba asistiendo a la misa con tanta devoción como él mismo.

Le observaba cada cierto tiempo, pero Antonio no parecía darse cuenta, absorto como estaba en las palabras del obispo. Pablo no creyó que el guardia pudiera oír las palabras de aliento y esperanza que el sacerdote les regalaba, pero parecía que la observación del ritual inequívoco de la misa y el silencio en el que se sumía el patio eran suficientes para hipnotizarle. Cuando acabó y todos se levantaron y dispersaron, Antonio pareció volver repentinamente en sí, recomponerse y regresar al lugar en el que la vida le había colocado. Por suerte para él, solo Pablo había descubierto al devoto que había bajo aquel uniforme. Pensó que era un buen momento para acercarse a él.

—Gracias por esto —dijo.

Antonio le miró con cierta sorpresa. Se hablaban siempre a un par de metros, intentando mantener la distancia que les separaba en todo.

—No me las des a mí. Yo aquí no decido nada. Pero me alegro de que os haya alegrado el día.

—Lo ha hecho. No hay muchos motivos para la alegría aquí dentro.

—No, no los hay. Tampoco hay muchos fuera de estas paredes. Consuélate. Además, tampoco te creas que nuestra vida aquí es un camino de rosas. Desearía estar luchando.

—Yo también —respondió Pablo.

Se miraron en silencio. Antonio pareció reflexionar.

—¿Sabes? Lo que estaría bien sería que no hubiésemos llegado a este punto. Va a ser difícil que cicatricen las heridas de estos años, aunque ganemos la guerra.

Ambos sabían que lo más probable era que los republicanos la perdieran, pero era imposible que uno se lo reconociera al otro.

—Lo será, sin duda.

—Pero será todo mejor. A un alto coste, pero será mejor. Tú has vivido con unos privilegios de los que la mayoría de la gente no tiene ni conocimiento. Casas, coches, comida sin límite, ropa, todas las comodidades, pero en este país aún hay gente que prácticamente muere de hambre, analfabetos sin posibilidad de labrarse una vida mejor. Si lo piensas, nada de esto hubiera pasado en un mundo más justo para todos. La guerra es la última posibilidad de conseguirlo. Y ya sabes quién empezó todo esto.

No estaban en igualdad de condiciones. Aunque le dio la sensación de que Antonio hubiese aceptado un debate con él, no le convenía. Todos los rojos pensaban que estaban en guerra por culpa de Franco, pero, para Pablo, la guerra había empezado mucho antes de julio del treinta y seis. Miró a su interlocutor con cara resignada.

—Ya sé que no piensas como yo —prosiguió Antonio—. Yo, en tu situación, probablemente tampoco lo haría. Querría conservar mi magnífica masía, mis sirvientes y mis comodidades, pero si lo piensas de verdad comprenderás que no es justo. En cualquier caso, esperemos que no tengamos que estar ninguno de los dos mucho más tiempo aquí. Lo de la misa... muchos de los que rezan devotos en toda España deberán rendir cuentas de su maldad al Dios que tanto veneran. Y los que no creen, qué quieres que te diga. No hace falta ser creyente para ser buena persona, hay muchos ateos que llevan una vida intachable de ayuda al prójimo. Pero qué te voy a contar que no sepas ya. —Pablo asintió. Estaba de acuerdo y Antonio le hablaba sin resquemor, sin pretender responsabilizarle de nada, solo le abría su corazón. Volvió a hablarle antes de que Pablo, perplejo por lo que le acababa de oír, pudiera replicar—: Me toca cambio. Te dejo.

Antes de irse, Antonio le miró como se mira a un familiar, pero sin percibir la extrañeza en la mirada de su prisionero.

Pablo no entendía nada. ¿Cómo sabía aquel hombre que él tenía una masía? ¿Cómo sabía que tenía sirvientes y comodidades? La mayoría de la gente que formaba las filas franquistas era gente como Antonio, sencilla, que no había tenido más opción que integrarse en el ejército de la facción que había triunfado en el lugar donde el golpe del treinta y seis le había sorprendido. Pablo no tenía por qué ser un señorito. Y pese a que su aspecto y modales probablemente le delataran, la mención de su masía no podía ser una casualidad.

Tuvo miedo.

No era nadie importante para el bando contrario, pero que un soldado supiera tanto de él, posiblemente más de lo que había dejado entrever por descuido, no podía tener nada de bueno. De pronto pensó que no ser «uno más» podía ser su condena.

Volvió la vista sobre la espalda que se alejaba, escrutando a aquel individuo al que solo miraba de reojo y raras veces a la cara, temeroso de que su relación cordial pudiera perjudicarles.

Anduvo pensativo hasta una esquina del patio y se sentó en el suelo. Hubiera deseado estar solo un rato, pero uno de sus compañeros le había visto hablar con el guardia y se sentó, curioso, junto a él. Se llamaba Pedro León y siempre andaba de un corrillo a otro, tratando de tener tanta información como pudiera de todo lo que pasaba dentro y fuera de aquella prisión. Enseguida empezó a hablarle.

—Es simpático ese. El que más. Y apuesto a que podría ser tu amigo, si no hubiésemos decidido matarnos los unos a los otros.

Pablo no tenía ganas de hablar.

—Sí, probablemente —respondió de forma escueta.

—Pero no te fíes. No moverá un dedo por ti. Al final, aunque él quisiera, nuestro destino lo decidirán sus jefes. O los jefes de sus jefes. Aunque supongo que podemos agradecer que de vez en cuando no nos maltraten. Lo de la misa de hoy... Eso sí que no lo esperaba nadie.

—No, nadie.

Pedro León no parecía captar la actitud de Pablo y siguió hablando:

—Pero lo que yo te digo, no te fíes. Lo de la misa, eso ha sido por el obispo, no por nosotros. Se han cargado a no sé cuántos como él, además de a los sacerdotes y las monjas, así que supongo que, en parte, se sienten culpables. Pero ese lo tiene muy negro. Negrísimo diría yo, y me da mala espina que a nosotros nos tengan con él.

—¿Qué ocurre con el obispo?

Pedro se giró hacia él, gesticulando con las manos mientras bajaba levemente la voz.

—Es por una carta. Una metedura de pata supongo, porque deja muy pocas dudas sobre su filiación, que sí, que ya lo sé, cuál iba a ser su filiación si los rojos matan a curas y los nuestros los defienden, ¡es lógico!

—Claro.

—Pero el obispo Polanco firmó una carta que puede acabar siendo su condena. Bueno, en realidad, creo que fueron dos. Primero fue una pastoral y luego la carta colectiva del episcopado, donde daban su apoyo incondicional a nuestro bando.

—Pero eso lo habrán firmado todos, ¿no?

—No, todos no. Vidal-Barraquer, el obispo de Tarragona, no firmó, el de Vitoria —no me acuerdo cómo se llama ese— tampoco, pero sí, bueno, la mayoría firmó, imagino que además muy convencidos. El caso es que, para los rojos, Polanco es un enemigo doble, por cura y por fascista. El pobre hombre no tiene mucha oportunidad de salir bien parado de todo esto. Ya se han bajado a muchos obispos y me parece difícil que salven a este.

—Sí, el histórico de estas bestias no juega a favor del pobre hombre.

—Le van a llevar a juicio. Una comedia total, claro, pero imagino que querrán vestir de legalidad la condena que ya tienen más que decidida.

—Pobre obispo.

—Y lo de hoy me recuerda a algo que hace mi padre. Es granjero en mi pueblo, en Ramacastañas, cuatro casitas en la falda de

Gredos. A mi padre le gustan todos los animales, pero especialmente las gallinas y los gallos. ¡¡Ah!! Tendrías que ver cómo tiene el gallinero de la granja. Dormirías allí gustoso. Lo tiene limpio como una patena, con paja siempre fresca y todo perfectamente ordenado. El muy loco ha pintado todas las latas de tomate que usa de comederos del mismo color y los repinta en cuanto se oxidan o se estropean un poco, y ha plantado flores alrededor del cercado. Le encantan esos bichos, que llenan la despensa con sus huevos a diario y cuando se hacen viejos sirven para un guiso o una sopa. El caso es que cuando ve que alguna deja de poner huevos, normalmente las viejas, se tira una semana cuidándolas, las deja pasearse por dentro de la casa y las trata como a reinas, la mejor comida, el agua más fresca. Porque sabe que les queda poco de vida y que el viernes les cortará el pescuezo. Se siente culpable, creo. Ya te digo, un loco. Pero un loco muy humano. Estos rojos le están dando a Polanco sus últimas alegrías, porque saben que se lo acabarán cargando.

Se quedaron pensativos. Pablo no sabía de la situación del obispo. Nadie en aquella prisión sabía nunca tanto como Pedro. Se avergonzó de su egoísmo, pero no pudo evitar reflexionar.

—Y a nosotros nos han traído aquí, con él.

—Lo que te decía, lo he pensado yo muchas veces. Pero creo —o quiero creer— que ha sido más una casualidad, que nos han traído aquí como podrían haber traído a cualquier otro. Yo no soy nadie, quiero decir, nadie importante. Ni mi graduación, ni mis orígenes ni nada de nada. Un pobre diablo del campo de Talavera; ya me dirás tú qué les tengo que importar yo a los mandos rojos. Creo que nos cogieron a unos cuantos de los de Teruel sin importar mucho a quién cogían. Tú eres rico, ¿no?

Nunca se lo habían preguntado. Tampoco se lo había planteado a menudo hasta antes de la guerra.

—Supongo que sí. Bueno, mi madre lo es.

—Eso es lo que dicen los ricos siempre.

Era cierto. Él solo tenía una asignación importante. Cuando se casara aumentaría mucho y le darían acciones de las fábricas y alguna finca, no sabía cuál. Era un privilegio, pero también la manera en la que el destino le tentaba para ser conformista, para pasar por la vida sin hacer nada por lo que ser recordado. Se encontró hablando en alto:

—Ojalá cuando acabe todo esto valoremos a los demás por lo que pueden llegar a ser, no por lo que han sido hasta ahora.

Pedro le miró, algo asombrado por la profundidad y el significado sincero de aquellas palabras. Asintió convencido y concluyó:

—Ojalá.

22

I

La masía de San Antonio, como algunos otros edificios de importancia de toda la provincia, se había convertido en hospital. El goteo de heridos de la batalla del Ebro no cesaba y su posición, cercana a Barcelona y no lejos del frente, era idónea para acogerles. Decir que era un hospital hubiera sido excesivo. Los materiales médicos más básicos escaseaban y los damnificados debían confiar su suerte al descanso, la higiene y los cuidados básicos que el grupo de enfermeras y doctores se afanaba en prestarles, mucha veces insuficiente cuando la situación era crítica. Dios no existía, y los primeros ocupantes de la masía lo habían hecho saber destrozando la capilla, pero les hubiera venido bien en aquellos días.

El resto de la casa se había adaptado también a su nueva función. Muchos de los muebles se habían hecho pedazos y se acumulaban en el patio trasero esperando a las chimeneas que habrían de surtir en invierno; otros se habían guardado en los primeros días de la contienda en un almacén de algarrobas junto a lo que había sido el huerto. El pillaje había hecho el resto para que los salones y habitaciones que en algún momento habían sido paradigma del lujo campestre se mostrasen austeros y desnudos. Tan solo las lámparas sin brillo que aún colgaban de los rosetones de los techos y los papeles pintados recordaban vagamente el pasado esplendor.

En la planta baja se había colocado a los heridos que podían, mal que bien, andar. Eso facilitaba que pudieran salir a pasear por lo que quedaba del jardín durante el día. En la planta superior tenían a los hombres cuya situación revestía mayor gravedad. Los que sufrían en silencio estaban juntos en lo que había sido el comedor y el salón principal de la masía, en el que se habían colocado sencillas camas de metal en dos hileras enfrentadas, una a cada lado de la pared, dejando un pasillo entre ellas por las que circulaba el equipo médico. En algunos dormitorios habían situado a los hombres que más sufrían, que gritaban a menudo pidiendo que aquel Dios inexistente se los llevara de una vez. En el comedor de servicio habían instalado un rudimentario quirófano.

Con todo, los heridos y médicos sentían que el lugar hubiera sido idóneo para albergar un hospital si hubieran tenido el material para surtirlo. La casa tenía amplios ventanales que la hacían luminosa, multitud de terrazas donde airearse, muchas habitaciones de buenas dimensiones y un clima privilegiado de temperaturas suaves y brisas nocturnas frescas, pero no frías, incluso en aquellos últimos días de octubre.

Matilde se acercó, como cada noche antes de retirarse a descansar, al hombre cuyo nombre desconocía. Nuevamente, se abstuvo de decir en alto lo que a todas luces parecía un hecho, aquello era un milagro.

El herido había llegado con la cara bastante desfigurada y una herida muy fea en el costado. Había perdido muchísima sangre y enseguida le colocaron en la habitación del fondo, en la primera planta, donde siempre ubicaban a los tres o cuatro pacientes de mayor gravedad. Subir a la planta superior a unos hombres que en breve tendrían que volver a trasladar a la fosa común del jardín era una tontería y lo había dicho muchas veces, pero tenía que reconocer que, por lo menos en aquel caso, se había equivocado. Aquel hombre no moriría. De hecho, no tardaría en despertar, en cuanto su cabeza se acabara de «ordenar» —le encantaba el término— de nuevo. Le tomó el pulso y le revisó las heridas, limpias y con cada vez mejor aspecto. Llevaba dos meses en aquella cama, tragando muy poco de lo que le metían en la boca y su cuerpo era un saco de huesos, pero aquel hombre se había resistido a morir. Inconscientemente, sin abrir un ojo, desde un sueño profundo y reparador, su cuerpo se había aferrado a la vida con fuerza y tesón. Mientras, las camas alrededor iban vaciándose y llenándose de nuevo de moribundos sin remedio. Sonrió para sí y se retiró a descansar. Siempre visitaba al desconocido antes y después de su turno, como para coger fuerzas y llenarse de esperanza.

El otoño ya se intuía. Los tilos del jardín estaban perdiendo las hojas y los chopos habían tornado a un color dorado que relucía con cada atardecer. Aquella noche podía oír sus ramas moverse unas contra otras mientras otra de las tormentas de octubre anunciaba su presencia. Se dijo que era afortunada de que aquel, y no el de las bombas, fuera el ruido que la acompañaba. Se recogió en su cama del segundo piso y se tapó con las finas sábanas que había rescatado de una pequeña habitación de costura que encontró, al poco de llegar, bajo la escalera.

II

En cuanto vio la luz de Matilde apagarse, se deslizó al interior de la casa.

Entró por el patio trasero y rápidamente, tras penetrar en el guadarnés, giró a la derecha, abriendo la pequeña puerta que quedaba oculta tras el armario botero. No era una escalera secreta, claro que no, pero era tan estrecha e incómoda que ninguno de los soldados, médicos y enfermeras que habitaban la masía la usaban jamás. Antes de la guerra se había construido para que el servicio pudiera acceder al ala oeste del edificio sin cruzarse con los señores, pero ni siquiera entonces se le daba verdadera utilidad, de hecho, si lo pensaba, nunca se había usado tanto como aquellos días.

Subió los estrechos escalones en caracol hasta la primera planta, donde tras asomarse al pasillo que lo recorría de punta a punta se acercó con decisión a la última puerta y entró en la habitación, cerrando de nuevo la puerta a su espalda.

Una vela tan mortecina como los tres ocupantes del lugar iluminaba la estancia, pero ni siquiera aquella luz débil y cálida era capaz de ocultar el color encerado y las facciones angulosas de dos de los heridos que ocupaban las camas. Se acercó a ellos y cogiéndolos de la mano por turnos, les bendijo y rezó pidiendo que Dios les recibiera con piedad. Cuando hubo acabado, más animado, se acercó a la tercera cama de la habitación.

Cualquiera le hubiera tachado de loco, y lo entendía, pero estaba convencido de estar cumpliendo una importante misión. ¿Qué podía ser más importante que asegurar la salvación de unos hombres que con toda seguridad habían sido condenados? Además, estaba harto de esconderse, aquello no era lo que le habían enseñado en el seminario. Aquello no era lo que hacían los sacerdotes de verdad. Así que arriesgaba su vida. Prácticamente cada noche. Mosén Campo se acercaba a los moribundos del hospital que ocupaba la masía y les daba la extremaunción. Les hablaba e intentaba confesarlos, aunque raras veces lo conseguía. Aquellos hombres estaban más cerca de la muerte que de la vida y suponía que su cara, sus caricias y las palabras que les decía se integraban en su subconsciente, entre sus sueños, sus recuerdos y las cosas importantes de verdad.

Solo se acercaba a esos enfermos. En el resto del hospital, el equipo médico hacía turnos constantes, pero parecía que nadie estaba dispuesto a malgastar demasiado su tiempo en aquella habitación. No tenía sentido asistir a heridos con tan pocas posibilidades cuando la masía estaba repleta de gente que sí podía remontar su estado y el personal escaseaba. Cuando alguno agotaba sus posibilidades, acababa en aquella habitación, donde cabían pocos milagros.

Pero Dios había obrado uno.

Al principio no pudo creerlo y tuvo que acercar el candil a la cara del hombre varias veces para confirmar su sorpresa. De todos los hospitales, en todos los lugares de España, José Manuel Bultó había acabado precisamente en el que ocupaba la masía de San Antonio, su casa. Y mosén Campo estaba allí, para cuidarlo y para, una vez partía la enfermera, volver a curarle las heridas, cambiarle las vendas y obligarle a comer un poco más. Y poco a poco, el cuerpo de su amigo, de aquel hombre de su familia, había reaccionado y se había empezado a recuperar.

Había intentado curar a otros moribundos, pero mientras las camas de aquellos hombres se ocupaban y desocupaban constantemente, cambiando muertos por heridos de pronóstico grave, José Manuel permanecía en su lugar, recuperándose lentamente.

Cada mañana, cuando Matilde volvía a aquel lugar de rendición, descubría que uno de los hombres se aferraba con cada vez más fuerza a la vida. No había abierto los ojos, tampoco había hablado, pero el color de su piel era otro, sus mejillas ya no parecían de cera y su respiración era cada vez más regular y acompasada.

Mosén Campo se acercó al hombre y le cogió la mano. Rezó un padrenuestro y luego enseguida empezó a hablarle. A recordarle anécdotas, lugares de la finca por donde solían pasear, a hablarle de su madre, de sus hermanos, de la vida anterior a la guerra. Aquello estaba seguro de que le hacía bien, que le devolvía a la vida confortable y en paz que todos añoraban.

En uno de los pasajes, notó cómo José Manuel le apretaba la mano. Al mirarle a la cara, aún con los mismos ojos cerrados, vio una lágrima brotar y caer lentamente por su mejilla. Supo que el hombre, aunque fuera lejos, escuchaba su voz.

Dio gracias a Dios y se mantuvo a su lado hasta el alba, cuando volvió a salir a hurtadillas de la casa y se encaminó a su escondite en la cueva de El Avenc.

III

Toda España vivía con un ojo puesto en el Ebro.

Lo que sucediera en aquella batalla habría de decantar finalmente la balanza del lado franquista o dar un soplo de vida a la feroz resistencia republicana. Cada vez más, parecía que el desenlace estaba cercano. La situación no podía ser más dramática para el ejército rojo.

Octubre llegaba a su fin y el ejército nacional había empezado a hostigar la sierra de Cavalls, posición clave desde la que el bando contrario dominaba toda la región. Todo el que manejara información veraz sabía que, tal y como estaban las cosas, aquel punto no tardaría en caer, y la previsión era que a partir de ahí, todo el frente se desmoronara y empezara la rápida caída de Cataluña, lo que en definitiva supondría que la resistencia de Madrid y Valencia empezara a no tener sentido y la guerra acabara.

Y, como siempre, María Ceballos tenía toda la información, que recibía por el canal seguro y sincero de sus chicas, en la casa de tolerancia más prestigiosa de Madrid. No temía a la posguerra, pero sí le preocupaba que el fin de la contienda se hiciera de forma caótica y desesperada. Que sobreviniera el caos y lo inesperado. Antonio le hubiera ayudado, pero creía que, como todas las personas a las que realmente había querido, estaba muerto. No había vuelto a saber nada de él desde la batalla de Teruel y de eso hacía casi nueve meses de más batallas, bombardeos y sangre. No, Antonio no habría sobrevivido, pero pese a que la razón le daba todos los motivos para el pesimismo, sabía que no descansaría hasta saber qué había sido de él. Tenía medios económicos sobrados para recorrer España de arriba abajo buscándole, sobornar a quien fuera necesario, abrir a golpe de billetes cualquiera de las puertas que a la mayoría se le cerraban, así que eso tenía pensado hacer en cuanto le fuera posible.

Mientras tanto, creía haber resuelto otro de los problemas que la acuciaban.

Tenía un sótano lleno de objetos de oro, de origen incierto, que ni siquiera después de la guerra podría vender con tranquilidad. Necesitaba fundirlo, cambiarlo, hacer algo para que no acumulara polvo y le fuera de utilidad.

La solución había surgido una semana antes.

Había llamado a su puerta un grupo de tres hombres jóvenes que visitaban la casa por primera vez. Los tres parecían querer rematar una sobremesa de vino con sus chicas, y rápidamente cada uno se retiró con una a su respectiva habitación. Cuando, por la noche, horas después de despedir a los tres hombres y al resto que habían pasado por la casa, se sentaron en el salón para rezar el rosario y comentar el día, Sol, una de las chicas que había atendido a uno de los tres hombres, comentó el encuentro.

—No me ha tocado un pelo. El pobre estaba agobiado. En cuanto me he quitado el vestido me ha pedido que no siguiera desnudándome.

Marisa rio.

—¿Y que habéis hecho? ¿Hablar del tiempo?

—Pues tampoco. Enseguida se ha puesto a opinar cómo me tendría que cortar el pelo y qué color de maquillaje me sienta mejor. Rómulo, así se llama el hombre, opina que debería dejar de teñirme de rojo y que estaría más guapa con el maquillaje más suave.

—Suave me parece que es él —respondió Marisa. El resto asistía a la conversación sin intervenir.

—Sí, a ese le gustan menos las mujeres que a mí Franco. Pero, bueno, mirad lo que se ha dejado en la cama. Yo creo que se le ha caído del bolsillo.

Se trataba de una pitillera de plata con las iniciales RG. En ese punto intervino María.

—Dámelo. Aquí no se roba a nadie. Lo guardaré a la espera de que vuelva a por ella.

Sol protestó.

—¡Pero si es joyero! ¡Tendrá muchas como esa y seguro que mejores!

Se acercó a ella y le arrancó la pitillera de las manos.

—He dicho que aquí no se roba a nadie. ¿Has dicho que era joyero? —Apartó la mirada unos segundos—. Eso es interesante.

Al día siguiente, cuando aún la casa no se había puesto en marcha y algunas de las mujeres habían salido a pasear, sonó el timbre.

María abrió la puerta, esperando al cartero, que solía llegar alrededor de esas horas; en cambio, encontró al propietario de la pitillera olvidada en la cama de Sol. Tendría alrededor de veinticinco años, pero su actitud parecía la de un adolescente. No era alto, pero su cuerpo delgado y bien vestido con un traje de tres piezas tenía buen porte. Su nariz era puntiaguda y sus ojos pequeños y despiertos como los de un pajarillo. Se había engominado peinándose pulcramente hacia atrás y parecía levemente ruborizado.

—Buenos días —dijo educadamente.

María le hizo pasar al interior con la mano.

—Soy María Ceballos —se presentó—. Creo que sé a por lo que viene.

El hombre sonrió, tendiendo la mano.

—Yo soy Rómulo García. Ayer estuve con una chica, Sol.

—Y se dejó esto en su habitación. —Se giró para coger la pitillera, que había depositado la noche anterior en la mesa del recibidor. Se la entregó en la mano y el hombre, que parecía ansioso por abandonar el lugar, sonrió y dio las gracias antes de hacer ademán de volver sobre sus pasos. María le detuvo—. Me dijo Sol que es usted joyero.

El hombre se paró.

—Sí, soy joyero. O bueno, por lo menos lo era. Tengo una joyería en la calle de Bordadores, pero la verdad es que ahora mismo hay poco... no hay ningún trabajo. La joyería es de mi padre, aunque yo trabajo allí desde los quince años. Pero ahora no hay clientes, y lo peor, tampoco tenemos materia prima para poder hacer nada. Para colmo, ahora estoy solo, mi padre fue enviado a la cárcel modelo y luego trasladado a Valencia. No he vuelto a saber de él.

María no era supersticiosa, pero creyó ver en aquello una señal.

—A mi padre le pasó exactamente lo mismo. No creo que ahora mismo...

—No, yo tampoco lo creo —le interrumpió el hombre con cara triste.

—¿Puedo ofrecerle un café? —A María le interesaba aquel tipo. Él le contestó algo extrañado—. Sí, claro. Me encantaría.

Le acomodó en su despacho, buscando privacidad, y enseguida se presentó con una bandeja con café y algunas galletas.

—¿Tiene familia?

El hombre no sabía a dónde iba todo aquello, pero María no le generaba desconfianza.

—Tengo abuelos. También un hermano que está en el frente. Mi padre ya le he contado. Mi madre murió al darme a luz. Pero nada más.

—No está casado.

—No. Ni tengo ninguna perspectiva de estarlo.

El comentario vino a confirmar las sospechas de María. Eso era perfecto. No quería a ninguna mujer mangoneando a aquel hombre, que parecía evidente que no tenía ninguna predilección por las mujeres en cuanto a lo sentimental se refería. No ahondó en el tema, satisfecha de lo que quedaba implícito en sus palabras.

—Le voy a proponer una asociación. Yo le voy a suministrar materia prima. Oro, plata, algunas piedras. Tengo bastantes objetos de esos materiales, por razones que no vienen al caso. Y se lo voy a suministrar con las condiciones más ventajosas que pueda imaginar. Usted solo tiene que poner su trabajo, fundir estos objetos y elaborar otros objetos y joyas que crea conveniente. Y venderlas, claro, que para eso es joyero. Yo me quedaré la mitad del precio de venta. No hay prisa. Si no vende mucho ahora mismo, puede seguir elaborando más objetos y almacenándolos para venderlos luego.

Rómulo no daba crédito. Hubiera dicho que sí inmediatamente si no fuera todo tan extraño. Tenía la joyería prácticamente cerrada y no veía la manera de volver a tener productos a la venta, con las arcas vacías y sin ninguna reserva de materia prima. Su padre no estaba allí para ayudarle. Desde hacía meses se preguntaba qué hacer. Ahora aquella mujer le ofrecía una solución. Pero era misterioso.

—¿Por qué iba usted a hacer eso?

María se puso seria.

—Porque quiero y porque puedo. Lo único que le pido es que no haga preguntas y no desvele nuestra asociación a NADIE, si es que la concretamos. Si es capaz de ambas cosas, mañana puedo tener una primera remesa de objetos para que funda y rehaga en joyas. ¿Le interesa?

Rómulo decidió que no valía la pena hacerse el interesante. No tenía nada que perder.

—Sí. Claro que sí. Encantado.

María sonrió ampliamente. No quiso exteriorizarlo, pero creía haberse quitado un problema de encima. Sacó papel y lápiz.

—Fantástico. Vamos a concretarlo todo.

Y lo hicieron. Y María ya había acudido a la joyería de Rómulo con la primera remesa de los tesoros que el fallecido Saúl Reibovitz había dejado en su sótano. Anotó lo que entregaba y se despidió, sabiendo que la próxima vez que lo viera, aquel oro tendría otras formas y habría desaparecido todo rastro de su origen.

23

I

Cuando Antonio se enteró de la noticia, supo que la guerra estaba perdida. Su ejército ya estaba en franca retirada, cruzando el Ebro con los pocos efectivos que le quedaban, cuatro meses después de haber atravesado aquella línea que dividía España entre republicanos y rebeldes en dirección contraria. La guerra acabaría pronto y el futuro que se abría para él, como para todos los suyos, era incierto. Franco no era piadoso, por más que su propaganda se empeñara en demostrarlo, y se vengaría, igual que hubieran hecho los suyos de haber tenido la oportunidad, así que en aquel ambiente inmediatamente anterior al pánico, muchos ya planificaban secretamente la manera de salvarse. Tenían poco tiempo, pero diciembre les dio una pequeña tregua. Llovía copiosamente y eso evitaba que los bombarderos volvieran a sembrar la muerte, además el Ebro había crecido tanto que era difícil de cruzar para las tropas enemigas que aún quedaban en la orilla sur. Con todo, sabía que no tenían armamento suficiente y aunque se llamara a filas a cada vez más jóvenes y cada vez más viejos, su entrega era absolutamente inútil sin un arma en las manos. Después de la batalla del Ebro, la Unión Soviética se había convencido de que la derrota de la República era inminente y no había repuesto las armas perdidas. La aviación contaba con más aparatos averiados que funcionando. Se habían establecido cuatro líneas de defensa sucesivas con los efectivos que aún estaban en situación de luchar, pero Antonio no tenía ninguna duda de que los franquistas las rebasarían sin demasiada dificultad en cuanto el tiempo mejorara.

En resumen: todo iba mal.

Además a él, como a muchos otros, se le habían acabado las ganas de pelear, de matarse los unos a los otros, de luchar por una causa perdida. Desanimado con el futuro, hastiado de la maldad, convencido de que llevaban —todos— más de dos años perdiendo el tiempo, no iba a colaborar en nada que supusiera más derramamiento de sangre.

No se avergonzaba en reconocer —internamente, claro— que la amistad que había empezado con Pablo también había contribuido a aquel estado de ánimo. No podía demostrarla a diario, no podía permitir que saltaran las alarmas, que nadie se percatara de que, cuando podía, conversaba con el preso. No le hubiera beneficiado a ninguno de los dos, pero con toda la cautela que podía, intentaba hablar con el hombre, su primo hermano, la única familia que conocía.

Hablaban de la guerra, por supuesto, pero en especial de todo lo demás, como una forma de escapar de la situación en la que estaban envueltos, que ninguno sabía bien qué desenlace tendría. Antonio no quiso desvelarle que compartían la misma sangre, no sabía bien por qué.

Mientras tanto, en la cárcel se empezaba a trabajar en la evacuación. De todos. Las órdenes eran que se llevaran a todos los presos hacia el norte.

«¿Por qué? —se preguntaba Antonio—. ¿Por qué no huimos rápidamente, dejando a los presos aquí para que los liberen cuando entre el enemigo?». Pero no tenía ninguna autoridad para debatir, para ni siquiera opinar sobre lo que desde algún despacho elegante ordenaban a peones como él. Supuso que trataban de evitar que los presos se unieran a las filas enemigas en cuanto fueran liberados, pero con la guerra perdida, tampoco veía el porqué de intentar retrasar unos días una derrota que era inevitable. Tampoco sabía qué pasaría con los presos una vez llegaran a la frontera. Con autoridades tan relevantes en el grupo como el obispo Polanco —que no se había ni retractado ni arrepentido de las acciones que le habían llevado a aquel lugar—, el coronel Rey d'Harcourt o el teniente coronel de la policía de Teruel, le daba miedo imaginar cuál podía ser el destino de aquel desafortunado contingente.

En enero, en cuanto el clima fue más propicio para los nacionales, se reanudaron los combates.

El 14 de enero de 1939 cayó Tarragona, la primera capital de las tres provincias catalanas que aún controlaba la República, y la presión sobre el sur de Barcelona empezó a ser insoportable. A partir del 17 del mismo mes, los constantes bombardeos que recibía la Ciudad Condal acabaron de provocar el pánico y el desaliento en todos los que aún no habían huido. Los republicanos no podían contar con su aviación, mientras los franquistas bombardeaban sobradamente Madrid y Barcelona a la vez. Pablo temía que, sin recursos para combatir desde el aire, el enemigo se vengara de los nacionales ejecutando a los que tenían presos. No habría sido la primera vez y Antonio, en cuya naturaleza no estaba la mentira, tampoco era capaz de tranquilizarle. Pensaba a menudo en San Antonio, en aquel lugar que ocupaba un espacio tan importante de sus recuerdos y que se encontraba en la siguiente de las zonas que sería liberada. No sabía si podría volver a pasear por sus bosques, ni lo que habría sido de la casa, de la finca, de Cunit, de Cubellas, de aquellas gentes sencillas y amables que le habían acompañado durante su infancia y hasta el estallido de la guerra.

El 18 de enero, el Gobierno huyó hacia el norte. Antonio no pudo creer estar viviendo aquello de nuevo. Era exactamente lo que habían hecho al principio de la guerra, cuando pensaron que Madrid caería y huyeron a Valencia provocando la alarma general y dando moral al enemigo.

Cinco días después, mientras hacía la ronda de noche, escuchó, casi por casualidad, lo que tenían planeado en aquella cárcel.

—Nos vamos, ya está todo listo. Mañana por la noche.

—¿Quiénes? —preguntó un oficial.

—Todos. Negrín ha dicho que todos.

—¿Tenemos manera de trasladar a casi cincuenta personas?

—Cuarenta. Y nosotros. Bueno, sí, cincuenta y algo. Claro que sí. Iremos hacia el norte, cerca de Ripoll. En tren.

—¿Y luego?

—Luego ya veremos. Esperaremos órdenes.

—Los prisioneros...

—No sé nada.

—¿Pero Rey, Polanco? —insistió el oficial.

—No sé nada. Ni de ellos ni del resto. Haremos lo que tengamos que hacer.

Antonio se preocupó. Se asustó. Aquello no tenía buena pinta. Tenía que intentar que, fuera como fuera, Pablo no subiera a aquel tren. Tenía que intentar que su amigo, su primo hermano, escapara del destino incierto de aquel grupo de prisioneros. Aprovechando que estaba de guardia, se acercó a su celda y le pidió que le acompañara al patio. Pablo supo que no tenía buenas noticias para él con solo mirarle a la cara.

No se anduvo con rodeos.

—Os trasladan. Bueno, os trasladamos. Abandonamos el depósito de prisioneros y os llevamos al norte. Cerca de Ripoll.

Pablo no había previsto eso.

—¿Y entonces? ¿Luego qué?

—Luego no lo sé, pero me da miedo. Tienes que intentar no subir al camión que os llevará a la estación. O al tren, luego. No sé si tendrás más oportunidades después. No te pediría que te arriesgases a morir mientras te fugas si no creyera que es menos arriesgado a que vengas con nosotros.

Pensaron un momento en silencio hasta que Antonio tuvo una idea.

—Pablo. A lo mejor lo que te digo es lo más tonto, pero puede funcionar. Tú ocúpate de ir el último de la fila. Yo intentaré ser el que os custodie por detrás. Si los dos somos el último soldado y el último prisionero, quizás podamos conseguir que te escapes en algún momento. Está media Barcelona huyendo, no debería ser difícil desaparecer entre el caos. Tú ocúpate de ser el último.

Pablo pensó que Antonio no era su único amigo en la prisión.

—Antonio, ¿y mis compañeros? No les puedo dejar así.

—Sí, Pablo, sí puedes. Debes. No podré facilitarle la escapada a ninguno más. Si faltan dos presos, se darán cuenta y me fusilarán. O tú solo, o nadie. Es imposible. No me pidas más, no puedo arriesgarme más. Hazlo por mí y hazlo por el resto de tu familia.

—De acuerdo.

—Júralo.

—Lo juro, solo yo. Y gracias. Gracias de todo corazón. Lo consigamos o no, muy poca gente haría lo que tú vas a hacer por mí, y lo recordaré el resto de mi vida. Si lo conseguimos, búscame cuando acabe la guerra. A mí o a mi familia, pase lo que pase, te ayudaremos si podemos.

Se abrazaron brevemente en la oscuridad de aquella esquina del patio y volvieron al interior.

Más tarde, mientras repasaba la conversación tumbado en su camastro, Pablo se repitió intrigado una y otra vez una frase de Antonio, a la que no había prestado suficiente atención cuando la había pronunciado. Su amigo había dicho: «Hazlo por mí y hazlo por EL RESTO de tu familia».

Mientras tanto, Antonio había elaborado un plan.

Por la mañana les informaron a todos de lo que Pablo ya sabía. La noticia causó sorpresa y preocupación. Sabían bien cómo acababan muchos de los traslados, pero tampoco tenían más opción que obedecer, resignados a que, posiblemente, no llegaran a ver la victoria de los suyos.

Esperaron durante la mayor parte del día en sus celdas y en silencio, pensando y rezando hasta bien entrada la tarde, cuando apresuradamente les sacaron al exterior de la calle, donde el desorden era total. Barcelona era presa del pánico, con los coches circulando a toda velocidad, adelantando a carros cargados de muebles y maletas a bocinazos, la gente corriendo de un lado a otro y el caos presente allá donde miraban. Frente a la puerta de la cárcel que les había privado de libertad, un camión prometía seguir cumpliendo aquella cruel función. Les hicieron subir rápidamente y aunque Pablo se esmeró en ser el último, entre empujones y flanqueado haciendo pasillo por grupos de guardias entre los que se encontraba Antonio, le fue totalmente imposible. No vio al obispo, tampoco al coronel Rey, así que supuso que habrían salido antes.

Se dirigieron a la estación de Francia, situada entre el parque de la Ciudadela y la Bolsa de Barcelona, cerca de la fachada marítima de la ciudad. En el camino, la Barcelona que aparecía ante sus ojos le llevó a la tristeza más absoluta. La gente huía apresuradamente, a empujones. Algunos lloraban. Vio cómo varios comercios de comestibles eran asaltados, también algunos edificios arder, mientras otros eran tan solo una montaña de cascotes en el suelo. Su ciudad luminosa, vibrante, orgullosa y elegante se derrumbaba frente a sus ojos. Sobre las cabezas de todos, el sonido inconfundible de los aviones franquistas silbaba amenazante.

La estación tan solo tenía diez años, pues había sido completamente renovada con motivo de la exposición universal, en 1929. Constaba de un enorme vestíbulo con tres cúpulas alineadas donde se compraban los billetes, para acceder pocos metros más adelante a los trenes, que iniciaban su trayecto bajo una doble marquesina de cristal y hierro, en curva y muy larga, con doce vías y seis andenes. El espacio era enorme, pero totalmente insuficiente para la multitud de barceloneses que intentaban escapar de su ciudad.

Les hicieron bajar otra vez apresuradamente y a empujones del camión y, esta vez sí, los pusieron en fila. Pablo simuló tropezarse y caer al suelo para poder colocarse el último. Giró levemente la cabeza, a su espalda estaba Antonio.

Avanzaron con dificultad, entrando en el edificio por una de las puertas laterales, donde habían aparcado los camiones. Iba el último tal y como había acordado la noche anterior con Antonio y parecía que el grupo se había completado con varios camiones más, pues en aquella fila de condenados había por lo menos cuarenta personas, avanzando como podían controlados por los guardias, que les abrían camino empujando a los civiles que intentaban llegar a los trenes forcejeando unos contra otros. De pronto, notó cómo un peso se apoyaba sobre sus hombros.

Antonio le había colocado su abrigo de uniforme. Largo, caqui, republicano. Acto seguido, le cogió por la cintura y lo empujó hacia un lado. Adelantándolo para ponerse justo detrás del prisionero que precedía a Pablo. Aquel era el momento.

Pablo se tiró al suelo, esperando diez eternos segundos mientras, por debajo, observaba cómo su grupo se alejaba poco a poco. Nadie le prestaba la más mínima atención.

Se levantó y tan rápido como pudo, pero sin urgencia, enfiló hacia la puerta principal de la estación. En aquel mar de gentes apretujadas, el abrigo de Antonio parecía diseñado para camuflarse. Ese abrigo era su salvación. Salió de la estación como el que sale a la superficie del agua tras bucear y cruzó rápidamente la calle del Marqués de Argentera para penetrar en el laberíntico barrio del Borne. Tras acelerar el ritmo, torció una esquina y se apoyó en la pared de uno de los palacios góticos que poblaban la zona, con el corazón a punto de salirse de su pecho. Sonrió, respiró profundamente y, sin control, rompió a llorar a la vez que reía aliviado. La emoción, los nervios y el miedo salieron por sus ojos a borbotones, pero se había vuelto a salvar.

Al final de la calle la iglesia de Santa María del Mar, con la fachada iluminada por el sol, en medio de aquel barrio oscuro y estrecho, parecía saludarle. Dio gracias a Dios. Dio gracias a Antonio.

II

El 7 de febrero, en Pont de Molins, una pequeña localidad cercana a la frontera con Francia, un grupo de cuarenta y dos presos venidos desde Barcelona serían obligados a apearse de un camión de la brigada Líster y remontar el cauce seco del río Muga, tras varios días de traslados de un pueblo a otro, cada vez más al norte. Nadie sabría nunca si el sonido de los fusiles cargando, preparados para abatirles por la espalda, les alertó de lo que les sobrevenía. Tras comprobar que los cuarenta y dos habían caído, sus verdugos los rociaron con gasolina y los quemaron, rematando a los que aún tenían un hilo de vida.

III

Le hubiera gustado ir a su casa y en realidad no creía que en medio de aquel caos nadie dedicara un minuto en buscarle para apresarle, pero tan solo con pensar que le pudieran volver a privar de su libertad decidió ser más cauto y buscar un escondite hasta que Barcelona cayera. Pablo se encaminó por la Diagonal hacia Pedralbes y desde el palacio real subió hacia el monasterio por la avenida de Pedralbes, una calle ancha flanqueada por grupos de árboles y algunas excelentes mansiones rodeadas de un entorno pendiente de urbanizar. Sin saber muy bien a dónde se dirigía, pero satisfecho de la tranquilidad —y seguridad— que se respiraba en aquella zona, anduvo aún un poco por la carretera de Esplugas. En el número 100, una gran casa de tejados de pizarra y fachada afrancesada de ladrillo y piedra dormitaba con las contraventanas cerradas. «Villa Rogelia» leyó en uno de los pilares que sostenían la verja de hierro oscuro. Se asomó encaramándose al muro que cerraba la propiedad para comprobar que por el momento estaba deshabitada. Saltó. Nadie le encontraría allí.

A un lado de la casa, una mucho menor, pero en el mismo estilo, había sido construida para el servicio. Se acercó a una de las ventanas, rompió uno de los cristales con una piedra y metiendo la mano, la abrió. Enseguida encontró un dormitorio. Tardó poco en dormirse profundamente.

Pasó los siguientes días viviendo en la casa del servicio de Villa Rogelia, convencido de que nadie le molestaría detrás de aquellos muros, en aquella esquina de la ciudad. La propiedad tenía un jardín muy grande poblado de pinos y caminitos que ocupaba toda la manzana, y que pese al abandono sufrido durante la guerra, había conservado su esencia salvaje y sombría. La casa principal estaba tapiada por los cuatro costados. Los propietarios habían sido muy afortunados, pues el único que había entrado en su villa era él, y no iba a romper nada más que el cristal de la ventana por el que había accedido. Descubrió en el armario de la vivienda secundaria varias latas de conservas, con las que se alimentó de manera frugal pero suficiente.

Tres días después de su llegada a aquel lugar, mientras paseaba por el extremo del jardín que se asomaba a la calle Caballeros, un sonido vibrante, primero casi imperceptible y poco a poco cada vez más claro, empezó a apoderarse del aire. A los pocos minutos era lo único que se oía. Pablo supo enseguida de lo que se trataba, pero por precaución esperó a tenerlo delante de él. A lo lejos, la figura de color apagado de dos tanques bajaba por la calle desde la zona alta en dirección al mar, o a la avenida Diagonal, que cruzaba la ciudad desde casi el mar hasta el palacio real. Eran tanques nacionales. Al asomarse hacia la derecha observó varios más a lo lejos.

No se oía un tiro, solo aquel runrún que lo llenaba todo y le confirmaba que Barcelona volvía a ser su hogar.

Cerró la casa lo mejor que pudo y dejó una nota de agradecimiento casi inocente, explicando que volvería para arreglar los escasos desperfectos que había provocado. Saltó la verja y corriendo, con la mayor de las alegrías por primera vez en años, se dirigió a la Diagonal. Muchos como él salían, con la misma alegría y la misma dirección, de sus casas. Un coche le rebasó tocando la bocina en señal de celebración.

Cuando llegó a la Diagonal, y sobre todo a partir de la zona del ensanche, la euforia se había desatado de una manera que no había visto nunca. Desde los balcones asomaban banderas españolas y saltaban claveles; en las aceras y en la misma calle, el desfile inacabable de tropas que marchaban hacia el centro era interrumpido a cada paso por mujeres que se echaban a los brazos de los soldados, los hombres que se abrazaban y el júbilo que se dibujaba en cada cara. Parecía increíble que la misma Barcelona, que días antes se había apurado por escapar con lo puesto, ese día fuera presa de aquella alegría incontenida, incontenible, genuina y desaforada. No oyó ni un tiro.

Pero, claro, no era la misma Barcelona de días antes. Allí estaban los franquistas, los que habían permanecido escondidos durante la guerra, los catalanistas liberales que preferían aquello al comunismo, también la gente hambrienta, los cansados de la guerra, los católicos o simplemente la población —tan catalana— que lo único que buscaba era el orden y la paz para poder seguir con sus vidas. Mucha de aquella alegría era por la victoria de los nacionales. Mucha de aquella alegría era simplemente por el fin de la guerra.

Mientras, cientos de miles de personas huían al exilio entre lágrimas.

IV

En Madrid, María Ceballos solo esperaba que el fin de la guerra no llevara consigo más pérdida. Había perdido a su padre, había perdido gran parte de su patrimonio y tras fundar su casa de tolerancia había perdido su honra. Posiblemente habría perdido a Antonio también. La guerra estaba perdida para los republicanos y temía que nunca volviera a ver a Antonio, pero, resuelta como estaba a mirar al futuro y salvar el presente, intentó que aquella sospecha no le apenara hasta asegurarse de cuál había sido el destino de su novio.

La caída de Cataluña dejaba a los republicanos un espacio imposible de defender que se limitaba a una bolsa de territorio que iba de Valencia y Almería hasta Madrid. Un área totalmente rodeada por los nacionales, que seguían estando bien abastecidos mientras la República se quedaba sola. Para María cada vez era más absurdo negar la evidencia y lo más coherente según su opinión hubiera sido rendirse. Lo mismo pensaba gran parte del ejército que les defendía.

Pero las cosas aún se agravarían un poco más.

Varios mandos militares, dirigidos por el coronel Segismundo Casado, comandante del ejército del centro, pensaban que la única salida era una rendición honrosa y empezaron a tomar contacto con agentes de Franco que se encontraban en Madrid. Se trataba de una conspiración, pues a pesar de la gravedad de la situación y del apoyo que tenían de todas las fuerzas políticas de la zona republicana, sabían que el presidente, Juan Negrín, presionado por los componentes comunistas del ejército y del Gobierno, rechazaba rendirse. El coronel Casado era un anticomunista convencido y llevaba tiempo mostrando su disconformidad con la influencia de estos.

Así, el 5 de marzo, Casado inició un golpe de estado y Madrid, cansada, destruida, hambrienta y casi vencida por la Guerra Civil, inició una segunda guerra civil entre «casadistas» y «negrinistas».

Y María no daba crédito a la estupidez humana.

Hacía días que solo miraba a la calle a través de los fraileros y en cuanto se hacía de noche dejaba solo una vela encendida para no llamar la atención. La casa estaba cerrada a cal y canto y aunque el timbre había sonado un par de veces en la última semana, hicieron caso omiso. Había planeado llevar más oro de su sótano a la joyería de Rómulo García, pero había resistido la tentación. Era peligroso. Tras meses de tensa espera, el caos había sobrevenido desde dentro de la ciudad, como un cáncer, y no desde el exterior. El enemigo tan solo tenía que esperar a que se mataran entre ellos y las dos facciones del ejército republicano parecían dispuestas a ello.

No era militar, claro que no, pero no le hacía falta serlo para comprender que un ejército que aglutinaba a anarquistas, comunistas, nacionalistas, socialistas, sindicalistas y Dios sabía cuántas facciones más, no podía, a la larga, ser una amenaza para un ejército que comandaba un «Generalísimo» al que todos veneraban. Ese había sido el problema de los republicanos desde el principio y aquella sería su perdición.

Pero Madrid ya no podía más. Tenían hambre, y María sentía que si comía un solo plato más de lentejas, su piel se tornaría marrón como ellas. Las odiadas «píldoras del doctor Negrín», como la gente llamaba irónicamente a aquel sustento, era lo poco que quedaba para llevarse a la boca una vez la leche, el pescado, la carne y los huevos prácticamente habían desaparecido de la escena. Había gente que cazaba palomas, otros, desesperados no le hacían asco ni a las ratas. Las cartillas de racionamiento daban a cada persona cien gramos de pan al día, un tercio de lo que daban tan solo un año antes, y aun así, en muchas ocasiones no había suficiente para todos. Antes de que empezaran los combates en las calles, María había usado su dinero para comprar huevos y pollo en el mercado negro, pagando a precio de oro cada alimento. Ahora debía aguantar en casa con lo que tenían. Había adelgazado por lo menos diez kilos y su cuerpo menudo y bien formado se había convertido en una suerte de huesos puntiagudos cubiertos por una piel fina y gris.

Eran seis chicas y ella misma, pasando los días encerradas, esperando que en algún momento los tiros cesaran. Por la noche, bebían algo del alcohol que les quedaba para rellenar el cuerpo y atontarse para dormir un poco más, deseando que aquella situación acabara pronto. Cuando despertaban, inspeccionaban la calle desde la ventana para descubrir poco después que aquella guerra dentro de la guerra aún no había acabado.

Pero entonces, el 10 de marzo el sonido de los disparos se redujo y el 11 la ciudad se quedó en silencio. Los casadistas habían ganado aquella inesperada guerra. Ella solo quería que acabara de una vez por todas. El 12 salió a la calle para encontrarla desierta y tan destruida como un mes antes, pero en silencio. Parecía que los combates dentro de la ciudad habían acabado. Vio dos cadáveres en una esquina. Al otro lado de la calle, otros cuatro se desperdigaban por la acera. Se asustó tanto que pese al hambre que le martilleaba el estómago dolorosamente, volvió a casa, aplazando la búsqueda de comida un día más.

El día 26 encontró a varios soldados entrando en el metro y el autobús. Tras parar a uno de ellos, este le confirmó sus sospechas.

—Abandonamos el frente. Nos vamos hacia la costa. Franco no encontrará resistencia. Nos rendimos.

El 28 de marzo de 1939, Madrid se rendía oficialmente. Lloraron todas de emoción, hasta las que confraternizaban más que ella con el bando perdedor. A mediodía empezaron a asomar banderas rojigualdas en los balcones. Habían sido treinta y dos meses de angustia y dolor.

Pero María había cumplido su propósito.

La guerra acababa y la encontraba viva.

Y rica.

Tercera Parte

1940

1

I

Un año después de la guerra las heridas de la contienda seguían bien visibles pero la rutina de la vida se restablecía y algunos afrontaban la nueva época con ilusión. Pablo era uno de ellos. Seguía sin poder creer su suerte.

Toda su familia había sobrevivido.

Su madre y Adela habían llegado a Barcelona pocos días después de la caída de Madrid y habían trabajado afanosamente para que su casa de la calle Mallorca volviera a lucir tan tétrica y apolillada como antes de la guerra. Su escaso gusto también había sobrevivido a la contienda, pero Pablo casi lo agradeció. Su casa volvía a ser la misma. Las dos habían pasado el último año y medio de la guerra en Santander, en un piso del paseo de Pereda que habían alquilado al socio local de sus fábricas textiles. Aquella red de distribuidores y socios les había sido de gran ayuda a todos mientras la guerra duró. Santiago Calderón, la duquesa Skosrev, el distribuidor de Santander —cuyo nombre nunca recordaba— les habían hecho aquel trance mucho más soportable que para la mayoría.

El caso de José Manuel había sido el más milagroso. Tras haber sido herido en la batalla del Ebro, lo habían trasladado al hospital que se había instalado en su propia casa. Cuando la zona de Cunit estaba a punto de caer en manos de los nacionales, la masía se había evacuado, dejando tras ellos solo a José Manuel y dos enfermos más, que supusieron no podrían sobrevivir al traslado. Pero José Manuel y otro enfermo habían sanado poco a poco gracias a los cuidados de mosén Campo, que había abandonado la cueva de El Avenc en cuanto los republicanos habían hecho lo propio con la masía. Cuando en Barcelona recibieron el telegrama informando de la situación tras meses sin saber el paradero de su familiar, a ninguno le costó ver la mano de la Providencia en todo aquello. Meses después, en cuanto su salud se lo había permitido, José Manuel se había puesto al mando de las fábricas textiles de la familia. La empresa no había sido gravemente dañada durante la guerra y poco a poco volvió a su pasada productividad. La gente necesitaba trabajo y el exterior demandaba suministros a los países que no se hallaban inmersos en la Segunda Guerra Mundial, así que la caída de sus clientes en la España de la posguerra se vio compensada por el alza de las exportaciones.

Respecto a Montserrat, había sido liberada tras pocos días de privación de libertad una vez el espejismo de la toma de Teruel había acabado y la ciudad había vuelto a manos nacionales. No había pasado ni un mes encarcelada. La monja había permanecido en la ciudad hasta el final de la guerra y tras pasar unos días con su familia en Barcelona, desde hacía seis meses había retomado la clausura en Santa Águeda, el convento que había abandonado al poco de iniciarse la contienda. Su mejor amiga, Mercedes, había seguido haciendo mantas, cada vez mejores y más sofisticadas y poco después del fin de las hostilidades había fundado, en la misma cuadra que había ocupado la manufactura hasta entonces, la empresa Mantas La Vieja, que dirigía su fiel Edu, con el que se había comprometido recientemente. La fábrica empleaba preferentemente a excombatientes republicanos, personas para los que la posguerra no estaba siendo nada fácil.

Todo su mundo parecía ir ordenándose y pese a que intuía muchas penurias, no podía evitar sentirse feliz.

Especialmente por Inés.

Habían empezado a verse en serio a las pocas semanas de la llegada de ella a Barcelona, cuando se encontraron en el funeral que se había oficiado por el abuelo de la joven, que habían fusilado en Montjuïc cuando quedaban tan solo unos días para la entrada de los franquistas en Barcelona. Había sido un momento triste para todos, pero a Pablo le había dado la oportunidad de consolarla y retomar el contacto. Desde entonces, no se habían separado y todos daban por hecho que no tardarían mucho en comprometerse.

Cada vez que se veían sentía que su estómago se llenaba de una energía y una euforia imposibles de contener, algo que no le había pasado nunca con nadie, y sabía que Inés sentía lo mismo. A menudo solo con mirarse se reían, sin más motivo que el de tenerse cerca y sentirse felices. Era perfecto.

Pablo estaba organizando todo para que tuvieran un buen sitio donde vivir antes de pedirle la mano.

Pero se había propuesto una cosa más.

Pocos días después de la llegada de todos a Barcelona, hacía casi un año, había organizado una cena en casa de su madre, a la que vino incluso Montserrat. La idea era ponerse al día, que cada uno contara qué había pasado durante la guerra. Tener toda la información, apoyarse, desahogarse y asimilar el horror conjuntamente. Durante casi seis horas se narraron lo que habían vivido los últimos tres años. Fueron explicaciones detalladas y largas, en las que todos se abrieron a los demás. Era importante que lo hicieran, la guerra les había cambiado en muchas y diversas formas y cada una de aquellas vivencias eran el esqueleto sobre el que el nuevo Pablo, el nuevo José Manuel, la nueva Blanca o la nueva Montserrat se habían construido.

Pero había algo increíble, casi milagroso en las historias de los tres hermanos que se habían quedado en España durante la guerra.

A los tres los había salvado la misma persona.

Antonio.

Primero, había liberado a Montserrat de la mazmorra del conde de Navalviento y más tarde había ocultado el asesinato de Joan Pou y la condición de monjas de Arancha y de ella misma al resto de la milicia. En Madrid, cuando José Manuel había sido descubierto como espía y el SIM había acudido a la casa de tolerancia de María Ceballos para apresarle, Antonio Campo se las había ingeniado para que una de las prostitutas de la casa le advirtiera del peligro que corría. Esa información había activado su evasión y le había salvado de una muerte dolorosa y segura. Más recientemente y literalmente con sus manos, había salvado a Pablo sacándolo de la fila de prisioneros que se evacuaban desde Barcelona con dirección al fusilamiento más al norte.

En los tres casos, una persona que prácticamente no conocían había arriesgado su vida para salvarles. Aquel hombre era la imagen de cómo el bien podía abrirse paso sobre las dificultades. Cómo la humanidad de alguien podía imponerse a ideas, miedos y verdades que algunos intentaban vender como absolutas. Un republicano convencido había preferido arriesgarlo todo e ignorar lo que la prudencia y el sentido común aconsejaban para hacer lo que su corazón le dictaba.

Blanca, como madre de familia, había escuchado atentamente todas las historias y había explicado más brevemente la suya, mucho menos emocionante. José Manuel solo había comentado el descubrimiento de que Antonio Campo era su primo con ella, dejando a su criterio la oportunidad o no de que aquello continuara siendo un secreto. Tras escuchar las tres historias, lo tuvo claro.

—Hijos míos, hay algo que creo que todos debéis saber. —Obvió decir que José Manuel ya lo sabía, cerró los ojos y respiró profundamente. Habría preferido no desvelar aquel secreto de familia, que mostraba el lado libidinoso e irresponsable de su único hermano, pero las circunstancias obligaban—. Hace algunos años, tras la muerte de vuestro tío, mi hermano, me encontré, ordenando sus cosas, con unos documentos reveladores. —Montse y Pablo no comprendían a dónde iría a parar aquella explicación. Su madre pareció entender su intriga y con la mano les pidió paciencia. Continuó—: Esos papeles venían a demostrar que Isidro tuvo un hijo antes de morir. No lo reconoció nunca, pero se ocupó de él en lo posible, asegurándose de que tuviera una buena educación y que no le faltara de nada. Desde que murió mi hermano, yo me ocupé de esa tarea.

—Ese hombre es el *hereu*. ¿No? —intervino Pablo, confuso—. ¿Eso es lo que nos quiere decir? ¿Quiere decirnos que como hijo del hijo mayor de nuestro abuelo este hombre merece la herencia de la familia Marqués? —No había rencor, ni preocupación, ni demanda en sus palabras; tras la guerra, a todos en aquella casa les importaban bien poco los bienes materiales.

—No, hijo. Eso es lo menos importante de todo. Lo que quiero decir es que ese hombre merece mucho más. Por algún milagro del destino ese hombre, vuestro primo, es la misma persona que os ha salvado a los tres. Ese hombre es Antonio Campo.

Pablo y Montse se miraron con asombro. Miraron a José Manuel, que asentía confirmando la veracidad de una historia que ya conocía.

—Yo mismo recabé esa información antes de que me lo confirmara madre —expuso José Manuel—. Fui al orfanato y vi los documentos de su ingreso. Se los hice llegar a Antonio cuando tú, Pablo, estabas preso, explicándole la sangre que os unía. Esa fue una de las razones por las que te salvó. Ese pobre hombre no tiene familia, tú has sido la única que ha conocido y por eso decidió arriesgarse por ti.

Pablo miró a todos los allí presentes.

—Pues hay que encontrarle. Ya lo tenía bastante claro, pero ahora muchísimo más. Voy a dedicar el tiempo que haga falta para encontrar a Antonio y recompensarle por el impagable regalo que nos ha hecho a todos.

José Manuel estuvo de acuerdo.

—Sí, me parece que eso es exactamente lo que tenemos que hacer. Hay que encontrarle. Y creo que sé por dónde puedes empezar.

Así, Pablo empezó la búsqueda de Antonio, que seguía un año después.

II

Primero fue a Madrid.

Pablo conocía poco la ciudad, ya que solo había estado una vez antes de la guerra y le avergonzaba decir que la mayor parte del tiempo lo había pasado en fiestas y con la mente algo borrosa. En ese momento, Madrid ofrecía varias caras, más aún que de costumbre.

Se alojó en el Ritz de la plaza de la Lealtad, donde estaban viviendo algunos conocidos mientras se restauraban sus casas y palacios en la Castellana y otros puntos de la ciudad; algunos le comentaron que tendrían que quedarse aún un buen tiempo, pues sus hogares habían sido devastados. Mientras se encaminaba a la calle con sus pasos amortiguados por las mullidas alfombras de sus salones, pensó que aquella era una solución provisional de lo más confortable para los nuevos huéspedes. Se dirigió hacia Cibeles y ascendió hasta la Gran Vía, donde anduvo esquivando las obras de reconstrucción de muchos de los edificios que habían sido dañados por los bombardeos. Como en una caja de lápices de colores, el inicio de la calle le pareció mucho más alegre que el final, donde el gris y los cascotes aparecían a cada paso. Cuando llegó al barrio de Argüelles, solo la actividad en las aceras y las risas de un grupo de niños que jugaba en la plaza de Cristino Martos le recordó que la guerra había finalizado.

Había muchos edificios reconstruyéndose, pero también había multitud en estado ruinoso y varios solares esperando volver a ser construidos. La guerra se había cebado con ese barrio y a Pablo le pareció una tarea titánica borrar todas aquellas huellas de destrucción. Afortunadamente, cuando llegó a su destino, le pareció que el sol volvía a brillar.

Un edificio de noble factura con gran entrada de carruajes, dos pisos y mansarda de pizarra estaba siendo repintado en colores crema y blanco. A la vez, un laborioso operario estaba barnizando la puerta de carruajes de manera que parecía nueva. Las ventanas estaban limpias y en los balcones se habían colocado grandes macetones de flores rojas. En Francia hubieran dicho que aquello era un *hôtel particulier*, una casa familiar de ciudad, importante y señorial. Lo flanqueaban a ambos lados dos edificios de mayor altura que también estaban siendo reconstruidos. Pese a la diferencia de las alturas y el hecho de que el edificio central quedara algo ahogado entre sus vecinos, la visión de conjunto era armoniosa y Pablo deseó que el resto de la ciudad acabara pareciéndose un poco a aquel tramo de calle.

La puerta estaba abierta mientras era barnizada, por lo que simplemente saludó al pintor tocándose el sombrero y penetró en la finca. La encontró tal y como se la había descrito José Manuel y subió las escaleras hasta el primer piso, donde llamó a la puerta.

Enseguida, una criada perfectamente uniformada le abrió sonriente.

No esperaba aquello, pero preguntó:

—Buenos días, ¿está la señora en casa?

La muchacha sonrió, como si su señora hubiera estado esperando la visita y deseara darle la noticia.

—Sí que está, ¿quién le llama?

—Dígale que soy el hermano de Ricardo Maese.

Le acompañó al salón. Parecía que la casa entera estaba siendo reformada y estaba claro que, salvo que se hubiera equivocado de domicilio, aquello ya no era una casa de tolerancia. Olía a recién pintado, todos los jarrones tenían arreglos florales y los tapizados, los cuadros y el ambiente general era el de una propiedad de lujo, en la que podrían haberse sentado a tomar el té las más distinguidas personalidades de Madrid.

Enseguida apareció en la estancia una mujer morena y menuda, de mirada despierta e inteligente, vestida de luto, pero muy elegantemente. José Manuel no le había mentido, era una belleza.

Le tendió la mano sonriendo.

—Buenos días, soy María Ceballos. Con que el hermano de don Ricardo Maese, ¿eh? Se parece usted mucho a él. Siéntese por favor.

Pablo le devolvió la sonrisa.

—Tenía que decir algún nombre. Digamos que soy hermano del hombre que fingía ser Ricardo Maese. Me llamo Pablo Bultó. Mi hermano se llama José Manuel.

—Eso está bien. ¿Y qué tal se encuentra su hermano?

—Bien, muy bien, gracias a usted y a Antonio Campo. Se encuentra entre Barcelona y Villanueva. Quería haber venido él, pero tenemos unas fábricas que ahora mismo hay que atender y tengo que reconocer que eso es algo que solo él sabe hacer.

—Me alegro mucho.

Se puso serio.

—José Manuel está vivo gracias a ustedes. Nos lo ha contado todo. Arriesgaron su vida por él.

—Lo hicimos —afirmó María—. Y lo volvería a hacer. Pese a que fue el principio del fin de muchas cosas, haber hecho el bien es algo de lo que nadie debería arrepentirse, fueran cuales fueran las consecuencias.

En ese punto, Pablo explicó su historia y la de su hermana. Cómo Antonio también les había salvado a ellos dos. Cómo su familia seguía en pie gracias a la milagrosa intervención de aquel hombre. María era una mujer dura, pero no pudo evitar que sus ojos se humedecieran comprobando una vez más el excepcional interior del hombre al que había amado. Pablo no desveló la secreta relación de parentesco que les unía con Antonio ya que quería ser él mismo el que se lo explicara a su primo.

Cuando acabó, el joven explicó el motivo de su visita.

—Por eso estoy aquí. Necesito, necesitamos, hablar con Antonio. Para agradecerle todo, para recompensarle, para devolverle aunque sea imposible, algo del favor desinteresado que nos hizo a nosotros.

María se levantó y se acercó a la ventana, dándole la espalda.

—Pues lamento muchísimo informarle que sí, que efectivamente va a ser imposible que le devuelvan el favor. Me temo que Antonio murió.

Pablo no quiso entender.

—¿Cómo?

Se giró.

—Sí, estoy segura.

Se abrió un hilo de esperanza. Aquella frase significaba muchas veces exactamente lo contrario.

—¿Qué quiere decir con que «está segura»?

—Quiero decir que ya han pasado meses desde que acabó la guerra y no he sabido nada de él. Usted no lo entiende, pero Antonio y yo...

—Lo sé.

—No, no lo sabe. La única mujer para Antonio fui yo y el único hombre para mí fue Antonio. Nos queríamos, nos necesitábamos. En pocos meses construimos una vida que otros tardan una vida en construir. No hablo de lo económico, eso es solo una ínfima parte, hablo de lo sentimental, de llegar a ese grado de entendimiento único en el que conoces cada pliegue de la persona amada, en el que has alcanzado una cómoda rutina y que, sin embargo, solo hace que tu amor hacia ella crezca día a día. Ese momento en el que te gustan las cosas malas de tu pareja, en el que te gusta hasta aburrirte con él.

—Le entiendo.

—Entonces, es usted afortunado. Pero lo que quiero decir es que Antonio...

—Hubiera vuelto —le interrumpió.

—Exacto, don Pablo. Si Antonio no está aquí en estos momentos es porque no puede estarlo. Si tuviera un aliento de vida, habría vuelto a mi lado. Perdí el contacto con el poco después de la batalla de Teruel.

Pablo pensó un segundo.

—Pero sabe, por mí, que sobrevivió hasta casi el final de la guerra. Hasta finales de enero de 1939 estaba vivo. Ya le he contado que me salvó la vida entonces.

María se quedó en silencio antes de volver a hablar.

—Sabe, eso es extraño. No lo pensé cuando me contó su historia. Sabemos que Antonio estuvo vivo y en condiciones de dar señales de vida, quiero decir, que no estaba ni preso, ni enfermo, ni herido, durante por lo menos diez meses después de la última carta que recibí de él.

—¿Discutieron ustedes? ¿Por qué no le daría noticias si sabía dónde se encontraba usted?

—Eso es lo que no entiendo. Sé que no hubo otra. No podría haberla habido. Y en cualquier caso, Antonio no hubiera desaparecido así si sabía que yo podría estar sufriendo o añorándole. Habría sido impropio de él.

—¿Sabía él que usted seguía aquí? ¿Que seguía bien?

María escuchó atentamente y se repitió en la cabeza la última frase que Pablo había pronunciado. Sin responder, se levantó y abandonó la estancia susurrando.

—Un instante. Espere un instante.

Al minuto volvía con un periódico en las manos.

—Esta sería una casualidad diabólica, pero, visto lo visto, parece que estas carambolas del destino ocurren frecuentemente con Antonio.

Abrió el diario por la página de las necrológicas. Era del 28 de marzo de 1938. El día que ella misma había anunciado su falsa muerte. Pablo enseguida localizó en la página el cuadrado oscuro que podía tener la respuesta a aquel misterio. Miró a María sorprendido.

—Pero esta María Ceballos Duarte. ¿Es usted?

—Sí. Y todas las afligidas son las chicas que trabajaban en esta casa durante la guerra. Chicas que Antonio conoció. Ya sabe a qué nos dedicábamos aquí.

—Así que...

—Sí —suspiró—. Si Antonio hubiera leído este diario, habría pensado que la esquela se refería a mí y a nadie más habría pensado que estoy muerta. Esa podría ser la razón por la que no me escribió más. Por lo menos es UNA razón.

Pablo se extrañó.

—¿Por qué publicó esta esquela?

María no podía compartir aquella historia.

—Digamos que hubo un punto en el que, por mi seguridad, fue necesario que cierta gente pensara que yo había muerto. Nunca pensé que esta noticia llegaría a Antonio. Tampoco sabía dónde estaba, así que no pude explicarle qué era lo que iba a hacer y por qué.

La sonrisa había aparecido en la cara de ambos.

—El caso es que no podemos asegurar que Antonio muriera solo porque no haya vuelto aquí —observó Pablo—, porque esta podría ser la explicación de que no lo haya hecho. Lo normal es que una vez llegado al Pirineo, hacia donde sabemos que se llevaron a los prisioneros que me acompañaban en Barcelona, cruzara la frontera y entrara en Francia. Es lo que ha hecho casi medio millón de personas.

Parecía factible. Parecía lógico. Parecía probable.

—¿Entonces? —preguntó María. Aún estaba aturdida por la posibilidad de que la persona que más quería en el mundo estuviera viva—. ¿Qué hacemos?

Pablo sí tenía respuesta para eso.

—Buscarle. Iré a Francia.

III

Pasó varios meses investigando qué era lo que habían hecho las personas que habían huido de España al acabar la guerra. Pese a que habían sido cientos de miles, la censura tenía el poder de los medios de información y había temas, como aquel, de los que no se informaba. El nuevo régimen se esforzaba en idealizar una vida que distaba mucho de ser la que soñaban los españoles. Con todo, tras tres años matándose los unos a los otros, era fácil ver una mejoría en la situación y la mayoría se había resignado a que las cosas se recuperasen lentamente. La mirada al exterior tampoco era nada halagüeña; en septiembre, cinco meses después de que los españoles acabaran su guerra, gran parte de Europa había iniciado la Segunda Guerra Mundial.

Pablo no era egoísta, pero se decía a menudo que serlo, en un mundo como aquel, podía ser la única manera de ser feliz. Olvidar la sinrazón humana y la torpeza de su especie para aprender de los errores, intentar que la crueldad no le afectara y vivir al día. Pero entonces recordaba a personas como Antonio, que en aquellas horas oscuras había arriesgado su vida no una, sino tres veces —que supiera— para salvar a completos desconocidos.

Diversos contactos le informaron del destino en el que podría haberse visto envuelto su primo.

Con la llegada a Francia de más de medio millón de refugiados tras la caída de Cataluña, el Gobierno del país vecino había tomado una actitud muy diferente al abrazo que esperaban recibir los republicanos. En muchas ocasiones, todo lo contrario. Hacía menos de un año que el Gobierno de Daladier en un decreto ley había calificado a los españoles como «extranjeros indeseables», pero los que huían de la represión franquista pensaron que nadie les podía desear menos que los compatriotas contra los que habían perdido la guerra.

El Gobierno francés había internado a todos los que había podido en campos de concentración. Había más de dos docenas y construirlos y abastecerlos era un problema para un país que cada vez miraba menos de reojo a la amenaza que se cernía sobre él por el norte y que ponía en peligro su misma existencia. No tenían tiempo ni recursos para nada que no fuera evitar que Herr Hitler se lanzara sobre su país, por lo que el abandono de aquella gente era total. Durante meses, varios campos no dispusieron ni de barracones, eran simplemente una zona cercada a la intemperie, mayoritariamente vigilada por las tropas coloniales francesas.

No tenían agua, ni alimentos, ni las mínimas condiciones higiénicas, así que enseguida las enfermedades habían empezado a llevarse a los maltrechos hombres al otro mundo, que no podía ser peor que aquel.

Sabía que a los ancianos los habían destinado preferentemente al campo de Bram, en la región de Aude, y que a los obreros los habían recluido en los campos de Sepfonds, en la región de Tarn o en el de Le Vernet, en Ariège, así que los descartó. También descartó todos los ubicados más hacia el oeste, donde se habían llevado a los republicanos vascos y a todos los huidos de la cornisa cantábrica.

Pablo salió de Barcelona en dirección a Francia en cuanto el exiguo goteo de información que obtenía se agotó completamente. Sabía que era como buscar una aguja en un pajar, pero no se le ocurría nada mejor ni más importante que hacer. Solo descansaría cuando supiera que había hecho todo lo que estaba en su mano para encontrar a Antonio. María Ceballos se había prestado a acompañarle, pero Pablo le pidió que se quedara en Madrid por si el hombre al que buscaban volvía. Sí le animó a publicar anuncios en todos los periódicos pidiendo información sobre su paradero, a sabiendas de que ese era otro pajar en el que buscar aquella aguja.

Había comprado a un vecino su Opel Olympia, un coche con capota abatible de color verde que le encantó desde el momento en el que se subió a él. Era mucho menos elegante que los Bentleys de su casa y tampoco era un deportivo como el que realmente hubiera deseado, pero su discreción —pese a que un coche prácticamente nuevo era un lujo inaccesible para el común de la posguerra— era perfecta para la misión que se había encomendado.

Cruzó la frontera a principios de mayo, con todas las facilidades que un salvoconducto obtenido de un contacto del Gobierno le permitieron, y se dirigió en primer lugar al campo que había acogido a más españoles y el que concentraba a la mayoría de los que habían huido desde Cataluña. A tan solo treinta y cinco kilómetros de Portbou, el último pueblo español del Mediterráneo antes de Francia, se encontraba Argelès-sur-Mer.

Llegó sin dificultad a la pequeña localidad costera. Se trataba de un pequeño pueblo de alrededor de dos mil almas dedicadas a la pesca y la agricultura, en el que muy poco había sucedido hasta hacía pocos meses. A tres kilómetros del mismo no le fue difícil localizar el campo, estaba en plena playa y acogía a decenas de miles de personas que juntos transmitían un especie de murmullo constante que podía oírse desde el pueblo. Nunca olvidaría lo que acontecía frente a un Mediterráneo que le recibió furioso y húmedo.

El viento soplaba con intensidad, metiéndole la arena en los ojos y dentro de la ropa mientras avanzaba en dirección a una alambrada. No podía creer que alguien pudiera sobrevivir allí, pero le dijeron que alrededor de cien mil personas lo intentaban. El campo no era tal. Era una playa con un cercado de espino que encerraba a sus compatriotas, sin barracones más que para una décima parte de aquellos desventurados recluidos. Famélicos, cubiertos como podían con mantas, algunos habían conseguido hacerse un refugio con cañas y lonas, otros, habían cavado agujeros en la arena y se intentaban refugiar del viento acurrucados los unos contra los otros en posición fetal. Al fondo creyó ver algún barracón en construcción, pero era evidente que la gran mayoría de los refugiados que allí habían concentrado llevaban semanas, quizás meses, a la intemperie. Alrededor, varios guardias coloniales senegaleses, acostumbrados a que la arena marcara su piel, vigilaban impertérritos que nadie escapara. Solo ellos y sus caballos parecían no sufrir aquella tortura.

Se acercó rodeando el campo hasta una zona que parecía algo más resguardada y pidió en francés información a uno de los guardias. El hombre le indicó una doble puerta a un lado de la cual se situaba una caseta de madera. Estaba seguro de que de no haber ido vestido elegantemente, limpio y con aspecto desahogado, le hubieran recluido en el campo o le hubieran echado de la zona con malos modos, pero su imagen no era la de un refugiado, no era la de uno de los «extranjeros indeseables», que debían ser encerrados y maltratados hasta que se convencieran de que volver a España era su mejor opción.

Accedió a la pequeña caseta y un gendarme francés le miró con aire de suficiencia, sin levantarse del escritorio sobre el que estaba escribiendo a máquina. Se dirigió a él sin ningún interés en un francés rápido que parecía pensado para que ni siquiera sus compatriotas le entendieran. Por suerte, Pablo hablaba bien el idioma.

—Tengo trabajo, ¿qué es lo que quiere? No puede entrar aquí como si tal cosa. Dígame, rápido.

Pablo le enseñó el pasaporte.

—Español, otro más, ¿viene para quedarse?

Pablo no conocía a aquel hombre, pero ya le odiaba.

—No. No me quiero quedar. De hecho, quiero sacar a alguien de aquí. He entrado legalmente y con mi pasaporte en su país y quiero volver pronto, en cuanto encuentre a la persona que busco.

—Eso está bien, no les queremos aquí.

—Estoy seguro de que muchos tampoco están contentos de estar en esta playa.

El gendarme le miró, sin ganas de entrar en una discusión para la que le faltaban razones.

—Dígame. A quién busca usted. Tenemos los nombres de algunos.

—Busco a un hombre joven, de alrededor de treinta años. Se llama Antonio Campo. —Cogió una pluma de su mesa y le escribió el nombre al gendarme en un papel.

—Lo miraré —dijo, antes de levantarse y acercarse a una pequeña habitación que se abría a su espalda, donde había varios archivadores. Al poco salió de nuevo.

—No está en el listado inicial, pero la mayoría de la gente que está aquí no sabemos quién es. Simplemente los escoltamos desde la frontera con su país cuando cruzaron. No le puedo ayudar. Lo único que puede hacer si lo desea es poner un anuncio en el tablón del campo. De todas formas, en un par de meses evacuaremos a todos los que están aquí, y muchos ya están volviendo a España. Vaya al tablón si quiere, pero es bastante inútil. Está justo al lado. —Le aguantó la mirada unos segundos antes de ofrecerle la mano como despedida. Pablo la rechazó y dándole la espalda, salió al exterior.

Se adentró un poco más en el campo y enseguida localizó en un lado un tablón del que prendían muchas notas. La mayoría contenía avisos de búsqueda de gente desaparecida y familiares extraviados. También había algún anuncio de venta. Sacó una pequeña libreta y dejó una nota. «Antonio Campo, tu familia te busca. Vuelve a c/ Mallorca 286, principal. Barcelona»; firmó con su nombre y fijó el papel en un clavo del tablón, mirándolo resignado, sabiendo que el destinatario nunca la leería. Se dio la vuelta para observar el lugar, ojalá Antonio no estuviera allí, ojalá no estuviera nadie.

En los siguientes días visitó otros campos. En algunos sí había un registro fiable y supo que su primo no había pasado por allí; en otros, la lógica hacía esperar que tampoco estuviera, pues estaban destinados a otro tipo de personas o estaba demasiado lejos de la frontera con Cataluña, por donde Antonio tenía que haber cruzado, si es que había cruzado, si es que estaba vivo.

Al mes, volvía a España con las mismas dudas con las que había partido, pero más decepcionado.

IV

En Santa Perpetua de Moguda había desertado del grupo con el que había partido acompañando a los prisioneros de Barcelona. Era la primera parada de su ruta y aprovechando la confusión de un bombardeo aéreo se escapó, decidido a no participar en el fin de aquel capítulo, que preveía sangriento. Otros dos compañeros también habían desertado.

Había vagado sin rumbo por el norte de Cataluña hasta unirse a la avalancha de refugiados que se dirigían a Francia. A principios de marzo, Antonio cruzaba a pie la frontera junto con muchísima más gente y enseguida descubría que Francia no iba a ofrecerle el descanso y la paz que anhelaba. En cuanto puso pie en el país vecino, un grupo de soldados senegaleses a caballo les empezó a dirigir a un destino que desconocían. Fueron treinta kilómetros a pie que sumar a los que ya llevaba acumulados, sin comida, sin agua, con los huesos cansados y la moral desaparecida. Alrededor, el resto de los refugiados ofrecía el mismo aspecto siniestro y triste. Aquellos exiguos hatillos, aquellas maletas desvencijadas contenían todo lo que habían salvado de la guerra. Bien poco. Cuando llegaron a Argelès-sur-Mer el viento soplaba y el mar era una sucesión infinita de rizos plateados que desprendían una humedad fría y salada. Desconsolados y sorprendidos, descubrieron que aquella playa era el destino final de su peregrinación.

Se trataba simplemente de eso, de una playa, de un cercado de alambre de espino que cerraba un espacio grande por tres costados, actuando el mar como cuarta barrera. Accedieron por dos enormes puertas a esa gran nada vigilada por otros senegaleses igual de malcarados que los que les habían llevado allí. Las primeras informaciones que recibieron de los compañeros que llevaban un tiempo en aquel lugar no fueron alentadoras y se confirmaron enseguida.

El campo se había abierto en febrero y desde entonces habían dormido a la intemperie. Se acurrucaban unos contra otros en agujeros en la arena. Durante días no comieron. Bebían agua salada que sacaban de agujeros efectuados en la arena. No había letrinas, por supuesto, así que se acercaban al mar para hacer sus necesidades mientras los senegaleses miraban a hombres y mujeres y reían.

Aquel lugar era el infierno en la tierra, un lugar de ignominia que debería haber avergonzado al país de la libertad, la igualdad y la fraternidad.

El campo se dividía en dos partes, la civil y la militar. En la militar, se organizaron batallones y compañías y llevaban una cierta disciplina. Izaban la bandera cada mañana, hacían ejercicio, se mantenían activos en lo posible. En la civil el sinsentido y aburrimiento de los días se sumaba a la tortura del lugar.

A mediados de mes, les llevaron materiales para hacer barracones. Tablones de madera y clavos, básicamente. Antonio se apuntó rápidamente al grupo de construcción, ansioso por hacer algo que le sacara de aquel insoportable tedio. Era habilidoso, siempre lo había sido, y la tarea le entretuvo. Cortaron como pudieron las tablas utilizando trozos de chapa a modo de sierra y construyeron durante días casi sesenta barracones, que se llenaban en cuanto los acababan. Pero sesenta barracones para cien mil personas eran totalmente insuficientes así que la mayoría siguió a la intemperie o bajo pequeñas cabañas que se hacían con cañas. La gente enloquecía. Antonio vio cómo durante días una mujer paseaba a su bebé muerto en brazos afirmando que estaba dormido.

Algunos días, se repartía comida desde el exterior. Venían camiones con pan y lo lanzaban desordenadamente por encima de la alambrada, como hubieran hecho en un cercado de ganado. La desesperación de los españoles lanzándose a por la comida y peleándose a estirones por el pan era la imagen de la desolación y la vergüenza, tanto, que, a pesar del hambre que tenían, la siguiente vez que les lanzaron la comida como a animales, se negaron a recogerla y exigieron que se la dieran en la puerta para poder ser repartida ordenadamente como a las personas que aún eran.

A los pocos días la disentería empezó a extenderse, a la semana también la sarna. Cada mañana la Cruz Roja hacía la ronda y se llevaba a los ocho, diez, seis, doce, muertos de la noche. La pantomima de vida normal se escenificaba también en el hospital del campo, una tienda de campaña para la que habían reclutado, de entre los prisioneros, a las enfermeras y médicos que lo atendían. Pero no había medicamentos, así que aquel equipo veía con impotencia cómo solo podían realizar un diagnóstico para el que no podían ofrecer ninguna cura.

Nadie que aún no hubiera perdido la cabeza era capaz de hablar del futuro. Nunca había estado tan lejos y tan difuso. En Francia no los querían, en España parecía que tampoco. América era la solución, la obsesión de algunos, la única borrosa imagen que podían hacerse de una vida nueva y feliz, pero Antonio no quería ir a América. Se dio cuenta de que, una vez perdida la guerra, y sobre todo perdida María, lo único que le quedaba era su tierra: Villanueva, el Penedés, el brillante Mediterráneo que bañaba la costa sur catalana. Los amigos que había dejado allí, alguno tenía que quedar, y también estaba su primo Pablo, al que conocía poco pero que le debía mucho. Pablo no había sido exactamente su amigo, pero casi; estaba seguro de que en otras circunstancias hubieran confraternizado y no podía obviar que el hombre era rico y pertenecía al bando que había ganado la guerra. Podía volver a España y buscarle en la finca de San Antonio quizás. Hubiera sido absurdo no intentarlo. Su cuerpo aún aguantaría un último esfuerzo para salir adelante antes de rendirse por completo al fracaso de su existencia.

Pensó que tal vez Pablo fuera una de esas raras personas que lo daban todo, que mantenían la palabra y que recorrían aquella distancia extra por los que apreciaban. Antonio había arriesgado su vida por él, y aunque no era del tipo de personas que esperaban recibir lo mismo que daban, sintió en su corazón que aquel primo desconocido podía ser la ventana que Dios le había abierto tras cerrarle tantas puertas.

Una mañana encontró, colgado del tablón de anuncios al que acudían todos frecuentemente, un bando de Franco. En él se invitaba a todos los refugiados a volver a España, prometiendo un trato justo y conciliador para todos los que no hubieran cometido delitos de sangre. Los mismos franceses parecían ansiosos de que los españoles aceptaran aquella propuesta que tan poca confianza generaba en todos.

Mucha gente decidió que no podía más y preparó sus pertenencias para salir aquel mismo día. Otros se lo pensaron algún tiempo más y también se marcharon, escoltados de nuevo por aquellos siniestros senegaleses hasta la frontera. En la salida del campo, muchos de sus compañeros les insultaron y les zarandearon. No esperar a morir entre la arena de aquella playa extranjera les pareció a muchos una traición, pero a Antonio los tres últimos años le habían enseñado a no creer todo lo que le decían.

Cogió su manta y se dirigió a España.

V

Pablo se resignó a que su boda tendría que celebrarse sin la presencia de Antonio. Le daba vergüenza admitir que era una de las pocas cosas que le hacían ilusión de ese día.

Por supuesto le ilusionaba casarse con Inés, la única mujer a la que verdaderamente había querido en sentido romántico, pero el evento en sí, la ceremonia, la recepción posterior, la avalancha de invitados, la exhibición pública de cuán enamorados estaban conformaban la perspectiva de un día del que solo esperaba que pasara lo más rápido posible.

Se casarían en Santa María del Mar, la basílica gótica que, construida por los marineros del barrio de la Ribera en el siglo XIV, competía con la catedral de Barcelona, también gótica. El templo había sido muy dañado al principio de la Guerra Civil, cuando había sido asaltado por los milicianos, que habían destruido el altar mayor y prácticamente todas las imágenes antes de prenderle fuego. Pese a todo, mantenía una recia dignidad con su ancha nave y sus columnas de piedra recientemente tiznadas, y se había contratado a una legión de floristerías para que todo lo ausente fuera sustituido por flores y vegetación. Pablo había propuesto realizar una boda pequeña en la capilla de San Antonio, pero inmediatamente había sido mandado a callar por su madre, su futura suegra y su novia, y había comprendido que él no tenía ni voz ni voto en la organización de todo lo que sucediera ese día. No le importaba. A veces las mujeres se complicaban las cosas.

La recepción posterior sería en casa de los padres de la novia, recién estrenada. Habían vendido su piso de Rambla Cataluña y habían comprado otro mayor, en vía Augusta, un principal que contaba con un buen jardín que unido a los salones parecía suficiente para albergar a todos los invitados. Calculaban ser alrededor de cuatrocientas personas. Pablo hubiera descartado a trescientas cincuenta.

La pedida de mano había sido en aquella nueva casa. Pablo no tenía padre, así que en su lugar habló su hermano José Manuel, que sonó muy solemne antes de ofrecerle a la novia un solitario que a él le pareció exactamente igual que todos los solitarios, pero que Inés recibió entre signos de admiración. A él le regalaron un retrato de Inés enorme. No comprendió el regalo, toda vez que pensaba tener a Inés en frente el resto de su vida, pero también lo agradeció y alabó la técnica del pintor intentando que nadie notara su decepción.

Respecto a la planificación del día después, su madre le había cedido un ático en la zona alta de Barcelona, frente al Turo Park, que Inés ya había empezado a decorar con los regalos de boda que iban llegando.

Así que todo estaba organizado.

Sin embargo, la sombra del paradero de Antonio lo oscurecía todo. Pablo había investigado, había movido todos sus contactos y había viajado a Madrid y a Francia, pero había fracasado. En medio de aquel dispendio inútil, la persona que había salvado a sus dos hermanos y a él mismo estaba en paradero desconocido, quizás muerto, quizás sufriendo unas penurias que Pablo estaba seguro de poder aliviar. Detestaba las deudas y con Antonio tenía la mayor que cualquiera pudiera tener. Era su primo, pero también estaba seguro de que podrían ser amigos una vez la guerra había acabado y no estaban obligados a mantener la distancia preso-vigilante.

El día de la boda amaneció soleado y con el brillo azul y claro de los mejores días de Barcelona. Se puso chaqué y sombrero de copa y subió junto con su madre en el último de los cuatro Bentleys oscuros que aguardaban relucientes en la puerta de su casa en la calle Mallorca. Ninguno de sus parientes parecía demasiado nervioso y el desayuno había sido muy parecido al de cualquier otro día, solo que en aquella ocasión la agenda que comentaban incluía un cambio sustancial en la vida de Pablo. Sonrió pensando en los gritos y correpasillos que se estarían produciendo a la misma hora en casa Sagnier. No podían ser más distintos.

Para su desgracia, casi nadie había querido perderse la boda, así que serían, tal y como se había previsto en un inicio, alrededor de cuatrocientos. De su familia faltaba —y lo lamentaba mucho— Montserrat, en clausura, y de la de Inés su abuela, que había declinado la invitación porque esperaba el nacimiento de dos terneros de su finca ese día. Pablo intentó explicar el asunto varias veces a su madre, pero al rato comprendió que nunca entendería que cambiaran a su hijo por una vaca.

Cuando llegó al templo ya había muchos curiosos congregados en el exterior, viendo cómo la burguesía y la aristocracia de la ciudad ascendían indolentes los escalones que daban acceso a la basílica, decorados con arbustos de flor blanca. Al bajarse del coche muchos le vitorearon y no pudo evitar sonrojarse mientras saludaba ofreciendo el brazo a su madre, que, ataviada con mantilla, dejaba clara su condición de madrina del enlace. Al entrar, los invitados que se encontraban saludándose unos a otros se apartaron y les dejaron paso por el pasillo central. El órgano tocaba *Nabucco*, todo el mundo le miraba y le saludaba con la cabeza mientras se acercaba al altar, profusamente decorado para disimular todas las heridas de guerra que aún acarreaba. Hubo unos segundos en los que le pareció que finalmente los nervios afloraban, pero su madre le apretó el brazo, tranquilizándole. En el altar le esperaba su hermano José Manuel, tan sereno como siempre. Ayudó a su madre a acomodarse y saludó a los testigos de ambos lados, antes de iniciar un sordo diálogo con su hermano mientras esperaban la llegada de la novia.

A los quince minutos, los vítores y aplausos del exterior le confirmaron que Inés ya estaba allí. Agradeció que no se hubiera retrasado más.

La novia se detuvo un momento en el lejano umbral de la puerta con su figura recortándose contra la luz exterior, mientras un grupo de pajes se situaba delante de ella ayudados por diferentes miembros de la familia Sagnier. Enseguida, sonó la marcha nupcial, y del brazo de su padre, ataviado con su uniforme de coronel, vio cómo las formas de su mujer se iban desvelando a medida que la pareja se acercaba a él. No había esperado tener una reacción así, pero sintió que todo alrededor desaparecía y alcanzaba una felicidad desconocida hasta el momento.

Inés llevaba un traje ricamente bordado con flores de diferentes tamaños y cerrado en cuello y mangas, que marcaba acusadamente su cintura antes de abrirse en una falda amplia y abullonada en seda y tafetán que acababa en una larga cola. El velo, sostenido por una tiara de brillantes y perlas, dejaba entrever la cara sonriente de la que sería su mujer.

Al llegar al altar Fernando Sagnier le dio la mano y colocó a la joven a su lado.

—Estás increíble —fue lo único que alcanzó a decir.

Estuvo toda la ceremonia mirando a Inés de reojo, nervioso, tenso, sin prestar atención a nada más que a la mujer que tenía al lado, que también le miraba de vez en cuando. Cuando, tras hora y media, la ceremonia concluyó y su recién estrenada esposa le cogió del brazo, una mezcla de orgullo, alegría y sensación de tremenda fortuna le llenó el cuerpo. Al salir, saludaron a la puerta de la basílica, desde arriba de las escaleras, a los invitados y también a mucha gente que no conocían. Inés le besó en la mejilla y tuvo que contenerse para no cogerla en brazos y llevársela a su casa.

Pero, en medio de aquel jolgorio, de aquella explosión de alegría y cierto aturdimiento, una voz baja llamó su atención. Primero fue como un eco, pero luego pareció que todo se quedaba en silencio y solo se oía eso.

—Pablo, me debes un abrigo.

La gente gritaba, le daba la mano efusivamente, Inés le cogía del brazo, pero aquellas palabras retumbaron de nuevo en su cabeza. No podía ser. Pero lo volvió a oír. Reconocía la voz.

—Pablo, me debes un abrigo.

Se giró a un lado y allí, delante de él, rodeado de mujeres con pamelas y joyas, de hombres con chaqué y de caras sonrientes que le saludaban, un hombre con la ropa desgastada, delgado, con la barba crecida y raído calzado le miraba con los mismos ojos que le habían salvado a él. Los mismos que habían salvado a sus hermanos.

Antonio.

Aguantó la mirada a aquel hombre, como para verificar que no se estaba volviendo loco, que no era un espejismo, que tenía enfrente a la persona que había buscado durante casi un año.

Soltó a Inés y en medio de una enorme sorpresa general, se lanzó a Antonio, abrazándolo tan fuerte que los que les veían temieron que los débiles huesos de aquel desventurado se rompieran. Justo detrás, José Manuel, del brazo de Eugenia Sagnier hizo exactamente lo mismo en cuanto vio a su salvador. Los tres se abrazaron con fuerza, sin decir nada, mientras las lágrimas afloraban en sus ojos.

Inés, que conocía la historia, entendió rápidamente quién era aquel vagabundo y, riendo, tampoco pudo evitar que la emoción de su marido y su cuñado se le contagiase.

Nunca podría haber un día más feliz.

VI

Subieron al coche nupcial los cuatro. Inés, Pablo, José Manuel y Antonio. Había demasiado que contarse, demasiado que agradecer y no consiguieron que la conversación fuera por un cauce normal, pisándose constantemente las palabras, interrumpiéndose con abrazos. Antonio reía y lloraba, pero no podía hablar. José Manuel, una vez más, puso orden. Pidió que el coche parara en su casa de la calle Mallorca, donde descendió con Antonio, mientras, con mirada resignada, Pablo seguía en dirección a la recepción de boda en casa de sus suegros.

Lo primero que hicieron fue comer. Todo lo que quiso Antonio, sin límite. Luego le llevaron a la habitación más lujosa que el hombre jamás había conocido y le prepararon un baño. Cuando salió, sobre la cama tenía diferentes mudas de sus primos para que se cambiara. También un pijama, que fue lo que escogió. Cuando salió de la habitación, José Manuel le esperaba sentado en un sillón del vestíbulo. Le miró sonriente.

—Todo esto es mucho. Mucho para todos, Antonio. Pero sobre todo para ti. Sé que no entiendes bien qué es lo que está pasando, pero Pablo y yo somos hermanos y nos salvaste la vida a ambos. Más aún, y si esto no es un milagro, que baje Dios y lo vea, también salvaste a mi hermana Montserrat.

—¿La monja?

—Sí. Montserrat Bultó. También la protegiste y la salvaste. Te hemos estado buscando, porque además... ¿Recuerdas la carta que recibiste en la cárcel, bueno, en el café Oro del Rhin?

—Sí, claro, la que decía que Pablo era mi... —se quedó unos segundos pensando—, entonces tú también eres mi... y Montse.

—Sí, los tres somos tus primos. Y vamos a darte lo que es tuyo. Pero, además, tengo una noticia más. Siéntate por favor.

Antonio se dio la vuelta y volvió a entrar en la habitación, sentándose en el borde de la cama.

—Dime. No sé qué más puede pasar hoy.

—Esto también es bueno, Antonio. Sospecho que esto es casi lo mejor. Ha habido alguien más buscándote. —Antonio pensaba que estaba solo en el mundo. No podía ni imaginar quién le podría estar buscando. José Manuel sonrió—. María.

Antonio no entendía.

—¿María?

—Sí. María Ceballos —insistió José Manuel—. María está viva. María te ha estado buscando. Publicó una esquela por razones que ella te contará, pero está viva y te quiere... y te ha estado buscando.

Las lágrimas de emoción brotaron con tal intensidad que si José Manuel no hubiera sabido del amor que Antonio profesaba a la madrileña, hubiera pensado que le acababa de comunicar una desgracia a aquel pobre hombre. No podía articular palabra, solo lloraba, como si todas las lágrimas que había acumulado durante meses tuvieran que salir a la vez. Pero eran lágrimas de alegría, de alivio, de futuro, de esperanza, de saber que su vida no había acabado, de saber que su vida, en realidad, acababa de empezar. José Manuel le abrazó fuerte y lo dejó solo. Antes, intentó que le escuchara una última vez.

—Antonio, has sido el ángel de esta casa y te vamos a cuidar. Estaré aquí fuera si necesitas cualquier cosa. Descansa, duerme y llora lo que quieras, que Dios sabe que te lo has ganado. Mañana será otro día. Mañana empieza lo mejor.

Y cerró la puerta.

Epílogo

1941

Abrió la ventana y sonrió al ver cómo el sol iluminaba aquella tarde de otoño madrileña. Los árboles de la calle, que habían sobrevivido a la guerra mucho mejor que la mayoría de los edificios que los atalayaban, habían adquirido el color dorado que precedía a la caída de sus hojas. A lo lejos, el bosque de la Casa de Campo también había empezado a vestirse con colores rojos y amarillos y el sol, que aún les sonreía, ya era también diferente en algo al de los meses anteriores.

Se giró y observó su habitación. Daba igual la estación que fuera, su vista favorita siempre sería aquella. Sobre la cama, bajo unas finas sábanas de hilo que tapaban sin ocultar las formas de su cuerpo, María seguía durmiendo con el pelo a un lado y su nuca joven, brillante y tersa reclamando a Antonio su atención. Las cosas no le podían ir mejor en lo económico y, sin embargo, toda fortuna era poca en comparación a la de tener a aquella mujer excepcional a su lado. Su rápida inteligencia, su rabia, su energía, su sentido del humor y su bondad desbordaban las curvas de aquel cuerpo perfecto, de aquellos pechos firmes, de aquella melena espesa y morena, de aquellos labios ansiosos que le llamaban con la misma intensidad a diario.

Había conocido a toda la familia Bultó-Marqués y había adoptado su apellido. Eran su familia. La de su padre. Visitó San Antonio fugazmente, solo para sentir que aquella no era su casa y aceptar la generosa proposición de Blanca Marqués, que le cedió una masía muy cercana al mar y un importante paquete de acciones de su próspera fábrica textil. Pablo y José Manuel le trataron más como a un hermano que como a un primo y Montserrat le mandó tantas bendiciones desde su monasterio que decidió que incluso un ateo como él se salvaría gracias a la intercesión de su prima monja. Sabían que la vida de Antonio estaba en Madrid, junto a María Ceballos, pero le habían propuesto reunirse por lo menos cada dos meses y pasar Navidad juntos en San Antonio. Antonio, que nunca había conocido una familia, había aceptado, emocionado al ver que el cariño que le profesaban era real y crecía a diario.

A veces, se despertaba a medianoche y paseaba por la casa un rato antes de volver a su cama para asegurarse de que todo aquello no era un sueño.

Con el dinero que habían ahorrado tuvieron suficiente para reconstruir los dos edificios que les flanqueaban, que ya estaban casi completamente arrendados y les aseguraban una vida más que desahogada. La casa de María se convirtió en un hogar, dejando atrás su función durante el conflicto y se reformó de arriba abajo de forma que el recuerdo de la casa de tolerancia desapareció de sus paredes. Era una casa amplia y lujosa, perfecta para la familia que esperaban formar enseguida.

El oro del sótano ya estaba casi en su totalidad fundido y convertido en otros objetos, que se vendían poco a poco en la joyería de Rómulo García. Convinieron que, dado el origen de aquella fortuna, iban a emplear una parte importante en ayudar a las chicas que habían trabajado en la casa, pero aun donando más de la mitad de sus beneficios, obtuvieron una importante cantidad. Ayudaron a Anselma a montar una mercería. El resto de las chicas volvió al oficio más antiguo del mundo en un piso que les compró María.

Se acercó a la cama y se metió de nuevo bajo las sábanas, tan cerca de María como pudo.

La mujer se desperezó estirando los brazos.

—Eres un pegajoso.

Antonio sonrió.

—Solo contigo.

—Más te vale. —Y abrió los ojos, mirándole.

Se quedaron unos segundos sin poder apartar los ojos el uno del otro.

—Te quiero. Lo sabes, ¿verdad?

—Antonio, cómo no lo voy a saber, si me lo dices todos los días.

—Es que aún no puedo creer que todo haya acabado así...

—No digas que ha acabado, solo ha acabado lo malo. Lo bueno, Antonio, todo acaba de empezar. Y Dios sabe que te lo has ganado.

—No sé si me he ganado tanto.

—Te lo has ganado todo, Antonio. Por luchar por lo que creías aunque perdieras, por salvar a gente de la muerte, por no dejar que el odio te atrapara por completo.

—Algunos me llamarían traidor.

—Traidor es el que no sigue a su corazón, Antonio.

—Hay algo que no entiendes.

— Pues explícamelo.

—Cuando salvé a aquellos hombres, a mis primos, no lo hice solo por ellos.

—¿Por quién lo hiciste entonces?

—María, en medio de aquel terror, en medio de aquel frío y aquel calor, de aquella hambre, de tanto odio, al final de aquel camino, cuando salvé a aquella gente en medio de la guerra más horrible que uno pueda imaginar. Yo...

—¿Tú?

Se apoyó en la almohada mirando hacia el techo, María le había puesto su brazo sobre el pecho y le acariciaba con sus dedos el vello. Antonio cerró los ojos: la vida tenía que ser eso. Volvió a abrirlos y se miró en los suyos, brillantes, grandes, deseados.

—Yo encontré la paz.

Nota del autor

Este libro no pretende ser un ensayo histórico, por lo que pese a que he intentado que no hubiera incongruencias históricas, puede haber inexactitudes. Los protagonistas son ficticios pero muchas de las vicisitudes que describen están basadas en hechos reales que realmente sucedieron y que me han contado sus protagonistas. Muchas de las localizaciones que se detallan existieron en su día y muchas siguen haciéndolo en la actualidad. Así, la masía de San Antonio sigue orgullosamente en pie cerca del pueblo de Cunit, en el Penedés, a medio camino entre Tarragona y Barcelona. La finca sigue perteneciendo a la familia Bultó y la cueva de El Avenc, que sirvió de escondite a varias personas de la zona, continúa en el mismo lugar. La localidad ya no es una pequeña aldea, sino un pueblo grande que recibe a multitud de veraneantes en sus playas. La Torre de San Fernando también sigue en pie en Puigcerdá, en el mismo lugar que se describe en el libro.

La Guerra Civil, como todas las peleas entre hermanos, cicatrizó muy lentamente y de vez en cuando seguimos viendo cómo el tema vuelve a la actualidad y provoca controversia. En el libro, he intentado que el marco de una situación excepcional enfatizara en la personalidad de los personajes, llevados al límite y obligados a menudo a participar en situaciones que deberían ser extrañas para cualquier mortal. He tratado asimismo de no ahondar en culpas ni responsables, dando por hecho que todos sabemos que se cometieron barbaridades en ambos bandos y que el mundo de aquel momento, gracias a Dios, no es el de ahora. Como digo, este libro no es un ensayo histórico y lo único que pretende en realidad es entretener al lector y llevarlo a unos años oscuros en los que, sin embargo, muchos consiguieron brillar y sacar también lo mejor de sí mismos.

Muchas gracias,

RAFAEL TARRADAS BULTÓ

Agradecimientos

A mi madre, incansable y exhaustiva correctora, que ha aplicado su saber hacer como escritora, su interés como lectora y su energía en hacer de este libro algo mejor. A Carmen Piñeiro, que leyó la primera versión, y, con la meticulosidad que le caracteriza, me sugirió cambios y me ayudó a que todo se acercara a la corrección gramatical y compositiva que todo texto necesita. A Inés, Bruno, Cheme, José, Álvaro y Paloma, por su apoyo y su crítica sincera de la primera edición. A mi padre, que siempre me anima y se interesa por lo que hago. A Anta, Cris, Yato y Maru, por sus ideas y sugerencias. A Casilda Finat, por sus consejos y su ayuda para promocionarlo. A mi hermano Patricio, que va a intentar leer algo que no sea solo de violencia pura y dura.

Y a mis abuelos, que a pesar de tener muchísima familia y una vida ocupada, siempre encontraron tiempo para hablarme y contarme historias de aquellos años; si consigo que el lector de este libro quede la mitad de atrapado de lo que yo me quedaba con aquellas historias, me daré por satisfecho.

Por último, a mi editora Rosa Pérez Alcalde, a Ana Rosa Semprún, a David Cebrián y a todo el equipo de la editorial Espasa por su increíble trabajo y su confianza en mí.

Acabado en Ramacastañas, Ávila, el 9 de diciembre de 2018

Inés Sagnier y un amigo.
Puigcerdá, junio de 1936.

Finca de San Antonio.

Finca de San Antonio.

Torre de San Fernando de la familia Sagnier.